Verf

Ein Märchen v

Jenny Gross

High Fantasy Romance

VERFLUCHTE LIEBE

Bibliografische Information der Deutschen Nationalbibliothek: Die Deutsche Nationalbibliothek verzeichnet diese Publikation in der Deutschen Nationalbibliografie; detaillierte bibliografische Daten sind im Internet über http://dnb.dnb.de abrufbar.

Impressum:
1. Auflage 2023
© 2023 Jenny Gross
E-Mail: jenny.gross@hotmail.com
Lektorat: Zeilenkarussell Verlag, Inh. Sarah Kastens
Korrektorat: Susanne Hiltl, Maria Müller
Umschlaggestaltung: Sarah Skitschak
Gedicht: Carl Ritter
Herstellung und Verlag: BoD – Books on Demand, Norderstedt
ISBN: 9783757800260

Triggerhinweise

Liebe Bücherfreunde,
dieses Buch enthält potenziell triggernde Inhalte. Eine ausführliche Liste findet ihr auf der letzten Seite.

Für mich ...
... damit ich nie damit aufhöre!

PLAYLIST

The Rasmus – Jezebel
Avril Lavigne – Head Above Water
The Rasmus feat. Anette Olzon – October & April
The Hu – Yuve Yuve Yu
Him – Wings Of A Butterfly
Blind Channel – Bad Idea
Deaf Havana – Going Clear
Weaving the Fate – Fading Star
Imagine Dragons – Demons
Lemolo – High Tide
Janet Suhh – In Silence
Red – Not Alone
Life – I Alone
Five Finger Death Punch – Afterlife
Red – Pieces
Ruelle – War of Hearts
Tyler Shaw – Love You Still
Citizen Soldier – Would Anyone Care

Ein Märchen von Schatten und Licht

Ein Gedicht von Carl Ritter

Trag mich in Gedanken fort,
hin zu einem anderen Ort.
Wo Licht und Schatten ewiglich,
Orakel, düstre Wahrheit spricht.
Führ mich zum Fantasien Hort.
Elfora nennt man diesen Ort.

Spür den Zauber der Magie.
Spür lichte gute Herzen schlagen.
Und ganz im Schatten siehst du sie.
Herzen, welche niemals Liebe tragen.
Regiert von Hass und kranker Gier.
Der Klumpen in der Brust nur blanke Zier.

Doch dieser Klumpen ganz allein,
will so viel mehr als das nur sein.
Wo Licht das Schattenherz berührt,
wird's von Gefühlen stark verführt.
Doch ist das Lichtherz nicht gefeit,
vor tiefer düstrer Dunkelheit.

So setzt das eine langsam an zu schlagen.
Das andere verlischt in diesen Tagen.
Und ist doch gänzlich nie verloren.
Ist nur im dunklen Hass erfroren.
Ein Herz, die Seele niemals wirklich tot.
Verbunden übers Zwielicht, des Abendrot.

KAPITEL 1

Severin

Vor zwei Jahresläufen:

Der Himmel war wolkenlos und die Sonne stand prall am Mittelpunkt des Himmelsgewölbes. Ihre wärmenden Strahlen spendeten Kraft, Leben und Glückseligkeit. Blüten unterschiedlichster Gewächse hatten sich aufgerichtet, streckten ihre Häupter dem feurigen Ball entgegen, der ihr Leben bedeutete. Die Luft war warm, kribbelte auf der Haut und erfüllte uns Elfen mit Magie aus Sonne und Licht. Die Müdigkeit der Nacht wurde weggeweht und Kraft strömte durch Körper, Seele und all das, was uns als Lichtwesen ausmachte. Unser ganzes Sein erstrahlte in einem Gefühl der Freude, der Ruhe und des puren Glückes. Die Lichtlande waren erfüllt von Vogelgezwitscher, fröhlichster Musik mit unterschiedlichsten Melodien und vom Geruch des süßesten Weins im ganzen Land. Es war ein perfekter sonniger Tag. Sommersonnenwende. Der längste Tag des Jahres. Genauso fühlte es sich auch an.

So sehr ich diesen Himmelskörper auch liebte, verabscheute ich doch diesen Tag. Diese grässliche vorgeheuchelte Fröhlichkeit, die eine Lüge war.

Es lag nicht an dem liebevollen Stern, der mir täglich ins Gesicht lachte und mich mit seinen wärmenden Strahlen umarmte. Es lag auch nicht an dem berauschenden Zustand der Magie, die sich durch das Licht in meinem Körper ausbreitete, sich sammelte und mich mit einem grünlichen Schimmer kleidete. Ich ertrug ganz einfach diese scheinheilige Feierlichkeit an diesem heutigen, längsten Tag nicht. Die geheuchelte Ehrerbietung eines Königs, der absolut unwürdig war, diese Krone zu tragen. Diese gespielte Fröhlichkeit, die aufgesetzten, lachenden Gesichter und die absolut unverständliche, verlogene Bewunderung für einen Elfen, der gänzlich unrühmlich war. Er war erbärmlich, unehrlich und falsch. Ein totaler Trottel. Er tat nichts, als zu trinken, herumzuhuren, sinnlose Befehle zu schreien und sich den ganzen Tag die Eier zu schaukeln. Tageslauf für Tageslauf, Nachtlauf für Nachtlauf. Er stolzierte mit dieser beschissenen Krone umher, als sei er selbst von der Sonne erwählt worden, sie zu tragen.

Wie ich ihn verachtete! Diesen scheinheiligen, bescheuerten Idioten. Was hatte er je für unser Volk getan?

Nichts!

Gar nichts!

Er hatte die Sonne und dieses Königreich nicht verdient.

Wenn ich nur an Cailan dachte, würde ich ihm am liebsten im hohen Bogen ins Gesicht kotzen, auf seine nackten Füße spucken und ihn sogleich dabei erwürgen. Es wäre eine Erleichterung. Für uns alle. Außer für Fry.

Fry Lichtbringer, Erbe des Thrones aus Esche. Er war der wahre König der Lichtlande. Einer, der keiner sein wollte.

Nach dem Tag der letzten großen Schlacht, an dem wir zerbrochen nach Hause gekommen waren, mit gebrochenen Herzen, rastlosen Seelen und stummer Zerrissenheit, lag alles in Scherben. Das Königreich der Lichtlande war von Trauer zerfressen. Wir hatten geliebte Elfen verloren. Mütter, Väter, Kinder, Krieger, unsere Prinzessin und auch unseren König. Wir waren gebrochene Elfen in einem, von innen zerstückeltem Land. Viele waren gestorben für einen Krieg, der sinnlos und endgültig war, der unschuldige Lebewesen entzweite.

Die Verantwortung für ein ganzes Volk zu tragen lastete schwer auf meinem Vetter. Fry war der wahre Erbe, aber er wollte die Verantwortung nicht tragen. Konnte es nicht. Er hatte Angst, sich selbst zu verlieren, in der Rolle, die ihm seit seiner Geburt als Bürde auferlegt war, als Erstgeborener des Königs, als Erbe eines Volkes, das ihn vergötterte. Er war ein Krieger, ein Freigeist und er hasste es, in eine Bestimmung gedrängt zu werden, die nichts mit ihm gemeinsam hatte.

Ich verstand ihn.

Natürlich tat ich das, aber dieses Königreich brauchte ihn. Wir brauchten ihn als König, als Krieger, als Freund und als Bruder, als all das, was uns Hoffnung schenkte. Denn dieser Krieg war längst nicht vorbei. Schatten und Licht bekämpften sich weiterhin und es würde der Taglauf kommen, an dem wir unseren wahren König auf dem Thron aus heiliger Esche benötigten.

Ich wanderte allein durch die Gänge dieses einst von herzlichem Lachen beschallten Schlosses. Die Wände waren hölzern, teils auch von grauem, aufgewärmtem Stein durchzogen und mit Gewächsen unterschiedlichster Art überwuchert. Das Grün der Pflanzen, die bunten Blüten verschiedenster Blumen und der berauschende Duft, der in der Luft hing, machten diesen Ort einzigartig. Der Himmel war zu jedem Tages- und Nachtlauf über den Köpfen der Elfen, welche die Gänge und die Räumlichkeiten des Schlosses beschritten, sichtbar, fast sogar greifbar. Als ob die Sonne höchstselbst ein Auge auf ihre Schöpfung haben wollte. Die

Kraft des Himmelsballs wärmte die Mauern und erfüllte es mit Leben.

Ich hätte den Lichtpalast als wunderschön beschrieben, wenn nicht etwas fehlen würde. Etwas, das mich immer noch aus der Bahn warf und das mich auch heute noch, hundert Jahre später, mit Traurigkeit erfüllte, mich des Nachts mit Albträumen überlagerte und aus dem Schlaf riss.

Meine Eltern waren tot.

Sie fehlten. Alle beide so sehr, dass es schmerzte. Immer und immer wieder riss mein Herz, wenn ich durch die Gänge wandelte, wenn ich ihre Räumlichkeiten aufsuchte oder wenn ich aus dem Fenster schaute, den Himmelslauf der Sonne beobachtete oder auf der Wiese saß und das Gras unter meinen Fingerspitzen berührte. Das aufrichtige Lachen meiner Mutter, genau wie die aufmunternde, humorvolle Art meines Vaters, würden niemals mehr durch diese Wände dringen, die Gänge beschallen und das Schloss mit Leben füllen.

Das Lichtschloss war seit dem Tod meiner Eltern und dem von Großkönigs Kian nicht mehr dasselbe. Es war einsam. Erdrückend. Ohne Liebe, ohne Leben und ohne Vertrautheit. Ohne irgendetwas, das ausreichte, um hier länger als ein paar Tagesstunden zu verweilen. Es war schlicht und einfach kalt. Und selbst die wenigen Tage, die ich hier im Jahreskreis verbrachte, ließen mich verstörter und einsamer zurück als zuvor und ich sehnte mich sofort nach meiner Freiheit außerhalb dieser Mauern. Weitab von alldem, das mich nur noch schmerzhafter daran erinnerte, was ich in meinen jungen Jahren bereits verloren hatte, was nicht nur ich betrauerte, sondern das ganze Volk der Lichtlande.

Es wunderte mich nicht, in den Gängen niemanden anzutreffen, denn alle feierten den heutigen Tag. Ob es aus purer

Freude an der Hochachtung von Cailan war oder einfach, weil der Feenwein einem die Sinne benebelte und man diesen Wahnsinn dadurch nicht mehr ertragen musste, war mir egal. Ich war froh, niemandem zu begegnen. Dieser Ort erdrückte mich immerzu. Wie Fry das dieser Tage aushielt, war mir schleierhaft. Er hasste es im Palast ebenso sehr wie ich und dennoch tat er sich die Feierlichkeiten zu Ehren seines Bruders an. Dessen einhundertstes Thronjubiläum. Ich dagegen würde lieber eine Woche im Nixentümpel verweilen, als auch nur einen Fuß auf die Königswiese zu setzen.

Einhundert verdammte Jahre!

Wieso tat es immer noch so weh?

Ich schnaubte laut auf, bog um die nächste Ecke und wäre fast in zwei kichernde Elfenfrauen hineingelaufen, hätte ich mich nicht in letzter Sekunde mit einer akrobatischen Leistung hinter eine hölzerne Säule gerettet. Weintrauben hingen in vollen Reben über meinem Kopf und kitzelten mich, als ich meinen Dickschädel an die Säule lehnte und mir eine meiner grünen Locken aus dem Gesicht pustete. Ich hatte wirklich nicht das Bedürfnis, zu erklären, warum ich nicht auf der Königswiese zugegen war.

Ohne meine Anwesenheit zu bemerken, setzten sie ihren Weg fort und ich blickte ihnen hinterher. Sie waren mit nichts bekleidet außer ein paar Blättern, die um ihre Blößen schwebten. Ihr penetranter Duft schwängerte die Luft, als ob sie jedes Duftwasser, das sie finden konnten, in großzügigen Mengen über ihre Körper geschüttet hätten. Angestrengt unterdrückte ich ein Niesen. Ihre Haare reichten in langen Wellen bis über den Po und an den Fesseln trugen sie kleine goldene Glöckchen. Bei jedem Schritt schallten sie verheißungsfreudig durch die Korridore. Durch meine Gedankengänge hatte ich sie vorher gar nicht bemerkt.

Obwohl sie, wie ich jetzt feststellen musste, ziemlich laut waren. Sie kicherten mit schrillen Stimmen. Es waren Tänzerinnen und sie würden den traditionellen Sonnentanz vor dem Troll aufführen. Normalerweise tanzten ihn die Elfenmänner und nicht die Damen, so wie es schon immer Tradition an diesem Tag war, doch Cailan hatte sich mal wieder über die Gebräuche unserer Kultur hinweggesetzt. *Natürlich!* Etwas anderes von ihm zu erwarten, wäre eine Verschwendung von Gedankengut.

Unter normalen Umständen, an einem ganz normalen Tag im Lichtschloss, hätte ich den Damen möglicherweise nachgestellt und sie in mein Lager eingeladen, als kleines Vergnügen zwischendurch und um den Kopf von den Mordgedanken an meinen Vetter auf dem Thron freizubekommen. Vielleicht hätte ich sie auch hinter die Säule gezerrt und wir hätten diese Feierlichkeiten zu unserer eigenen Feier gestalten können. Zwei Weiber und ein Severin. Ein Traumgespinst vieler Elfen. Geschichten am Lagerfeuer würden noch in Jahrhunderten von meiner Leidenschaft zehren, doch war ich heute wahrlich nicht in Stimmung für das weibliche Geschlecht. Mir war nur nach besinnungsloser Trunkenheit zumute. Anders könnte ich das Schauspiel nicht ansatzweise ertragen.

Zwei Flaschen des besten Feenweins hielt ich in meinen Händen. Er war mehrere Jahre in der Sonne gereift. Ich hatte ihn aus den persönlichen Vorräten des hochwohlgeborenen vermeintlichen Königs geklaut. Direkt vor seiner Nase und er hatte es nicht mal mitbekommen, in seinem Rausch der Bewunderung. Obwohl, konnte man etwas stehlen, was einem zum Teil ohnehin gehörte? Gute Frage, deren Antwort unwichtig war. Allerdings verstand Cailan keinen Spaß, wenn es um seinen Wein ging. Besonders wenn er herausfand, dass ich es war, der ihn entwendet hatte. Er hasste mich genau so wie ich ihn. Und obwohl wir zusammen aufgewachsen waren wie Geschwister, würden wir nie Brüder sein.

Niemals!

Das Gegacker der Weiber verlor sich in den Strömungen der warmen Winde, die die Gänge dieses Schlosses von Zeit zu Zeit durchwehten, und ich setzte meinen Weg fort. Ich begegnete nur einer in ihrer Arbeit versunkenen Dienerin, die einen Korb mit frisch gewaschenen Laken in den Händen trug und zielstrebig, völlig in ihren Gedanken versunken, an mir vorbeilief, ohne mich wahrzunehmen. Sie murmelte vor sich hin und war, so schnell wie sie aufgetaucht war, wieder verschwunden.

Vor einer hölzernen, mit Efeu überzogenen Wand blieb ich stehen. Blickte mich um, lauschte, ob sich jemand in der Nähe aufhielt, zwängte dann die eine Flasche Feenwein unter meinen Arm ein und fuhr dann zart mit der freien Handfläche die magische Entriegelung eines Torbogens im Mauerwerk nach. Es klickte, als ich den Mechanismus berührte. Die verborgene Tür schwang eine Ellenbogenlänge weit nach innen auf und ich huschte durch die versteckte Nische. Mit einem Stupser meiner Magie ließ ich sie hinter mir wieder ins Schloss fallen. Als es erneut klickte, seufzte ich auf.

Freiheit!

Die Tür des Geheimganges drückte sich in meinen Rücken, als ich einen tiefen Atemzug tat und die frische Luft gierig einsog. Es roch nach Freiheit, Ruhe und nach Äpfeln. Ich richtete den Blick auf die großen Obstbäume, welche den Zugang vor neugierigen Wesen verbargen. Doch ich durfte nicht zu lange verweilen, denn die Gefahr bestand weiterhin, entdeckt zu werden, und das wollte ich um jeden Preis vermeiden.

Das Dorf, das sich hinter den Apfelbäumen und den Schlossmauern erstreckte, war unsere Heimat. Hier waren Fry, ich und all unsere Kriegerfreunde aufgewachsen. Hier hatten wir trainiert, gelacht und uns durch die Hütten gejagt. Bei der Erinnerung daran zupfte ein Lächeln an meinen Mundwinkeln, das sofort wieder erstarb. Wir waren glücklich, bis die Schattenelfen uns alles genommen hatten, bevor das Schicksal so übel mit uns gespielt hatte. Dieser Ort galt weiterhin als Zufluchtsort für die Wesen des Lichts und der Lichtlande, doch würde er niemals mehr für mich sein als ein trostloser, emotionsloser Fleck, der mein Herz trauriger stimmte, je länger ich verweilte.

Der Druck in meinem Inneren wurde schlagartig größer, als genau diese Traurigkeit über mein Herz zog und mir die Sicht nahm. Der Impuls wuchs stetig und ich wollte nur noch weg. Es gab nur einen Platz, an dem ich jetzt sein wollte. Der einzige verdammte Ort in diesem Königreich, der mich glücklich stimmte und mich nicht zu ersticken drohte.

Die singenden Quellen der Sonnenbrandung.

In den Lichtlanden gab es viele schöne Orte. Felder mit Gräsern, die so hoch waren, dass man sich dort verstecken konnte. Wiesen mit verschiedenfarbigen Blumenmeeren. Wälder mit uralten Bäumen, deren Kronen weit über die Ebenen der Lichtlande blicken konnten, die dem Himmel so nah waren, dass man meinte, nur die Hände ausstrecken zu müssen, um den feurigen Ball zu berühren. Es gab wunderschöne Seen, deren Oberflächen im Sonnenschein glitzerten. Flussläufe und Bäche, an denen Elfen badeten, ihre Wäsche darin wuschen, oder in die Kinder zum Spielen hineinsprangen. Es gab Wasserfälle und verborgene Höhlen. Der Hügel der Feen, die weiten Ebenen der Seelen, die Oase der Sonne – dies waren Orte, die das Herz der Lichtlande ausmachten – und alles wurde von diesem Zauber des Lichts in Magie getaucht.

Die Lichtlande waren ein Paradies. Ein von der Sonne geküsstes Land, doch nichts konnte mich glücklicher stimmen als die singenden Quellen der Sonnenbrandung. Dieser Ort war mein allerliebster auf dieser Welt. Er lag versteckt vor neugierigen Augen, unentdeckt von Seelen, die die Magie dieses Ortes nicht fühlen konnten. Dort waren sich meine Mutter und mein Vater das erste Mal begegnet. Dort hatten sie sich verliebt, ihre Zukunft geplant und ihre Liebe mit dem Seelenbund besiegelt. Und genau dort wollte ich jetzt sein. Allein, mit den zwei Flaschen meines Feenweins, die ich in den Händen trug.

Ich drückte mich von der verborgenen Tür weg und setzte meinen Weg fort, schlängelte mich durch die Apfelbäume hindurch, atmete ihren süßlichen Duft ein und schritt durch die verwinkelten Wege ins Herz des Dorfes.

Die Lichtlande beherbergten viele Dörfer, in denen sich die Elfen des Lichts niederließen, doch das hinter dem Schloss war das Größte unter ihnen. Hier hatte sich unser Volk schon seit frühster Zeitrechnung niedergelassen. Es war gewachsen, es gedieh und entwickelte sich immer weiter. Und trotz der tragischen Ereignisse der Vergangenheit und des falschen Königs, kamen die Elfen hierher, bauten sich Lager und sogen die Magie dieses Landes in sich auf; gleichzeitig gaben sie auch einen Teil von sich selbst.

Die Elfen fühlten sich hier sicher und legten all ihre Hoffnungen und ihren Schutz in ihren König und seine Elfenkrieger, die sie vor Gefahren bewahren würden. So hofften sie. Denn der Krieg mit den Schattenelfen hatte uns getroffen und er belastete uns Tag für Tag. Noch heute, einhundert Jahre nach der großen Schlacht, war der Krieg zwischen Schatten und Licht längst nicht vorbei. Im Gegenteil, die Gefahr lauerte weiterhin im Verborgenen und der große Kampf würde eines Tages kommen. Der Schattenkönig war immer noch da und herrschte, todbringender denn je, über das Reich der Dunkelheit. Eines Tages würde der Tag oder die Nacht kommen, an dem sich das Schicksal von Elfora entscheiden würde. Eines Tageslaufes würde es enden. Die große Prophezeiung war Zeuge dessen, was die Zukunft uns bringen würde. Cailan war dieser Aufgabe nicht gewachsen. Sie forderte Stärke, Willenskraft und die Macht, die richtigen Entscheidungen zu treffen. Alles Wesensmerkmale, die sein Trollgehirn nicht bewältigen konnte.

Die wenigen Elfen, denen ich auf meinem Weg begegnete, waren entweder zu spät oder mit anderen, wichtigeren Dingen beschäftigt, die das Leben mit sich brachte. Nicht jeder konnte einfach seine Arbeit niederlegen, weil der vermeintliche König zu einem Festgelage rief. So war das Leben nun mal. Jeder hatte seinen Weg zu beschreiten. Ob Elf, ob Fee oder Gnom. Jeder hatte seinen Platz und auch wenn wir die Schatten bis auf den Grund der Hölle verachteten und hassten, so hatten auch sie ihren Platz in dieser Welt, wo auch immer dieser sein mochte.

Nicht jeder würde heute also Cailans Verlangen nach Festlichkeiten folgen können. Auch wenn man dafür die Strafe geflissentlich auf sich nahm, die einen ereilte, wenn man es sich wagte, dem Ruf des Trollkönigs nicht Folge zu leisten. Schließlich wollte Cailan gesehen, bewundert und vergöttert werden. Er verstand nichts von den täglichen Pflichten eines Elfen, der nicht das Privileg hatte, mit einem goldenen Arsch geboren worden zu sein. Für ihn zählte das alles nicht. Seine Befehle mussten befolgt werden.

Für den Arsch!

Ich lachte laut auf, was einen Elfen aufschrecken ließ. Über seine Schulter trug er ein Netz mit frischen Fischen. Wir starrten uns an. Er öffnete den Mund und ich schenkte ihm ein strahlendes Lächeln.

»Du hast mich nicht gesehen und ich habe dich nicht gesehen«, raunte ich ihm entgegen und zwinkerte ihm zu.

Er starrte mich kurz mit roten Wangen an, nickte und ging dann eilig seines Weges. Eine grüne Locke aus meinem Gesicht pustend, setzte auch ich meinen Weg fort.

Die Feierlichkeiten im Schloss waren in vollem Gange, als ich weiter durch die verschlungenen Wege des Dorfes schlich. Vorbei an Hütten und Beeten. An Feuerstellen und Marktständen, die jetzt natürlich fast verlassen dalagen. Die Königswiese war heute der zentrale Treffpunkt für alle Wesen unseres Volkes. Dort stieg die Party. Mit Wein und Musik und spärlich bekleideten Elfen. Cailan wollte ein großes Fest und das hatte er bekommen. Innerlich verdrehte ich die Augen.

Die Musik drang bis hierher, schallte durch die Schlossmauern, wehte mit den Lüften und hinterließ nichts als Gänsehaut auf meinem Leib. Ich schüttelte mich vor Abscheu. Der süßliche Geruch des Weines hing in der Luft und nicht mal der konnte meine Abneigung vor dieser ganzen Heuchelei wegwischen. Die Stimmen von singenden Elfen schallten durch die Wildheit der Ebenen und erstickten mich. Meine Hände krampften sich um die Flaschen und ich eilte weiter durch die Ansammlung von Hütten und Unterschlupfen. So schnell es ging, wollte ich den Abschaum hinter mir lassen, um endlich völlig frei atmen zu können. Das enge Gefühl in meiner Brust wurde immer stärker, sodass ich mich kaum auf den Weg konzentrierte. Ich stolperte ein paar Mal über meine eigenen tollpatschigen Füße.

An den Hütten der Elfen, die ich hektisch passierte, hingen Fähnchen und bunte Girlanden. Alle mit dem Sonnenzeichen bestickt. Eine Sonne umrundet von einer Krone. Das Zeichen der Königsfamilie der Lichtlande.

Mich wunderte, dass Cailan nicht alle gezwungen hatte, sein Gesicht darauf sticken zu lassen. Ich schüttelte den Kopf und wunderte mich, warum ich mich überhaupt über die Idee wunderte. Es hätte zu ihm gepasst. Wenn ich dieses heuchlerische Grinsen hier irgendwo gesehen hätte, hätte ich die Fähnchen womöglich verbrannt.

Obwohl. Gute Idee!

Vielleicht sollte ich mir das für das nächste Jubiläum aufsparen. Ich könnte aber auch sein Lieblingsgewand anzünden, sodass er nackt herumlaufen müsste. Aber das würde ihn vermutlich nicht sonderlich stören. Er dachte ja selbst, er wäre ein Gott der Sonne. *Dieser Idiot!*

Er hatte nichts an sich, was einem Gott auch nur würdig erschien. Dünne Ärmchen, lange dünne Finger und nicht mal einen richtigen Arsch. Das Einzige, was man an ihm vielleicht als ansatzweise attraktiv beschreiben könnte, war seine gebräunte Haut, die zu seinen hellblauen Haaren und den kalten Augen passte. Aber selbst die war wirklich nichts Besonderes für jemanden mit unseren Genen. Wir waren nun mal Lichtelfen. Sonnenkinder.

Ich war froh, zu dieser Spezies zu gehören, denn diese blassen Fratzen der Schatten sahen wie lebende Tote auf zwei Beinen aus. Mit ihren dunklen Haaren, den käferartigen Augen und ihrer ganz eigenen, schwarz wabernden Magie, die sich um ihren Körper legte, wie die Lichtmagie es bei uns tat. Dadurch sahen sie aus, als wären sie direkt aus den Untiefen der Finsternis entsprungen.

Je mehr Abstand ich zwischen mich, das Lichtschloss und der dröhnenden Musik brachte, desto entspannter wurde ich, und eine langsam einsetzende Ruhe legte sich über mich, als ich den Feenwald hinter dem Dorf schon fast ertasten konnte. Ich hörte den Ruf der singenden Quellen der Sonnenbrandung bereits in meiner Seele und meine Atmung beruhigte sich etwas. Der Druck im Inneren reduzierte sich auf ein Minimum, machte ihn aushaltbar. Bald würde er ganz verschwunden sein. Ich konnte es kaum erwarten.

Die freien Flächen zwischen den einzelnen Hütten wurden größer. Nur einzelne Familien hatten sich am Waldrand niedergelassen, da die Gefahr von sich heranschleichenden Schattenelfen deutlich größer war als in der Nähe der Schlossmauern. Trotzdem hatten einige mutige Elfen ihre Hütten sogar in die Baumkronen gebaut und hatten somit einen wirklich beeindruckenden Ausblick auf die Lichtlande und den großen überragenden See, der sich östlich von hier am Horizont erstreckte.

Ohne auf weitere neugierige Augen zu achten, die mich vermutlich längst erspäht hatten, stiefelte ich durch den Wald und seine verworrenen Wege. Die grünliche Magie meiner Kraft legte sich schützend um meinen Körper, als ich die Schatten der Bäume passierte. Auch wenn es angenehm war, die Kühle der Schatten auf meiner aufgewärmten Haut zu verspüren, sog es mir die Energie aus der Seele, aus meiner Macht und dem Zauber meiner Lichtmagie. Es zehrte an meinen Kräften und je länger ich mich ihnen aussetzte, desto schwächer wurde meine Magie.

Der Feenwald war nicht sehr weitläufig in der Richtung, die ich einschlug. Es gab einen Weg, der durch die vielen Jahresläufe von tausend Füßen in den Erdboden gestampft war. Ein Zeuge der vielen Wanderungen zum Mittelpunkt der Lichtlande. Ich bevorzugte aber eine andere Strecke, einen anderen Weg, der mich durchs Unterholz führte.

Ich strauchelte durch das Geäst eines Busches und trat auf eine Lichtung, die sich vor mir erstreckte. Ich spürte die Sonne auf meiner Haut, mein Ziel war fast greifbar. Meine Seele summte bereits, reagierte auf den Ruf der Quellen, der nicht jedem vergönnt war.

Ein leises pulsierendes Knistern hing in der Luft, als ich mich zur Mitte der Lichtung begab. Es rauschte und war machtvoll. Man spürte sofort, dass dieser Ort hier magisch war. Ein heiliger Ort. Deshalb war der Ruf der Sonnenbrandung auch so ausgeprägt für Elfen wie mich, die empfänglich für Schwingungen dieser Art waren. Für Magie, die in der Luft schwebte, wie kleine unsichtbare Sonnenstrahlen. Für die Macht, die dieser verzauberte Ort ausstrahlte.

Man nannte diese Lichtung im Mittelpunkt der Lichtlande »Hügel der Seelen«. Er ragte weit über dem Dorf auf. Der Feenwald erstreckte sich rundherum und das Lichtschloss strahlte in der Ferne wie ein Stern. Dies war der Ort, an den unsere Verstorbenen gebracht wurden und an dem die Sonne ihre Kinder wieder nach Hause holte, wenn der Lebenskreislauf des Einzelnen abgelaufen war.

Wir lebten lange. Ja, konnten mehrere Jahrhunderte alt werden. Aber der Kreislauf des Lebens war nicht aufzuhalten. Für jeden von uns gab es irgendwann ein Ende. Die Frage war, wann der Zeitpunkt gekommen war und ob man als Seele weiterziehen konnte, oder durch die Schattenelfen und ihrem Nachtschatten an ein Leben gebunden wurde, das unwiderruflich vorbei war. Ohne Hoffnung auf eine Wiedergeburt, die uns so viel bedeutete.

Ich verweilte einen Moment, reckte mein Gesicht in den Himmel und sog die vor Magie sprühende Luft ein.

Es war so ruhig. Fast lautlos und doch schwebte diese emotionsgeladene Atmosphäre um mich herum, die mich erdete, die mir Kraft schenkte und die mir in ihrer ganz eigenen Sprache zuflüsterte. Ein Windhauch erfasste meine Haare. Es war übersinnlich, als ob die Seelen um mich herum in ihrem eigenen Rhythmus tanzten. Sie berührten mich, flüsterten mir zu. Dieser Ort war verzaubert, besaß einen magischen Glanz und war erfüllt von rauschender Magie, die wärmte und einen auffing, wenn man des Lebens müde wurde. Wenn die singenden Quellen der Sonnebrandung nicht mein Lieblingsort wären, dann der Hügel der Seelen. Und obwohl meine Eltern tot waren, ihre Seelen verloren und ihr Licht den Weg in die Wiedergeburt nicht gefunden hatten, fühlte ich mich ihnen hier besonders nah.

Aber mein Ziel war ein anderes. Mein Lieblingsort war fast erreicht und nur dort konnte ich die Festlichkeiten und das ganze scheinheilige Theater verdrängen, konnte die Traurigkeit wieder in mein Herz sperren und Ruhe finden. Ich spürte die heißen Quellen bereits jetzt in meinen Knochen. Die prickelnde Magie beflügelte mich weiterzugehen.

Nur zwei Körperlängen entfernt von meinem jetzigen Standort stand die große Esche. Eine Esche, die so magisch war, wie dieser ganze Ort. Dieser uralte heilige Baum war einst das Tor zur Menschenwelt. Ein Zugang zu den Sterblichen, der von beiden Seiten gleichwohl genutzt worden war. Aber dieser Pfad war verschlossen, mit magischen Bannen belegt und für immer von der Welt der Menschen entzweit.

Die Sterblichen brachten einst üble Krankheiten über unsere Welt. Großkönig Kian hatte diesen Pfad ins Reich der Menschen magisch geschlossen, nachdem die Königin durch eines dieser menschlichen Gebrechen von dieser Welt gegangen war. Seitdem durfte kein Mensch mehr in unser Reich und kein Elf hatte je wieder einen Fuß auf die andere Seite gesetzt. Die Sterblichen hatten diesen Ort vergessen und würden den Eingang in unsere Welt niemals finden. Den heiligen Baum auch nur zu berühren, brachte unheilvollen Schrecken über einen. Vielleicht waren es auch nur Märchen um neugierige, übermütige Elfenkinder – wie ich eines war – vom heiligen Baum fernzuhalten. Unheil brachte das Gehölz allemal. Denn auch der Königsthron war aus seinem Holz gefertigt, genau wie Elemente der Krone, die der Troll nicht mal beim Schlafen von seinem Erbsengehirn nahm.

Ich ging um den uralten, magischen Baum herum, widerstand dem Drang, die Rinde zu berühren, und blickte auf den schmalen Pfad, der sich zwischen hohem Gebüsch und dichten Bäumen vor mir erstreckte. Der Feenwald war auch hier wieder präsent, zog wie ein Band in alle Richtungen und ich lächelte, als ich meinen Kopf zu dem steilen, senkrechten Pfad herabsenkte.

Ich setzte mich auf den Boden und rutschte den Weg hinab. Er fiel so steil ab, dass ich gerade so die Flaschen ausbalancieren konnte. Dies war noch dazu der einzige Weg und obwohl die singenden Quellen der Sonnenbrandung, an denen meine Rutschpartie ein jähes Ende nahm, geheim waren, so wussten doch ein paar Elfen von ihrer Existenz. Die meisten zollten ihm Respekt, wegen der Nähe zum Reich der Sterblichen. Einige verliefen sich und kamen an einem ganz anderen Ort wieder heraus. Aber die wenigen, die wussten, wohin sie gingen, brachte der verzauberte Weg zu einer geheimen Oase. Eine Bucht, die nicht ans Meer grenzte, dennoch sprudelte das Wasser aus kleinen Wasserfällen in die Becken. Eine Quelle, direkt aus dem Stein entsprungen, umgeben von prächtigen Gesteinen, Bäumen, Regenbögen und Holunderbüschen. Es war kein sehr großer Platz, aber er war bezaubernd. Kleine unterirdische

Quellen erwärmten das Wasser und auf der Oberfläche kräuselten sich lauter Blubberblasen.

Dieses Fleckchen war die Ruhe selbst. Nur die rauschenden Sturzbäche des Wasserfalls und die brodelnden Blasen der aufgewirbelten Wasseroberfläche waren zu hören. Die Luft glitzerte von den tausend Regenbögen, die durch das Sonnenlicht und dem Dampf der Quellen geboren wurden. Wie klitzekleine Funken von Zauberkraft sahen sie aus und es roch nach Wald, nach Sonne und nach Magie. Es war eine Wohltat für meine Ohren und auch für meine Augen. Endlich konnte ich wahrhaftig aufatmen, konnte ohne dieses Druckgefühl in meiner Brust die Freiheit genießen. Die frische Luft füllte meine Lunge und ich schloss die Augen, blendete alles aus, was mich hierher geführt hatte. Die Festlichkeiten, die geschwätzigen, übertriebenen Bewohner der Lichtlande, die grauenvolle Musik und der Pilzarsch von einem König. Die singenden Quellen der Sonnenbrandung wärmten mein Herz und nahmen mir alle Schlechtigkeiten, die diese Welt belasteten. Hier war mein Zuhause. Vielleicht wurde ich hier sogar gezeugt. Wer wusste das schon?

Laut stieß ich die Luft aus und öffnete wieder die Augen, entkorkte eine Flasche des Weines und nahm einen großen, kräftigen Schluck. Die prickelnde Süße benetzte meine trockene Kehle. Laut stöhnte ich auf, wischte mir einen großen Tropfen Wein vom Kinn und wollte gerade einen Schritt auf den sonnengewärmten Boden machen, als ich etwas sah, das ich vorher nicht bemerkt hatte.

Aus dem glitzernden Strahl des Wasserfalls trat eine Silhouette hervor. Ein Elf. Er hatte die Augen geschlossen, die braunen Haare fielen ihm feucht ins Gesicht und der Strahl des Wassers perlte auf seiner gebräunten Haut ab. Sein Körper war muskulös. Nicht zu viel. Aber der eines

Kriegers. Mein Blick glitt von seinem Gesicht zu seiner Brust und zu seinen atemberaubenden Oberarmen. Seine Hüfte war von dem blubbernden Wasser der Quelle bedeckt.

Schade.

Ein Seufzen stahl sich über meine Lippen und der Elf öffnete die Augen. Ein Spuckefaden löste sich aus meinem Mund und ich musste ihn zurück in meine Mundhöhle ziehen.

»Hoheit!«, spuckte der Elf mit aufgerissenen Augen heraus. Seine Wangen färbten sich rosa, als unsere Blicke sich begegneten, und ihm war der Schreck ins Gesicht geschrieben. Noch immer plätscherte der Wasserfall auf seine Haut. Einzelne Tropfen perlten über sein Kinn auf seine Brust und ließen seine Brustwarzen in einem herrlichen Glanz erstrahlen.

Wir starrten uns an. Keine Ahnung wie lange. Doch irgendwann pumpte mein Herz endlich wieder Sauerstoff in meinen Kehlkopf und ich räusperte mich.

»Leo«, schnurrte ich und hob eine Augenbraue. Das ließ auch ihn aus seiner Starrheit aufwachen.

»Verzeiht. Ich hatte Euch nicht bemerkt. Ich werde sofort gehen.« Er trat einen Schritt aus dem Wasserstrahl heraus und machte Anstalten, zum Ufer zu schwimmen.

»Bleib doch. Ich wollte mich gerade mit diesem äußerst köstlichen Wein volllaufen lassen.« Ich hielt die zwei Flaschen nach oben. »Leiste mir doch Gesellschaft.«

Ich war schon immer direkt. Und ein kleines bisschen verrückt, plante nicht und machte mir keine Gedanken über die Zukunft. Severin Grünhain lebte im Hier und Jetzt. Genauso liebte ich es und würde daran nichts ändern wollen.

Leo schwieg und senkte den Blick.

»Komm schon! Hier ist genug Platz für uns beide.« Ich streckte meine Arme und machte ihm deutlich, was ich meinte. Gerade eben wollte ich noch die Einsamkeit und die Losgelöstheit genießen, doch Leo an meinem Herzensort vorzufinden war überraschend und ich war nicht abgeneigt, meine Ruhepause mit ihm zu verbringen.

Ich beobachtete ihn genau. Er rieb sich mit den Armen über die Brust. Sein schüchterner Blick glitt über mich und die kleinen Härchen an meinen Armen stellten sich auf. Und nicht nur das.

Verdammt.

Ohne eine Antwort abzuwarten, stellte ich den Feenwein auf den Boden und grinste ungeniert.

Zuerst knöpfte ich mein Hemd auf, ließ es auf den Boden fallen, steckte die Hände in den Hosenbund und wollte gerade die Beinkleider über meine Hüfte ziehen, als mir auf einmal ziemlich heiß und eng in meinem Körper wurde. Meine Brustwarzen stellten sich auf und Leo wandte sich ab, fuhr sich durch die braunen Haare. Mit überhitzten Gliedern entledigte ich mich des Restes meiner Kleidung und verspürte ein Gefühl der Erleichterung darüber, dass Leo sich abgewandt hatte, bevor er meine standfeste Mitte mit eigenen Augen erblicken konnte.

Ich pustete mir eine verirrte grüne Locke aus dem Gesicht und beobachtete den entzückenden Elfen im Wasser noch einen Moment. Er hatte sich an eine Felswand gelehnt und hielt die Augen weiterhin geschlossen.

Er war schön, wie er da stand, den Rücken an die Felsen gelehnt. Wie das Sonnenlicht, das durch die Baumkronen schien und auf seinem Körper diesen goldenen Farbton seiner Magie hinterließ. Wie seine Brust sich hob und senkte. Die kleinen feuchten Perlen, die über seinen Brustkorb nach unten rannen. Seine aufgestellten Brustwarzen.

Er war wirklich wunderschön.

Wieso war mir das nicht früher schon aufgefallen?

Mein Schwanz pulsierte und ich war froh, dass Leo weiterhin die Augen geschlossen hielt. Wäre ja zu peinlich geworden, hätte er mich so gesehen. Ich wollte ja auch nicht als notgeiler Bock rüberkommen. Das Nass würde mir schon Abhilfe schaffen und mir meine jünglinghaften Hormone austreiben.

Bevor ich mit selbstbewussten Schritten in das Gewässer trat, hob ich den Feenwein vom Boden auf. Das Wasser kribbelte und war herrlich warm. Angenehm und entspannend. Ich konnte einen Seufzer nicht unterdrücken.

Mit den zwei Flaschen Wein in der Hand schob ich mich durch das Wasser. Je näher ich Leo kam, desto heißer wurde mir. Meine Männlichkeit reagierte sich nicht ab und mein Herz setzte einen Schlag aus, und das lag nicht an dem Wein, den ich bereits intus hatte.

Ich war nackt. Und mir war bewusst, dass Leo es auch war. Mir wurde verdammt noch mal klar, dass ich bis eben nicht gewusst hatte, dass ich absolut auf diesen Elfen stand. Vielleicht lag es an diesem magischen Ort, an meiner miserablen Stimmung bezüglich der Feierlichkeiten oder an der Berauschung durch den Feenwein. Wer wusste das schon? Und war es überhaupt wichtig, warum einen das Schicksal an einem Ort wie diesem überrumpelte?

Je näher ich ihm kam, desto nervöser wurde ich, und als ich ganz vor ihm stand und jede einzelne Perle feuchten Nasses auf seiner Haut sehen konnte, spürte ich die Hitze in meine Wangen steigen. Es verschlug mir für einen Moment die Sprache – was wirklich selten der Fall war.

Ich betrachtete ihn genauer. Seine braunen Haare klebten ihm im Gesicht und seine grünen Augen, die er endlich wieder öffnete, hatten diesen ganz besonderen Glanz.

Kleine Grübchen zierten seine Mundwinkel und ich wusste, dass er ein atemberaubendes Lächeln hatte, das er viel zu selten zeigte. Wenn ich mich recht erinnerte, waren wir noch niemals allein gewesen. Immer war einer der anderen Krieger dabei. Unsere Missionen führten uns durchs ganze Land und doch hatte es niemals einen Moment wie diesen gegeben. Bis gerade eben hatte mich das nicht mal gestört. Doch ihn jetzt vor mir zu sehen, so nah und so von seiner natürlichen Schönheit angetan, fand ich es ziemlich schade, dass mir das noch nicht zuvor schon mal aufgefallen war.

Noch immer sagte er nichts und ich ertappte mich dabei, wie ich ihn in Gedanken an mich zog und das Schweigen mit meiner Zunge entfernte, sodass kleine gierige Laute über seine Lippen rollten.

Verdammt.

Seine Wangen färbten sich rot, als ob er meine Gedanken gelesen hätte.

Verdammt.

Ich war in der Absicht hierhergekommen, mich ungestört zu betrinken und mich vor der Welt da draußen zu verstecken. Allein. Doch jetzt formte sich ein neuer Gedanke in meinem Bewusstsein. Eine Ablenkung von dem ganzen bescheuerten Kram, der im Schloss fabriziert wurde. Und ich wollte Leo als diese Ablenkung. Es gab nur ein Problem: Ich wusste nicht, ob er auch so wie ich Verlangen auf jemanden mit dem gleichen Geschlecht verspürte. Ich hatte ihn nie mit einer Elfe gesehen. Aber auch nie mit einem Elfen. Ich wusste nicht mal, ob er überhaupt in dieser Hinsicht Interesse hatte. Mir persönlich war es gleich, ob männlich oder weiblich. Lust war Lust. Und man konnte mit beiden seinen Spaß haben und Spielchen spielen.

Ich liebte Spielchen.

Ein lüsternes Grinsen stieg mir ins Gesicht, als ich den

Versuch aufgab, meine Begierde zu unterdrücken. Das Leben war zu kurz, um sich so eine Gelegenheit entgehen zu lassen.

»Hey«, brachte ich kratzig hervor und verschluckte mich fast an meiner eigenen Spucke.

»Hoheit.« Er neigte seinen Kopf.

»Ach Leo, hör doch auf mit dem Scheiß. Wir kennen uns schon, seit wir Kinder waren und nackt in einem riesigen Kessel voller Wein gebadet haben«, platzte es aus mir heraus und er errötete noch mehr, strich sich dann seine Haare aus dem Gesicht. Oh, wie sehr ich derjenige sein wollte, der das tat. »Brent und Shay waren auch dabei. Obwohl Brent nicht wirklich in das Fass gepasst hat. Er war schon immer etwas größer und breiter als wir alle zusammen«, erinnerte ich mich und lachte über das bizarre Bild, das sich in meinen Gedanken formte. »Außerdem bist du der beste Bogenschütze im ganzen Land. Du hast mich schon tausendmal zusammengeflickt. Du hast wirklich weiche Hände für jemanden, der täglich mit dem Bogen schießt und mit dem Schwert hantiert.«

Verdammt! Hatte ich das gerade wirklich laut gesagt?

Leo biss sich auf die Lippe und ich schmolz dahin. Auch seine Ohren liefen rot an und es fehlte nicht mehr viel und meine Selbstbeherrschung wäre fort.

Er war so verdammt heiß.

Wusste er überhaupt, was er gerade mit mir anstellte? Dass meine Lenden in Flammen standen und ich mich am liebsten auf ihn stürzen wollte?

Er brachte weiterhin kein Wort heraus. Zu gern würde ich in seinen Kopf schauen und seine Gedanken lesen. Das würde mir Freude bereiten, denn er war immer so ruhig. Schüchtern, ja beinahe verschlossen. Was ging in ihm vor? Verspürte er auch diese Spannung, die wie ein Streifen

Magie zwischen uns lag? Sah er mir an, dass mich meine zuckende Männlichkeit beinahe um den Verstand brachte? Dass nur eine kleine Berührung ausreichen würde, um mich in den aufgewirbelten Wassermaßen zu ergießen? Ich musste doch für alle ein offenes Buch sein, oder nicht? Meine Erregung war mir deutlich ins Gesicht geschrieben. Jedoch konnte ich absolut nicht erkennen, ob er die vor Lüsternheit aufgeladene Luft am eigenen Leibe verspürte. Ob sein laut klopfender Herzschlag daraus resultierte, dass er auch geil war oder einfach, weil es ihm unangenehm war, mit mir allein zu sein?

Verdammter Sterblichenschiss!

Seit wann machte ich mir so viele Gedanken? Ob sein Gehirn ihm auch so viele Wörter in den Kopf legte wie mir?

Ich verzog meine Nase. Ein Schweigen legte sich über uns und ich war es nicht gewohnt, Stillschweigen zu bewahren. Doch ich brachte nichts heraus. Was sollte ich sagen? Da erinnerte ich mich an den Feenwein in meinen Händen.

»Lust zu trinken, Leo?« Ich hob die Flaschen hoch.

»Ich trinke eigentlich nicht.«

Natürlich nicht. Der perfekte Leo.

»Aber eigentlich ist eigentlich kein Wort. Also den heutigen Tag kann man nur mit einer Flasche des besten Weines der Lichtlande ertragen. Oder in unserem Fall, zwei Flaschen des besten Weines der Lichtlande. Wie siehst du das? Komm schon, Leo. Lass mich nicht hängen. Wir sind doch Verbündete. Schließlich bist du auch hier an diesem geheimen Ort und nicht bei den Feierlichkeiten.« Ich zwinkerte ihm zu.

Ich hörte sein Herz heftig in seiner Brust schlagen und seine Augen wanderten unruhig hin und her, als wüsste er nicht, wohin er sie richten sollte. Was natürlich an mir und meiner Nacktheit lag. Schließlich war ich ein Prinz der Lichtlande. Ein verdammt attraktiver Prinz.

Lasziv hob ich meine Augenbrauen und zwinkerte ihm erneut zu. Dabei hielt ich die Flaschen Wein etwas näher an sein Gesicht und schaukelte damit vor seinen Augen herum. Endlich nickte er.

Ich öffnete eine Flasche und reichte sie ihm, während ich mich neben ihn stellte und wir uns gemeinsam mit dem Rücken gegen die Felswand lehnten. Der Wasserfall plätscherte entspannend und die Sonne lächelte uns zu. Jedenfalls glaubte ich das, denn ich war so nervös, weil unsere Schultern sich ganz zart berührten und ich verdammt noch mal nicht klar denken konnte.

Wir tranken schweigend. Ich hatte komischerweise auch nicht das Bedürfnis, diese Stille zu unterbrechen. Es war eher eine Wohltat und eine Entspannung, die sich auf meine angespannte Seele legte. Dieser Ort war der Grund. Und natürlich dieser Elf. Ich sah aus dem Augenwinkel zu ihm.

»Hoheit?«, sprach Leo nach einem weiteren kräftigen Schluck aus der Flasche. Seine Nase war schon gerötet, ebenso seine Ohren. Der Wein lockerte wohl seine Zunge. Das gefiel mir.

»Warum seid Ihr nicht bei den Feierlichkeiten?« Er reichte mir die Flasche zurück und ich trank einen ausgiebigen Schluck.

»Severin! Bitte nenn mich Severin. Bei Hoheit möchte ich am liebsten kotzen und das würde nur die Stimmung versauen.«

Ich nahm einen neuen Schluck und reichte den Wein zurück. Er nickte und nannte mich wohl in seinen Gedanken bei meinem Namen, denn sein Mund blieb verschlossen.

Ich seufzte.

»Der Trollkönig kann auch ohne mich aufwarten. Er ist nicht mein König. Niemals! Da würde ich lieber in der Welt der Sterblichen leben, als dass ich auch nur einmal mein Haupt vor diesem Elfen senke.« Ich rülpste laut auf und klopfte mir auf die Brust. »Verzeihung.«

»Er ist auch nicht mein König«, sprach Leo leise. So leise, dass ich es mir auch hätte einbilden können.

»Das allein zu denken ist Hochverrat, das weißt du, oder?«

»Ihr werdet mich doch nicht verraten?«, raunte er. Ich drehte meinen Kopf in seine Richtung und schmunzelte.

»Niemals.«

Ich verlor mich in seinem Blick. Seine Pupillen waren geweitet und in ihnen lag etwas, das ich noch niemals bei ihm gesehen hatte. Noch dazu biss er sich schon wieder auf die Lippe und bevor ich etwas sehr Dummes tat, wandte ich mich ab und trank einen sehr großen Schluck aus der Flasche, die mir Leo gerade reichte. Doch dann fanden meine Augen wieder seine.

»Und du? Was ist mit dir? Warum bist du nicht bei dieser abartigen Freudbarkeit im Schloss?«, fragte ich ihn.

Leo zuckte die Schultern.

»Zu viele Elfen, zu wenig Platz, das ist nichts für mich.« Er schmunzelte und seine süßen Grübchen zeigten sich in den Tiefen seines schönen Gesichtes.

»Auf die zwei Verräter, die das Schicksal an diesem freudlosen Tag zusammengebracht hat.« Ich prostete ihm mit der Weinflasche zu.

Leo lächelte und seine Wangen färbten sich noch rötlicher als vorher. Er strich sich erneut eine Haarsträhne aus dem Gesicht und eine Blubberblase von der Wasseroberfläche spritzte in diesem Moment einen großen Schwall Wasser in sein Gesicht. Er schüttelte sich das Haar. Die feuchten

Perlen rannen ihm über die Gesichtszüge und ich konnte nicht mehr an mich halten. Ich wollte nur noch seine Lippen auf meinen spüren. An ihnen saugen und meine Zunge mit der seinen verschlingen. Und noch viel mehr. Es war zu viel für all meine Selbstbeherrschung und ehe ich mich zurückhalten konnte, lagen meine Lippen auf seinen. Hitze stieg in mir auf. Und wenn ich nicht schon völlig gierig gewesen wäre, wäre ich es spätestens jetzt. Etwas zu derb forderte ich sie ein, durch die Begierde, die ich in meinen Lenden spürte. Leo versteifte sich, kniff die Augen zusammen.

Nein!

Verdammt!

Sofort zog ich mich zurück. Ich hatte einen Fehler begangen, war die Peinlichkeit in bezaubernder Elfenerscheinung. Wie sollte ich das je vergessen können? Wie sollte er das je vergessen können?

»Ähm«, räusperte ich mich und die Schmach dieses Momentes stieg mir zu Kopf. »Der Feenwein ist mir wohl zu Kopf gestiegen.« Mein Impuls war, mich abzuwenden und schnell aus dieser Situation zu fliehen.

Leo atmete geräuschvoll ein, riss mir die Flasche mit dem Wein aus der Hand und trank sie in einem Zug leer. Dann warf er sie auf die Wiese, die sich unweit von uns erstreckte, zog mich an meinem Nacken zu sich heran, bis sich unsere Nasenspitzen berührten. Mir entglitt die zweite Flasche Wein und sie versank auf dem Grund der Quelle. Leo schloss die Augen, krallte die Hand fester in meinen Nacken und legte seine Lippen auf meine.

Ich war verloren in einem Kreislauf der Begierde, des Verlangens und der Glückseligkeit. Und doch war ich so von dieser Initiative des schüchternen Leo überrascht, dass ich erstmal gar nichts tat. Dann kam ein kehliger Laut über meine Lippen und ich erwiderte den Kuss. Langsam tasteten wir uns vor. Seine Zunge glitt in meinen Mund, umspielte die meine. Das war der Punkt, an dem ich meinen Kopf ausschaltete. Ich konnte nicht mehr an mich halten, zog ihn näher an mich heran, drückte ihn an den Rand der Felsmauer und stellte mich vor ihn, legte eine Hand an seinen Hintern. Die andere fuhr durch seine braunen Haare und ich presste meinen feurigen Körper an seinen. Ich hätte mich fast ergossen, als meine Härte auf seine traf und sie gegenseitig pulsierten, als ob sie schon so lange auf dieses Spiel gewartet hätten. Ich keuchte auf und auch Leo wimmerte. Ich verlor fast den Verstand dabei, ihm so nahe zu sein, und wenn ich mich jetzt nicht zurückzog, dann wäre die Erlösung meiner sexuellen Qualen viel zu schnell gekommen. Atemlos löste ich mich von ihm. Der Anblick seiner geschwollenen Lippen und die verstrubbelten Haare schickten erneute Hitzewellen durch meinen Körper.

»Der Wein ist leer«, flüsterte ich das Absurdeste, was es in dieser Situation zu sagen gab.

Er nickte und biss sich auf die Lippen, die einen rötlichen köstlichen Schimmer angenommen hatten.

»Verdammt!«, raunte ich ihm entgegen und näherte mich ihm wieder.

Unsere Lippen trafen erneut aufeinander. Diesmal wilder und heißer als zuvor. Er drückte seinen Körper an meinen. Mit einem Stöhnen auf den Lippen gaben wir uns der Begierde hin. Ließen uns führen von den Gefühlen unserer Seelen und unserer Herzen.

Es war ein unvergesslicher Tag der Liebelei. Voller entzückender Laute und klopfender Herzen.

Als ich am nächsten Tageslauf im Gras neben den Quellen die Augen öffnete, als die Sonne ihre Strahlen nach mir ausstreckte und meine Haut mit zarter Lichtmagie aufwärmte, war Leo fort. Als wäre er nur ein Traum meiner vom Feenwein geschuldeter Fantasie. Als hätten wir nie diesen wundervollen Tag der Liebe miteinander verbracht. Doch mein Herz war Zeuge. Dieser eine Liebestag hatte sich tief in meine Seele gebrannt und mein Herz sehnte sich nach mehr.

KAPITEL 2
Severin

Gegenwart:

Ich erwachte aus meinem süßesten Traum eines Erlebnisses längst vergangenen Seins. Aus einer Erinnerung von der ich, über siebenhundert Sonneläufe später, immer noch zehrte. Dieses vergangene Geschehnis hatte mich verändert, hatte den alten Severin Grünhain zu jemandem gemacht, dessen Herz von ungesagten Gefühlen beseelt war. Das, was ich in mir spürte, was ganz harmlos anfing, hatte sich über die Jahre zu etwas viel Intensiverem entwickelt. Etwas Berauschendem. Etwas völlig Neuem für mich.

Es war Liebe.

Leo war meine erste und einzige echte Liebe. Doch diese Liebe war nie zu etwas geworden, das uns beide zu Seelenpartnern machen könnte. Das Band des Seelenschwurs zwei sich zugeneigter Elfen war nie Teil unseres gemeinschaftlichen Lebens. Das Gefühl der Liebe hing in der Luft, schwebte über unseren Köpfen, aber war nie etwas, das sich in dieser Welt zu etwas Festem entwickelte. Sie war da und doch waren wir uns niemals nähergekommen als an diesem einen besonderen Tag. Es blieb bei heimlichen Blicken, bei zufälligen Berührungen und bei nicht immer jugendfreien Andeutungen. Leo war viel zu schüchtern, um einen weiteren Schritt in meine Richtung zu wagen und ich war viel zu ungezwungen. Als ob das Schicksal, das wir beide an diesem einen Tag gespürt hatten, uns einen Streich spielen wollte, uns in eine Richtung lenkte, die wir niemals gemeinsam erreichen würden. Woran es lag war mir ein ungelöstes Rätsel. Und doch hatte ich das Gefühl, dass wir uns in den letzten Wochen nähergekommen waren, dass wir einen Schritt in die richtige Richtung gefunden hatten. Einen Schritt für eine gemeinsame Zukunft. Eine Zukunft, die wir gemeinsam bestreiten konnten.

Traurigerweise hatte das Schicksal, das glühende schicksalsträchtige Karma höherer Mächte, uns eingeholt. Hatte eine Klinge genommen und das Band, das mich und Leo verband, die Liebe, die unausgesprochen über unseren Köpfen schwebte, wie einen Faden gekappt. Entzwei geteilt.

Nein! Die Unwahrheit stand mir ins Gesicht geschrieben. Meine Gedanken wurden gestraft durch die Lügen, die durch meinen Kopf wanderten. *Nein!* Nicht das Schicksal hatte Schuld an unserem Zerwürfnis. Ich würde wirklich gern dem Schicksal die Schuld geben, dem schlechten Karma, der Dunkelheit meiner Seele, aber damit würde ich mich selbst belügen. Denn ich war es, der uns entzweit hatte. Ich hatte meiner einzigen Liebe wehgetan. Der Schmerz, den ich in mir spürte, war meine eigene verdammte Schuld.

Ich hatte ihn angeschrien, hatte ihn vor Prue, Fry, Brent und den Schattenelfen gedemütigt nach alldem, was wir auf unserer Reise erlebt, was wir durchgestanden hatten, und dann am Tiefpunkt meines Lebens hatte ich ihm die Schuld an Frys bevorstehendem Tod gegeben. Konnte es nicht ertragen, dass er nicht in der Lage war, ihn zu heilen, wo er doch der Heilkunst mächtig und mein einziger Anker in dieser grauenvollen, von Dunkelheit überlasteten Welt war.

Das Blut, das geflossen ist, war Zeuge meiner ehrenlosen Tat. Nie könnte ich es vergessen. Niemals würde meine Seele mehr aufschreien als in diesem einen Moment meines Vergehens.

Niemals!

Ich bereute es zutiefst. Diese Reue ging so tief, dass ich mein eigenes Spiegelbild nicht mehr ertrug. Noch dazu redete ich mir Sonnenlauf um Sonnenlauf ein, dass es eine Kurzschlussreaktion gewesen war. Dass es eine Reaktion auf die ganzen schlimmen Ereignisse gewesen war, die wir vorher bestritten hatten. Fry, unser König, lag fast tot am Boden. Idon war bereits von uns gegangen. Wir hatten meine Schwester gerade so von ihrem gruseligen Vater befreien können. Ich war am Ende meiner Kräfte angelangt und dann lag mein einziger Freund, mein Bruder, verletzt am Boden. Eine Klinge mit Bittersüßer Nachtschatten hatte ihn gestreift und vergiftete sein Herz. Er war dem Tode nahe. Wir konnten die eisigen Krallen des unwiderruflichen Todes spüren, die über unseren Köpfen hingen. Die Luft war erfüllt von den Schreien seiner vergifteten Seele. Alle hatten den Todesgesang gespürt, hatten den Quell einer sterbenden Lichtseele gefühlt.

Diese Qualen, dieses Leid, dieser Schmerz!

Es war zu viel.

Ich konnte Leos geflüsterte Worte nicht für die Wahrheit halten. Es gab keine Entschuldigung für die übergreifende unterdrückte Wut, die mich befallen hatte, als ich ihm die Faust ins Gesicht schlug. Es war vielleicht eine Kurzschluss-reaktion, doch hätte es niemals so weit kommen dürfen. Ich hatte in meiner Rolle versagt. Als Freund, als Bruder, als Prinz, als Krieger der Lichtlande. Ich hatte als Severin ver-sagt!

In all den Wochen, in all den endlosen schlaflosen Nächten seither wurde mir eins immer deutlicher: Es war nicht nur Wut, die mich an diesem Tageslauf befallen hatte, sondern vor allem Trauer. Angst, wieder jemanden zu verlieren, der mir näher war als ich mir selbst.

Leo konnte nichts für meine Zerrissenheit. Ich hatte Fry an diesem Tag nicht verloren, dafür aber ihn.

Seitdem verschloss Leo sich vor mir. Er ging mir aus dem Weg, flüchtete und ließ mich stehen, wenn ich das Gespräch mit ihm suchte. Nicht ein einziges Wort hatte er seither mit mir gewechselt. Seine Lippen blieben verschlossen, so wie sein Herz. Er hatte sich vor meiner Liebe zurückgezogen.

Ich hasste das!

Ich hasste das zutiefst, weil ich daran schuld war. Es brach mir das Herz, dass ich seines gebrochen hatte. Dass ich durch eine unüberlegte Handlung alles zerstörte, das sich über so lange Zeit zwischen uns entwickelt hatte.

Es gab einen Moment auf unserer letzten Reise, an dem ich glaubte, sterben zu müssen, als ich davon überzeugt war, es sei endgültig vorbei und ich wollte die Worte laut aussprechen, die ich empfand. Wollte ihm sagen, dass ich ihn liebte, dass er alles für mich war und er der einzig wahre Grund war, warum ich immer noch stand und warum mein Herz nach wie vor schlug. Ich spürte dieses Gefühl auch in ihm, sah es in seinen Augen, fühlte es in den Schwingungen seiner Seele und hörte es im Pochen seines Herzens. Keiner sprach die Worte aus, die unsere Seelen und unsere gemeinsam schlagenden Herzen verband.

Vielleicht war es gut, dass wir uns nie gesagt hatten, dass es Liebe war, die uns verflocht. Doch bereute ich es nun, es nicht gesagt zu haben. Es erdrückte mich. Nahm mir die Luft zum Atmen. Obgleich es keinen Unterschied gemacht hätte. Denn auch wenn die Worte ausgesprochen gewesen wären, hätte ich doch so gehandelt, wie ich es an diesem einen Tag in der Sonne getan hatte. Vielleicht wäre es sogar noch schlimmer gewesen. So schwebte die Liebe nur über unseren Köpfen, hatte kein Band geknüpft, das dann unwiderruflich verloren gewesen wäre.

Verfluchte Liebe!

Wieso tat sie so weh?

Meine Schuld konnte nicht rückgängig gemacht werden, das war mir klar. Ich konnte die Taten meiner Vergangenheit nicht wegspülen oder magisch aus den Erinnerungen löschen und musste fortan damit leben. Das Einzige, was ich tun konnte, war um Vergebung zu bitten. Es lag an Leo, ob er dieser Vergebung Glauben schenkte. Jedoch müsste ich erstmal die Gelegenheit haben, mit ihm zu sprechen, was gerade unmöglich erschien.

Ich rieb mir den Kopf, schluckte die Schuldgefühle und die emotionale Belastung herunter und erhob mich von meiner Bettstatt. Sanft fuhr ich mit der Hand über das Laken der rechten Betthälfte. Die Seite war leer. Unberührt. So wie immer.

Seufzend rieb ich mir die Schläfen und erhob mich vollständig aus meiner Schlafstätte. Ich gähnte laut auf, streckte meine müden Glieder, ließ die Schultern kreisen.

Mein Gemach im Schloss der Lichtlande lag wie Frys oben unter dem Himmel der Magie. Die Wände waren aus einer Mischung von Holz und Stein gefertigt worden. Eine Verbindung zweier Materialien, die sich unähnlicher nicht sein konnten. Die Decke war offen, eine Pforte zu dem Lebensquell unserer Macht, und die sternklare Nacht, die immer noch in ihrem nächtlichen Lebenskreislauf rotierte, richtete ihren gierigen Blick auf mich und zeigte mir wieder einmal deutlich auf, was ich dieser Tage verloren hatte.

Die Dunkelheit, die den Lichtelfen so viel Unbehagen bereitete, war heute trotz der schmerzvollen Gedanken an meinen Liebsten wunderschön anzusehen. Der Mond strahlte und ließ meine Räumlichkeit in einem silbernen, hauchzarten Schimmer erstrahlen. Die Magie der Nacht war greifbar und obwohl ich keine Kraft aus der Dunkelheit schöpfen konnte, spürte ich sie. Blickte hinter den Schleier und sah trotz allem ihre Schönheit.

Es war ein Irrglaube, dass die Lichtelfen die Dunkelheit der Nacht verabscheuten. Eine Lüge. Geschöpft aus den Grausamkeiten und den Albträumen, die die Schattenelfen über uns gebracht hatten. Viele würden es nie zugeben, doch die Nacht hatte für uns auch ihren Platz in der Welt. Sie gab uns Ruhe und bereitete uns auf den von Magie berauschten Tag vor.

Ich ließ den Blick durch mein Gemach schweifen. Es war voller Chaos. So wie ich das wandelnde Chaos war. Überall lagen Dinge herum. Rüstungsteile, Waffen, Hemden und Stiefel. Ausgelesene Pergamente – wenn Fry sie hier wild verstreut auf dem Boden fände, würde er den Stillstand seines Herzens erleiden. Aufgeschlagene Seiten von Büchern, deren Pergament Knicke und Wasserflecken aufwiesen. Ein Blumenkranz, der längst sein Leben ausgehaucht hatte, lag auf meinem Tisch, an dem die Staubschicht bereits ein Eigenleben führte. Nicht zu vergessen mein außerordentlicher Vorrat an Pfeifenkraut, das überall verstreut herum lag.

»*Chaot!*« Die Stimme meines Vaters fuhr mir ins Gedächtnis und ich zuckte durch diese plötzlich auftretende Erinnerung kurz zusammen. Ein Bild formte sich in meinem Kopf, wie mein Vater am Türrahmen lehnte oder wenn er über mein Durcheinander stolperte und sein nicht wirklich tadelnder Gesichtsausdruck, wenn er mit seinem wachsamen Blick meine Räumlichkeiten überblickte. »*Ich sollte dich tadeln, mein Sohn, aber wir sind uns zu ähnlich.*« Dann lachte er laut, zog mich an sich und wuschelte mir durch die grünen Locken, die seinen so glichen.

Ach, wenn er nur hier wäre! Dann hätte ich ihm mein Herz ausschütten können. Er wüsste einen Rat. Der weise, tapfere Glen Grünhain wusste immer einen Rat.

Du fehlst mir, Vater.

Wehmut legte sich über meine Seele und ich versuchte sie wieder in meinem Herz zu verschließen. Noch einen Tropfen Traurigkeit konnte ich gerade wirklich nicht gebrauchen.

Ich stolperte über einen Stiefel und kickte ihn frustriert weg. Er flog in einen Haufen mit dreckigen Laken und schmutziger Wäsche und verschwand darin. Ich hatte den Elfendienern verboten, hier hereinzukommen, um Ordnung zu machen. Ich liebte mein Durcheinander. So sollte es bleiben. Wenigstens das sollte sich nicht in meinem Leben ändern. Über einem Holzstuhl hing ein Hemd. Ich griff danach, hob es an die Nase und schnupperte daran. Es roch noch gut. Nicht mehr ganz so frisch, aber Flecken waren darauf nicht zu sehen, also zog ich es über die nackte Brust. Dann fischte ich mir eine Hose aus dem Haufen vor mir und schlüpfte hinein. Auf Schuhe verzichtete ich, denn ich liebte es, mal nicht die schweren Stiefel der Krieger zu tragen. Mit einem Blick auf mein Spiegelbild, das sich in einem hölzernen Spiegel an der Wand offenbarte, fuhr ich mir durch die Haare. Die grünen Locken hingen mir ins Gesicht, meine Augen, in derselben Farbe mit kleinen goldenen Sprenkeln, sahen müde aus. Der Schlafmangel und die wehmütigen Gedanken, die Schuldgefühle und der ganze Scheiß mit meiner Schwester zeichneten mich. Nichts war von dem blühenden, immer strahlendem Severin Grünhain zu erkennen. Dieser Severin gefiel mir nicht.

Ich stöhnte auf, öffnete die Tür und spähte hinaus. Ein Krieger stand an der gegenüberliegenden Wand. Als ich meinen Kopf hinausstreckte, straffte er seine Schultern und legte die rechte Hand an sein Herz.

»Hoheit!« Er räusperte sich überrascht.

»Wieso stehst du noch hier? Willst du nicht lieber das Bett mit deinem Weib teilen, als vor meiner Tür Langeweile zu schieben?« Ich hüstelte und verdrehte innerlich die Augen, als der Krieger die Stirn runzelte und ziemlich bedröppelt dreinblickte. »Trin, geh nach Hause, beglück dein Weib. Ich gehe jetzt auch!« Ich trat aus meinem Gemach und verschloss mit einem Funken meiner Magie die Tür hinter mir.

»Ich begleite Euch.« Der Krieger kam einen Schritt auf mich zu.

»Nein!«, protestierte ich etwas zu energisch. »Ich möchte allein sein«, fügte ich sanfter hinzu.

»Wie Ihr wünscht.« Er machte Anstalten sich wieder an der Wand zu positionieren, doch ich trat einen Schritt auf ihn zu, sodass er in seiner Bewegung innehielt.

»Ein leeres Zimmer zu bewachen macht doch keinen Sinn. Es sei denn, du stehst drauf, allein in den finsteren Gängen der Nacht herumzulungern. Lungerst du gern rum, Trin? Geh nach Hause.«

»Seid Ihr sicher, Hoheit?«

Mir entging sein unsicherer Blick nicht und ich wusste, dass Cailan das nie gutgeheißen hätte. Aber der Troll war nicht da und würde niemals mehr lebend diese Mauern betreten, dafür würde ich persönlich sorgen. Also schenkte ich meinem Kriegerkollegen ein Lächeln und klopfte ihm auf die Schultern.

»Du bist ein guter, pflichtbewusster Krieger und jetzt mach dich zu deinem Weib, ehe ich mich zu ihr lege.« Ich wackelte lasziv mit den Augenbrauen. Endlich schmunzelte auch Trin. »Geh schon«, bestärkte ich ihn noch ein letztes Mal und er nickte mir zu.

Ich wartete nicht darauf, ob er in die andere Richtung davon ging, sondern ging meinen eigenen Weg. Trotzdem spürte ich seinen Blick, bis ich um die nächste Ecke bog und mich an eine Säule lehnte.

Mein Kopf dröhnte von den ganzen wirren Dingen, die mich belasteten und es gab nur einen Ort, an dem ich jetzt sein wollte, um den Kopf freizubekommen. Um die Wehmut, die Traurigkeit und alles andere für einen Moment vergessen zu können. Sie für einen auch noch so kleinen Augenblick in meinem Herz zu verschließen und nur für einen Wimpernschlag der alte Severin sein zu können.

Auf dem Weg zu meinem Lieblingsort begegnete ich lediglich ein paar Wachen, die sich rund um das Dorf positioniert hatten. Sie waren auf ihrer Patrouille. Es war schließlich tiefste Nacht und die Zeit der Schattenelfen. Wir rechneten jeden Nachtlauf mit einem Angriff. Fry hatte die Wachen verdoppelt, seit er seinen rechtmäßigen Platz als König eingenommen hatte. Er selbst ging regelmäßig auf Patrouille um das Dorf herum. Da Cailan noch irgendwo da draußen lauerte und dem Schattenkönig immer weiter Informationen zukommen lassen konnte, mussten wir in absehbarer Zeit mit einem Angriff rechnen. Er würde kommen. Irgendwann würde er kommen. Jede Nacht hofften wir, dass es nicht diese wäre.

Ich winkte den Wachen gespielt zu und ging schnellen Schrittes an ihnen vorbei, noch bevor sie das Wort an mich richten konnten und mir womöglich auch ihre Wegbegleitung angeboten hätten.

Hallo, ich war Severin Grünhain! Ich brauchte keinen Schutz. Schließlich war ich seit frühster Jünglingszeit ein Krieger der Krone. Ein absolut außergewöhnlicher Krieger. Mein Vater persönlich hatte mich und Fry ausgebildet. Wir hatten den besten Lehrmeister gehabt.

Die Behausungen der Elfen lagen in ihrem gewohnten nächtlich bläulichen Glanz, als ich schnellen Schrittes das Dorf durchquerte. Meine Füße führten mich wie von allein zu meinem Ziel. Der Feenwald war längst passiert, ohne dass ich etwas davon mitbekommen hatte. Es war wie ein Band, das mich in diese eine Richtung zog.

Als ich an der heiligen Esche vorbei trat, den Waldpfad durchstreifte, in einer überaus waghalsigen Rutschpartie den Hügel hinunter glitt und endlich an den singenden Quellen der Sonnenbrandung stand, ließ ich die Schultern hängen. In meinem Körper bebte es. Mein Herz raste.

Ich war allein.

Niemand war hier.

Ich sollte glücklich sein.

Sollte die Anspannung hinter mir gelassen haben.

Ich hätte ein Gefühl der Ruhe spüren müssen.

Doch ich spürte es nicht. Spürte all dies nicht.

Das beruhigende Gefühl der Losgelöstheit stellte sich auch nach einem weiteren tiefen Atemzug nicht ein und meine Beine gaben unter dem Druck, der mich belastete, nach. Die Sterne über meinem Kopf funkelten und der Mond lächelte mich an, als ich auf die Knie fiel, als wollte er eine schützende Hand über mich legen und mir die Betrübtheit meiner Seele vom Körper waschen, was sonst nur seine Schwester, die Sonne vermochte. Doch die Traurigkeit ließ sich nicht vertreiben. Sie begleitete mich, sogar hier an meinem Ort der Ruhe. Ich krallte mich in den Erdboden, zerstörte durch die plagenden Gefühle das Gras unter meinen Fingern. Auf wackeligen Gliedmaßen kroch ich zum Nass meiner vergangenen Glückseligkeit, schöpfte mit meinen Handflächen Wasser aus der sprudelnden Quelle und benetzte mein Gesicht. Ich versuchte mein rasendes Herz zu beruhigen und die trüben Gedanken fortzuwaschen. Doch vergeblich. Dieser Ort, dieser fantastische, wundervolle Ort, schaffte es das erste Mal nicht, mich aufzufangen. Mich aus dem Tief meines Lebens herauszuholen und mich mit seiner Magie zu heilen. Mein Leben war ein einziger Scherbenhaufen. Alle, die ich liebte, hatten mich verlassen oder waren von mir gezerrt worden. Das war mein ganz persönlicher Severin-Fluch.

Der Druck in meiner Brust nahm zu. Versetzte meinen ganzen Körper in ein Erdbeben und dann schüttelte ich mich, denn die Trauer, welche die ganze Zeit schon in mir darauf gewartet hatte, herauszubrechen, überrannte mich sogleich.

Mein Herz, meine Seele, alles schmerzte.

Es übermannte mich wie ein Bachlauf, der plötzlich zu einem reißenden Strom wurde. Zu einer Welle der Schwermütigkeit. Meine Hand legte sich auf mein Herz und ich merkte, wie die unterdrückten Tränen der letzten Wochen sich einen Weg an die Oberfläche kämpften.

Ein Ast knackte hinter mir. Ich wirbelte herum. Griff wie automatisch nach meinem Schwert, das nicht da war, da ich ohne Waffen aufgebrochen war. Sogleich war ich auf den Beinen und ließ die schlafende, grünliche Magie, die in meinen Körper schlummerte, herauskommen. Doch es war nicht nötig, ein Schwert zu führen oder irgendeine Magie zu wirken, denn ich blickte in die erschrockenen grünen Augen des Elfen, den ich jetzt am wenigsten erwartet hätte. Des

Elfen, der mir seit Wochen aus dem Weg ging und dessen betrübtes Herz mich innerlich zerstückelte.

»Leo«, flüsterte ich und wusch mir hektisch über die Augen. Auch nur seinen Namen auszusprechen bekümmerte mich. Ich wollte seine rettenden Arme um mich spüren. Seine Brust an meiner, die meinen Herzschmerz beruhigen würde, seine wohltuende Art. Wollte ihm so viel sagen, ihn anflehen, mir zu verzeihen. Aber ich brachte kein einziges dieser Worte heraus, denn sein Anblick versetzte mir einen so großen Stich, dass ich Mühe hatte, überhaupt aufrecht zu stehen.

»Verzeiht Hoheit. Ich hatte nicht damit gerechnet, Euch hier zu sehen.« Er machte Anstalten, denselben Weg zurückzugehen, den er gekommen war. Wollte schon wieder vor mir und den unausgesprochenen Worten fliehen, die über uns ihre Kreise zogen.

»Willst du mich verarschen?«, platzte es aus mir heraus und er hielt wie erstarrt in seiner Bewegung inne. »Das ist mein Lieblingsort auf dieser Welt. Wenn man mich sehen möchte, dann wohl hier, und du hast nicht damit gerechnet, mich an diesem verdammten Ort zu treffen?«

Ich wollte ihn nicht anschreien oder ihm in irgendeiner Weise meinen Unmut aufzeigen, doch konnte ich nicht an mich halten. Seine ersten Worte seit zwei Wochen. Zwei verschissene Wochen. Und dann sowas? Kein »*Severin, es tut mir leid, dass ich dich ignoriert habe, aber du bist ein Idiot und ich will dich nie wieder sehen.*« Nichts. Selbst das wäre besser als das hier. Er hatte nicht damit gerechnet, mich hier zu sehen? *Für den Arsch!*

»Das ist lächerlich!«, motzte ich durch mein aufgeschäumtes Gemüt. Sein erschrockener, schon fast ängstlicher Gesichtsausdruck ließ mich meine Worte jedoch gleich wieder bereuen.

Er erwiderte gar nichts. Natürlich nicht. Sein verletzter Blick streifte meinen. Seine Stimme überhaupt zu hören, nach so vielen Augenblicken, in denen ich versucht hatte, mit ihm das Gespräch zu suchen, in denen er mich einfach hatte stehen lassen, ohne auch nur ein einziges Wort über seine Lippen zu bringen, grenzte an ein Wunder. An ein sonnengeborenes Wunder, und ich machte es kaputt.

»Leo, bitte rede mit mir«, fuhr ich mit sanfterer Stimme fort, schluckte den Unmut herunter und hoffte, dass ich ihn durch meine unüberlegten Worte nicht verschreckt hatte. Ich ging einen Schritt auf ihn zu und stoppte, als ich sah, dass er vor mir zurückwich. Ich ließ ihn nicht. Handelte, ohne nachzudenken. Fing sein Handgelenk ab und hielt es fest umschlungen. Die Berührung sendete tausend Nadelstiche in mein Herz. Seine weiche, warme, nach Leo duftende Haut.

»Hoheit«, flüsterte er und senkte seinen Kopf.

Ich wollte ihn in diesem Moment erwürgen.

»Hoheit?«, fragte ich ihn verletzt. Es schmerzte viel zu sehr, um wahr zu sein. Dieses eine verdammte Wort aus seinem Mund tat so verflucht weh.

Ich musterte ihn, suchte nach irgendeiner Reaktion, dass ihm auch das Herz blutete, wenn er an mich dachte. Dass er auch solche Schmerzen, solche Traurigkeit verspürte, wie ich in den letzten Wochen. Aber wieder schwieg er, verschloss sich und teilte seine Gefühle nicht mit mir. Er zog sich zurück. Wie immer.

»Verlässt du mich wie alle anderen? Mein Vater, meine Mutter. Fry wäre fast gestorben! Meine Schwester ist nur noch eine leblose Hülle und jetzt du?« Ich konnte nicht mehr an mich halten und meine Stimme wurde erneut lauter und energischer. Fast panisch. »Leo! Verdammt siehst du denn nicht, dass es mir leidtut? Du kannst mich nicht verlassen. Das kannst du einfach nicht!« Immer noch hielt ich sein Handgelenk umschlungen. »Ich dachte, da wäre etwas zwischen uns. Mehr als nur Spaß und Spielchen. Ich weiß, dass da mehr war. Das kannst du nicht bestreiten! Wehe, du tust es!«

»Ich bestreite es nicht«, flüsterte er. Seine Worte krallten sich in mein Herz.

»Was ist es dann, verdammt? Weil ich ausgerastet bin? Dich angeschrien und dich geschlagen habe? Ist es das? Ich hatte nie die Absicht, dir weh zu tun. Leo, ich liebe dich. Wieso begreifst du das denn nicht!« Ich hatte es ausgesprochen. Das große bedeutende Wort.

»I-ich ...«, stotterte er und schloss sogleich seinen Mund. Ich hörte sein Herz stolpern. Es kam aus dem Takt und schlug dann in doppelter Geschwindigkeit weiter. Ich hatte ihm gerade gesagt, dass ich ihn liebte, und er brachte nichts außer ein schwaches »Ich« heraus? War das sein beschissener Ernst?

In seinen Augen erschien ein ungewohnter Glanz. Als ob sich tausend Tränen einen Weg in die Freiheit bahnen wollten. Das ließ meinen Unmut verpuffen und ich konnte nicht mehr anders. Ich zog ihn zu mir heran, umfasste mit der anderen Hand sein Gesicht und drückte meine Lippen auf seine. Erst dachte ich, er würde mich wegstoßen. Da drang ein tiefer Seufzer aus seiner Kehle und er erwiderte den Kuss. Voller Sehnsucht. Voller geladener Emotionen. Und plötzlich war es, als ob er aus einer Art Trance erwachte. Er riss die Augen auf. Stemmte mich von sich. Ein einsamer Spuckefaden, der unsere Lippen noch miteinander verband, zerriss und ich taumelte einen Schritt nach hinten. Die Leere, die sich in meinem Inneren sammelte, zerbrach mich. Mir war sofort kalt und eine tiefe Zerrissenheit nahm von mir Besitz. Größer und mächtiger als jemals zuvor. Einsamkeit umgab mich und ein eisiger Schauer gesplitterten Eises zog seine Bahnen in meinem Körper.

»Ich kann nicht«, flüsterte Leo mit roten Wangen und geschwollenen Lippen. »Es tut mir leid, Severin.«

Er drehte sich um. Wollte mich hier an meinem Lieblingsort allein zurücklassen, mit dieser Kälte, der Traurigkeit und der Alleinsamkeit. An dem Ort, an dem das Ganze zwischen uns erst angefangen hatte, damals vor zwei Jahresläufen.

»Leo, bitte verlass mich nicht. Bitte tu es nicht. Ich flehe dich an!«, sprach ich mit gedämpfter Stimme, die meine Traurigkeit widerspiegelte. Ich war zutiefst gebrochen. »Ich brauche dich!«

Sein Blick streifte meinen und er öffnete den Mund und die Worte verschwanden in dem Gewittersturm der Traurigkeit, die ich in mir spürte.

»Es tut mir leid, Severin. Das tut es wirklich.« Er wischte sich über die Augen und ging.

Ich hielt ihn nicht mehr auf. Es war alles gesagt. Er hatte mich verlassen. Ließ mich allein zurück und übermalte die von einstiger Lust und dem Anfang einer Liebelei aufgehäuften Erinnerungen in meinem Kopf, die mit dem Ort verbunden gewesen waren. Zurück blieb Verzweiflung und der Verlust eines weiteren Geschöpfs meines Herzens.

Eisige Kälte zog durch meine Glieder. Der Kampf darum, die Tränen zurückzuhalten, war verloren. Dieser Verlust brannte sich so tief ein, dass ich anfing, lauthals zu schluchzen. Das Beben in meiner Brust wurde brennender, schrie mich an und durchbohrte mein Herz mit tausend Nadeln. Ich weinte, wie ich noch nie in meinem Leben geweint hatte. Heiße Tränen rannen aus meinen Augen, benetzten meine Wangen und verloren sich im Grün der Wiese. Mein ganzer verdammter Körper bebte, krümmte sich vor Schmerz. Ich fiel auf die Knie, hielt mein vor Traurigkeit brüllendes Herz fest, weil ich Angst hatte, es würde mir aus der Brust springen und mich verlassen, so wie alle mich verlassen hatten.

Wie sollte ich je wieder lachen können? Witze reißen oder meine große Klappe zum Besten geben? Wie sollte das je wieder möglich sein? Wie sollte ich je wieder jemanden lieben können? Gerade jetzt bewunderte ich die Schatten. Mit ihren herzlosen Seelen. Ihre leblosen Hüllen. Ihnen konnte das Herz nicht brechen. Sie waren schon gebrochen. Vielleicht hatte meine Schwester doch den richtigen Schritt getan als sie ihr Licht aufgegeben hatte. Sie war jetzt eine emotionslose Hülle. Sie würde nie mehr diese Schmerzen erleiden müssen.

Ich glaubte, ich müsste sterben. So weh tat es.

KAPITEL 3

Fry

Für einen kurzen Wimpernschlag glaubte ich, einen grünen Haarschopf im Feenwald verschwinden zu sehen, als ich mich selbst heimlich aus dem Schloss schlich. Es war albern, aber wenn man wie ich die Freiheit so sehr liebte, die einem genommen wurde, kam man auf die albernsten Gedanken, um den neugierigen Augen des Hofes zu entkommen. Auch mein Freund teilte dieses Schicksal. Ich wusste, dass Severin dieser Tage genauso unruhig war, wie ich mich selbst fühlte. Ihn zog es genauso an einen Ort, an dem das Atmen für einen Augenblick nicht ganz so schwerfiel. Einen Ort, an dem man kurz vergessen konnte, wer man war und was diese Welt einem genommen hatte. Obwohl diese Orte auch Schmerz mit sich brachten.

Der Hügel der Feen lag im Glanz der nächtlichen Himmelsformation, als ich endlich dort ankam und dem Ruf des kleinen, von einem Blumenmeer umwobenen, Sees nachging. Meinen Kopf auf dem weichen Boden bettend, das weiche Gras unter meinen Fingern spürend, schloss ich für einen Augenblick die Augen. Ich konzentrierte mich auf die Geräusche der Nacht, die so anders waren, so unterschiedlich zu denen des berauschenden, von Magie strotzenden Tages. Meine Hand legte sich, wie so oft in den letzten Wochen, automatisch an mein Herz. Es schlug regelmäßig und doch stolperte es immer wieder durch die Gefühle, die sich in mir wie ein Gewittersturm auftürmten. Es gab Momente, in denen ich dieses vor Leben strotzende Herz aus meiner Brust reißen wollte. Momente, an denen mich der Schmerz dieses lebendigen Objektes überrannte und ich nichts anderes mehr fühlte als Schuld. Dieses Herz, mein Herz, schrie mich an, das Leben, das berauschend durch mich hindurchfloss, endlich zu akzeptieren. Es endlich als ein Geschenk höherer Mächte anzusehen. Es als meins anzuerkennen.

Ich konnte es nicht.

Nicht solange ich wusste, dass Prues Licht es wieder zum Schlagen gebracht hatte. Nicht solange meine Liebste ohne Hoffnung, ohne Liebe und ohne jedwedes Gefühl in der Welt vor sich hinvegetierte. In einer Welt, in der das Schattenkind eine Bedrohung für alles Leben war. In einer Welt, die nie mehr die Gleiche für sie sein würde, ganz gleich was die Zukunft noch mit sich brächte. In einer Welt, in der sie gefürchtet wurde. Eine Welt ohne Licht.

»Ach meine Liebe. Ich wünschte, du hättest es nicht getan«, flüsterte ich in die Nacht hinein. Vielleicht trug der Wind meine Worte zu den Ohren meiner Liebsten. Vielleicht schnappte sie sie auf, dachte an ihr vergangenes Leben und was sie geopfert hatte für einen Elfen, der ihre Liebe nicht verdiente. Mein Herz setzte einen Schlag aus, als ob es genau wüsste, was ich mit meinen Worten meinte. Als ob Prues Licht mir ein Zeichen geben wollte, was sie verloren und was ich dadurch gewonnen hatte.

Eine zweite Chance.

Aber war es das wert? War diese zweite Chance es wert, dass sie fortan als das leben musste, was sie am meisten verabscheute? Als Schatten? Der Preis war zu hoch. Ich leuchtete, aber ihr Licht war erloschen. Es war eine Wiedergeburt und doch reinste Folter. Ich hatte dieses neu geschenkte Leben und vor allem ihre Liebe nicht verdient, die sie dazu veranlasst hatte, mir das zu schenken, was ihr am meisten in dieser Welt bedeutete.

In den wenigen Momenten, die ich allein sein konnte, die ich entbehren konnte und die weit weg von meinen neuen Aufgaben als König lagen, kam ich hierher. Es schmerzte mich, zerriss mich und peinigte mich zugleich, auch nur einen Schritt hierher zu wagen, wo doch hier alle Schuld, die ich auf mich geladen hatte, ihren Höhepunkt erreichte. Hierher zu kommen, an meinen Lieblingsort und zeitgleich auch den Ort, der von meiner Schuld überlagert wurde, war Befreiung, Folter und unendliche Qual in einem. Ein Ort, an dem ich mich selbst verraten hatte und die einzige Liebe meines Lebens. Aber auch ein Ort, an dem ich atmen konnte. Auch wenn es nur für ein paar Wimpernschläge anhielt. Der Schmerz saß tief, genau wie die Schuld. Aber ich brauchte diese Folter, diese Pein und das dumpfe Gefühl meiner Verfehlung. Nur so konnte ich wirklich begreifen, was dieses Mädchen für mich geopfert hatte. Ohne sie wäre ich nicht hier, ohne das Opfer würde Severin die Bürde des Königreichs auf seinen Schultern tragen, und er hatte schon zu viel Elend in seinem Leben erfahren müssen, als dass ich ihn damit auch noch belasten könnte. Lieber ging ich hier zu Grunde als er.

Ich war nun der König der Lichtlande. Was für ein Witz. War zu dem geworden, das ich am meisten an mir hasste. Meine Freiheit war dahin und ich würde nie mehr unbeschwert durch diese Welt ziehen können, ohne jemandem weh zu tun. All die Verpflichtungen, die Entscheidungen, das Überleben eines ganzen Volkes hingen von mir ab. Wie sollte ich das alles bewerkstelligen? Was wenn ich versagte?

Was wenn wegen meiner Unfähigkeit als König weitere Lebewesen starben?

Ich seufzte laut auf, meine Lippen bebten und mein Herz pochte so schnell, dass es weh tat. Viel zu schnell polterte es in meinem Körper und müsste jeden Moment aus der Brust springen. Mit dem nächsten Atemzug beruhigte es sich wieder und schlug in einem regelmäßigen Rhythmus, was daran lag, dass gerade eine Blumenfee auf mich zuflog und mir ein Blatt mit frischem Morgentau reichte. Dieselbe Blumenfee, die damals in der Wasserschale meiner Liebsten gebadet und überall ihren Glitzer verteilt hatte. Ich traf sie jedes Mal an diesem Ort und sie erinnerte mich ständig daran, dass Prue sich niemals mehr über so eine Kleinigkeit erfreuen würde.

Ich setzte mich auf, nahm ihr das Blatt ab, schlürfte das kühlende Tau und reichte es dann an die kleine Fee zurück. Sie verbeugte sich und flog zu ihren Brüdern und Schwestern zurück. Mit meinen Augen folgte ich dem Schauspiel ihrer Magie. Trotz, dass noch immer Nacht herrschte, bereiteten sich die Feen auf den bevorstehenden Tag vor. Sie legten ihre ganz eigene Magie und ihren Zauber um das Meer aus Blumen, das sich um mich herum erstreckte. Ein Frosch quakte in der Ferne und sprang aus dem kleinen See, schnappte sich eine Fliege und verspeiste sie. Hier war noch alles normal. Ohne Krieg, ohne schlechte Gedanken und ohne diesen Herzschmerz. Kaum zu glauben, dass es immer noch solche Schönheit in dieser dunklen Welt gab, und so sehr es mich auch in irgendeiner Form beruhigte, den Feen bei der Arbeit zuzusehen oder den Geräuschen der Nacht zu lauschen, so sehr bedrückte es mich, dass ich nicht mal an diesem Ort allein war. Gab es überhaupt einen Ort, an dem ich nur für mich sein konnte? Würde es ihn jemals geben, diesen einen Ort der Alleinsamkeit? Egal wohin meine Füße oder meine Flügel mich trugen, überall schwebten Wesen um mich herum und buhlten um meine Aufmerksamkeit, seien es nur die leuchtenden Glühwürmchen, die mir die Nacht etwas erhellten. Ich hasste das Gefühl, nie auch nur einmal wirklich allein sein zu können. Als König war einem das Alleinsein nicht vergönnt. Schwer atmete ich aus und ließ mich wieder auf den Rücken fallen, fasste erneut neben mich in das weiche, von der Nacht abgekühlte Gras und dachte zum wiederholten Male an meine Liebste.

Mein Blick glitt zu dem sternenklaren Himmel. Der Mond schien hell und die Ruhe der Nacht legte sich wie ein Mantel um mich herum. Ich seufzte auf, als ich mich an diese eine besondere Nacht mit der Schattenelfe erinnerte. Genau hier, an diesem Platz. Es war, als ob ich ihre weiche Haut immer noch unter meinem Körper spürte. Als ob ihre süßen Laute, ihre Stimme, die meinen Namen flüsterte, immer noch in meinen Ohren widerhallten. Selbst das Gras unter meinen Fingern erinnerte mich an diese Stunden des Glückes, die ich dann mit einer einzigen Entscheidung zunichtegemacht hatte. Ich glaubte immer noch, die Umrisse von unseren verschlungenen Körpern im Gras spüren zu können, das sich unter meinen Fingern ganz weich anfühlte. Doch das Blumenmeer und auch das weiche Gras hatten sich erholt von unserer Liebelei und die Zeugen dieser Zeit vernichtet. Nur die Erinnerung blieb. Und sie zerriss mich. Erneut seufzte ich laut auf, als mein Herz zum wiederholten Male einen Hüpfer machte, der einen stechenden Schmerz hinterließ.

Ich trug Prue bei mir, jeden verdammten Tag und sie hatte alles verloren, alles, was sie je geliebt hatte. Einfach alles. Was tat sie gerade? Dachte sie auch jeden verdammten Tag daran, was sie aufgegeben hatte, damit ich hier auf dieser Wiese meinen Pflichten als König der Lichtlande nachging? Vermisste sie das sonnengewärmte Gras, die lichtdurchfluteten Ebenen oder den Anblick des Sonnenaufgangs? Fühlte sie immer noch diese bedingungslose Liebe für diese Welt, ihre Magie und ... für mich? Oder war sie zu ihren Brüdern und Schwestern gezogen, um unter den Schatten ein Leben in Einsamkeit zu fristen? War sie in die Dunkelheit des Schattenreiches geflüchtet zu ihrem Vater und meinem Bruder?

»Nein!«, sprach ich zu mir selbst. Mehr um mich selbst davon zu überzeugen, dass meine Gedanken falsch waren. *Nein.* Selbst jetzt, da sie kein Herz mehr hatte, das lebendig und voller Licht war, würde sie niemals in die Dunkelheit ihrer schlimmsten Erinnerungen zurückkehren. Doch konnte ich mir da wirklich so sicher sein?

Lange lag ich hier, die Augen auf den Mondlauf und die Sterne gerichtet. Immer wieder erschien mir ihr Gesicht. Ich dachte immerzu an sie. An unsere verlorene Liebe und an das, was aus uns hätte werden können, wenn das Schicksal es anders mit uns gemeint hätte. Aber das Schicksal ließ sich nicht austricksen. Ich wusste das am besten.

Meine Liebste war irgendwo da draußen. Ich bildete mir ihre Anwesenheit ein. In jedem Schatten, in jeder Nacht sah ich sie in meinen Gedanken. Als ob diese Welt mich ständig und immer daran erinnern wollte. Es war ein Trugschluss meines Herzens und es schmerzte mich. Denn sie war nicht da. War nicht hier bei mir, an ihrem rechtmäßigen Platz als meine Gefährtin.

»Prue«, flüsterte ich in diese wunderschöne Nacht hinaus. »Wo bist du nur?« Ich schloss meine Augen und konzentrierte mich auf die einstige Verbindung zu ihrer Seele. Der Seelenschwur.

Aber ich spürte ihn nicht, würde es womöglich auch niemals mehr tun. Es war, als ob meine egoistische Tat, sie als die Meine gekennzeichnet zu haben, niemals echt gewesen war. Als ob das Seelenband niemals existiert hätte. Möglicherweise war diese Verbindung zerbrochen, als sie den Preis für meine Rettung bezahlt hatte. Ich wusste es nicht. Die Aufzeichnungen, die ich gewälzt hatte, wenn ich mal wieder nicht schlafen konnte, halfen mir bei dieser Fragestellung auch nicht weiter. Es gab keine Vergleiche zu unserem Schicksal. Niemand hatte je erlebt, was wir erlebt hatten. Ich wusste nur, dass ich sie nicht spüren konnte seit diesem einen Tag. Ich wusste nicht, ob sie in Gefahr oder ob ihr etwas zugestoßen war. Die Tatsache, dass das Band schwieg, machte mich verrückt. Aber bei einem war ich mir absolut sicher. Selbst wenn ich sie spüren könnte, selbst wenn ich mich auf die Suche nach ihr machte, ich würde sie nicht finden. Nicht so lange sie nicht gefunden werden wollte. Und das wollte sie nicht. Das war das Einzige, bei dem ich mir in meinem Gefühlschaos absolut sicher war.

Die Zeit verging und doch war es immer noch Nacht, als ich die Augen wieder öffnete und sich das Surren der Geräusche um mich herum zu einem stetigen, fast aufregendem Sturm aufbauten. Ein Sonnenvogel schoss an meiner Nasenspitze vorbei und die kleine Blumenfee jagte den gelben Vogelball über die in Dunkelheit getauchte Blumenwiese. Ihre winzigen Füße streiften dabei meine Wange, als sie über mich hinwegfegte und einen Streifen Glitzer in der Luft hinterließ.

Diese Nacht war wirklich wunderschön. Sie war ruhig und doch energiegeladen auf ihre eigene Art und Weise. Der Hügel der Feen war nicht der einzige Ort in den Lichtlanden, der in den Schatten der Nacht Schönheit ausstrahlte, und doch war es der einzige Ort, der den Begriff Schönheit verdiente. Selbst das Schattenmädchen, das die Dunkelheit verabscheute, hatte diesen Ort geliebt, weil auch sie diese Dunkelheit an diesem Ort nicht als Bedrohung ansah. Auch sie sah ihre Schönheit. Und es war das erste Mal gewesen, dass ihr diese mit vollem Herzen, mit voller Leidenschaft und mit voller Liebe begegnete.

Ich wünschte, sie wäre bei mir. Zu einer anderen Zeit. Wenn die Welt ohne Krieg auskäme und wir einfach nur zwei Elfen der Anderswelt wären. Einfach nur Fry und Prue. Zwei Elfen, die sich liebten und die zusammengehörten. Es hätte ihr gefallen. Diese Vorstellung der heilen Welt. Alles hätte ihr in dieser neuen Welt gefallen. Die kleinen sich jagenden Wesen. Der Sonnenaufgang und -untergang. Die Lieder der Elfen, die gesungen wurden. Der Morgentau unter meinen Händen. Alles hätte ihr gefallen. Selbst die sternklaren Nächte hätte ich für sie erträglich gemacht.

Ihr herzliches, liebevolles Lachen drang in meine Erinnerung und ich seufzte zum tausendsten Mal in dieser Nacht laut auf. Sie würde nie wieder lachen. Nie wieder spielen. Nie wieder irgendwelche Emotionen von sich geben. Ich würde sie wohl nie wiedersehen. Dabei wünschte ich mir nichts sehnlicher. Mir war egal, dass sie ein Schatten war. Mit oder ohne Herz. Es ging mir um ihrer Willen. Ich liebte sie mit und ohne ihre besten Eigenschaften. Einfach weil sie Prue war.

Gerade als meine Augen dem ungewohnten Druck nachgaben, der sich mit der Zeit in meinen trübseligen Gedankengängen immer mehr angestaut hatte und die brennende Flüssigkeit sich einen Weg in die Freiheit bahnen wollte, legte sich ein Schatten über mich und ich schreckte auf. Wie automatisch wollte ich nach meinem Schwert greifen, aber ich war unbewaffnet. Ich ärgerte mich über mich selbst. Es war unverantwortlich, in diesen Zeiten ohne

Waffen herumzuspazieren. Wieder einmal ein Beweis dafür, dass ich als König nicht geeignet war.

Meine Magie legte sich schützend um mich, als einzige Waffe, die ich aufbringen konnte, gegen einen Gegner, den ich erst jetzt richtig wahrnahm. Aber es war nur Severin. Ich hätte ihn schon viel eher wahrnehmen müssen. Doch meine Gedanken hatten mich mal wieder alles um mich herum vergessen lassen. Es war gefährlich, so den Kopf zu verlieren. Besonders jetzt, da die Gefahr praktisch überall lauerte.

Severin setzte sich neben mich und ich blickte zu ihm auf, als ich mich wieder in das Gras legte und der bläuliche Schimmer meiner Magie immer noch um meinen Körper schwebte.

»Was tust du?«, fragte er mich und seine Stimme klang ermattet, mit einem brüchigen, kratzigen Unterton. Als ob es ihn alle Mühe kostete, überhaupt ein Wort herauszubringen.

Ich kannte meinen einzigen Freund besser als mich selbst und deshalb war mir auch bewusst, dass es ihm nicht gut ging. Dass ihm die Ereignisse der letzten Wochen genauso übermächtig in der Seele steckten wie mir. Auch hatte ich nicht vergessen, dass ich nicht der Einzige war, der Sorgen hatte. Ich war zwar der König und hatte die meisten Probleme überhaupt, allerdings gab mir das nicht das Recht, darüber zu urteilen, ob andere genauso mit sich und den Sorgen und Nöten dieser Welt zu kämpfen hatten. Wir waren schließlich alle nur kleine Staubkörner in dieser Welt. Ein Staubkorn, dessen Existenz mit einem Wimpernschlag für Generationen vergessen wurde, bis die heilige Kraft der Sonne einem die Wiedergeburt schenkte, die wir so sehr ersehnten. Leider vergaß ich das immer öfter. Noch ein Grund, warum ich diese ganze Königssache verabscheute.

Sie verlangte mir alles ab. Forderte mich bis zum letzten Lichtstrahl meiner Seele.

»Nachdenken«, brummte ich nach einer Weile. Derweil war die Sternenfront über unseren Köpfen zu einem einzigen Schaubild unzähliger Formationen von unendlicher Weite geworden.

»Du denkst viel nach in letzter Zeit.«

»Einer muss es ja tun!«, polterte ich, wie in alten Zeiten, als nichts wichtiger war, als die weiten Ebenen der Lichtlande zu durchstreifen und die Freiheit auf der Haut zu spüren. Als ich noch ich war und mehr von dem Elfen und seiner freiheitsliebenden Lebensweise übrig war als in dieser Zeit.

Wieder legte sich ein Schweigen über uns. Wir blickten uns nicht an, nahmen die Wirkung dieser Nacht in uns auf.

Severin durchbrach die Stille als Erstes.

»Ich beneide Prue für ihre Freiheit. Sie muss sich nicht mehr mit Unannehmlichkeiten beschäftigen. Eine ziemlich gute Sache.« Severin ließ sich neben mir nieder und verschränkte seine Arme unter den Kopf. Verstohlen sah ich ihn von der Seite an und runzelte die Stirn.

»Sie wird niemals frei sein.« *Genauso wenig wie ich.*

»Hmm«, brummte mein Freund als Antwort.

Es kam nicht oft vor, dass Severin und ich derart in einem Schwall unausgesprochener Worte versanken. Vor allem, da mein Freund ein Elf war, dem die Worte niemals auszugehen vermochten. Seine Verstimmtheit betrübte mich zusätzlich.

Die Blumenfee, die mir vorhin das Blatt mit dem Morgentau gereicht hatte, reichte nun auch Severin eins. Doch der missgelaunte Elf verscheuchte die kleine Fee mit einer Bewegung seiner Hand, die mit einem Hauch seiner Magie umhüllt war, und die Blumenfee stob schnell davon. Nicht ohne die Tropfen Morgentau dabei über ihren Prinzen zu verschütten. Doch dieser reagierte gar nicht.

»Wieso kämpfen wir eigentlich noch?«, durchbrach ich die erneut klammernde Stille.

Severin schnaubte.

»Weil wir Elfen des Lichts sind. Wir sind Krieger und Kinder der Sonne.«

»Ich kenne den Leitspruch der Elfenkrieger. Aber warum das Ganze? Am Ende wartet nur der Verlust auf uns.« Ich wartete keine Antwort ab. »Ich weiß nicht, wie wir diese Mächte auf der anderen Seite der Lande aufhalten sollen. Der Schattenkönig ist zu mächtig. Er hat Cailan an seiner Seite, der ihm wertvolle Informationen über uns preisgibt. Jede Nacht, wenn die Sonne untergeht, denke ich, jetzt ist es so weit. Jetzt greifen sie an und nehmen uns auch noch den letzten Rest, der von unserem Glauben noch übrig ist«, offenbarte ich ihm meine Gedanken. Es war, als ob mein Kopf beschossen hatte, meine Sorgen endlich laut auszusprechen, damit sie von jemandem anderes gehört wurden als von mir. Er war der Einzige, dem ich alles erzählen würde.

»Wann hast du das letzte Mal geschlafen?«, fragte er mich.

Ich seufzte laut auf.

»Vermutlich im letzten Jahrhundert.«

»Fry, das ist nicht gesund.« Er drehte sein Gesicht zu mir und ich konnte seine traurigen Augen das erste Mal richtig erkennen und ich fragte mich, wann er wohl selbst das letzte Mal ausgiebig geschlafen hatte.

»Sie hat alles für mich aufgegeben. Wie soll mich das bitte nicht verfolgen?« Ich setzte mich auf und fuhr mir durch die Haare. Er tat es mir gleich und umschlang seine Beine mit den Händen.

»Sie hat es getan, weil es die einzige Möglichkeit war, dich zu retten. Weil sie dich liebt, verdammt. Du musst das akzeptieren. Sei froh, dass ihr dieses Glück zusammen erleben konntet. Nicht viele können das!« Der vertraute grünliche Schimmer seiner Magie umhüllte ihn. Mein Freund hatte eine Zornesfalte in seinem sonst lächelnden Gesicht.

»Sev, was ist los?«

Er schnaubte laut auf.

»Es tut weh, stimmts? Diese verlorenen Liebe, diese verlorenen Seelen, die Erinnerungen, die in den Tiefen deines Gehirns irgendwann verschwinden werden, die dich, bis das passiert, jede verdammte Sekunde daran erinnern werden, was du verloren hast. Es schmerzt dich und du willst dir am liebsten das Herz herausreißen, weil du denkst, dass alles deine Schuld ist? Es tut weh, stimmts?« Seine Stimme überschlug sich, mit jedem Wort, das seine Lippen verließ. Seine Magie pulsierte an der Oberfläche und er erstrahlte wie eine machtvolle Quelle der Kraft. In diesem Zustand konnte mein Freund tödlicher sein, als man es von ihm erwarten würde. Die königliche Blutlinie konnte er nicht verleugnen.

»Es tut weh«, flüsterte ich und beobachtete meinen Freund genauer. Er war umgeben von unterdrückter Wut und Verletztheit.

»Liebe tut immer weh!«, raunzte er.

Sein Herzschlag war eine einzige Quelle brodelnder Kraft, doch dann umschlang er seine Beine etwas fester, legte den Kopf auf seine Knie und die Magie, die gerade noch als Zeichen seiner Gefühle über ihm geschwebt hatte, zog sich zurück in sein Innerstes und hinterließ eine Schwermütigkeit in der Atmosphäre, die meiner Konkurrenz machte.

»Willst du über das reden, was dich wirklich belastet? Sev, du hast mir einmal gesagt, du kennst mich besser als ich mich selbst, aber so ist es auch andersherum. Was ist passiert, dass es dir so schlecht geht? Es ist wegen Leo, stimmts?«

Severin brummte, riss einen Grasbüschel mit samt Blumenstängel mit seinen Händen aus der Wiese und warf diese mit unterdrückter Wut in mein Gesicht. Ich war so überrumpelt, dass ich erstmal überhaupt nichts darauf erwidern konnte. Aber dazu wäre ich eh nicht gekommen.

Er bohrte seinen Zeigefinger in meine Brust.

»Hör zu! Wir haben einen Krieg vor uns. Den wohl größten in unserer Geschichte und wir brauchen dich, dein Geschick und deine Macht. Du musst jetzt kämpfen. Für dein Volk. Für mich. Für Prue! Sie hat dir ihr Licht geschenkt, benutze es und kämpfe für uns, statt es zu verschwenden!«

»Du hast recht.« Ich runzelte die Stirn. Versuchte, schlau aus meinem Freund zu werden, der mit voller Absicht meiner Frage ausgewichen war.

»Natürlich habe ich recht. Ich habe immer recht.«

Ich sah, wie Severin die Augen verdrehte, und das gab ihm ein kleines bisschen von ihm zurück.

»Was sie wohl jetzt gerade macht?«, fragte ich ihn und zog die Nase hoch und unterdrückte dabei ein Niesen, weil ein einzelner Grashalm immer noch in meiner Nase steckte.

»Vermutlich erschreckt sie kleine Elfen und verspeist sie zum Frühstück. Nachtmahl. Es ist dunkel, was glaubst du?« Er seufzte. »Vermutlich tut sie gar nichts. Starrt vor sich hin als emotionsloses Monster, von Dunkelheit zerfressen.«

Ich zuckte bei seinen Worten zusammen, die sich wie kalte Krallen in mein Herz gebohrt hatten. Ein heftiger Sog tiefster Besorgnis klammert sich um meine Brust.

»Tut mir leid«, sagte er schnell. »Ich weiß es nicht. Ich wünschte, ich wüsste es. Aber mein Herz schweigt. Du spürst sie nicht durch den Seelenbund?«

Ich schüttelte den Kopf.

»Nein.«

»Vielleicht besser so.«

»Sev?«

»Hmm?«

»Was ist mit dir und Leo passiert? Er ist doch der Grund für deine miese Laune. Oder nicht?«

»Vergiss Leo!« Severins Stimme brach. »Er ist weg.«

»Was bedeutet weg?«

Er wandte den Blick ab.

»Das verstehst du nicht.«

Gedankenverloren blickte ich auf meine Hände.

»Wenn es um gebrochene Herzen geht, versteh ich das ganz sicher. Ich dachte, ihr wärt euch näher gekommen?«

»Das dachte ich auch.« Er seufzte. »Allerdings habe ich einen riesigen Fehler gemacht, als er mir sagte, du wärst nicht zu retten. Hab die Kontrolle über mich verloren und etwas getan, das alles zwischen uns kaputt gemacht hat«, gestand er mir und rieb sich die Schläfen, als ob er so die Erinnerung an diesen Tag wieder zurück in die Tiefen seiner Seele verbannen könnte.

»Deswegen wendet er sich doch nicht von dir ab«, warf ich ein.

»Nein. Deshalb ist er auch nicht weg. Obwohl das bestimmt der letzte Punkt auf seiner Liste war.«

»Warum dann?«

Severin schwieg.

»Verdammt, jetzt sprich dich schon aus. Ich will hier nicht der Einzige sein, der sein Herz ausschüttet. Verdammt, ich bin der verdammte König der Lichtelfen. Jetzt sprich schon!«, knurrte ich ihn an und schlug ihm auf die Schulter.

Severin drehte endlich seinen Kopf zu mir herum.

»Du hast es endlich zugeben.« In seinem Gesicht erhellte sich etwas. Ein kleines, listiges Grinsen zeichnete sein von Trauer bekümmertes, hübsches Gesicht. Seine Mundwinkel hoben sich und die kleinen Lachfältchen an seinen Augen kräuselten sich.

»Was?«, fragte ich ihn. Severin hob nur eine Augenbraue und es nervte mich. »Verdammt, jetzt sag schon!«, brummte ich.

»Du hast gesagt, dass du der König bist.«

Jetzt war es an mir, die Augen zu verdrehen. Dieser Elf konnte mich wirklich zur Weißglut bringen, wenn er wollte. Wenigstens ein Teil des alten Severins war wieder da.

»Das ist doch jetzt völlig egal. Erzähl mir, was Leos Problem ist?«

Er zuckte die Schultern, umschlang wieder seine Beine und wirkte wieder sehr nachdenklich. Es dauerte einen Moment, bis er sprach.

»Ich glaube, er liebt mich einfach nicht.«

Ich betrachtete sein Gesicht. Er war wirklich schön, war seinem Vater wie aus dem Gesicht geschnitten und obwohl er immer eine große Klappe hatte, war er doch ein Elf, der sich genau wie jeder anderen nach Liebe sehnte. Jeder wollte geliebt werden. Jeder wollte dieses einzigartige Gefühl in seinem Herzen spüren. Ich konnte mir nicht vorstellen, dass diese zwei Elfen das Band der Liebe nicht teilten.

»Das glaube ich nicht.«

»Es ist eh egal. Er hat mir den Rücken gekehrt, hat mich verlassen. So wie alle anderen auch. Jetzt hab ich nur noch dich.«

»Und ich hab nur noch dich«, flüsterte ich in die Welt hinaus und er legte seine Hand auf meine, drückte sie kurz und dann verfielen wir wieder in Schweigen.

Vielleicht hatten wir beide kein Glück in der Liebe, aber wir hatten uns und unsere Freundschaft. Unsere Verbundenheit war mehr mit Liebe verknüpft, als die höheren Mächte der Sonne es jemals beschreiben könnten.

Severin kramte in seiner Hose und zog ein eingewickeltes Tuch heraus. Er wickelte es auf und der typische Duft nach Elfenkraut stieg in meine Nase. Aus der anderen Tasche zog er eine Pfeife, stopfte das Kraut hinein und entzündete es mit seiner Magie. Grüner, leuchtender Nebel erhellte die Nacht, als er den Rauch aus seinen Nasenlöchern herausblies. Er reichte mir das Pfeifenkraut.

»Willst du was?«, fragte er mich und hielt mir das ganze Teil unter die Nase.

»Vermutlich sollte ich nein sagen, aber ...« Mitten im Satz brach ich ab. Die Blumenfeen stoben in alle Richtungen davon. Vögel, die in ihren Nestern die Nacht überbrückten, taten es ihnen gleich. Ein Schauer legte sich auf meinen Körper und in meinen Ohren vernahm ich das Knistern der von Finsternis umwobenen Magie.

Severin und ich blickten uns an. Beide spürten wir das Grauen. Dann drang ein lauter Knall in unsere Richtung und rollte wie ein Donnergrollen in die Ferne. In einem Umkreis von vielen Meilen. Wir standen sofort angriffsbereit auf unseren Beinen. Schreie drangen zu uns. Ein Flammenmeer erhellte die Nacht.

»Die Schatten!«, sprachen wir beide aus, wovor wir uns am meisten dieser Tage gefürchtet hatten.

Wie eine eisige Kälte zog die Erkenntnis in meine Gedanken.

Die Schattenelfen griffen das Schloss an.

KAPITEL 4
Fry

Für einen kleinen Moment war ich wie erstarrt. Als ob die unterschiedlichen Zeitläufe der Anderswelt an meiner Existenz vorbeizogen und die Reaktionen, die ich bewusst hätte tätigen sollen, mit einem Nebel blockierten. Als läge ein Zauber über mir, der mich hemmte. Severin ging es wohl ähnlich. Wie versteinert blickten wir auf den Gewittersturm über dem Schloss in weiter Ferne und wussten beide, dass wir es nicht rechtzeitig schaffen würden, um das größte Ausmaß der Katastrophe zu verhindern. Unsere Herzen schlugen heftig, doch es blieb keine Zeit. Wir mussten sofort zurück und uns dem hinterhältigen Angriff entgegenstellen.

Als sich der Nebelschleier in meinem Inneren lichtete, zwickte mein Herz so bitterlich, dass ich die Reaktion, mir an die Brust zu fassen, nicht unterdrücken konnte. Wut und Entsetzen vermischten sich mit der Überraschung des Angriffs und endlich erwachte ich aus meiner Starre. Es waren nur Sekundenläufe vergangen und doch hätte mein Bewusstsein sofort reagieren sollen. Ich war ein Krieger und ich war der König. Ich hatte eine Verantwortung für die Elfen, die in den Lichtlanden lebten.

Severin und ich rannten beide gleichzeitig los, immer mit dem Blick auf die Rauchwolken und die Feuerbälle, die sich wie ein Unwetter in alle Richtungen ausstreckten. Die

Schreie wurden lauter und man spürte die Gewalt, mit der unser zu Hause angegriffen wurde.

Wir hatten nichts am Leibe als die dünnen Beinkleider einfacher Elfen. Keine Waffen, keine Rüstung, nichts, das uns im Kampf von Nutzen war. Einzig unsere Magien wirbelten um unsere Körper, als schwacher Abklatsch dessen, wozu sie bei Tag im Stande waren. Uns blieb nichts anderes übrig, als mit dem zu kämpfen, das wir am Leibe trugen. So wenig es auch war.

»Versucht so viele wie möglich in Sicherheit zu bringen. Jeder Krieger soll bereit sein«, sprach ich hastig.

Ich wartete keine Antwort ab, konzentrierte mich auf die einzigartige Magie in meinem Körper. In bläuliches Licht getaucht erstrahlte ich wie der wolkenlose Mittagshimmel. Mein Rücken kribbelte, als die königliche Kraft meiner Vorfahren sich sammelte und sich meine Flügel im Lauf über die Ebenen vor dem Schlossgemäuer wie ein Donnergrollen aufspannten. Ich ließ mich von der Kraft der Schwingen in die Lüfte ziehen. Sie trugen mich in die dunklen Brisen dieser Nacht, zogen mich zu den Sternen und ließen mich das ganze Ausmaß der Katastrophe überblicken.

Schreie hallten durch die Nacht. Grausame Laute in den Winden der Dunkelheit, die das Entsetzen und die Schwere dieses Angriffs ins Tausendfache steigerten.

Es war schlimm.

Das Pulsieren schwacher Lichtmagie und das Klirren von Schwertern durchdrangen die von Angst greifbare Schwärze. Hütten brannten. Es herrschte Verwüstung und Zerstörung. Der Duft von Blut hing in der Luft. Das ganze Dorf war getaucht in Entsetzen, Angst und Panik. Über dem Lichtschloss hing dunkle Schattenmagie, kaum zu unterscheiden von der Dunkelheit der Nacht und doch greifbar wie ein von Finsterkeit umwobener Schleier.

Ein Nebel des Krieges.

Doch das Schloss war unversehrt. Einzig der undurch-dringbare Nebel verlieh dem Schloss einen düsteren Ausdruck. Der ganze Kampf spielte sich im Dorf ab. Und mir wurde schlagartig bewusst, was das bedeutete. Nicht die Zerstörung des Lichtschlosses war das Ziel der Schattenelfen gewesen. Es ging nie um das Zentrum der Lichtlande. Nein. Es war das Volk, dem dieser Angriff galt. Der Schattenkönig wollte uns tief im Herzen treffen mit diesem Akt der Grausamkeit. Er wusste, was meine Schwachstelle war.

Die unbändige Wut zog einen Pfad durch mein ganzes Selbst und ich knurrte in die Nacht hinein, durchdrang mit meiner Aggression die schreienden Elfen auf dem Erdboden und handelte nur noch instinktiv. So wie ich es als Krieger verinnerlicht hatte. Ich war ein Krieger der Krone. Ein Beschützer des Lebens. Jetzt war es an der Zeit, den König in meinem Inneren einzusperren und mein altes Ich aus den tiefen Gründen meiner Seele zu befreien. Denn nur das konnte den unschuldigen Elfen helfen. Ein König war nichts ohne sein Volk. Eine meiner größten Ängste wurde wahr. Ein König musste sein Volk beschützen, vor genau solchen hinterhältigen Angriffen. Hatte ich bereits versagt? Hatte ich durch meinen Drang nach Freiheit mein Volk bereits zum Tode verurteilt?

Ich unterdrückte den kurzweiligen, aber klammernden Impuls des Versagens und konzentrierte mich wieder auf die Aufgaben, die vor mir lagen.

Im Sinkflug schleuderte ich mit der Gewalt eines herunterstürzenden Gesteins zwei Schattenelfen von einer Hütte, in deren Händen sich Feuerbälle gesammelt hatten. Auf dem Boden angekommen, wurden sie von Kriegern der Elfengarde, die sich erbarmungslos ihren Gegnern stellten, von Schwertspitzen durchbohrt. Die Schreie der sterbenden

Schattenelfen gingen unter in dem tiefen Brüllen meiner Wut, als ich mich schon dem nächsten Gegner entgegenstellte, der mich mit blitzender Klinge und grausamem Lächeln vom Erdboden aus mit seinem Blick fixierte. Er leckte sich über die Lippen und ich schoss wie ein Pfeil auf ihn zu und rangelte ihn zu Boden. Ich dachte, er würde durch den Aufprall die Klinge aus seiner Hand verlieren, doch er umklammerte sie noch immer. Er hob sie und wollte mich damit niederstrecken, doch ich sah die Bewegung kommen und schwang mich wieder in die Lüfte, wollte mich erneut auf ihn stürzen, doch ein stechender Schmerz fuhr mir in die Schulter. Ich taumelte in der Luft, sackte ein paar Meter abwärts, fing mich aber wieder und drehte mich in die Richtung des Angriffs. Dort entdeckte ich einen weiteren Schattenelf, der zu einem nächsten Wurf mit einer Schattenklinge ansetzte. Der Schmerz verebbte in meinem Rücken, doch ich spürte die Klinge immer noch in meinem Fleisch, als ich mich auf den Schatten stürzte und ihm mit meiner immer noch leuchtenden Magie panische Schreie des Schmerzes entlockte, als die Kraft meiner Macht durch ihn hindurchschoss. Als der Schatten zu einem Häufchen Asche verblasste, zogen meine Schwingen mich erneut in die Lüfte. Mitten im Flug zog ich die Klinge, die mich getroffen hatte, aus meinem Fleisch. Ich unterdrückte den Schmerz, der bei der Berührung mit der Schattenwaffe durch meine Nervenzellen jagte und warf sie auf den Boden. Sie hatte sich durch die lichtdurchfluteten feinen Sehnen meines Flügels gebrannt. Bevor die Klinge auf dem Boden aufschlug, war sie bereits in kleine Funken zersprungen.

Die Wunde brannte. Aber ich hatte keine Zeit, mich darum zu kümmern. Durch meine Selbstheilungskräfte und mit der Hilfe einer Heilerin würde diese Verletzung bei

Sonnenaufgang wieder heilen, falls wir die Nacht überleben sollten.

Das Dorf lag in dunklen Rauchwolken gehüllt, die trotz der Nacht deutlich hervorstachen. Elfen schrien panisch um Hilfe und liefen orientierungslos umher. Einige hatten sich bewaffnet und kämpften mit den Kriegern der Elfengarde gegen die Bedrohung. Viele wurden in den Wald getrieben. Aus allen Richtungen drangen Kampfgeräusche, Schmerzenslaute und panische Stimmen. Dunkle Magie wurde in alle Richtungen geschleudert und Elfenkrieger kämpften mit allen Mitteln gegen die Übermacht der Schattenarmee. Dunkle und helle Wolken von Magie trafen aufeinander. Aber die Magie des Lichts war schwach. Die Dunkelheit zog sie in die Knie. Es war die Stunde der Schatten und sie ließen keine Gnade walten. Überall lagen verwundete Elfen auf dem Boden, einige bereits tot, getroffen von der Überlegenheit der dunklen Krieger. Viele hatten Löcher so groß wie Hände in ihrer Brust. Ihre Herzen lagen neben ihnen. Tot und zu Asche zerfallen. Bittersüßer Nachtschatten verpestete die Luft.

Dies war pure Grausamkeit. Purer Hass.

Ich versuchte, mich zu fokussieren, was schwierig war, denn die Schattenelfen kamen aus allen Ecken, bohrten ihre mit Bittersüßer Nachtschatten getränkten Klingen in die Körper der unschuldigen Dorfbewohner. Diese fielen wie Getreidesäcke auf den Boden. Blutlachen zogen in Rinnsalen über die Erde. Der Himmel donnerte und blitzte und er fing mit Weinen an. Regenströme brachen aus den Schattenwolken über unseren Köpfen hervor und benetzen unsere Häupter mit eisiger Nässe.

Diese Grausamkeit reichte den Feinden nicht aus. Es genügte ihnen nicht, die Dorfbewohner abzuschlachten und mit jedem Tod das Ziehen in meiner Brust noch schmerzhafter zu machen. Sie nahmen den Gefallenen auch noch die Möglichkeit, in einem anderen Leben die Wiedergeburt zu finden. Der Nachtschatten tat seine Wirkung und hinterließ den schmerzenden Verlust trauernder Seelen. Er hinterließ tiefstes Versagen in meiner Seele.

Der Kampf tobte unerbittlich weiter und ich versuchte die Versagensangst, so gut es ging, unter die Oberfläche zu verbannen. Für persönliche Ängste war jetzt keine Zeit und doch war dieses Gefühl allgegenwärtig.

So viele Schatten wie möglich mit meiner Magie zu überwältigen war nicht leicht. Denn auch meine Macht hatte Grenzen. Meine Krieger kämpften auf Leben und Tod mit den Schattenelfen, um sie zurückzudrängen, um sie von den Elfen, die hier lebten, fortzudrängen. Um die Gefahr, die für sie bestand, auf sich zu lenken. Es war unmöglich. Denn die Schattenelfen suchten sich gezielt die Unschuldigen und Schwachen aus. Bevor sie ihre dunklen Kräfte gegen die Krieger des Lichts wandten, versuchten sie so viele Unschuldige wie möglich in den Tod zu schicken. Aber die Lichtelfen gaben nicht kampflos auf. Sie wehrten sich. Nahmen den Tod, so grausam er auch war, in Kauf, nur damit sie ihre Lieben vor diesem Schicksal bewahren konnten.

Ich vereitelte einen erneuten Schlag gegen einen Elfen, als ich mich aus der Höhe auf den Angreifer fallen ließ und ihn mit seiner eigenen Klinge niederstreckte. Die Klinge fiel mir aus der Hand und dampfte auf dem Erdboden. Ich hob erneut ab, drängte dabei einen weiteren Schatten auf Abstand, der gerade seinen Dolch werfen wollte. Er taumelte und fiel auf die Knie, wo Brent, der gerade angestürmt kam, mit einer Axt seinen Kopf spaltete. Er zog die Waffe aus dem Schatten heraus und stürmte weiter zum nächsten Gegner, der nicht auf sich warten ließ.

Ich blickte mich um und mein Flügel schmerzte bei jedem verdammten Atemzug. Die Dringlichkeit, eine eigene Waffe in den Händen zu halten, wurde durch jedes bisschen Lichtmagie, das ich absonderte, allgegenwärtig. Lange würde mein Licht nicht mehr ausreichen, um die Schattenelfen abzuwehren. Eine Klinge war von Nöten, eine, die mir nicht die Haut versengte, wenn ich sie berührte. Ich wünschte, ich hätte meine Kurzschwerter auf meinen nächtlichen Ausflug mitgenommen. So müsste ich jetzt nicht verzweifelt nach einer Alternative suchen.

Meine Gedanken überschlugen sich und ein einziges Bild erschien in meinem Kopf. Es gab eine Möglichkeit an eine Waffe zu kommen. Diese Möglichkeit gab es schon immer, doch scheute ich mich mein ganzes Leben schon davor, diese Waffe in den Händen zu halten. Eine Klinge, die von den Schattenelfen genauso gefürchtet wurde wie von den Lichtelfen. Da die Magie, die in ihr wohnte, zu mächtig war. Die Kraft dieser königlichen Klinge durfte nur vom König heraufbeschworen werden, da er der Einzige war, der die Kraft dazu hatte, sie zu führen. Erst ein einziges Mal hatte ich gesehen, wie mein Vater diese Waffe heraufbeschworen und sie genutzt hatte. Es hatte ihn alles an Kraft gekostet. Damals vor so vielen Jahren. Ich wusste, dass ich eines Tages dazu bereit sein sollte, diese Waffe eigenhändig aus der königlichen Magie meines Körpers zu schöpfen. Doch war ich bereit dazu? War ich bereit meine gesamte Kraft auf diese Klinge zu fokussieren, damit sie uns rettete? Würde ich bereit dazu sein, sie zu führen, so wie es einst mein Vater war?

Ich hatte keine Wahl, musste es wenigstens versuchen, denn die reine Muskelkraft würde nicht ausreichen, um die Schatten bis zum Sonnenaufgang aus unserem Land zu vertreiben. Viele Lichtelfen würden den Tod finden, bis der Morgen erwachte. Das konnte ich nicht verantworten.

Als die Schreie lauter wurden, mir die sensiblen Ohren mit einer Qual von tausend Nadelstichen sprengten, hatte ich die Entscheidung bereits getroffen. Auch wenn es mir Angst machte, auch wenn die Kraft der königlichen Magie mir alles abverlangen würde. Ich musste es versuchen.

Mein Atem bildete Nebelgebirge in der Nachtluft. Ich schloss die Augen und konzentrierte mich auf das, was ich brauchte. Das Bild eines Schwertes, aus purer Magie geschmiedet, erschien in meinem Kopf. Ich konzentrierte mich auf die zweischneidige Schwertklinge, zwei Armeslängen lang, mit einem Griff aus der Kraft der Sonne. Die Lichtmagie der Könige pulsierte in meinen Adern und ich spürte die Kraft der Klinge in meiner Hand. Es war elektrisierend. Es war berauschend, als ob die Kraft der Sonne und die Kraft jedes einzelnen Königs der Lichtlande durch meine Finger rauschte. Doch dann spürte ich, wie sie mir langsam entglitt. Die Stimmen in meinem Kopf wurden lauter, schrien mich an, die richtigen Entscheidungen zu treffen, bewarfen mich mit Worten des Versagens und der Unwürdigkeit dieser Macht. Ich war es nicht wert, diese Kraft zu haben. War es nicht wert, dass die königliche Magie durch meine Adern floss. Sie war für Könige geschaffen und ich wollte keiner sein. Mein ganzer Körper erzitterte in der Luft und das Schwert leuchtete für einen kurzen Moment grell auf, sprengte die Dunkelheit für einen Wimpernschlag und entglitt mir dann gänzlich. Mit einem Blitz, der am Himmel durch die dicken Regenwolken aus Schattenmagie aufschlug, endete die Kraft in meinen Adern.

Schweiß und Regen bildeten eine Sintflut auf meinem Körper, und ich versuchte es erneut, gab nicht auf, obwohl mir die Tränen in den Augen standen und mein ganzer

Körper verkrampfte. Meine Finger zitterten so sehr, dass ich es nicht einmal schaffte, nur den kleinsten Hauch von Lichtmagie aus den Tiefen meiner Seele heraufzubeschwören. Die Kraft war verschwunden, genau wie das Schwert aus purem Licht. Nicht mal meine Flügel, die aus derselben Magie an den König gebunden waren, wollten mich mehr tragen und ich fiel zwei Körperlängen dem Erdboden entgegen. Ich rollte mich ab und rappelte mich auf die Beine. Meine Flügel waren immer noch da, strahlten und wollten mich doch nicht mehr tragen, als ob sie etwas blockierte. Ich krampfte meine Hände zu Fäusten, wich dabei einem Schatten aus und versuchte, in einer Drehung Magie aus meinen Zellen zu schöpfen. Nichts geschah. Nicht mal ein Fünkchen wollte sich mir offenbaren. Die Magie erkannte meine Angst und versagte mir ihren Dienst. Verweigerte sich mir, obwohl sie unsere einzige Rettung aus dieser Schlacht war. Ich hatte versagt. Die Bürde des Königs hatte mich in die Knie gezwungen.

»Verfluchte Scheiße!«, knurrte ich. Doch ich hatte keine Zeit, es weiter zu versuchen. Diese Kraft würde mir auch ein weiteres Mal nicht gehorchen.

Der Schatten, dem ich ausgewichen war, grinste spöttisch.

»Ihr seid schwach, Eure Majestät.« Er lachte gehässig und alle Härchen stellen sich bei mir auf. »Ihr könnt nicht gewin...« Ein Ruck ging durch seinen Körper und eine Pfeilspitze ragte aus seinem Auge heraus. Einen Schwall Blut ausspuckend fiel er in sich zusammen.

Ich atmete schwer, nickte Leo zu, der sich dem nächsten Angreifer entgegenstellte, und tat es ihm gleich. Jedoch blieb der bittere Nachgeschmack. Der Schatten hatte Recht. Ich war schwach. Hatte keine Kraft mehr das alles zu bewältigen. Am liebsten würde ich schreien. All den Frust hinausbrüllen, der mich wie ein Schwert in der Brust getroffen hatte. Als mein Blick auf die in ihrem eigenen Blut liegenden Elfen fiel, verdrängte ich den Schmerz erneut und machte weiter. Ich zog meine Flügel wieder zurück in mein Innerstes, wollte mir die Scham ersparen und widmete mich wieder dem Kampf, der immer noch tobte.

Zwei mörderisch blickende, in Schattenmagie getauchte Elfen stürmten auf mich zu. Von ihren Händen tropfte der Bittersüßer Nachtschatten. Ich knurrte sie an, stellte mich ihnen entgegen, kämpfte mit Fäusten und schaffte es gerade so, ihnen auszuweichen. Ich schlug dem einen meine Faust ins Gesicht und trat dem anderen in die Weichteile, dieser hielt sich die schmerzenden Eier und ich nutzte die Chance, um meine Flügel erneut wieder heraufzubeschwören. Ich drehte mich um die eigene Achse und nietete beide, mit der Kraft meiner Flügelspannweite um. Plötzlich traf mich ein Schlag im Gesicht und ich taumelte. Die Schwärze, die vor meinen Augen ihre Arme um mich schließen wollte, schüttelte ich mit größter Mühe ab. Meine Atmung ging schnell und mir stand der Schweiß auf der Stirn. Etwas Nasses tropfte mein Gesicht herunter und ich brauchte gar nicht meine Hand auf die Wunde an meiner Stirn zu legen, um zu wissen, dass es Blut war. Eine Platzwunde, die einen erneuten Anfall von Schwindel mit sich brachte.

Meine Flügel zogen sich mit einer am ganzen Körper spürbaren Anspannung in meine innere Schwäche zurück und ich blickte mich um. Die Kämpfe waren, trotz dass der Sonnenaufgang nahte, noch immer nicht vorbei. Noch immer tobte der wütende Strom des Angriffs in unserem Dorf. Ein Schatten warf eine Klinge auf mich, aber ich sah den Angriff kommen und hob ein zerschlissenes Brett, das vor mir auf dem Boden lag, auf, um mich vor dem tödlichen Ende der Klinge zu schützen. Das Messer prallte an dem Holz ab und fiel zu Boden. Ich warf das Holz voller Wut auf den Elfen. Durch die Kraft des Wurfes taumelte dieser und stürzte über einen von mir bereits erschlagenen Kameraden, dessen Schwert noch immer in seiner Hand lag. Weitere Schattenkrieger näherten sich. Ich hob das Schattenschwert vom Boden auf und es brannte auf meiner zerschlissenen Haut und auch wenn dieses verfluchte Schwert mir in die Handflächen brannte, so würde ich dennoch nicht aufgeben, bis ich nicht alle noch lebenden Elfen meines Königreiches vor diesem Unglück bewahrt hatte. Ich würde bis zuletzt kämpfen, so aussichtslos es auch erscheinen mochte. Vielleicht wäre es besser, ich würde in diesem Kampf fallen.

Nein! Eine innere Stimme, meine Stimme, schrie mich an, nicht aufzugeben. Dass dieser Kampf noch nicht vorbei war und ich gefälligst nicht den Mut verlieren sollte.

Nein! Die Stimme hatte Recht. Ich durfte mich nicht von den Gefühlen leiten lassen, die mich erdrückten. Nicht jetzt und nicht in Zukunft. In erster Linie war ich ein Krieger der Krone und wir gaben nicht auf.

Niemals!

Meine Brust hob und senkte sich und meine Hände hatten sich zu Fäusten geballt, als ich auch schon losstürmte und mich dieser Übermacht erneut entgegenstellte.

Irgendwann im Laufe der Schlacht hatte ich auch die Schattenwaffe eingebüßt und kämpfte nur noch mit reiner Muskelkraft. Mein ganzer Körper schmerzte und ich war blutüberströmt. Nicht mal der Regen, der immer noch unerbittlich den Erdboden in eine Kloake aus Schlamm und Blut verwandelte, spülte das Grauen von unseren Körpern.

Eine Elfe mit ihrem Baby kauerte auf dem Boden. Sie strampelte, drückte ihr schreiendes Kind an sich und versuchte den Schattenkrieger, der auf ihr hockte, abzuwehren. Nachtschatten tropfte von seinen Armen. Gerade als er die

Hand durch ihr Herz stoßen wollte, rammte Brent ihn von der Seite und fiel mit dem Schatten auf den Boden. Er begrub ihn mit seinem Körper und sie rangelten miteinander, bis Brent ihm eine Kopfnuss verpasste und der Schatten zusammenbrach. Die Elfe schluchzte auf, erhob sich mit zitternden Beinen und rannte mit ihrem weinenden Baby davon, direkt in meine Arme. Sie klammerte sich mit allem, was sie hatte, an mir fest und kreischte panisch, als ein Schattenkrieger mit einem blutigen Kurzschwert in der Hand sich uns näherte. Er leckte über die Klinge und das Blut tropfte an seinen Lippen herunter. Brent stellte sich neben mich. Gemeinsam schoben wir die Elfe hinter unsere Rücken.

Brent verschränkte die Arme vor der Brust. Seine Axt hatte er verloren und auch von seiner sonst Gold schimmernden Magie war nichts mehr zu spüren. Er war wie ich am Ende seiner Kräfte. Doch ließ er sich dies nicht anmerken. Der Kampfgeist war noch nicht erloschen.

Er spuckte auf den Boden.

»Dreckiger Schattenbastard!«

»Sieh einer an. Wen haben wir denn da?«, grunzte der Schattenkrieger mit einem blutverschmierten Lächeln im Gesicht. Sein linkes Auge zuckte, als er mich starrsinnig musterte. »Der vermeintliche König höchstpersönlich!«

Ich antwortete mit einem Knurren.

»Wir werden euch zerstückeln«, raunzte der Elf und sein Körper hüllte sich in einen Nebel aus Schatten. Er wollte diese Macht gerade auf uns loslassen, als ich aus den Augenwinkeln sah, wie Severin ein Schwert warf. Wie in einer Schleife stehengebliebener Zeit folgte ich dem Wurf der Klinge, bis sie mit voller Wucht und einem Hauch grüner Magie in den Körper des Schattens stieß und dieser mit überrascht aufgerissenen Augen zusammenbrach.

Ich zog das Schwert aus dem Toten, spürte Severins Magie noch immer in der Waffe und schlagartig fuhr ein Schmerz in meine Brust. Ein Schmerzenslaut kam über meine Lippen und ich krümmte mich zusammen. Mit einer Hand an meinem Herzen, der alten Wunde meiner vergangenen Sünden, die zwickte und stach bis ins Unerträgliche, biss ich die Zähne zusammen und stemmte mich mit Hilfe des Schwertes wieder nach oben. Der Schmerz verebbte. Brent wollte mir gerade aufhelfen, da stand ich aber schon. Von diesem kurzen Moment der Schwäche überrannt, straffte ich die Schultern und kam meiner Aufgabe wieder nach. Meine Brust hob und senkte sich. Ich spürte den Schmerz noch immer, obwohl er längst vergangen war.

Doch eine Verschnaufpause war uns nicht vergönnt, denn weitere dunkle Todesboten kamen und die Dunkelheit wurde von ihren dunklen Schatten zu einem Sturm tiefster Finsternis. Der Regen hörte auf, doch die Sicht wurde drückender und man hörte ihr bösartiges Lachen in der Düsternis. Ein mit höchstem Grauen durchtränkter Nebel kroch über den Boden. Ich sah mich zu Severin um. Der Nebel des Grauens kroch durch seine Beine über den Erdboden. Er kämpfte gerade mit einem Schatten und haute ihm im Kampf seine Faust ins Gesicht, anschließend trat er ihm in die Weichteile und der Schattenkrieger taumelte. Er sprang auf ihn und stieß dann sein Schwert in die Brust des Angreifers. Auch ihm stand der Schweiß auf der Stirn. Er hatte unzählige Verletzungen, der grünliche Schimmer seiner Magie war kaum noch zu sehen und im nächsten Wimpernschlag war sie gänzlich verschwunden.

Ich ließ meinen Blick schweifen. Mehrere Behausungen brannten. Der Feuersturm, der immer noch wütete, ließ eine nach der anderen zusammenbrechen. Felder brannten und auch der Wald hatte Feuer gefangen. Unsere ganze Existenz, alles, was wir über die Jahre aufgebaut hatten, lag in einem Sturm aus Gewalt und Tod.

Ich sah einen roten Haarschopf, fasste ihn am Ellbogen und zog ihn zu mir heran, als er blind an mir vorbeilaufen wollte, um sich auf einen Schatten zu stürzten, dem er womöglich direkt in die Klinge gelaufen wäre, hätte ich ihn nicht zurückgezogen.

»Majestät!« Er stemmte sich die Hände in die Seite und keuchte. »Danke.«

»Shay, nimm dir zwei Krieger und versucht, die Feuer zu löschen.«

Er nickte, stemmte sich hoch und rannte auch schon los.

Severin kämpfte mit einem weiteren Schatten und wurde dabei umgeworfen, als eine Magiedruckwelle ihn in der Brust traf. Blut tropfte ihm aus der Nase und seine Lippe war aufgesprungen. Der Schatten baute sich vor ihm auf und ich rannte los. Stolperte über eine tote Elfe, dann sprang ich in die Lüfte, breitete meine Flügel aus. Sie trugen mich nicht und ich stolperte, verlor das Gleichgewicht und konnte nur mit Mühe einen Sturz verhindern.

»So eine verdammte Scheiße! Wieso jetzt? Wieso bin ich so verdammt verflucht?«, knurrte ich. Meine Stimme wurde von den Schreien der Flüchtenden und Verletzten verschluckt.

Ich rannte weiter, ohne den Blick von meinem Freund abzuwenden und wusste doch, dass ich es nicht rechtzeitig schaffen würde, denn der Schatten hatte bereits sein Schwert gehoben. Doch dann traf ein Pfeil den Schatten mitten durch den Kehlkopf. Blut spritze wie ein Wasserfall hervor und der Elf fiel auf den völlig erstarrten Severin, der dann mühsam unter dem Toten hervorgekrochen kam, als ich bei ihm ankam. Ich packte Severin an der Schulter und half ihm auf.

»Ich glaube, ich muss kotzen«, würgte mein Freund die Worte hervor und wischte sich das Blut vom Gesicht.

Ich drückte seine Schulter und war froh, dass Leos Treffsicherheit sich mal wieder bewährt hatte. Er hatte Severin das Leben gerettet. Wir konnten ihm aber nicht danken, da weitere Angreifer auf uns zuliefen. Einem fehlte ein Auge und er hatte einen Lichtelfen im Klammergriff. Er drückte ihn auf die Knie. Der Elf schrie, verlor bereits so viel Blut, dass sich eine Pfütze auf seine in den Boden gedrückten Kniescheiben bildete. Der Schatten packte ihn an der Kehle und bohrte mit seiner anderen Hand von hinten in die Brust des aufschreienden Elfens, doch sein Schrei erstickte, noch bevor er auf dem Boden aufschlug. Das Herz in der Hand des Schattens blutete noch einen Augenblick und zerfiel dann nach und nach zu Asche. Die Zeit schien stillzustehen und die Herzasche des Elfen, der niemals wieder das Licht der Sonne erblicken würde, verteilte sich mit dem Wind. Eine dunkle Magie sammelte sich um das grinsende Gesicht des Mörders und Leo setzte gerade einen weiteren Pfeil auf seinen Bogen, als das grinsende Gesicht plötzlich erstarrte. Eine dunkle Kraft, identisch und nicht zu unterscheiden von der seinen, fraß sich durch den Schattenelfen. Sein dunkles, aufgerissenes Auge war die einzige Gefühlsregung, die von seinem sterbenden Leib ausging, bevor er nach vorn stürzte und den toten Lichtelfen unter seiner selbst leblosen Gestalt begrub.

In einer Wolke aus Dunkelheit traten Fehran und Trojan aus dem schwarzen Nebel. Das Pulsieren aufgebrachter Herzen erfüllte ihre imposanten Gestalten. Wenn ich selbst nicht ganz genau wüsste, dass sie unsere Verbündeten in diesem Krieg waren, so hätte man sie auch für den Feind halten können. Doch die Einzigartigkeit ihrer schlagenden, lebendigen Herzen widerlegte jegliche Missgunst.

Zwei weitere Schattenelfen kamen hinter unseren neu gefundenen Verbündeten zum Vorschein und auch ihre Herzen schlossen sich unserem Rhythmus an. Sie waren ruhelos, so wie alle, die die Macht der Liebe in sich trugen.

Fehran stand der Schweiß auf der Stirn und seine dunkle Magie sammelte sich in seinen Händen und trübte seine Augen in schwarze Kohlen der Dunkelheit. Er nickte uns zu, drehte sich um und stürzte sich dann auf den nächsten Gegner seines eigenen Clans. Die Worte Verräter und Missgeburt lagen in der Luft, als die herzlosen Schattenelfen ihre Artgenossen beschimpften, bevor sie durch deren Hände den Tod fanden.

Der Kampf tobte weiter, trotz dass es nicht mehr lange dauern würde, bis die Sonne aus ihrer Ruhe erwachte. An allen Ecken wurde gekämpft.

Leo, der sich einem erbitterten Kampf mit seinem Gegner stellte, legte, während ihm selbst ein Pfeil im Bein traf, unter einem Schmerzensschrei einen eigenen auf den Bogen und schoss diesen auf einen Schatten, der gerade eine Hütte in Brand setzen wollte. Der Flammenstab fiel diesem aus der Hand und Leo stürzte sich humpelnd, den Pfeil im Lauf herausziehend, auf den Elfen.

Ich schaute mich immer wieder nach Severins Gefährten um, obwohl ich in meinem eigenen Kampf steckte und einen Schlag in den Magen kassierte, als meine Aufmerksamkeit zu lange auf das Wohlergehen des Bogenschützen ruhte. Doch Leo schien alles im Griff zu haben, er hatte zwar selbst keine Pfeile mehr, aber immer noch seinen Bogen in der Hand und mit diesem verprügelte er gerade den Schattenelfen.

Mein eigener Gegner nutzte meine Unaufmerksamkeit aus und stieß mich zur Seite, versuchte mir eine Klinge zwischen die Augen zu rammen, doch ich hielt sie mit meinen

Händen auf. Der Schmerz, der daraus entstand, verbreitete sich schnell in meinen Nervenbahnen und das Blut tropfte durch meine Handflächen, die immer noch die Klinge festhielten. Der Schatten lachte, spuckte einen Schwall Blut heraus und leckte sich über die Lippen, dann zog er die Klinge aus meiner Umklammerung.

Der Himmel erwachte in rötlichen Schimmern. Die Dunkelheit verzog sich Sekundenlauf um Sekundenlauf mehr in ihre eigene Ruhe zurück und hinterließ ein Schlachtfeld der Verwüstung.

»Das war erst der Anfang«, zischte der Krieger, der mein Blut von der Klinge leckte und dabei die Zähne fletschte. Seine Augen blieben am Horizont hängen. Die Schatten wussten, dass das Ende des heutigen Kampfes nahte und einer nach dem anderen zog sich zurück.

Ich blickte ihnen nach, versuchte erst gar nicht, sie an der Flucht zu hindern. Die Kraft hatte mich und alle anderen verlassen, und selbst die Sonne, die sich Stück für Stück weiter in den Himmel schob, konnte die Erschöpfung nicht heilen. Jedenfalls in diesem Moment nicht.

Als die erleichterten Atemzüge der Lichtelfen durch die Winde in meine Richtung getragen wurden, erfüllte ein entsetzlicher Schrei die sich langsam aufwärmende Luft. Ein Schrei, der einem das Blut in den Adern gefrieren ließ und der jeden hier zu erschüttern drohte. Leo ließ abrupt seinen Bogen fallen und rannte in die Richtung, aus der der Schrei gekommen war. Severin ließ ebenfalls alles stehen und liegen, um seinem Gefährten zu folgen, der sich durch die brennenden Hütten, die schreienden und verletzten Elfen hindurch kämpfte und zu einer Hütte am Rand des Feenwaldes humpelte. Ich folgte ihnen so schnell wie möglich.

Als Erstes stieg mir der beißende Gestank des Rauches der in Flammen stehenden Hütte in die Nase. Sie brannte lichterloh, war noch schlimmer betroffen als die übrigen und drohte unter ihrem Gewicht einzustürzen. Elfen schöpften bereits Wasser aus dem See und versuchten die Flammen einzudämmen, doch sie waren zu mächtig.

Leo blieb nicht stehen, sondern stürzte ohne Vorsicht in die brennende Hölle hinein. Severin stürmte hinterher, ohne die warnenden Worte der Umstehenden wahrzunehmen. Ich hielt ihn nicht auf, sondern tat es ihm gleich. Die panischen Wörter »*Majestät! Nicht!*«, die mir die Krieger der Garde zuwarfen, ignorierte ich ebenfalls.

Gerade als ich in das Flammenmeer eintrat, die Hand vor den Augen kaum sah und die brennende Glut meine ganze Existenz röstete, durchdrang ein erneuter Schrei die knisternde Atmosphäre. Ich konnte gerade noch den grünen Haarschopf von Severin erkennen, als auch schon ein Holzbalken vom Dachstuhl herunter krachte und mir den Weg zu meinem Freund versperrte.

»SEVERIN!«, schrie ich. Aber es kam keine Antwort.

Durch den dichten Rauch des Feuers konnte man nicht viel erkennen. Ich legte meinen Arm über den Mund, um nicht zu viel des dichten Rauchs einzuatmen. Severin hustete und dann lichtete sich der Rauch etwas, als dieser von einem warmen Windzug erfasst wurde und durch die offenen Fensterbänke in die Freiheit rauschte.

Die Welt stand still.

Herzen setzen einen Schlag aus, um dann im nächsten Moment mit doppelter Geschwindigkeit weiterzuschlagen. Ich hustete, hielt mir die Brust und kämpfte mit den Tränen, die der Rauch verursachte.

Leo kauerte über einer Gestalt am Boden. Eine Blutlache tränkte die Erde. Er bettete die Elfe in seinen Armen. In ihrer Brust klaffte eine große Wunde. Das Herz darin hatte bereits den letzten Schlag getan und Bittersüßer Nachtschatten tropfte wie eiternde Blasen daraus hervor.

Es war Mo, Leos Mutter. Unsere oberste Heilerin.

Ich konnte nicht mehr atmen, konnte für einen Moment nicht mal einen Gedanken fassen, bis ein Gänsehaut erzeugendes Wimmern an meine sensiblen Ohren drang und ich meinen Kopf nach rechts drehte. Ein Schrei, so angsterfüllt wie kein anderer, durchdrang die Welt dieses Reiches.

Liebe Sonne im Himmel!

Der Dachstuhl knackte ein weiteres Mal und das Wimmern hinter einer in vollen Flammen stehenden Tür wurde lauter und flehender. Leo drehte seinen Kopf in die Richtung, wollte gerade losstürmen, als Severin sich auf ihn stürzte, um ihn davon abzuhalten.

»Wir müssen hier raus!«, hörte ich Severin auf ihn einreden, doch drang seine Stimme nur schwach zu mir durch, da ich in diesem Moment auch schon losstürmte und mich mit aller Kraft gegen die Tür warf. Sie zerfiel auf dem Boden in tausend kleine Funken aus Asche und Glut.

»Hilfe«, röchelte eine Elfe, deren Stimme im nächsten Atemzug in einem Hustenanfall erstarb. Ein kleines Mädchen wimmerte in ihren Armen und ich erkannte unter den Überresten eines Schrankes Leos Schwester Jezebel und seine Nichte Tamsin.

Über Jezebels Gesicht zog sich eine fürchterliche Schnittwunde, als hätte sie gerade noch mitten in einem Kampf gesteckt und ihn verloren. Sie hielt ihre Tochter im Arm und schütze sie. Sie waren eingeklemmt, das Flammenmeer über unseren Köpfen drohte jeden Moment den Dachstuhl einstürzen zu lassen.

»Gib mir deine Hand«, keuchte ich.

Meine Augen brannten schon durch deren Reizung und ein Hustenschwall erfasste mich.

Jezebel streckte mir ihre Hand entgegen. Ich erfasste sie und wollte die beiden herausziehen, doch die Trümmer lagen zu schwer auf ihren Körpern.

»Ich muss zuerst den Schrank anheben«, stöhnte ich.

Jezebel nickte und Tamsin schrie erneut auf, als hinter mir ein Balkon zusammenbrach. Es blieb keine Zeit für weitere Erklärungen. Mit einer Kraft, von der ich nicht wusste, dass sie noch in meinem Körper steckte, stemmte ich die Trümmer nach oben. Die beiden krochen hervor. Keinen Moment zu spät, denn im gleichen Augenblick zerbarst die Decke über unseren Köpfen und ich beugte mich instinktiv über die beiden, um sie mit meinem Körper zu schützen. Ein Balken nach dem anderen stürzte über meinem Kopf ein und begrub mich und Leos Familie unter dem Gewicht.

Ein Schrei, ein Stöhnen und dann ... Stille.

Ich lag auf dem weichen Grasbett am Hügel der Feen. Die Sonne lächelte mich an und wärmte meine Haut. Mit jedem Atemzug genoss ich ihre Stärke und die Kraft, die sie mir schenkte. Ich hätte ewig hier liegen bleiben können.

»Du musst aufwachen!«

Eine Schattensilhouette beugte sich über mich und verdunkelte mein von der Sonne erhitztes Gesicht. Ich lächelte.

»Wach auf!«

»Nur noch ein bisschen, Liebste«, säuselte ich und wollte die Schattensilhouhette an mich heranziehen, doch meine Hände glitten durch sie hindurch.

Ich schmunzelte, schloss die Augen einen Moment und nahm einen tiefen Atemzug des betörenden, einzigartigen Geruches nach Sonnenuntergang und Nachtschatten in mich auf.

»Wach auf!« Ihre Stimme klang ärgerlich, fast schon wütend und ich verzog die Lippen zu einem Lächeln.

»Ach Süße, wieso so ungeduldig?«

Aber ich tat ihr den Gefallen, konnte ihr keinen Wunsch abschlagen. Also öffnete ich erst ein Auge, dann das andere. Blaue Augen trafen auf Schwarze und ich erwachte.

Bis sich der Staub legte, waren vielleicht nur Minutenläufe vergangen. Doch die Schwärze vor meinen Augen war immer noch allgegenwärtig. Ein Wimmern, schwach und doch so kraftvoll, dass ich zurück ins Bewusstsein gedrängt wurde, weit weg von der grünen Wiese und meiner Liebsten, die mein Unterbewusstsein projiziert hatte, und das mir mehr weh tat, als der fürchterliche Schmerz, der mich jetzt ereilte, erfüllte meine Sinne. Ich öffnete die Augen und merkte, wie mir Blut über das Gesicht tropfte und die feurige Hitze in den Augen brannte. Meine Schulter schmerzte, genau wie mein Brustkorb. Vermutlich hatte ich mir einzelne Rippen gebrochen. Ich versuchte, mich zu bewegen, doch das Gewicht der Trümmer auf meinem Rücken war zu stark.

»Majestät«, sprach Jezebel mich an und ich blickte in ihre geröteten Augen.

Sie hatte Tamsin an ihre Brust gedrückt und erst jetzt sah ich, dass sie den Einsturz des Daches weitestgehend unversehrt überstanden hatten. Mein Körper hatte sie vor dem gröbsten Schaden bewahrt. Ich biss die Zähne zusammen und versuchte erneut, uns zu befreien. Meine Muskeln zitterten und plötzlich verlor das Gewicht auf meinem Rücken und Armen an Kraft und schon gleich darauf erkannte ich Brent und Shay. Sie hoben Balken für Balken von uns herunter. Sie zogen uns heraus und ich hielt mich an Shays Schulter fest.

»Wir müssen hier raus. Der Rest wird auch gleich einstürzen. Kommt!«, raunte er.

Überall war Rauch, doch die Flammen schienen nicht mehr ganz so stark zu wüten wie noch gerade eben. Ich konnte Severin nicht erkennen und hoffte, er und Leo hatten es rechtzeitig nach draußen geschafft. Jezebel schwankte und Brent musste sie stützen. Die kleine Tamsin klammerte sich an ihren Beinen fest. Sie weinte unerbittlich. Ihre Mutter konnte sie nicht auf den Arm nehmen, da sie kurz vor der Ohnmacht stand. Deshalb hob ich die Kleine, den Schmerz in meinem ganzen Körper ignorierend, auf meine Arme. Sie klammerte sich an mir fest. Der Herzschlag in dem kleinen Körper raste.

»Mama«, wimmerte sie und legte ihren Kopf auf meine schmerzende Seite. Ich zischte, doch unterdrückte den Schmerzensschrei, um die vier Jahresläufe alte Elfe nicht noch mehr zu erschrecken.

Es knackte und der Wind drehte, wehte eine Feuerfontäne in unsere Richtung. Mit der unbeschreiblichen Geschwindigkeit eines Sonnenstrahls bahnten wir uns einen Weg durch die Trümmer und schafften es gerade rechtzeitig heraus, bevor die komplette Behausung mit einem lauten Knall in sich zusammenfiel. Doch damit war das Grauen noch nicht überstanden. Der rettende Sauerstoff und die aufgehende Sonne konnten den Schrecken, der vor uns lag, nicht verdrängen.

Tamsin wimmerte und ich hielt sie fest an meine Brust gedrückt, hinderte ihren kleinen Kopf daran, zu ihrer aufschreienden Mutter zu blicken, die zu ihrem Bruder stolperte, der über der Leiche ihrer Mutter kauerte. Er hatte sie ins Freie getragen und in seinen Armen gebettet. Leo schluchzte und Jezebel kniete sich neben ihn, zog ihren Bruder in ihre Arme und gemeinsam gaben sie sich der Trauer hin.

Ich schaute mich um. Überall im Dorf standen Behausungen immer noch in der Feuerglut und wurden mühsam von den Elfen gelöscht. Ich sah Krieger, die Verletzte aus ihren Häusern holten. Sah Brent, der einem verletzten Elfen aufhalf und ihn zum Brunnen brachte, an dem schon mehrere verletzte Elfen warteten. Viele hatten tiefe Wunden. Die Sonne konnte nicht alle Verletzungen heilen. Der Nachtschatten war tückisch. Und solche Verletzungen brauchten zusätzlich die Hand eines erfahrenen Heilers.

Alles zog wie in Trance an mir vorbei. Mein Blick glitt erneut zu Brent, der gerade einen toten Schatten von einer zitternden Lichtelfe herunterzerrte. Ich sah Blut, überall Blut und roch Asche und den Gestank des Todes, der in der Luft hing.

Meine Seele riss zum tausendsten Mal. Die Welt stand still, als sich die Sonne weiter über den Horizont schob, alles in warmes Licht tauchte und unsere Wunden, so gut es ihr möglich war, heilte. Ihr Licht breitete sich in uns aus und ließ das Dorf erstrahlen.

Aber wir strahlten nicht.

Äußerlich schimmerten wir, nahmen die Kraft auf, die uns jeden Tag geschenkt wurde, doch konnte sie unseren Verlust und die Trauer dieser Nacht nicht heilen. Wir konnten uns nicht an ihr erfreuen. Die Sonne sollte uns Trost spenden. Aber sie tat es nicht. Sie war von Trauer zerfressen. Das Licht hatte uns verlassen und die Dunkelheit hatte ihre Krallen nach uns ausgestreckt und gewonnen. Die rettende Magie war so nah und doch kam sie zu spät. Die Ruhe und die Entspannung waren an diesem Morgen verloren. Stattdessen legte sich eine tiefe Schwere über unsere Seelen. Elfen schluchzten über den Leichen ihrer verlorenen Angehörigen. Wimmern und Schmerzensschreie durchzogen den anbrechenden Tag.

Ich war wie versteinert und mein Herz schrie wegen dieser Grausamkeit, dieser Herzlosigkeit, die heute über uns gekommen war. Es zerrte an meiner Seele und ich drückte Tamsin noch enger an meine Brust, um den Schmerz in mir zu betäuben.

Ich ließ meinen Blick trotzdem weiterschweifen und ich sendete meinen Füßen ein Signal, mich in Bewegung zu setzen, doch sie versagten mir ihren Dienst. Das Grauen, das vor mir lag, war so stark, dass ich einfach nichts mehr konnte. Das Atmen fiel mir schwer, obwohl es eine natürliche Reaktion des Lebens war. Meine Brust schnürte sich zusammen und der rettende Sauerstoff brannte in meiner Lunge. Erst als ich Severins Anwesenheit spürte, seinen grünen Lockenkopf neben Leo erspähte und wusste, dass ihm nichts geschehen war, erst da löste sich ein Teil des Druckes in meiner Brust. Doch als er mir einen Blick über die Schultern zuwarf und ich seinen grünen Augen begegnete, wusste ich, dass nichts gut war. Dass die Trauer, die ich selbst in mir spürte, auch ihn erfasst hatte. In diesem einzigen, kurzweiligen Blick lag mehr Hoffnungslosigkeit als Erleichterung darüber, dass wir es lebend aus diesem Kampf geschafft hatten. Seine Seele war genauso zerbrochen wie die meine.

Er wandte sich von mir ab, bewegte sich in Richtung Leo und Jezebel und blieb dann doch wieder auf Abstand. Ich verstand seinen Zwiespalt und fühlte seinen Schmerz. Er war wie ein Bruder. Mein Seelengefährte, auf einer Ebene, wie nur Brüder es verstanden.

Für einen kurzen Moment schloss ich die Augen, versuchte, eine Entscheidung zu fällen, die sinnvoll war. Fand sie aber in dieser Situation nicht. Als ich die Augen wieder öffnete, sah ich noch, wie Fehran und Trojan, die heute auf unserer Seite gekämpft hatten, sich in die Schatten des

Waldes verzogen. Das grelle Sonnenlicht war nach diesem Kampf für sie kein Heilmittel aus ihren Qualen. Ihre eigenen Verwundungen mussten im Schutz der Bäume versorgt werden und konnten erst in der Dunkelheit der nächsten Nacht vollständig heilen.

Das rettende Licht der Sonne zeigte den wahren Verlust dieser Nacht. Es blieben nur noch die dunklen Rauchschwaden, die zerfallenen Hütten, die zerrissenen Familien und die Toten zurück.

So viele Tote. Für immer von uns gegangen in diesem sinnlosen, hassenswerten Krieg.

Severin erwachte endlich aus seiner Starre und ging auf Leo zu. Wollte ihn von seiner toten Mutter wegzerren, ihn an sich ziehen und ihm Trost an diesem schicksalbringenden Tag spenden. Doch Leo wehrte sich. Schlug um sich, als Severin ihn an seine Brust drücken wollte. Die Trauer seines Verlustes spiegelte sich in jedem der hier Anwesenden wider, und Severin traf es am meisten von allen.

Ich hatte schon in vielen Schlachten gekämpft, hatte so viele Male mein Schwert erhoben, um das zu schützen, was mir das Wichtigste war. Doch diesmal fühlte es sich anders an. Diesmal war es anders. Dieses Mal lag die Verantwortung auf meinen Schultern. Ich musste die Entscheidungen treffen, die nötig waren. Und genau das war das Problem. Ein Problem, dem ich nicht aus dem Weg gehen, vor dem ich nicht flüchten konnte. Ein Problem, dem ich mich stellen musste. Doch die Angst, zu versagen, war zu groß und das war der Grund. Diese ganzen Selbstzweifel waren der Grund für mein Versagen.

Abermals durchfuhr mich ein betäubender Schmerz in meiner Brust und ich stolperte einen Schritt zurück, als das ganze Ausmaß dieser Katastrophe auf mich einschlug.

»Severin«, brachte ich mit brüchiger Stimme hervor. Die Kontrolle über meinen Körper entglitt mir und ich fiel auf die Knie. Es stach und zwickte in meiner Brust und der Schmerz hinterließ einen tiefen Riss in den zarten, von Prues Licht erweckten Fasern.

»Fry!«

Er ließ Leo in seiner Trauer allein und rannte auf mich zu. Ich drückte ihm Tamsin in die Arme, bevor die kleine Elfe mir aus den zitternden Armen fiel.

»Ich glaube, ich sterbe«, sprach ich die Worte aus, die ich in diesem Moment mit jeder Faser meines Seins spürte.

KAPITEL 5
Fry

»Fry!«

Severin kniete sich vor mich, drückte die kleine Elfe, die verzweifelt versuchte, sich aus seinem Griff zu befreien, enger an sich und legte dann, als Tamsin aufhörte sich zu wehren, eine Hand auf meine Schulter. Die Berührung seiner warmen, grünleuchtenden Haut versetze mir einen weiteren Stich in meinem schmerzenden Herzen.

Es tat so weh.

Vor meinen Augen verschwamm die Welt. Wurde zu einem Schleier des Versagens. Meines Versagens.

Noch niemals in unserer Geschichte hatten die Schatten diese Grenzen überschritten. Niemals in tausend Jahren. Und ich hatte sie nicht bemerkt. Sie waren lautlos an mich herangeschlichen und hatten mich tief im Herzen getroffen. Unschuldige waren gestorben und weitere würden folgen bei der grausamen Hetzerei, die der Schattenkönig über die Lichtlande brachte. Dieser Krieg würde kein Ende nehmen. Nicht, solange er das Reich der Dunkelheit regierte. Nicht, solange es einen König der Lichtlande gab, der an sich selbst zweifelte und für den die Krone eine Bürde war statt Hoffnung.

»Fry! Hör auf mit dem Scheiß!«, hörte ich Severins ange-spannte Stimme aus weiter Ferne auf mich einreden. Doch mein ganzes Selbst war wie taub und ich zitterte am ganzen Leib.

Es war ein Albtraum.

Dieses Volk war dem Tode nahe, sollte es noch länger sein Vertrauen in einen König legen, der es nicht mal schaffte, an seine eigene Stärke zu glauben.

Erneut gab mein Herz einen unruhigen Ton von sich. Ich biss die Zähne zusammen und unterdrückte den Schmerzenslaut.

Das Licht der Sonne, die warmen Strahlen meiner Quelle der Kraft, wollten sich einen Weg durch mein gebrochenes Herz bahnen. Wollten meine Verwundungen heilen, die die Klingen der Schattenarmee auf meinem Körper hinterlassen hatten. Wollten mir Kraft an diesem traurigen Morgen schenken, der so viel Tod mit sich gebracht hatte. Der eine Verwüstung sichtbar machte, die uns mehr Kraft kosten würde, als wir aufbringen konnten. Ich spürte förmlich die enttäuschten Gesichter aller anwesenden Elfen. Fühlte ihre Angst, fühlte ihre Trostlosigkeit und ihre Enttäuschung.

Meine Umgebung verschwamm immer weiter vor meinen Augen, die Geräusche, die zu mir drangen, waren wie unter einem Nebel verborgen. Nur dumpf und träge drangen sie zu mir hindurch. Mein ganzer Körper verkrampfte und die Schmerzen wurden zu einem Sturm meiner Ängste. Ich hatte diesen Schmerz verdient. War der Heilung der Sonne nicht würdig. Wollte diesen Schmerz spüren, weil ich ihn verdient hatte.

Nicht die Krone war eine Bürde, sondern ich.

Jemand schlug mir ins Gesicht und ich erwachte aus dem Unwetter meiner eigens auferlegten Knechtschaft. Meine zitternden Hände verkrampften sich zu Fäusten. Ich schüttelte meinen Kopf, musste die Selbstzweifel unterdrücken, die meine Seele belasteten. Es war so verdammt schwer, gegen dieses allgegenwärtige Loch in meinem Herzen und die Angst, die sich in mir festsetze, anzukämpfen. Es wäre viel leichter aufzugeben. Doch mit einem Knurren erhob ich mich vom aufgeweichten, in Blut getränkten Erdboden.

Severin musste mich stützen, damit ich nicht ein zweites Mal den Boden unter den Füßen verlor.

»Fry! Mach jetzt ja nicht schlapp!«

»Ich kann nicht«, brummte ich. Doch von meiner Stimme, die sonst immer so vor Kraft und Stolz gestrotzt hatte, die Stimme, die mich als das ausmachte, was ich immer schon war, von der war nichts übrig.

»Fry!«, knurrte Severin.

Es dauerte lange, sehr lange, bis er wirklich einmal die Fassung verlor und dieser Moment war wohl gekommen. Vielleicht waren die Autorität und die Aggression, die in seiner Stimme mitschwangen, der Punkt, an dem ich mich langsam aus dem Nebelschleier meines Versagens heraus-kämpfte. Erneut schlug er mir ins Gesicht und ganz lang-sam lichtete sich die Trübung vor meinen Augen. Severin blickte mir besorgt und gleichzeitig auch verärgert ent-gegen. Doch als ich ein Nicken zustande brachte, er meine Schulter losließ, in die er sich nach seinem zweiten Schlag gekrallt hatte und ich endlich den Schmerz in meinem Herzen für einen kurzen Moment unterdrücken konnte, wurde sein Blick weicher. Aber er war von Trauer gezeich-net. Trauer, die wir alle in unseren Herzen spürten, und da war noch mehr.

Angst!

Severin hatte Angst. Genau wie ich.

Erneut nickte ich. Mehr zu mir selbst, als zu jemandem anderen und hob den Blick. Versuchte mir einen Überblick über das Grauen zu verschaffen, doch blieb meine Sicht an den zahlreichen Leichen der Unschuldigen hängen.

Aufs Neue verlor ich die Kontrolle über mich selbst und stürzte in eine wieder aufkommende Depression des Versagens. Noch niemals in meinem jahrhundertealten Leben hatte ich solch einen Schmerz in meinem Inneren gespürt. Solch eine Furcht. Es war, als ob ich gar nicht ich selbst war, als ob eine andere Version von mir die Kontrolle über mein Leben an sich gerissen hatte. Mein Kopf platzte von den Eindrücken dieses Unglückes, das die Schatten über unser Land gebracht hatten. Als mein Blick erneut auf den geschundenen Körper von Mo fiel, musste ich mich zum wiederholten Male an Severin festhalten.

Mo! Ich wollte schreien, wollte um die gute Seele des Königreichs weinen, doch ich konnte nicht. War die Tränen nicht wert, die sich mit aller Kraft in die Freiheit ihres Gefängnisses bahnen wollten. Gierig versuchte ich einen Atemzug nach dem nächsten zu tätigen, doch auch das fiel mir schwer. So unglaublich schwer überhaupt vor meinem Volk zu stehen und in ihre trauernden Gesichter zu blicken.

»Fry, bitte«, flehte Severin und ich krallte mich so sehr in seine Schulter fest, dass er zischte, »konzentriere dich.«

Er nahm mein Gesicht in seine Hände und zog es in seine Richtung. Er suchte meinen Blick und bohrte seine grünen Augen in meine.

»Ich ...«, versuchte ich meine Stimme wiederzufinden. Aber sie brach. Verlor sich in dem Gefühlschaos meines Herzens. Es schlug so heftig, dass ich Angst hatte, es würde gleich zerspringen und dieses Stechen in seinen Adern war unerträglich. Als ob es mich jeden verdammten Schlag daran erinnern wollte, wie hoch mein Versagen als König doch war.

»Fry!«

Severin schüttelte mich kräftig und ich konnte in seinen Augen nichts lesen, was mir half. Er war genauso verloren wie ich. So glaubte ich. Aber er war wohl viel mehr bei Sinnen, als ich es dieser Tage je gewesen war.

»Was?«, fragte ich ihn verwirrt. Ich konnte ihm nicht folgen, wusste nicht, was als Nächstes zu tun war, und ich wusste nicht, was ich sagen sollte, was ansatzweise beschreiben könnte, was sich in mir abspielte. Ich war wie versteinert. Es war zu viel. Zu viel für mich. Ich konnte keine einzige Entscheidung mehr fällen.

Immer mehr Gesichter erschienen vor mir. Die Elfen kreisten mich und Severin ein. Schirmten uns von den anderen ab und redeten auf mich ein. Ich konnte ihren Worten nur bedingt folgen.

»Majestät. Viele Elfen wurden verletzt. Die Sonne kann ihre schweren Verletzungen nicht heilen. Wir brauchen einen Heiler.«

»Majestät. Wie lauten Eure Befehle?«

»Fry!«

»Mein König, wir haben die Angreifer verloren. Sie sind geflüchtet.«

»Fry!«

»Mama!«

»Heiler. Schnell. Wir brauchen einen Heiler.«

»Es gibt keinen!«

»Hilfe, ich brauche Hilfe!«

»Fry, du verdammter Idiot! Wir brauchen dich hier! Und nicht nur als Statue!«

Jemand rüttelte mich. Schlug mir auf die Brust und dann zum dritten Mal an diesem Morgen auf die Wange. Immer mehr Elfenkrieger umzingelten mich und warteten auf Befehle.

»FRY! VERDAMMT!«

Severins Stimme war die Erste, die ich wieder filtern konnte. Die Erste, die ich wieder richtig wahrnahm. Sie drang tief in mein Bewusstsein und rüttelte mich wach. Meine Atmung ging schnell und ich schloss kurz die Augen, nutzte den letzten Moment noch, bevor ich meiner Aufgabe als König nachkommen musste. Aber es dauerte zu lange. Ich musste jetzt aufwachen. Sofort.

Wach auf!

»Verdammt, Fry!«

Severin schlug mich ein weiteres Mal ins Gesicht, heftiger als jemals zuvor und ich schüttelte mich. Aber diese Wut, diese Angst, die ganze Verzweiflung in der Stimme meines Bruders ankerte mich und zog mich zurück ins Hier und Jetzt. Ich öffnete die Augen. Sah zum Himmel hinauf und er lächelte mich an. Die Sonne sprach mit mir. Legte sich um mich und diesmal verweigerte ich mich ihr nicht. Sie gab mir gerade so viel Kraft, dass ich meinen Pflichten nach-kommen konnte.

»Verschließt die Tore. Verdreifacht die Wachen. Auch am Tag.« Severin brüllte die Befehle, bevor ich es tun konnte.

»Schickt auch zusätzliche Späher an die Grenzen. Schaut, ob noch mehr Dörfer betroffen sind. Jeder der Hilfe braucht, soll hierher kommen«, ergänzte ich Severins Anweisungen und die Krieger setzten sich in Bewegung. Als sie davon rannten, blickte mein Freund mir wieder ins Gesicht.

»Reiß dich jetzt zusammen!«, knurrte er zwischen zu-sammengebissenen Zähnen. »Wir brauchen dich jetzt!«, flüsterte Severin dann so leise, dass nur ich es hören konnte und ich nickte, legte meine Hand auf seine Schulter und drückte sie.

»Ohne dich wäre ich nichts.« Ich zog ihn in eine selten gewordene Umarmung und er seufzte auf. Er hielt immer noch Tamsin in den Armen, die ganz leise an seiner Schulter schluchzte.

»Wenigstens wir müssen zusammenhalten, Fry. Wir haben nur noch uns.«

»Ich weiß. Es tut mir leid.«

Und das meinte ich auch so. Es tat mir unendlich leid, dass ich ihn, wo er so schon so viel Kummer im Herzen trug, auch noch mit meiner Unfähigkeit belastete. Aber es stimmte. Wenn ich ihn nicht hätte, hätte ich gar nichts mehr im Leben, wofür es sich zu leben lohnte.

Severin lächelte zaghaft, aber es erreichte bei Weitem nicht seine Augen. Er blickte über die Schulter zu Leo und in seinen Augen sammelten sich die Tränen. Er schluckte und schaute dann wieder zu mir. Die goldenen Sprenkel seiner grünen Augen waren voller aufkommender Tränen.

»Mama«, schrie Tamsin in seinen Armen und Jezebel kam herbeigerannt. Die Kleine streckte ihre Arme aus und kuschelte sich an ihre Mutter.

»Danke, Hoheit. Majestät.« Sie nickte uns beiden zu und wischte sich die Tränen von den durchtränkten Wangen.

»Heiler! Wir brauchen einen Heiler, schnell!«, schrie ein Elf in unserer Nähe und Jezebel drückte Tamsin in Leos Arme.

»Ich komme sofort!«, schrie Jezebel und gab ihrer Tochter einen Kuss auf die Stirn. »Du bleibst bei deinem Onkel. Er wird dich beschützen.« Dann stürmte sie davon und half den Elfen bei der Versorgung der Wunden. In ihrem Gesicht war immer noch die tiefe Wunde einer Schattenklinge zu sehen, die sich rot auf ihrem Gesicht abzeichnete. Sie würde ewig an diesen Tag erinnert werden.

Severin seufzte, blickte sich immer wieder zu seiner Liebe um, unternahm aber keinen weiteren Versuch, ihm beizustehen. Ich legte ihm eine Hand auf die Schultern.

»Gib ihm Zeit.«

»Wir haben keine Zeit, Fry!« Er löste seinen Blick von Leo. »Sie wird nicht die einzige Mutter sein, die in diesem bescheuerten Krieg stirbt. Jezebel wird nicht die Einzige sein, deren Körper Narben aufweisen wird, die niemals mehr verschwinden werden. Es werden weitere folgen und ich bin ehrlich. Ich bin froh, dass Mutter und Vater bereits seit hundert Jahren tot sind. So muss ich nicht damit rechnen, sie zu verlieren.« Er fuhr sich durch die Locken und seufzte. »Aber sieh ihn dir doch an! Es zerreißt mich, ihn so sehen zu müssen, und das Schlimmste ist: Ich kann absolut nichts tun. Gar nichts!«

Wir blickten uns beide noch einmal zu Leo um. Brent und Shay redeten gerade auf ihn ein. Sie wollten seine Mutter fortschaffen. Sie wollten sie zu den Hügeln der Seelen bringen. Dorthin wo alle Toten unseres Reiches hingebracht wurden, um ihre letzte Ruhe und ihr Aufbrechen in die Hände der Sonne entlassen zu werden. Leo weigerte sich, den Körper seiner Mutter freizugeben. Doch dann ließ er die Schultern sinken, stand auf und ging mit seiner Nichte im Arm Richtung Wald und verschwand dort. Severin seufzte laut auf.

»Ich sollte ihm nachgehen.«

»Du kannst nichts für ihn tun«, versuchte ich ihn zu beruhigen.

Er seufzte noch einmal laut auf und ließ die Schultern hängen. Als er sich nach einem kurzen Moment wieder gefangen hatte, blickte er mich noch einmal an. Musterte mich von oben bis unten. Sein Blick bohrte sich in meine Augen.

»Du kommst doch klar, oder? Verlier bitte nicht wieder den Verstand. Das war echt gruselig. Ich dachte schon, du kippst mir gleich um.«

»Ich weiß nur nicht, was ich tun soll«, gab ich zu.

»Tu, was du am besten kannst.« Seine Mundwinkel zuckten.

»Was soll das sein?«

»Sei einfach Fry. Ein Krieger der Krone. Wenn du den Kopf verlierst, sind wir alle verloren. Du bist der Einzige, der uns retten kann. Wir brauchen dich. Weißt du, ich habe mich geirrt, als ich vorhin sagte, wir brauchen einen König. Wir brauchen dich. Fry. Den Krieger, der immer einen klaren Kopf behält. Der nach Lösungen sucht und sie auch findet. Der nicht aufgibt, auch wenn es schwierig wird. Der sich lieber selbst opfern würde, als dass andere zu Schaden kommen. Den Fry, der mein Bruder und mein Freund ist. Du hältst uns zusammen und du wirst uns auch aus dieser Scheiße wieder herausführen. Ich weiß es. Du schaffst das, Fry. Du bist stärker, als du denkst. Du musst dich nur daran erinnern, wer du bist.« Severin seufzte.

Ich wich seinem Blick aus.

»Du weißt nicht, was du da sagst.«

»Fry. Sieh sie dir an.« Er zeigte mit einer Geste auf die ganze Ebene des Dorfes, auf die Bewohner und die Krieger, die miteinander arbeiteten. Sogar die Schatten Fehran und Trojan hatten sich erneut aus dem Wald getraut und halfen den Lichtelfen bei der Versorgung der Verletzen. Auch wenn die Sonne und das Licht sie an ihre Grenzen brachte, so halfen sie uns, waren Teil unserer Gemeinschaft.

»Für sie alle wirst du nie nur ein König sein. Du bist ihr Freund. Sie sehen zu dir auf und sie vergöttern dich. Sie wenden sich nicht von dir ab, wenn es mal schwierig wird oder du doch mal eine falsche Entscheidung triffst. Für sie bist du mehr. Du bist ihr Krieger, ihr Freund und ihr Vertrauter.« Severin drückte meine Schulter und lächelte mich an. »Du bist Fry Lichtbringer, Kriegerkönig der Lichtlande. Wir vertrauen dir.«

»Vielleicht legt ihr euer Vertrauen in den Falschen«, setzte ich an, doch Severin unterbrach mich mit einem einzigen genervten Augenaufschlag.

»Hast du mir überhaupt zugehört?«, beschwerte er sich. »Ich liebe dich, Bruder. Jetzt sei ein waschechter Elf und grüble über einen Plan, wie wir diese verfluchten, herzlosen Arschgeigen endgültig besiegen können. Denn das ist es, was der Fry, den ich kenne, jetzt machen würde. Einen Schlachtplan entwerfen!«

Severins Worte setzten sich ganz tief ab. Berührten meine aufgebrachte Seele und Wärme strömte in meinen Körper. Meine Gestalt fing an zu schimmern, in der Einzigartigkeit der Lichtgeborenen und auch wenn es nur ein kleiner Funke war, der in mir erwachte, so war es doch ein Funke, der ausreichte, um mich wieder zu erden.

»Du hast Recht«, raunte ich.

Severin zwinkerte mir zu.

»Ich hab immer Recht.«

Er drückte meine Schultern und ließ mich dann allein. Dann half er Brent und Shay dabei, die Verletzten zu Jezebel zu bringen.

Ich blieb noch einen Moment an Ort und Stelle, blickte noch einmal über das Chaos dieser Nacht und suchte nach irgendetwas, das ich tun konnte. Herumzustehen und die Nerven zu verlieren war zwar leicht, aber brachte uns nicht weiter.

Mit dem Blick zur Sonne, meinem liebsten Stern, versuchte ich meine Gedanken und meine Taten auf das zu lenken, was in diesem Moment wirklich zählte. Zuerst mussten die Verletzen versorgt werden. Dann mussten die Opfer, die es nicht geschafft hatten, der Sonne übergeben werden. Und wenn das erledigt war, dann musste ich mir einen Plan ausdenken, wie wir dieses Unglück vergelten konnten, und vor allem musste ich mir Gedanken darüber machen, wie wir gegen die Schatten vorgehen sollten, ohne dass die Anzahl der Opfer ins Unzählbare gesteigert wurde. Denn dass es Opfer geben würde, stand ganz klar fest. Doch es lag in meiner Hand, diese auf ein Minimum zu reduzieren. Ich war ein Krieger. Severin hatte Recht und der Fry, der ich einmal gewesen war, hätte sich davon nicht abhalten lassen, sich sofort einen Schlachtplan auszudenken, der viele Leben retten konnte.

Mit einem letzten sehnsüchtigen Blick auf den Feuerball straffte ich die Schultern und schloss mich den bereits arbeiteten Elfen an, um das Chaos der Nacht zu beseitigen. Es lag viel Arbeit vor uns.

KAPITEL 6
Fry

Ich lehnte abseits an der großen Esche, die seit Jahrhunderten das Reich der Sterblichen versperrte, und überblickte die Elfen, die um ihre Verlorenen trauerten. Severin stand neben mir, die Hände vor seinem Körper überkreuzt und die Stirn in Falten gelegt. Er berührte den heiligen Baum nicht, hatte Ehrfurcht vor der Macht seiner einstigen Kraft. Mir war das gleich. Die unbekannte Sphäre hinter der Rinde war verschlossen. Eine unüberwindbare Barriere zwischen den Welten.

Es war zwei Tagesläufe her, dass die Schatten uns angegriffen hatten. Das gröbste Chaos war zwar beseitigt, doch lag noch viel Arbeit vor uns. Heute zum Mittagslauf, als die Sonne am höchsten Punkt stand, hatten wir die Toten geehrt. Wir betteten sie zu ihrer letzten Ruhe und auch die, deren Seele durch den Nachtschatten verloren waren, erhielten eine warme Ruhestätte auf der lichtdurchfluteten Wiese des Hügels der Seelen. Ihre Gesichter waren der Sonne zugewandt und auch wenn sie für immer verloren waren, so sahen sie dennoch aus, als würden sie lächeln.

Sechsunddreißig Elfen waren in dieser Nacht gestorben. Davon würden vierundzwanzig niemals das Reich der Sonne erreichen, denn ihre Seelen würden nicht weiterziehen. So viele Leben waren zerstört worden. Der Verlust der Angehörigen und der Schmerz derer, die jemanden verloren hatten, dessen Seele nicht weiterziehen konnte, waren groß. Ich hatte ein paar Worte mit den Trauernden gewechselt, weil man das von mir erwartet hatte, dabei war ich bei Weitem nicht der beste Redner. Aber ich dachte an meinen Vater. Großkönig Kian. Er hätte es genauso getan, also versuchte ich, mir ein Beispiel an ihm zu nehmen.

»Severin?«

»Mmh«, antwortete er nachdenklich.

Seit den Ereignissen der schrecklichen Nacht war er bedrückter denn je. Er ließ Leo nicht aus den Augen, der mit unergründlicher Miene über der Ruhestätte seiner Mutter gebeugt stand.

»Komm in einer Stunde in meine Gemächer«, murrte ich und ging in meinen Gedanken zum wiederholten Male meinen Plan durch, den ich mir grob zusammengereimt hatte. Richtig durchdacht war er nicht. Aber es war immerhin ein Anfang. Vieles würde sich dann auch von selbst ergeben. So war das doch immer mit großen Plänen.

»Wieso? Willst du mich verführen?«, sprach mein Freund, ohne seinen Blick von Leo zu wenden, der gerade mit seiner Schwester im Arm die Anhöhe verließ.

»Spinnst du?«, erwiderte ich entgeistert.

»Ist das eine ernstgemeinte Frage?«, konterte er.

Erst jetzt schenkte er mir seine volle Aufmerksamkeit und hob eine Augenbraue.

»Kommst du oder nicht?«

Genervt rollte ich die Augen.

»Gibts Wein?«, fragte er mich und streckte gleichzeitig seine Glieder, ließ die Knochen knacken und ließ sich anschließend auf dem weichen Gras vor der alten Esche nieder.

Diesmal hob ich eine Augenbraue.

Er lächelte verschmitzt zu mir hoch.

»Deinem Gesicht nach zu urteilen also nicht?« Er zuckte die Schultern. »Da es nichts gibt, das meine Aufmerksamkeit ertragen kann, werde ich dich mit meiner Anwesenheit beehren.«

Ich schnaubte, klopfte ihm auf die Schulter und wandte mich ab, verließ den Hügel der Seelen mit schnellen Schritten. Dieser Ort deprimierte mich dieser Tage und das sollte er nicht. Dies war ein heiliger Ort voller Sonnenschein, doch fand er keinen Weg in mein Herz.

Es gab keinen Ort, an den ich gehen konnte. Keinen Ort, an dem ich allein sein konnte. Egal wohin mich meine Füße trugen, immer folgten mir Wachen, Diener oder Elfen, die irgendetwas von mir wollten. Sahen sie denn nicht, dass ich absolut nichts von ihnen brauchte und auch nicht bedrängt werden wollte? Seit ich König war, hatte ich – mit Ausnahme seltener nächtlicher Ausflüge zum Hügel der Feen – kaum Zeit für mich selbst. Und dass ich diesen Ort hasste, machte es auch nicht besser. Nicht umsonst hatte ich es jahrelang vermieden, hier länger als einen Tageslauf zu verweilen. Und das änderte sich auch jetzt nicht. Ich sehnte mich nach meiner Freiheit. Doch auch wie Prue niemals richtig frei sein würde, würde auch ich es niemals sein. Wir trugen ein gemeinsames Schicksal. Jeder auf seine ganz eigene Weise. Und doch bestimmt durch einen kleinen Faktor – den Schattenkönig. Ihren verdammten Vater.

»Majestät«, störte plötzlich eine zu Tode erschrockene Stimme meine äußerst depressiven Gedankengänge.

Fast wäre ich mit der Elfe zusammengestoßen, die meinen Weg durch die offenen Gänge des verhassten Schlosses kreuzte. Sie trug einen Korb mit roten Äpfeln, der ihr vor Schreck aus den Händen fiel. Sie stolperte, fiel auf ihren Hintern und die Früchte kullerten über den Boden. Ich reichte ihr meine Hand, doch sie ließ sich auf die Knie fallen und senkte den Kopf.

»Verzeiht, Majestät.«

»Kein Grund, um Verzeihung zu bitten«, grummelte ich, wollte meinen Weg fortsetzen, jedoch griff sie mein Handgelenk und ich drehte mich zu ihr herum.

Sie hatte ihren Kopf erhoben und bedachte mich mit einem Blick, der jedem Wesen männlichen Geschlechtes höchstwahrscheinlich imponiert hätte.

»Ich möchte es wiedergutmachen«, wisperte sie eindringlich.

Ihre Aussage machte mich sauer. Von meinem Körper wirbelten kleine blaue Funken und die Luft war elektrisch aufgeladen.

»Ich bin nicht mein Bruder!«, raunzte ich und schlug ihre Avancen mit einem deutlichen Unterton in der Stimme aus.

Mein Handgelenk entzog ich aus ihrem Griff. Die bläuliche Magie hing noch einen Augenblick zwischen uns, bevor sie langsam in der Luft des Gemäuers verschwand. Ich wusste genau, was sie da anbot, doch war ich weder in der Stimmung für eine Begattung, noch war ich, wie ich der Elfe gerade unmissverständlich klar gemacht hatte, mein Bruder Cailan.

Früher einmal hätten ihr aufreizender, fast flehender Blick, ihre zurechtgerückten überdeutlichen Brüste und ihre gespielte Begierde mich vielleicht allein zum Zwecke der bedürfnisbefriedigenden Triebhaftigkeit schwach werden lassen, doch diese Zeiten lagen längst hinter mir. Waren in meiner Vergangenheit unter einem Schleier der jünglinghaften Begierden begraben. Erst recht, seit ich mein Herz zum ersten Mal an jemand anderen verloren hatte. An sie, der meine alleinige, ehrliche Liebe galt und die mich sah und nicht die königliche Blutlinie.

Zornig und gleichzeitig in einer bedrückenden, klammernden Stimmung ließ ich die Elfe in ihrem gescheiterten Versuch, mich für eine fleischliche Beiwohnung zu gewinnen, schluchzend zurück und floh vor dieser absurden Situation.

Als ich endlich vor meinem Gemach ankam, standen dort zwei Wachen der Elfengarde und ein Diener mit einem Tablett, auf dem er einen Wasserkrug und eine Platte mit Früchten balancierte.

»Majestät.«

Sie verbeugten sich vor mir. Ich drängelte mich an ihnen vorbei, damit ich schnellstmöglich in meine Gemächer verschwinden und die Tür hinter mir zuknallen konnte, aber der Diener stellte ein Bein in den hölzernen, mit Weintrauben verzierten Rahmen.

»Kann ich nicht einmal nur für mich sein? Schert euch fort. Ich will allein sein. Außer Severin hat heute niemand Zutritt, ist das klar?«, befahl ich zwischen zusammengebissenen Zähnen und sammelte eine kleine Kugel Lichtmagie in meinen Händen, ließ die Macht langsam entgleiten.

Die leuchtende Wolke des Lichtes traf den Diener ganz leicht an der Brust und schob ihn langsam aus dem Türrahmen. Normalerweise griff ich nicht zu solchen Mitteln, aber ich war völlig überreizt und wollte einfach nur für einen Moment mit mir allein sein. War das denn so schwer zu verstehen?

»Ihr könnt gehen! Alle!«

Dann knallte ich die Tür zu und seufzte auf, als ich mich an die wunderschön verzierte Holztür lehnte. Ich atmete tief durch, versuchte, meine Nerven zu beruhigen. Nach einigen tiefen Atemzügen stieß ich mich vom Holz ab und ging auf meinen Tisch zu. Der reich ausgeschmückte Stuhl knarzte, als ich mich auf ihm niederließ. Ich ließ den Kopf auf das Holz knallen und legte die Hände auf meine Haare.

Es war ein fürchterlicher Tag gewesen. Ich war so erschöpft, als wäre ich die ganze Nacht und den Tag auf dem Trainingsgelände gewesen. Meine Schulter schmerzte noch immer, genau wie meine Rippen. Die Sonne hatte mich zwar geheilt, aber nicht mit voller Kraft, da ich mich ihrer vollen Macht immer noch verweigerte. Mein Körper sehnte sich zugleich nach ein paar Stunden Schlaf und Ruhe, aber ich konnte mich ausruhen, wenn dieser Krieg vorbei und ich nicht wider Erwarten tot war. Wenn mich mein Zusammenbruch beim Angriff etwas gelehrt hatte, dann dass ich nicht aufgeben konnte und dass ich mich der Zukunft, die vor mir lag, stellen musste. Meine Ängste waren immer noch präsent, stark ausgeprägt und hinderten mich an der Heilung, die ich so dringend brauchte. Viele Elfen setzten ihre Hoffnungen in mich und ich musste mich durch diese erdrückende Phase meines Lebens durchbeißen und alles in meiner Macht Stehende tun, damit der Tod und die Gewalt in den Reichen ein Ende fanden. Auch wenn mir die Kraft dazu bereits jetzt schon fehlte.

Viele Dinge schwirrten mir im Kopf herum. Wie konnten wir die Übermacht der anderen Seite bezwingen? Welche Gewalttaten mussten wir noch über uns ergehen lassen? War der Schattenkönig erst zufrieden, wenn er uns alle versklavt oder ausgerottet hatte? Wenn er unsere geliebten Herzen alle als Häufchen Asche vor seinen Untertanen zur Schau stellen konnte?

Es gab eine Zeit, lange vor meiner Geburt, da waren Schatten und Licht im Gleichgewicht gewesen. Das Orakel hatte mir vor nicht allzu langer Zeit die Geschichte unseres Reiches in Erinnerung gerufen. Und so sehr ich auch daran glauben wollte, dass es einst diese Zeiten gab, ich konnte es mir einfach nicht vorstellen. Wie war der Schattenkönig zu solch einer Macht gelangt? Warum folgten ihm seine Untertanen eisern, obwohl sie von den Verlusten genauso getroffen wurden wie wir? Konnten sie keinen Schmerz empfinden, weil sie nie gelernt hatten, zu lieben? Weil das Herz in ihrer Brust nichts weiter war als ein lebloses Organ des eigenen Körpers?

In den letzten Nächten hatte ich über einen Plan gegrübelt, der weder wirklich sinnvoll war noch mich zufrieden stellte. Die Ideen überschlugen sich albtraumhaft in meinem Kopf. Doch alle Gedankengänge führten zu einer ersten Tat. Einem ersten Weg, der beschritten werden musste, bevor das Schicksal einen weiteren Zweig für uns offenbaren konnte. Allerdings war dieser erste Schritt etwas, vor dem ich mich mehr fürchtete, als ich zugeben würde. Diesen ersten Weg einzuschlagen, dazu war ich außerdem noch nicht wirklich bereit, denn er würde viel fordern. Und wenn ich Pech hatte, und das hatte ich ziemlich häufig in letzter Zeit, dann würde dieser erste Schritt uns gleich den Tod bringen und wir brauchten gar nicht erst in den Krieg zu ziehen. Des Weiteren forderte dieser unüberlegte Ansatz einen weiteren Tribut, weshalb ich Severin ohne irgendwelche Lauscher zu mir bestellt hatte. Es würde mich allen Mut kosten, ihm von diesem absurden Plan zu erzählen, der uns mehr schaden konnte, als er von Nutzen war. Doch wenn er funktionierte, auch wenn die Aussichten auf Erfolg so gering waren, dann hatten wir vielleicht eine kleine Chance, nicht gleich vom Schattenreich ausgelöscht zu werden und vielleicht würde dieser erste Schritt mir auch etwas wiedergeben, das ich für verloren glaubte.

Nichtsdestotrotz war das wirklich weit hergeholt und ich sehnte mich gerade in diesem Moment nach dem Mut und der Offenheit für verrückte Dinge, die Severin immer ausstrahlte. Vielleicht sollte ich mir ein Beispiel an meinem besten Freund nehmen und meine widerspenstigen Gedanken mit einer guten Flasche Feenwein besänftigen. Vielleicht würde sie mir auch den Mut schenken, meinen nicht ausgereiften Plan gleich ohne Hemmungen und voller Selbstbewusstsein mit Severin teilen zu können, ohne dass er mich für völlig durchgeknallt hielt. Was er zweifelsohne trotzdem tun würde.

Aus einer versteckten Nische unterhalb meines Tisches zog ich eine Flasche eines edlen Tropfens heraus. Entkorkte ihn sogleich und hielt meine Nase über die Öffnung. Der Duft erlesenster Kräuter vernebelte mir schon allein beim Einatmen die Sinne. Es war ein wirklich guter Wein, viele Jahre gereift und wenn ich mich recht erinnerte, stammte er noch aus der Zeit, als mein Vater dieses Königreich regiert hatte.

Als ich den ersten Schluck aus der Flasche auf meinen Lippen spürte, musste ich unweigerlich husten, weil das Zeug wirklich erlesen war und somit auch vor Intensität strotzte. Nichts für das Gemüt unerfahrener Trinker wie mich. Severin hätte bestimmt kein Problem mit der Tinktur und würde die Nase wegen meines jämmerlichen Trinkversuches rümpfen. Ungeachtet dessen war der Wein sehr kraftvoll und schmeckte köstlich, wenn man das Brennen auf den Schleimhäuten seines Mundes vergaß. Er verleitete einen direkt dazu, sich erneut einen Schluck davon zu gönnen. Doch schon nach dem dritten ausgiebigen Schluck, direkt aus dem Flaschenhals, stieg mir die berauschende Wirkung bereits zu Kopf. Also verschloss ich sie wieder und stellte sie auf meinen Tisch. Severin könnte sich später daran ergötzen.

Während ich so vor mich hinstarrte und die Gedanken schweifen ließ, blieb mein Blick an einem in wellige Blätter gewickeltes Buch hängen, das auf meinem Schreibtisch lag und dessen Seiten bereits vergilbt waren. Es war aufgeschlagen und einige Seiten waren herausgefallen. Ich fuhr mit den Fingern über den Einband und fühlte den rauen Glanz und die Geschichte hinter den Pergamenten. Fast liebevoll klappte ich es zu und strich über den Einband. Es war das Buch der Prophezeiungen, das ich bei meiner Anreise vor ein paar Wochen aus der Schlossbibliothek entwendet hatte, um die Worte des Orakels intensiv zu studieren. Es fühlte sich an, als ob dieser Tag schon Jahresläufe zurücklag, dabei waren erst ein paar Wochen seitdem vergangen. Damals als die Schattenelfe blutend in meinen Armen lag und mein Bruder und sie das erste Mal aufeinandertrafen. Cailan hatte sein wahres Ich gezeigt, hatte schon so lange auf diese Gelegenheit gewartet und ich hatte sie ihm dargeboten. Die Dunkelheit seiner Seele war nie greifbarer gewesen als an diesem Tageslauf auf der Königswiese. Seine Finsternis war schon immer spürbar. Sie wuchs von Tageslauf zu Tageslauf, versteckt unter der Fassade seines Egos. Mein eigener Bruder hatte uns jahrelang an der Nase herumgeführt. Er hatte uns verraten, hatte uns ins Gesicht gelacht und hinter unseren Rücken heimlich mit dem Schattenkönig Pläne geschmiedet. Bestimmt sehnte er sich schon seit Jahrhunderten danach, mir endlich die Stirn zu bieten. Und was noch viel schlimmer war: Ich war mir sicher, er ersehnte den Tag herbei, an dem er mir endlich eigenhändig das Herz aus der Brust reißen konnte. Doch vorher quälte er mich, ließ mich büßen für das, was er niemals gänzlich haben konnte. Er versuchte jedes noch so kleine bisschen, was ich wahrhaftig liebte, zu vergiften und mir auf jede erdenkliche brutale Art zu nehmen.

Wenn ich ehrlich zu mir war, und das war ich ganz sicher nicht häufig, dann bedauerte ich es, nie eine gute Beziehung zu ihm aufgebaut zu haben. Vielleicht hätte ich das Übel verhindern können, wenn ich in ihm mehr gesehen hätte. Wenn ich dem dunklen Schimmer seiner Seele durch Bekräftigungen seiner Stärken entgegengewirkt hätte.

Wieso hatte das nie einer vorhergesehen? War das alles ein Spiel? Warum hatte das Orakel, oder wer sonst die Zügel in der Hand hielt, nicht in dieses Ereignis eingegriffen, genau wie in das, was danach geschah? Warum waren dort die falschen Entscheidungen getroffen worden, wo doch diese danach angeblich die richtigen waren?

Ich griff erneut zu der Flasche, öffnete sie mit den Zähnen, spuckte den Korken aus und nahm einen großzügigen Schluck. Ein Schauer lief mir den Rücken runter, als der Wein seine Wirkung tat und sich einen Weg in meinen leeren, von Sorgen getränkten Magen bahnte. Gleichzeitig schüttelte ich den Kopf und ärgerte mich über mich selbst, dass meine Gedanken immer wieder zu dem *was wäre wenn...* schweiften. Es brachte nichts, diesem Gedankenchaos nachzugehen und hinterherzujagen. Diese Geschehnisse lagen in der Vergangenheit und konnten nur noch aus dem Blickwinkel der Gegenwart betrachtet werden.

Doch immer noch quälte mich der Gedanke, so naiv gewesen zu sein. Ich war so unheimlich dumm, hatte die Zeichen ignoriert und ihnen Zeit zum Wachsen gegeben. Anstatt ihnen auf den Grund zu gehen, hatte die Angst das, was ich Cailan gegeben hatte, wieder zu mir zurückgefunden und die Kontrolle über meine Gefühle übernommen. Ich sah weg, als seine Gier nach Aufmerksamkeit und Macht die Grenzen überschritt. Ich wünschte, ich hätte ihn rechtzeitig in seine Schranken gewiesen, hätte ihn in frühster Zeit schon davon abhalten können, diese Grausamkeiten über unser Land zu bringen. Doch so sehr ich es mir wünschte, ihn aufzuhalten, so sehr wünschte ich mir auch, es wäre erst gar nicht zu diesem Verrat gekommen. Nicht nur weil ich dann nicht diese Verantwortung für ein ganzes Volk auf den Schultern tragen würde, sondern auch wegen ihm. Wenn ich ihm das nächste Mal begegnen würde, sah ich mich in der Pflicht als König, ihn für seinen Verrat zu bestrafen.

War ich dazu wirklich in der Lage? Konnte ich ihn für das, was er unserem Volk angetan hatte, mit dem Tod bestrafen? Er war schließlich immer noch mein Bruder, oder nicht? Ein Monster, aber immer noch ein Teil meines Blutes. Was hätte mein Vater getan? Hätte er seinen eigenen Sohn töten können, um das Königreich von ihm zu befreien nach allem, was er unserem Volk angetan hatte?

Es war eine verfickte, beschissene Situation, der ich mich stellen musste und vor der ich nicht fliehen konnte. Die Zukunft war zwar noch nicht geschrieben, doch das Schicksal würde mich zu diesem Weg führen, ob ich wollte oder nicht. Mein Bruder musste dafür bestraft werden. Ich musste Cailan seiner Zukunft berauben, und es war das einzig Richtige, jedoch kostete es mich enorme Überwindung, überhaupt darüber nachzudenken.

Ich stand auf, fuhr mir durch die Haare und nahm die Flasche Wein vom Schreibtisch. Langsam ging ich an der offenen Quelle vorbei, deren sanftes Rauschen aufgescheuchten Wassers in meinen Ohren hängenblieb. Meine Schritte federten auf dem hölzernen Boden, als ich vor der Fensteröffnung zum Stehen kam und in den Garten blickte. Die Sonne lächelte mich an, legte ihre warmen Strahlen um meine Seele, aber meine Gedanken waren zu trübselig, als dass ich es hätte genießen können.

Ein weiteres Mal führte ich die Flasche zu meinen Lippen und kippte einen großen Schluck hinunter. Ich hustete, räusperte mich anschließend und schlug mir auf die Brust.

Teufelszeug!

War ich wirklich fähig, wenn der Tageslauf kam und ich meinem Bruder entgegentreten musste, ihn von diesem Leben zu befreien? Oder sollte ich lieber einem meiner Krieger diese Aufgabe zuteilwerden lassen?

Ich blickte auf die Gedenkstatue von Severins Eltern, Glen und Aithne. Sie ragte über den wilden Wiesen hervor und war von diesem Turm wirklich schön zu überblicken. Sie lächelten und ich seufzte.

Cailan hatte auch sie verraten. Sie waren wegen ihm gestorben. Verraten von ihrer eigenen Familie.

Hatten sie es gewusst? Oder gefühlt?

Kein Wunder, dass Severin diesen Ort genauso hasste wie ich. Vielleicht sollte Severin die Ehre erwiesen werden, Cailan für seine Taten zu bestrafen. Vielleicht wäre es besser, er würde die Klinge führen.

Mein Herz zwickte als Antwort und ich stöhnte auf wegen des plötzlich auftretenden Schmerzes. Vielleicht war es der Gedanke an meinen Bruder, der mein Herz nahe eines Stillstands brachte, vielleicht war es die Tatsache, dass etwas in meiner Zukunft lag, dem ich nicht entkommen konnte, vielleicht war es auch diese ganze beschissene Bürde, die auf meinen Schultern lag, dass mein Herz ständig schmerzte und mich in meinen Gedankengängen immer daran erinnerte, was in meinem Leben alles schief gelaufen war. Ich wusste es nicht, doch beim Anblick von Glen und Aithne wusste ich mit Sicherheit, dass es eines gab, das nur ich tun konnte.

Mein Bruder musste sterben.

Und ich war es, der die Klinge führen musste.

KAPITEL 7
Prue

Ich spürte nichts. Gar nichts. Kein Zucken meiner Mundwinkel, wenn die Sonne aufging. Kein Gefühl der Enge, wenn die Dunkelheit aufzog. Keine Angst und auch kein Glück. Keine Freude. Kein Leid. Keine Gefühle. Die Dunkelheit zog ihre Kreise in meinem Inneren. Benetzte jede Zelle mit ihren Krallen und breitete sich Stück für Stück darin aus, bis sie alles umschlossen hatte und ihr Kreislauf von vorn begann. Sie legte sich wie ein Mantel um alles, was ich glaubte, einmal gewesen zu sein. So wie es immer schon sein sollte. Dumpf und matt schmolz mein Innerstes zu einem Klumpen von Nichts zusammen. Das Licht, das einst meine Seele gewärmt hatte, das mir zugeflüstert hatte, war nur eine Erinnerung an ein längst vergangenes Leben. Ich war ein Schatten voller Dunkelheit und Finsternis, Schrecken und Bitterkeit.

Die stumpfsinnige Emotionslosigkeit sollte eine Erleichterung sein, diese ganzen Gefühle hinter mir gelassen zu haben, endlich mein Schicksal anzunehmen als das, was ich immer schon gewesen war. Ein Schatten, geschaffen aus den Lenden meines Vaters. Geboren in der Finsternis einer entführten Seele des Lichtes. Aufgewachsen in der Finsterkeit schreiender, verlorener Seelen, deren leblose Hüllen von der Schwärze gezeichnet waren. Tod und Verderben waren meine Heimat, und ich akzeptierte sie. Akzeptierte mein Schicksal, doch fühlte ich nichts dabei.

Ich fühlte rein gar nichts.

Weder das eine noch das andere. Ich war eine leere, gefühllose Hülle. Die Dunkelheit war mein Zufluchtsort. Mein Zuhause. Mein Ich. Schatten und Licht interessierten mich nicht. Ich war mir egal. Nur die Düsterkeit meiner verlorenen Seele blieb meine Heimat. Ich war ein Schatten. Innerlich wie äußerlich. Weder im Hier noch im Jetzt lebend. Ich verbreitete Angstgefühle und Kälte. Wenn andere mir begegneten, erstarrten und flohen sie. Als Schatten hätte ich dieses überlegene Gefühl als Freude empfunden. Als Gier. Als Rausch. Aber auch diese Gefühle blieben aus. Denn ich spürte nichts. Gar nichts. Ich lebte, um zu überleben. Mehr gab es nicht. Ich verfolgte kein Ziel. Nur das eine war wichtig: von niemandem gefunden zu werden. Ich wollte allein sein in dieser Welt.

Ich war das Schattenkind.

Ich öffnete die Augen einen Spalt breit, als die Nacht sich zur Ruhe legte, sich in eine Decke hüllte und am Horizont Stück für Stück verschwand. Sie machte Platz für die Sonne, deren morgendliche Strahlen den Himmel in Rot tauchten. Es war ein Tageslauf wie jeder andere. Die Sonne ging auf, das Licht erwachte. Die Sonne ging unter, die Dunkelheit erwachte. Es war immer das Gleiche. Der gleiche Kreislauf des Lebens. Die Zeit verging und die Welt drehte sich.

Ich selbst verbarg mich an diesem Tageslauf im Schatten vor den gierigen Strahlen des feurigen Balles. Auf dem Boden eines Lindenbaumes, dessen dichtes Blattwerk einen für einen Schatten notwendigen Rückzugsort offenbarte. Die maßlosen Strahlen der Sonne drangen nur unter größter Anstrengung hindurch. Doch meine Schatten durchbrachen die Reflexion. Sie formten sich zu einem Dach der Unbekümmertheit. Doch das Licht gab nicht auf. Es flüsterte mir zu, wollte mich herauslocken. Als ob es wüsste, was ich einmal in der Vergangenheit war. Als ob es mir ein Gefühl entlocken wollte, das längst in Vergessenheit geraten war. Die Schatten der Bäume jedoch hielten mich gefangen. Sie waren mein Zufluchtsort, wenn das Licht erwachte und mein dunkles Element nur noch ein mickriges Überbleibsel der Kraft der Dunkelheit war. Sie waren auf unterschiedliche Arten in der Welt gegenwärtig. Verschwanden und kamen wieder, je nach Sonnenlauf, und sie füllten meinen Körper mit Magie. Dunkler Magie. Sie hüllten mich ein. Gaben sich mir hin und beugten sich meinem Willen. Ich kontrollierte sie und nutzte sie zu meinen Gunsten, ließ sie entstehen und wieder verschwinden, wie es mir beliebte. Ich war machtvoll, stark und doch nichts. War verborgen vor dieser Welt. Der Schatten gab mir die Kraft und ich schöpfte sie. Die Dunkelheit meiner Seele flüsterte mir zu und ich antwortete. Nutzte diese Kraft und hüllte mich in Schatten, wann immer es mir beliebte. Völlig losgelöst von der Welt und ihren Augen.

Ich war unsichtbar, in einer Welt, die sichtbar war.

Ein Schattenkind verborgen in seiner Substanz.

Vor allen Augen verborgen, lebte ich in einer Welt, die von Dunkelheit und Licht gleichermaßen umgeben war und die mir egal war. Ich spürte nur meine eigene Dunkelheit. Die Schatten um mich herum waren mir gleich, genau wie das Licht. Selbst die kraftbringende Schwärze der Nacht war mir gleich, obwohl sie für einen Schattenelfen pure Macht bedeutete. Das Leben ohne ein Herz war so natürlich wie der Sauerstoff, den ich atmete. Als wäre ich nie etwas anderes gewesen.

Die Welt lebte außerhalb meiner Macht. Die Wesen der Lande waren mir gleich. Einzig mein Bedürfnis nach Nichts hielt mich in dieser Welt. Das gefühllose Nichts.

Ich wanderte durch die Welt als Geist, als etwas, das sich weder im Hier noch im Jetzt befand. Ein Wesen, dessen Gefühle nicht vorhanden waren. Die Nächte zogen weiter, genau wie die Tage. Manchmal verbrachte ich Stundenläufe im Schatten des Tages. Hing keinen Gedanken nach, sondern atmete einfach. So auch jetzt. Ich schwebte in einem Zustand tiefster Gleichgültigkeit und die Erinnerungen an die letzten Wochenläufe zogen geistesgegenwärtig an mir vorbei, als wären sie längst vergessen.

Es war mir egal.

Mir war es gleich, wenn ich Zeuge von etwas wurde, das ich früher verachtet oder was ich gefürchtet hatte. Oder wenn ich Zeuge von etwas wurde, das mir früher einmal ein Lächeln ins Gesicht gezaubert und mich glücklich gemacht hatte. Es war nicht mal einen Gedanken wert. Schattenelfen, die Lichtelfen verletzten, die kleine Elfenkinder ängstigten. Die stahlen und mordeten. Ich fühlte nichts dabei. Selbst als eine Lichtelfe mit einem Korb mit Früchten an einem Bach saß, von hinten von Schatten überfallen und dann ins Wasser gezerrt wurde, wo die Schatten sie genommen und anschließend ertränkt hatten. Selbst da spürte ich kein Verlangen, irgendetwas zu unternehmen. Ich stahl die Früchte und verspeiste sie auf einem Baum, als Lichtelfen mit Schwertern auf die Schatten zustürmten und den Tod ihrer Schwester rächten. Glitt durch die Welt, vorbei an schreienden Kindern, die von Schattenkindern gepeinigt wurden. An Schatten die Siedlungen von Lichtelfen angriffen und ihre Vorräte raubten. Ich glitt über leblose Elfen, die auf dem Boden ihr Leben ausgehaucht hatten.

Über Kinder. Mütter und Väter. Krieger. Lichtelfen, aber auch Schattenelfen gleichbedeutend.

Ich hätte vieles verhindern können, tat es nicht. Hätte vieles verschlimmern können, doch tat ich auch dies nicht. Ich war ein stiller Beobachter des Lebens, der verborgen vor der Welt ein Leben im herzlosen Schatten der Reiche lebte.

Ich war Zeuge von abgrundtiefem Hass und Gewalt. Von völliger Hingabe und Liebe. Ich spürte auch da nichts. Nichts, als ich Zeuge der Schließung eines Bundes wurde, die sich zwei Lichtelfen auf einer Lichtung unter dem Himmel der Sonne versprachen. Die in ihren Gesichtern Tränen hatten, als sie sich einander hingaben und sich gegenseitig mit dem Seelenbund zeichneten. Nichts, als ich das lachende Gesicht einer Mutter erblickte, die ein Baby in den Armen hielt, das gerade zum ersten Mal das Licht der strahlenden Sonne erblickte.

Gefühle machten einen schwach und ich war alles andere als schwach. Ich lebte ein Leben in Verborgenheit. Ein unsichtbares Leben, ich war Teil dieser Welt und auch nicht.

Trotz allem erinnerte ich mich an mein früheres Leben. Die Dunkelheit in mir konnte die Erinnerungen nicht auslöschen. Sie begleiteten mich, nicht nur in meinen Träumen, sondern waren ständiger Begleiter in meinem neuen Leben als gefühlloses Wesen. Ich erinnerte mich an ein Leben voller Licht. Voller Lachen und Fröhlichkeit, voller Traurigkeit. Voller ungesagter Gefühle und Hass. Es war wie der Traum eines anderen Lebens. Eines Lebens, das mir so viel Kummer bereitet hatte und so viel Glück.

Ich vermisste diese Zeit nicht. Vermisste dieses Leben nicht, denn wie konnte man etwas vermissen, wenn man selbst bei den Gedanken daran nichts fühlte? Ich konnte nichts vermissen. Dieses schweigende Herz in meiner Brust war ich. Ich war leblos und bewegte mich lautlos durch diese Welt.

Der Baumschatten, in dem ich mich verborgen hielt, war kühl. Einst hatte ich mich in der Nacht auf Bäumen versteckt, aus Angst, dass meinesgleichen mich fand und verschleppte. Doch auch diese Zeiten waren vorbei. Ich ruhte, wo es mich hinzog. Schlief bei Tag und lebte in der Nacht. Döste vor mich hin und meine sensiblen Ohren nahmen jedes Geräusch, jeden Geruch und jede noch so kleine elektrische Explosion in der Atmosphäre wahr. So auch jetzt.

Ich gähnte, blickte zum Sonnenlauf und stellte fest, dass es bereits später Nachmittag war. Meine Ohren summten durch die Veränderung in der Luft.

Es waren Elfen in der Nähe. *Lichtelfen*. Ihre Herzen verrieten sie, mit jedem Schlag, mit jedem Pulsieren ihres rauschenden Blutes. Mit jedem Atemzug, den sie in der Stille des morgendlichen Erwachens taten. Sie rochen nach Tau, warmem Nachmittagslicht und nach Erde. Ihre Herzen waren ein einziges Dröhnen ungebändigter Energie. Laut, aufgeregt, aber auch ängstlich. Es waren vier Herzen, vier Elfen.

Früher hätte ich versucht die Kontrolle über meine Schattenmagie nicht zu verlieren, um nicht entdeckt zu werden. Doch das war nicht mehr nötig. Denn ich hatte die volle Kontrolle über die Macht, die durch meine Adern floss. Und obwohl ich nichts fühlen konnte, war dieses Gefühl dem gleichzusetzen, wie ich mir früher Macht vorgestellt hatte. Die völlige Kontrolle über die Dunkelheit. Keine unbändigen Schatten, keine zitternden Laute und unkontrollierte Magie, die aus mir herausbrach, wenn Gefühle mich überrannten. Sie gehorchten mir. Waren meine Untertanen. Ich war das Schattenkind und ich besaß kraftvolle Schattenmagie. Das war mir bewusst, seit dem Tag, an dem ich mein altes Leben bereitwillig aufgegeben hatte, um dem Elfen, für den einst mein Herz geschlagen hatte, ein neues Leben zu schenken.

Ich wusste, dass ich für den Lichtelfen einst ein Gefühl der Liebe empfunden hatte. Hatte ihn mit allem, was ich damals war, geliebt. Gleichzeitig hatte ich ihn bis zum Grund meiner Seele gehasst. Doch es war nicht mehr greifbar, war untergegangen in meiner Düsterkeit und in meinem Schicksal als Schattenkind. Ich hatte ihn geliebt und auch diesen anderen Elfen. Ich erblickte ihre Gesichter in meinen Träumen. Sie schwebten in einer Blase aus Erinnerungen und ehemaligen Gefühlen. Lächelten mich an. Weinten mit mir und berührten mich. Jeder auf eine andere Weise und doch konnte ich die kleinen Dinge nicht mehr greifen, die mich mit ihnen verbunden hatten. Es war unwichtig. Denn, wenn ich erwachte, war jegliches Gefühl, das ich in meinen Träumen verspürte, verschwunden. Und ich war wieder eine leblose Hülle. Ihre einst geliebten Gesichter verblassten in meiner Dunkelheit und wurden Teil von Nichts. Manchmal konnte ich mich nicht mal mehr an ihre Namen erinnern. Es war nicht wichtig. Namen hatten keinerlei Bedeutung für mich.

Als die Elfen sich meinem Aufenthaltsort näherten, streckte ich mich, ließ meine Schultern kreisen und gähnte noch einmal. Um jedweden Kontakt mit den Lebewesen, die auf dem direkten Weg in meine Richtung waren, zu entkommen, folgte ich meinem Instinkt, in keiner Weise von irgendjemandem entdeckt zu werden, der allgegenwärtig meine Welt überlagerte. Also kletterte ich nun doch auf den Baum, dessen Schatten mich vor neugierigen Augen verbarg. Es bereitete mir keinerlei Mühe. Die winzigen Augenblicke, die die Sonnenstrahlen die Rinde des Baumes erhellten, hinterließen einen feurigen Film auf meiner Haut, doch durch meine Kraft, die Schatten zu formen, konnte ich die sekundenläufige Belastung überbrücken. Es kümmerte mich auch nicht, wenn mich ein Strahl grellen Lichtes berührte, und auch die aufgewärmte Rinde, die sich unter meinen Fingern mit Kälte überzog, kümmerte mich nicht. Es bereitete mir keine Mühe, geräuschlos die Äste zu umfassen und mich mit Hilfe meiner Schattenmagie der Krone des Baumes zu nähern. Es war wie ein schwebender, nicht materialisierter Zustand, sich in seine Bestandteile aufzulösen, die Welt zu durchqueren und sich dann wieder als feste Substanz zu materialisieren. Es war wie die Luft zum Atmen, mein natürlicher Zustand des Lebens. Ich wusste nicht, ob alle Schattenelfen dazu in der Lage waren oder ob nur ich als Schattenkind dazu fähig war, es kümmerte mich auch nicht. Ich nutzte das, was in mir steckte. Alles andere war unwichtig. Es war egal.

Als ich mein Ziel erreicht hatte, setzte ich mich, lehnte meinen Rücken an die Rinde des Baumes und ließ die Beine über den Ast baumeln.

Die schlagenden Herzen näherten sich, waren nur noch einen Wimpernschlag von der Bedrohung meiner Existenz entfernt. Ihre aufgeregten Stimmen wurden lauter und ließen die sensiblen Nervenbahnen meiner Ohren summen.

Sie ahnten nichts von mir, konnten mich nicht fühlen, spüren oder sonst wie entdecken. Denn eins hatte ich in den Wochen gelernt, die ich nun als das lebte, was mir schon immer vorbestimmt war, und zwar, dass, wenn ich nicht entdeckt werden wollte, niemand mich entdecken würde. Dies war reinste Willenskraft und ich hatte einen starken Willen entwickelt. Leblose Hülle hin oder her. Ich wollte allein sein. Wollte nicht, dass mein Aufenthaltsort an fremde Ohren drang und man weiter nach mir suchte. Denn das tat man bereits zur Genüge. Ich war mein eigener Herr und niemand sollte je wieder über mich bestimmen. Gefühllos oder nicht. Ich bestimmte mein Leben selbst.

Die Elfen näherten sich. Ihre aufgeregten Herzen verrieten sie. Den Schattenelfen konnten sie nichts vormachen, denn dieses einzigartige Geräusch war meilenweit zu hören. Sie konnten sich nicht verstecken, wenn Schatten sie einmal aufgespürt hatten. Diese Herzen waren ein Nachteil. Und ein Todesurteil. Aber es waren keine Schatten in der Nähe. Es gab nur mich. Eine stille Beobachterin auf diesem im Schatten liegenden Baum.

Ein Ast knackte, als die Elfen direkt unter diesem Baum stehenblieben. Sie bereiteten ein Lager vor. Zwei weitere Elfen, die gerade aus dem Wald kamen, schlossen sich ihnen an und alle setzten sich um ein bläuliches Feuer herum. Eine Elfe kramte in einem Beutel. Zum Vorschein kamen Äpfel. Sie reichte ihren Kameraden je einen. Ein Wasserschlauch wurde herumgereicht. Ich beobachtete einzelne Tropfen feuchten Nasses, die sich auf der Haut des Elfenmannes sammelten. Folgte seiner Spur, bis es in den Enden seines Bartes verschwand. Ein anderer hatte einen Hasen erjagt und zerlegte ihn. Der säuerliche Geruch von Blut lag in der Luft und mein Magen knurrte. Wenn die Gelegenheit sich ergeben würde, wäre mein Mahl für diesen Tag gesichert.

»Habt ihr gehört? Das Lichtschloss wurde angegriffen.«

Der Jäger brach als Erstes die Stille, die sich über die Elfen ausgebreitet hatte, als sie Hand in Hand das Lager errichtet hatten. Er war groß und dunkelhaarig. An Jahren gealtert, denn durch seine Haare zogen sich weiße Strähnen alternden Haares.

»Wie ist das möglich?«, fragte die mit den Äpfeln.

Ich sah noch, wie sie fast an dem Stück erstickte und es

nur mit Mühe herunterwürgte, bevor ich meine Augen schloss und den Kopf an die Rinde legte.

»Die Schatten haben die Tore eingerissen und sind über das Dorf hergefallen. Haben Mütter und Kinder zerfleischt und sie dann mit bloßen Händen gehäutet und als Mahnmal aufgehängt.«

»Das sind doch bloß wieder Gerüchte, mein Lieber. Gerüchte, die uns Angst machen sollen. Wo hast du das wieder aufgeschnappt? Hm? Doch nicht von Brion, oder? Der hat wohl wieder zu tief ins Glas geschaut, was?«

»Nein, meine Liebe, ich wünschte, es wäre so. Der König selbst hat gekämpft. Seine Schwingen haben den Horizont erhellt, als er sein Schwert geschwungen hat. Brion mag zwar durch die Jahrhunderte des Krieges einen bleibenden Schaden abbekommen haben, aber er ist immer noch bei klarem Verstand. Die Ereignisse der letzten großen Schlacht haben ihn gezeichnet. Ist ihm nicht zu verdenken, dass er sich zurückgezogen hat, nachdem alle gestorben waren, die er geschworen hatte zu beschützen.« Er räusperte sich. »Dennoch ist es wahr. Nicht nur er hat die Zeichen des Krieges über dem Lichtschloss gesehen. Spürst du es nicht? Es liegen Anspannung und Tod in der Luft. Wir sind im Krieg. Das Lichtschloss war der erste Anschlag, sicher folgen bald weitere.«

»Wenn die Schatten ins Königsdorf eindringen konnten, sind wir nirgendwo mehr sicher.«

»Wenn das wirklich der Wahrheit entspricht, dann sollten wir nicht länger hier verweilen. Die Grenzen zu den Mooren sind nicht mehr weit. Die Abenddämmerung naht.«

Ich öffnete die Augen und spähte nach unten. Die vier Elfen saßen im Kreis um das Feuer herum. Zwei Jünglinge, ein Jäger und eine Elfe. Diese blickte sich panisch nach allen Seiten um. Als ob gleich im nächsten Atemzug eine Armee

Schatten auf sie zustürmen würde. Doch hier gab es nur mich, keine Schergen meines Vaters. Nur ein paar Tiere, die der Geruch des toten Tieres in den Händen des Vaters anlockte.

»Keine Angst, Liebling, solange König Fry noch lebt, können wir darauf hoffen, dass dieser Krieg beendet wird. Er ist ein guter König.«

»Das dachtest du von seinem Bruder auch und wohin hat dich das gebracht? Dein Bein ist taub von der Verletzung, die du wegen ihm erlitten hast.«

Der Älteste brummte.

»Wohl wahr, aber König Fry besitzt die Macht und die Kraft der Sonne. Ich glaube an ihn. Und das solltet ihr alle. Auch wenn wir alles verlieren, sollten wir niemals unseren Glauben verlieren. Denn er ist, was uns noch bleibt in dieser Welt.«

»Aber der Schattenkönig ist zu mächtig! Seine Armee zu stark.«

»Das ist er in der Tat.«

Der Hasenschlachter hatte es endlich geschafft, das Tier für das Feuer vorzubereiten, und steckte es jetzt auf einen Stock, um es über den Flammen zu grillen. Der Duft nach gebratenem Fleisch stieg mir in die Nase. Eine Zeitlang schwiegen die Elfen und man hörte nur das dumpfe Knistern der Holzscheite.

»Wo sollen wir hin, wenn es zum Kampf kommt? Es gibt keinen Ort mehr, der sicher für uns wäre. Das Reich der Sterblichen ist versperrt und in Elfora gibt es keinen Ort, der Sicherheit verspricht, sollte es zum nächsten großen Kampf kommen.« Die Elfe drehte den Spieß mit dem Hasen und fuhr dann fort. »Du kannst nicht mehr kämpfen. Du bist zu alt, um überhaupt noch ein Schwert führen zu können, und ich bin nur ein Bauernweib. Und ihr«, sie zeigte mit einem

Messer auf die schweigsamen Jünglinge, »wagt es euch nicht, euch freiwillig für diesen Kampf zu melden. Ihr seid meine Söhne und ich bin froh, dass wir bis jetzt überlebt haben.« Sie seufzte. »Schaut, was aus dem alten Brion geworden ist. Er war einst ein Krieger des Königs. Zog von Kampf zu Kampf, um Großkönig Kian zu unterstützen. Jetzt ist er gebrochen. Ein gebrochener Elf in einer Welt voller Gebrochener.«

Ich blendete die Gesprächsfetzen aus, döste vor mich hin. Schlaf konnte ich dennoch nicht finden. Weder bei Tag noch bei Nacht kam ich zur Ruhe, und wenn ich mal schlief, dann träumte ich. Träumte von einem längst vergangenen Leben.

Der Geruch von dem gebratenen Fleisch zog zu mir herauf und ich blinzelte. Ein Gähnen schlich sich über mein Gesicht. Dann erhob ich mich, als die Sonne ihre gierigen Finger über meine Schatten ausstreckte.

»Wenn dieses Schattenkind die falsche Seite wählt, können wir uns glücklich schätzen, gleich als Erste der Sonne übergeben zu werden«, sprach einer der Söhne und ich hielt in meiner Bewegung inne, lauschte auf die Worte, die mehr geflüstert waren, als laut ausgesprochen.

Nun brach auch der andere Sohn sein Schweigen.

»Glaubst du, die Prophezeiung erfüllt sich? Und das Schattenkind hat die Seite der Dunkelheit gewählt?«

»Prophezeiungen erfüllen sich immer. Das Schattenkind hat diese Dunkelheit über uns gebracht. Und wenn es seine Macht gegen uns einsetzt, dann sind wir wirklich alle verloren. Dann hilft uns nicht mal mehr unser Glaube.«

Ich krallte mich mit den Händen in die Rinde des Baumes und er bebte durch die Macht, die ich herausließ. Blätter schwebten auf den Erdboden. Die Elfen hielten über ihrem Abendessen inne und blickten nach oben.

»Hast du das gehört?«, fragte die Elfe ihren Gefährten.

»War nur der Wind, meine Liebe. Komm, iss weiter.«

Als erneut der Wind aufzog und ein weiteres Beben den Baum erschütterte, das meine Hände darauf hinterließ und der ganze Baum seine Blätter auf einmal verlor und auf die Elfen rieseln ließ, war ich schon verschwunden. Trotzdem schallten die ängstlichen Schreie der Elfen in meine Ohren, als ich schon längst der Dunkelheit entgegenflog. Die aufkommende Dunkelheit der Nacht rief mich zu sich und ich folgte ihrem Ruf.

An einem abgeschiedenen Waldstück südlich der Moore beendete ich meinen Weg und setzte mich auf einen Felsen. Blickte in den Himmel der Nacht, die geboren wurde. Als sie aufzog, war der Himmel wolkenlos und der Mond strahlte einen Schimmer aus. Es fröstelte mich unerwartet. Ein Schauer überkam mich. Denn das Licht des Mondes lächelte mir zu.

KAPITEL 8

Severin

»Du hast schon ohne mich angefangen?«, fragte ich erbost, als ich Frys Gemach betrat und die Tür hinter mir verschloss.

Er saß auf der Fensterbank und genehmigte sich einen großzügigen Schluck aus einer Flasche. Es war ein ungewohntes Bild, das ich, wenn ich ehrlich war, noch nie gesehen hatte. Er trug nur seine Untergewandung und ein dünnes Hemd. Seine Haare waren offen, hingen in langen Strähnen bis über seine Schultern. Nur wenn er den Dreck von seinem Körper wusch, öffnete er seine Haarpracht. Dabei stand ihm dieses verwegene Erscheinungsbild außerordentlich gut. Er beschwerte sich immer, dass die Haare ihm im Kampf hinderlich waren. Ich hatte ihm schon oft angeboten, sie ihm zu schneiden, aber er lehnte es vehement ab. Deshalb machte er sich immer einen Knoten. Was seinem königlichen Antlitz natürlich nicht schadete. Jedoch wusste ich, dass der eigentliche Grund für seine strenge Erscheinung nur der war, dass er damit kriegerischer aussehen wollte. Er wollte Autorität und Struktur ausstrahlen, was er zweifelsohne auch mit den langen Haaren getan hätte, da seine ganze Erscheinung schon beeindruckend genug war.

Verdammt, schwärmte ich da gerade von meinem Vetter? *Das ist ja ekelhaft.* Ich war zwar ein Lüstling, aber so weit ging die Liebe dann doch nicht.

»Wo warst du? Ich sagte in einer Stunde!«, motzte er und stand auf. Er taumelte und hielt sich am Fensterrahmen fest.

Belustigt musterte ich ihn, als er sich schwankend zu seinem Schreibtisch begab und sich auch dort festhielt.

Es war Jahrzehnte her, seit er das letzte Mal betrunken war. Dagegen hatte ich schon tausende Trunkenheiten hinter mir. Klar, als wir zwei Jünglinge waren, haben wir zusammen Krug um Krug in der alten Taverne gekippt, um herauszufinden, wer das meiste vertrug. Natürlich hatte ich gewonnen, doch Fry nahm es mit Fassung, stampfte ab und forderte mich nicht noch einmal heraus.

Es versetzte mir einen Stich, ihn so zu sehen. Er war vor allem immer beherrscht, seine Gebrechen und Sorgen vor anderen zu verbergen. Deshalb passte dieses Bild nicht zu dem Fry, den ich kannte. Ich fühlte es, genau wie er. Sah seinen Schmerz und wusste um die Last, die auf ihm thronte. In diesem Moment war er einfach ein Elf wie jeder andere. Einer der Sorgen und Ängste hatte, einer der sich vor der ungeschriebenen Zukunft fürchtete und der nichts wollte als Frieden. Eine Ruhepause von den Strapazen.

»Ich wurde aufgehalten.« Ich runzelte die Stirn.

Mir war klar, dass ich spät dran war und es bereits Sonnenuntergang war. Ich war Leo noch eine Weile gefolgt, als er mit seiner Schwester zu seiner Hütte gelaufen war. Schließlich verließ mich dennoch der Mut, ihn anzusprechen, und ich machte mich auf den Weg zu Fry. Allerdings wurde ich dann aufgehalten, da der süßliche Geruch von Wein in der Luft hing und ich ihm reflexartig gefolgt war, um meinen Kummer zu ertränken. Bedauerlicherweise war ich nicht ansatzweise so betrunken wie mein Freund.

Ich musterte meinen Freund noch einen Moment und ließ mich dann auf seiner Schlafstätte nieder, kämpfte mit den Stiefeln und hatte sie dann endlich von meinen Füßen gekickt, als ich meinen Kopf auf Frys Kissen bettete.

Es war so weich. Und ich hatte das dringende Bedürfnis, sofort die Augen zu schließen und mich den Träumen der Nacht hinzugeben. Daraus wurde aber nichts, als Frys Schatten sich über mich legte.

»Aufgehalten?«, knurrte er.

Trotz des Weines, den man aus jeder seiner königlichen Poren herausriechen konnte, hatte er diesen herrischen Ton drauf. Immerhin etwas. Ich schmunzelte in mich hinein, obwohl mir gar nicht danach zumute war. Erst dann öffnete ich ein Augenlid und dann das andere, begegnete seinem Blick. Seine Augen waren glasig und seine Nase leicht errötet.

»Ich war in der Taverne«, gab ich zu und verschränkte die Arme unter meinem Kopf. Wieso sollte ich auch lügen? Mein Körper dünstete den süßlichen Gestank gleichwohl aus allen Poren aus.

»Wir haben immer noch eine Taverne?« Fry kratzte sich an der Nase und zwischen seinen Augenbrauen bildete sich eine tiefe Falte.

»Das ist dein königliches Schloss, sag du es mir?« Ich erhob mich aus meiner liegenden Position und schob meinen Rücken an den hölzernen Rahmen.

Er antwortete nicht, sondern kratzte sich an der Nase.

Ich kramte in meiner Hosentasche nach dem Pfeifen- kraut. Mist, ich hatte es wohl irgendwo auf dem Weg hier- her verloren. Oder vielleicht hatte ich es auch schon durch- gezogen?

»Du scheinst ja deine eigene Taverne hier in diesem Raum zu haben. Wie viel hast du getrunken? Ist noch was für mich übrig?«

Er reichte mir die Flasche. Ich hob sie an die Lippen, aber sie war leer. Nur ein einzelner Tropfen blieb an meinen Lippen hängen.

»Willst du mich verarschen?« Ich schmiss die Flasche aus dem Bett und sie landete in Frys angeberischer lebender Quelle. »Jetzt bin ich missverstimmt.«

»Missverstimmt ist kein Wort.«

»Doch, ich habe es gerade erfunden.« Ich nahm ein Kissen von der Bettstätte und schmiss es Fry an die Brust. Er fing es gekonnt auf. Wie er das in seinem Zustand überhaupt geschafft hatte, war mir unerklärlich. »Hast du noch eine Flasche in deiner geheimen Vorratskammer, von der ich bis gerade nichts wusste?«

»Wir haben keine Zeit zu trinken! Wir befinden uns im Krieg!«

Ich lachte laut auf.

»Das sagst ausgerechnet du mir?«

Fry setzte sich zu mir, kletterte über meine ausgestreckten Beine und ließ sich neben mir am Kopfende nieder. Er stopfte das Kissen hinter seinen Rücken und kramte dann mit einer Hand unter seinem Bett, holte eine neue Flasche heraus und entkorkte sie. Ich hatte wohl doch Recht. Der Elf hatte seine eigene Taverne in diesem Zimmer. Schon vorteilhaft, wenn man der König war.

Er nahm einen großen Schluck und reichte sie mir. Er verzog das Gesicht zu einer Maske und klopfte sich dann auf die Brust.

Ich beobachtete ihn. Sein merkwürdiges Verhalten konnte nur zwei Gründe haben. Entweder er betrank sich heimlich gern, oder er war vollständig von Schwachsinnigkeit befallen.

»Wir brauchen den Bastard«, brummt er und ich vergaß meine beiden Theorien.

»Welchen? Es gibt viele?«

Er schwieg und riss mir die Flasche aus der Hand. Sie zitterte in seiner Hand. Er klappte den Mund auf und schloss ihn dann wieder, krallte sich an der Flasche fest. Ich hatte Angst, er würde sie durch den Kraftaufwand zerbersten lassen. Schade um das gute Zeug.

»Fry, nun komm schon! Ich kann keine Gedanken lesen«, beschwerte ich mich, immer mit Blick auf die zitternde Weinflasche voller erlesenem Feenwein.

»Wir brauchen den Bastard. Falls er noch lebt.«

Ich weitete meine Augen. Ein Bild schob sich in meine Gedanken. Schwarze Haare, Käferaugen, perfektes Beißwerk. Nach und nach wurde mir klar, von wem er sprechen musste. Ich wollte ihm gerade die Flasche aus der Hand reißen, um mich selbst zu betäuben, aber er gab sie nicht frei, sondern klammerte sich mit seinen zitternden Fingern an den Wein, als würde es ihn alle Mühe kosten, diesen Gedanken nur laut auszusprechen.

»Priest!«, zischte er.

Sofort saß ich aufrecht im Bett und blickte auf Fry herab.

»Bist du irre?«

»Womöglich.« Er zuckte mit den Schultern.

Ich konnte erstmal nichts darauf erwidern. Immer wieder kamen mir die Erinnerungen an unseren Ausflug ins Schattenreich ins Gedächtnis. Und das Gesicht von einem überaus mörderischen Priest, der plötzlich ein Herz in seiner Brust hatte, das lebte, und der uns, wenn auch widerwillig, geholfen hatte. Na gut, er hatte eher meiner Schwester helfen wollen, weil er sie heimlich liebte, aber er hatte uns trotzdem mit seinem Schoßhündchen aus der Scheiße gerettet. *Verfickter Wichshaufen.* Sein mörderisches Grinsen verfolgte mich so oft im Schlaf, dass ich manchmal schweiß-nass aufwachte, weil ich glaubte, seine feinen Beißwerk-zeuge würden mir gleich die Weichteile abbeißen und ver-speisen. Es schüttelte mich bei dem Gedanken.

»Bist du irre?«, wiederholte ich meine Aussage und ver-lieh ihr noch einmal einen deutlichen Unterton, der durch den enormen Alkoholkonsum auch missverständlich hätte aufgenommen werden können.

»Er hat uns gerettet und wir stehen in seiner Schuld.«

»Weißt du eigentlich, was du da sagst?« Ich schlug ihm auf die Brust. »Gib mir die Flasche, du scheinst dein Gehirn schon genug gefoltert zu haben.«

Er deutete auf mich.

»Du bist schuld!«

»Ich?« Ich zog die Augenbrauen in die Höhe.

»Du hast ihm versprochen, ihn zu rächen.«

»Das weiß ich, und es verfolgt mich, aber das heißt nicht, dass er uns nicht zum Frühstück verspeist, sollte er Gelegenheit dazu bekommen.«

»Wir stehen in seiner Schuld.«

Ich schnaubte laut auf.

»Fry! Ich weiß und ich weiß auch, dass ich ihm geschwo-ren habe, ihn zu rächen. Aber wir standen kurz vor dem Tod und da sagt man nun mal Dinge, die man nie im Leben bei klarem Verstand von sich geben würde.« Ein Schauer legte sich über mich und ich bekam Gänsehaut bei dem Gedanken.

»Ein Versprechen ist ein Versprechen!«, raunzte er.

»Wie viel hast du getrunken?«

Ich schaute unter sein Kissen und legte mich dann über-trieben über seine Beine, um unter das Lager zu schauen, ob er vielleicht irgendwo seinen Vorrat an Alkohol versteckte, den er heimlich wohl schon die ganze Zeit in sich hinein geschüttet hatte. Aber natürlich fand ich nichts.

Ich setzte mich wieder hin. Vielleicht war ich nicht der Einzige, der sich immer mal das erlesene Pfeifenkraut durch die Nase zog. Vielleicht hatte er mein Kraut gestohlen und es sich selbst einverleibt. Ansonsten konnte das, was er sagte, niemals sein beschissener Ernst sein. Es musste ein Trugbild meiner überaus übertriebenen Phantasie sein. Wieder schnaubte ich laut auf und fuhr mir durch die grünen Locken, die mir in Strähnen ins Gesicht fielen.

»Ich bin bei klarem Verstand«, brach es erbost aus ihm heraus.

»So klar, dass du in Hemd, Untergewandung und Feenwein im Bett mit deinem Vetter liegst und ihm erklärst, dass wir den schlimmsten Schatten – nach dem Schattenkönig höchstselbst – zu uns holen sollten, um ihn zu fragen, ob er uns in diesem Krieg die Stiefel lecken möchte? Mal davon abgesehen, dass wir nicht wissen, ob er noch lebt. Und du willst ihn hierherbringen? Hierher? Willst du dir nachts in die Hose machen vor lauter Angst, er könnte dich im Schlaf kaltblütig ermorden? Also ich verzichte lieber darauf.«

»Severin!« Fry setzte sich auf und legte mir eine Hand auf die Schulter. »Das ist eine ernste Sache!«

»Ernster kann es gar nicht mehr kommen«, seufzte ich laut auf. »Fry! Bitte. Selbst wenn wir ihn finden. Glaubst du wirklich, er wird uns ein zweites Mal helfen? Nach alledem, was seither passiert ist?«

Wenn dieser Bastard erfuhr, was Prue getan hatte, um Fry zu retten, würde er uns alle niedermetzeln. Oder uns sein bestialisches Drachenhaustier als Geschenk schicken. Darauf konnte ich sehr gut verzichten. Schwur hin oder her. Das wäre glatter Selbstmord!

»Er wird uns nicht helfen.«

»Er wird!«, antwortete Fry bestimmt und völlig davon überzeugt, dass Priest sein altes Ich hinter sich gelassen hatte und jetzt einen auf Lichtfreund machte, nachdem er fast gestorben wäre und wir ihn zurückgelassen hatten in diesem Drecksloch von einem Schloss. Nicht zu vergessen, dass der ehemalig engste Vertraute des Schattenkönigs nicht wusste, was seitdem passiert war und dass Prue nicht mehr die war, die einst sein Herz zum Leben erweckt hatte. Er würde uns niemals helfen. Nicht jetzt oder in hundert Jahren.

»Wie kannst du dir da sicher sein?«

Ich verstand Frys Optimismus bezüglich Priest nicht. Wir konnten Priest nicht vertrauen.

»Er wird uns helfen.« Fry nickte, als ob er sich wirklich sicher war.

»Bist du jetzt zum Orakel mutiert, oder was?«

»Er hat uns gerettet, als er es nicht musste, und wir stehen verdammt noch mal in seiner Schuld. Wir sind Elfen des Lichts. Wir halten unsere Versprechen. Das ist eine Ehrenschuld!«

Ich gab es auf, ihn von seinem bescheuerten Plan abzubringen, ließ mich wieder auf das weiche Kopfkissen fallen und verschränkte die Arme unter meinem Kopf. Wir schwiegen. Die Nacht war bereits hereingebrochen und die Sterne leuchteten über unseren Köpfen. Der Mond sah aus, als ob er uns zulächelte, als ob er genauso von Frys Plan überzeugt war. War ich denn der Einzige mit klarem Verstand? Ausgerechnet ich? *Verfickte Trollscheiße.*

Ich brach das Schweigen.

»Wir wissen nicht mal, wo er sich befindet. Geschweige denn, ob er überhaupt lebend aus diesem Höllenschlund entkommen ist. Was ich stark bezweifle. Da der Schattenkönig seinen Fuß schon fast in seiner Brust stecken hatte. Sein Herz könnte längst wieder eine leblose Hülle sein. Und vergiss seinen Läusearsch von einem Drachen nicht. Aber nun gut. Es gibt wohl keinen anderen Plan, oder?«

»Nein, den gibt es nicht«, seufzte Fry auf und stellte die halb leere Flasche auf den Boden, dann ließ er sich auch auf den Rücken fallen und wir starrten gemeinsam in den Himmel.

»Es könnte Tage dauern, wenn nicht sogar Wochen, bis wir herausgefunden haben, ob er noch lebt, und wenn ja, wo er hingebracht wurde. Ich persönlich möchte ungern noch einmal das gruselige Schloss des Schattenkönigs aufsuchen.«

»Kennst du noch die Geschichte, die dein Vater uns erzählt hat, als wir Jünglinge waren? Die mit den sonnengefluteten Ebenen, die zu jeder Tages- und Nachtzeit feurig auf den ausgetrockneten Boden scheinen?«, fragte er mich.

Ich seufzte, weil sich das Bild meines Vaters in mein Gedächtnis drängte. Seine grünen Locken und seine Pfeife im Mundwinkel.

»Ein gruseliger Ort, selbst für Lichtelfen, da es dort so heiß ist, dass selbst wir die Sonne und ihre Kraft fürchten lernen«, antwortete ich nachdenklich.

»Cailan wird ihn zu diesen Feldern gebracht haben. Denke ich.«

»Denkst du?«

Er nickte.

»Vermutlich ist er schon tot.«

»Vielleicht wäre das am besten. Dieser Dreckskerl hat zwar am Ende seiner Tage ein Herz besessen, das heißt aber nicht, dass er uns nicht doch tötet, wenn wir ihn langweilen, geschweige denn, dass er diese Bestrafung überhaupt überlebt hat, wenn selbst wir Lichtelfen dort untergehen würden.«

»Vermutlich hast du Recht. Aber was bleibt uns noch? Wir werden diesen Krieg nicht gewinnen, Sev. Unsere Chancen standen schon vor hundert Jahren schlecht. Und dieser Angriff hat uns gezeigt, dass wir dieser Übermacht nicht gewachsen sind. Ich möchte nicht, dass noch weitere Unschuldige ihre Leben lassen.«

Mein Freund hatte Recht. Ich würde es niemals zugeben, aber auch ich machte mir ständig Gedanken darüber, was wohl am besten für die Lichtlande wäre und wie wir viele Leben retten konnten, damit sich ein Leben nach dem Krieg auch wieder erstrebenswert anfühlte. Ich wollte nicht als Geisel der Dunkelheit in den ewigen Feuern des Schattenreichs mein Dasein fristen. Auch ich strebte nach einem Leben in Freiheit und Gleichheit. Das Gleichgewicht zwischen Licht und Schatten war auch mein oberstes Bestreben. Auch wenn man es mir nicht ansah: mit meinen Vorlieben für Wein, Pfeifenkraut und die starken Arme eines Bogenschützen. Ein Leben in Frieden mit Leo an meiner Seite, der meine Hand hielt, wäre für mich der perfekte Ausgang dieses Krieges, und wenn wir den Bastard dafür auf unsere Seite locken mussten, dann würde ich tun, was mein König mir auftrug. Ich würde ihn suchen. Ihn, wenn möglich, an seinen klebrigen Haaren herschleifen und Fry vor die Füße werfen. Aber was genau Fry von ihm wollte ... Die Antwort wollte sich noch nicht in meinem Bewusstsein formen. Ehrenschuld hin oder her. Wie konnte ein einzelner Schatten uns schon behilflich sein?

»Was willst du von ihm? Wofür brauchen wir ihn? Als Spion? Als jemanden, der die Schatten überreden soll, sich gegen ihren Herrscher zu stellen?«, formte ich die Fragen, die mir auf der Zunge lagen, und es schüttelte mich schon bei den Gedanken daran.

»Er kann uns Informationen geben über den Schatten-könig. Seine Schwächen. Alles, was uns hilft, ihn zu erledigen und diesen Krieg zu beenden.«

Fry räusperte sich, öffnete den Mund und schloss ihn wieder. Da kam noch was, etwas, dass er noch nicht im Stande war, auszusprechen.

Ich zog die Brauen in die Höhe.

»Und?«

»Und was?«

»Da hängt ein riesengroßes *Und* in der Luft. Ich will es gar nicht hören. Ich sehe es schon in deinen Gedanken und ich sage nein. Fry. Vergiss es. Nein!« Plötzlich saß ich wieder aufrecht im Bett und krallte mich in die frischen Laken. Musste mich festhalten, als ein mir sehr bekanntes Gesicht in meinem Kopf herumschwirrte. »Nein!«, knurrte ich.

»Er ist der Einzige, der sie finden kann.«

Auch Fry hatte sich wieder aufgesetzt und blickte mich jetzt mit dieser Falte zwischen den Augen an.

»Sie will nicht gefunden werden.«

»Von uns nicht.«

»Von ihm etwa? Und allem, wofür er steht? Das ist Wahnsinn und das weißt du!«

Meine Magie bahnte sich einen Weg aus meinem Inneren und erhellte Frys Gemach. Er reagierte mit seiner Magie, die sich bläulich aus ihm herausbahnte.

»Hast du eine bessere Idee? Wir brauchen Prue. Und wir brauchen sie auf unserer Seite. Nur so kann sich die Prophezeiung zu unseren Gunsten entwickeln.« Er zog seine Magie wieder in sein Innerstes und zuckte für einen kurzen Moment zusammen. Verzog das Gesicht zu einer Grimasse und legte seine Hand auf das Herz. »Ich brauche sie«, flüsterte er durch zusammengebissenen Zähnen, als hätte er Schmerzen.

»Ich brauche Wein. Viel Wein, um das zu verarbeiten.«

Fry sagte nichts, nickte nur. Er drehte sich von mir weg und beugte sich zum Fußboden herunter. Dann zog er die Flasche Wein wieder hervor und reichte sie mir.

Bevor ich resigniert nachgab und Fry antwortete, trank ich einen weiteren Schluck. Ich schüttelte mich und verzog das Gesicht. In mir drehte sich kurzzeitig alles.

»Ich werde die Krieger zusammentrommeln und wir gehen auf die Suche nach dem Bastard. Obwohl ich bezweifle, dass die Krieger uns nicht für völlig verrückt erklären, wenn wir ihnen das Ganze erklären. Wenn du es ihnen erklären wirst. Denn ich halte mich da ganz still und leise im Hintergrund. Du bist der König und du musst diese Entscheidung fällen. Ich bin nur dein betrunkener Diener.« Ich lachte laut auf und verschluckte mich an meiner eigenen Spucke, führte die Flasche Wein an meinen Mund und leerte sie in einem Zug. Dann schmiss ich sie Fry vor die Füße und wischte mir mit der Hand über die feuchten Lippen. »Nein, mal unter uns, sie werden dir auch bei dieser Entscheidung beistehen und deinen Auftrag ausführen. Sie verehren dich. Sie würden sich sogar in eine Schattenklinge schmeißen, um dich zu schützen.« Ich krabbelte aus dem Bett und suchte meine Schuhe. »Wenn Priest noch lebt, wird er, wie du schon sagtest, auf den Feldern sein. Das wäre die perfekte sadistische Strafe für einen Verräter seines Gleichen. Cailan würde es sicherlich begrüßen, ihn leiden zu sehen. Ich werde uns eine Truppe zusammenstellen.« Ich wollte gerade in meine Stiefel schlüpfen, da hielt Fry mich am Handgelenk fest und ich drehte mich zu ihm um.

»Nein!«

»Nein?«, fragte ich ihn verwirrt.

»Nur du und ein Krieger deiner Wahl. Ich möchte so wenig Aufmerksamkeit erregen wie möglich. Zwei Elfen sind leichter zu verstecken als eine ganze Kriegertruppe. Die Schatten dürfen nicht merken, dass wir ihn suchen. Sonst töten sie ihn, wenn er nicht schon tot ist. Und er ist ... leider ... und ich würde das am liebsten gar nicht aussprechen ... aber er ist unsere einzige Hoffnung, Prue zu finden, und sie vielleicht, auch wenn die Chance gering ist, sie vielleicht davon zu überzeugen, mit uns in diesen Krieg zu ziehen. Sie wird das Gleichgewicht bringen, wenn wir gewinnen sollten. Ich glaube fest daran. Wir müssen es versuchen. Anders ist unser Volk verloren. Die Dunkelheit wird uns überrennen.« Er blinzelte und schloss dann die Augen.

Vier Herzschläge vergingen, bis ich den Mut hatte, es laut auszusprechen.

»Na schön.«

Im ersten Moment dachte ich, dass es mir schwerfallen würde, mein Einverständnis für diese Selbstmordaktion zu geben, aber es fiel mir erstaunlich leicht. Wir mussten es versuchen. Wir würden erst scheitern, wenn wir jeden Weg gegangen wären, um diesen Krieg zu gewinnen.

»Du machst es also?« Er klang verblüfft.

»Auch wenn es nicht so aussieht – aber auch ich liebe dieses Königreich. Und ich möchte, dass meine Eltern – wo immer sie jetzt sind – stolz auf mich herabblicken und mit einem Lächeln auf ihre Heimat schauen werden. Auch wenn ihre Seelen vor all den Jahren schon verloren waren, so hoffe ich doch, dass sie glücklich sind. Wo auch immer das ist. Außerdem habe ich doch eh keine Wahl.«

»Severin. Du hast immer eine Wahl.«

Er hielt mein Handgelenk immer noch fest und machte keine Anstalten, es wieder freizugeben. Sein Blick war traurig. Und ich kannte meinen Freund so gut, dass ich wusste, dass es ihm unheimlich schwerfiel, mich um diese Aufgabe zu bitten. Aus der ich hoffentlich lebend herauskommen würde.

»Ich weiß. Und ich wähle deinen Weg.« Ich hielt kurz inne. »Wenn es der falsche ist, die falsche Entscheidung, dann werde ich dich umbringen, auch wenn ich schon tot sein sollte. Dann werde ich dich heimsuchen. Tag für Tag, und dir als Geisterwesen hinterherspuken, bis du mich verfluchst. Und immer wieder werde ich dir vorsingen. Hab ich es dir nicht gesagt!« Ich lachte lauthals und es blieb mir im Halse stecken, als Frys Blick immer trauriger wurde.

»Sev, es fällt mir wirklich schwer, dich darum zu bitten. Du bist mein einziger Freund auf dieser Welt und du bist wie ein Bruder für mich. Glaub mir, wenn ich dir sage, dass ich lieber selbst gehen würde, als dich nach dort draußen zuschicken.« Er zeigte mit seiner freien Hand über den weiten Himmel über unseren Köpfen.

»Ich weiß und ich komme wieder. Das verspreche ich dir. Mit oder ohne Schattenbastard. Ich werde wiederkommen.«

Er nickte.

»Du brauchst mich doch.« Ich zwinkerte ihm zu. »Kann ich jetzt meinen Arm wiederhaben?« Mein Blick ging zu meinem Handgelenk. Er ließ mich los.

»Brecht morgen in der Abenddämmerung auf. Wen nimmst du mit?«

Es gab nur eine einzige Antwort und er wusste es genauso wie ich.

»Es gibt nur einen, den ich auf diese todbringenden Reise mitnehmen möchte.«

KAPITEL 9

Leo

Vor zwei Jahresläufen:

Ich lief am Ende unserer kleinen Gruppe. Mein Bogen hing über der Schulter, gesellte sich zu dem Köcher mit den Pfeilen. Die Tasche mit den Heilkräutern trug ich quer über der Brust befestigt. Meine Haare hingen mir in den Augen und ich strich sie nach hinten. Ich ließ den Blick über die Wälder schweifen, die wir gerade passierten. Lauschte auf die natürlichen Geräusche der Natur und ließ den Blick immer wieder über ihre Schönheit gleiten. Die Natur war hier noch im Einklang mit sich. Es war friedlich, trotz dass die Gefahr praktisch auch in diesem Teil der Lichtlande überall lauern konnte. Die Sonne ließ sich hin und wieder durch das Blätterdach sehen und lächelte uns zu, erhellte uns den Weg, den wir beschritten, und legte sich wohltuend um meinen Geist. Wir waren seit dem Aufwachen der Sonne unterwegs. Die Füße taten mir weh, obwohl ich es gewohnt war, Stundenläufe mit Umherwandern zu verbringen. Aber ich beschwerte mich nicht. Dafür liebte ich es zu sehr. Mittlerweile war der Nachmittagslauf angebrochen und die Waldungen glichen einander. Jeder Baum, jedes Gestrüpp, absolut alles. Es war eintönig, aber auch sehr ruhig, was mir aus der Seele sprach. Es war friedlich und entspannt. Alles strahlte eine Ruhe aus, die ich liebte, die ich brauchte und die meine Sonnenseele wärmte.

Meine Kriegerkameraden waren mir einige Meterläufe voraus. Doch das störte mich nicht. Ich ließ mich gern zurückfallen. Es gefiel mir, denn am Ende des Trosses war der ruhigste Platz. Ich musste mich nicht an Gesprächen beteiligen, konnte den Blick wandeln lassen und zuhören. Es fühlte sich richtig an. Ich konnte ganz ich selbst sein.

Viele dachten, ich wäre durch meine Charakterzüge einsam. Doch das stimmte nicht. Einsam war ich nie. Ich hatte meine Familie und ich hatte meine Kriegerkameraden. Die Elfengarde war mein Zuhause. Idon, Shay, Brent, Fry und Severin. Sie alle waren mein Zuhause. Nie machten sie es mir zum Vorwurf, wenn ich mich nicht an ihren ausgelassenen Gesprächen am Lagerfeuer beteiligte, den Blick über die Welt schweifen ließ oder lieber eine Runde im See schwamm, wenn die hitzigen Gespräche meiner Freunde mal wieder ausschweiften. Sie nahmen es mir auch nicht übel, wenn ich sie nicht in die Taverne begleitete, wo sie sich betranken, Spiele spielten und sich der einen oder anderen Liebelei hingaben. Ich war ein Elf, der die Ruhe der lauten Welt vorzog.

Im Dorf am königlichen Schloss, wo wir wohnten, war es ganz anders. Viele Elfen auf einem Haufen führten dazu, ausgelassene Gespräche zu führen. Gerüchte wuchsen unter jedem Grashalm. Und obwohl mich jeder Dorfbewohner seit meiner Geburt kannte, redeten sie hinter meinem Rücken über mein Wesen und spotteten über mich. Ich galt als der Schüchterne. Der Verschlossene. Der Leo, der nur sprach, wenn er dazu aufgefordert wurde. Der immer nur seinen Gedanken nachjagte und Angst hatte, zu sprechen. Der dumme Leo.

Ja, ich war verschlossen und ich war schüchtern. Das alles stimmte, aber ich war gewiss nicht dumm. Es stimmte, dass ich nicht gerne sprach, das hieß aber nicht, dass ich Angst hatte zu sprechen. Ich behielt lieber meine Gedanken für mich. Hörte lieber zu, als zu sprechen. Es gab Zeiten, da fühlte ich mich gewiss fehl am Platz in dieser lauten Welt mit diesen wortgewandten Gesprächen. Die Welt war nun mal ein lauter, aufregender Ort und ich brauchte meinen Abstand. Und ich hing gern meinen Gedanken nach. Sie waren mein Rückzugsort in diesen lauten Zeiten. Ich flüchtete mich dahin. Das hatte nichts mit Dummheit zu tun. Vielleicht stand ich manchmal etwas neben mir oder war ungeschickt, aber ich war gewiss nicht dumm.

Ich war so viel mehr als das, was die Elfen im Dorf hinter meinen Rücken erzählten. Ich war Leo, der das, was er liebte, mit allem, was er hatte, versuchte zu beschützen. Der anderen zuhörte, der aufmerksam war und ehrlich. In einer Welt, die von Wörtern und Gesprächen umgeben war, voller Kommunikation, war es gut, wenn jemand die Ruhe bewahrte. Der im richtigen Moment den Mund hielt und beobachtete. Der Details wahrnahm, die andere übersahen. Oftmals waren Worte auch einfach überflüssig. Ich war ein Sohn, ein großer Bruder und ein Onkel. Ich las gern und träumte mich in andere Welten. Ich war so viel mehr als das Bild, was alle von mir hatten. Es hätte mir egal sein sollen, doch das war es nicht. Obgleich ich nichts an ihrem Eindruck zu ändern vermochte.

»Ich hoffe, wir stolpern rein zufällig über ein paar dreckige Schatten. Meine Axt sehnt sich nach ein paar Aschehäufchen«, sagte Brent.

Er liebte seine Axt und er schlief sogar mit ihr, kuschelte sich des Nachts an sie heran und schnarchte. Ich musste schmunzeln. Seine breite Statur machte es ihm manchmal ziemlich schwer, sich lautlos an etwas heranzuschleichen. Wie oft hatten wir schon unser Abendmahl aus den Augen verloren, weil er holprig, wie er war, das Tier, das wir gerade jagten, verscheuchte. Deshalb blieb er auch meistens zurück, wenn die Jagd anstand.

»Sei lieber vorsichtig mit dem, was du dir wünschst.« Idon spielte mit einer Lichtkugel aus seiner Magie und ließ sie über seine Finger kreisen. Das machte er oft, es beruhigte ihn und half ihm, die Langeweile zu vertreiben, die oft zwischen all den tristen Aufgaben, die uns Cailan auftrug, aufkam.

Diesmal sollten wir nach einer Pflanze suchen, die die Potenz steigerte. Als ob es sowas geben würde und als ob er sowas überhaupt brauchen würde. Der einzige Grund, warum wir auf dieser absurden Mission waren, war der, dass Cailan uns so weit wie möglich außer Reichweite haben wollte, da sonst die Gefahr bestand, dass seine Autorität in Frage gestellt wurde, wenn sein Bruder in der Nähe war. Natürlich führten wir diesen Auftrag aus, wie alle dummen Aufträge, zu denen er uns ausschickte. Ich glaube, Severin und auch Fry waren froh darüber, nicht im Schloss ihr Dasein zu fristen. Deshalb war es egal, was Cailan ihnen auftrug. Sie konnten nicht schnell genug von diesem Ort entfliehen. Und wir folgten ihnen. Immer und überall hin. Sie waren meine Familie und ich würde dieses Leben mit nichts eintauschen wollen. Es war meine Bestimmung.

»Ich wünsche mir noch so viel mehr. Die kräftigen Schenkel einer Elfe, einen Krug mit Met und ...« Brent stoppte in seiner Rede und hustete.

»Und was?«, fragte Idon und klopfte ihm auf den Rücken.

»Und eine Ziege«, gab Brent kleinlaut zu.

Ich musste mir ein Lachen verkneifen. Meine Mundwinkel zogen sich automatisch nach oben. Die anderen brachen in lautstarkes Gelächter aus. Sogar Frys seltenes Lachen erklang in der Nachmittagswärme. Er ging am Anfang unserer kleinen Gruppe und wies uns die Richtung.

»Eine Ziege?« Severin lachte laut auf. »Was willst du mit einer Ziege? Sie besteigen?«

»Ziegenmilch soll sehr nahrhaft sein und kräftige Lenden hervorbringen«, antwortete Brent und fuhr sich durch die Haare. Ich sah, wie sein Nacken die Farbe eines reifen Apfels annahm.

»Wo hast du das denn gehört?«, fragte Severin.

»Du machst dich lustig über mich«, beschwerte sich Brent bei ihm.

»Niemals! Wer träumt nicht von einer Ziege für seine kräftigen Lenden. Idon? Du träumst doch auch von kräftigen Lenden, oder? Selbst unser Leo dahinten träumt heimlich von den kräftigen Lenden eines Sonnenjungen. Nicht wahr?« Severin drehte sich zu mir herum und zwinkerte mir zu.

Ich hielt die Luft an und verschluckte mich an meiner eigenen Spucke. Kein Wort brachte ich heraus, denn sein feuriger Blick setzte mich in Flammen.

Er lächelte und drehte sich dann wieder herum. Erst jetzt konnte ich wieder atmen. Mein Herz raste, mein Puls war erhöht. Ganz langsam und unauffällig drehte der Grünhaarige erneut seinen Kopf in meine Richtung. Als ob er mein Herz, das so laut nach ihm schrie, wahrnahm. Unsere Augen trafen sich nur einen Wimpernschlag lang. Es war, als ob die Atmosphäre um uns herum sich veränderte. Als ob das elektrische Prickeln, das sich in der Luft sammelte, nur durch uns hervorgerufen wurde.

Er zwinkerte mir zu, musterte mich mit diesen warmen, lüsternen Augen. Ich schluckte, versuchte, seinen Blick zu ignorieren, und fummelte an einem nicht vorhandenen Fussel an meinem Ärmel herum. Erst als er sich wieder ins Gespräch unserer Freunde einbrachte, beruhigte sich meine Nervosität.

»Vielleicht sollten wir Cailan einfach eine Ziege mitbringen für seine Potenz. Das wäre sicherlich ein Spaß!«, erwiderte Severin lautstark.

So ging es weiter. Ich blendete die weiteren Wortgefechte zwischen Brent und Severin aus und hing meinen eigenen Gedanken nach.

Es erfüllte mich mit absolutem Stolz, Teil dieser Gemeinschaft zu sein, für die Krone und den Frieden in unserem Land zu kämpfen. Ich hatte mir diesen Weg bewusst ausgesucht. Weil ich für meinen König kämpfen wollte und weil ich mich damit wohlfühlte, eine Aufgabe zu haben, die Sinn machte. Ich wollte immer ein Krieger sein. Würde König Fry immer beiseitestehen und für ihn kämpfen. Sein Bruder konnte diesen Platz niemals einnehmen. Für ihn würde ich nicht mein Leben riskieren, obwohl meine Ausbildung es verlangte. Für mich gab es nur einen König und das war Fry. Nur ihm würde ich folgen. Es offen zuzugeben, wäre gewiss töricht und ich würde tatsächlich gemäß meiner Ausbildung genau das tun, was König Cailan befehlen würde, aber ich würde immer auf die Reaktion des wahren Königs warten und wenn ich auch nur einen Muskel bei ihm zucken sehen würde, würde ich sofort Cailans Befehl ignorieren und auf die Anweisungen meines wahren Königs warten, auch wenn das erhebliche Strafen mit sich bringen würde. Strafen, die Severin schon so oft hatte über sich ergehen lassen müssen.

Es war eine ehrvolle Aufgabe, Fry zu dienen. Und das lag nicht nur daran, dass er und ich uns in gewisser Weise ähnlich waren. Auch er zog sich gern zurück. Hing seinen Gedanken nach. Und auch ihm machte keiner einen Vorwurf. Vielmehr bedauerten sie sein Schicksal, das er auf seinen Schultern trug, und das uns nicht immer verständlich war. Aber er war nun mal unser König und er war unser Freund. Wir würden alles für ihn tun. Genau wie er für uns. In gewisser Weise waren wir uns wirklich ähnlich. Obwohl ich mich nie mit Fry vergleichen würde. Er war ein aktiver Elf, während ich den passiven Weg wählte.

Eine ganze Weile führte uns unser Weg noch durch diese Wälder, bis wir, als die Sonne schon tief am Horizont stand, an einem Gebirge ankamen. Die Berge der Hoffnung, so nannte man diese Steingebilde. Sie ragten nicht nach oben auf, sie waren eher eine Schlucht, die sich zu unseren Füßen abwärts schlängelte und sich unter uns wie ein reißender Strom in den Stein gewaschen hatte. Warum sie als Gebirge galten, war vermutlich nur dem geschuldet, dass sie aus Stein geboren waren.

»Wir rasten hier«, brummte Fry und machte sich sogleich auf den Weg, die Gegend zu erkunden. Das tat er immer.

Ich legte meinen Bogen auf einen Stein, der abseits am Waldrand aufragte und zog meine Tasche von meinen Schultern. Dann setzte ich mich und nahm einen kräftigen Schluck aus dem Wasserschlauch.

Ich beobachtete, wie Severin und Idon herumalberten und sich gegenseitig Wortgefechte lieferten. Manchmal beneidete ich die anderen für ihre offene Art und ihre Unbekümmertheit. Doch dann war ich wiederum froh, diese laute Welt ausblenden zu können.

Aus einem kleinen Stein plätscherte fröhlich eine Quelle eiskalten Wassers. Severin und Idon zogen sich gerade ihre Gewänder aus, um sich den Schmutz der letzten Tage vom Leib zu waschen.

Ich beobachtete jede noch so kleine Geste von meinem Platz aus. Jedes kleine Detail von Severins gebräunter Haut schoss in mein Blickfeld. Seine rauen Handflächen und die filigranen Fingerspitzen, die er an sein Hemd legte. Wie er es über seinen Kopf zog und es gedankenlos auf den Boden warf. Wie seine Muskeln sich anspannten, als er mit eben-diesen Fingern seine Stiefel auszog, dann die Hose und die Finger über den Bund seines Untergewandes gleiten ließ. Mehr war ich nicht im Stande zu sehen, da ich beschämt den Blick abwenden musste. Etwas zu viel Speichel hatte sich gerade in meinem Mund gesammelt und mein Herz raste aufgeregt in meiner Brust. Doch ich konnte nicht lange meinen Blick von ihm abwenden, linste heimlich immer wieder zu ihm rüber, als er nackt mit dem Rücken zu mir unter dem Wasserstrahl der Quelle stand und sich das Nass auf seiner Haut verteilte. Mein Blick glitt über seine Kehr-seite und ich wusste nicht, wie die Funktion des Atmens funktionierte.

Wunderschön.

Seine aufbrausende, witzige Art war genau das Gegenteil von dem, was mich widerspiegelte. Er war laut, hitzig und frech. Lachte gern lautstark, flirtete und betrank sich. Er war all das, was ich niemals sein würde. Und doch hatten wir eine Gemeinsamkeit. Wir hatten beide eine Schwäche für die Ruhe der singenden Quellen der Sonnenbrandung. Was mir bis zu diesem einen Tag nicht bewusst gewesen war.

Er drehte sich zu mir herum, als ob er wüsste, dass ich ihn heimlich beobachtete. Nur einen kleinen Augenblick verharrten unsere Blicke ineinander, wie ein Band gesponnen aus dieser einen gemeinsamen Erinnerung, bevor ich die Lider senkte. Verlegen und ertappt bei unanständigen Gedanken, die seine feuchte Männlichkeit hinterließ. Meine Wangen glühten und ich konnte mein Herz nicht mehr unter Kontrolle bringen.

Ich schwärmte schon ziemlich lange für ihn. Schon bevor dieses eine Erlebnis mich derart aus dem Gleichgewicht gebracht hatte, dass ich mich jetzt noch danach verzehrte. Es war nur eine Schwärmerei, die ich bis dahin für ihn empfunden hatte. Eine kleine Zuneigung, die schon seit frühster Kindheit in mir erblüht war. Er hatte schon immer dieses einnehmende Wesen gehabt. Man musste ihn einfach mögen. Wenn er lächelte und er diese kleinen Lachfalten um die Augen bekam. Wenn er sich die grünen Locken aus der Stirn pustete oder wenn er versuchte, die Stimmung aufzuheitern, obwohl keinem nach Lachen zumute war. Das alles mochte ich an ihm.

Er hatte sich nach seiner Dusche unter der Quelle wieder die Hose über die Hüften gezogen und lag nun am Feuer, um die letzten Sonnenstrahlen in sich aufzusaugen. Seine Haut leuchtete leicht in dem für ihn typischen, grünlichen Schimmer. Er hatte die Augen geschlossen. Ich beobachtete ihn gern in solchen unbeobachteten Momenten. Wenn er sich fallen ließ und mal nicht der aufbrausende, freche Elf war, der er immer vorgab zu sein. Wenn er sich im Gras ausstreckte. Sein Gesicht der Sonne entgegenreckte. Wenn er sein Pfeifenkraut rauchte oder sich am Bach Wasser in eine Schale füllte. Seine Haut glich einer Sonnenwiese und seine Augen waren ein Traum.

Ich wusste nicht, ob den anderen Kriegern bewusst war, was ich sah, wenn ich ihn anblickte. Dass Severin mehr war, als der Elf, den er den anderen immer zeigte. Manchmal tauchte dieser betrübte Ausdruck in seinen Zügen auf.

Besonders in seinen Augen. Er hatte schon viel Unglück in seinem Leben erfahren müssen. Ich wollte mir gar nicht vorstellen, wie es war, in seiner Haut zu stecken. Er war ein Prinz. Er war ein Krieger und er war verletzbar. So sehr, dass es mir fast das Herz zerriss, wenn ich diesen traurigen Ausdruck in seinen Augen aufblitzen sah.

Eins konnte ich nicht bestreiten. Ich war ihm hemmungslos verfallen. Wie oft hatte ich mir schon in meinen Träumen ausgemalt, dass er seine Hand an mein Gesicht legen und mich mit diesen wunderschönen Lippen berühren würde. Wie oft hatte ich mir schon erträumt, er würde mich genauso sehen, wie ich ihn. Ich hatte mich oft gefragt, wie es wohl wäre, von ihm berührt zu werden, von ihm geküsst zu werden. Es hätte ein Traumgespinst meiner Phantasie bleiben sollen, aber es war Realität geworden. Und das versetzte mein Herz und meinen Körper jetzt noch in Wallungen. Ich verzehrte mich nach allem, was ihn ausmachte, und nach allem, was er bereit war, mir zu geben.

Ich war der stille Leo, der den Prinzen liebte. Ich liebte ihn heimlich in meinen Gedanken. Nie dazu bereit, ihm meine wahren Gefühle zu offenbaren. Nicht weil ich mich schämte, Gefühle für einen Elfen gleichen Geschlechts zu hegen. Nein. Es war vielmehr die Angst, er könnte mich abweisen oder es könnte etwas zwischen uns verändern. Wir waren beide Krieger und waren viel zusammen unterwegs. Ich wollte nicht, dass sich daran etwas änderte.

Bis zu dieser einen Nacht vor sechs Wochenläufen am Krönungsjubiläum hatte ich gedacht, er hätte keinerlei Interesse an mir, sondern sah mich nur als einen seiner Kriegerfreunde. Dieser eine Tag war heiß und toll und ich war das erste Mal in meinem Leben wahrhaftig losgelöst von meinen Gedanken. Fühlte mich in seinen Armen wohl und geborgen. Und nicht nur, weil der Feenwein mir Mut zugeflüstert hatte. Ich hatte diese Nacht so sehr gebraucht. All die angestaute, heimliche Sehnsucht nach diesem Elfen, all das konnte ich ihm in dieser einen Nacht offenbaren.

Dieser eine Tageslauf hatte mir gezeigt, dass ich ihn wahrhaftig, mit jeder Zelle meines Körpers liebte, und dass es nicht nur eine Schwärmerei war, die mich jahrelang heimgesucht hatte. Es war das erste Mal, dass ich überhaupt mit jemandem das Lager geteilt hatte. Die angestaute Energie, die ich dabei freigesetzt hatte, hatte nicht nur mich überrascht. Es war hinreißend und explosiv gewesen. Tausend Berührungen auf unseren Körpern, tausend Küsse. Tausend andere Dinge, die wie getan hatten, bis der Tageslauf zum Nachtlauf wurde und wir eingeschlafen waren. Die Leiber umeinandergeschlungen und die süße Feuchte zwischen uns. Es war die reinste Erfüllung für mich. Severin ließ mich eine Seite an mir entdecken, die ich vorher nicht gekannt hatte. Eine, in der ich aufging und in der ich völlig versagte. Denn außer diesem einen erfüllenden Tageslauf in der singenden Quelle der Sonnenbrandung hatte es nie mehr gegeben. Ich war beim ersten Sonnenstrahl geflüchtet, als er noch seelenruhig in meinen Armen geschlafen hatte. Ich wollte ihm so viel sagen. Wollte ihm sagen, wie sehr ich ihn gebraucht hatte und wie sehr ich mich nach seinen starken Armen und seinen feurigen Lenden verzehrt hatte. Aber ich hatte Angst. Wollte nicht, dass er die Schuld dem viel zu großzügig geflossenen Feenwein gab, der mir erst den Mut gegeben hatte, mich ihm hinzugeben.

Ja, ich hatte Angst und deshalb war ich geflüchtet. Weg aus seinen warmen Armen und zurück in den Alltag als Krieger. Denn er war der Prinz der Lichtlande und ich war nur ein Bogenschütze, der nicht mal richtig ein Schwert halten konnte und der nur schwächliches Wissen über die Heilkunst besaß.

Auch wenn wir nach diesem verhängnisvollen Tageslauf den einen oder anderen Blick, den einen oder anderen flüchtigen Hautkontakt ausgetauscht hatten, und ich mich heimlich immer wieder in die Erinnerungen dieses Erlebnisses zurückzog, so wusste ich doch ganz tief in meinem Herzen, dass er nie ganz zu mir gehören konnte. Er würde eine Erinnerung in meinen schönsten Träumen bleiben. Verschlossen in meinem Herzen und nur für mich bestimmt.

»Hey Leo. Was geht in deinem hübschen Kopf vor?«

Severin schenkte mir eines seiner hinreißenden Lächeln, als ich aus meinen Gedanken gerissen wurde, und die Erinnerung an seine weiche Haut auf meiner zurück in mein Herz gezogen wurde. Ich blieb stumm. Der stumme Leo.

»Hat es dir die Sprache verschlagen bei meinem Anblick?« Er wackelte lasziv mit den Augenbrauen.

»Hör auf, Leo zu ärgern!« Brent bewarf ihn mit einem Stück Bannock.

»Ich ärger ihn doch gar nicht!« Er wischte sich den Teigling von seinem Oberkörper und schlug Brent mit seinem Hemd, das er neben sich liegen hatte. Dann zog er es über seinen Kopf. »Ich ärgere dich nicht, Leo. Das glaubst du mir doch, oder?« Sein Blick traf meinen.

»Natürlich, Hoheit«, brachte ich gerade so heraus und wandte mich schnell ab, damit er meine roten Wangen nicht sah. Ich wühlte in meiner Tasche herum. Auf der Suche nach irgendwas, von dem ich überhaupt keinen Schimmer hatte, was es war. Vielleicht suchte ich auch nach meiner Stimme. Aber in der Tasche war sie natürlich nicht zu finden.

Ich spürte seinen feurigen Blick, mit dem er mich musterte und ich schluckte die aufkommende Erregung hinunter und kramte weiter in meiner Tasche.

»Ich geh Heilkräuter suchen«, sagte ich etwas zittrig, erhob mich von meinem Platz und machte den Fehler, mich erneut zu Severin umzudrehen.

»Soll ich dich begleiten?« Er wackelte mit den Augenbrauen. Und es war eindeutig, was er gerade dachte.

Ich verkniff mir einen Biss auf die Unterlippe und ging ohne ein Wort in den Wald davon. Er folgte mir nicht. Ich war diesem Elfen hoffnungslos verfallen.

KAPITEL 10

Leo

Gegenwart:

Zum wiederholten Male schlug ich auf den Popanz ein. Durch die Hiebe meines Schwertes war die Strohpuppe, deren Aussehen, dem der Schattenelfen nachempfunden war, schon ganz zerpflückt, hing in ihren Einzelteilen auseinander und verteilte ihren Inhalt auf dem Boden. Genau wie die anderen neun künstlichen Schattengestalten, die ich an diesem Tage schon erlegt hatte. Sie waren allesamt mit Birkenpech bestrichen und standen in der Anordnung eines Halbmondes auf dem Trainingsgelände der Königsgarde.

Unser Trainingsplatz abseits des Schlosses hinter dem Dorf war ein Ort für Ausbildung, Training, Kraft und Magie in den unterschiedlichsten Farben. Heute jedoch war er wie ausgestorben. Unter normalen Umständen würden an einem Tag wie heute die unterschiedlichsten Magiefarben in der Luft hängen. Krieger würden ihre Fähigkeiten im Schwertkampf, Bogenschießen und Nahkampf trainieren und die Luft wäre von den unterschiedlichsten Geräuschen durchzogen. Von dem Aufschreien bei einem Treffer oder wenn die Metallklingen aufeinanderschlugen oder vom Lachen unserer Kameraden, genau wie vom Beifall der Schaulustigen, die unseren Trainingseinheiten täglich beiwohnten. Dieser Ort war erfüllt mit Leben und Magie. Wie eine elektrische Ansammlung unterschiedlichster Kräfte.

Unter normalen Umständen.

An normalen Tagen.

Dies war kein normaler Tag.

Ich war allein hier, in dieser ovalen Ebene, gesäumt von Holunderbüschen und Lindenbäumen. Allein mit den Überresten meiner bereits erschlagenen Gegner, deren Herzen genauso kraftlos waren, wie ich mich fühlte.

Fry hatte die Trainingseinheiten ausfallen lassen wegen des jüngsten Angriffs der Schatten. Alle hatten sich nach dem Angriff zurückgezogen und betrauerten ihre Toten. Doch gerade jetzt sollten wir weitertrainieren. Besser werden, damit sowas nicht noch mal passieren konnte. Jedenfalls würde das unser Versagen in dieser schicksalsbringenden Nacht rechtfertigen, damit sowas nicht wieder vorkam.

Mir tat bereits jeder Knochen weh, weil ich mich seit dem frühen Morgengrauen auf dem Trainingsgelände verausgabte. Ich konnte keine Ruhe finden in der Stille der Nacht, weil meine Gedanken einfach nicht aufhörten zu kreisen. Sie kreisten und kreisten und kreisten. Tageslauf um Tageslauf, Nachtlauf um Nachtlauf. Ich war wie ein aufgescheuchtes Reh, das man aus seinem ruhigen, besinnlichen Leben gerissen hatte.

Ich fand keine Ruhe.

Die Gedanken überschlugen sich, zogen ihre Kreise, setzen sich fest und fingen von vorne an. Sie kreisten um diesen Krieg, um meine Mutter, deren Seele für immer umherwandeln würde, ohne anzukommen, um meine Schwester mit ihrer bleibenden Verletzung im Gesicht, meiner Nichte, die in ihren jungen Jahren schon so viel Schreckliches miterleben musste und natürlich kreisten meine Gedanken ständig um Severin. Dessen Herz nicht nur durch das ganze Leid, das er erlebt hatte, gebrochen war, sondern auch durch mich. Es tat so schrecklich weh, auch nur an ihn zu denken.

Von dem Chaos in meinem Herzen und den tragischen Ereignissen der letzten Wochen mal abgesehen, war es wirklich ein Wunder, dass ich überhaupt noch die Kraft aufbrachte, hier zu stehen und wie ein Irrer auf die leblosen Strohschatten einzuschlagen.

Ich konnte mich nicht erinnern, je so wütend und von Trauer zerfressen gewesen zu sein. Das passte nicht zu meinem Wesen. Doch der Tod und die Grausamkeit dieser Welt veränderten einen. Dieser Krieg war schuld an all dem hier. An all den Verlusten und an all den Herzschmerz bringenden Entscheidungen.

Ich schlug erneut mein Schwert in die Gliederpuppe, legte alle Kraft in den Schwung, die ich aufbringen konnte, und hieb die Klinge in den Brustkorb der Strohgestalt. Der Inhalt stäubte in die warme Luft hinaus und wurde vom Wind davongetragen. Einzelne Staubpartikel glänzten im Licht der Sonne. Meine Hände waren schwielig durch die ungewohnte Anstrengung. Das Schwert würde weiterhin nicht zu meinen Lieblingswaffen gehören. Nicht gestern, nicht heute, nicht morgen. Es lag mir zu schwer in der Hand und ich konnte nicht präzise damit zielen.

Der Bogen war mir einfach lieber. Das weiche Holz, die filigranen Linien des einstigen Lebens. Die zarten Sehnen, deren kaum hörbare Schwingungen mir unter die Haut gingen, die mir eine Gänsehaut verpassten und meine Sinne schärften, wenn ich mein Ziel anvisierte. Die spitzen Pfeile, die ihr Ziel fanden, getragen durch den Wind und das elektrisierende Geräusch der Magie meiner Kraft.

Der Schweiß lief mir die Stirn herunter und ich spuckte meinen überflüssigen Speichel auf den erdigen Boden. Wischte mir mit dem Handrücken die Stirn ab und hob erneut das Schwert. Fest presste ich die Lippen aufeinander. Ich musste besser werden. Ich durfte mich nicht nur auf meine Fertigkeiten als Bogenschütze verlassen.

Jeder Muskel tat mir weh und die Last und die Kraft des Schwertes in meiner Hand ließen diese durch die ungewohnte Belastung erzittern. Das Schwert fiel mir mit einem Klirren aus der krampfenden Hand. Hinterließ einen Abdruck der Niederlage auf der staubigen Erde. Ich hob es sofort auf und machte weiter. Hieb erneut auf die Trainingspuppe ein.

Es war ein Kampf.

Ein persönlicher Kampf meiner Gefühle.

Bei meinem nächsten Hieb rieselte das Innenleben der Puppe in einer fließenden Bewegung der Schwerkraft entgegen. Ich drehte mich um die eigene Achse und nutzte die Spannung in meinen Beinen, um der Puppe aus der Hüfte heraus einen Tritt zu verpassen, während ich gleichzeitig mit dem Schwert auf ihre Brust zielte. Die Überreste der Puppe rieselten auf den Boden, waren nur noch Staubkörner in dieser von Zorn und Kummer zerfressenen Welt.

Meine Brust hob und senkte sich. Die Atemzüge brannten in meiner Kehle und ich schluckte die Übelkeit, die sich in meinem Magen sammelte, ruckartig wieder dorthin zurück, wo sie hingehörte. Meine Schultern bebten. Ich war erschöpft, aber ich machte weiter. Der innere Kampf war noch nicht zu Ende.

Die Sonne stand hoch am Himmel, während ich mich immer weiter verausgabte. Sie reckte ihr Haupt und lächelte mir zu. Wie konnte sie da oben lächeln, während ich so traurig war? Während ich so einen Herzschmerz verspürte.

Während ich wütend war. Ihre warmen Strahlen umhüllten meine ganze Silhouette und meine goldene Magie kleidete mich in einen Schimmer Sonnenschein. Die Sonne versuchte, mich zu trösten, mich von der Traurigkeit, die ich tief in meinem Herzen verspürte, zu heilen. Aber ich war noch nicht bereit dazu, sie zu empfangen. Es war zu früh. Vielmehr legte sich eine tiefe Schwere in meiner Seele ab. Eine Schwere, die sich festsetzte und offenkundig nie mehr verschwinden würde.

Ich unterdrückte die Tränen so gut es ging, aber sie bahnten sich dennoch einen Weg aus meinen Augen heraus und hinterließen einen feurigen Film auf meinem staubigen Gesicht. Trotzdem ging ich zur nächsten Schattengestalt, hieb auf sie ein, warf mein Schwert auf eine andere Trainingspuppe, die bereits völlig in ihre Einzelteile zerlegt auf dem Boden zusammengebrochen war und verfehlte mein Ziel. Das Schwert flog eine Körperlänge neben die Puppe und rutschte im Staub davon.

Ich zog die Nase hoch, wischte mir noch mal mit der Hand über die Stirn und ging rüber zu meinem Bogen. Er lehnte an einem Baumstamm und der Köcher mit Pfeilen leistete ihm Gesellschaft. Ich schnappte mir beides und schulterte den Köcher. Der Bogen fügte sich perfekt an meinem Unterarm ein. Seine leichte, fast schwerelose Beschaffenheit beruhigte mich etwas. Mit ihm fühlte ich mich ein kleines bisschen sicherer. Geerdeter. Aber es reichte nicht, um diese Schwere zu vertreiben.

Ich zog einen Pfeil, legte ihn auf die Spannsehne und schloss die Augen. Fühlte die Waffe zwischen meinen Fingern, spürte ihre Magie. Ich atmete aus und ließ den Pfeil los. Dann erst öffnete ich die Augen und sah gerade noch, wie der Pfeil in die Mitte der Puppe einschlug und sich in die Brust der Schattenkreatur bohrte. Ich wusste, wenn ich um den Strohschatten herum ginge, würde ich die Spitze des Pfeiles aus seinem Rücken heraustreten sehen. Meine Füße bewegten sich nicht vorwärts, um meinen Schuss zu begutachten, stattdessen bohrten sich meine Füße in den Erdboden.

Es sollte sich wie ein Aufatmen anfühlen, in irgendetwas gut zu sein. Es sollte sich großartig anfühlen. Aber es war nicht so. Es gab kein Aufatmen, kein Gefühl des Stolzes. Nur bittersüßer Schmerz.

Ich legte einen zweiten Pfeil an. Wieder atmete ich tief ein und ließ ihn beim Ausatmen von der Sehne gleiten. Der zweite Pfeil spaltete den ersten und meine Schultern sackten nach unten. Ich konnte dieses Gefühl nicht genießen, denn meine Fertigkeiten hatten meiner Mutter nichts genutzt. Sie war trotzdem tot. Sie konnten auch nicht verhindern, dass Jezebel von nun an gezeichnet war und die Erinnerung an diese grausame Nacht voller schicksalhafter Ereignisse, auf ihrem Gesicht als Mahnmal dieser Nacht trug. Und meine Treffsicherheit konnte auch den Schmerz in meinem Herzen über den Verlust von Severin nicht heilen.

Meine Schultern bebten, als die Erinnerung an meine Entscheidung die Oberhand gewann. Es war erst drei Tagesläufe her, seit wir uns an der singenden Quelle der Sonnenbrandung begegnet waren und ich ihn von mir gestoßen hatte. Weil ich es nicht ertragen konnte, von ihm geliebt zu werden und ihn dann doch irgendwann verlassen zu müssen, weil ich unwiderruflich tot sein würde. Ich wollte ihm dieses Schicksal ersparen, sich an einen Elfen zu binden, der ihm nichts bieten konnte, außer sein Schild im Kampf zu sein. Denn er war ein Prinz und ich war nur ein Bogenschütze. Aber das war nicht wirklich der Grund, warum ich mich von ihm abgewandt hatte. Denn die Wahrheit war viel schmerzvoller. Vielmehr konnte ich es nicht ertragen, erneut diesen Schmerz, diesen Verlust und diese Kraftlosigkeit in seinen einst von tausenden Lachfalten durchzogenem Gesicht zu erblicken. Als Fry, unser König, fast in meinen Händen gestorben wäre. Es hatte mir das Herz zerrissen und ich wollte diesen Schmerz nie wieder in seinen Augen erblicken.

Es war die Angst, die mir zuflüsterte. Angst, dass ich als Opfer meiner eigenen Trauer über einen Verlust dieser Größe zerbrechen würde. Angst um ihn. Angst um mich und mein Herz.

Ich war ein Feigling.

Und dann, als ich mich am meisten nach seinen tröstenden Armen gesehnt hatte, als die Trauer über den Verlust meiner geliebten Mutter drohte, mich aufzufressen, war es zu spät. Wieder stieß ich ihn von mir. Wieder aus Angst. Angst, dass ich mich in diesem Gefühl der Lethargie wiederfinden würde und dieses Empfinden der Stumpfsinnigkeit mich völlig vereinnahmte.

Er sagte, dass er mich liebte. Doch ich blieb stumm.

Er dachte bestimmt, ich liebte ihn nicht gleichermaßen. Doch das tat ich. Mit allem, was ich hatte.

Ich stieß ihn von mir.

Er hätte es durchschauen müssen.

Aber er tat es nicht.

Ich ließ meinen Bogen in die Hand gleiten und umklammerte den Griff mit zittriger Hand. Das Holz schnitt mir in die Handfläche. Er bebte, denn auch meine Magie legte sich in meine Hände. Formte einen Schleier um den Griff des Bogens. Ich schluckte und mein ganzer Körper spannte sich an. Die Traurigkeit dieser Nacht, geschürt von dem Verrat, den ich an unserer Liebe begangen hatte, brannte sich wie eine Narbe in mein Herz, in meinen Geist und schließlich in meine Seele. Vielleicht war seine Liebe das Einzige, was mich noch zusammengehalten hätte nach den schrecklichen Ereignissen. Daran konnte und wollte ich mich nicht festhalten. Auch wenn es sich mein Herz ersehnte, von seinen Armen gehalten zu werden, so konnte ich dem nicht nachgeben. Es war besser für ihn. Er sollte sich nicht an mich binden und sich verpflichtet fühlen. Es war besser so, auch wenn es schmerzlich war.

Immer fester umklammerte ich den Bogen, dass ich das Gefühl hatte, er würde nur durch diese Kraftanspannung in meiner Hand zerbersten. Ich hob ihn hoch, ging auf die Strohpuppe zu und schlug mit dem Bogen darauf ein. Brauchte ein Ventil für den Schmerz. Immer und immer wieder schlug ich mit meiner Waffe auf die Puppe ein. Der Schweiß stand mir auf der Stirn und ich tauchte den Bogen weiterhin mit meiner Magie in sanftes Licht. Ein goldener Schimmer ging von ihm aus. Ein Schlag, dann ein zweiter und so ging es weiter, bis mein Bogen mit einem Ächzen entzwei brach. Ein Teil landete auf dem staubigen Erdboden, das andere Teil hielt ich umklammert in meiner Hand fest. Es streckte spitz seine gebrochenen Gliedmaßen seinem Bruder auf dem Boden entgegen. Zwei Teile, die einst eins waren, von nun an zerstört und gebrochen. Selbst wenn man die Teile flicken, wieder zusammenfügen konnte, würde immer eine dünne Linie des Bruches sichtbar bleiben. Zwei Teile einer zerbrochenen Seele.

Ich bebte so sehr, dass ich anfing, hemmungslos zu schluchzen. Der Tränenschwall brach wie ein Wasserfall aus mir heraus. Meine Schultern bebten. Die Hand um den zerborstenen Bogen geschlossen ging ich in die Hocke, hob das zerbrochene Seitenstück auf und benetzte die Teile mit der Quelle meiner Traurigkeit.

Jetzt hatte ich auch noch meinen Bogen verloren.

Ein weiteres Opfer in diesem Krieg.

Ich nahm die beiden Enden, umschloss sie fest mit meiner Hand, drückte sie an meine Brust. Ich verlor den Kampf in meinem Inneren. Verlor alle Selbstbeherrschung. Mit einem lauten Schluchzer meines Herzens schlug ich beim nächsten Atemzug beide Teile des Bogens auf die nächste Schatten-puppe. Ich hieb sie überall dagegen und schluchzte und bebte und war so voller jahrelang unterdrücktem Zorn.

»Ich hoffe, du stellst dir nicht mein schönes Gesicht vor, wenn du auf die Bastarde einprügelst«, drang plötzlich eine Stimme in meine Ohren.

Ich brauchte mich nicht umzudrehen, um zu wissen, wer da hinter meinem Rücken gesprochen hatte. Aber anstatt Severin zu antworten, verzog ich meinen Mund nur zu einer Linie. Meine Hände verkrampften sich um die zwei Stücke Bogen, so stark, dass meine Handflächen aufrissen.

Manchmal wünschte ich mir, ihn einfach anschreien und schütteln zu können für sein vorlautes Mundwerk. Aber ich konnte nicht. Manchmal wünschte ich mir, ich wäre nicht der stille Leo. Der verschlossene Leo. Der Leo, der Angst vor der Liebe hatte.

Mit einer Handbewegung wischte ich mir die Tränen von den Wangen und presste die zwei Enden wieder an meine Brust. Die kleinen Wunden an meinen Händen waren ver-siegt, nur die Blutstropfen waren Zeugen meiner Schwäche. Die zerbrochenen Teile des Bogens waren meine Erdung. Zwei Teile meiner unterdrückten Wut, meiner Trauer und meines gebrochenen Herzens.

Er war zerstört. Ich musste ihn reparieren. Versuchen, ihn wieder ganz zu machen. Einfach nur, damit ich etwas hatte, woran ich mich festhalten konnte. Etwas, das sich ganz anfühlte. Etwas, das geheilt werden konnte.

Mein gesamter Körper war angespannt, stand unter völli-ger Zerrissenheit zwischen seiner Nähe, seinem Severinartigen, einzigartigen Geruch und dem Herzklopfen, das er immer noch in mir auslöste. Ich wollte an ihm vorbeimarschieren, ohne ihn anzusehen. Wollte wie so oft vor ihm flüchten. Aber er hielt mich auf. Seine warme Hand lag auf meinem Oberarm. Sein Atem streifte meinen Nacken.

»Leo.«

Er kam näher und ich versteifte mich. Wenn er in meiner Nähe war, war das nicht gut für mich. Die Gefahr, mich einfach seinen Armen hinzugeben war abartig groß. Es war ja nicht so, dass ich ihn erst seit drei Tagesläufen mied, dass ich meinen geflüsterten Namen auf seinen Lippen nicht die letzten Tagesläufe erst in meinen Ohren kribbeln hörte. Nein. Vielmehr ging ich ihm seit dem verhängnisvollen Morgen auf der Lichtung aus dem Weg. Mein Name auf seinen Lippen war wie ein feuriges Überempfinden tausender Emotionen. So oft hatte er versucht, zu mir durchzudringen. Ich blieb stumm. Auch wenn ich gewollt hätte, hätte ich keinen Laut von mir geben können.

»Leo.«

Wieder war mein Name auf seinen Lippen wie ein Sturm für mein Herz.

Wieso war er überhaupt hier? Wieso konnte er es nicht einfach gut sein lassen? Wieso musste er immer noch an mir festhalten?

Severin ließ nicht locker. Diesmal nicht. Diesmal blieb er standhaft und brachte mich an den Rand der Selbstbeherrschung. Es wäre so einfach, mich seinen Armen hinzugeben, mich an seine Brust ziehenzulassen und sich der Sehnsucht hinzugeben.

Ich hatte Angst.

Es war zu spät.

Er sollte mich nicht lieben.

Vielleicht war es doch ein bisschen der Wahrheit entsprungen, die Sache mit dem Prinzen und dem Bogenschützen. Vielleicht war das auch nur eine Ausrede, die ich mir selbst versuchte, glauben zu machen. Mittlerweile war ich an dem Punkt, an dem ich mir selbst keinen Glauben schenkte.

»Leo.«

Seine Stimme hatte einen flehenden Ton angenommen. Etwas, das mich zutiefst erschütterte. Severin lachte und machte Spaß – er flehte nicht. Und doch tat er es in diesem Moment.

Ich durfte nicht nachgeben. Musste stark sein und die Liebe unterdrücken, die uns sonst beide zerstören würde. Und endlich, als ob mein Gehirn jetzt erst die Signale verstanden hatte und sie an meinen trockenen Mund weitergegeben hätte, kamen endlich die ersehnten Worte über meine Lippen.

»Hoheit. Bitte entschuldigt mich. Ich muss meinen Bogen reparieren«, sprach ich mit leiser kratziger Stimme. Ein langer Satz, viele Wörter.

Severins Griff um meine Schulter wurde für einen Moment fester. Doch dann entkrampfte seine Hand und er fuhr mit den Fingerspitzen meine schweißnasse Haut entlang.

Ich wollte schreien.

Ihn wegschubsen.

Und ihn an mich ziehen.

Ich habe mir selbst das Herz gebrochen, als ich die Liebelei zwischen uns beendet hatte. Aber so war es am besten. Es war am besten für ihn und auch für mich.

Ich spürte seinen Blick, seine Trauer, fühlte seinen Schmerz.

Drei Tagesläufe.

Es war drei Tage her, seitdem ich das zwischen uns beendet hatte. Drei Tage, seitdem Mutter tot war.

Ich konnte ihn nicht anblicken. Also trat ich einen Schritt nach vorn und seine Hand rutschte von meiner Schultern.

»Leo Wiesenaue, Krieger des Lichts! Wehe du läufst jetzt weg. Bleib gefälligst stehen. Das ist ein Befehl!«

KAPITEL 11
Severin

Ich verachtete mich schon in dem Moment, als die Worte über meine Lippen kamen. Was hatte ich getan? Ich war ein beschissener Prinz, der seinen Untertanen Befehle erteilte. Ein Prinz, dem die Gefühle anderer egal waren, der seine Diener terrorisierte und der sich für etwas Besseres hielt, als er in Wirklichkeit war. Ekelhaft. Mir war speiübel von meinen Worten, wegen allem, was ich in diesem Moment verkörperte. *Verdammte, verfickte Scheiße.* In meinem Kopf suchte ich nach einer Entschuldigung, einer Rechtfertigung dafür, dass ich es nur getan hatte, damit er endlich mit mir redete, damit ich endlich zu ihm durchdrang. Doch alles, was ich fand, war Abscheu.

Leo versteifte sich. Ganz der Krieger dieses Volkes drehte er sich um und fiel auf die Knie. Den Kopf erst zu mir hochgeblickt und dann gesenkt, die Hand auf der Brust an seinem Herzen. Ein Knie auf dem Boden, eins angewinkelt. Seine goldene Magie sammelte sich an der Hand, die an seinem Herzen ruhte.

»Hoheit«, flüsterte er und seine Augen, die nur für einen Sekundenlauf die meinen erblickten, glitzerten.

Es musste ihn alle Mühe kosten, diese Ehrerbietung aufrechtzuerhalten und sich nicht zurückzuziehen, wie es sein

Wesen am liebsten gerade jetzt tun würde. Er war ein Krieger. Ausgebildet, um Befehle zu befolgen.

Ich hasste mich selbst.

Ich war schändlich.

Abscheulich.

Ich war verdammt noch mal völlig verzweifelt.

»Der König schickt mich auf eine geheime Mission. Du wirst mich begleiten.«

Oh, wie sehr ich mich verachtete. Wie sehr ich es hasste, solche Worte über meine Lippen zu bringen. Ich konnte mich nicht erinnern, dass ich überhaupt je so mit einem meiner Krieger gesprochen hatte. Mit meinen Freunden. Ich war verzweifelt und ich sehnte mich inbrünstig nach seiner Nähe. Ein widerlicher Schweinetroll war ich. Mein Vater würde sich für mich schämen.

»Wie Ihr befehlt, Hoheit«, presste er hervor, kniete weiterhin vor mir nieder wie ein Sklave unter Cailans Herrschaft.

Ich hatte meine Hände zu Fäusten geballt und krallte meine Fingernägel tief in mein Fleisch. Dann seufzte ich, unterdrückte den Kloß in meinem Hals, der mir die Luft abdrückte.

Ich sehnte mir die Zeit herbei, in der solche Dinge nicht nötig waren. Als ich einfach Severin sein konnte und er Leo. Eine Zeit, in der wir beide eine Zukunft hatten. Eine Zukunft, die uns zusammen glücklich machte. Eine, bei der falsche Entscheidungen nicht zu Brüchen im Herzen führten. Verdammt, ich liebte diesen Elfen so sehr, dass es wehtat. Es tat so weh, dass mein Hirn sich immer wieder ausschaltete und Dinge tat, die ich nie für möglich gehalten hatte. Verdammter Krieg, verdammte Welt. *Verfluchte Liebe.*

»Leo, verdammt. Muss es so zwischen uns laufen? Das willst du doch auch nicht. So muss es doch nicht sein. Ich will nicht, dass es so zwischen uns ist«, sprach ich leise, fühlte aber die Panik in meinem Herzen. Ich wollte ihn nicht verlieren, nicht noch mehr. Ich versuchte, auch das Zittern in meiner Stimme zu unterdrücken. Wollte ihm die Möglichkeit geben, mir wieder in die Augen zu blicken und nicht das Monster zu sehen, zu dem ich mich in den letzten Wochen entwickelt hatte.

Aber er blickte immer noch auf meine Füße, kniete weiterhin vor mir wie ein Diener der Krone. Kein Wort kam über diese hübschen Lippen, nichts. Keine Reaktion, nichts, das mich glauben lassen würde, er hätte verstanden, was ich gerade gesagt hatte.

Es machte mich traurig und wütend zugleich.

»Du willst gar nichts dazu sagen?«, fragte ich ihn. Er schwieg. »Wirst du mich begleiten?«, fügte ich hinzu und versuchte, meine unterdrückte Enttäuschung so gut es ging zu verbergen.

Leo schwieg weiterhin. Nur sein Brustkorb hob und senkte sich unter der Anstrengung seiner unterdrückten Emotionen – so glaubte ich zumindest.

Ich gab ihm Zeit, sich zu sammeln. Zeit, die richtigen Worte zu finden. Doch selbst nach einer gefühlten Ewigkeit verharrte er in dieser Position und seine Lippen blieben stumm. Sein Herz schlug heftig, genau wie meins.

»Du willst mich tatsächlich anschweigen?«

Wieder keine Reaktion. Verdammt, jetzt wurde ich allmählich unglaublich zornig und ich hätte ihn am liebsten geschüttelt. Ich musterte ihn noch einen Augenblick, trat dann einen Schritt von ihm weg, als die Wut, der Zorn und die Enttäuschung erneut von mir Besitz ergriffen.

»Da du es vorziehst, mich anschweigen ... tu es doch, ist mir egal. Ich will deine Scheißstimme gar nicht mehr hören. Und ich brauch auch dein Einverständnis nicht. Du wirst mich begleiten, weil ich es dir befehle. Wir brechen in der Abenddämmerung auf. Sei pünktlich an der alten Esche zum Übergang, und«, ich deutete auf die jämmerlichen Überbleibsel seiner Waffe, »reparier diesen Bogen. Du wirst ihn brauchen!« Von Wort zu Wort wurde meine Stimme lauter, bis ich am Ende fast laut schrie.

Ich warf noch einen letzten Blick auf den immer noch ehrfürchtig knienden Leo, dessen Hände sich verkrampft hatten und an dessen Wangen einzelne Tropfen feuchten Nasses herunterperlten. Ich schnaubte und stürmte in einem prinzengleichen Abgang davon, die Hände immer noch zu Fäusten geballt. Meine grüne Magie kleidete sie. Sie war wie ein Sturm in meinen Händen und ich wollte sie am liebsten gleich auf irgendetwas schleudern, so dass es wehtat.

Er hatte geweint.

Wegen mir.

Hatte die Tränen versucht zu unterdrücken, bis es nicht mehr ging, und ich hatte ihn kniend zurückgelassen, anstatt mich bei ihm für mein Verhalten zu entschuldigen.

Es tat so verdammt weh.

Erst als ich das Dorf durchquert hatte, blickte ich über die Schultern zurück zu dem bereits nicht mehr sichtbaren Trainingsgelände.

»Du blöder Arsch! Schweig doch deinen Bogen an«, brummte ich mehr zu mir selbst als zu irgendjemandem sonst. Wohlwissend, dass ich, ohne es zu beabsichtigen, schnurstracks in die Taverne gelaufen war.

Der Wirt, ein Elf mit rundlichem Gesicht und ergrauten Haaren, reichte mir, ohne dass ich ein Wort gesagt hatte, einen Krug mit Bier. Ich hob ihn automatisch an meine Lippen und trank ihn in einem Zug aus. Dann räusperte ich mich und wischte mir die Überreste aus dem Gesicht.

»Severin Grünhain. Du bist ziemlich oft hier in letzter Zeit.«

»Gib mir noch eins!«, forderte ich den Wirt auf und er reichte mir bereits ein zweites. Diesmal hob ich es nicht sofort an meine Lippen. Meine Hand mit dem Krug zitterte. Meine Gedanken waren ein einziges Chaos aus widerspenstigen Gefühlen.

»Hoheit?«, fragte der Wirt mich.

Ich wusste nicht mal, wie er hieß. Will oder Mill. Oder Cull? Nicht wichtig, er gab mir genau das, was ich brauchte, allerdings gehorchte meine Hand nicht meinen Bedürfnissen. Obwohl ich mich nach dem erlösendem, stumpfen Gefühl der Trunkenheit sehnte.

Jemand stolperte in mich hinein und da ich so vertieft in meinen emotionsreichen Gedanken gefangen war, stolperte ich einen Schritt nach vorn und ich verschüttete den kostbaren Inhalt des Bierkruges auf dem Holzboden. Das prickelnde Nass lief in einem Rinnsal aus Perlen an meinem Arm, meiner Hand und über meine verkrampften Finger, die den nun mehr halbvollen Krug immer noch umschlossen.

»Wie ungeschickt von mir, Hoheit. Lasst mich das schnell wegwischen«, säuselte eine weibliche Stimme und meine Gedanken um Leo klärten sich für den Moment.

Ich blinzelte, atmete tief durch und sah dann eine Elfe vor mir knien. Rotes Haar, Sommersprossen und volle Lippen. Ihr Vorbau war erstaunlich weit hochgepresst und mein Blick verweilte einen Augenblick zu lange auf ihren monströsen Möpsen. Sie klimperte mit den Wimpern. Ich kannte sie, und ich erinnerte mich, dass wir schon ein paar Mal sehr intim miteinander geworden waren. Ein von zu viel Feenwein gezierter Spaß. Vielleicht war das genau die richtige Ablenkung für mein gebrochenes Herz.

Sie stand auf und wischte mit ihrem Lappen über meinen Arm, der immer noch den halbvollen Bierkrug hielt. Ihre Berührungen sollten etwas in mir auslösen, taten es aber nicht. Vielmehr stellte ich mir Leos Hand vor, die mich statt ihrer sanft berührte. Und die Traurigkeit, die ich kurz versucht hatte zu verdrängen, stieg wieder hoch.

»Ich bin nicht mehr der Elf für gewisse Schäferstündchen, also such dir jemand anderen.« Ich entzog ihr meinen Arm.

Dass diese Worte jemals aus meinem Mund herauskommen würden, hätte ich nie für möglich gehalten – doch sie fühlten sich richtig an. Es gab niemanden, der das Loch in meinem Herzen füllen konnte. Nur Leo konnte mich heilen, doch der war ein blöder stummer Arsch, der es vorzog, mich anzuschweigen. *Blöder Arschkopf!* Aber im nächsten Moment rügte ich mich selbst über meine hinterhältigen Gedanken. Leo war der Beste von uns allen. Er hatte es verdient, mit Respekt behandelt zu werden. Respekt, den ich ihm verwehrt hatte.

Die Elfe unternahm einen weiteren Versuch, sich an mich ranzuschmeißen. Sie legte ihre Hand auf meine Brust und sendete mir einen goldenen gierigen Funken.

»Hoheit, ich bin sicher, ihr braucht mich.«

Ich lachte laut auf und drückte sie von mir, wollte den halbleeren Bierkrug an meine Lippen heben, das perlende Gesöff endlich in meiner Kehle spüren, doch ich wurde erneut angerempelt und erneut goss ein Schwall des süffigen Gutes auf den Boden. Ich stöhnte auf.

»Ey Prinzlein! Lass die Fingerchen schön bei dir«, knurrte eine Stimme und ein strammer Bursche mit blonden, halblangen Haaren, blauen Augen und einer kräftigen Statur schob sich vor mich und drängte die Elfe beiseite.

»Prinzlein? Bist du in ein Wichsfass gefallen, als du klein

warst, oder was? Verpiss dich, Alter. Ich bin nur hier, um Bier zu trinken.«

Ich schob mich an ihm vorbei und merkte einen dumpfen Schlag in meinem Rücken. Dieser Typ hatte es wirklich gewagt, mich mit seinen Drecksarmen zu schlagen. Und das auch noch hinter meinen Rücken. Feigling. Ich drehte mich um und verzog meine Augenbrauen zu einer geraden Linie.

»Willst du dich wirklich mit mir prügeln? Ich bin in einer ganz miesen Stimmung. Überlege dir gut, ob du dich mit mir anlegen willst.«

»Glaubst du, ich habe Angst vor einem Prinzlein wie dir? Was haben du und dein König je für mich getan? Dieses ganze Land ist dem Untergang geweiht und ich will lieber in der ewigen Dunkelheit verrotten, als dir und deinem König weiterhin den Arsch zu lecken.« Er spuckte auf den Boden, schob die Ärmel seines Gewandes nach oben.

Ich hob eine Augenbraue.

»Glaubst du, ich habe Angst vor einem Trottel wie dir?«, provozierte ich ihn. »Dein Gehirn reicht ja nicht mal an den Rand deiner Stirn. Wo ist es hin? Vielleicht hier?« Ich trat dem Elfen in die Weichteile und er schrie auf, fasste sich an die Eier und quiekte. Er taumelte, hielt sich an einem Stuhl fest und blickte mich hassenswert an.

»Das wirst du bereuen«, presste er hervor.

»Keine Prügelei in meiner Taverne!«, brüllte der Wirt und versuchte, sich zwischen uns zu stellen, trat dann aber einen Schritt zurück, als er meinen mörderischen Blick sah. Niemand, der ganz bei Trost war, sollte sich jetzt mit mir anlegen.

»Aber das macht doch so viel Spaß!« Ich setzte ein schiefes Grinsen auf.

Meine Magie legte sich wie ein Schutzschild um meinen ganzen Körper und strahlte so hell, dass der Elf mit den klingenden Eiern blinzeln musste. Ich hob den Bierkrug und schlug ihm damit gegen den Kopf. Enttäuscht verzog ich das Gesicht, dachte ich doch, er würde an seinem hohlen Schädel in tausend kleine Stücke zerbrechen. Tat er aber nicht. *Verdammt.*

Der Elf spuckte einen Schwall Blut aus und stürzte sich im nächsten Augenblick auf mich. Durch sein Gewicht rammte er mich auf den Boden und wir rangelten. Durch die Kraft meiner eigenen Magie gewann ich sehr schnell die Oberhand und packte den Elfen so, dass er unter mir lag und sich durch mein Gewicht und meiner gleichzeitig auf ihn einwirkenden Magie nicht mehr rühren konnte. Ich schlug ihm ins Gesicht, brach ihm die Nase. Er spuckte mir sein Blut entgegen. Ich war einfach so wütend, dass ich nicht mehr klar denken konnte. Wütend wegen diesem Krieg, den Verlusten, Leo und vor allem wütend auf mich. Wütend darüber, dass dieser Fickkopf es wagte, sich mit mir anzulegen. Mit mir! Erneut schlug ich zu und der Elf stöhnte, versuchte, sich aus meinem Griff zu befreien, trat um sich und versuchte, sich mit seiner eigenen Magie aus dieser Situation zu herauswinden. Er hatte eine gebrochene Nase, die gerade sehr langsam wieder durch seine Selbstheilungskräfte zusammengesetzt wurde. Ich hatte keinerlei Blessuren, da meine Kräfte um ein Vielfaches stärker waren als seine. Mein Blut war einfach besser als das eines einfachen Bauern.

Ja, ich war eingebildet. Und ja, ich war zutiefst von mir und meiner Kraft überzeugt, vielleicht gelang es dem Typen deshalb, mich von sich runterzuschubsen und aus seinem Gewand eine schwarze Klinge zu angeln, die einer Schattenklinge sehr ähnlich sah.

Verdammt. Es war eine Schattenklinge und an ihr hing ein dunkler, zähflüssiger Klumpen.

Wieso hatte ein Elf des Lichts eine Klinge, versetzt mit Bittersüßer Nachtschatten? Für was? Um seinesgleichen zu verletzen?

Verdammt.

Nein. Er wollte mich damit verletzen.

Durch den Schock, dass dieser Idiot in einer einfachen Prügelei auf solche Mittel zurückgriff, erkannte ich den Hieb erst, als es zu spät war. Er fuchtelte mit der Klinge und traf mich an der Schulter, schnitt mir ins Fleisch und ritzte über den Knochen. Ich konnte einen Aufschrei nicht unterdrücken und wurde nur noch wütender durch diesen hinterhältigen Angriff bei einer gewöhnlichen Schlägerei. Die Schattenklinge hinterließ ein Rinnsal aus Blut auf meinem Körper und die Wunde schloss sich nicht. *Verdammte Schattenklingen!* Ich wollte mich gerade auf ihn werfen, als eine autoritäre, kräftige weibliche Stimme, Stille und Bewegungsunfähigkeit über die Taverne brachte.

»Hört auf!«

Es war Jezebel. Leos Schwester. Verdammt. Wieso musste ausgerechnet sie mich jetzt in dieser peinlichen, zutiefst übertriebenen Situation auffinden.

»Ihr geht jetzt alle nach Hause!«, befahl sie.

Der Elf mit der Klinge grunzte, wischte sich die mit meinem Blut getränkte Klinge an seinem Hemd ab, warf mir noch einen hasserfüllten Blick zu und verließ die Taverne. Doch bevor er die Tür überhaupt erreicht hatte, wurde er von zwei Elfen der Königsgarde überwältigt und nach draußen geschleift. Nicht ohne mir noch einen verabscheuungswürdigen Blick aus eisigen Augen zuzuwerfen. Nachdem das Schauspiel vorüber war, verließen auch die anderen Gäste rasch den Ort des Geschehens. Nur der Wirt blieb zurück.

Ich erhob mich aus meiner sitzenden Position.

»Ihr nicht, Hoheit«, kommandierte Jezebel und ich zuckte durch ihre Strenge zusammen. Ihre blonden Haare waren zu einem seitlichen Zopf geflochten und fielen ihr über eine Schulter nach vorne. Ihre grünen Augen, die Leos so ähnlich waren, musterten mich ernst und die Schamesröte stieg mir ins Gesicht.

Verdammt. Das war wirklich peinlich. Und wieso fühlte ich mich so schuldig, als hätte ich meiner eigenen Mutter ein Stück des besten Kuchens direkt aus der ausgestreckten Hand geklaut?

Ich biss mir wie ein Kleinkind auf die Lippen und senkte den Blick. Doch ich spürte ihr vorwurfsvolles Augenpaar immer noch auf mir ruhen. *Verdammt!* Ich war wirklich in Schwierigkeiten. Und das alles nur wegen Leo. Dieser verdammte, schweigsame Leo. Er war doch schuld an dieser ganzen peinlichen Situation. Nur wegen ihm war ich so unfassbar aufbrausend und dünnhäutig. Obwohl, wenn ich mir es recht überlegte, waren mein überaus anstrengendes Ego und mein Temperament auch nicht unschuldig an dem ganzen Scheiß hier. *Verdammt.* Ich musste mich wirklich zusammenreißen. Wie sollte ich mit Leo auf diese todbringende Mission gehen, wenn ich mich selbst nicht unter Kontrolle hatte.

»Jezebel. Gut siehst du aus«, säuselte ich, versuchte, mich bei ihr einzuschleimen, und bereute es sogleich.

Ich hatte vergessen, dass ihr Gesicht seit dieser schicksalhaften Nacht nicht mehr dasselbe war wie vorher. Sie war immer noch schön, das stand außer Frage und mich störte die Narbe nicht. Aber das bedeutete nicht, dass es ihr gleichwohl so gehen würde. Vielleicht hatte sie mit ihrem Gesicht viel mehr Probleme als ich oder irgendwer sonst. Es entstellte sie nicht. Nein. Das war es nicht. Sie war trotzdem eine Schönheit und ihrem Bruder so ähnlich, dass es schmerzhaft in meine Brust schnitt.

»Setzt Euch!«, befahl sie mir in barschem Ton.

Ich gab nach, ging auf eine Nische am Ende des Schankraumes zu und ließ mich drauf nieder. Ein Schmerzenslaut kam über meine Lippen, als ich mir die verletzte Schulter an der Lehne stieß.

Jezebel kam zu mir, stellte sich in mein Blickfeld und musterte mich von oben herab. Es war mir unangenehm. Sie kramte in ihrer Tasche.

»Willst du mich umbringen?«, fragte ich sie, als sie ein kleines Messer hervorzog.

Sie antwortete mir nicht, sondern kramte weiter in ihrer Tasche und zog ein kleines Fläschchen mit einer klaren Flüssigkeit heraus. Dann setzte sie sich neben mich und hob die Klinge an meine Schulter. Ich schloss die Augen, vielleicht wollte sie mich wirklich töten für das, was zwischen mir und ihrem Bruder abgelaufen war, aber als ich die kalte Klinge an meiner Schulter spürte, öffnete ich die Augen und sah, dass sie die überschüssige Kleidung meines Obergewandes zerschnitt und meine verletzte Schulter befreite. Ich beobachtete schweigend, wie sie die Wunde mit der Flüssigkeit reinigte. Ein unangenehm riechender Dampf stieg von meiner Haut. Es schmerzte und ich wand mich unter ihrem festen Griff.

»Halt still, Grünhain!«

»Wieso tust du das?«

Sie sah mir nicht ins Gesicht.

»Ich bin eine Heilerin, schon vergessen?«

»Aber wieso tust du es?«

Sie schwieg und ich verdrehte die Augen. Sie war nicht so schweigsam und verschlossen wie ihr Bruder, ganz und gar nicht. Und doch lagen diese stillen Momente wohl in ihrer Familie.

»Mein Bruder meint es nicht so, weißt du. Er kann nur nicht aus sich heraus«, brach sie das Schweigen.

Ich verkrampfte mich leicht, setzte mich aufrechter hin. Jezebel verschloss die Wunde mit ihrer Magie, die sich warm auf meiner Haut anfühlte.

»Ich versteh es nicht, Jezebel. Woran liegt es, dass er mich nicht mal mehr ansehen kann?«

Wieder schwieg sie, doch ich sah, dass sich Worte formten, die sie noch nicht aussprach. Nach einer gefühlten Ewigkeit flüsterte sie.

»Er hat Angst.« Sie blickte mich an.

»Angst? Wovor denn bitte?«

»Das sollte er dir selbst sagen.«

Ich schnaubte und verschränkte die Arme vor der Brust wie ein bockiges Kind.

»Er spricht ja nicht mit mir!«

»Gib ihm Zeit.«

»Zeit ist alles, was wir nicht haben!«, platzte es energisch aus mir heraus. Der Wirt, der schon seitdem die Taverne geräumt worden war, an ein und demselben Glas schrubbte, grunzte. Dieses Geräusch nervte mich so, dass ich einen alten Kerzenstummel, der auf dem Tisch lag, in seine Richtung warf. Er duckte sich rechtzeitig, bevor das Ding ihn treffen konnte, und warf mir einen bösen Blick zu. Jezebel boxte mich in die verletzte Schulter. »Aua! Seit wann sind Heiler Folterelfen?«, beschwerte ich mich bei ihr.

»Seit wann seid Ihr so unglaublich bescheuert, Hoheit?«, konterte sie.

Ich seufzte, sie hatte ja Recht.

»Ich bin schon so auf die Welt gekommen«, gab ich kleinlaut zu.

Sie schnaubte, schwieg einen Moment, der sich wie eine Ewigkeit anfühlte.

»Ihr habt Recht, Hoheit«, durchbrach sie die Stille.

»Mit was bitte?«

»Mit der Zeit. Zeitläufe sind kostbar geworden, das kostbarste Gut überhaupt. Wir wissen nicht, wann sie uns genommen wird.«

Ich wusste nicht, was ich darauf erwidern sollte. Also nickte ich, beobachtete Jezebel dabei, wie sie ihre Magie in meine Schultern einfließen ließ. Ihr Blick ging in die Ferne. Als ob sie dort etwas suchen würde, das schon längst nicht mehr unter uns weilte.

»Vermisst du ihn? Aidan meine ich?«

Sie blinzelte. Ihr Blick klärte sich und sie sah mich direkt an. Die Erinnerung an ihren längst von uns gegangenen Gefährten in ihrem Blick fest verankert. Doch dann lächelte sie mich an. Herzlich.

»Jeden Tag, jede Nacht und jede Sekunde.« Sie kratzte sich an der Nase und sah dabei ihrem Bruder unheimlich ähnlich, sodass ich ein Seufzen kaum unterdrücken konnte.

»Wie hältst du den Herzschmerz aus? Wie schaffst du es trotzdem, jeden Morgenlauf aufzustehen, die Sonne zu genießen und nicht vor Kummer um deinen toten Gatten zu vergehen?«

Vielleicht hatte ich eine Grenze überschritten, die mir nicht zustand. Diese Frage stand mir allgemein nicht zu, da Jezebel und ich uns nicht wirklich gut kannten, aber ich vertraute ihr, wie ich auch ihrem Bruder vertraute. Wieder traf mich ihr Blick.

»Es ist schwierig. Es wird auch nicht leichter. Auch nach all den Jahren nicht. Aber man lernt, damit zu leben.« Sie zuckte die Schultern, rollte die kleine Flasche mit der Flüssigkeit in ihrer Hand hin und her. »Außerdem habe ich ja noch Tamsin. Und sie ist ihrem Vater wie aus dem Gesicht geschnitten. Also erinnere ich mich jeden Tag an ihn. Und ihr strahlendes Gesicht jeden Tag zu erblicken, ist, als würde Aidan mich anlächeln.« Sie lächelte und auch sie hatte Grübchen um die Mundwinkel, wie Leo, wenn er lächelte.

Mein Herz fing laut an zu pochen und diese Schwere legte sich wieder um es herum. Leo. Ich vermisste ihn unheimlich, diesen sturen Idioten.

»Glaubst du, die Liebe könnte erneut zu dir finden?«

Sie dachte über meine Worte nach und zuckte dann die Schultern.

»Die Zukunft ist noch nicht geschrieben.«

»Du hörst dich an wie das Orakel.« Genervt verdrehte ich die Augen.

Sie schmunzelte. Wie konnte sie immer noch mit sich im Einklang sein, wenn doch die Welt um sie herum im Chaos lag? Sie hatte noch vor der Geburt ihrer Tochter ihren Seelengefährten verloren. Jetzt ihre Mutter und doch saß sie hier und lächelte. Sie war stark. Stärker als ich gedacht hatte. Und ich war mir bewusst, dass es das erste Mal war, dass ich mich wirklich mit ihr unterhielt.

»Das Orakel lebt in uns allen. Selbst in Euch, Severin Grünhain. Prinz der Lichtlande.«

Ich verzog meinen Mund zu einer Grimasse. Dann schwiegen wir wieder eine Weile – was mir nicht unangenehm war. Es erinnerte mich vielmehr an das Schweigen zwischen mir und ihrem Bruder, als alles noch nicht zerstört war. Als wir noch normal waren.

Jeder hing seinen Gedanken nach. Dann erhob sie sich, kramte ihre Sachen zusammen und warf auch die blutigen Streifen meines Hemdes in ihre Tasche.

»Wenn ihr auf diese geheime Mission geht, dann passt bitte auf ihn auf, ja? Er und Tamsin sind die Einzigen, die ich noch habe.«

Ich runzelte die Stirn.

»Woher weißt du von dieser Mission?«

Sie seufzte.

»Der König hat mich darüber informiert, dass ihr beide für eine unbestimmte Zeit unterwegs sein werdet.« Sie wartete, bis ich etwas erwiderte, ich tat es aber nicht. Dann seufzte sie. »Du wirst mir nicht sagen, um was es sich handelt, oder?«

»Tut mir leid, das kann ich nicht.«

Sie nickte, verschloss ihre Tasche und musterte mich noch einen Augenblick.

»Passt auf euch auf.«

Ich nickte, wollte noch etwas erwidern, aber sie drehte sich bereits um und ging ohne ein weiteres Wort aus der Taverne. Ich sackte förmlich zusammen und dachte über ihre Worte nach.

War es richtig, Leo mit auf diese Mission zu nehmen? Wir könnten dabei draufgehen und könnte ich mit dem Wissen leben, ihr auch noch den Bruder zu nehmen, nur weil ich zu egoistisch war und ihn nicht freigeben wollte? Wie sollte das überhaupt mit uns weitergehen? Würde er mich die ganze Zeit anschweigen? Wollte ich das meinem Herzen wirklich antun? Vielleicht hätte ich eine andere Wahl treffen müssen. Leider war es dafür längst zu spät. Denn der Nachmittag war in seinen vollen Zügen und der Beginn unserer gemeinsamen Reise rückte näher. Ich sollte mich vorbereiten. Also erhob auch ich mich von der Bank, streckte meinen Körper und ließ meine Glieder knacken, ging zum Wirt, legte ihm ein paar Goldmünzen auf den Tresen und schlurfte hinaus.

Ich sollte noch ein bisschen Sonne tanken, bevor wir aufbrachen, um meine Nerven zu stärken. Diese Reise würde einiges von mir abverlangen. Und den Bastard Priest, aus den Feldern zu retten, war nicht das Einzige, was mir Sorgen bereitete. Vielmehr war er das kleinere Übel bei dieser Mission. Denn Leo und ich wären immer und überall zusammen. Sein Geruch, seine Nähe, sein ganzes Sein würden mich jeden Tages- und Nachlauf begleiten. Vielleicht hätte ich nicht so überstürzt diese Entscheidung treffen sollen. Aber nun war es zu spät.

KAPITEL 12
Leo

»Du gehst wieder fort.«

Ich drehte mich zu meiner Schwester um. Es war keine Frage, sondern eine Feststellung.

Sie kam gerade in die Hütte, die jetzt unsere war, und legte ihre Tasche auf einem kleinen Tisch ab, der in der Mitte der spärlich eingerichteten Behausung stand. Tamsin spielte mit ihren Puppen auf einem Fell am Fenster und sang ein Elfenlied, das ich aus meinen jüngeren Jahren kannte. Sie war so vertieft, dass sie ihre Mutter gar nicht bemerkte, als diese sich auf einem Stuhl niederließ und sich einen Krug mit Wasser einschenkte.

Ich hockte auf dem Holzboden. Meine Beine waren verschränkt und ich arbeitete hochkonzentriert an einem neuen Bogen, überprüfte die Spannsehne, die ich neu verknüpft hatte. Der alten Bogen war nicht mehr zu retten gewesen. Er lag in seinen Einzelteilen auf meiner Schlafstätte im Nebenzimmer. Genau wie die Splitter meines gebrochenen Herzens und die unzähligen Tränen, die ich vergossen hatte, seitdem Severin mich mit dem Ausblick auf eine Mission mit ihm zurückgelassen hatte.

Der Kloß in meinem Hals wollte erneut wieder wachsen, doch ich wollte nicht vor meiner Schwester in Tränen ausbrechen. Deshalb unterdrückte ich den Impuls, der allumfassend war, und widmete mich, ohne auch nur einen Blick zu meiner Schwester zu werfen, meiner Arbeit an meinem neuen Bogen.

Ich besaß etliche unterschiedliche dieser Pfeilwaffen, alle waren von mir mit meinen eigenen Händen hergestellt worden. Doch jedes Mal, wenn ich einen einbüßte, er im Kampf oder im Training zerbarst, fühlte ich Wehmut in mir. Die Arbeit, die in jedem einzelnen steckte, war unbezahlbar. Und den letzten hatte ich mutwillig zerstört, hatte ihn mutwillig zum Tode verurteilt. Was sagte das über mich aus?

Ich überprüfte noch einmal die Spannsehne, ihre Schwingung, die Vibration, wenn ich sie berührte, ihr magisches Schimmern in goldenen Tönen, wenn ich meine innere Kraft über sie legte, sie umhüllte und sie ein Teil von mir wurde. In jedem Bogen steckte so viel von mir selbst drin, dass jeder, der einen meiner Bögen berührte, etwas von mir selbst sah.

Der Stuhl, auf dem Jezebel saß knarzte, als sie sich erhob und ich immer noch hochkonzentriert an der Waffe arbeitete. Das konnte mich Stundenläufe beschäftigen. Jezebels Schatten legte sich über mich. Ich ließ die Bogensehne schwingen. Meine Schwester setzte sich vor mich hin, nahm einen der Pfeile in die Hand, die ich auf dem Boden ausgebreitet hatte und die ich später, wenn es dämmerte, auf meinem Rücken in ihrer Vorrichtung verankern würde. Zusammen mit dem Schwert, das zu meiner Rechten lag. Der Stundenlauf rückte näher, an dem ich mich erneut Severin stellen musste. Wie sollte ich auf diese Mission gehen, wenn er ständig in meiner Nähe war? Wie sollte ich einen einzigen Pfeil abschießen können, um uns zu verteidigen? Die ständigen Spannungen waren für meine ruhige Seele und meine ruhige Lebensart viel zu aufregend, als dass ich diese ganzen zwiespältigen Gefühle wirklich verarbeiten könnte. Noch dazu war mir übel. Speiübel. Dabei hatte mein Magen heute schon keinen Inhalt mehr, den er ausspeien konnte. Das hatte ich schon zur Genüge getan. Erst gerade eben, als ich zurück vom Trainingsgelände gekommen war. Nur bei dem Gedanken an Severin und seinen verletzten, wutverzerrten Augen war mir schlecht. Einfach weil ich diesen Schmerz verursacht hatte. Wieso konnte ich auch kein einziges Wort herausbringen? Es war, als ob die Funktion zu sprechen in meinem Gehirn nicht vorhanden sei. Als ob mich eine höhere Macht daran hindern wollte, Worte zu formen. Wenn ich doch nur den Mut gehabt hätte, vielleicht würde dann diese Mission, diese geheime Mission, von der ich nicht wusste, wohin sie uns führte, harmonischer gestaltet, so wie früher, wo die Liebe zwischen uns noch keine Rolle gespielt hatte. In einer Zeit, in der wir einfach Leo und Severin waren. Zwei Krieger der Krone auf einer Mission durch die Lichtlande.

»Wohin führt euch eure Mission?«, fragte Jezebel.

»Du weißt, ich darf nicht darüber reden«, antwortete ich ihr, ohne aufzublicken.

Selbst, wenn ich wüsste, worum es bei dieser geheimen Mission ginge, hätte ich meiner Schwester nichts davon erzählt. Ein Krieger der Krone durfte nicht über geheime Dinge sprechen, auch nicht mit seiner Familie. Allerdings war ich mir nicht sicher, warum Severin nach allem, was in letzter Zeit zwischen uns vorgefallen war, ausgerechnet mich mit auf diese Mission nehmen wollte. Was erhoffte er sich davon? Es würde doch nur eine Qual für uns beide werden. Oder hatte etwa seine Majestät höchstpersönlich mich und ihn dazu bestimmt? Ich schüttelte den Kopf. Fry würde jedem immer die Wahl lassen. Nein. Es musste Severins Entscheidung gewesen sein. Er hatte es mir befohlen und ich hatte zu gehorchen. Es verletze mich mehr, als es sollte. Ich war es gewohnt, Befehle zu befolgen. War es gewohnt, auf Missionen zu gehen, weit weg von der Familie. Ich wäre ihm auch ohne diesen Befehl gefolgt, hätte er mir die Wahl gelassen. Doch das hatte er nicht.

»Ich habe gerade den Prinzen getroffen«, riss mich meine Schwester aus den Gedanken und einen kleinen Augenblick verharrten meine Finger an der Spannsehne, länger als beabsichtigt.

Severin war vermutlich gleich, nachdem er mich zu Recht angeschrien hatte, in die Taverne gerannt und hatte sich betrunken oder sich eine andere Ablenkung geschaffen. Ich wollte mir nicht vorstellen, woraus diese bestand. Vermutlich wälzte er sich mit ein oder zwei Elfen in einem Lager aus Stroh, um die Begegnung mit mir schnell zu vergessen.

Mein Herz stolperte auch nur bei dem Gedanken daran, er könne sich jetzt gerade in diesem Moment der Versuchung eines ungezwungenen Liebesspiels hingegeben haben. Es verletzte mich und mein Herz riss weiter. Obwohl ich kein Recht hatte, von ihm zu erwarten, dass er keine Elfen mehr anzusehen hatte. Schließlich waren wir keine Gefährten. Er hatte keinerlei Verpflichtung mir gegenüber. Die hatte er nie. Weil wir nie zusammengewesen waren. Nicht mal ansatzweise. Ich hatte kein Recht, mir Gedanken über sein Liebesleben zu machen. Ich selbst hatte ihn von mir gestoßen. Dennoch schmerzte es. Es war egoistisch von mir ihn auch jetzt, nachdem ich mich zurückgezogen hatte, ganz für mich haben zu wollen. Es war egoistisch, von ihm zu erwarten, er würde dasselbe tun. Er war ein freier Elf. Aber ich belog mich selbst, wenn ich sagen würde, es würde mir nichts ausmachen.

Ich war ein Idiot. Ein ängstlicher Idiot. Severin hatte nichts falsch gemacht. Gar nichts. Es lag allein an mir. Wenn ich die Angst abschütteln könnte, die mich befiel, wenn ich an unsere Liebe dachte, dann wäre alles einfach für uns. Aber sie beherrschte mich.

Meine Schwester räusperte sich. Das tat sie immer, wenn sie eine Reaktion von mir wollte. Aber ich blieb stumm. Es war nicht so, dass ich mich vor ihr verschloss. Wir hatten immer ein sehr enges Verhältnis und wir konnten über alles sprechen. Und ich hatte auch keine Hemmungen, ihr alles mitzuteilen, was mir durch den Kopf schwirrte, allerdings war das anders, seit Severin und ich uns verloren hatten. Ich schämte mich für mein Verhalten.

»Er wurde von einer Schattenklinge verletzt, als er in eine Rangelei verwickelt war«, sprach sie weiter. Gab mir genügend Zeit, zu reagieren.

Severin wurde verletzt? Mit einer Schattenklinge? Wie war das in der kurzen Zeit überhaupt möglich? Ging es ihm gut? Ich verkrampfte in meiner Bewegung und blickte das erste Mal auf. Ihre Mundwinkel zuckten, sie hatte genau diese Reaktion beabsichtigt.

»Es geht ihm gut, soweit ich das als einfache Heilerin beurteilen kann«, ergänzte sie.

»Du bist keine einfache Heilerin«, sagte ich.

Sie legte den Pfeil, den sie immer noch in ihrer Hand hielt, ordentlich neben seine Brüder. Ich verfolgte ihre Bewegung mit den Augen und senkte dann wieder den Blick, um mich auf meinen Bogen zu konzentrieren.

Ich hatte ihn bereits ein Dutzend Mal überprüft. Wusste, er war perfekt, doch meine Hände brauchten etwas zu tun. Ich brauchte einen Halt, um das Zittern zu unterdrücken. Schließlich legte ich meine Arbeit zur Seite und erhob mich. Ich hob die Pfeile und den Bogen auf und legte alles auf den Tisch, wo ich bereits meine Tasche für die Reise bestückt hatte. Einige Heilkräuter und kleine Flacons waren in den Untiefen meiner Tasche bereits verstaut. Genau wie mein

Wasserschlauch und ausreichend Elfenbrot. Auch einen Dolch hatte ich in die Tasche gelegt. Genauso wie einige Werkzeuge und Ersatzteile für meinen Bogen und die Pfeile.

Ich hörte, wie meine Schwester sich ebenfalls vom Boden erhob, als der Holzfußboden unter ihren Füßen knarzte. Sie hob mein Schwert vom Boden auf und stellte sich neben mich. Das Schwert lehnte sie an den Tisch, als ich gerade meine Tasche verschloss.

»Willst du nicht wissen, wie es dazu kam, dass er verletzt wurde?«

Ich seufzte genervt auf.

»Was genau willst du von mir hören, Jezebel?«

»Leo, wie willst du auf diese Mission gehen, wenn ihr das zwischen euch nicht geklärt habt? Du kannst ihn nicht die ganze Zeit anschweigen. Ihr müsst euch voll und ganz aufeinander verlassen können.«

Ich bin ein Krieger der Krone. Man kann sich immer auf mich verlassen. Natürlich war meine Antwort nur ein unausgesprochener Gedanke.

Ich nahm das Schwert in die Hand, trat von meiner Schwester weg und ging zum Fenster, blickte hinaus in den Wald, der unsere Hütte von zwei Seiten umsäumte und schloss kurz die Augen. Meine Schwester hielt den Mund, drängte mich nicht. Dann spürte ich kleine Hände an meinen Beinen.

»Onkel Leo! Hast du einen Teks für mich?«

Ich erholte mich langsam von meiner Lethargie und blickte zu meiner Nichte herab. Ihr grünen Augen bohrten sich in meine und sie lächelte. Ich konnte nicht anders, als ihr gleichsam ein Lächeln zu schenken. Sie vergrub ihr Gesicht an meinen Beinen und schmierte ihre laufende Nase an dem Stoff meiner Beingewandung ab. Ich stellte das Schwert an der Wand ab und beugte mich zu Tamsin herunter, hob sie in meine Arme und gab ihr einen Kuss auf die Stirn. Dann ging ich zu dem Fell, wo ihre Puppe lag, und setzte mich mit ihr hin. Sie krabbelte von mir runter, schnappte sich ihre Puppe und krabbelte wieder auf meinen Schoß.

»Ich habe leider keinen Keks für dich, aber etwas viel Besseres.« Ich zog sie in eine innige Umarmung und sie kicherte, als ich sie dabei kitzelte.

»Das ist so lustig.« Die Kleine lachte in meinen Armen.

Jezebel trat zu uns und stellte sich wie ich vorhin ans Fenster und schaute hinaus auf den Sonnenlauf.

Die kleine Elfe beachtete ihre Mutter nicht weiter. Sie ließ sich weiter von mir kitzeln, bis sie keine Luft mehr bekam und sich schließlich gähnend in meinen Armen zusammenrollte.

»Falls du Tausendgüldenkraut findest ...«, durchdrang die Stimme meiner Schwester die Stille, die sich gerade über uns legte, als Tamsin in meinen Armen einschlief.

»... bring ich dir was mit«, beendete ich den Satz für sie. Es lief immer darauf hinaus. Jedes Mal, wenn ich mit den Kriegern auf eine Mission ausgesendet wurde.

»Das wächst hier schlecht und es ist leider so, dass es im Schattenreich, falls dich deine geheime Mission dorthin führen sollte, am besten gedeiht.«

Ich rollte genervt mit den Augen.

»Mama hat mich auch ausgebildet, vergessen?«

»Manchmal vergesse ich, dass du nicht nur ein Krieger bist.«

Sie drehte sich zu mir um und setzte sich dann wieder auf den Stuhl, nahm den Wasserkrug in ihre Hände und trank.

»Ich weiß nicht, wann ich wieder da sein werde, also passt auf euch auf und haltet euch von der Dunkelheit fern.

Verlasst die Hütte nach Sonnenuntergang nicht. Haltet euch im Schloss auf, so oft es geht.«

Meine Schwester nickte.

»Vielleicht sollte ich dir lieber sagen, dass du auf dich aufpassen sollst. Schließlich bist du mit dem Prinzen zusammen unterwegs. Du weißt, wie kopflos er immer ist. Nicht, dass er sich beim Pinkeln noch von irgendeinem Getier ins Bein beißen lässt und dich dann mit in den Abgrund zerrt, weil er sich an dir festhält.«

Sie grinste und ich konnte es mir auch nicht verkneifen, meine Mundwinkel zu verziehen. Denn genau das war bereits in der Vergangenheit passiert. Nach dem Biss einer Schlange war er ins Schwanken geraten, hatte sich an mir festgekrallt und wir waren in einen tiefen Abgrund gestürzt und dann in ein Sumpfloch gefallen. Wochenlang hatten wir noch nach dem Schlamm gestunken.

»Ich glaube, Severin kann sehr gut auf sich selbst aufpassen«, sagte ich und strich meiner Nichte die Haare aus der Stirn. Sie schnarchte laut auf. Sie war so süß, so friedlich, ohne Sorgen.

Meine Schwester schnaubte.

»Davon bin ich überzeugt. Aber er ist halt immer noch Severin.«

Diesmal nickte ich und seufzte wieder, verfiel in das alte trauende Muster der letzten Tagesläufe.

»Du solltest mit ihm reden.«

»Jezebel!«, stöhnte ich und die kleine Tamsin streckte sich. Sie hatte die Augen geöffnet und grinste mich mit ihrer Zahnlücke an. In ihrer Hand hielt sie immer noch die Puppe.

»Severin, Severin.« Meine Nichte gähnte laut und kicherte dann. »Er ist süß und hat mir Tekse gegeben.« Sie wischte sich ihre Nase an ihrem Ärmel ab. Selbst ich konnte mir jetzt ein Grinsen nicht mehr verkneifen. Elfenkinder waren immerzu ehrliche Wesen.

»Er hat dir Kekse gegeben? So, so!« Ich streichelte ihr über die Haare. Sie legte ihre Puppe beiseite und schmiegte ihren Kopf noch etwas fester an meine Brust.

»Pocht, pocht macht dein Herz.« Sie kicherte. »Wirst du ihn tüssen?«

Ich verschluckte mich an meiner eigenen Spucke und räusperte mich einmal mehr als nötig. Schamesröte stieg mir ins Gesicht und meine Schwester brach in herzhaftes Lachen aus.

»Tamsin. Onkel Leo ist viel zu schüchtern zum Küssen.«

Ich streckte meiner Schwester die Zunge raus. Sie wusste um meine Vergangenheit mit dem Prinzen. Aber nur weil sie mir jedes kleine Detail herausgekitzelt und ich dann genervt nachgegeben hatte, damit sie mich in Frieden ließ.

»Gut«, sprach Tamsin und nickte an meiner Brust.

»Gut?«, fragte ich sie und blickte auf den braunen Schopf nieder. Sie legte den Kopf in den Nacken und biss sich auf die Lippen, als sie mich anblickte.

»Dann tann ich ihn ja tüssen!« Sie kicherte.

Ich grinste und tippte ihr mit dem Finger auf die Nase.

»Du bist noch viel zu jung zum Küssen, kleine Elfe.«

»Aber Robin hat gesagt, wenn das Herz pocht, pocht, dann muss man sich tüssen.«

»Robin? Von nebenan?«

Tamsin nickte.

»Ist er etwa dein Freund?«

»Ih, nein!« Sie kräuselte die Nase, streckte sich und rollte sich aus meinen Armen. Sie drückte ihre Puppe an sich und fing an zu singen und sich im Kreis zu drehen. Dabei drückte sie die Puppe an ihr Herz.

»Severin, Severin, grün sind deine Haare. Onkel Leo will dich tüssen«, sang die Kleine und ich starrte sie an, fuhr mir durch die Haare, als meine Schwester in ihren Singsang mit einstimmte.

»Liebe, Liebe, Liebe, pocht, pocht das Herz in Zweien. Einmal hin und einmal her, pocht es immer weiter und dann muss ich ihn tüssen, sonst gibt was auf die Nüsse«, sang Tamsin weiter, drehte ihren kleinen zierlichen Körper immer schneller im Kreis, bis sie auf ihren Hintern fiel, laut lachte und erneut anfing.

Ich starrte sie weiterhin mit offenem Mund an. Dann sah ich zu meiner Schwester, deren Augen strahlten.

»Woher hat sie das? Sie ist erst vier?«, fragte ich Jezebel verblüfft. »Vielleicht ist dieser Robin nicht der richtige Umgang für sie.«

Meine Schwester kam zu mir rüber und schnipste mir an die Stirn.

»Au!« Ich rieb mit der Hand über die schmerzende Stelle.

»Robin ist fünf!«

»Na und? Er bringt ihr solche Lieder bei.«

Ich blickte ungläubig von meiner Schwester zu ihrer Tochter und schüttelte den Kopf. Das Lied setzte sich bereits jetzt schon in mein Gedächtnis fest. Die melodischen Wortgebilde blieben mir im Kopf und ließen mich nicht mehr los, schwirrten herum wie eine Honigfee. Demonstrativ versiegelte ich meinen Mund und drückte die Lippen fest aufeinander, um die Worte daran zu hindern, unaufhaltsam herauszubrechen. Meine Schwester sprang zu ihrer Tochter und hielt ihre Hände. Gemeinsam drehten sie sich im Kreis und sagen diesen fürchterlichen Liederreim.

Ich hielt mir die Ohren zu.

»Du bist gemein«, beschwerte ich mich.

»Du bist ja auch mein kleiner Bruder. Da darf man das«, Sie lächelte mich an und ich lächelte zurück. Ertappte mich dabei, wie ich selbst dieses fürchterliche Lied sang.

»Schön, dich wieder lachen zu sehen. Ich dachte, ich würde das nie mehr sehen.« Sie legte mir eine Hand auf die Schulter. »Ich stell mir gerade Severins Gesicht vor, wenn du dieses Lied vor ihm singst, nachdem du ihn wochenlang angeschwiegen hast. Er wird begeistert sein. Oder dich verprügeln.«

»Er wird dieses Lied niemals auch nur im Ansatz von mir zu hören bekommen!«, protestierte ich.

»Irgendwann wird auch deine Selbstbeherrschung bröckeln, kleiner Bruder.«

Ich seufzte. Sie hatte Recht. Es würde ein Kampf werden und ich wusste nicht, ob ich bereit war, mich dem entgegenzustellen.

Wir saßen noch einige Zeit zusammen, aßen etwas und erzählten in gemütlicher Stimmung. Es war wie früher, als wir noch klein waren. Wie sehr hatte ich diese ausgelassenen, harmonischen Gespräche vermisst. Natürlich war sie diejenige, die die meisten Worte formte, während ich die meiste Zeit zuhörte. Doch genauso liebte ich das. Ich würde sie vermissen. Außerdem lenkte sie mich weitestgehend von den belastenden Gefühlen und der unwissenden Zukunft ab.

Aus den Augenwinkeln sah ich, wie die Abenddämmerung anbrach. Die Zeit war gekommen, um meine Familie hinter mir zu lassen und an einen Ort zu gehen, von dem ich nicht wusste, wo genau er lag. Mit einem Elfen, der mich um den Verstand brachte.

Ich erhob mich, nahm mein Schwert in die Hand und ging in meine Schlafstätte. Dort legte ich meine Kriegerklei dung an und zurrte alles fest. Dann ging ich zurück in den Wohnraum, schulterte die Tasche und die Pfeile und schnappte mir meinen Bogen. Meine Schwester stand an der Tür, blickte hinaus in die Abenddämmerung. Ich ging zu ihr und gab ihr einen Kuss auf die Stirn.

Ich war nicht der Typ für rührselige Abschiedsworte, das wusste sie. In ihren Augen glitzerte es verdächtig und ich legte ihr meine Hand an die Wange. Wir blickten uns einen Augenblick an und dann drehte ich mich ohne ein weiteres Wort um und verließ die Hütte. Als ich schon ein paar Meterläufe entfernt war, hörte ich ihre Stimme. Ich drehte mich um. Sie winkte mir.

»Pass auf dein Herz auf!«, rief sie mir zu.

Als ich an der alten Esche ankam, die einst den Übergang zum Reich der Sterblichen bildete, war ich allein. Severin war noch nicht da und ich gönnte mir den letzten Augenblick der Ruhe. Tief atmete ich die letzten warmen Strahlen der bereits untergehenden Sonne ein. Mein Blick schweifte zu der versteckten Oase der Sonnenbrandung, die ganz in der Nähe auf heimliche Besucher wartete. War es wirklich zwei Jahresläufe her, seit Severin und ich uns hier innig geliebt hatten? Uns in den Armen gelegen, uns geküsst und weitaus unanständigere Dinge getan hatten?

Ich stieß einen tiefen Seufzer aus, als ich in meinem Rücken Schritte hörte. Die Ruhe vor dem Sturm war zu Ende. Ab jetzt begann die bizarre Reise. Erst als ich seinen überaus anziehenden Duft in meiner Nase vernahm, drehte ich mich zu ihm um und fiel in eine Ehrerbietung, die ein Krieger seinem Prinzen zuteilwerden lassen musste. Ich fühlte mich dabei so unwohl, dass mir wieder einmal spei-übel war, aber ich ließ mir nichts anmerken.

»Bereit für diese Mission, Leo Wiesenaue?«, sprach er herausfordernd.

»Ich folge Euch, Hoheit«, sprach ich genau das, was man von mir erwartete. Ich wusste, Severin legte keinerlei Wert auf diese Ehrerbietung seines durch seine Geburt geborenen Rechtes. Aber er tat dies sicherlich als eine Art Bestrafung für mich. Ja, ich hatte es verdient.

Man konnte mir vorwerfen, dass ich schweigsam war, dass ich verschlossen oder sogar schüchtern war. Aber man würde mir nie vorwerfen können, ich wüsste nicht, wo mein Platz sei.

»Willst du nicht wissen, wie diese Mission lautet? Wohin sie uns führen wird und was für Gefahren wir durchstreifen müssen?«, fragte mich Severin und durchbrach somit die unangenehme Stille, die sich über uns gelegt hatte, als wir das Königreich durch den Feenwald hinter uns ließen. Federleicht trabten unsere Füße über den Waldboden.

Der Mond erwachte und hatte sein Haupt bereits in den Himmel gestreckt. Heute war der letzte Tag des halben Zyklus des Monatslaufes im siebten Lauf des Jahres. Kurzum, es war Sommer. Aber die Tage wurden kürzer. Die Nacht nahm mit jedem Tageslauf zu und die Arme der Dunkelheit krallten sich von Nacht zu Nacht mehr in unsere Glieder.

Ich spürte Severins Blick auf mir. Seine Frage hing immer noch unbeantwortet in der Luft und ich atmete laut aus, als ich schließlich meine Stimme aus meiner Kehle presste.

»Wie lautet die Mission?«, sprach ich mit überraschend neutraler Stimme. Dabei zitterte ich innerlich so sehr.

Severin schien es kurz die Sprache zu verschlagen. Er hatte wohl nicht mit einer Antwort meinerseits gerechnet, umso ärgerlicher war es für mich, dass ich überhaupt etwas erwidert hatte. Ich widerstand dem Drang, ihn anzusehen.

Mein Herz hämmerte in meiner Brust und Tamsins Lied drang wieder in meinen Geist. Ich konnte es leider nicht aus meinen Gedanken verbannen und summte die Worte stumm in meinem Kopf.

»Wir befreien einen Bastard«, offenbarte er mir und der Kinderreim meiner Nichte verblasste.

»Priest?«, kam es schneller heraus, als dass ich es unterdrücken konnte.

Verdammter Liederreim.

»Du weißt sofort, wen ich meine?«, fragte er erstaunt.

Ich wollte gerade den Mund öffnen, um etwas zu erwidern, verschloss ihn aber schnell wieder. Was sollte ich auch sagen? Severin nahm es hin und plapperte für uns beide, was mir ausreichend genug erschien.

»Er ist vermutlich schon tot, aber vielleicht auch nicht. Unser Weg führt uns zu den Feldern. Du weißt, was das heißt?«

Ich antwortete nicht. Die Vorstellung, die Felder aufzusuchen, war fürchterlich. Dieser Ort war in den vielen Schreckensmärchen, die man uns als Kinder erzählte, immer nur eins: heiß.

»Es wird heiß, ganz genau«, sprach Severin meine Gedanken aus. Als ob er wusste, was in mir vor sich ging. »Und nicht nur, weil ich bei dir bin. Auch wenn ich mit Abstand der heißeste unter den Elfen bin!«

Ich rollte die Augen. War ja klar, dass sein übertriebenes Ego es nicht lassen konnte. Aber so war Severin nun mal. Und ich würde diesen Charakterzug an ihm niemals ändern wollen.

»Ich hoffe, er ist tot. Kaum auszudenken, was passieren wird, wenn wir ihn erstmal von den Feldern befreit und ihn in die Lichtlande ins Schloss gebracht haben«, plapperte er weiter.

Ich linste zu ihm. Holte er überhaupt einmal Luft? Selbst wenn ich ein einziges Wort herausbringen könnte, wäre ich gar nicht zu Wort gekommen bei seiner Plauderei.

»Willst du nicht wissen, warum wir das hier machen?« Er machte eine kurze Pause und ich konzentrierte mich wieder auf den Weg. Sicher würde er gleich weiterreden. »Ich verrate es dir. Er ist der perfekte Gast für meine kommende Seelenbundschließung.«

Ich stolperte über einen Ast und fing mich gerade noch. Aber ich sah den Erdboden und das Gras schon in meinem Gesicht kleben.

Severin lachte gehässig und verschränkte dann wie ein bockiger Elf die Arme vor der Brust.

»Der Elf, den ich liebe, will mich ja nicht, also muss ich mir jemanden anderen suchen. Vielleicht sogar zwei oder drei Gefährten gleichzeitig. Weiber und Kerle gleichermaßen und ich werde sie mit meinen kräftigen, von Ziegenmilch gestärkten Lenden beglücken, bis sie nicht mehr laufen können. Der Bastard wird mein Ehrengast bei diesem göttlichen Ereignis und Zeuge meiner Manneskraft werden.« Er drehte seinen Kopf in meine Richtung, musterte mich von oben bis unten.

Ich schluckte, auch wenn ich wusste, dass er nur scherzte, um mich aus der Reserve zu locken. Er wollte mich ärgern, was ich absolut verdient hatte.

»Ich hoffe, er ist tot«, spuckte ich trocken heraus, ging schnellen Schrittes voraus und merkte nur noch am Rande, wie Severin plötzlich mit einem Fluch auf den Lippen stolperte. Mein heimliches, kurzweiliges Grinsen sah er nicht. Auch ich hatte Humor – kaum zu glauben.

KAPITEL 13
Priest

Ich wünschte, ich wäre tot.

Aber das war ich nicht.

Verdammte Scheiße.

Sie hätten mir das Herz rausreißen können, dieses verdammte, verfluchte Organ, das an den unendlichen Qualen Schuld trug, es einfach zu Asche werden lassen können. Aber nein, ich wusste es besser, hätte es früher sogar genossen, selbst ein minderwertiges Wesen der Lande diesem Schicksal auszusetzen, hätte gelacht und mich an der Qual anderer ergötzt. Es war, als ob diese verfluchte Welt des Schicksals sich jetzt an mir rächte. Denn sie hatten mir nicht das Herz rausgerissen, hatten mich nicht ausbluten lassen, gehäutet oder ertränkt. Nein. Natürlich nicht, denn das wäre zu gnädig für einen Verräter wie mich gewesen. Ich hatte weit mehr als den einfachen Tod eines Unwürdigen verdient. Sie hatten mich verdammt noch mal in ein verdammtes Gefängnis in der verdammten Sonne gesperrt.

Lichtdurchflutete Scheiße.

Es war so hell, so verdammt hell.

Ein Gefängnis aus Sonne, heißer verdammter Sonne und Licht. Tageslauf für Tageslauf, Nachtlauf für Nachtlauf – für den Rest meiner elendigen Existenz.

Ich lag auf dem heißesten Boden der gesamten Anderswelt, verdammt. An allen Gliedmaßen, die ich besaß, aus-
einandergespreizt und mit Dornenketten in die pure Hölle
des Sandes gehauen, der sich tief bis auf meine beschissenen Knochen gefressen hatte. Ich war machtlos und ich
war so weit meine verkrusteten Augen, die das Sonnenlicht
bereits in meine verschrumpelten Lider gefressen hatte und
nichts außer beißende Flammen mehr wahrnahmen, verdammt noch mal völlig nackt. So nackt, dass mir die beißende Hitze der Sonne bereits meine Eier und meinen
Schwanz verkohlt hatte und sie zu einem getrockneten
Irgendwas zusammengeschrumpft waren. Meine einst bleiche Haut war rot wie die Glut der Hölle. Es juckte und
brannte und zerfraß jeden kleinen Teil meiner Haut. Die
Geschichten waren wahr. Die Felder der Bestrafung waren
ein verdammter direkter Pfad in die Hölle eines Schatten-
dämonen.

Sie wollten, dass ich litt. Dass ich Schmerzen spürte, die
ich mir nicht vorstellen konnte. Schmerzen, die allumfassend und unendlich waren. Doch sie vergaßen eins. Dieser
verdammte Schmerz war nichts zu dem, der in meinem
Innerem wütete. Der ein Gewittersturm in mir auslöste, den
ich nicht mehr ertragen konnte.

Es gab viele Arten von Schmerz.

Ich dachte, ich kannte sie alle.

Ich hatte mich getäuscht.

Ich konnte eiserne Peitschenhiebe ertragen, Verbren-
nungen auf Teilen meiner Haut durch glühende Klingen,
die nichts als Narben hinterließen. Kälte, die sich durch die
Knochen fraß und einem jedes verdammte, wirklich jedwedes Körperteil, abfrieren konnte. Schwertspitzen, die sich
in meine Haut bohrten. Lichtmagie, die mich berührte und
auch diese ekelhaften Drecksklingen der Lichtelfen, die sie

mit ihrer grässlichen Magie aufluden. Manipulationen, Gewalt und Hass. Alles konnte ich aushalten. Selbst diesen unerträglichen Schmerz des heißesten Ortes dieser Welt konnte ich ansatzweise ertragen, grenzwertig, aber ertragbar in gewisser Weise.

Der Schmerz, den ich empfand, war andersartig. Er war wie ein Schlachtfeld, das in meiner düsteren, von allumfassender Dunkelheit unbeherrschten Schattenexistenz wütete. Ein Schmerz, der erst erwacht war. Der alle anderen Arten von Schmerz in Vergessenheit nichtsnutziger Erinnerungen drängte. Ein Schmerz, der mit nichts vergleichbar war, was ich kannte. Der selbst die Felder der Bestrafung wie einen kleinen Ausflug in die Moore aussehen ließ. Denn dieser Schmerz, der sich durch einen einzigen verdammten erwachten Herzschlag ausgebreitet hatte, war die absolute unendliche lichtdurchflutende Hölle. Er zerfraß mich, klammerte sich um mich, zog mich zu sich und rückte wieder von mir ab, nur um mich dann noch heftiger mit den Schmerzen zu überrollen.

Es war die dämonische Macht der Liebe. Ein Herz aus lebendigen Zellen, pochend in meiner verdammten Brust. Im grinsenden Gesicht der Sonne. Es war ein Schmerz, dem ich nichts entgegenbringen konnte.

Dieses hassenswerte, abscheuliche Gefühl der verfluchten Liebe, verdammt, des Lebens höchstpersönlich. Die Macht, die mich in diese Lage gebracht hatte. Diese verdammte, verfluchte, verfickte Liebe mit diesem wilden Pochen und den lüsternen Gedanken brachte mich fast um. Die Sehnsucht nach dem Unbekannten, der Freiheit und dem Wind auf meinem Körper. Die Sehnsucht nach der Schönheit dieser verdammten Welt. Die Empathie und die unendlichen Gefühle, die mein schattenverfluchtes Leben verfluchten. Oh, wie sehr ich mir wünschte, mein Leben wäre endlich erlöst von der Last, die sich um dieses verfickte Herz legte. Diese innere Stimme der Emotionen, Gefühle und der Empathie, die sich in mir ausgebreitet hatte, vermischt mit der verdammten heißen, lichtdurchflutenden Himmelswanderung über meinen zerfressenen Körper war nichts, was ich aushalten konnte.

Ich wünschte, der Blitz würde mich erschlagen.

Ich wünschte, irgendetwas würde mich mit seinem großen aufgerissenen Maul fressen.

Ich wünschte sogar, dass dieser Idiot Grünhain hier wäre, um mir mit seinem ekelhaften Lichtdolch und diesem verabscheuungswürdigen Grinsen in seiner Fratze ein großes Loch in die Mitte meines Körpers zu schlagen und mich endlich der ersehnte Höllenschlund zu sich nehmen würde.

Aber nein. Ich lebte.

Ich konnte nicht mal mehr schreien. Meine Lippen waren spröde, heruntergebrannte Hautfetzen, die von Kreaturen aufgepickt worden waren, die ich unter anderen Umständen mit meiner bloßen Existenz dem Erdboden gleichgemacht hätte. Was für eine Qual.

Ich wünschte, ich wäre tot.

Alles wäre besser, als dieses Brennen meiner Kehle, die vertrocknete Hülle meines Körpers und die beißende Hitze, die mir seit Wochen oder vielleicht sogar Monaten auf den Schädel strahlte, immer mit diesem leidenschaftlichen Pochen in meiner verdammten Brust. Wenn ich könnte, würde ich dieses verräterische Herz eigenhändig aus meiner Brust herausreißen, es mit meinen Fingern zerdrücken und anschließend verspeisen. Aber ich war nichts als ein verbrannter, dreckiger Haufen Scheiße in einer Wüste verbrannten Gesteins. Mit einem verdammten Herzen in der Brust, das Nadelstiche durch meine Haut schlägt und meinen verbrennenden Körper immer wieder daran erinnerte, dass ich noch nicht tot war. Verdammt, warum war ich noch nicht tot?

Nur die Verdunklungen des Himmelsballs, die nur für ein paar Minutenläufe alle paar Tage andauerten, hielten mich am Leben. Diese minimalen Verdunklungen ließen meine Hautfetzen sich wieder zusammensetzen, meine Schmerzen für ein paar Sekunden lindern und ernährten mich mit essenzieller Dunkelheit, die ich brauchte, um zu überleben. Aber es war eine Qual, wo ich doch wusste, dass meine Leidensgeschichte gleich wieder von vorn beginnen würde, sobald die Verfinsterung erneut davonzog und ich mich sogar mit diesem verräterischen Herzen danach sehnte, sie wieder in meinen Gliedern spüren zu können. Die kleinen Schatten meiner Magie, die in dieser Abdunklung des Himmelskörpers geboren wurden, waren wie eine Befreiung aus meinem Leid, aber sie verpufften sogleich wieder, denn dieser verfickte sonnige Ball am Himmel lächelte mir von Neuem zu und erstickte meine Schatten in den verbrannten Knochen meines zu Asche zerfallenen Rückens.

Meine Schattenmagie war weg. Verpufft in den Höllen dieser Helligkeit. Abartig. Je länger ich an meinen Ketten hing, desto verabscheuungswürdiger fühlte ich mich, desto mehr verachtete ich mich selbst für mein Leid, das ich, ohne es zu wissen, selbst über mich gebracht hatte. Einzig dem Gedanken geschuldet, dass diese leblose Hülle eines nicht lebensfähigen Klumpen Organs plötzlich völlig zusammenhanglos in meiner Brust anfing zu leben.

In mir!

Ich kannte Prudence mein ganzes verdammtes Leben. Ich hatte sie verachtet, gequält, tyrannisiert – immer mit einem Lächeln im Gesicht. Sie war hassenswerter als die Lichtbastarde. Ich wollte sie leiden sehen, quälen, töten und dann wieder leiden sehen, wollte die Angst und den Hass in ihren Augen schüren, immer wenn sie mich mit ihren goldenen Augen furchtsam anblickte. Und ich wollte sie besitzen. Sie als meine Sklavin besteigen, wann immer es mir beliebte, nur weil ich den angsterfüllten Blick in ihren Augen sehen wollte, der mich genährt hatte und der mich noch grausamer werden ließ und durch den ich in den Augen des Schattenkönigs – meines Herren und Meisters – in dessen Geltung steigen würde. Ihre Angst schürte meine Grausamkeit und ich war süchtig nach ihrer Furcht.

Doch dann hatte sie mich erwischt, hatte diesen Hass durch ein anderes Gefühl gleichwertiger Bedeutung überschrieben. Mit Gefühlen, die nicht mehr eigennützig waren.

Scheiße.

Es war ein Moment wie jeder andere. Wir hatten sie verfolgt, sie gequält und Elfen vor ihren Augen gemordet. Doch dieser eine Tageslauf war anders. Ich erinnerte mich bildhaft an jedes Detail des letzten Augenblickes meiner gefürchteten Schattenexistenz. Vier verdammte Monatsläufe lang, war sie aus unseren Fängen entwischt, an denen ich mir nichts sehnlicher gewünscht hatte, als die Angst und die Furcht nur noch einmal in ihren Augen aufblitzen zu sehen, wenn sie nur mein Gesicht erblicken würde. Wenn ich sie in ihren Träumen heimgesucht und sie daran erinnert hatte, dass sie mir nicht entkommen konnte. Und dann hatten wir sie. Ich hatte sie gewittert, aufgespürt, nach langer Zeit der Ungeduld und der Sehnsucht nach ihrer Furcht. Ihr anziehender, angsterfüllter Geruch hatte mich zu ihr geführt und ich wollte sie für ihre Flucht bestrafen. Ums Tausendfache schlimmer. Doch dann kam alles anders. Sie hatte sich in meine Schattenklingen geworfen, um diesen verdammten Lichtbastard zu beschützen. Sie hatte sich aller Vorsicht ihres eigenen Lebens gegenüber in meine Klingen gekrümmt, um die Kreatur zu retten, die das Gegenteil von dem war, das sie selbst bestimmte. Sie war ein Schatten. Und er war das Licht. Pah. Wenn ich kotzen könnte, würde ich es tun.

Es war Liebe, die sie dazu verleitet hatte.

Liebe, die sie dazu gebracht hatte, ihr eigenes verfluchtes Leben zu opfern, um eine Kreatur zu retten, deren Leben unwürdig auf dieser Welt war.

Es war genau dieses Gefühl der Liebe, das mich zurückschleuderte und mich als Unwürdigen mit verräterischen Schmerzen in der Brust zurückließ und mich seit dem Tage eine Maske der Unterdrückung tragen ließ. Liebe, die mich mit Aufwachen meines einst so wundervollen leblosen Herzens mit jedem verdammten Schlag daran erinnerte, dass ich ein Schwächling war. Ein Verräter. Abschaum.

Liebe war Schwäche. Und ich verachtete Schwäche.

Prudence` Opfer für ein Lebewesen, ungleich ihrer Art, war zu viel für mein lebloses Herz. Es schleuderte mich nach hinten, als einzigen Überlebenden unseres Angriffes und fing an zu schlagen. Verdammt. Es fing einfach an zu schlagen, wegen so eines verfluchten Grunds? Wegen des Opfers einer Schattenprinzessin für einen Lichtprinzen? Verdammt, mir kam es im ersten Moment vor wie ein schlechter Scherz. Ein Albtraumgespinst des vermeidlich fehlgeschlagenen Angriffs auf die Lichten. Aber es war weit mehr. Es war die Hölle und gleichsam eine Befreiung und ein Aufatmen aus einer Starre der Gleichgültigkeit.

Ich hasste Prudence für das, was sie mir damit angetan hatte, und verachtete mich gleichzeitig selbst für diesen Hass, da mein Herz sich nichts sehnlicher erträumte, als dass die Furcht, die ich all die Jahresläufe in ihren Augen gesehen hatte, die mich genährt und erregt hatte, in Vergessenheit geriet und neuen Gefühlen Platz machte. Gefühle gleichbedeutender Intensität. *Verdammt*. Das war abartig. Eine abartige Vorstellung der Zukunft und gleichsam wundervoll.

Verdammte Scheiße. Ich war zu dem gleichen Abschaum geworden, den ich mein ganzes Leben lang verachtet und gehasst hatte. Ich hatte Dinge getan, die ich vorher niemals getan hätte. Sprach, wie ich vorher nie gesprochen hatte, und erfreute mich an Dingen, die ich vorher abscheulich und lächerlich fand. Ich war zu einer abstoßenden, verachtenswerten Kreatur mit Herz geworden. War nicht mehr Priest, der Schattengeneral der Armee. Der Grausamste unter der Herrschaft des Schattenkönigs. Der tödliche Priest ohne Mitgefühl. Nein. Jetzt war ich Priest, der Unwürdige. Der Verräter, der den Lichtelfen Zugang zum Schattenschloss gewährt hatte und dazu beigetragen hatte, dass die Lichtelfen und die Prinzessin fliehen konnten.

Ein Priest mit Herz.

Die Tragik dieser ganzen beschissenen Situation war ein einziger Scherzhaufen. Es musste sich um einen Witz handeln, den ich nicht verstand. Einen Witz, den sich irgendeine höhere Macht ausgedacht hatte, um mich für meine Taten in der Vergangenheit zu bestrafen. Das Schlimmste war, dass ich immer noch Zeit hatte, darüber nachzudenken. Mein Körper mochte Tag für Tag und Nacht für Nacht von der beißenden Sonne zerstückelt werden, aber meine Gedanken und mein Geist waren immer noch hier, trotz dass ich hoffte, und mir sogar wünschte, sie würden auch in dieser staubigen Hitze verglühen. Sie erzählten mir Geschichten und ließen mich Bilder erblicken. Bilder meiner Opfer, meiner Heimat, meiner Vergangenheit. Gebilde der Schönheit dieser Welt und vor allem Bilder von Prudence. Von ihrem Lächeln, ihrer Schönheit, ihrer Traurigkeit, zu der ich beigetragen hatte. Bilder ihrer Furcht, die mich leiden ließen. Verdammt, mit jedem heißen Atemzug und jedem Gedanken an sie brannte mein Herz erneut und ich konnte den Schrei des Schmerzes darin nicht durch meine verbrannten Lungen würgen. Ich wollte, dass es aufhörte, und gleichzeitig wollte ich nie wieder etwas anderes als dieses lebendige Herz zu spüren.

Ich war verflucht.

Oh wie ich die Lichtelfen hasste. Ihre vollkommene Lichtwelt mit ihrer gespielten Glückseligkeit und ihren verachtenswerten Herzen. Ich hasste sie abgrundtief. Und doch war ich jetzt Teil dieser ganz persönlichen Hölle.

Dieser Ort war verflucht noch mal die schlimmste Strafe, die sie mir auferlegen konnten. Ein Schatten war nichts ohne seine Dunkelheit. Unsere Überlegenheit und Grausamkeit waren für uns das absolute Gefühl von Glückseligkeit. Blut, Asche, tote Körper, leblose Herzen. Das war die wahre Erfüllung eines Schattens. Oh wie es mich verzehrte nach dieser grausamen Welt. Es war das Paradies. Ich vermisste diesen Hass und die qualvollen Schreie der Opfer, und wusste doch sogleich, dass es nie mehr so sein würde, wie ich es kannte. Ich verachtete mich selbst. Ich wünschte, man möge mich von meinem Leid erlösen. Irgendwer.

KAPITEL 14

Es war einmal ein sehr junger Elf. Märchenhafte, weiche Gesichtszüge und kräftige blaue Augen zierten sein kindliches Gesicht. Seine Haare, von der Farbe des wolkenlosen Morgenhimmels abstammend, wehten ihm ins Antlitz, als er auf einem Baumstamm saß und die abendliche Dämmerung mit zurückhaltender, fast ängstlicher Faszination bewunderte. Seine Augen folgten dem Lauf der untergehenden Sonne, die sich über die weite Landschaft der Lichtlande erstreckte. Doch eine kleine Dunkelheit zog ihre Kreise um den Elfen. Sie schlich lautlos an ihn heran, drang seicht in ihn ein und kribbelte unter seiner Haut. Sie wisperte und umgab ihn wie ein schüchterner Zauberbann. Er bemerkte sie nicht. Noch nicht. Doch es sollte der Tageslauf kommen, an dem er sich dieser Dunkelheit bewusst wurde und sich dieser bemächtigte.

»Jetzt steh schon auf, du kleiner Troll. Nimm das Schwert und stell dich in Position!«

Im Augenwinkel sah der kleine Elf, wie sein Vetter die Augen verdrehte, als ihm das Schwert zum hundertsten Mal aus der Hand fiel.

»Schwertkampf ist blöd. Wenn ich König bin, lasse ich andere für mich kämpfen«, nörgelte der junge Elf lauthals.

Er war der Ansicht, dass Schwertkampf, nur etwas für Diener und Untergebene der Krone waren, nicht aber für Erben der königlichen Blutlinie.

Ein lautes Lachen erhellte die Wiese, auf der die beiden halbwüchsigen Elfen seit den frühen Morgenstunden trainierten. Sie zählten gerade mal vierzehn und zehn Jahresläufe und der kleine Elf hasste es, dass sein gerade mal vier Jahresläufe älterer Vetter ihn bei dieser unwürdigen Aufgabe betreuen sollte.

Der Vetter lachte ein zweites Mal lautstark, als der kleine Elf ihn entrüstet anstierte.

»Du wirst niemals König sein, vielleicht ein Trollkönig. Ich denke, wir könnten dir eine Krone aus Trollscheiße auf dein Haupt zaubern«, lachte der Vetter den Elfen aus. »Eure Majestät, wie sehr Ihr heute duftet mit diesem einzigartigen Kopfschmuck.« Sein Vetter vollführte eine nicht standesgemäße Verbeugung und lachte dann erneut laut los. Seine grünen Haare wehten im Wind und seine Augen strahlten vor Schalk.

»Ich lass dich in den Kerker sperren!«, brüllte der Jüngere aufgebracht. Er konnte es nicht leiden, wenn man sich über ihn lustig machte. Er war schließlich von königlichem Blut und sollte mit Hochachtung und Ehrerbietung behandelt werden. Schließlich war er ein Sohn des Großkönigs und sein Vetter nur ein alberner Zweitrangiger.

»Ich lass dich in den Kerker sperren ... bla, bla, bla«, äffte der Grünhaarige.

Das machte den Kleinen wahnsinnig wütend. Hitze stieg ihm in den Kopf und er wurde rot vor Zorn. Er war kurz davor, in Tränen auszubrechen.

»Ich hoffe, du stirbst und deine Mutter und dein Vater auch. Sie alle sollen in den ewigen Feldern des Schattenreiches verrotten!«, brüllte er den Älteren an.

Das Grinsen verschwand aus des Vetters Gesicht.

»Was hast du gesagt?«, fragte er ihn verblüfft und der Schalk, den er sonst immer in seinem sonnigen Gesicht trug, verblasste. Seine Hand mit dem Schwert wurde weiß, so sehr krallte er die Finger um seine Waffe. Ein stürmischer Schleier grünlicher Lichtmagie verließ seinen Körper und kleine Wellen der aufgebrachten Gefühle peitschten dem kleinen Elfen in die Brust. »Nimm das zurück!«, knurrte der Grünhaarige, kurz davor, die Kontrolle über seine geerbte Kraft verlierend.

Der kleine blauhaarige Elf war puterrot im Gesicht, doch anstatt seinem Vetter Wörter entgegen zu speien, wurde er von seinem Zorn überrannt. Die kleine Dunkelheit, die sich von seinem Zorn nährte, brodelte als Gewitterwolke in seinem Inneren, legte sich besitzergreifend um sein von Licht durchflutetes Herz. Abwartend.

Der Kleinere hob sein Schwert vom Boden auf und wollte in seinem Zorn in des Vetters Brust stechen, aber dieser war viel geübter und geschickter in der Kunst des Schwertes und des Kampfes, als er es je sein konnte. Er setzte gekonnt einen Fuß zur Seite, als er den Angriff kommen sah, und der kleine Elf fiel der Nase nach auf den sonnengewärmten Erdboden. Das Schwert flog ihm aus der Hand und er schürfte sich Ellenbogen und Knie auf. Dreck hatte sich auf seinem Antlitz gesammelt und der kleine Elf fing jämmerlich an zu heulen, strampelte und wirbelte den Erdboden durch seine zappelnden Glieder auf.

»Ich hasse dich!«, schrie er seinen Vetter an. »Ich hasse euch alle!«

Die Jahresläufe zogen vorbei wie die Wolken, die den Himmel in seiner Einzigartigkeit zierten. Aus dem jungen Elfen wurde ein Jüngling, hübsch, immer noch märchenhaft, jedoch von gegensätzlicher Statur zu seinem älteren Bruder. Die kaum spürbaren kleinen Risse seiner lichtdurchfluteten Seele trugen dazu bei, dass aus dem weinerlichen Elfen ein arroganter, selbstzufriedener Prinz wurde, der seine Zeit lieber für die Annehmlichkeiten eines Prinzen der Lichtlande aufwandte, statt sie mit der Ausbildung zum Krieger zu verschwenden.

Der Vater des hübschen Jünglings, Großkönig Kian, saß vor seinem Thron aus heiliger Esche auf dem weichen, von der Sonne aufgewärmten Boden. Seine blauen Haare hingen ihm offen ins Gesicht und er kaute auf einer Feder. Als der kleine Elf und dessen älterer Bruder die Königswiese betraten, sah er auf, legte Feder und Pergament beiseite und erhob sich. Der König verschränkte die Hände hinter seinem Rücken und musterte seine Söhne im Angesicht der Sonne. Von der königlichen Krone war weit und breit nichts zu sehen, denn der Vater zog es vor, sie nicht immer auf seinem Haupt zu tragen. Der kleine Elf verachtete dieses Verhalten seines Vaters. Er fragte sich ständig, wie man König sein konnte und dann die königlichen Insignien nicht allgegenwärtig und immerzu präsentieren konnte. Dies entzog sich seiner Vorstellung. Doch sein Vater war Großkönig. Lieder über seinen Heldenmut und seine Weisheit zogen über die Lande und die Geschichten, die man sich über ihn erzählte, waren Legenden.

Der ältere Bruder des nun jünglinghaften Elfen stand dem Vater sehr nahe und bereits seit frühsten Jahresläufen war er auf dem Weg, genauso mannhaft zu werden. Der Jüngling musste sich eingestehen, dass er ihn beneidete. Er wünschte sich nichts sehnlicher, als genauso hochgelobt zu werden wie sein großer Bruder. Er wollte genauso viel Aufmerksamkeit erhalten, genauso viel Stolz im Blick seines

Vaters erkennen und genauso viel Einfluss haben wie alle zusammen.

»Fry, mein Sohn. Glen hat mir berichtet, dass dein Training Fortschritte macht. Ich hörte, er nimmt dich auf die nächste Auskundschaftung ins Reich der Schatten mit.«

»Das ist richtig, Vater.«

»Du könntest mich nicht stolzer machen, mein Sohn. Du wirst ein gerechter und guter König werden. Es erfüllt mich mit Stolz, dir eines Tages die Krone überreichen zu dürfen«, sprach der Vater.

Der Jüngling unterdrückte bei dessen Worten ein Schnauben und blickte seinen Bruder dabei von der Seite an. Fry hatte die Lippen aufeinandergepresst und die Hände hinter seinem Rücken zu Fäusten geballt. Ein abwehrendes Verhalten, das er immer versuchte zu verstecken, wenn es darum ging, eines Tageslaufes das Erbe des Vaters anzutreten. Der Elf wusste, dass sein Bruder es hasste, der Erstgeborene zu sein, dass er es verabscheute, eines Tages die Last der Krone tragen zu müssen. Der Elf konnte das Verhalten seines Bruders absolut nicht nachvollziehen, war es doch die Erfüllung seiner geheimen Träume.

Im nächsten Atemzug widmete sich der Vater seinem jüngsten Sohn. Seine Augenbrauen zogen sich kaum merklich zusammen, als er den jungenhaften Elfen musterte und dann leise, kaum wahrnehmbar seufzte.

»Cailan? Ich hörte, du hast dein morgendliches Training frühzeitig beendet, um dich mit einer jungen Elfe aus der Dienerschaft zu vergnügen. Was hatte ich dir dazu unmissverständlich zu verstehen gegeben?« Die Stimme des Vaters wurde zunehmend eindringlicher. In seinem Blick sah man kurz den Hauch von Enttäuschung aufblitzen und die Schlingen der Dunkelheit, die sich in unsichtbaren Bahnen in dem Elfen festigten, wurde zu einer ständigen Präsenz seines Unterbewusstseins. Er nährte sie mit jedem Atemzug, mit jedem enttäuschten Blick seines Vaters und mit jedem hochgelobten Wort gegenüber dem Bruder.

Mit den Jahren verfinsterte sich diese Dunkelheit und setzte sich tief in seiner Seele ab. Der Elf war von Neid zerfressen. Neid auf eine Krone, die ihm gehören sollte, die aber rechtmäßig seinem Bruder bestimmt war. Er war eifersüchtig auf die Aufmerksamkeit, die sein Bruder und auch sein Vetter durch ihre Disziplin und ihre kriegerischen Leistungen errungen hatten. Er war neidisch auf alles, was nicht ihm gehörte. Er war verdorben von Eifersucht. Seine Magie war von königlichem Blut und doch wusste er, dass er nie aus dem Schatten seines Bruders heraustreten würde, obwohl er so viel listiger und einfallsreicher, viel manipulativer und stolzer war.

Nachts schlich sich Cailan hinaus in die dunkle, flüsternde Nacht. Hinaus in die von Lichtkindern gefürchtete Dunkelheit. Für ihn aber war diese Dunkelheit wie ein Aufatmen, wie ein Ruf, dem er nicht entrinnen konnte. Hier hatte er das Gefühl, seinen rechtmäßigen Platz einfordern zu können.

»Komm zu mir, Prinz«, flüsterten die Schatten der Finsternis und er folgte ihr in die dunklen Schlingen des gesponnenen Netzes.

Aber er wollte kein Prinz sein. Das war nicht genug. Er wollte mehr. Mehr Einfluss, mehr Aufmerksamkeit und vor allem wollte er mehr Macht. Er hatte es verdient, ganz oben auf dem Thron aus Esche zu sitzen und über das Volk der Lichtlande zu herrschen. Hatte es verdient, die Krone der Sonne zu tragen. Und er würde alles dafür tun, sein Ziel zu erreichen. Alles!

»Tante, Tante!«, rief der Elf eines heranbrechenden Sonnen-
unterganges im Schlossgarten und stemmte sich die kalten
Hände in die stechenden Seiten.

Mittlerweile war aus dem jungen Elfen ein ins Mannes-
alter gekommener Schönling geworden. Seine Gesichtszüge
hatten sich zu seinen Gunsten entwickelt. Hohe Wangen-
knochen, reine Haut und ein ebenmäßiges Gesicht unterstri-
chen seine Schönheit. Sein Körper war nicht muskulös, aber
von ansehnlicher Natur. Jedoch waren seine Augen der
Spiegel zu seiner Seele, kalt und listig. Voller dunkler
Gewitterwolken. Hinter den blauen Augen, die einst den
wolkenlosen Morgenhimmel widerspiegelten, verbarg sich
ein Dämon, der durch den jahrelangen Einfluss der Dunkelheit, die sich immer mehr in dem Elfen angesammelt hatte,
genährt wurde. Er war allgegenwärtig und der Elf und die
Dunkelheit waren verschmolzen. Unüberwindbar und
undurchdringbar. Stark und präsent. Verborgen unter einer
Maske eines schönen Gesichtes mit königlichem Blut.

»Cailan.« Seine Tante lachte, als der Elf mit ungezügelter
Hast in sie hineinlief. »Du hast mich aber erschreckt. Hetzt
Severin dich schon wieder durch die Lichtlande?«

Sie lachte und wuschelte ihrem Neffen über den hellblauen Haarschopf, als dieser versuchte, zu Atem zu
kommen. Ihre Augen waren einst von einem fröhlichen, lie-
benswerten Gold. Doch seit dem Tag der Sommersonnenwende, an dem der Tod ihres innig geliebten Gatten die
Lichtlande erreicht hatte, fehlte es ihnen an Glanz. Es fehlte
ihr an Kraft, überhaupt jeden Morgen die Sonne über ihrem
Kopf zu spüren. Überhaupt ein Wort aus ihrem Mund abzu-
geben, das nicht das widerspiegelte, was sich tief in ihrer
Seele abgesetzt hatte und das Risse aus unendlichen Seelen-
qualen in ihr hervorbrachte. Sie war in Trauer und niemand
konnte ihr diese Trauer nehmen. Nicht mal der Anblick

ihres Sohnes, der seinem Vater wie aus dem Gesicht geschnitten war, konnte sie aus diesem Loch des zerstörten Seelenbundes herausholen, obwohl er der Einzige war, der sie jeden Tag dazu brachte, aufzustehen.

»Tante, schnell, es ist was Grauenhaftes passiert!«, stammelte der nach Luft schnappende Elf und krallte sich in den Armen seiner Tante fest, fixierte sie mit eindringlichem Blick und sein Herz stolperte, wurde in diesem einen Moment aus seinem Rhythmus gebracht und schlug im nächsten Augenblick etwas langsamer.

Die Schlinge der Dunkelheit wütete in ihm, zog sich fest um sein Herz und vergiftete es.

»Cailan! Jetzt sprich schon. Was ist denn passiert? Du siehst aus, als hättest du eine Spukgestalt gesehen. Was bringt dich so außer Atem? Oder hat Severin dich wieder an der Nase herumgeführt? Nimm es ihm nicht übel. Er ist ein grüner Neck. Er meint es nicht so.«

Die Tante versuchte sich an einem verzweifelten Lächeln, und trotz dass sie für den Elfen wie eine Mutter war und ihn liebte wie ihren eigenen Sohn, konnte er diese Gefühle nicht erwidern. Zu sehr war er mit der Finsternis verwoben, die sein Zuhause war.

Der Elf nahm einen tiefen Atemzug, wandte den Blick hastig von seiner Tante ab und krallte sich an ihrem Handgelenk fest, versuchte sie in Richtung der aufziehenden Dunkelheit zu ziehen. Doch sie blieb wie angewurzelt stehen und der Elf unterdrückte ein genervtes Schnauben, drehte sich erneut zu seiner Tante herum und setzte eine Maske der Furcht auf sein hübsches Gesicht.

»Severin. Er ... er hat ... er ist in eine Falle ge-gelaufen!«, stotterte der Elf und presste seine Augen so fest zusammen, dass sich Tränen darin sammeln konnten, als er sie wieder öffnete.

Die Tante hielt die Luft an. Ihr Herz raste und drohte durch die Anspannung und die Angst um ihren Sohn zu zerplatzen. Ihr Puls beschleunigte sich und das Bild ihres verstorbenen Gefährten tauchte in ihren Gedanken auf.

»Wo ist er? Ist Fry nicht bei ihm?«, fragte sie voller Furcht.

»Wir müssen uns beeilen! Bevor die Schatten ihn finden und umbringen!«

Der Elf zerrte und riss am Gewand seiner Tante. In seinen Augen standen Tränen der Verzweiflung – so konnte man glauben. Denn in Wahrheit war es ein perfider Plan, den die Dunkelheit ihm zugeflüstert hatte.

Und die Tante, die mit reinem Herzen geborene Elfe, glaubte ihm. Denn er war ihr Neffe und wieso sollte sie ihm auch nicht glauben? Sie war voller Licht und Liebe für die Lebewesen dieser Welt. Und obwohl die Dunkelheit ihre Finger gierig nach ihrer trauernden Seele ausstreckte, ließ sie sich nicht von ihr einnehmen. Auch wenn das Herz in ihrer Brust Schmerzen litt.

»Zeig mir den Weg!«, forderte sie ihren Neffen auf, als sie sich in Bewegung setzten und der Elf sie immer gröber über die im Zwielicht stehenden Ebenen des Schlossgartens zerrte.

Er blickte sich immer wieder um, so wusste er doch, dass er nicht viel Zeit hatte. Die Schwester des Königs war selten für längere Zeit unbewacht und jeden Sekundenlauf konnte ihre persönliche Wache auf sie aufmerksam werden.

Sie ließen den Schlossgarten schnell hinter sich, nahmen eine Abkürzung zum Feenwald und liefen hastig durch das Gehölz, als die Dunkelheit aufzog und die Sonne vollständig verdrängte. Die Elfe erschauderte, als das tiefe Schwarz der Nacht über sie zog und alles in dunkle Schatten hüllte. Ihre Füße federten über dem Erdboden und es sah so aus, als ob sie den Boden kaum berührten, so geschwind wurde sie von ihrem Neffen ins Netz der Nacht gezogen.

»Cailan. Wo ist mein Sohn? Wie konnte das passieren? Der Feenwald ist zu diesem Zeitlauf eine Gefahr für alle.« In rasendem Tempo brachte die Tante ein paar hastige Sätze zu stande.

Der Elf verdrehte, unsichtbar für alle, die Augen und konnte seine Gefühle kaum noch verstellen. Es kostete ihn enorme Kraft, die Maske aufrechtzuerhalten, wo er doch seinem Ziel so nah war.

»Severin hat sich versteckt. Er hat in der Taverne für Unmut gesorgt und der Wirt ist ihm mit einem Besen hinterhergejagt, als er sich an seine Tochter heranmachen wollte. Severin ist abgehauen wie ein Feigling.« Das letzte Wort spuckte der Elf förmlich aus und die Verachtung gegenüber seinem Vetter war nicht mehr zu unterdrücken.

Seine Tante hielt in der Bewegung inne, stoppte auf dem federnden, nachtschwarzen Erdboden und versuchte, ihren Arm aus dem festen Griff zu befreien. Doch sein Griff war so fest, dass sie scheiterte.

Sie wiederholte die Wörter ihres Neffen in ihren Gedanken. Versuchte sie zu ordnen, bevor sie von ihm tiefer in den verwunschenen Wald gezerrt wurde. Das, was ihr Neffe da sagte, passte nicht zu ihrem Sohn. Natürlich hatte er einen gewissen Ruf unter den Elfen der Lichtlande. Er war jung und bildschön. Genau wie sein Vater einst, doch dass er vor einem Kampf davon laufen würde, stand ihm nicht zu Gesicht.

Ihr Neffe versuchte sie weiter durch die Dunkelheit zu zerren, aber sie versteifte sich und endlich gelang es ihr auch, ihren Arm aus der festgekrampften Hand ihres Neffen zu befreien.

»Cailan, das kann nicht ...«, versuchte sie das Gesagte zu

verarbeiten, doch ihre Worte wurden von einer drohenden, sich nähernden Gefahr verschluckt. Aus dem Schatten der Dunkelheit traten mehrere Gestalten, kaum von der Lichtlosigkeit zu unterscheiden.

Schattenelfen.

Ihre Klingen, schwarz wie die Nacht, zeichneten sich todbringend vor ihren Augen ab und ihre unheimliche Magie kräuselte sich um ihre Antlitze. Wenn der Mond nicht als einzige Lichtquelle am Zenit über ihren Häuptern gestanden hätte und wenn durch das Dach der dicht stehenden Bäume nicht diese kleinen Lichtpunkte zur Erde gedrungen wären, hätte man die Schattenelfen nicht erkannt. Die Elfe war durch die Furcht um ihren Sohn so sehr von ihrer Umwelt abgelenkt gewesen, dass sie die Kinder der Dunkelheit nicht gespürt hatte, trotz dass ihr Geruch in der Luft lag. Sie umzingelten sie, kreisten sie ein und schnitten ihnen den Fluchtweg ab. So tief im Wald verborgen wusste die Elfe, dass sie verloren hatte. Es gab keinen Ausweg.

Eine eisige Stille brachte die Luft um sie herum zum Stillstand. Die Welt schien den Atem anzuhalten, als eine dunkle, nach Tod und Verderben riechende Gestalt aus dem Schatten trat. Man hört nur noch die zwei Herzen der Lichtelfen, die unterschiedlich in ihren Hüllen schlugen. Das eine aufgeregt, voller Freude, und das andere voller Furcht.

Es war der Schattenkönig persönlich, der sich zu ihnen gesellte. Seine Präsenz ließ selbst uralte Kinder der Dunkelheit erschaudern. Die Klauen seiner um seinen Körper schwebenden Dunkelheit aus undurchdringlichen Schatten und die tiefschwarzen Kohlen seiner Augen ließen die Elfe ein paar Schritte nach hinten taumeln. Ihre Augen waren von dem Anblick des Feindes vor Schreck geweitet. Blitzartig suchte sie den Blick ihres Neffen, fand ihn und das Herz stolperte in ihrer Brust.

Unglaube und vor allem Schmerz standen ihr im Gesicht, als ihr Neffe sie mit einem listigen Grinsen anblickte. Aus seinem Mund kam kein einziges Wort. Nur dieses hinterhältige Grinsen im Gesicht und die kalten, von Dunkelheit durchzogenen Augen waren die einzige Regung, die er ihr gewährte, als sie die Eingebung traf, wie eine Klinge, die sich in ihrer Brust verfing.

»Cailan. Was hast du getan?«

Der Elf antwortete nicht und die Schlingen der Dunkelheit wurden kräftiger.

»Ihr habt Eure Aufgabe erfüllt, junger Lichtprinz«, zischte der Schattenkönig durch die Finsternis. »Ich hatte an Euch gezweifelt, doch werdet Ihr reichlich belohnt werden.«

Der Schattenkönig hob seinen Arm und die Magie um seine Haut formte sich zu einer Wolke. Sie streckte ihre Schlingen um die Kehle der Elfenprinzessin und hoben sie in die Höhe der Nacht. Sie keuchte und strampelte unter der Anstrengung und des Luftmangels in ihren Lungen. Die Angst ließ sie bittere Tränen weinen. Die Schatten des Königs zogen die Elfe näher an diesen heran und er erblickte ihr Lichtwesen vor sich in der Höhe. Seine Augen leuchteten feuerrot auf wie die Hölle selbst. Er verzog seine Lippen zu einem grausamen Lachen.

»Du wirst die Frucht meiner Lenden tragen, Lichtweib.«

Er schnupperte an ihren Haaren und die Prinzessin wimmerte. Sie versuchte, die Magie in ihrem Lichtwesen zu finden, die noch in ihr steckte, und ließ sie in einen geballten Zauberbann aus sich herausbrechen. Hell leuchtete die Dunkelheit auf und die Schattenelfen kniffen ihre Augen zu, als das Licht sie für einen kurzen Moment blendete. Selbst der eiserne Griff der schwarzen Magie lockerte sich einen Wimpernschlag und die Elfe presste in einem letzten Kraftaufwand schwache Wörter aus ihrer Lunge.

»Cailan!« Ihre Augen suchten hektisch nach denen ihres Neffen. »Hilf mir!«, flehte sie ihn an. Noch immer strahlte sie wie die Sonne selbst, doch der Funken ihrer königlichen Magie erlosch bereits, als der Schattenkönig seine dunkle Kraft festigte. Die Prinzessin schrie auf und dann erlosch ihr Licht, wurde von den dunklen Schlingen aufgefressen, deren Kraft jetzt in der Schwärze der Nacht am mächtigsten war. Einen letzten flehenden Blick zu ihrem Neffen konnte sie noch aufbringen.

Erst jetzt regte sich die listige Zunge des Lichtelfens. Er setzte einen gespielt traurigen Blick auf.

»Tante, Tante. Arme liebliche Tante«, säuselte der Elf. Er drehte sich zu dem Schattenkönig und nickte ihm zu. »Sie gehört ganz Euch.« Daraufhin drehte er sich wieder herum und ging, ohne auf die Schreie seiner Tante zu achten, zurück in sein ihm rechtmäßig zustehendes Königreich.

Die Prinzessin war seit diesem Tage vom Licht getrennt. Entführt und verschleppt vom Schattenkönig ins Reich der Dunklen. Ihre unhörbaren Schreie hallten nieder über die Lichtlande, bis sie eines Tages verstummten und der Wind nur noch ihr lebensaushauchendes Wimmern davon trug. Großkönig Kian setzte alles daran, seine geliebte Schwester aus den Fängen des dunklen Königs zu befreien, und scheiterte, immer und immer wieder. Im Tal der letzten Schlacht trafen beide Mächte aufeinander und die Lichten zogen zwar als Sieger aus diesem Kampf hervor, aber sie verloren auch viel mehr, als dass sie siegreich waren. Ihre Prinzessin. Ihren König und viele andere tapfere Krieger. Alle waren von dem Verlust überwältigt, der sie in die Knie der Traurigkeit zwang. Alle außer einem. Dieser eine rieb sich schon die kalten Hände in den Strahlen der Sonne auf der Königswiese. Bereit das zu bekommen, was ihm in seinen Augen schon immer zugestanden hatte.

Die Jahre vergingen und der Elf hatte sein Ziel erreicht. Er war nun König der Lichtlande, denn sein Bruder war zu feigherzig, die Bürde der Krone zu tragen. Unwürdig den Thron aus Esche zu besteigen. Der Elf genoss die Macht, die sein Bruder mit seinem Rückzug an ihn abgetreten hatte. Macht war alles, was er immer wollte. Alles war genauso eingetroffen, wie der Elf es sich erhofft hatte. Er bejubelte sich selbst für seine Großartigkeit und sein Geschick. Er war zwar kein guter Kämpfer, aber er konnte manipulieren. Die Dunkelheit seiner Seele war nunmehr sein ständiger Begleiter. Das Herz in seiner Brust schlug, doch war es kaum mehr lebendig. Die Dunkelheit hatte es eingenommen und brachte es Schritt für Schritt zum Stillstand.

Der Schattenkönig und er agierten weiterhin im Hintergrund miteinander. Niemand wusste von dieser Verbindung und der junge König würde alles daran setzen, dass dies auch so blieb. Niemand schöpfte ernsthaften Verdacht. Schon gar nicht, da sein Bruder ihm seine Krone willentlich überlassen hatte.

Er war kein beliebter König. Das musste er auch gar nicht sein, denn die Macht, die er nun besaß, brauchte keine Beliebtheit beim Volk. Er konnte machen und tun, was er wollte, sich jeden in sein Bett holen, wann und wo es ihm beliebte. Und er konnte rauschende Feste feiern. Die Dunkelheit in ihm lag unter der Maske seiner Gleichgültigkeit gut versteckt.

Aber nicht jeder war dem neuen König gleichgültig gestimmt. Sein Vetter zum Beispiel nutzte jede Gelegenheit, ihn bloßzustellen. Der Kerker war sein zweites Zuhause, wenn er im Königreich verblieb, was nicht oft der Fall war.

Denn der König war nicht dumm. Er sendete seinen Vetter und auch seinen Bruder, so oft es ging, mit seinen Kriegern auf Missionen außerhalb des Reiches. Er wusste, sein Bruder hasste diesen Ort und er wusste, dass er froh war, so wenig Zeit wie möglich in seinem Zuhause zu verbringen. Das alles nutzte der junge König zu seinen Gunsten. Denn eins war klar: Er war zwar der mit der Sonnenkrone auf dem Haupt, aber sein älterer Bruder war derjenige, der weiterhin den wahren Anspruch auf den Thron besaß. Nicht nur weil es sein Geburtsrecht als Erstgeborener war, sondern auch der Tatsache geschuldet, dass sein Bruder die Flügel des Königs trug. Und diese Tatsache konnte selbst mit der besten Manipulation nicht in Vergessenheit gebracht werden.

Mit der Zeit wuchs Misstrauen in den Köpfen des Volkes und auch in dem seines Bruders. Die Ereignisse überschlugen sich und der junge König musste sich eingestehen, dass sein Bruder immer noch die Zügel der Macht in seinen Händen trug. Das Volk und auch seine Krieger zollten dem Älteren nach all den Jahresläufen immer noch Respekt und Ehrerbietung. Dadurch verlor der König immer öfter die Kontrolle über seine Untertanen und eines Tages kam es dazu, dass dem König seine Macht endgültig entgleiten sollte.

Sein Bruder hatte ihn durchschaut und die Krone auf seinem Kopf geriet ins Wanken, bis sie ihm endgültig entglitt. Der junge König musste aus seinem eigenen Reich fliehen. Hinein in ein Reich, das die Dunkelheit seiner Seele widerspiegelte und das ihn nach all den Jahren nicht mehr ängstigte. Dennoch war es das Reich des Feindes. Eines Feindes, den er nicht gegen sich haben wollte, trotz der Macht, die sich all die Jahresläufe in ihm gesammelt hatte.

Deshalb versuchte er, durch sein Geschick der Manipulation, auch die andere Seite zu beeinflussen, um seinen eigenen Hals zu retten. Es gelang ihm. Vorerst. Unter einer Maske aus tiefster Ergebenheit und Naivität verschleierte er seine innere Kraft mit der eines schwachen, magiearmen Lichtelfens. Und die Dunkelheit, die ihn von nun an innerlich wie äußerlich umgab, machte ihn zu etwas, das er all die Jahre niemals gewesen war. Gefährlich.

Gegenwart:

Grausames Lachen, von kalten Augen gespiegelt, dröhnte durch die Gänge des Reiches der Dunkelheit. Eine männliche Elfengestalt mit spitzen Ohren und hellblauen Haaren betrachtete sich im Spiegel eines in der Dunkelheit liegenden Gewölbes. Das Leuchten einer einsamen, rosafarbenen Quelle des Lichtes schwebte in einer Glaskugel über dem Elfen, dessen helle Robe bereits vom Schmutz dieses Ortes gezeichnet war. Die Dunkelheit machte ihm schon längst nichts mehr aus. Sie schwächte ihn nicht, sie entzog ihm auch nicht die Kraft. Die Lichtquelle diente als zusätzliche Kraftquelle. Als Lichtblick für ein Wesen des Lichtes. Doch war sie nur Ablenkung. Eine Ablenkung von dem Wesen, was er tief in Wirklichkeit war. Ein Lichtelf mit verdorbener Seele, dessen Herz bald seinen letzten Schlag tun würde und ihn dann vollständig zu einem Diener der Dunkelheit machen würde.

Der Elf leckte sich die roten Lippen und berührte dabei sein Spiegelbild. Er hatte Augenringe und war blass, doch fühlte er sich wunderbar. Er lächelte und sein Spiegelbild lächelte zurück.

»Bringt mir einen weiblichen Leib!«, bellte der einstige König der Lichtlande und keinen Minutenlauf später wurde ein Mädchen, kaum älter als eine heranwachsende Elfe, ohne ein Lebenszeichen in der Brust, in das Gemach des Elfen gestoßen. Ihr Körper schleifte über den Boden und sie riss sich Hände und Knie auf dem scharfen Boden auf. Als die eiserne Tür mit einem Klirren ins Schloss fiel, knurrte das Schattenmädchen und gleichzeitig kam ein Laut der Furcht über ihre Lippen. Ein Wimmern, das sich aus ihrer schattenhaften Gestalt in die Freiheit bahnte. Ihre Augen strahlten Hass und Abscheu aus. Aber auch Furcht. Ihre Haare hingen ihr in langen Strähnen braun ins Gesicht und ihre bleiche Haut zierten unzählige Narben. Trotz dass sie schadhaft war, war sie von schönem Antlitz, was den triebhaften Teil des abgesetzten Lichtelfenkönigs anschwellen ließ.

Er strich sich ein letztes Mal über sein Antlitz im Spiegel und wandte sich dann mit einer langsamen Bewegung dem am Boden kauernden Schattenmädchen zu. Ihre Dunkelheit, die sich in kleinen Bahnen um ihren Körper schlang, reizte ihn und er leckte sich erneut über die Lippen. Sein hungriger Körper war längst bereit, das Mädchen in Besitz zu nehmen.

»Steh auf!«, befahl er dem Mädchen, das sich immer noch anmaßte, ihn mit hasserfülltem Blick anzuknurren.

Es rührte sich nicht und der Elf riss sie mit einer kräftigen Handbewegung, die man ihm nicht zugetraut hätte, auf die Beine. Er drückte sie kräftig an seinen Leib und schnupperte an ihren Haaren.

»Du stinkst, Weib. Aber das soll mir gleich sein. Ich bin nicht hier, um mich an deinem Geruch zu ergötzen.«

Der Elf musterte das Schattenmädchen gierig. Es versuchte, sich aus dem klauenhaften Griff der Lichtgestalt zu entwinden, doch scheiterte. In ihrer Furcht spuckte sie dem Elfen ins Gesicht. Ein todbringender Ausdruck erschien daraufhin in seinem Gesicht und er riss das Mädchen an den Haaren zu seinen Lippen.

»Du bist widerspenstig!«

Er leckte dem Mädchen über die Lippen und zwang sie zu einem einseitigen Zungenspiel. Die Schattenelfe versuchte immerzu, ihren Kopf wegzudrehen, doch erst als der Lichtelf von ihrem Mund abließ, schaffte sie es. In ihren Augen standen Tränen und obwohl sie kein Herz in ihrer Brust hatte, fühlte sie. Kleine Schattenschwaden lösten sich aus ihrem Körper und schlugen nach dem Lichtwesen, dessen Augen nichts als Kälte und besitzergreifender Lust widerspiegelten. Doch das Mädchen war nicht stark genug, sich ihm zu widersetzten. Ihre Schatten prallten an ihm ab, verschwanden in den Mauern ihrer Heimat.

»Du kannst dich glücklich schätzen, Mädchen«, raunte der Elf. Mit einem kräftigen Ruck drehte er das Mädchen um, drückte seinen geschwollenen Leib an ihre Hinterseite, verharrte dort einen Augenblick, um die Lust in seinen Lenden vollends auszukosten. Dann stieß er sie von sich, schubste sie mit seiner Kraft gegen einen in Stein gemeißelten Tisch, auf dem ein einzelner Kerzenstummel vor sich hinvegetierte. Ihr Gesicht schürfte auf, ein Auge wurde beschädigt und das Mädchen krallte sich in die Steinplatte, versuchte sich mit allem, was sie hatte, zu wehren. Ihre Fingernägel schabten über den Stein. Der Geruch von Blut hing in der Luft, als die Elfe versuchte, sich aus der Schändung zu befreien. Der Elf hielt ihren Nacken in eisernem Griff und hob ihr Gewand nach oben. Weitere Tränen bildeten sich auf des Schattenmädchens Gesicht und sie versuchte zu schreien, aber kein Laut drang über ihre Lippen. Man hatte ihr die Stimme genommen. Nur das Röcheln aus ihrer Kehle und das ekelhafte Stöhnen des Lichtelfens hallten von den Wänden nieder.

»Du darfst das Lager mit einem Lichtkönig teilen. Welch eine Ehre für deine Schattenfotze«, stöhnte der Elf in ihren Nacken und drängte sich im nächsten Sekundenlauf in ihr Gesäß.

Sie schrie stumm.

Das Tränengebilde ihrer Gefühle verlor sich in den dunklen Mauern, als sie den Kampf gegen den übermächtigen Gegner aufgab. Ihr Willen war gebrochen und sie schrie und schrie lautlos, als der Elf sich mit ihrem Körper vergnügte.

KAPITEL 15

Prue

Die Sonne ging auf und sie ging unter. Die Nacht erwachte und legte sich dann wieder schlafen. Zeit spielte für mich keine Rolle und doch erzählte mir eine innere, unbekannte Stimme, dass Zeit das wichtigste Gut war. Dass Zeit niemals zurückgewonnen werden konnte, nicht, wenn man sie einmal verloren hatte. Es blieben nur die Erinnerungen daran. So wie mir die Erinnerungen an mein früheres Leben blieben. Diese einnehmende Stimme flüsterte mir zu, doch mein lebloses Herz blieb stumm. Warum sprach sie mit mir?

Manchmal, wenn der Schlaf mich überrannte, hörte ich sie in meinen Träumen. Sie sprach über Dinge der Vergangenheit, der Gegenwart, aber nie über die Zukunft. Bilder rauschten in überschwemmenden Wellen durch meine träumerischen Gedanken. Ich wusste nicht, was wahr war oder Traumgespinst.

An diesem Tag, verborgen in einer Höhle, die das blendende Sonnenlicht aussperrte, verfiel ich erneut in ein Traumgespinst. Aber etwas war anders. Diesmal waren es keine Erinnerungen an mein früheres Leben. Es war vielmehr ein Schleier gegenwärtiger Traumkunst, der sich in meinem Unterbewusstsein gebildet hatte und meinen schlafenden Körper mit einem Film kühlen Schweißes umhüllte.

»Sie nehmen die Frauen und Kinder als Schutzschilde.« Ein rothaariger Elf mit silberner Rüstung stand mit röchelndem Atem vor einem blauhaarigen Elfen, dessen Kurzschwerter hinter seinem Kopf an seinem Rücken hervortraten.

»Majestät? Wie lauten Eure Befehle?«

»Niemand darf zu Schaden kommen, wir müssen ihre Deckung durchdringen!«

Der Elf mit der Rüstung eines Kriegers nickte und stürzte sich in den Kampf. Der Blauhaarige zog gleichsam seine zwei Kurzschwerter vom Rücken, deren Glanz mir in den träumenden Augen brannte. Er ließ einen erschreckenden Kampfschrei aus seinen Lungen entweichen, als ein in Blut getränkter Elf auf ihn zustürmte. Dunkle und helle Magie trafen aufeinander und die Welt schien zu explodieren, als sie kollidierten.

Die Szene veränderte sich.

Der Blauhaarige hatte enorme Verletzungen erlitten. Von seinen Oberarmen tropfte Blut auf seine Hände, die die Schwerter immer noch fest umklammert hielten. An seiner Stirn war eine Platzwunde und seine Lippe blutete. Seine Atmung ging stoßweise. Das Geräusch des schlagenden Herzens in seiner Brust ließ meine Ohren im Traumschlaf zucken.

»Majestät! Die Verluste sind zu hoch. Wir können nicht alle retten.«

»Ich weiß! Aber wir müssen es versuchen!«, brummte der Blauhaarige.

Dann wirbelten die beiden Krieger herum, stellten sich erneut dem übermächtigen Feind. Eine dunkle Wolke aus Magie traf den blauhaarigen Krieger an der Schulter und er stolperte nach hinten. Er verlor dabei eins seiner Schwerter und hielt sich die Hand auf die Wunde an seiner Schulter.

Ein schiefes Grinsen erschien vor meinen verschleierten, im Nebel der Träume ruhenden Augen. Sie waren tot, wie das Herz seines Trägers.

»Stirb, großer Lichtkönig!« In seiner Hand, matt und mit einer dunklen Flüssigkeit getränkt, lag eine Klinge, bereit seinem Gegner die Seele zu nehmen.

Ich riss die Augen auf, blinzelte, als die Gebilde des Traumgespinstes in einem Wirbel aus Bildern in meinem Kopf rotierten. Himmelblaue Augen waren das letzte, das der Wirbel davon trug. Zeitgleich bemerkte ich, wie kühles Nass sich eine Spur über meine Wangen bahnte. Ich hob meine Hand und fing die Flüssigkeit auf. Beäugte das Unbekannte. Ein Tropfen Nass, dessen Duft salzig meine Nase hochzog.

Es war eine Träne.

KAPITEL 16
Fry

»Majestät. Unsere Späher haben berichtet, dass es auch an den äußersten Grenzen zu Angriffen kam. Ich habe bereits Krieger entsandt, um nach Überlebenden zu suchen und um die Elfen vor Ort zu unterstützen.« Shay blickte mir mit seinen geschwollenen Augen entgegen und ich antwortete mit einem Nicken.

Das getrocknete Blut auf unseren Körpern war Zeuge, aus was für einem Kampf wir gerade gestolpert waren. Wir waren immer noch dreckig und blutbefleckt, voller zerrissener Rüstungsteile und entkräftet. Jezebel hatte allerhand zu tun. Sie kniete gerade vor mir und wühlte in ihrer Tasche.

Wir hielten Kriegsrat.

Kriegsrat. Ein Wort, dem ich nichts abverlangen konnte, und doch eine Notwendigkeit, die nicht zu verschieben war.

Wir hatten uns auf der Königswiese versammelt, hielten unsere Wunden und besprachen Dinge, die man eben so besprach, wenn man im Krieg war. Ich hatte Kopfschmerzen und wollte nur noch ein ausgiebiges Bad nehmen und dann schlafen. Es war immer noch dunkel und der Morgen würde noch etwas brauchen, um zu erwachen.

Fehran, Trojan und zwei weitere Schatten aus unserem neuen Verbündendenkreis standen mit verschränkten Armen im Halbkreis zu den Kriegern aus Lichtelfen, die sich immer noch misstrauisch beäugten. Auch wenn sie jetzt schon mehrere Nächte mit uns Seite an Seite gekämpft hatten, war das Misstrauen immer noch da. Die Vergangenheit konnte man eben nicht einfach auslöschen.

»Haltet still, Majestät«, sagte Jezebel und drückte im nächsten Augenblick ein Tuch mit beißender Flüssigkeit auf meine Schulterwunde, aus der immer noch Blut floss.

Dieser verdammte Schattenelf hätte mich fast erwischt, wäre nicht Brent mit seiner Axt in dem Moment aufgetaucht, als der Schattenkrieger die Klinge mit dem bittersüßen Gift in mein Herz rammen konnte. Sein Blut klebte noch an mir wie wasserfeste Tinte auf einem Pergament.

Ich knurrte Jezebel an, als sie jetzt auch auf meine Wunde drückte. Ein zweischneidiger Schmerz, wie eine zweischneidige Klinge, die ich nicht in der Lage war, zu beschwören.

»Ist das wirklich notwendig?«, fragte ich sie und zuckte zurück, als sie das Tuch fester auf meine Wunde drückte. Das machte sie doch absichtlich!

»Ich bin die oberste Heilerin und ich sage, es ist notwendig!«, knurrte sie zurück.

Ich verzog das Gesicht und ließ meinen Blick über die versammelten Krieger schweifen. Wir waren alle ziemlich zerbeult und hatten allerlei Verletzungen, aber wir lebten noch und deshalb kämpften wir weiter. Nacht für Nacht. Den Angriff hatten wir kommen sehen, doch war er gleichbedeutend grauenvoll.

Die Lichtlande waren ein einziger Kriegsplatz des Grauens. Viele waren gestorben. Schon wieder. Ich musste mir eingestehen, dass ich nicht alle retten konnte. Aber es schmerzte mich dennoch. Es tat weh, mein Volk so leiden zu sehen. So voller Trauer. Manchmal wünschte ich, das Reich der Sterblichen wäre für uns noch erreichbar, so hätte ich wenigstens ein paar Elfen hinausschaffen können. Doch der Pfad blieb verschlossen.

Nichts war übrig von dem Land, das wir einst geliebt hatten und das unser zu Hause gewesen war. So viel Leid, so viel Tod und so viel Schmerz. Wie viel konnten wir davon noch ertragen? Gab es eine Grenze, an der alles vorbei war und einem alles gleichgültig wurde? Ich wusste wie so oft keine Antwort darauf, war immer noch verloren in mir selbst. Eines wusste ich aber, und mir war es durchaus bewusst, dass der große Kampf erst noch bevorstand, und ich hoffte inständig, dass Severin und Leo mit dem Bastard Erfolg hatten. Wir konnten jeden gebrauchen, der kämpfen konnte. Außerdem wollte ich mir nicht noch eine Ehrenschuld auf meine Schultern legen.

Mein Blick blieb an Jezebel hängen. Würde sie je das Gleichgewicht sehen? Wer würde noch leben, wenn es kam? Würde es überhaupt kommen? War es vielleicht schon von Anfang an verloren gewesen, als die falschen Entscheidungen getroffen worden waren? Oder waren es die richtigen Entscheidungen, die es in diese gewaltreiche Gegenwart tragen würde?

Jezebel bemerkte meinen Blick. Für einen Moment verharrten wir ineinander. Spürte sie, was in mir vorging? Gingen ihr vielleicht auch diese beängstigenden Gedanken durch den Kopf? Sicherlich war ich nicht der einzige Elf, dessen Gedanken sich dauerhaft im Kreis drehten.

Sie runzelte konzentriert die Stirn, löste ihre Augen von meinen und kramte einen Faden aus ihrer Tasche hervor. Dann blitzte ein silberner Gegenstand in ihrer Hand auf. Sie fädelte den Faden in die Nadel und kniff dabei die Augen zusammen. Ich verfolgte ihre Fingerbewegung mit meinen Augen und blickte sie dann entsetzt an, als sie beides in Richtung meines Armes führte.

»Was tust du da?«, fragte ich sie entrüstet.

»Setzt Euch, Majestät!«, befahl sie mir als Antwort auf meine Frage. »Ich muss die Wunde nähen. Die Schattenklinge hat bis tief an Euren Knochen geschnitten.«

Ich machte eine Bewegung mit der Hand, die so viel Aussagen sollte wie »*Lass das, ich brauch das nicht. Die Sonne heilt mich eh später*«, aber Jezebels Miene wurde noch grimmiger und konzentrierter.

»Der Morgen wird mich heilen«, sprach ich es nun doch notwendigerweise aus.

»Der Morgen wird einen Scheiß tun! Wenn ich die Wunde nicht nähe, könnte es bleibende Schäden geben, die nicht mal die Sonne heilen kann. Ihr habt Euch diese Schulter bereits beim letzten Mal verletzt. Und jetzt haltet still!« Sie senkte die Lautstärke ihrer Stimme und fügte hinzu: »Außerdem, Majestät, wissen wir beide, dass Ihr Eure Kräfte derzeit nicht richtig hervorrufen könnt.«

Ich blickte sie an, sie blickte zurück.

»Woher ...?«

Sie zuckte die Schultern und damit lag meine unbeantwortete Frage längst in der Vergangenheit.

Sie drückte mich mit einer enormen Kraft nach unten und ich ließ mich widerwillig auf der Wiese nieder.

Jemand räusperte sich und ich sah Brent, der seine blutverkrustete Axt immer noch in den Händen trug und nicht besser aussah als wir alle hier. Schnittwunden und Blutergüsse zierten seinen Körper. Er hatte Mühe, sich das Lachen zu verkneifen. Ich durchbohrte ihn mit einem Blick und er hörte auf. Nur ein verschmitztes Lächeln war noch übrig.

Eigentlich hätte ich auf dem Thron hinter mir sitzen sollen. Aber das war mir zuwider. Wenn dieser Krieg vorbei war und wir noch lebten, würde ich diesen verhassten Thron aus heiliger Esche niederreißen.

Ich verzog das Gesicht und kräuselte meine Lippen, als Jezebel die Nadel durch meine Haut stach. Aber ich blendete den Schmerz sehr schnell aus, denn es gab noch viel zu besprechen.

Shay setzte seine Rede fort.

»Sie greifen immer in kleinen Rudeln an. Nehmen keine Rücksicht auf Frauen und Kinder, als ob sie in einem Rausch wären. Sie brennen die Ländereien nieder. Wenn wir nichts dagegen unternehmen, werden wir nicht nur noch mehr Tote zu beklagen haben, sondern werden auch irgendwann verhungern.«

Ich verzog widerwillig das Gesicht. Er hatte Recht. Die Ernten waren arg dezimiert worden. Schlimmer als ein plötzlicher Tod durch eine Klinge war der langsame. Der Schleichende, der einem erst die Kraft raubte und dann Stück für Stück die Entschlossenheit und den Mut nahm, bis man aufgab, geschwächt durch den Mangel an Nahrung.

»Fehran. Was berichten deine Späher?« Mein Blick glitt zu dem Schatten mit dem dunklen Bart.

Auch unsere verbündeten Schattenelfen beklagten Verletzte und Tote. Sie wurden gleichwohl zu Opfern der Gefahren. Die Diener des Schattenkönigs unterschieden nicht. Sie mordeten alle, die sich mit uns verbündeten.

»Ähnliches, Majestät. Ich kann bestätigen, dass sie wie in einem Wahn handeln. Als ob sie zugeflüstert bekommen, von einer Kraft, die uns verborgen bleibt. Schatten sind von Natur aus rachsüchtig und gefährlich, aber sie haben dennoch ein Fünkchen Verstand in sich. Ihr eigenes Leben ist ihnen etwas wert, auch wenn es nicht so aussieht«, erwiderte Fehran und bekam sogleich lautes Schnauben von Seiten der Lichtkrieger als Antwort, was ihn allerdings in keiner Weise aus der Fassung brachte. Ich mochte Fehran. In einer gewissen Weise erinnerte er mich an mich selbst.

»Sie morden Unschuldige, schlachten Frauen und Kinder ab und du redest über Verstand?«, raunzte Shay den Schatten an.

»Sie haben kein Herz, was erwartete ihr von ihnen? Sie haben nie gelernt, was es heißt, so zu sein, wie wir es sind.« Fehran erwiderte Shays Blick.

»Verteidigst du sie jetzt etwa noch?«, blaffte Shay ihn an. Aus seinen Augen sprühten Funken und der Rest seiner goldenen Magie umhüllte ihn in Fünkchen.

Die Schattenelfen reagierten gleichwohl auf den Ausbruch der Magie. Besonders Trojan, der ein sehr hitziges Temperament hatte, und ich wusste nicht, ob ich ihn leiden konnte. Unsere neuen Freunde, wie Severin sie nannte, bestanden nur noch aus dunklen Wolken, die ihre Körper wie Mäntel umhüllten. Es würde nicht mehr lange dauern und sie schlugen sich gegenseitig die Köpfe ein. Bis auf Fehran, der hatte weiterhin die Arme vor der Brust verschränkt und hielt seine Magie zurück. Er wäre zweifelsohne in dieser Dämmerung überlegen gegenüber allen Lichtelfen, die sich hier versammelt hatten, einschließlich mir. Aber er machte sich dies nicht zu Nutze. Er drohte nicht gleichbedeutend mit seiner Magie, wie seine Kameraden es in diesem Augenblick taten. Nein. Er war die Ruhe selbst und das bewunderte ich. Er war ein Elf mit Rückgrat und Verstand. Er dachte erst, bevor er handelte, was ihn zweifelsohne noch gefährlicher machte.

Ich rieb mir die Nasenflügel und schloss die Augen, weil ich die ganzen Diskussionen über Loyalität und Illoyalität nicht mehr hören wollte. Wir waren alle nicht unschuldig an diesem Krieg und Vorwürfe brachten uns nicht weiter. Schatten und Licht – waren wir nicht alle Kinder dieser

Welt? Warum sollten wir besser sein als sie? Oder schlechter? Das war doch alles nicht wirklich wichtig. Es hatte lange gebraucht, damit ich das verstand. Vielleicht war es der Teil von Prue, der dieses Wissen in mir offenbarte.

»Beruhigt euch! Es bringt nichts, wenn wir uns jetzt auch noch gegenseitig an die Gurgel gehen!«, sprach ich meine Gedanken laut aus und brummte Jezebel voll, die den letzten Stich mit der Nadel in meiner Haut hinterließ und dann alles mit der beißenden Flüssigkeit überspülte. Es zischte und es war schmerzvoll. Ich entzog ihr meinen Arm und funkelte sie wütend an. »Fertig?«, fragte ich sie unfreundlich.

Sie hob nur eine Augenbraue und steckte all ihre Folterutensilien in ihre Tasche, dann ging sie auf Brent zu. Aber er winkte sie weg. Sie gab ihm einen Klaps auf die Stirn und er knickte ein und rieb sich die schmerzende Stelle. Jetzt war kein freches Grinsen mehr in seinem Gesicht und ich verspürte so etwas wie Schadenfreude, als Jezebel auch bei ihm eine Nadel hervorzog und Brent auf einmal ganz klein wurde.

»Sie haben nie gelernt, was es heißt, ein Herz zu haben«, wiederholte Fehran seine Worte und ich blickte von Brent, der die Augen mittlerweile zusammengekniffen hatte, zu Shay und Fehran.

»Shay, es reicht jetzt!«, polterte ich, als ich sah, dass er erneut feurig weiterdiskutieren wollte.

»Majestät, entschuldigt, wenn ich das sage, aber er nimmt diese Dreckstypen auch noch in Schutz!«, polterte Shay nun mich an. Doch ehe ich etwas erwidern konnte, übernahm Fehran erneut das Wort.

»Nein, ich möchte nur, dass ihr auch hinter die Fassade schaut und nicht nur das seht, was sie euch zu sehen geben. Im Grunde haben sie es nicht anders gelernt. Wie denn auch? Sie werden in Hass und Grausamkeit geboren. Ohne Herz. Sie können gar nicht anders, als das Grauen zu verkörpern, das sie von anderen vorgelebt bekommen. Auch ich habe einst so gelebt. Doch als das Herz anfing zu schlagen, war es wie ein Aufwachen. Ich kann nicht ungeschehen machen, was ich vor meiner Zeit als Herzschatten getan habe. Es waren grausame Dinge. Auch ich habe gemordet, euersgleichen wie auch meinesgleichen. Unschuldige, Frauen und Kinder. Das alles habe ich mit diesen Händen und dieser Magie in mir getan.« Er hob seine Hände und hielt sie hoch, ließ sie dann aber gleich wieder sinken. »Aber ich kann jetzt von mir behaupten, dass ich diese Seite abgelegt habe. Das Herz in meiner Brust und das meiner Kameraden sollten Beweis genug dafür sein, dass wir auf derselben Seite stehen.« Er ging auf Shay zu und legte ihm seine Hand auf die Schulter. Shay zuckte bei der Berührung zurück, als hätte er sich verbrannt. Aber schüttelte sie nicht ab. »Ich stehe hier, bei euch und bin bereit, mein Leben und das meiner Artverwandten zu opfern, um endlich das Gleichgewicht in diese Welt zurückzubringen. Ich wünsche mir nichts sehnlicher, als genau das, was ihr euch alle wünscht. Frieden!«

Shay schnaufte und schüttelte wütend den Kopf.

»Schau dich hier um!« Er machte eine ausladende Geste mit den Händen zu den Umstehenden. »Das haben sie uns angetan. Wenn es sie nicht geben würde, wäre alles einfacher. Dann gäbe es kein Grauen in dieser Welt!«

»Und du glaubst das wirklich? Diese Welt hat immer zwei Seiten. Gut ist nicht immer gut und Böse nicht immer böse. Auch ihr könnt trotz eurer Herzen Grauen verbreiten. Sieh doch nur euren ehemaligen König an. Er hat die Dunkelheit in seinem Inneren immer gut vor euch verborgen, aber er hat diesen Krieg genauso herbeigeführt wie unseresgleichen. Ihr könnt genauso grausam sein wie wir. Genau wie wir gut sein können. So ist das Leben nun mal. Wir alle sind Individuen. Ob dir das gefällt oder nicht.« Fehran nahm seine Hand von Shays Schulter und ging wieder zu Trojan und den anderen Schatten.

»Fehran hat Recht«, untermauerte ich seine Worte.

»Majestät, bitte -«, protestierte Shay und ich stoppte ihn mit einem kurzen Handzeichen.

»Es bringt nichts, wenn wir uns gegenseitig niedermachen. Wir sollten einander vertrauen, denn ohne Vertrauen werden wir diesen Krieg nicht gewinnen.«

»Verzeiht, Majestät. Ihr habt natürlich Recht. Verzeiht meinen Zweifel. Wenn Severin nur hier wäre, er würde uns kräftig den Kopf waschen und uns dann ein Kraut aus seiner Pfeife anbieten, damit wir wieder klar denken können.« Er seufzte.

»Das Zeug, das die Sinne vernebelt?«, fragte Trojan.

»Genau das«, antworte Shay und sein Mundwinkel zuckte.

Ja, wenn Severin hier wäre, würde ich mich auch besser fühlen. Er würde mir eine kräftige Ohrfeige verpassen, damit ich endlich wieder richtig denken konnte. Ich hoffte, er hatte den Bastard bereits gefunden und würde bald zurück sein. Mein Herz krampfte sich zusammen, wenn ich an meinen Freund dachte, der sich wegen mir in Lebensgefahr begeben hatte.

Ich vermisste ihn.

»Wie sehen die weiteren Maßnahmen aus, Majestät?«, fragte Shay und setzte sich nun endlich auch auf den taufrischen Wiesenboden. Jezebel beugte sich über ihn und träufelte ihm eine klare Flüssigkeit in die geschwollenen Augenlider. Er blinzelte und es sah aus, als ob er in Tränen ausbrach.

Brent klopfte ihm auf die Schulter.

»Du brauchst doch nicht weinen, mein Freund.« Er lachte laut auf und setzte sich dann neben ihn.

»Spinnst du! Ich heule nicht! Das ist Jezebels Teufelswerk!«

»Sei kein Strauch, Shay. Es sind doch nur Augentropfen«, sprach diese, ohne ihn eines Blickes zu würdigen, als sie auf die Schattenelfen zuging. Vor Fehran blieb sie stehen.

»Darf ich mir deine Wunde am Bauch anschauen?«, fragte sie den Schatten.

»Ich bin unverletzt«, antwortete dieser.

Jezebel verzog das Gesicht und schlug ihm die Hand auf den Bauch. Fehran stolperte einen Schritt zurück und blickte entsetzt auf die mutige Elfenfrau aus Licht.

»Unverletzt? Ach so, natürlich«, sagte sie mit einem sarkastischen Unterton in der Stimme.

Ich schüttelte den Kopf und blendete das Gespräch der beiden für einen kurzen Moment aus, nur um dann heftig zusammenzuzucken, als ich Fehrans knurrige Stimme, die Stimme, die fast niemals die Beherrschung verlor, über die Königswiese donnern hörte.

»Was tust du da, Weib? Mein Körper kann sich selbst heilen!«, schimpfte er.

»Hör auf zu schreien und heb dein Gewand hoch, oder willst du, dass ich deine Gefährtin dazu hole, damit sie sieht, wie *unverletzt* dein Bauchraum wirklich ist?«

»Du bist ein Folterweib!«

»Gern geschehen!«, knurrte Jezebel zurück.

»Die Dunkelheit heilt mich bereits!«

»Die Dunkelheit kann mich mal!«

Als ich später nach einem ausgiebigen Bad, das mir die Überreste des letzten Kampfes davongewaschen hatte, in

meinem Gemach auf dem Lager lag, die weiteren Vor-
gehensweisen noch mal durchging und den aufgehenden
Himmel über mir anstarrte, war ich so erschöpft, dass ich
nicht mal mehr merkte, wie die Sonne ihre heilenden Lichtstrahlen über meinen Körper schickte und meine Wunden
langsam heilte. Das einzige Geräusch, das an diesem
Morgen zu hören war, war mein pochendes Herz und mein
Schnarchen, von dem ich schon zum zweiten Mal selbst
erschreckt und aufgewacht war. Aber dann drehte ich mich
unruhig auf den Bauch und schlief weiter.

Ich träumte wirres Zeug. Von verwunschenen Wegen,
Wiesen und Erdlöchern. Von Blumenfeen, die Sonnenvögel
über Bäume und Pfade jagten und von dem Gesicht eines
Mädchens, dessen Augen dunkle Kohlen waren. Einem
Mädchen, das auf einer Felsformation saß, die Beine
umschlungen hielt und den nächtlichen Himmelskörper
betrachtete. Prues Gestalt verschwand und ein neues
Traumgespinst erwachte in meinem Bewusstsein und
hinterließ einen Schauer auf meinem Leib. Mein Unterbewusstsein wurde in einen Strudel aus Gänsehaut und nacktem Schweiß gezogen.

Ich saß immer noch auf der Königswiese vor dem Thron aus heili-
ger Esche, aber die Schatten und auch die Lichtkrieger, einschließ-
lich Jezebel, waren verschwunden. Der Himmel war immer noch
von Dunkelheit durchzogen und nur der Mond tauchte die Erde
in leuchtende Funken. Ein Nebel zog über den Boden und eine
geisterhafte Gestalt erhob sich vor mir und ich fühlte eine höhere
Macht, die durch meinen Geist wehte. Es war wie ein Kitzeln und
ein Gefühl der Wärme und Kälte zugleich, die mich erfassten.

Beim nächsten Blinzeln erschien Severin vor meinen Augen. Er
hatte sich auf dem Thron aus Esche niedergelassen, die Beine über

die hölzerne Lehne geworfen und rauchte eins seiner typischen Kräuter.

»Komm runter, du gehörst genauso wenig auf diesen Thron wie ich«, spie ich ihm genervt entgegen. War ja mal wieder typisch für ihn.

Mein Herz raste, als er seine Augenbrauen nach oben zog. Viel zu lange hatte ich ihn nicht mehr gesehen. Das Gefühl des Vermissens war allumfassend. Doch sein Gesicht jetzt hier zu sehen, sein Grinsen, das erweckte in mir ein Gefühl von Leichtigkeit und Glück und ich klammerte mich an diese Gefühlsaufwallung, denn sie war seit langem das Einzige, das ich außer Frust, Schuld und Versagen fühlte.

Doch die Gefühlsregung verschwand schnell, als das grinsende Gesicht meines Vetters sich veränderte. Seine Gesichtszüge wurden von weißem Nebel ummantelt und im nächsten Augenblick erschien eine andere Gestalt auf dem Thron aus Esche.

Bleich, fast durchscheinend, mit weißen, bodenlangen, seidigen Haaren. Die Augen waren neblige Abbilde, die die ganze Welt in sich trugen. Ein hauchzartes Mädchen, älter als die Zeit selbst.

Das Orakel.

Viele sahen es nie in ihrem Leben und ich wusste nicht, ob es Segen oder Fluch zugleich war, dass es mich erneut aufsuchte.

Die alles sehenden Augen blickten durch mich hindurch. Es stand nur da, hielt einen Grashalm in der Hand.

Ich wusste nicht, warum es ausgerechnet diese Gestalt für mich hatte, denn es hieß, das Orakel sah so aus wie das, was tief im Herzen am meisten verwurzelt und der sehnlichste Wunsch war. Aber ich konnte mir beim besten Willen nicht vorstellen, wen oder was es darstellen sollte. Wonach sehnte ich mich? Ich dachte an Prue, aber wenn dies der Wahrheit entsprechen würde, würde ihr Antlitz mir jetzt ins Gesicht lachen und nicht diese bleiche, durchscheinende Gestalt mit weißen Haaren.

»Wen zeigst du mir?«, fragte ich es und blickte mich auf der Königswiese um.

»Mein König, Ihr stellt die falsche Frage«, antwortete es mir und legte den Grashalm in seine Handfläche, legte die Lippen an das Grün und blies den Halm an meine Brust. Ich dachte, der Halm würde durch mich hindurchfließen. Aber er haftete an der Stelle meines Herzens. »Ich zeige Euch das, was Ihr Euch am meisten auf der Welt wünscht«, setzte das Orakel seine Rede fort, als ob es nicht gerade diese eigenartige Sache getan hätte.

»Dann würdest du aussehen wie Prue«, erwiderte ich mit leichtem Trotz in der Stimme und betrachtete den Grashalm, der immer noch an meiner Brust haftete. Mein Herz pochte laut als Antwort, als ob es mir zustimmen würde.

Das Orakel nahm seine Hand und legte sie auf meine Brust, tippte dann mit dem Zeigefinger auf den Grashalm.

»Oder Ihr habt nicht richtig in Euch hineingeschaut.«

»Gibt es einen Grund, warum du mich in meinen Träumen aufsuchst? Ich gehe davon aus, dass dies ein Traum ist, nehme ich an?«

»Ist ein Traum nicht immer auch Realität? Nur weil einem etwas im Traum erscheint, heißt es nicht, dass es nicht real ist. Was denkt Ihr, mein König?«

Ich überlegte, aber meine Gedankengänge wurden durch das ungewöhnliche Verhalten des höheren Wesens gestört.

Das Orakel löste sich von mir und schritt in seiner nebelverhangenen Gestalt zum Königsthron. Es strich mit der Handfläche über die hölzernen Armlehnen, zupfte dann ein verirrtes Blatt heraus und steckte es sich in den Mund. Dann legte es seinen Kopf in den Nacken und blickte in den Himmel.

»Der Thron aus Esche wird brennen. Gleichsam der Thron aus Knochen. Doch muss es nicht immer Feuer sein, das zerstört. Zwei Seelen müssen zu einer werden. Nur so kann die Prophezeiung sich erfüllen.«

Ich war wie erstarrt, blinzelte und versuchte, die Worte des Orakels zu verstehen. War das eine neue Prophezeiung? War das ein schicksalhafter Faden der Zukunft, den es preisgab und der Hilfe in diesem tausendjährigen Krieg versprach? Zu viele Gedanken schwirrten mir im Kopf herum und doch machte keiner von ihnen Sinn.

»Zwei Seelen müssen zu einer werden? Heißt das, dass Prue und ich den Seelenbund abschließen müssen, den ich begonnen habe? Wie meinst du das? Sprich klar und deutlich!«, forderte ich. Ich ging auf die bleiche Gestalt zu und wollte das blasse Orakelmädchen mit der Hand in meine Richtung drehen, aber meine Hand glitt durch es hindurch und es starrte weiterhin in den wolkenlosen Himmel.

»Ihr fragt nicht nach den brennenden Thronen? Interessant.«

»Der Thron ist mir egal!«, polterte ich. Ob er nun brannte oder nicht. Ich hatte bereits entschieden, ihn niederzureißen, noch bevor das Orakel gesprochen hatte.

»Wo Licht ist, ist auch Schatten. Liebe ist einzigartig«, sprach es weiter, als ob es das, was ich gerade gesagt hatte, nicht gehört hätte. Als ob die Worte auch durch es hindurchflossen, sich irgendwo in seiner Selbst niederließen und vermutlich nie wieder an die Oberfläche gelangen würden.

»Aber Prue ist fort! Wie sollen wir uns vereinen, wenn sie alles, was sie einst fühlte, verloren hat? Mein Seelenschwur schweigt. Ich kann sie nicht mehr spüren«, versuchte ich wieder, das Gespräch auf das Wichtige zu lenken.

»Die Wahrheit derer ohne Herzen kann zerstören. Doch braucht es ein Herz, um die Wahrheit zu offenbaren. Die Wahrheit muss mit dem Willen und dem reinen Herzen eine Einheit bilden. Seelen werden frei sein von der Qual ihres Leidens der Jahrtausende.«

»Verdammt, ich verstehe kein einziges Wort von dem, was du da sprichst!« Meine Stimme überschlug sich und ich merkte, wie sich meine Magie in mir sammelte und aufsteigen wollte. Ich ballte die Hände zu Fäusten und unterdrückte die Wut und das Unverständnis gegenüber diesem höheren Wesen.

Das Orakel ignorierte mich erneut, senkte aber endlich den Blick vom Himmel und schritt um den Thron herum. Seine Gestalt flackerte, als ob es schon weiterziehen wollte, aber noch nicht fertig war in dieser Gegenwart meines Traumes.

»Ein König, der keiner sein will, ein Krieger, der die Worte auf der Zunge trägt und ein Mädchen, das vom Fluch des Vaters ein gleichbedeutendes Schicksal teilt. Der Fluch der Herzen kann gebrochen werden. Doch muss die Waffe erst geschmiedet werden. Entscheidungen müssen getroffen werden. So war es immer und so wird es immer sein. Die Welt wird sich verändern. Das Lichtkind wird seine Macht finden.«

Dann drehte sich das Orakel zu mir um und seine Gestalt veränderte sich. Die weißen Haare wurden zu grünen Locken. Das Gesicht zu dem meines vermissten Vetters. Dann wurden die grünen Haare länger, entlockten sich und wurden zu braunem Haar. Das Gesicht meines Vetters verschwand. Die goldenen Augen meiner Liebsten nahmen mich ein und ihre wunderschönen Schatten schlängelten sich um ihre Gestalt und bildeten eine Rüstung aus Dunkelheit, die ich berühren wollte.

»Welche Bedeutung haben Tränen?«, flüsterte sie und ihre Stimme wehte über die Königswiese. Schallte in meinen Ohren und drang tief in mein Bewusstsein ein, bis ich aus dem Schlaf aufschreckte.

Als ich meine Augen öffnete und wieder im Hier und Jetzt war, spürte ich eine einzelne Träne, die meine Wange hinunterlief.

KAPITEL 17

Prue

Die einzelne Träne überdauerte nur einen Atemzug, bevor die Erinnerung an den Traum in den Nebel des Nichtigen getrieben wurde und ich mich von meinem Lager erhob und durch den felsigen Bau, der meinen Unterschlupf bildete, blickte. Die Dunkelheit und die Kühle des Gesteins ließen meine Schatten erwachen und ich fühlte Kraft in mir aufkommen. Ich streckte meine Glieder, füllte meine Lungen mit Sauerstoff und spähte zur Gesteinsöffnung.

Die Sonne schob sich über den Horizont und es würde nicht mehr lange dauern, bis mein Unterschlupf von Helligkeit benetzt wurde, auch wenn sie in den Mooren stets von einer dicken Wolkendecke verborgen blieb, war der Tag immer noch der Tag. Und auch wenn ich mich in dem bewölkten Chaos bewegen konnte, zog ich es vor, verborgen zu bleiben. Meine Schattenschwaden tanzten um meinen Körper und legten sich schützend um mich, als ich aus dem Gefels spähte und urplötzlich ein Herz schlagen hörte.

Bumm.

Es war nur ein Schlag.

Es kam aus dem Nichts.

Und war sofort wieder verschwunden.

Automatisch griff ich mir an die Brust, als wäre es ein Reflex, doch das Herz darin war lautlos. Das einzigartige, immer und überall wiedererkennbare Schlagen des Lebens kam nicht von mir. Wie könnte es auch? Und doch hörte ich das pulsierende Pochen dieses lebendigen Geräusches noch in meinen Gedanken widerhallen. Obwohl es längst verstummt war.

Ich ließ die Hand von meiner Brust gleiten, reckte meinen Kopf aus der Höhle in den im morgendlichen Zwielicht stehenden bewölkten Himmel. Ein Gähnen verließ meine Lippen. Der Drang, erneut die Augen zu schließen und in einen schlafähnlichen Zustand zu fallen, war groß, wo doch der Tageslauf jeden Augenblick seine Lider öffnen würde. Doch das laute Knurren meines Magens sendete andere Signale. Ich schloss die Augen, meine Sinne gingen auf die Jagd, auf die Jagd nach etwas, das meinen Hunger stillen konnte.

Als ich zwei Stundenläufe später an einem von knochigen Bäumen versteckten See mitten in den Tiefen der Moore die Reste eines Fisches hinunterschluckte, umkreisten mich Aasvögel. Sie lauerten auf die Überreste meiner Mahlzeit, doch blieb nichts als Grätenwerk übrig. Gierig pickten sie nach den Überresten und zischten meine mit kleinen Schattenschwaden umhüllte Gestalt an. Ein verschrumpeltes Exemplar wagte sich, in meinen Schoß zu fliegen, wurde aber sofort von den peitschenden Formen meiner Magie weggeschleudert. Mit lautem Gezeter stoben sie auf und ich war wieder allein.

Laut gähnte ich, als die Trägheit mich einholte und ich mich zu einer Kugel zusammenrollte, um den Tag zu verschlafen. Doch konnte ich keine Ruhe finden. Wälzte mich von einer Seite auf die andere. Schließlich gab ich es auf und stand auf, streckte mich und ließ meine Knochen knacken, ging dann näher an den See heran. Die Wasseroberfläche glitzerte, obwohl die Sonne verborgen war. Eine Erinnerung an eine Nacht im Mondschein in einem anderen See tauchte vor meinen Augen auf.

Tausende kleine silberne Fische, ähnlich dieser glitzernden Oberfläche, vollführten einen Tanz, um dem König der Lichtelfen zu imponieren. Vor meinen Augen sah ich zwei lichtdurchflutete bläuliche Flügel unter Wasser erscheinen, die meinem früheren Ich die absolute Schönheit präsentierten. Warum zwei Flügel mich damals derart aus der Bahn geworfen hatten, konnte ich mit meinem gegenwärtigen Ich nicht mal ansatzweise nachvollziehen. Es waren nur Flügel. Flügel aus Licht. Nichts Besonderes in meinen Augen. Und doch spürte ich ein Ziehen in meiner Brust, als die Erinnerung an die Königsflügel und dem Elfen, dem sie gehörten, vor meinen Augen erschien. Ein Ziehen in der Brust, dessen Ursprung ich nicht verstand und dessen Bedeutung ich absolut nicht nachvollziehen konnte.

Bumm.

Das Schlagen des unbekannten Herzens rauschte durch mich hindurch. Bereitete mir einen Schauer auf dem Körper und ließ mich für einen Moment das Gleichgewicht verlieren und taumeln. Doch ich konnte die Schwärze verdrängen, die sich über mein Bewusstsein zog. Und im nächsten Augenblick war das Pochen der Vergangenheit vergessen und die Gegenwart nahm mich wieder in ihren Klammergriff.

Kaltes Nass umspülte meine Füße, als das Wasser Wellen schlug und gegen meine Knöchel spritze. Ich atmete tief ein, da die kühle Nässe die Dunkelheit in mir kräftigte.

Mit einer einzigen Handbewegung entledigte ich mich meines Gewandes, das wie eine zweite Haut an meinem Körper klebte. Der Stoff, der sowohl schwer als auch leicht war, war mein einziges Kleidungsstück, das ich besaß.

Einen tiefen Atemzug später stand ich bis zu den Knien im See. Und obwohl ich in meinem Leben nie gelernt hatte, wie man schwamm, machte mir das Wasser, das jetzt bis zu meinen Schultern reichte, nichts aus.

Ich schöpfte es mit meinen Händen, trank einen Schluck und benetzte mein Gesicht, um den Dreck von mir fortzuwischen. Auch als ich komplett unter die Oberfläche tauchte, spürte ich nichts. Einen Atemzug später, als ich aus dem Gewässer herausbrach, knackte ein Ast über meinem Kopf. Er fiel sich windend in das Wasser und trieb auf der Oberfläche. Leichte Wellen wurden geboren, die sich immer weiter ausbreiteten. In der Ferne wurde das Wasser aufgewirbelt und ich erspähte einen dunklen Schemen, der sich aus an mich heranschlich. Aus einiger Entfernung dröhnte ein Donnergrollen, es blitzte in meiner Nähe. Der sich langsam heranschleichende Fischschwanz, die Geräusche der brüllenden Natur und die Erinnerungen an die lichtdurchfluteten Flügel zogen mich in eine Welt der Vergangenheit.

Die Dunkelheit machte mir Angst, schon immer hinterließ sie einen Schauer in meinen Gliedern. Wenn ich einen Ton von mir geben könnte, würde ich immerzu durch diese Finsterkeit schreien. Ich hasste die Dunkelheit und sehnte mich nach einer Welt außerhalb der kalten Gemäuer. Es musste sie geben, diese Welt da draußen. Woher stammten sonst die Wesen, deren Erscheinungen ein wildes Pochen in mir hinterließen, deren Geruch so berauschend war, dass ich mir nichts sehnlicher wünschte, als dass sie mich durch diese Dunkelheit führten, nur um diesen einzigartigen Duft immerzu einzuatmen. Doch meine Sehnsüchte waren nicht akzeptabel und blieben ungehört. Und somit zogen sie vorbei und die Sehnsucht wuchs von Augenaufschlag zu Augenaufschlag.

Etwas klirrte und meine Sinne, die fortlaufend einen Ausweg aus dem Gefängnis suchten, zogen sich furchtsam zurück. Ich verkroch mich in eine Nische, doch wusste ich, dass diese allumfassende Enge von jedem durchschaut wurde.

Ich wusste nicht, wie alt ich war, wusste nicht, was ich war und warum ich zu diesem Leben in Dunkelheit verdammt war, wo doch mein Herz sich nach etwas sehnte, das nichts mit der Dunkelheit gemein hatte. Wieso war ich zu diesem Leben verdammt? Wieso sah ich immerzu diesen abgeneigten Blick im Gesicht des Wesens, das sich mein Vater nannte?

Die Kettenglieder klirrten erneut und die Tür zu meinem Gefängnis öffnete sich scheppernd. Kleine Steine rieselten aus den Wänden und der furchtbringende Geruch drückte mir mit einem Schlag die Luft aus der Lunge. Ich spürte die Panik, spürte die Angst, spürte die salzige Spur meine Wangen herunterlaufen, als die gänsehautbringende Gestalt mir entgegenstarrte. Tief am Fels kauernd hoffte ich, dass es dieses Mal anders sein würde. Ich spürte die harte Oberfläche tief in mein Fleisch schneiden, konnte mich nicht verstecken. Konnte nicht fliehen, obwohl der Drang dazu mich jedes Mal, wenn ich die Augen aufschlug, übermannte. In diesem von Schreien und Gewalt umwobenen Gemäuer würde man mich immer entdecken. Das Herz in meiner Brust würde mich immer verraten.

Manchmal hörte ich das Pulsieren anderer Herzen wie ein Echo, das mich aufhorchen ließ, das mir ein Gefühl von Hoffnung gewährte, wo doch alle Hoffnung von Furcht begraben war mit der Abnormalität in meiner Brust. Viel zu schnell verstummten die berauschenden Schläge und ich war wieder allein. Allein in dieser Dunkelheit. Allein mit meinen Gedanken. Allein mit dem schlagenden Herz, das mich kennzeichnete. Ein abnormales Wesen. Deshalb hassten und verachteten sie mich. Deshalb bekam *ich diesen Hass zu spüren, immer und überall. Weil ich anders war.*

Das laute Schlagen des unbekannten Herzens riss mich aus der Erinnerung einer frühen Kindheit. Wie ein Seil, das man an den Himmel geschnürt hatte und das meinen Fall aus den Weiten der Sonne mit einem Ruck in die Realität zog.

Ich fasste an meine Brust. Das Wasser lief mir über die Nasenspitze und tropfte zurück zu seinem Ursprung. Der Laut des Herzens schallte allgegenwärtig in meinen Ohren und ich presste die Hand fester an mein lebloses Herz.

Es war still.

Leise.

Tot.

Der Schatten einer Flosse verharrte lautlos, doch nahm ich trotz, dass meine Sinne erneut in einen Strudel gerissen wurden, jede noch so kleine Bewegung des Wesens wahr. In langsamen Bewegungen schwamm es an mich heran. Näher. Immer näher. Der Sog meines Bewusstseins wurde stärker und ich wurde in eine neue Vision der Vergangenheit gezogen, als sich die Klauen einer schuppigen Hand nach mir ausstreckten.

»Reiß ihm das Herz heraus!«, polterte die Stimme, die ich am meisten in dieser allumfassenden Dunkelheit fürchtete. Sie schnürte mir die Kehle zu.

Reglos verharrte ich auf dem Boden. Die Knie blutend auf die Steine gedrückt. Der Herzschlag des Wesens vor mir nur noch ein leiser endender Traum. Die blauen Augen durchbohrten mich, flehten mich an, es zu beenden. Doch ich konnte es nicht tun. Ich konnte diesem Wesen, das so schön war in dieser Dunkelheit, trotz der Schmerzen, die es erlitt, kein Leid zufügen. Ich zitterte und schüttelte den Kopf.

Ein Schlag traf mich am Kopf und ich wurde dadurch auf den harten Grund gedrückt und ich spürte ein neues Rinnsal heißen Nasses an meiner Wange. Das Wesen, dessen Einzigartigkeit diesen Ort pulsieren ließ, spie ebenfalls einen Schwall Blut aus. Es röchelte, als ihn ein weiterer Schlag traf und das Herz in seiner Brust nur noch ein Flüstern im Wind war.

»Tu es endlich!«, befahl mein Vater erneut, doch ich schüttelte wieder den Kopf.

Dann spürte ich es. Das Zischen von Schattenmagie. Einen röchelnden Atemzug später riss mein Vater mich gewaltsam am Haarschopf in die Höhe. Ich wollte schreien, doch der Schmerz und die Angst blieben mir in meinem stimmlosen Mund hängen. Tränen rollten aus meinen Augen. Die Augen meines Vaters waren von Hass erfüllt, denn das war das Einzige, was er kannte. Es war das einzige Gefühl, das er mir gab. Sein ganzes Antlitz versetzte mich in ein Trauma eines Albtraumes, aus dem ich niemals erwachen würde. Seine dunklen Schatten hüllten mich ein, drangen durch meine Poren, verwandelten sich in Schmerzen, die mein kleiner, kindlicher Körper kaum aushielt. Ich versuchte erneut, einen Schrei über meine Lippen zu pressen, doch versagte an dem Zauber der Barriere.

»Du bist wertlos! Ein wertloses Balg. Du gehorchst mir nicht. Bist widerspenstig und schwach. Zeige mir einmal diese bedeutende Kraft, der du angeblich Herr sein sollst. Wo ist diese Kraft, Prudence?«

Seine Schatten schlugen auf mich ein, versuchten sich um alles zu legen, das ich besaß. Mein Herz schlug verängstigt, versuchte, sich vor dem Zorn meines Vaters zu schützen und schleuderte kleine Schatten über meine Haut, die sogleich verschluckt wurden. Mein Vater knurrte, ließ mich auf den eiskalten Erdboden fallen und wandte sich von mir ab.

Ich kauerte auf dem Boden. Traute mich nicht, den Blick zu heben, als mein Vater zu dem Lichtwesen schritt, es mit seinen

Schatten ebenfalls in die Lüfte hob und ihm im nächsten Moment das Herz aus der bebenden Brust riss. Ich hörte die kleinen Überreste des einstigen Lebens durch seine Hände rieseln und auf dem Boden aufschlagen, als wäre es der Ausbruch eines Vulkanes. Dabei war es lautlos.

Ich wimmerte, betrauerte das Lebewesen, dessen Ende meinen eigenen Herzschlag beschleunigte. Ehe ich sein unglückliches Ende richtig betrauern konnte, wurde ich erneut von dem Schattennebel meines Vaters eingehüllt. Er peitschte um mich und hinterließ unerträgliche Schmerzen auf meiner zarten Haut. Ich schrie lautlos.

Der Fischschwanz peitschte, wirbelte das Wasser auf, als ich mit einem ungezügelten Machtschwung die Schatten meiner Vergangenheit losließ und die sich in meiner Macht gefangene Nixe aus dem Wasser hob. Meine Schatten krallten sich in ihrer Kehle fest und das spitzzahnige Fischmädchen versuchte, sich zu befreien. Sie strampelte um sich und peitschte das Wasser auf. Doch vergeblich.

»Priest! Komm und begrüße deine neue Gefährtin.«

Ich kauerte alarmiert auf dem Erdboden. Schwere Schritte näherten sich und ich spürte die Aura eines weiteren Schattenwesens. Eines Unbekannten. Vorsichtig erhob ich meinen Blick. Vor mir erblickte ich einen Schattenelfen, dessen schwarze Robe ihm tief im Gesicht hin. Eine kleine, geflügelte Kreatur, nicht größer als meine Hand, krallte sich in den Stoff seiner Schulter und spie kleine Rauchschwaden aus. Als er vor mir stand, den Blick erhaben auf mich herabgesenkt, erkannte ich schwarze Augen, so dunkel wie die Finsternis selbst. Er beugte sich zu mir runter und leckte sich über die Lippen.

»Wir werden sehr viel Spaß haben, Prinzessin«, zischte der Schattenelf.

Gänsehaut verbreitete sich schlagartig auf meinem Körper. Meine Schattenmagie sammelte sich zu einem Ausbruch tiefster Furcht und bildete einen Nebel um mich herum. Doch dann verschwand er. Zog sich zurück und ich verlor mich in der unbekannten Gefahr, die vor mir stand. Die Schattenelfen brachen in Gelächter aus und ich hielt mir die Ohren zu, wollte nicht das pulsierende, verängstigte Herz spüren, das vor Angst immer weiter und weiter, immer lauter und lauter in meiner Brust schrie.

Ich drückte zu. Die Nixe wand sich erbittert. Versuchte, gegen ihren bevorstehenden Tod anzukämpfen, doch war sie schwach. So schwach. Wie alle Lebewesen dieser Welt. Einzig die Macht meiner Magie war erhaben. Meine Schatten peitschten um mich, schleuderten ihre Krallen immer und immer wieder in einer Wolke um mich herum. Ich ließ meine Hand vorschnellen und bohrte sie in Schatten gehüllt in die Brust der minderwertigen Kreatur. In ihren Augen sah ich nur schwarze Kohlen, deren kleines Feuer immer und immer weiter wuchs. Bis es brannte und ich das Herz der Nixe aus ihrer Brust riss.

Ein Elf mit blauen Augen, so tief wie der wolkenlose Mittagshimmel, blickte mich mit mürrischem Blick an. Drückte mich an einen Baum, dessen Rinde ich auf meiner Haut wie Nadelstiche spürte und hauchte mir die Worte entgegen, die ich aufsog wie das Licht bei einem Sonnenuntergang.

»Du magst zwar das schönste Wesen sein, das ich in meinen fast 210 Jahren auf dieser Welt erblickt habe. Doch bist du immer noch ein Schatten. Und diese Tatsache macht dich, so schön du auch bist, zu meinem Feind!«

Langsam verwandelte sich das blutende Herz in schwarze Kohle. Stück für Stück wurde es brüchig. Einzelne Asche-partikel wehten im Nebel der Schatten um mich herum. Wurden aufgesaugt von der Dunkelheit meiner Magie und wurden eins mit mir. Die volle Kraft der Dunkelheit wehte um mich herum, peitschte und der Donner des berau-schenden Etwas, das durch mich hindurchzog, schallte in der Atmosphäre nieder. Geboren mit einer Macht, die unbe-zwingbar schien.

Der Elf hauchte mir zärtliche Worte der Liebe entgegen. Seine weichen Lippen liebkosten meinen ganzen Körper, während er unsere Leibe in einem rhythmischen Glühen zu einem Höhepunkt bewegte, zu dem nicht mal das Licht der Sonne in Konkurrenz stehen konnte. Seine Atmung ging stoßweise, während er uns immer heftiger in eine Richtung trieb, die einer Explosion der Welten glich.

Als die Eruption des Bebens nachklang, es sich tief in unsere schlagenden Herzen absetzte, die im selben Rhythmus ein Lied der Liebe summten, flüsterte er die verhängnisvollen Worte, die meine Welt ins Chaos stürzten und die ganze Anderswelt, die Welt von Schatten und Licht, ins Wanken brachten.

»Ich liebe dich, Prudence Nachtschatten! Es tut mir leid!«

Die grellen, tiefblauen Augen verzehrten sich vor Schmerz, als er mir die Hände über den Kopf legte und seine pulsierende alles berauschende Magie in meine Adern drang und ich verstand, welch hohen Verrat er an unserer Liebe begangen hatte.

Der bebende Körper der Nixe erschlaffte. Ein berau-schendes Donnergrollen breitete sich in mir aus, durch-schlug mich mit einer Kraft, die meine Macht explodieren ließ.

»*Du bist das Schattenkind!*«

»*Tötet sie!*«

»*Ertränkt sie!*«

»*Peitscht sie aus!*«

»*Sperrt sie in den Kerker. Ich will diesen Schatten schreien hören!*«

Ein Strudel vergangener Bilder rauschte durch den Gewittersturm, während ich das Herz fester drückte, bis das Blut meine Hände benetzte und ich den Kopf in den von Schatten verdunkelten Himmel hob. Priest, der mich schlug, wie er mir mit einer Klinge ins Fleisch ritzte, um die angebliche Kraft meines Seins an die Oberfläche zu befördern. Priest, der sich lächelnd über die Lippen leckte und dessen Herz leblos in seiner Brust immer mehr verrottete. Dann diese neue List, diese abscheuliche List des Herzens in seiner Brust, das schlug, das lebte, das sich nach meinem Körper sehnte. Grüne, vertraute Augen, die mich in die Arme des Verräters legten. Wichtel, die versuchten, mir die Augen auszukratzen, um ihre Taschen mit Gold zu füllen. Ein König, dessen Augen eiskalt aufblitzten, um den Dämon zu verbergen, der in ihm wohnte.

»*Ich werde jedes einzelne dieser Lichtwesen abschlachten!*«

Das Zischen der Peitsche. Das Gefühl von zersprungener Haut. Das Schreien tausender Seelen.

»*Wenn dieses Schattenkind die falsche Seite wählt, sind wir alle verloren, da hilft uns nicht mal mehr unser Glauben.*«

»*Ich zahle den Preis.*«

Kälte, die sich in meinem Inneren ausbreitete. Schreie und Gelächter. Ein Sturm aus berauschender Leere. Die Stille des verräterischen Herzens. Priest, wie er mich trug, wie er fast schon liebevoll die Tränen der Trauer aus meinem Gesicht wischte. Wie er mich in seinen kalten, vernarbten Armen hielt und mich aus dem Feuer der Dunkelheit befreite. Widerspenstig und widersprüchlich zu den Tagen des Hasses in der Vergangenheit. Ein zappelnder Fischschwanz, der sich wand, der das Wasser aufpeitschte und der Gewalt dennoch nicht entrinnen konnte.

Ich krampfte meine Hände zusammen, als der Sturm um mich herum immer mehr tobte. Knurrte, als das Donnergrollen immer dröhnender wurde. Meine Magie war so berauschend gefährlich, dass die Welt für einen Augenblick aufhörte, sich zu drehen. Dass der Atem angehalten wurde, nur um erneut mit einem Schrei auf den Lippen seinen Kreislauf von vorn zu beginnen. Dass ein Gewittersturm über die Lande heraufbeschwor und die Gewalt der Natur ihre Macht offenbarte.

Und während die Überreste des Herzens durch meine verkrampften Finger rieselten, erwachte dieses Etwas in mir. Aus Dunkelheit geboren. Es wollte mich ersticken und zugleich liebkosen. Es schrie und ballte sich zu einer Gewalt zusammen, die die Erde erzittern ließ. Ich würde dieses Etwas in den Arm nehmen. Mich an ihm laben und von dieser Kraft zehren, bis alle die gleiche Qual erleiden würden, die ich erleiden musste. Die toten Augen der Nixe spiegelten meine feurige Regung, als der leblose Körper auf dem Wasser aufschlug. Verschluckt wurde von der Nässe ihres Ursprungs.

Mit einem entsetzlichen Schrei aus meiner Kehle wachte ich vollständig auf aus der Blendung und dem Rausch meines Sinneseindruckes. Die Erinnerungen kamen mit so viel Gewalt, dass ich selbst meine Schattenmagie nicht mehr kontrollieren konnte, und ich ließ meine dunkle Magie in die Welt hinaus. Sie zerstörte und folterte die Atmosphäre, war wie eine Befreiung aus einer Gefangenschaft.

Die Bäume um mich herum, deren knochige Substanz das Einzige war, das übrig war in dieser von Mooren umgebenen Landschaft, knackten, rissen sich gegenseitig nieder und fielen zerstückelt in das Gewässer. Wasser spritzte in alle Richtungen. Vogelwesen stießen aus den umgefallenen Bäumen, keiften, versuchten zu fliehen und fielen tot vom Himmel. Kreaturen der Moore flohen vor der Dunkelheit, die ich freisetzte, und wurden von ihr verschlungen. Es blitzte ungezähmt. Elektrische Ladung wurde freigesetzt und glich der Kraft meines Schattensturmes, der sich immer mehr auftürmte.

Dieses erste Gefühl in mir explodierte und zersplitterte alles in meiner Umgebung in tausend kleine, nadelspitze Stücke. Das Leben dieses Ortes wurde zerstört, zerfiel zu Asche und hauchte seinen letzten Atemzug in dieser Welt.

Ich schwebte in einer Wolke aus Dunkelheit über der Anderswelt. Mit Flügeln so dunkel wie der finsterste Ort der Schattenlande. War zu einer Kreatur der Dunkelheit geworden, die alle fürchten sollten. Das Etwas in mir setzte sich in jeder Zelle ab, in jedem Knochen, in jeden Augenblick, den ich auf dieser Welt verbracht hatte. Es war berauschend, kraftvoll, es war die pure Zerstörung. Es zerfraß mich und doch wollte ich es nie mehr loslassen.

Wenn es das war, was Gefühle bedeuteten, dann wollte ich nie wieder etwas anderes. Ich würde es nähren und jeden damit bestrafen, der meinen Weg kreuzte.

Es war Hass.

KAPITEL 18
Fry

Meine Füße hatten mich aus meiner Traumwelt direkt ins Herz der Lichtlande geführt. An den Ort, an dem das Orakel mir diese wirren Worte der Vergangenheit, Gegenwart und Zukunft preisgegeben hatte, als ob sie ein Geschenk wären, das nicht jedem vergönnt waren. Als ob es eine Ehre wäre, es so oft in meinem Leben zu erblicken, zu hören und dann an der wirren Bedeutung seiner Worte und dem Gedankenchaos, um diese zu entschlüsseln, fast zu Grunde zu gehen.

Schon wieder war ich auf der Königswiese. Schon wieder lachte mich der scheinheilige Thron aus Esche unschuldig und zugleich hinterhältig an. Wollte meine Aufmerksamkeit erregen. Zog mich mit seinen langen hölzernen Eschenfingern in seine Richtung. Jeden Tageslauf aufs Neue wollte er sich an mich krallen und entzog mir sogleich den letzten Rest Hoffnung, den er mit seiner bloßen Existenz im Keim erstickte.

»König Fry, dürfte ich Euch in einer Angelegenheit sprechen?«

Ich drehte mich um, hatte in meinem Gedankenchaos nicht bemerkt, dass Fehran hier war. Wie lange er schon hier stand und auf einen Moment gewartet hatte, das Wort an mich zu richten, wusste ich nicht. Wieso er sich überhaupt der für ihn nagenden Sonnenstrahlung aussetzte, wusste ich auch nicht, nur dass es wichtig zu sein schien, sonst stünde nicht dieser verbissene Ausdruck in seinem Gesicht, als er versuchte, das Beschwernis zu unterdrücken.

»Fehran. Sollen wir lieber nach drinnen gehen oder im Schutz der Bäume das Gespräch führen?«

Ich blickte den Schattenelfen an, auf dessen Stirn der Schweiß perlte. Einzelne Tropfen liefen bereits seine Wange hinunter und verfingen sich dann in seinem Bart.

»Das würde mir belieben, Majestät.«

Er nickte mir zu und ich wollte gerade einen Schritt in seine Richtung gehen, da stoppte ich mitten in der Bewegung. Ein Gefühl, berauschender und schmerzvoller als alles, was ich in den letzten Wochen gespürt hatte, rauschte wie ein Wirbelsturm durch meine Glieder. Mein Herz raste, es zersprang in seine Einzelteile und setzte sich dann qualvoll wieder zusammen. Es setzte einen Schlag aus, um dann im nächsten Moment wieder mit dreifacher Geschwindigkeit in meinem Brustkorb zu schreien, um dieses schmerzvolle Gefühl, das es gerade durchströmte, auszuhalten. Es schrie nach mehr, es schrie nach weniger und dann holperte es weiter. Schritt für Schritt versuchte es, in einen gleichmäßigen Rhythmus zu finden. Scheiterte.

Ich taumelte von dem schmerzvollen Schlagen des Herzens, dessen Licht nur teilweise aus meinem Erbe stammte. Durch die Gewalt des unbekannten Gefühlsausbruchs musste ich mich zitternd an dem Thron aus Esche festhalten. Spürte die Last der Krone im gleichen Augenblick um ein Vielfaches auf mich einwirken und verzog das Gesicht zu einer schmerzvollen Fratze, als das Herz in meiner Brust erneut laut aufschrie, überwältigt von dem Gewittersturm.

Bilder zogen vor meinen Augen auf. Die schlammige Landschaft der Moore, knochige Bäume, die in einem

Gewaltsturm zerbarsten. Lebewesen, die leblos vom Himmel fielen, verschluckt wurden von einer einzigen kraftvollen Magie, die freigesetzt wurde. Ein zu Asche zerfallenes Herz, zerdrückt von den filigranen Fingern der Dunkelheit.

Ich krallte die Hand an meine Brust, spürte die pulsierende, schmerzvolle Hingabe des Lebens zweier Seelen, den Ursprung des Schmerzes, der mich befiel wie ein Blitz eines im vollen Sturm stehenden Gewitters. Wie die Ewigkeit der Dunkelheit. Sah vor den benebelten Augenfasern zwei rot glühende Augen, in denen der Schmerz, der mein Herz befiel, seine Geburt erlebte. *Prue.* Sie war der Ursprung des Unwetters in meinem zweigeteilten Herzen.

Die einseitige Seelenverbindung erwachte mit einem schmerzhaften Aufschrei meiner eigenen Stimme. Verschwommen nahm ich das Fluchen von Fehrans Stimme wahr. Spürte seine sich nähernde Gestalt und doch verlor ich mich in dem aufkommenden Band des Seelenschwurs und dem damit verbundenen Kampf der Macht meiner Gefährtin. Dieses aufkommende erste Gefühl ihrer leblosen Hülle verursachte dieses Schmerzempfinden in meiner Seele, in meinem Herzen, in mir selbst. Sie war die Dunkelheit und der Hass sprach aus ihr. Der Hass, der zum ersten Schrei der Geburt ihrer leblosen Hülle wurde. Ich spürte ihn. Ich spürte ihn überall und krümmte mich vor Schmerzen. Hass, der ähnlich dem war, der einst mir gegolten hatte als Konsequenz des Verrates.

Schmerz und Hass.

Und doch war diese Art des Hasses anders.

Brutaler. Hasserfüllter. Todbringender. Schmerzvoller.

»Prue«, brachte ich schmerzvoll über meine Lippen, als ich vollends das Bewusstsein verlor und vor dem Thron aus Esche zusammenbrach. Das letzte, was ich hörte, war ein einzelnes Echo eines Herzens, das nicht fähig war zu leben und zwei schweißnasse bleiche Arme, die versuchten den harten Aufprall abzufedern.

»Es geht mir gut, verdammt!«, brummte ich auf der Heilstation, als Jezebel ihre Hand auf meinen nackten Brustkorb legte und die Stelle meines wild schlagenden Herzens untersuchte. Ihre Hand war warm und trotzdem zuckte ich zurück, als ich mein eigenes Herz an ihrer warmen Hand schlagen spürte.

»Ihr seid umgefallen, die Hand auf das Herz gepresst, und habt vor Schmerzen geschrien und gezittert. Ihr könnt von Glück sagen, dass der Schattenelf so schnell reagierte und Euch zu mir gebracht hat, ohne dass Euch jemand in diesem Zustand zu Gesicht bekam.«

Ich verdrehte die Augen und doch wusste ich, was ihre Worte bedeuteten. Ich wollte gar nicht daran denken, wie schwach ich aussah, als ich auf dem Boden aufgeschlagen war, und ich wollte erst recht nicht daran denken, was diesen Zustand überhaupt ausgelöst hatte.

Ich schob ihre Hand von mir und stand von dem Lager auf. Nahm mein Hemd und zog es mir wieder über den Kopf.

»Euer Herz hat übernatürlich auf etwas reagiert.«

Ich antwortete ihr nicht, sondern ballte meine Hände zu Fäusten.

»Es ist die Verbindung, richtig? Die Verbindung Eures Seelenschwurs. Sie ist erwacht. Was habt Ihr gespürt, Majestät?«

Ich drehte mich zu Jezebel um. Sie hatte die Arme verschränkt und musterte mich mit einer hochgezogenen Augenbraue.

»Hass«, spie ich das Wort aus, das mein Herz erneut rasen ließ und das ich, so gut es ging, nicht wahrhaben wollte. Aber es war zwecklos und das machte mir Angst. Vielleicht sogar mehr Angst, als meinen Hintern auf den Thron aus Esche zu setzen. »Es war Hass.«

»Was bedeutet das für uns?«, hakte Jezebel nach.

Ich fuhr mir durch die Haare und dachte über ihre Worte nach. Was bedeutete Prues entflammtes Gefühl? Was bedeutete dieser Hass für uns und die Welt? War es das Zeichen dafür, dass die Prophezeiung sich in die eine Richtung entwickelte, die wir so sehr fürchteten? Die Welt war grausam zu der Elfe aus Schatten gewesen, die ihr Leben lang nichts als Dunkelheit kannte. Der eine Lichtblick, den sie sich gestohlen hatte und den sie mit jeder Faser ihrer alten Existenz geliebt hatte, wurde gleichsam wieder zerbrochen, durch den Preis, den wir alle zahlen mussten.

Ihr Preis war zu hoch.

»Ich wünschte, ich könnte dir eine Antwort darauf geben.«

Ich blickte Jezebel an und sie nickte, ließ die Arme sinken. Sie drehte sich um und holte eine Flasche aus einem Regal, pustete den Staub davon und reichte sie mir.

»Für den Schlaf. Ich denke, eine erholsame Nacht ohne Träume würde Euch guttun.«

Ich nahm die Flasche entgegen.

»Vielleicht hast du Recht.«

»Ich habe immer Recht.«

»Genau das sagt Severin auch immer.« Bei meinen Worten stahl sich ein kleines Lächeln auf meine Lippen.

»Kaum zu glauben bei seiner spitzen Zunge und der großen Klappe. Aber ich muss dem Laberprinz dieses eine Mal Recht geben.« Sie lachte.

»Laberprinz?« Ich hob eine Augenbraue und schmunzelte, weil diese Beschreibung für meinen geliebten Freund so zutreffend war.

Jezebel schenkte mir ein Lächeln und zuckte die Schultern.

»Er redet ununterbrochen. Wie mein Bruder das Ganze ertragen kann, ist mir schleierhaft.« Sie kicherte, strich sich aber gleichzeitig die Tränen aus dem Gesicht, die sich gebildet hatten.

Ich wusste nicht, ob es an der albernen Rede lag oder ob die Erinnerung an ihren Bruder die Tränen geboren hatte. Wieder einmal wurde mir schmerzhaft bewusst, wie sehr ich meinen Freund vermisste.

Es klopfte an der Tür und Fehran trat ein. Er nickte uns zu und musterte mich etwas länger, als es normalerweise angebracht war.

»Fehran.«

»Majestät.« Er trat näher und hatte die Hände hinter seinem Rücken verschränkt. »Wie ist Euer Befinden?«

Ich atmete tief ein, bevor ich die Antwort auf meiner Zunge wälzte und dann doch nichts über die Lippen brachte. Es ging mir nicht gut. Aber das konnte ich nicht offenbaren. Doch brauchte ich es auch nicht aussprechen, denn der Vorfall war Beweis genug für mein Befinden.

»Du wolltest mich sprechen?«, lenkte ich das Gespräch in eine andere Richtung.

Fehran nickte.

»Ich wollte Eure Erlaubnis einholen, die Lichtlande zu verlassen.«

Mein Kiefer spannte sich an und eine Schwere legte sich über meine Brust. Wenn die Schattenelfen, die zu unseren Verbündeten zählten, jetzt gingen, würde die Hoffnung in mir weiter schwinden. Außerdem waren sie nicht nur Verbündete. Zumindest Fehran zählte ich mittlerweile zu meinen Freunden, was das Gefühl des Verlustes noch tiefgründiger machte.

»Du brauchst meine Erlaubnis nicht, Fehran. Du kannst kommen und gehen, wie es dir beliebt.« Ich konnte meiner Stimme nicht ganz den angespannten Unterton entziehen, den mein Wesen ausmachte.

»Ich gehe nicht, weil ich Euch nicht mehr dienen möchte. Ich gehe, um die anderen, die so sind wie ich, zu suchen, um sie darum zu bitten, sich uns anzuschließen.«

Ich konnte nichts darauf erwidern. Dachte ich doch, er würde uns verlassen, weil die Hoffnung auf einen anderen Ausgang dieses Krieges durch meine Schwäche im Keim erstickt worden war. Doch damit hatte ich nicht gerechnet. Und da mir anscheinend die Worte fehlten, um auf diese Aussage und seinen Plan einzugehen, nickte ich nur.

»Wenn sie alle so starrköpfig sind wie du, dann wird das sicherlich eine beschwerliche Reise«, raunte Jezebel.

Fehran fuhr zu ihr herum.

»Ihr sprecht sicherlich nicht von mir, Weib!«, beschwerte er sich.

Ehe die Situation noch bizarrer wurde, ging ich dazwischen und legte Fehran eine Hand auf die Schulter.

»Seid vorsichtig, mein Freund. Das Reich ist nicht sicher, auch nicht für euch.«

Er nickte, warf Jezebel noch einen Seitenblick zu und ging zur Tür. Dort drehte er sich noch einmal um.

»Majestät?«

»Nenn mich Fry, wir sind Verbündete und ich schätze dich sehr.«

Er nickte, hob das Kinn und durchbohrte mich mit seinem schlauen Blick.

»Die Heilerin hat Recht. Ihr solltest Euch ein paar traumlose Nachtläufe gönnen.«

Ich schnaubte. Dann verschwand Fehran sogleich aus der Heilstation. Sofort ließ ich die Schultern sinken, spürte die Erschöpfung und ließ meinen Nacken kreisen. Jemand räusperte sich und ich erinnerte mich daran, dass ich nicht allein war.

»Der Ausgang dieses Krieges ist noch nicht endgültig entschieden«, sagte Jezebel und brach somit die Stille.

»Du sprichst wie das Orakel.«

»Wie denn? Weise?«

»Wirr.«

Sie zuckte die Schultern, trat dann auf mich zu und tippte auf die Flasche mit dem Trank in meiner Hand.

»Trinkt das und gönnt Euch endlich mal eine erholsame Nacht. Es bringt Euch und auch uns nichts, wenn unser König erneut einen Zusammenbruch erleidet.«

KAPITEL 19

»Du hast mich verraten, Zauberweberin! Du sagtest, das Balg müsste auf den Steinen der Grotte bluten. Eine List!«

Eine Faust, so dunkel wie die Nacht, schlug auf den Knochen des dunklen Thrones auf. Der Boden erzitterte und das Beben ließ kleine, zersplitterte Risse im Erdreich entstehen. Wie kleine Flüsse zogen sie eine Linie durch die Dunkelheit, hinterließen lautes Gekeife in den Wänden der dunklen Festung.

»Das Missverstehen von Worten führt oft zu Entscheidungen dieser Art, doch sind es die Entscheidungen, die die Zukunft formen, nicht die Worte.«

Die dunkle Macht offenbarte sich erneut voller Aggressionen, schlug um sich und wütete um die Gestalt ihres Erzeugers.

»Die Macht der Tochter, wahrhaftig und schön. Mit Blut des Herzens auf Stein geschrieben wird die Macht sich offenbaren!«, keifte die kalte Stimme laut auf und sie hallte durch die Gänge des dunkelsten Ortes der Anderswelt. Selbst die Lakaien dieser Mauern erzitterten vor der geballten Kraft ihres Königs. »Das waren deine Worte! Wie kann man das missverstehen? Und dieser Lichtknabe? Auch eine List von dir? Seine ganze Existenz widert mich an! Er hat keinen Nutzen für mich!«

Dunkle Nebelschwaden entluden sich und Steine rieselten vom Gemäuer. Der Vulkan spuckte einen Schwall tödlicher Lava aus und die dunklen Höhlen der dunklen Gestalt auf dem Thron spiegelten die Farbe der Glut wider.

Aber die gegensätzliche Erscheinung blieb unberührt. Und als die verschleierte Gestalt erneut sprach, wurden die Augen des Dunklen schwarz wie seine ganze Existenz. Das Feuer erlosch einen Moment, doch die Erregung der Wut flammte zu keinem Zeitlauf ab.

»Einst wart Ihr wie er, dunkler König. Die Erinnerung ist verblasst in den Köpfen der Anderswelt, doch niemals verloren. Der Fluch des Vaters in der Macht der Tochter. Diesen Fluch seid ihr Euch selbst schuldig, dunkler König, und allen in Dunkelheit geborenen Elfen.« Weißer Nebel kroch über den Boden und die Stimme, mädchenhaft zart, flüsterte echogleich weiter. »Der von Dunkelheit umgebene Elf. Eine Macht verborgen unter der Maske des Kindes.«

Der Schattenkönig knurrte, seine Wut war sein mächtigstes Werkzeug und doch flammte sie einen Wimpernschlag ab, als der weiße Nebel sich mit seinen schwarzen Schwaden vermischte und eine im Dunst des Vergessens gelegene Erinnerung in seinen von Dunkelheit umwobenen Gedanken auftauchte. Es war, als ob die Verbindung von Verdorbenheit und Reinheit etwas teilte, das längst in den Moder der Verwesung geraten war. Einen Wimpernschlag, einen tödlichen Atemzug, einen nicht vorhandenen Herzschlag lang. Dessen Klang in den Ohren des dunklen Königs längst von der Zeit im Dunst des Vergessens begraben war.

»Was ist das für ein Ort?«

Jemand kicherte.

»Wer ist da?«

Wieder ein Kichern.

»Zeig dich!«

Das Kichern schallte ein drittes Mal über diesen unbekannten Ort und dann ertönte ein Rascheln. Im nächsten Augenblick trat eine Gestalt aus dem Holunderbusch. Ein Mädchen.

Der Unbekannte trat einen Schritt zurück. Stütze sich an der Rinde des uralten Baumes ab, durch die er gestolpert war. Wieder kicherte das Mädchen, strich sich eine helle Haarsträhne nach hinten und offenbarte ein spitz zulaufendes Ohr. Sie legte den Kopf schief.

»Was bist du?«, fragte der Fremde. Wieder eine Frage und doch die wichtigste von allen.

Der Klang der Erinnerung brach jedoch ab und der dunkle König knurrte aufgebracht, als das Bild des rotwangigen Geschöpfes mit spitzen Ohren in seinem Kopf schwebte. Er legte seinen Kopf schief, beobachtete die gesichtslose Nebelgestalt mit zugekniffenen Augen.

»Einst hattest du für mich die Gestalt eines Mädchens. Doch nun sehe ich nichts außer diesem Nebel.« Er reckte sein Kinn dem Nebel zu, der mit dem schwarzen Nebelgebirge seiner Macht spielte. Als wären sie aus derselben Naturkraft geboren.

»Nein. Ich war dieses Mädchen. Bis Euer Herz durch Eure Gier nach Macht aufgehört hat zu schlagen und Ihr mich zu dem gemacht habt, was ich nun bin.«

Der weiße Nebel stieg auf, umschlang die schwarzen Schlingen und drückte sie nieder. Der dunkle König folgte dem Spiel mit den feurigen Augen und befehligte seiner Macht, zu zerstören. Es gelang ihm. Und er zwang das weiße Gegenstück in die Knie.

»Ich wurde verflucht, Vergangenheit, Gegenwart und Zukunft zu sehen, nur meine eigenen nicht«, sprach der Nebel, als er sich zurückzog und eine Gestalt verhüllte, die für jeden ein anderes Bildnis formte.

»Das ist kein Fluch. Das ist Macht!«, spie der König mit erregter Stimme. Zeitgleich spie der Vulkan einen weiteren explosionsartigen Schwall aus. Als wären die Kraft des dunklen Königs und die der Naturgewalt miteinander verbunden. Als würden sie ein Bildnis formen.

Doch der weiße Nebel, von einem plötzlichen Ruck getroffen, gewann an Kraft, als würde er die explosionsartige Gefühlsregung des Herrschers der Dunkelheit in sich selbst spüren. Als würde er die machtvolle Erregung von Stärke spüren, kleidete er wellenartig die nebelverhangene Gestalt, deren Sog sich dem dunklen König mit den feuerspiegelnden Augen näherte. Der gleichwohl machtvolle Gegenspieler schlängelte sich über den Boden, glitt berauscht über die Füße der Finsternis, setzte peitschend seinen Weg fort und blieb schließlich vor der Gestalt der dunklen Macht stehen. Rauschte und erklang im Dickicht des Thronsaales. Wehte hin und her und nahm Umrisse an. Helle, bodenlange Haare und blaue Augen. Doch ohne das einstige Lächeln im Gesicht. Blass und durchscheinend, als ob sich diese Gestalt nicht lange in der Gegenwart ihrer eigenen Zeit halten könnte. Bitterkeit und Leid peitschten um die dunklen Schwaden des Schattenkönigs, als dieser die Augen zu Schlitzen zusammenzog und seine Stimme unheilvoll von Gestein zu Gestein kratzte.

»Das ist Jahrtausende her!«, donnerte der König und schickte seine Schatten, um die nebelverhangene Gestalt zu vertreiben.

Der Nebel wurde lichter und doch strahlte die Macht des Orakels und versetzte die ganze dunkle Festung in beißendes Licht. Dann verblasste der Nebel der Zukunft, wurde schwächer, bis nur noch die hauchzarte Stimme blieb, die in der Luft hing, bis sie durch die Dunkelheit hindurchgleitete, sich tief an der Stelle des einstigen Lebens absetzte und den dunklen König kurzzeitig erstarren ließ, als die Erinnerung an sein einstiges Leben durch ihn hindurchfuhr und eine giftige Empfindung in seiner Brust hinterließ.

»Du bist so schön, Elfora.«

Ein Mensch mit braunen, strubbeligen Haaren und braunen Augen blickte auf eine Elfe mit hellen Schopf. Ihre Wangen färbten sich rot und das Herz des Sterblichen schlug heftig. Als sie dann in einem hellen Ton anfing zu strahlen und die Blumen um sie herum ihre Knospen öffneten, konnte er nicht an sich halten. Er zog das schönste Mädchen, das er je erblickt hatte, zu sich, strich über ihre Wange und küsste sie. Eine Explosion wie tausend Feuerwerke sprühte um die beiden Umschlungenen. Gräser wuchsen, Blumen sprossen und als der hübsche Sterbliche die Augen öffnete, waren sie umgeben von einem Dschungel aus allerlei bunten Farben.

»Wie hast du das gemacht?«

Die Elfe kicherte.

»Magie, mein hübscher Sterblicher. Magie.«

»Zeig es mir!« Gier blitzte in den dunklen Augen des Sterblichen auf.

Die Elfe kicherte erneut, wollte ihre Lippen wieder auf die des Fremden legen, doch dieser drehte seinen Kopf und beobachtete fasziniert und mit einem leichten Blick der Besessenheit auf das Wunder, das die Elfe geschaffen hatte.

»Zeig es mir!«, forderte der Mensch und die Elfe legte den Kopf schief, immer noch mit leicht geröteten Wangen. Dann bündelte sie einen kleinen Funken Sonnenkraft in ihrer Hand und ließ sie vor sich und dem Sterblichen schweben.

Der Blick des Sterblichen war gierig und die Dunkelheit, die in diesem Augenblick zuschnappte, war unsichtbar und kroch langsam in sein schlagendes Herz. Bereitete sich ein Lager und nährte sich von den Gefühlen des Mannes, dessen Herz bereits von Finsterkeit befallen war.

Der dunkle König erhob sich von seinem Thron und bemächtigte sich seiner ganzen Kraft, um die Erinnerung fortzuwischen. Die Erinnerung an eine Zeit, die längst vergessen war. Er hüllte sich in Schatten, so dass er vollständig mit der Dunkelheit verschmolz, neigte den Kopf in die Höhe und bekämpfte die aufkommende Plage des Vergessens. Aber die höhere Macht seiner verfluchten Vergangenheit sprach ein letztes Mal und der König ließ seine Macht frei, noch während die Zauberweberin ihre Worte in seinen Gedanken festsetzte.

»Die Zeit vergisst nicht, dunkler König. Die Zeit vergisst nicht!« Der Nebel verzog sich endgültig und die Stimme wehte nur noch aus weiter Ferne.

Der Schattenkönig krampfte die Hände zu Fäusten, als das Orakel im Echoklang seines Zaubers neue verhängnisvolle Worte in des Schattenkönigs Innerstes pflanzte. Nur für ihn bestimmt und doch für alle von mächtiger Tragweite. So wie alles, was das Orakel im Nebel der Zukunft sah.

»Einer, der keinen Tag in Ketten der Dunkelheit lag. Jenen mit königlichem Blut, der niemals König wird. Jenen, dessen Eltern ihr geschlagen habt und durch die ihr die Prophezeiung ausgelöst habt. Jenen einen, der hinter die Fassade schaut, der den Nebel durchdringt und dessen Herz rein und gleichzeitig voller Hass gegenüber Euch ist. Jenen, der eure Tochter liebt, deren geschwisterliches Band seelengleich stark bleibt, der aber nicht aus euren Lenden entsprungen ist. Jenen, dem es bestimmt ist, mehr zu sehen. Dessen Blut das Schicksal von Elfora entscheidet. Die Vergangenheit muss zur Gegenwart werden. Der junge Elf wird den Platz seines Vaters vor Euren Füßen einnehmen. Doch wird er nicht seines Herzens beraubt. Die Vergangenheit muss zur Gegenwart werden, um die Zukunft zu schreiben. Denn was wäre eine Zukunft ohne Vergangenheit?«

Der Schattenkönig ließ die Worte des Orakels in seinem allmächtigen Gedächtnis aufflammen, als sie längst davon geweht waren. Deutete die Worte für sich und fällte eine Entscheidung. Ein Lächeln umspielte sein Gesicht und die roten Augen blitzten feuergleich auf, als sich die Gier nach Macht festigte.

Er schlug die Faust auf die knochige Lehne seines Thrones. Tote Knochen splitterten.

»Bringt mir Severin Grünhain, Prinz der Lichtlande. Er wird niederknien, an der Stelle, an dem das verräterische Herz seines Vaters seinen letzten Schlag getan hat. Bringt ihn mir lebend!«, spie er in die Dunkelheit und wurde von den Tausenden von verfluchten Herzlosen gehört.

Es donnerte, als seine Untertanen auf dem steinigen Erdboden trampelten und ihre Gier nach gleichbedeutender Macht von ihren Zähnen tropfte.

»Bringt ihn mir!«

KAPITEL 20

Leo

Liebe, Liebe, Liebe, pocht, pocht das Herz in Zweien. Einmal hin und einmal her, pocht es immer weiter und dann muss ich ihn tüssen, sonst gibt was auf die Nüsse.

Ich verfluchte mein Gehirn für diesen Kinderreim einer vier Jahresläufe alten Elfe. Der Lichtschein des Liedes erhellte immerzu meinen Kopf und wurde zu einer Endlosschleife verzweifelter Worte, die ich nicht loszulassen vermochte. Zu den unpassendsten Augenblicken bildeten sie sich in meinem Kopf. Wollten gehört werden. Ich wusste nicht, ob ich sie noch lange verbergen konnte.

»Was summst du da?«, sprach die verhängnisvolle Neugierde ganz nah an meinem Ohr und da ich gerade Wasser in meinen Schlauch schöpfte, als Severins Schatten sich über mich legte, fiel mir auch noch fast der Schlauch aus der Hand. Ich erschreckte mich sogar so sehr, dass ich aufschrie und fast in den Bach gestürzt wäre.

»Uaaah!«, schrie ich unheilvoll, als Severin sich in meinem Oberhemd festkrallte und versuchte, mich ins Gleichgewicht zurückzuziehen. Dabei drehte er mich zu sich und wir wären fast gemeinsam in den Bachlauf gestürzt, hätten unsere Füße nicht diesen albernen Balanceakt aufgeführt. Nasenspitze an Nasenspitze verharrten wir,

als der Tanz vorbei war. Die Hände in das jeweilige Obergewand gekrallt, um nicht umzufallen.

Ich konnte die goldenen Sprenkel in seinen grünen
Augen sehen. Die man nur sehen konnte, wenn man ihm
nah war.

Er war zum Niederknien schön.

Sein Duft, betörend wie immer, kitzelte mich in der Nase
und mein Herz erwachte aus seiner Schreckstarre. Laut,
ungezügelt und voller Leidenschaft für diesen Elfen schlug
es um sich. Ich konnte es durch das laute Vogelgezwitscher
deutlich heraushören, das über unseren Köpfen tobte.

Ich wollte ihn so sehr küssen. Wollte meine Lippen mit
dem Drang eines Besessenen auf seine drücken und meinen
Atem mit ihm teilen.

Sofort bahnte sich die Blase des Kinderreimes wieder
einen Weg in die Freiheit und ich presste die Lippen so fest
zusammen, dass es wohl äußerst dümmlich aussah. Allerdings war es nicht nötig, so verkrampft die Lippen aufeinanderzupressen, damit kein Wort entfleuchte. Denn das
Lied verzog sich in dem Augenblick zurück in mein Unterbewusstsein, als Severin seine Lippen einen kleinen
Moment in meine Richtung beugte. Sie waren gerötet und
leicht geöffnet. Sein heißer Atem streifte mich und mein
Herz sprang mir aus der Brust. Ein Kreischen ließ uns
zusammenfahren und der Moment, den es nie hätte geben
dürfen, war verpufft. Flog davon mit dem Schrei des Vogels
über unseren Köpfen.

»Alles klar?«, fragte er mich und trat einen Schritt zurück.
Er fuhr sich durch die Haare.

Ich konnte wieder atmen. Der typische Severin-Geruch
hätte mich fast meine Selbstbeherrschung gekostet.

»Du summst dieses Lied schon die ganze Zeit. Ich kann
die Melodie schon auswendig. Komm schon. Ich will mit-

machen«, forderte er mich heraus, so wie es typisch für ihn war. Seine Augen verharrten noch immer auf meinen Lippen, und er fuhr sich immer wieder nervös durch die Haare.

Ich atmete hörbar aus und ging ohne ein Wort an ihm vorbei zu meiner Tasche und meinem Bogen, biss mir auf die Lippen, um den heimlichen Schauer der Begierde, der immer noch die Gänsehaut auf meinen Armen förderte, zu unterdrücken. Serverin schnaubte hinter meinem Rücken und wetterte vor sich hin, weil ich ihm mal wieder eine Antwort auf seine Frage schuldig blieb. Krampfhaft versuchte ich, mich abzulenken, doch mein Herz hörte einfach nicht auf, sich nach ihm zu sehnen. Wie lang konnte ich der Versuchung noch widerstehen, mich von ihm fernzuhalten? Wie lange konnte ich mich noch selbst belügen?

Ich war zu schwach.

Ich war der dumme Leo. Der schwache Leo. Der Leo, der es nicht mal schaffte, seine eigenen Gefühle zu ignorieren, um Severin vor zukünftiger Traurigkeit zu bewahren.

Dummer, schwacher Leo Wiesenaue.

»Vielleicht sollte ich mir eine Elfe suchen im nächsten Dorf, die mehr mit mir spricht als mein Wegbegleiter. Oder einen strammen, muskulösen Elfen?«, wetterte Severin ununterbrochen. »Vielleicht auch gleich beides. Schließlich habe ich viel zu geben. Ach Leo, vielleicht sollten wir beide jemanden aufreißen, das könnte etwas Wind in dieses Geschweige bringen, denkst du nicht?« Er betonte seine Worte mit einer ausladenden Geste seiner Hände, bevor er nach seinem Schwert griff, das er zu Beginn der Rast arglos auf den Boden geworfen hatte.

Ohne auf seine Äußerungen einzugehen, schulterte ich meinen Bogen und richtete die Pfeile im Köcher. Trank noch einen großen Schluck Wasser und überprüfte das schwere

Schwert an meiner Hüfte. Als ich auch den Schlauch fest verstaut hatte, hob ich meinen Kopf zum Himmel, tankte noch ein paar Sonnenstrahlen, die es durch das Blätterwerk der Bäume schafften, und atmete noch einmal tief ein. Der Tageslauf war noch längst nicht vorbei und wir hatten immer noch einen sehr weiten Weg vor uns, bevor wir uns ein Nachtlager richten konnten.

»Wir sollten nicht lange verweilen, Hoheit«, sagte ich und marschierte bereits den Weg entlang.

»Er hat seine Stimme wiedergefunden. Lasst uns ein Lied darauf singen«, säuselte er und holte mich schnellen Schrittes ein. Er ging neben mir und beäugte mich von der Seite. »Der tapfere Prinz und sein stummer Weggefährte. Ein Lied für herzzerreißende Stunden in Trauer. Für verfluchte Liebende.«

Seine Worte verletzten mich. Mehr, als sie es sollten, und ich schluckte den Kloß in meinem Hals herunter. Nicht immer war es mir möglich, seine Sticheleien ohne Verletztheit auszuhalten. Und ja, natürlich war ich eifersüchtig, wenn er von anderen Elfen sprach, die er beglücken könnte und die zweifelsohne bei ihm Schlange stehen würden. Auch wenn ich wusste, dass er es seinerseits nur tat, um mich zu ärgern, würde ich ihn gern einmal schütteln und anschreien, dass er das lassen sollte, dass mich das bekümmerte. Aber natürlich blieb ich stumm.

»Wenn du mir dein Lied nicht verrätst, kann ich dir ja eins vorsingen. Was hältst du davon? Ach, sag nichts, du hältst das für eine außerordentlich großartige Idee.«

Die Worte sprudelten nur so aus ihm heraus. Gerade zu dieser verzwickten Zeit war es für mich eine Qual, auch nur eines seiner Wörter von seinen hübschen Lippen zu hören. Denn Severin konnte etwas extrem gut: mich zum Verzweifeln bringen. Er stach immer wieder in die Wunde. Mir blieb nichts anderes übrig, als es auszuhalten.

Severin sang ein vulgäres Tavernenlied über die Früchte der Lenden, einen Krug Met in der Hand und einen Elfen auf seinem Schoß. Es war kaum auszuhalten für meine sensiblen Ohren und noch schlimmer für mein Herz. Außerdem wusste ich nicht, ob ich gleich in Tränen ausbrechen oder lauthals loslachen sollte. Er trieb meine Selbstbeherrschung an den Rand der Grenze. Ich wollte ihn schlagen und ihn gleichzeitig küssen für sein Verhalten.

Mein Mundwinkel hob sich leicht, bis ich merkte, dass er mich immer noch von der Seite beobachtete. Ich schluckte das aufkommende Gefühlschaos herunter und ließ mich zurückfallen. Aber er drehte sich um, ging rückwärts weiter und zog sein Schwert aus der Scheide. Streckte es in den Himmel und sang weiter sein vulgäres Lied.

Wenn er nicht so zuckersüß wäre ...

Als die Sonne den Nachmittagslauf erreichte, wurde die Luft zunehmend schwüler, das Land trockener und die Kleidung klebte uns, trotz dass wir die Wärme gewohnt waren, am Körper. Die Felder waren nah. Noch immer wanderten wir im Schutz der Bäume, die uns Deckung schenkten, aber gleichzeitig auch Gefahren bargen. Obwohl dies ein Ort der Lichtlande war, waren die Schatten nie fern. Die Felder waren ein vernichtender Ort für Schattenwesen, die der Zorn des dunklen Königs traf. Somit die perfekte Bestrafung für ihren Ungehorsam. Es war immer noch nicht sicher, ob wir den mörderischen Schatten auch wirklich dort vorfanden. Es könnte auch sein, dass er bereits tot war. Was die wahrscheinlichste Möglichkeit war.

Die Wichtigkeit dieser Mission schien äußerst dringlich. Sonst hätte der König nicht zwei seiner Krieger zu diesem

Auftrag geschickt, wo doch vor Ort jeder Krieger gebraucht wurde. Ich wusste, der Schattenelf hatte uns im Schattenreich zur Seite gestanden, wusste, dass sein Herz lebendig und voller Kraft war, und doch verstand ich es immer noch nicht ganz. Er hatte so viele von uns getötet, hatte sie gefoltert und sich an unserem Elend ergötzt. Dass er uns geholfen hatte, machte die ganzen Tyranneien nicht ungeschehen. Die Vergangenheit konnte man nicht so auslöschen oder vergessen. Diese Taten würden immer zwischen uns stehen und obwohl wir eine Ehrenschuld mit dem Schatten teilten, wusste ich nicht, ob er das wert war.

Doch ich hinterfragte nicht. Ein Krieger der Krone stellte keine Fragen. Er führte die Aufgaben, die ihm zuteilwurden, aus. Somit war es meine Pflicht, ihn zu befreien, falls es die Möglichkeit dazu gab. Auch wenn es ein todbringendes Unterfangen war, das weit tödlicher enden konnte, falls der Schatten sein Herz verloren hatte und wieder zum mörderischen Dämon geworden war.

Severin blieb plötzlich stehen. Sofort ging der Griff an meinen Bogen, darauf trainiert, jede Gefahr auszuschalten, der wir uns stellen mussten.

»Hörst du das, mein Hübscher?«, fragte Severin und ich drehte meinen Kopf in seine Richtung. Grüne Augen blickten mich entgeistert an.

Ich runzelte die Stirn und versuchte, etwas Ungewöhnliches herauszuhören, aber es lag nichts in der Luft, das nicht hierher gehörte.

»Das Geräusch meines verletzten Herzens wird vom Wind durch die Lande getragen.« Er fasste sich theatralisch an die Brust und seufzte. »Wenn es doch nicht gebrochen wäre«, jammerte er und durchbohrte mich mit einem Blick, der mir bis ins Mark ging.

Es tat weh.

Ich versuchte, meinen Schmerz auszublenden. Schluckte den dicken Klumpen Selbsthass, der sich gebildet hatte, hinunter und setzte meinen Weg fort, als hätte Severin nicht gerade mit einem meiner eigenen Pfeile mein Herz durchstoßen.

»Ach komm schon, mein Hübscher. Das Leben ist zu kurz, um der Liebe keine Chance zu geben. Du musst doch einsehen, dass ich die beste Partie bin.«

Ich verdrehte die Augen. Er und sein überaus von sich überzeugtes Ego.

Ja, auch das liebte ich an ihm.

Ich hatte Mühe, mein unruhiges Herz zu beruhigen, und ich wünschte, er würde endlich die Klappe halten, doch er wäre nicht Severin, wenn er das täte, was am besten für mich oder für ihn war.

Er plapperte einfach weiter drauflos. In endlosen Schleifen wiederholte er sein Leid und seinen erbitterten Kampf, mein Herz zurückerobern zu wollen. Er brauchte nicht zu kämpfen, denn er hatte es bereits ganz allein für sich.

Verfluchte Liebe!

An einem Abhang verlangsamte ich meine Schritte. Hielt mich an einem Baum fest und schaute in den steilen Abgrund vor uns. Ein fast unsichtbarer Pfad schlängelte sich zum Erdboden hinunter. Die Luft war erfüllt von dem Kreischen verärgerter Raben und dem glockengleichen Gesang einzelner Feen, die sich in die Gegend verirrt hatten. Der Schweiß lief mir die Stirn hinunter und ich wischte mit dem Handrücken darüber. Noch immer spähte ich die Böschung hinunter. Der Abstieg würde nicht leicht sein. Man musste seine Schritte weise wählen, damit man nicht Gefahr lief, abzurutschen. Außerdem lauerte unten eine weitere Unannehmlichkeit. Wenn man den Hang zu schnell und unbedacht nahm, sich dabei nicht alle Knochen brach oder durch irgendetwas anderes umgebracht wurde, das vielleicht versteckt noch in den Büschen lauerte, fiel man vermutlich gleich in den Tümpel am Fuß des Abgrundes. Sein Geruch verteilte sich in alle Richtungen, obwohl das Wasser klar war. Eine List. Schon einmal war ich mit Severin in einen Tümpel gefallen, diesem sehr ähnlich. Damals hatten wir noch tagelang nach dem ekligen Brei gestunken. Ich wollte beim besten Willen ein weiteres Mal darauf verzichten.

»Viele Elfen würden sich darum reißen, dass ich ihnen meine Aufmerksamkeit schenke, weißt du?« Severin trat neben mich und streckte seinen Kopf, genau wie ich, dem Abhang entgegen. »Wer zuerst unten ist!«, scherzte er und setzte sich schon in Bewegung, geblendet von seinem egozentrischen Charakter. »Ich nehm den Rammelpfad!«, schrie er und stolperte den fast unsichtbaren Pfad hinunter.

»Warte!«, schrie ich laut. Aber meine Warnung kam zu spät.

Severin war zu schnell und stolperte über eine versteckte Wurzel und verlor das Gleichgewicht. Er stürzte der Länge nach den Abhang hinunter. Verirrte Äste und allerhand Gestrüpp zerkratzten seine Arme, Beine und auch sein schönes Gesicht. Eins musste man ihm lassen, kein Laut kam über seine Lippen. Er rutschte einfach weiter, bis er dann der Nase nach in den muffigen Tümpel fiel.

»Wieso, Severin? Wieso bist du nur so ein verfluchter kopfloser Elf?«, schimpfte ich leise vor mich hin und sah in den Abgrund.

Severin versuchte sich mittlerweile im Tümpel hinzusetzen, rutschte aber auf dem wohl schlammigen Untergrund aus und tauchte ein weiteres Mal unter.

Ich rannte hinterher. Nicht so unbedacht wie er, aber so, dass ich ein paar Mal stolperte und mich nur mit Mühe an etwas festhalten konnte, um nicht der Gefahr eines Genickbruches zu erliegen. Am Ende verlor ich doch das Gleichgewicht und landete auf meinem Hintern, rutschte die letzten Körperlängen auf dem Erdboden hinab. Jedoch hatte ich mehr Glück als mein Gefährte. Vor dem Tümpel kam ich zum Stehen. Arme und Beine aufgeschürft und von ein paar Pfeilen, die sich aus meinem Köcher gelöst hatten, entledigt. Ich blickte in die weit aufgerissenen Augen meiner Herzensliebe. Severin saß jetzt auf seinem Hintern. Die Haare nass im Gesicht, von allerlei Blattwerk verfilzt und ziemlich zerkratzt. Aber das war nicht das Schlimmste an dem Anblick, den er mir bot. Auf seiner Stirn hing ein dicker, fetter Schintawurm. Ich schluckte, kam auf die Füße und hielt Severin meine Hand hin, versuchte krampfhaft, mir das Lachen zu verkneifen.

»Der Rammelpfad war nicht annähernd so, wie ich es mir vorgestellt habe«, beschwerte er sich und sein Blick glitt zu meiner ausgestreckten Hand.

Er zwinkerte mir zu, legte ein verführerisches Grinsen auf seine Lippen und ließ sich von mir hochziehen. Am liebsten hätte ich ihn sofort an mich gezogen und ihm dieses süße Grinsen weggeküsst, aber ich hatte nur Augen für das fette Ding auf seiner Stirn. Wenn er so ein Ding an der Stirn kleben hatte, dann hatte er mit großer Wahrscheinlichkeit auch an anderen Stellen Schintawürmer.

»Willst du mit mir zurück ins Wasser, mein Sonnenstern? Wir kennen uns doch schon aus mit wilden Spielchen im feuchten Nass.« Er hob die Augenbrauen und wackelte damit. Das war der Punkt, an dem er merkte, dass er etwas an der Stirn kleben hatte, und seine Augen rollten sich nach oben und dann ertastete auch seine Hand das Ungetüm.

Die Erkenntnis traf ihn und er schrie angeekelt auf, fing an, wild an sich herumzuschrubben.

»Mach es weg, mach es weg!«, schrie er. Verscheuchte ein paar aufgestobene Vögel mit seinem Gekeife und strampelte panisch herum. Hoffte wohl, dass der Schintawurm von allein herunterkriechen würde. Was er natürlich nicht tat.

Ich blickte ihn amüsiert an, konnte den Drang zu lachen kaum noch unterdrücken. Schon allein der Tatsache geschuldet, dass ich wusste, dass Schintawürmer nicht gefährlich waren und Severin mal wieder maßlos übertrieb.

Er strampelte mittlerweile fieberhaft seine kompletten Sachen vom Körper und ich lief rot an, als er plötzlich völlig nackt vor mir stand.

Und dann passierte es, als ich den Blick tiefer gleiten ließ, seine goldene Mitte betrachtete und dann kurzzeitig das Atmen vergaß. Meine Mundwinkel hoben sich und ein lautes Lachen brach aus mir heraus. So laut, dass ich die sich gerade wieder in ihrem Nest niederlassenden Vögel aus ihren Nestern verscheuchte. Ich konnte nicht aufhören. Hielt mir den Bauch und schüttelte mich. Diese ganze Situation war einfach so lustig. Spucke sammelte sich in meinem Mund und ich prustete erneut los, was mir einen ziemlich ungläubigen Blick von Severin einbrachte.

»Ist das dein Ernst, Leo?« In seiner Stimme lag Verzweiflung und Missstimmung. Aber auch ein bisschen Amüsiertheit. Eine Mischung aus allem.

Ich näherte mich ihm immer noch lachend, streckte meine zittrige Hand aus und zog mit einem Ruck das Ding von seiner Stirn. Dann senkte ich erneut den Blick zu seinem Gemächt. Und ich prustete erneut laut los.

Severin verfolgte meinen Blick und kreischte erneut. Er hatte erst jetzt bemerkt, dass ein sehr gieriges Exemplar an seinem Lümmel saugte.

Immer wieder musste ich mich räuspern und das Grinsen in meinem Gesicht verblasste nicht im Geringsten.

»Mach es weg, mach es weg!«, kreischte er übertrieben.

Er stampfte mit den Füßen und schüttelte sich. Zeigte dann an sich herab und ich musste aufpassen, dass ich nicht schon wieder loslachte. Ganz konnte ich mir es aber nicht verkneifen, als ich erneut zu dem riesigen Schintawurm schaute, der sich an seiner Lende gütlich tat. Was für ein Anblick. Ich würde mich noch tagelang daran ergötzen und vor Lachen kaum in den Schlaf finden.

»Bitte, mach das eklige Ding von meinem Ding weg, schnell!«, flehte er mich an.

»Eigentlich sind die sehr heilsam«, brachte ich unter großer Anstrengung hervor und ich konnte nicht vermeiden, dass mir Hitze in die Wangen schoss und das nicht nur von dem aufkommenden Lachanfall.

»Leo, verdammt. Aber doch nicht an meinem Wunderhorn!«, stöhnte er dramatisch und ich blickte noch einmal hinunter.

Langsam streckte ich die Hand aus und meine Fingerspitzen streiften seinen Schaft. Severin zog die Luft ein und mir wurde ziemlich heiß in meinem Körper. Mein Herz schlug mir bis zum Halse. Der Lachanfall war vorüber. Das Grinsen hing noch leicht in meinem Gesicht. Ich schluckte laut auf und zog meine Fingerspitzen wieder zurück.

»Ich hab noch so viel vor mit meinem Schwanz. Bin in der Blüte meiner Jahre!«, beschwerte er sich bei mir und wedelte theatralisch seine Hände, um sich Luft ins Gesicht zu fächeln. »Was, wenn er kaputt ist?«

Ich atmete laut aus und mir wurde jetzt echt zu heiß und meine Wangen glühten, als ich mit zittriger Stimme sagte:

»Er ist nicht kaputt.«

»Woher willst du das wissen?«, fragte er lautstark und schaute dann an sich herunter. »Oh«, war seine einzige kleinlaute Antwort.

Severins bestes Stück war eindeutig nicht kaputt, denn es stach einem förmlich ins Auge. Mir war bewusst, dass es nicht der Wurm war, der ihn so erregte und ihm war das sicherlich auch bewusst.

Ich schluckte, atmete dann laut aus und konzentrierte mich. Versuchte es jedenfalls. Versuchte, das angestaute Blut zurück in mein Gehirn zu pumpen. Ich war Heiler und es war meine Aufgabe, ihn von dem Ding an seinem Ständer zu befreien. Severin brauchte jetzt, so anzüglich das auch klingen mochte, eine helfende Hand.

Er stand stocksteif da, konnte sich kaum bewegen vor Panik um sein gutes Stück und der aufkommenden Lust, die ihm ins gerötete Gesicht geschrieben stand. Ich durfte mich davon nicht aus dem Konzept bringen lassen. *Einfach weiter atmen. Das ist ganz einfach. Du hast das schon oft getan.* Okay, das stimmte nicht, allerdings war das auch eher auf meine Fähigkeiten als Heiler bezogen und nicht auf ... meine Erfahrungen sexueller Natur.

Der Wurm war schon ziemlich angeschwollen von dem Blut, das er aus Severins Glied saugte, so dass ich nicht länger warten konnte. Ich musste ihn von dem Blutsauger befreien.

Severin fuhr sich beschämt durch die grünen Locken und ich blickte ihn an. Er wusste, was nun kommen würde, fragte aber trotzdem mit schwacher Stimme nach, als ich mir die Ärmel über die Ellenbogen krempelte.

»Was hast du jetzt vor?«, flüsterte er kleinlaut. Was nicht oft vorkam. Er mit seinem übertriebenen Ego an Selbstverliebtheit.

»Ich werde ihn entfernen.«

»Aber bitte ganz sanft. Ich bin da unten sehr empfindlich!«

»Ich weiß.«

Ich hätte mich selber ohrfeigen können, dass diese Worte über meine Lippen gekommen waren. Schnell räusperte ich mich und Severin klappte den Mund zu.

Ich konzentrierte mich ganz auf meine Arbeit. Straffte die Schultern. Hob meine Hand, darauf bedacht, nur den Wurm zu berühren und nicht noch einmal versehentlich seine weiche, empfindliche Haut darunter zu streifen. Es kostete mich alle Selbstbeherrschung. Dann legte ich meine Finger um den Wurm und hob den Blick. Severin starrte mich an, mit roten Wangen und geöffneten Lippen. Er schwitzte an der Stirn und seine Atmung ging schneller. Als er den Mund erneut öffnen wollte, um höchstwahrscheinlich etwas von seinen obszönen Gedanken mit mir zu teilen, zog ich den Wurm mit einem Ruck von seinem Schwanz und warf ihn rücklings in den Tümpel, wo er vollgefressen die zweite Chance seines Lebens feierte.

Ich wusste nicht wohin mit meinen Händen, als ich mich wieder umdrehte und Severin mich immer noch mit feurigem Druck in der Lendengegend musterte.

»Danke, feinfühliger Leo. Danke, dass mein Schwanz durch dich ein neues, einsames Leben fristen kann.«

Mein Blick traf seinen. Den Schmerz konnte ich nicht verstecken. Er konnte es selbst in dieser Lage nicht lassen, immer und immer wieder in der Wunde rumzustochern.

Anstatt auf seinen verletzenden Kommentar einzugehen, schloss ich die Augen und seufzte leise.

»Tut mir leid«, sagte er schnell. »Ich wollte dir nicht weh tun. Mein Mund ist schneller als mein Gehirn, besonders wenn alles Blut in meinen Lustschlingel geflossen ist.«

Ich suchte in seinem Blick nach einem Anzeichen für eine List. Doch fand sie nicht. Er meinte es in diesem Moment wirklich so und ich nickte. Ich machte Anstalten, an ihm vorbeizuhuschen, doch er hielt mich auf. Legte seine Hand leicht an meinen Oberarm.

»Leo?«

»Hmm?«

»Kannst du mich noch von dem anderen Druck erleichtern? Oder muss ich selbst Hand anlegen?«

Da war er wieder. Der vorlaute, lüsterne Severin Grünhain. Vermutlich wurde ich bei seinen Worten erneut rotwangig. Eins musste man ihm aber lassen. Severin war echt hart im Nehmen, wenn man bedachte, dass gerade ein etwa fingerlanger, zwei daumenbreiter Schintawurm an seinem besten Stück gesaugt hatte. Er stand immer noch. Reckte seine weiche Haut in den Himmel.

Ich wollte gerade den Mund aufmachen, da raschelte es hinter uns und wir blickten zeitgleich zu der Geräuschquelle. Und dann rochen wir auch die Gefahr, die ganz in der Nähe lauerte. Severin hob blitzartig seine nassen Sachen vom Boden auf. Drückte alles an seine Brust, genau wie sein Schwert.

»Unser Spielchen müssen wir leider verschieben, Geliebter«, witzelte er.

Dann nahmen wir die Beine in die Hand und liefen. Denn es war nicht nur ein Schatten, der da auf uns lauerte. Es waren zahlreiche, die wir witterten. Und wir hätten keine Chance gegen sie gehabt. Zu viel stand auf dem Spiel, als dass wir uns auf diesen Kampf einlassen könnten.

Severin, immer noch nackt wie die Sonne ihn schuf, lief voraus durch den Wald. Ich setzte ihm nach und die Verfolger strömten aus dem Dickicht der Bäume, um sich an unsere Fersen zu heften.

KAPITEL 21
Severin

Überstürzt einen steilen Rammelpfad hinunterzustürzen? Keine gute Idee. Mit dem Kopf voraus in einen stinkigen Tümpel voller Schintawürmer zu baden? Auch keine gute Idee. Meinen Herzenself schreiend darum zu bitten, das eklige Ding von meinem besten Stück zu befreien und dabei einen gigantischen Ständer zu bekommen? *Typisch.* Aber an Peinlichkeit kaum zu übertreffen. Doch nackt, mit einem Bündel zusammengequetschter Kleidung im Arm um sein Leben zu rennen und dabei nicht von seinem eigenen Schwert durchbohrt zu werden, das stellte sich als die absolut bescheuertste Idee überhaupt heraus. Da hätte ich mir auch gleich eine Zielscheibe auf den Allerwertesten nageln können. *Huhu hier ist Severin Grünhain, dummer Prinz der Lichtlande. Schießt mir bitte schnell einen Pfeil in den Arsch, weil ich ja so darauf steh! Haha.* Mein Vater würde sich im Grabe umdrehen, wenn er mich so sehen würde. Armer Vater. Sieh nur, was aus deinem Sohn geworden ist.

Ein Pfeil schoss haarscharf an meiner Pobacke vorbei und bohrte sich in einen Erdhügel vor uns. Dunkler Qualm kroch daraus hervor und ohne hinzusehen wusste ich, dass der Erdhügel sein Leben ausgehaucht hatte. Leo kam ins Stolpern, aber ich packte seinen Arm, verlor dabei fast das eingequetschte Kleiderbündel mitsamt Schwert und zog ihn beim Rennen wieder auf eine Linie.

Schattenmagie streifte uns und hinterließ rußfarbene Abdrücke auf unserer Haut. Es wäre sinnlos gewesen, uns diesem Feind zu stellen, sie hätten uns sofort bei lebendigem Leibe verspeist. Roh und fleischig, mit einem Tropfen Bittersüßer Nachtschatten gewürzt. Mein Körper hatte etwas Besseres verdient.

Die Lust war hin. Sie lag zusammengerollt womöglich immer noch an dem stinkigen Tümpel mit den Schintawürmern und wartete auf jemand anderen, der sie beglückte. *Verdorrter Giftarsch.* Aber zum Glück – im Namen aller ergebenen Götter oder nicht Götter – meine Lenden funktionierten noch. Meine feurigen, alles könnenden Lenden. Leos Hand an meinem Lümmel. *Vergeilter Trotzkopf.* Jetzt war nicht der richtige Zeitpunkt dafür. Auch nicht für mich lüsternen Knaben.

»Pass auf!«, schrie plötzlich Leo und riss mich gerade noch rechtzeitig in seine Richtung, als ein weiterer Pfeil an meinem Ohr vorbeirauschte.

»Kopf runter!«, schrie ich zurück, als ein Speer mit Schattenmagie gespeist über unseren Köpfen davon segelte und in einen Baum einschlug, der sofort gefährlich knackte.

Ich verlor einen Stiefel, der sich durch die Unebenheiten dieser Gegend aus meinem Kleiderbündel gelöst hatte und von den Schatten hinter uns niedergetrampelt wurde. Dann warf ich den zweiten Stiefel nach hinten und traf. Ein animalischer Laut drang aus der Kehle des Getroffenen und ich riskierte einen Blick über die Schulter, sah, wie der Schatten stehen blieb und mich lautstark anbrüllte. Ich schüttelte mich, als sein Maul mir ekelerregend braune Zähne offenbarte, von denen noch ekelerregendere Spuckefäden tropften. Hatten diese Wichspilze noch nie etwas von Zahnhygiene gehört?

Das Gebrüll und Geschrei der mörderischen Menge hinter uns wurde lauter und verzweigte sich dann in mehrere Richtungen. Sie teilten sich auf, wollten uns einkesseln und Leo und ich gaben alles, um nicht als Schattenfutter zu enden. Leo schaffte es sogar, einen seiner verbliebenen Pfeile aus seinem Köcher zu befreien und ihn auf die Sehne des Bogens zu spannen. Dann drehte er sich um. Mein toller Leo. Er war einfach perfekt. Wie sich seine Arme anspannten, die Sehnen hervortraten und er mit konzentriertem Blick sein Ziel, während er rückwärts weiterlief, mitten ins Auge traf. Mein toller, perfekter Knabe.

Während wir weiter vor der herzlosen Meute flüchteten, wurden die Bäume dichter und das Geäst hinderlicher. Das Dickicht der Bäume war für beide Arten von Nachteil, da man keinen geradlinigen Weg beschreiten konnte, ohne von einem Monsterbusch oder den versteckten Erdlöchern des Todes ins Jenseits geschleudert zu werden. Auch die Hitze machte uns zu schaffen. Klar, wir liebten die Sonne, die warme Luft und unsere von der Sonne geküsste Haut. Aber es gab einen Unterschied zwischen der Sonne, die friedlich und harmonisch unsere Magie speiste, und der brennenden Macht des Balles, der über dem Blattwerk der Bäume brannte und gefühlt Feuer spie. Und trotz des dichten Forsts war die Luft extrem schwül. Als ob die Sonne sich ein Loch hineinbrennen wollte.

Meine Beinmuskulatur vollbrachte Höchstleistungen. Das jahrelange Training hatte sich ausgezahlt. Sonst wären wir schon längst Schattenfutter geworden. Falls wir diesen Tageslauf überlebten, konnten wir uns auf den Muskelkater des Jahrhunderts vorbereiten.

Wir sprangen an Büschen vorbei, die mir den Hintern zerrissen. Dornen, die sich in unser Fleisch bohrten und uns aussehen ließen wie Kaktusfrüchte. Die in Leos Gesicht große Schrammen hinterließen. Vorbei an einer verlassenen Hütte, die schon längst das Zeitliche gesegnet hatte und die schon von einer Pflanze überwuchert wurde, als würde dieses Gemüse diese Behausung schon seit Jahresläufen langsam auffressen. Es von der Welt verschlingen, die ihren natürlichen Lebensraum einnahm.

Trotz dass die Schattenelfen in der Überzahl waren, konnten wir uns einen guten Vorsprung herausholen.

Als wir dann urplötzlich aus dem Dickicht herausstolperten, die wundervoll schmerzenden Sonnenstrahlen auf unserer schweißnassen Haut spürten, ihre Macht in uns aufnahmen und strahlten wie junge Sonnengötter, konnten wir gerade so unser Gleichgewicht halten, bevor wir auf dem felsigen Grund unsere wunderschönen Gesichter aufschürften. Als hätte die Sonne genug für uns getan, verzog sie sich. Eine dicke Wolkendecke bildete sich in Sekundenläufen und es blieb nichts als dicke, schwüle Luft zurück. Erst jetzt bemerkte ich den Nebel und das feuchte, steinige Irgendwas, das sich um uns herum erstreckte. Ich konnte es nicht genau beschreiben, da mein Gehirn immer noch im Fluchtmodus rotierte. Das Rauschen einer großen Wasserquelle dröhnte in der Nähe, sprühte sein aufgewärmtes Nass auf unsere verschwitzten Körper und es wäre durchaus angenehm und schön gewesen, wenn wir Zeit hätten, hier zu verweilen. Keine Zeit, um sich der Schönheit der Natur hinzugeben, denn wir hörten unserer Verfolger bereits näherkommen.

Ich drehte mich zu Leo, dessen Haare in alle Richtungen abstanden und der eine Wunde am Ohr hatte. Seine Brust hob und senkte sich hektisch und er wischte sich den

Schweiß von der Stirn. Noch immer hielt er seinen Bogen in der Hand. Sein Schwert hing immer noch unberührt an seiner Hüfte. Er hielt sich mit einer Hand die Seite. Und ich hatte nichts anderes im Kopf als unser kleines Intermezzo mit den Schintawürmern. *Typisch.* Natürlich konnte ich das auch nicht unkommentiert lassen. *Auch typisch.*

»Ich kann nicht glauben, dass nur ein kleiner Schintawurm an meinem Schwanz genug war, um dir dieses dreckige Lachen zu entlocken«, stotterte ich außer Puste und hielt mein Kleiderbündel immer noch fest umschlungen.

Meine Brust hob und senkte sich in stürmischen Atemzügen, die mir in der Kehle brannten. Mein Schwert schwankte gefährlich unter den hitzigen Atemzügen und drohte mir aus den Armen zu fallen. Der Schweiß lief mir den nackten Rücken herunter. Das Dickicht, aus dem wir gerade gestolpert waren, knackte und die Grunzgeräusche der aufgeregten Herzlosen hinterließen ein Anflug von Übelkeit in mir.

»Hättest du das nicht eher mal machen können? Dann hätte ich mir schon eher so einen Streich ausgedacht, um deine hübsche Zunge zu lockern!«, stöhnte ich und pustete mir eine nervige Locke aus den Augen, aber die Luftfeuchtigkeit fegte sie zurück. *Verdammte Haare!*

»Ist das wirklich der beste Zeitpunkt, um darüber zu reden?«, fragte er mich keuchend und wich gekonnt einem verirrten Reh aus, das gerade aus dem Gebüsch neben uns tobte, sich dann umdrehte und in die gleiche Richtung wieder zurücklief.

»Welcher Zeitpunkt eignet sich besser als dieser?«, presste ich atemlos hervor.

Leo murmelte irgendetwas Unverständliches vor sich hin, kramte dann in seiner Tasche herum, in der er immer seine Heilsachen aufbewahrte und zog ein Messer heraus. Er tauchte die Klinge in einen Schimmer seiner goldenen Magie. Dann hob er einen Ast vom Boden auf, steckte das Messer zwischen seine Lippen und brach den Ast mit beiden Händen in der Mitte durch. Die eine Hälfte ließ er wieder fallen und um die andere befestigte er die Messerspitze. Ich beobachtete ihn fasziniert, wie er an einer Waffe arbeitete und sich dabei vor lauter Konzentration auf die Lippe biss.

Ein lautes Geräusch ließ uns zusammenzucken. Es war lauter als das Grunzen der Schatten, die sich jetzt im Dickicht sammelten. Größer und gefährlicher. Vermutlich wieder ein Exemplar von Wolffuchs, das sie irgendwo hergezaubert hatten. Wie sie die Dinger überhaupt irgendwo verstecken konnten, war mir rätselhaft. Vielleicht hatten sie irgendwo einen geheimen Wolffuchsunterschlupf, die auf *wir beißen Severin ein großes Stück Fleisch aus dem Körper* dressiert waren.

Leo drehte sich zum Gebrüll herum. Fixierte einen Punkt, den ich durch den Wasserfallnebel nicht erkennen konnte, und warf den provisorischen Speer durch das Unterholz. Ein Schmerzensknurren, so laut, dass ich mir die Ohren hätte zuhalten müssen, wenn ich die Hände freigehabt hätte, schallte in unsere Richtung. Leo hatte getroffen. Allerdings schrien und tobten die Besitzer des Ungetüms nur noch lauter und näherten sich nur noch schneller unserem Fluchtplatz. Auch das Geräusch eines großen toten Tieres, das auf dem Boden aufschlug, blieb aus. Schade, der Speer war wohl doch nicht tödlich. Als ob wir nicht schon genug Probleme hätten. Aber was beschwerte ich mich eigentlich. Ich stand hier nackt und hielt nur mein Bündel in der Hand. Während Leo versuchte, unsere goldenen Ärsche zu retten. *Großartige Leistung, Severin Grünhain.*

»Fast perfekt gezielt, Wiesenaue«, sagte ich spöttisch. Natürlich war das scherzhaft gemeint.

Leo beachtete mich nicht, kramte ein weiteres Mal in seiner Tasche. Ein weiteres Gebrüll, diesmal ein noch wütenderes Geplärr, ließ den Boden erschüttern und das Unterholz knackte. Leo gab es auf, in seiner Tasche nach irgendeinem Wunder zu kramen. Er stöhnte, sah mich an und ich zuckte mit den Schultern.

»Uns bleibt nichts übrig, als durch das Unbekannte zu wandern, mein Hübscher«. Ich reckte mein Kinn in die Richtung, wo dieser rauschende Wasserfall tobte. Vermutlich war die Sicht darin noch miserabler als hier, doch sah ich keine andere Möglichkeit.

Leo zog scharf die Luft ein, blickte noch einmal zu dem Waldstück zurück und dann zu dem großen unbekannten Nebelgebilde des steinigen Rauschens.

Wieder schallte das Gebrüll durch die Luft und wir nahmen die Beine in die Hand, stolperten in den Nebel der unbekannten Quelle des tröpfchenartigen Wolkengebildes. Das Rauschen wurde zunehmend lauter und aggressiver. Durch die Geräuschkulisse war das Gebrüll der Feinde gedämpft. Man hätte meinen können, sie hätten sich verzogen. Doch das war ein Trugschluss, denn nicht nur ihr aschiger Geruch wehte durch die dichte Luftfeuchtigkeit zu uns herüber, sondern auch Pfeile, Speere und Messer mit dunkler Schattenmagie umwoben flogen an unseren Köpfen vorbei.

Die aufgeheizte Atmosphäre brannte in der Nase und als wir einen weiteren Schritt gingen, blieben wir plötzlich stehen. Denn der Nebel bildete hier eine Blase aus Klarheit. Wie ein Wink des Schicksals, das sich gegen unsere Flucht stellte. Als ob die Anderswelt wollte, dass wir dem Ende Auge um Auge ins Antlitz sahen.

Verschissenes Grunzschwein. Wir waren sowas von am Arsch.

Leo und ich blickten zeitgleich auf unseren einzigen Fluchtweg. *Verdammt.* Dies war kein Fluchtweg. Dies war ein Todesabgrund.

Der Wasserfall wurde vor unseren Augen sichtbar. Es war eine Katastrophe. Etwa zehn Körperlängen oder mehr führte die Klamm in die Tiefe. In einen Strudel aus gefährlichen Todesquellen, die aus allen Richtungen zu kommen schienen, braute sich ein Wasserfeld vor uns zusammen, dessen Ausmaße nicht zu benennen waren. Bäume hingen an den Seiten und ließen ihre Häupter in die Fluten hängen. Steine ragten aus Nischen auf und immer dröhnte das Brausen in meinen Ohren. Das Geräusch war allgegenwärtig.

Verdammt. Hätte ich doch nur meine Sachen an. Dann würde mein Hintern nicht so leiden, wenn wir diesen Ausweg nahmen.

Verdammt.

Ich wusste, was nun kommen würde. Kopflos wie ich immer war, würde ich wieder mal die dümmste Entscheidung meines Lebens treffen und versuchen, dabei das Schicksal nicht wieder zu sehr herauszufordern. Mehr Glück als Verstand würde Fry jetzt sicherlich wieder denken. Er würde mich aufhalten. *Würde er?* Höchstwahrscheinlich würde er mich eigenhändig runterschubsen, wenn er die Idee in meinem Kopf aufblitzen sah.

Ich warf den Kleidersack mitsamt dem Schwert in die Tiefen und drehte mich zu Leo, der mich verwirrt und aufgelöst anblickte. Ich riss ihm den Bogen aus der Hand und warf auch diesen in die Fluten. Er wollte protestieren, als ich ihm auch das Schwert und den Köcher vom Körper zog und in den Abgrund warf. Ballast konnten wir nicht gebrauchen, wenn wir meine spinnige Idee überleben wollten.

»Bevor wir da runterspringen ...«

»WAS?«, unterbrach mich Leo völlig verwirrt und blickte hektisch zwischen mir und dem Abgrund hin und her.

»Willst du mir nicht noch die drei süßen Wörter zuraunen, die dir schon die ganze Zeit auf der Zunge liegen, Liebster? Jetzt wäre der perfekte Zeitpunkt, sie auszusprechen.« Ich hob demonstrativ und lasziv meine Augenbrauen und wackelte mit ihnen.

Der arme Leo klappte den Mund auf, nur um dann seine Lippen aufeinanderzupressen. Seine Wangen färbten sich rot und sein panischer Blick huschte hin und her.

Ein Schrei riss uns aus diesem Moment. Ein mörderischer, schrecklicher Laut. Wir drehten uns beide zu der Quelle des Grauens um und da standen sie nun, die Kreaturen der Dunkelheit. Die Schattenelfen. Herzlos wie immer. Tote Augen und mörderisch ihre Klingen schwingend traten sie aus dem Nebel und knurrten, andere ließen ihre Zähne blitzen und wieder andere leckten ihre Waffen ab.

Ekelhaft. Ich wollte mir gar nicht vorstellen, wo die Klinge schon gewesen war.

Ein gigantischer Monsterhund mit einem Gold umwobenen Speer in der Brust bäumte sich auf und sein Geifer tropfte auf den felsigen Untergrund. *Igitt.* Ein Gestank wie tausend verweste Hasenherzen zog herauf und ließ mich mein spärliches Frühstücksmahl eilig wieder hinunterschlucken. Er sah wütend aus. Sehr. Wäre ich auch, wenn mir ein Ast in der Brust hängen würde.

Leos Aufschrei ignorierend, schnappte ich mir seine Hand und zog ihn mit einer kräftigen Handbewegung dem tödlichen Abgrund entgegen und sprang mit ihm in die Tiefen. Die letzten Pfeile der Schatten zogen an uns vorbei, als wir aneinander festgeklammert, jeder mit einem Schrei auf den Lippen, in die Tiefe des rauschenden Abgrundes stürzten und mit einem lauten, überaus schmerzhaften Plumps im Wasser aufkamen.

Ich sah Sterne. Atmete gleichzeitig einen Schwall Wasser ein und würgte unter der Oberfläche.

Leo schlang seine Arme um mich und versuchte, mich an die Oberfläche zu zerren. Immer wieder wurden wir wieder nach unten gedrückt. Mein Hintern kratzte über einen spitzen Felsen und ich verzog das Gesicht. Atemlos brachen wir durch die Wasserdecke. Zogen gierig den Sauerstoff ein und wurden sogleich wieder nach unten geschleudert. Die Wassermassen krallten sich an uns fest. Schnürten uns zusammen. Drückten mir den letzten Rest Sauerstoff aus der Lunge. Sie wollten uns gefangen nehmen, foltern und uns besitzen. Leos Gesichtszüge waren angespannt, er presste die Augen zusammen und krallte sich immer heftiger an mir fest. Er sah genauso angeschlagen aus wie ich, aber er hatte wenigstens einen Schutz aus Kleidung an seinem Körper, während ich jedes Steinchen und jeden Felsen auf meiner Haut spürte. Seine linke Gesichtshälfte war aufgeschürft, als ob seine Wange über eine raue, harte Oberfläche geschliffen war.

Dass wir überhaupt noch lebten, grenzte an ein Wunder. Allerdings würde dieses Wunder auch bald vorbei sein, wenn wir es nicht schafften, uns endlich den Fängen der besitzergreifenden Wassermacht zu entziehen und ans Ufer zu gelangen. *Gab es überhaupt ein Ufer?* Ich betete zur Sonne. Betete, sie würde uns ein Ufer schenken, an den das harte Wasser uns anschwemmen würde. Betete, dass das Wasser nicht unser letzter gemeinsamer Augenblick war, und flehte, dass, wenn ich es nicht hier rausschaffen würde, Leo es wenigstens gelang. Er sollte nicht sterben, nur weil ich diese bescheuerte Idee gehabt hatte.

Leo umklammerte mich mit beiden Händen und ich umklammerte ihn. Auch das war bestimmt keine gute Idee, denn einzeln hätte man es vermutlich leichter, aus diesem Strudel mörderischen Wassers rauszukommen. Aber keiner von uns wollte den anderen aufgeben, um sich selbst zu retten.

Plötzlich erfasste uns ein Strudel und wir wirbelten im Kreis spiralförmig durch das Todeswasser.

Dies war das Ende. Es zerrte an uns, riss uns zu sich, schleifte uns über raue Felsen, kratzigen Untergrund und aufgescheuchte Fische. Doch dann spuckte uns das Wasser plötzlich aus. Als wären wir unverdauliche Nahrung. Und als wir erneut an die Oberfläche gedrückt wurden, blieben wir dort.

Das Gewässer wurde ruhiger und so trieben wir, unserer Kraftreserven beraubt, ans Ufer. Aneinandergeklammert wurden wir angeschwemmt. Als ob die Sonne meine Gebete erhört und das Wasser verzaubert hatte, uns heute nicht zu ertränken, baute sich eine große, schaumige Welle hinter uns auf und schwemmte uns über den feuchten Erdboden und wir schabten hart über feuchten Sand. Wie zwei Ertrinkende klammerten wir uns aneinander und zogen uns beide mehr als erschöpft gleichsam über den Sand. Ich hätte nie gedacht, dass ich Wasser mal so verfluchen würde.

Wir brachen erschöpft aufeinander zusammen. Zerkratzt, abgeschürft, atemlos und völlig entkräftet. Aber zum Glück ohne eklige Schintawürmer an meinem Schwanz und lebendig natürlich. Allerdings mit einem überaus feuchten Leo auf meiner Brust. Konnte man noch atemloser sein, nachdem man dem Ertrinken entkommen war? *Definitiv!* Denn erst jetzt wurde mir bewusst, wie nah wir uns wirklich waren. So nah, dass ich, trotz dass ich den rettenden Sauerstoff gierig einatmete, atemlos war.

Leos Kopf lag auf mir. Er zog gierig den Sauerstoff ein und seine Brust drückte sich auf meine.

Ich konnte mich nicht bewegen, genoss diesen Moment der Nähe viel zu sehr, obwohl es absolut fehl am Platz war. Doch war es ein Augenblick, den ich ganz und gar aufnehmen musste, wusste ich doch, dass er viel zu schnell wieder vorbei sein würde. Dann überkam mich ein Hustenanfall des Todes und ich spuckte einen Schwall Wasser aus meinen Lungen. Leo hob den Kopf, merkte wohl erst jetzt, wo er sich befand. Ein kleines Aufblitzen von Panik lag in seinem Blick, als er meinen nackten Körper unter seinem erkannte. Er stützte sich mit beiden Händen neben meinen Schultern ab und stemmte sich hoch, weg von meiner Brust. Weg von dem panisch lärmenden Herzen. Aber immer noch mit seinem Unterleib an mich gepresst.

Ich wäre gerade fast gestorben und doch regte sich erneut die Lust in mir und nicht nur das, denn die Liebe, die ich für ihn empfand, war in diesem Augenblick noch berauschender als die Lüsternheit in meinen Lenden.

Ich liebte diesen schüchternen, stillen Elfen. Mein Herz raste, meine Haut kribbelte, meine ganzes Selbst stand in den Flammen des lieblichen Gefühls in mir, das dieser Elf in mir offenbarte und das noch kein anderes Wesen je herauslocken konnte.

Leo atmete schwer, schloss die Augen und kämpfte mit sich. Aber er rückte nicht von mir ab. Die nassen Tropfen seiner im Gesicht hängenden Haare fielen auf meine Brust. Ich spürte jede einzelne Strähne auf meiner Haut. Sie vermischten sich mit meiner Nässe und blieben in meiner Brustbehaarung hängen. *Liebe Sonne, wenn du mich hörst, bitte lass diesen Moment niemals enden. Bitte erhöre meine Gebete und schenk uns eine Zukunft.*

Weitere Tropfen lösten sich, liefen über seine Nasenspitze, über seine Wangen und über seine leicht geöffneten Lippen. Dann öffnete er die Augen. Blinzelte. Sein Blick ließ alles in mir erhitzen. Er war so voller Hingabe, dass ich für einen Moment das Atmen vergaß, das gerade jetzt so wichtig war. Er schüttelte den Kopf ganz leicht.

Wir waren uns so nah wie schon seit ewigen Zeiten nicht mehr. Auch wenn wir nur diese eine gemeinsame Liebesnacht an der Quelle der Sonnenbrandung hatten, zehrte ich noch immer davon. Von der Leidenschaft dieser ersten, einzigen Hingabe. Seitdem hatte ich nie mehr nur einen anderen Elfen oder eine Elfe begehrt. Dort hatte sich unser Schicksal bereits entschieden. Die Sonne hatte uns dort zusammengebracht. Uns mit einem unsichtbaren Band aneinandergebunden. Einem Band, dem wir nicht entkommen konnten.

Ich nahm meine Hand hoch und wollte ihm das nasse Haar aus dem Gesicht streichen, wollte über die Abschürfung seiner Wangenhaut fahren und ihm jeden einzelnen Tropfen Nass wegküssen. Die verräterische Kraft meiner Lenden erhob sich und grinste uns zwielichtig an und ich wurde rot, als sie sich gegen Leos Hüfte drückte. Er verharrte immer noch über mir, atmete schwer ein und aus und schloss erneut die Augen, als ob er sich nicht sicher war, was er wollte, als ob er versuchte, sich gegen die aufkommende Anziehungskraft zu wehren und sich der Begierde zu entziehen.

»Lass es zu, Leo«, flüsterte ich.

Es war wahrhaft nicht der beste Zeitpunkt. Wir waren gerade den Schatten mit einem Sprung in gefühlt hundert Meter Tiefe entkommen, lagen am Ufer und unsere Gefühle lagen wie ein summendes Lied zwischen uns.

Noch immer rührte er sich nicht über mir.

Langsam erhob ich mich. Stemmte erst meine Ellenbogen auf den sandigen Untergrund und kam ihm mit meinem Kopf näher. Er hatte immer noch die Hände neben mich gestemmt und sein Herz pochte so schnell, dass ich dachte, es würde gleich herausspringen und sich meinem anschließen. Er wich nicht zurück, öffnete die Augen, deren Iriden immer dunkler wurden, deren Begierde jetzt nicht mehr zu verstecken war. Noch immer drückte seine Hüfte an meine und ich drohte jetzt schon fast zu explodieren. Nicht mal der dünne Stoff seiner Kleidung konnte mich länger davon abhalten.

»Lass es zu«, wiederholte ich meine Worte und stemmte mich näher zu seinem Gesicht.

»S-Severin, i-ich ... «, stotterte er und streckte seinen Oberkörper nach hinten.

Ich überbrückte im gleichen Augenblick die Distanz und stemmte nun meine Handflächen auf die Erde. Dann setzte ich mich etwas unsicher auf. Leo beugte sich immer noch über mich und wurde durch mein Aufsetzen gleichzeitig auch in eine sitzende Position auf meinen Schoß gedrückt. Er zuckte zurück, als wollte er einen erneuten Versuch starten, sich abzuwenden. Aber er verlor diesen Kampf.

Ich nahm meine Hand vom sandigen Untergrund und berührte seine Wange. Er zog die Luft ein, schloss die Augen und atmete bedacht aus. Seine Lippen öffneten sich ganz leicht. Das feuchte Nass ließ sie in einem verführerischen Schimmer rötlich glänzen.

»Lass es zu«, flüsterte ich und kam näher an seine wundervollen Lippen, wollte sie berühren und lieben.

Zuerst strich ich vorsichtig mit meinem Daumen über die weiche Haut seiner Lippen. Er raunte und ich merkte, wie eine Gänsehaut über seinen Körper strich. Die kleinen Härchen seiner Bartstoppeln vibrierten und ich konnte nicht mehr anders. Ich legte meine Lippen auf seine.

Es war wie damals in der Sonnenbrandung. Sie waren weich und er schmeckte einfach himmlisch. Es war ein unbeschreibliches Gefühl. Sie verharrten aufeinander und Leo raunte erneut einen Ton der Zuneigung. Als ob das tiefste Sehnen meines einzigen Wunsches endlich erfüllt wurde, seufzte er nun laut auf und umschlang mich mit seinen Armen. Wickelte seine Beine um meinen nackten Körper und gab sich dem Kuss und der aufkommenden Begierde hin. Er krallte seine Hände in meine Haare und drückte sich enger an mich. Ich nahm alles auf, was er bereit war zu geben. Gierig zog ich alles in mich ein. Seine Lippen, seinen Geschmack, seinen Geruch und vor allem seine Berührungen. Es war, als ob jeder Zweifel von ihm gewichen war. All die traurigen und erdrückenden Gedanken seiner Angst wie weggefegt. Weggeweht von den Winden dieses Tages, die die Strömungen des rauschenden Wassers in unserem Rücken hinterließen.

Ich krallte mich gleichsam an seinem Körper fest und drückte Leo dann in einer kraftvollen Bewegung herum, so dass er nun unter mir war. Langsam löste ich meine Lippen von seinen und fuhr eine Spur der Leidenschaft an seinem Hals entlang. Er seufzte wieder auf und mir entglitt ein kleines Jauchzen. Meine Begierde war so groß, dass ich schon von seinem Geschmack fast fertig war. Die letzten Monate der Abstinenz rächten sich und ich verfluchte meinen Körper für meine Schwäche, nicht lange durchhalten zu können. Leo ging es wohl genauso, denn ich fühlte die drängende Begierde pochend an meinen eigenen Lenden und *O Himmel*, es war so bittersüß. Ich riss ungeschickt an seinem Gewand und schaffte es mit zittrigen Händen und seiner Hilfe, ihn von der überflüssigen Kleidung zu entledigen.

Als ich es endlich geschafft hatte, ihn vom letzten Rest seiner unnützen Sachen zu befreien, war ich so geil, dass es wirklich nicht mehr allzu lange dauern würde, bis ich förmlich aus der Haut fuhr. Ich war kurz davor, diesen Moment der Zweisamkeit mit der Explosion meines Lebens zu beenden und uns mit dem Saft meiner Begierde zu tränken.

Dennoch versuchte ich, mich zu konzentrieren und jeden Sekundenlauf, der mir vergönnt war, völlig in mich aufzunehmen. Was nicht so einfach war, wenn der Elf, den man liebte, den man seit zwei Jahresläufen nicht mehr unter sich gespürt hatte, auch noch anfing, die Initiative zu ergreifen.

Verdammt. Ich war verloren.

Seine Lippen vergruben sich an meinem Hals. Seine Zunge zog eine Linie zu meinem Schlüsselbein. Ich bog den Rücken durch. Hatte Gänsehaut. Leo fuhr mit seinen Fingerspitzen den grünen Haarflaum meiner Brustbehaarung ab und ich stöhnte laut auf. Dann beugte ich mich erneut zu ihm runter und widmete mich wieder seinen geröteten Lippen, auf denen ein jungenhaftes Lächeln hing. Bevor ich seinen Mund wieder in Besitz nehmen konnte, fing er an zu singen und ich erkannte die Melodie.

»Liebe, Liebe, Liebe, pocht, pocht das Herz in Zweien. Einmal hin und einmal her, pocht es immer weiter und dann muss ich ihn tüssen, sonst gibt was auf die Nüsse.«

»Das ist die Melodie, die du immer summst«, raunte ich an seinem Mund und er lächelte verträumt.

Dann legte er seine Hand an meinen Nacken, zog mich näher an sich und küsste mich um den Verstand. Seine Zunge glitt in mich hinein und ich stöhnte, als er mit der anderen Hand meine Pobacke kniff. Das war der Punkt, an dem ich meinen Kopf ausschaltete und mich voll und ganz

meinem verschlossenen, schüchternen, überaus liebens-
werten Leo widmete. Einem Leo, der mich summend um
den Verstand vögelte.

Wir versanken in der Leidenschaft unserer angestauten
Lust. Es war perfekt.

KAPITEL 22
Leo

Als ich mich kurze Zeit später von unserem sandigen Lager erhob, meine Hose über die Hüften zog und die erotischen Phantasien, die Severin und ich in den letzten Stundenläufen geteilt hatten, in mein Herz flocht, blickte mich Severin verschmitzt an. Er hatte seinen Kopf auf die Hand gestützt und ein anzügliches Lächeln im Gesicht. Als hätte er noch nicht genug. Als hätten wir nicht gerade beide die Frucht unserer Lenden überall verteilt.

Seine Haare standen in wilden Locken von seinem Kopf ab und seine Lippen waren von unserem Liebesspiel noch leicht gerötet. Aber er lächelte und ich lächelte zurück. Merkte sogar, wie die Hitze erneut von mir Besitz ergriff und meine Wangen rot färbte.

Lass es zu! Diese Worte hatten mir den Rest gegeben und meine Selbstbeherrschung hatte sich verflüchtigt. War in die Strömungen des Wassers gekrochen, die uns umbringen wollten, und ich hatte mich meinen unterdrückten Gefühlen hingegeben. Hatte all die Gedanken ausgeschaltet und mich voll und ganz auf das konzentriert, was mein Herz mir die ganze Zeit schon sagen wollte.

Ich hätte es bereuen müssen, aber ich tat es nicht. Musste mir selbst eingestehen, dass es ein Fehler war, mich von ihm abgewandt zu haben. Dass es ein Unterfangen war, das ich nicht mehr aufrechthalten konnte.

Mir war klar, dass einer von uns oder wir beide womöglich in diesem Krieg sterben würden. Aber ich konnte und wollte nicht länger ohne seine Liebe leben. Vielleicht war es besser, man liebte jemanden die letzten Tage seines Lebens, als das Gefühl zu unterdrücken und mit gebrochenem Herzen zu sterben. Mit dem Gefühl, die einzige Person verletzt zu haben, die man innig geliebt hatte. *Nein.* So wollte ich nicht leben und Severin sollte es auch nicht. Wir würden die Zeitspanne genießen, die uns noch blieb. Egal wie lang sie war. Wir würden das Beste mit der Zeit, die wir hatten, machen. Es würde nicht immer schön und sonnig sein. Das würde es nie. Selbst wenn wir nicht im Krieg wären. Es lag an uns, unserer Liebe eine Chance zu geben. Ich wollte diese Chance endlich ergreifen.

»Komm wieder her«, raunte Severin. Er klopfte auf den sandigen Untergrund.

»Wir sollten hier nicht länger verweilen«, antwortete ich und Severin legte seinen Kopf im Sand ab und verschränkte seine Arme unter seinen hübschen Locken.

»Wenigstens sprichst du wieder mit mir, mein Hübscher«, kicherte er. »Deine Laute sind einfach so entzückend, wenn du kommst.«

Ich drehte mich von ihm weg, rotwangig, so wie mir die Hitze zu Kopf stieg, folgte dem Lauf der seichten Wellen, die auf das Ufer trafen. Ein Schimmern in der glänzenden Oberfläche erregte meine Aufmerksamkeit.

»Hüllst du dich jetzt wieder in Schweigen?«, fragte er mich und ich löste meinen Blick von dem schimmernden Gegenstand, der im Wasser trieb.

»Ich habe auch vorher mit dir gesprochen.« Ich tippte mir auf die Schläfe. »In meinem Kopf.« Ich streckte ihm die Zunge raus und knöpfte meine Hose zu. Dann ging ich auf die Quelle der Blendung zu. Sie trieb im Wasser und das Schimmern wurde immer kräftiger, so dass ich die Augen zukneifen musste.

»Ich habe kein Pfeifenkraut mehr«, beschwerte sich Severin lautstark, als er sich aufsetzte und seine Beine umschlang.

Ich spürte seinen feurigen Blick im Rücken und drehte mich in seine Richtung. Er musterte mich. Zog mich förmlich mit seinen Blicken aus. Meine Mundwinkel hoben sich und ich ließ meinen Blick über seinen nackten Körper wandern.

»Du hast auch keine Hose mehr. Oder Stiefel oder sonst ein Kleidungsstück. Geschweige denn etwas, das uns als Waffe dienlich wäre, sollte uns die Schattenmeute erneut aufspüren.«

Er winkte ab und stand dann auf.

»Du könntest mir dein Hemd geben?« Er hob mein Oberhemd vom Boden auf und hielt es hoch. Es war schon wieder trocken. Er hob es zu seiner Nase und schnupperte dran. »Das reicht mir völlig als Bekleidung.«

Er wartete keine Antwort ab und zog das Hemd über. Ich grinste und schüttelte dann den Kopf über ihn.

Das Schimmern im Wasser wurde immer deutlicher und als ich näher trat, wusste ich auch, was es war.

Es war Severins Schwert, das da durch die Oberfläche aufblitzte und es wurde durch eine kleine Welle ans Ufer geschwemmt. Ich hob es auf und es blendete mich. Strahlte es doch so hell wie die Sonne selbst, die mit ihren Strahlen, die Schrammen und Kratzer und die anderen Verletzungen weggewischt hatte.

Ich hielt es hoch, streckte es in die Sonne und sah mein eigenes Gesicht als Spiegelung. Meine Wange war noch gerötet, dort wo ich gegen einen Felsen geschrubbt war. Auch meine Lippen waren noch leicht gerötet und meine Haare standen mir wild vom Kopf ab. Ich fuhr mir mit den Fingern durch die Haare und versuchte, sie zu ordnen. Vergeblich. Ich war nie eitel gewesen. Aber irgendwie wollte ich perfekt sein für den hinreißenden Elfen, der da mit nacktem Hintern die andere Seite des Ufers nach den Resten seiner verlorenen Kleidung absuchte.

Die nächste seichte Welle umspülte meine Füße und noch etwas wurde angeschwemmt. Ein Grinsen erhellte mein Gesicht und ich nahm das Schwert, pickte die aufgeweichte Gewandung mit der Spitze auf.

»Ich habe deine Untergewandung gefunden.« Ich wedelte mit Severins blauer Unterhose herum und er lachte laut auf. Er kam auf mich zu, lächelte und küsste mich.

»Du willst nur nicht, dass ich meinen Schwengel der ganzen Anderswelt unterbreite, stimmt`s? Aber danke. Ich denke, etwas Bedeckung schadet nicht. Schließlich will ich ja nicht, dass das Ding verbrennt, das dir diese entzückende Laute entlockt.« Er küsste meine Nase und ich seufzte. »Ist dir aufgefallen, dass es hier extrem heiß ist? Ich meine heißer als sonst?«

»Ist mir aufgefallen«, antwortete ich und zupfte ein Blatt aus seinen Locken.

»Du Lustmolch. Gerade jetzt meinte ich das nicht anzüglich. Wieso klingt alles aus deinem Mund plötzlich so lüstern?« Er wackelte mit den Augenbrauen und küsste mich erneut. Seine Zunge umkreiste meine und er legte eine Hand in meinen Nacken, zog mich näher zu sich.

Mein Puls ging schneller und mein Herz pumpte erneut alles Blut in meine Lenden.

»Severin«, hauchte ich.

»Oh, ich liebe es, wenn du das sagst«, raunte er zurück, als er auf Wanderschaft ging.

Seine rauen Hände fuhren über meine Hüften und er kniete sich vor mich, zog mir mit einem Ruck die Hose wieder herunter. Ich vergrub meine Hände in seinen Locken. Als er seine Zunge an meiner empfindlichsten Stelle kreisen ließ, stöhnte ich auf.

»Severin!« Die Luft blieb mir weg und ich legte meinen Kopf in den Nacken. »Wir sollten ... wir sollten wirklich ... aufbrechen ...«, brachte ich gerade so hervor.

Seine Zunge umkreiste meine Spitze und ich zog scharf die Luft ein, als er mich mit seinen Lippen um den Verstand brachte.

»Severin!«, stöhnte ich wiederholt und sah plötzlich Sterne, obwohl es hellster Tag war.

»Leo«, raunte er. Er umfasste meine Hinterseite mit seiner Hand und schob meine Hüfte noch näher zu sich heran. »Wir sollten wirklich aufbrechen«, wiederholte er meine Worte.

Wir taten es nicht. Stattdessen gaben wir uns erneut der Liebe hin, als würde nichts wichtiger sein, als genau das, in genau diesem Moment.

KAPITEL 23

Prue

»NEIN!«

Ein Wort voller Bedeutung, voller Tragweite und doch ein Wort, das meinen Hass weiter schürte. Das Lager der Elfen, deren Weg meinen schon einmal gekreuzt hatte, brannte. Leblose Wesen, die Körper verdreht, lagen in einer Spur aus ihrem eigenen Blut, tränkten das Gras unter ihren Leibern. Ich sog den Duft des Todes in mich ein. Genoss den eisenhaltigen Geschmack auf der Zunge.

»Bitte«, flüsterte die Gestalt vor meinen Füßen, deren Körper in krampfartigen Bewegungen über den getränkten Erdboden davonkroch. Ihre Gestalt schimmerte in Tönen von Gold, hoffnungslos.

Sie konnte mir nicht entkommen. Konnte flehen und betteln, wie sie wollte. Ich war besessen von dem berauschenden Gefühl, das in mir geboren war.

Ich stemmte meinen Fuß auf den Rücken der Elfe. Presste sie mit dem Gewicht meiner Dunkelheit auf den Erdboden und entzog ihr die letzten Kraftreserven, bis der letzte Atemzug ihren Leib erschütterte und das verräterische Pochen ihres Herzens erlosch. Gänsehaut bereitete sich auf meinem Körper aus. Und dann war es still. Kein Flehen, kein Betteln, kein erbarmungsloser Kampf ums Überleben. Nur das Gefühl des Hasses blieb, als ich meine Kraft sammelte und in einem todbringenden Sturm den Weg fortsetzte, der mir bestimmt war.

Das Gefühl des Hasses zog mich in eine Richtung, die ich nicht lenken konnte. Die mein innerster Zorn mir vorgab. Sie zog mich durch die Dunkelheit in den Tag hinein. Ins lächelnde Gesicht des Mondes und ins geschwisterlich lächelnde Gesicht der Sonne. Als ob sie meinen Pfad, den meine neu erwachte Gefühlswelt mir offenbarte, bewachten. Die hellen Strahlen der Sonne schmerzten auf meiner Haut, als ich wie ein wütender Gewittersturm über die Lande zog. Ob Tageslauf oder Nachtlauf. Sie wollten mich aufhalten, mich in meiner Wut bremsen, um mich daran zu erinnern, was ich früher einmal gewesen war. Aber mein Zorn war so gewaltig, dass bei jeder Berührung, die meine Sohlen, meine Schatten und mein Sturm in den Landen hinterließen, nichts als Tod und Verwüstung übrig blieb. Bäume zerbarsten unter dem Gefühl des Hasses meiner wütenden Seele. Pflanzen verwelkten und sogar die Lebewesen des Tierreiches gingen unter der Last meiner Finsternis zu Grunde. Ich hinterließ Fußstapfen aus Tod und Verwüstung. Mordete, von der Macht dieses Gefühls besessen, alles, was meinen Weg kreuzte. Dieses berauschende Gefühl lenkte mich, überrannte mich und war gleichzeitig ein Gefühl, das ich ersehnt hatte, das mich auf eine wütende Art in Wallung und in ein zorniges Glücksgefühl versetzte.

Bumm.

Abrupt hielt ich an einem Bachlauf inne. Hielt mir die Ohren zu, als das verhängnisvolle Pochen eines unbekannten Herzens meinen ganzen Körper erstarren ließ. Immer und immer wieder vernahm ich dieses Geräusch, ohne den Urheber zu kennen, ohne der Spur des verräterischen Pochens folgen zu können. Es war, als ob es sich nur in meinen Gedanken abspielte. Es machte mich zornig. Und der Hass wurde durch dieses imaginäre Schlagen nur noch größer.

»Gib mir das, du Fresssack.«

Das Geplänkel von Elfen drang an meine Ohren, als ich das verräterische Pochen wieder in meinen Zorn einsperrte.

Der erregte Puls von leblosen Herzen und der Gestank modriger Sümpfe verpestete die Luft, als ich mich dem Geplänkel auf unsichtbaren Sohlen näherte.

Schattenelfen!

Durch meine eigene Unsichtbarkeit verborgen blähte ich die Nasenflügel und ballte meine Hände zu Fäusten, als ich ein halbes Dutzend von ihnen im Moder ihres eigenen Gestankes erblickte. Sie waren Diener meines Vaters, Diener der Schattenlande und Untergebene der Dunkelheit. Sie waren alles, was ich in meinem Leben verachtete und hasste.

Ich erinnerte mich noch zu gut an das Gelächter der Schattenelfen im Reich meines Vaters. Als ich gequält und misshandelt wurde unter den Blicken der Untergebenen meines Erzeugers. Sie haben gelacht, sich an meinem Leid aufgegeilt und nichts getan, was mir in meinem jungen Leben aus diesen Situationen geholfen hätte. Genau wie die Lichtelfen, die mich beschimpft hatten, als ich vor den Füßen ihres ehemaligen Kindskönigs den Schreien meiner Wahrheit ausgeliefert war. Sie alle waren der Feind. Und mein Hass nährte sich von ihnen, spiegelte sich in den Augen der Elfen, die gerade meinen Weg kreuzten und das Pech hatten, in meine Augen aus Zorn zu blicken.

Nicht mal ein stummer Schrei kam über ihre Lippen, als ich mit meinem wütenden Selbst durch ihre Körper zog und sie mit Entsetzen im Blick einen qualvollen Tod fanden. Blut tropfte von meinen Händen. Ich reckte meinen Kopf in den Himmel und schrie, fiel auf die Knie, mitten in die Gedärme der Schattenkrieger und schrie meinen Hass in den Himmel. Der Mond, der Diener der Nacht, flehte mich mit seinem Blick an, das Grauen hinter mir zu lassen. Ich ignorierte sein Flehen. Einzig der stumme Herzschlag in der Ferne sendete Signale in meinen Körper, die ich hörte, die ich wahrnahm und die ich nicht ignorieren konnte. Aber es war zu schwach, um mich aufzuhalten, zu schwach, um mich in meinem Gefühlsausbruch zu bremsen.

Bumm. Bumm. Bumm.

Ich ertrug dieses Geräusch nicht. Ertrug nicht, dass dieses Herz mein ständiger Begleiter war. Ich verdrängte es. Versuchte, es in eine Ecke ganz tief in der Dunkelheit zu vergraben. Doch es verblasste nicht.

»Hör auf!«

Ich hielt inne in meinem Sturm aus Gewitter und Zorn, als eine Stimme in der dunklen Nacht des Todes erklang.

Plötzlich erzittere ich. Mein ganzer Körper stand in Flammen und ich fühlte mich, als ob ich innerlich verbrannte. Ein elektrisierender Stromschlag, mit der Wucht einer ganzen vulkanartigen Explosion, schlug in meinen Nacken ein und das Mal, das Zeichen des schwächsten Momentes meines Herzens, fing an, kleine, schmerzhafte Impulse zu senden. Dann erlosch die Flamme und nur noch ein hauchzartes Kribbeln blieb übrig.

Ich strich mit blutigen Händen meinen Nacken entlang, spürte das Mal, dessen unfreiwilliger Inhaber ich war und vernahm im gleichen Augenblick, als meine Fingerspitzen die Haut berührten, erneut diese Stimme, deren Klang die dunkle Nacht erhellte und die das verräterische Pochen in der Ferne in Erregung versetzte.

»Hör auf!«

Ich knurrte, brüllte, versuchte die Stimme auszusperren, die sich meiner bemächtigte, die sich versuchte in meinem

Inneren festzusetzen wie ein Parasit. Versuchte, die flehenden und doch energischen Worte auszusperren und die Elektrizität, die sich in meinem Nacken erneut sammelte, die mir Impulse der Vernunft entgegensendete, aufzuhalten.

Ich legte meine Dunkelheit über die Passage der Verbindung und stoppte den Impuls, den die andere Seite sendete. Verschloss sie in den Stürmen meines Hasses.

KAPITEL 24
Fry

Das Trainingsgelände lag im Sonnenschein der Mittagstunde.

»Vergesst eure Deckung nicht. Bleibt ständig in Bewegung. Nur ein einziger Fehler kann euch euer Leben kosten und nicht nur das. Denkt immer daran, euer Herz zu schützen. Wenn der Nachtschatten euch erst dort berührt hat, sich lautlos in eurem Herzen absetzt, kann selbst der beste Heiler nichts mehr für euch tun. Also schützt es. Egal wie viel Schläge ihr abbekommt, egal wie viel Schattenmagie euren Körper trifft – schützt euer Herz!«.

Ich sprach eindringlich auf die Krieger ein, deren Ausbildung noch nicht abgeschlossen war. Shay und Brent unterwiesen die Jünglinge im Nahkampf, während ich mich auf den Schwertkampf konzentrierte. Die Elfen waren allesamt noch sehr jung, doch älter als ich das erste Mal war, als ich in einer echten Schlacht gekämpft hatte. Sie hatten Angst – das hatten wir alle – und doch war es wichtig, dass sie begriffen, auf was sie sich einließen.

»Benutzt eure Magie, aber sparsam. Die Dunkelheit entzieht sie euch schneller als ihr vermutet. Aber solange ihr immer noch ein Fünkchen in euch habt, solange können sie bezwungen werden.«

Ich schritt zwischen den schwertkämpfenden Jünglingen hindurch. Bei einem Elfen blieb ich stehen, beobachtete seine Bewegung mit dem Schwert, das ihm, als er meinen Blick sah, aus der Hand fiel. Ich hob es auf. Balancierte es in meiner Hand.

»Dieses Schwert ist sehr gut, doch ist es zu schwer für dich.«

»Verzeiht, Majestät.« Er blickte beschämt zu Boden und ich legte meine Hand auf seine Schulter.

»Entschuldige dich nicht.« Ich zog eins meiner eigenen Schwerter vom Rücken, dessen Glanz wie der Himmel über unseren Köpfen schimmerte. Der Junge blickte auf. Ehrfürchtig. »Hier.« Ich drehte das Schwert und hielt es ihm mit dem Griff nach vorn entgegen.

Er blickte sich nervös um. Traute sich nicht, sich zu rühren, als das Schimmern des Schwertes sich in seinem Gesicht spiegelte.

»Majestät. Ich ... das kann ich nicht ...«, stammelte er.

»Nimm es. Es ist leichter als dein Eigenes. Es wird dir ein guter Gefährte sein. Es soll dir gehören.«

Jetzt erst ergriff der Junge das Schwert. Sofort nahm es die Farbe seiner Magie an und tauchte die Klinge in goldene Töne. Er schwang es und sofort spürte man die Balance.

Ich brachte ein Lächeln zustande, klopfte dem Jungen auf die Schultern und setzte meinen Weg fort.

Plötzlich erklang ein Donnern.

Der Himmel über unseren Köpfen zog sich zu einem Gewittersturm zusammen. Wolken verdunkelten die Sonne. Der Boden erzitterte unter der Last einer unbekannten Gewalt und ich hielt den Atem an. War nicht der einzige Elf, der an diesem Mittagslauf in den Himmel starrte und vergaß, wie man atmete. Eiskalter Schweiß hatte meinen Körper befallen, als ich die dunklen Wolken erblickte. Ein

Nebel zog über mein Sichtfeld und ich vernahm den Geruch von Nachtschatten und Sonnenuntergang. Zeitgleich sendete mein Herz stechende Impulse.

Ich schloss die Augen, versuchte die Schmerzen und die Qual meines schreienden Herzens zu unterdrücken und biss die Zähne zusammen.

»Nein«, presste ich über meine Lippen. Ein einfaches Wort, doch war es von Furcht getränkt.

Mit schnellen Schritten verließ ich das Trainingsgelände. Weg von den neugierigen Blicken. Ich krampfte meine Hände zu Fäusten. Stolperte eilig durch die Gänge des Schlosses. Vorbei an weiteren aufmerksamen Augen, von Wachen und Dienern, die jeden meiner Schritte verfolgten. Stieß meine Tür zu meinem Gemach auf und verschloss sie mit einem harten Stoß meiner brodelnden Magie. Ich ließ mich an der Tür heruntergleiten und umfasste meinen Kopf. Meine Schläfen pochten.

Die Luft war erfüllt vom Geruch des Todes. Von Blut, von Asche und dem Geruch von Bittersüßer Nachtschatten. Als ob die neu erwachte Verbindung des Seelenschwurs mich foltern wollte. Mich hinsichtlich des neu erwachten Gefühls meiner Liebe durch und durch quälen wollte. Ihr Hass war so gewaltig, dass es mich alle Kraft kostete. Meinen täglichen Pflichten nachzugehen schien mir unter dieser neu erwachten Verbindung kaum möglich. All meine Konzentration verbrauchte ich, um in die Gefühlswelt meiner Liebe einzutauchen. Um meine Seele auf Wanderschaft zu dem Band meines Seelenschwurs zu schicken. Ich spürte Prue, spürte ihren Zorn und ihren Hass. Krampfte immer wieder schmerzvoll zusammen, weil dieses neu erwachte Seelenband so entsetzlich schwer zu halten war. Ich sollte froh darüber sein, dass ich sie endlich wieder spürte, dass die leblose Hülle ihres emotionslosen Wesens endlich wieder etwas fühlte. Doch machte es mir mehr Angst als das Schweigen der letzten Wochen. Denn Hass war ein grausames Gefühl. Er war zerstörerisch. Ich ertrug den Schmerz dieser schreienden Seele kaum noch. Es tat so weh. Und mein Herz schmerzte so sehr in meiner Brust.

»Hör auf!«, flehte ich energisch, als sich der Geruch ihrer Taten in meinem Herz absetzte. Mich quälte und mein Herz zum Weinen brachte.

»Hör auf!«, forderte ich nun, sendete elektrische Impulse zu der Verbindung.

Kurzzeitig blitzen rote Augen vor mir auf, feurig und hasserfüllt. Bilder von toten Körpern, Schattenelfen wie Lichtelfen, tauchten vor meinen Augen auf und ich musste mich festhalten. Hörte nur verschwommen die Geräusche meiner Umgebung. Krampfte mich in den hölzernen Balken meiner verschlossenen Tür.

»HÖR AUF!« Ich schrie sie an, als sie in einem Sturm aus Dunkelheit ihren tödlichen Weg fortsetzte, auf der Suche nach Rache.

Ihr Schrei, bittersüß und voller Hass, war das Letzte, das ich durch die Verbindung spürte, ehe die Dunkelheit mich verdrängte.

Meine Augen füllten sich mit dem Gefühl der Trauer, dem Gefühl des Nichtbegreifens, als die Verbindung abbrach, sich verschloss und mich aussperrte. Ich konnte den Geruch der Rache noch auf meiner Zunge schmecken, den Nachtschatten, das Gift meiner Seele. Ich wurde mit Dunkelheit blockiert, die Prue über das Mal legte wie einen Mantel an kühlen Tagen. Es war wie ein elektrischer Schlag, der meinen Körper heimsuchte. Ich wagte einen neuen Versuch, schloss die Augen, krampfte meine Hände zu Fäusten, doch verlor.

»Prue«, hauchte ich. »Was hast du nur getan?«

KAPITEL 25
Severin

»Danke.«

Ich drückte Leos Hand, die sanft in meiner lag, als wir den steinernen Boden mit nackten Füßen erklommen, der uns immer näher zu dem Bastard bringen würde. Die Luft war stickig und ich fühlte die brennende Hitze der Felder in jedem Atemzug. Ich konnte schon die verbrannten Körper der armen Seelen riechen, deren schicksalhafter Weg sie an diesen Ort geführt hatte. Der Schweiß, der nichts mit den lustvollen Momenten von eben zu tun hatte, sondern einfach nur daraus resultierte, dass selbst mir der heiße Lichtarsch anbrannte, war unnachgiebig und bitter, bestrafend.

Leo drückte meine Hand zurück. Sie war feucht genau wie mein ganzer Körper, der nur von einer Unterhose und Leos Hemd bedeckt wurde. Mein Schwert hatte ich in der anderen Hand und es schleifte auf dem Geröll zu meinen Füßen, zog eine Spur in den trockenen Boden. Zu Leos Missfallen, denn sie würde unsere Feinde auf direktem Weg in unsere Richtung locken. Aber mein Arm war so schwer durch die brennende Glut, dass mir jeder Muskel endlose Erschöpfungsqualen verschaffte.

Leo sah nicht besser aus als ich, obwohl er mit seinem freien Oberkörper, der Hose und den zwei Pfeilen in seiner Hand in meinen Augen immer noch der schönste Elf auf

Erden war. Seine Haut war genau wie meine von diesem dicken Schweißfilm bedeckt und seine Haare hingen ihm tropfnass ins Gesicht. Salzig und absolut verführerisch.

»Wofür?«, fragte er mich und drehte sein wunderschönes Gesicht in meine Richtung. Grüne Augen blickten mich an und ich konnte nicht verhindern, erneut zu erröten.

»Dass du wieder bei mir bist. So richtig. Mit deinem Herz, mit allem.«

Er biss sich auf die Lippe und ich merkte, wie sich die Schwere wieder über ihn legte, die ihn die ganze Reise über begleitet hatte. Ich hatte Angst, dass er wieder ging. Angst, dass er wieder dachte, sich von mir entfernen zu müssen, und drückte seine Hand ziemlich fest zusammen. Er blieb stehen, schaute auf meine verkrampfte Hand.

»Ich gehe nicht mehr weg, Severin.«

Ich nickte und mein vorlautes Mundwerk schwieg. Jedoch verlor ich nur nach wenigen Schritten die Kontrolle darüber.

»Wieso hast du uns aufgegeben? Damals ... du weißt schon ...« Meine Stimme brach, als die schmerzvolle Erinnerung sich freikämpfte.

»Als du mich geschlagen hast?«

Genau die Worte, die eine endlose Qual in mir hinterließen, und ich zuckte durch die Härte der Erinnerung zusammen. Leo hob eine Augenbraue und nur daran, dass seine Brust sich genauso schnell hob und senkte wie die meine, erkannte ich, dass er genau wie ich die Bilder in seinem Kopf vor sich sah, die ich so gern aus unserer beiden Köpfen verbannt hätte.

»Es tut mir so leid, Leo. Es war zu viel. Alles. Es war zu viel!«

Er nickte, hob seine Hand und legte sie an meine Wange.

»Ist schon gut.«

Wieder verfielen wir in kurzzeitiges Schweigen. Doch mein unkontrolliertes Mundwerk hatte seinen eigenen Willen.

»Warum hast du dich wirklich von mir zurückgezogen?«, formulierte ich die Frage vorsichtig und hatte erneut Angst, dass seine Antwort alles, was jetzt wieder zwischen uns lief, zerstörte.

Es dauert eine Weile, bis er sprach. Doch als er es tat, blickte er zu Boden.

»Ich hatte Angst.«

Abrupt blieb ich stehen und Leo wurde durch die plötzliche Haltlosigkeit fast aus dem Gleichgewicht geworfen.

»Wovor? Dass ich wieder handgreiflich werde? Dass ich dich anschreie und wieder alles versaue, so wie immer?«

Er schüttelte den Kopf, rang um Worte und konnte mich immer noch nicht anblicken.

»Hattest du Angst, dass ich dich bis zu unserem Lebensende volllabern werde und du mich dann freiwillig in einen Tümpel voller Nixen schubst, damit sie mir Stück für Stück das Fleisch von den Knochen nagen?«

Ein Schmunzeln erhellte sein Gesicht für einen Moment und es nahm etwas von der Schwere, die sich über uns gelegt hatte.

»Wovor hattest du Angst?«, drängte ich ungeduldig, als er immer noch nichts sagte. Ich hob unsere verflochtenen Hände zu meinem Mund und gab einen Kuss auf die weiche Haut seines Handrückens.

»Vor dem hier.« Er zeigte mit den Pfeilen in seiner Hand erst auf mich und dann auf sich. Er biss sich auf die Lippe.

»Und ich wollte nicht, dass du verletzt wirst ... Ich wollte ...« Er biss sich erneut auf die roten Lippen und rang sichtlich um Worte. Ich hielt endlich meine Klappe und gab ihm alle Zeit der Welt, sie zu finden. Nach einer gefühlten Ewigkeit, in der ich bestimmt schon dreimal kurz davor war, meine Klappe aufzumachen, kamen Worte über seine leicht geöffneten Lippen.

»Es war falsch und dumm und«, er stockte, seufzte laut auf, »ich wollte dir nicht weh tun, ganz sicher nicht. Ich hatte einfach Angst.«

»Leo ...« Ich wollte, dass er mich ansah, doch ich kam nicht dazu, meine Gedanken auszusprechen. Denn als er mir in die Augen blickte, glitzerte es verächtlich in den grünen Weiten seiner Seele.

»Ich habe auch jetzt noch Angst, aber ich kann diesem Drang, dir nah zu sein, nicht mehr widerstehen. Ich hatte Angst, dass alles, was wir hatten, auf einmal vorbei sein könnte, und deshalb dachte ich, ich müsste es von vornherein unterbinden. Obwohl es dafür schon viel zu spät war. Severin, ich ...« Er konnte die nächsten Worte nicht aussprechen, weil ich schon meine Lippen auf seine gelegt hatte und mich in diesem wundervollen Kuss verlor.

Ich war dankbar für diesen Moment. Für jeden Moment, den ich mit ihm verbringen durfte. Der mir mehr bedeutete, als alles andere auf der Welt. Der mich wieder auf den richtigen Weg brachte und mir zeigte, dass diese Welt es wert war, gerettet zu werden. Auch wenn das bedeutete, dass wir den Bastard am heißesten Ort der Welt vom Boden der Hölle abkratzen mussten, dann würde ich das tun. Ich schmunzelte über mich selbst, wenn ich an mein vergangenes Ich dachte, an die unzähligen Liebschaften zu beiden Geschlechtern und meinen Ruf als Prinz der Lüsternheit. Ich war ehrlich dankbar für all diese kleinen Dinge.

Als unsere Lippen sich lösten, spürte ich bereits, wie meine Mitte sich wieder hungrig zwischen uns drängte. Wir blickten zeitgleich nach unten und Leo hob eine Augenbraue.

»Du bist halt zu heiß für diese Welt!« Ich zuckte die Schultern und zog ihn dann weiter auf dem trockenen Weg, der uns unserem Ziel näher brachte.

Trockene Landschaft, eine Wüste aus Gestein und Wasserlosigkeit, ein verschwommenes Bildnis von getäuschten Sinneseindrücken. Ein ganzes Ausmaß an Unheimlichkeit offenbarte sich vor unseren Augen. Zeigte die ganze Intensität dieses unheimlichen Ortes. Es war eine Wüste, ein tödlicher Landstrich, der erdrückend war. Für Schatten, gleichwohl als auch für Lichtelfen. Die Schattenlande mit ihrer Dunkelheit und ihrem trostlosen Scheißgestank waren im Vergleich zu diesem Ort ein Sonnenaufgang. Dies war verdammt noch mal ein Albtraumgespinst der Verbrennung. Als würde man direkt in die Glut eines Vulkans tauchen, der einen schon in seiner Nähe verdampfen ließ, und ich ertappte mich dabei, wie ich den heiligen Ball am Himmel in meinen Gedanken verfluchte für seine gottähnliche Kraft, die Welt nicht nur in Schönheit und Ausgeglichenheit zu tauchen. *Verdammter Feuerball.* Ich sehnte mich nach dem kühlen Morast der Moore. Ertappte mich bei dem Gedanken daran, ein Gläschen Feenwein mit den Schattenelfen im sonnenabgewandten Teil der Schattenlande einzunehmen. Nur um die Gedanken, die Bilder und die Empfindungen, die ich jetzt verspürte, abzukühlen.

Diesen Ort würde ich niemals mehr aufsuchen. Nicht mal in tausend Leben, nicht mal, um meinen Arsch vor irgendeiner unausweichlichen Gefahr zu retten.

Verdammter Bastard von Priest. Hätte er uns nicht einfach sterben lassen können im Schattenreich? Wieso verdammt, war ich verflucht worden, ihn zu retten?

Meine Laune war unterirdisch missgestimmt. Und das bedeutete wirklich etwas. Nicht mal ein versautes Tavernenlied kam über meine Lippen. Nicht mal mein Schwanz konnte sich der Wollust von Leos schwitzigem Körper hingeben, denn er war nach innen gekrochen, um dieser Hitze zu entkommen.

Wir duckten uns hinter eine Gesteinsformation. Schattenkrieger bewaffnet bis zur Untergewandung kreuzten hier und da unseren Weg und wir wollten sichergehen, dass uns auf dem letzten Rest unserer Reise nicht doch noch ein vergifteter Pfeil im Arsch traf. Es war ein Wunder, dass sie unsere aufgebrachten Herzen den ganzen Weg hierher nicht schlagen hörten. Was wohl daran lag, dass sie selbst von Stöhnlauten der Erschöpfungsarmut dieses Ortes ausgelaugt waren. Auch andere Wesen waren hier unterwegs. Gobolins oder die Wichtel, die wohl wieder irgendwo Gold witterten, das sie mit dem einen oder anderen verkohlten Gefangenen verdienen konnten. Ansonsten war es hier ziemlich ruhig. Beunruhigend ruhig. Wenn man die leisen Laute der Verdammten mal ausblendete, die hier und da durch die windstille Atmosphäre wehten.

Ich spähte über einen Felsen, dessen Oberfläche scharf wie zersplittertes Glas war. Meine spröde Haut riss sofort auf und kleine Blutperlen benetzten den Stein. Ich zischte, schmierte mir das Blut am Obergewand ab und spähte ein zweites Mal über den Stein, diesmal ohne ihn zu berühren.

Vor uns erstreckte sich eine offene Fläche Sonnenglut. Der Felsen war der einzige Sichtschutz vor der erbarmungslosen Wüste, der uns vor den neugierigen Augen der sich hierher verirrenden, lebensmüden Geschöpfe bewahrte. Es war so heiß, dass ich am liebsten die restlichen verbliebenen Kleider abgestreift hätte, um den kleinsten Luftzug nicht zu verpassen. Doch es gab keinen Luftzug und die Welt hatte genug Severin Grünhain in seiner Nacktheit gesehen. *Obwohl*. Ich könnte auch für immer nackt rumlaufen, mein

Körper war ein Symbol für die Liebenden, die Leidenden und sich nach meiner Liebe verzehrende Lust. Ich riss mich allerdings zusammen. Was auch daran lag, dass ich stank wie ein Legasusmisthaufen. Und ohne Kleidung ..., das wollte ich der Welt dann doch ersparen. Schließlich sollte man keine Lieder über mich singen, die mir schadeten. *Aber verdammt.* Ich stank einfach so sehr nach mir selbst in Schweiß. Verdammt, daran war nichts mehr Atemberaubendes. Wenn man sich selbst roch, dann war es wirklich zu spät. *Verdammt, ich brauche ein Bad.* Sofort sammelte sich nicht vorhandener Speichel in meiner Mundhöhle, als ich an ein kühlendes Bad dachte. Selbst der Tümpel mit den Schintawürmern wäre mir willkommen.

Ein weiteres Mal riskierte ich einen Blick über den Felsen und Leo tat es mir gleich. Trotz unserer guten Augen waren wir geblendet von dem Licht und der sandigen Wüste, die sich abfällig vor uns erstreckte. Überall waren Holzpfähle und Eisenketten in die Erde geschlagen worden, an denen die unterschiedlichsten Geschöpfe der Anderswelt geknebelt, gefesselt oder hingerichtet waren. Leise Schreie und gänsehautbringendes Wimmern dröhnten aus allen Richtungen zu uns herauf. Manchmal war es auch so still, dass man denken konnte, alles hier wäre plötzlich gestorben. Doch dann wimmerte es wieder und die Gestorbenen waren doch nicht gestorben. Raubvögel, Aasgeier und anderes Getier taten sich gütlich an den Überresten der armen Seelen. Ein Festmahl für jeden Aasfresser. Mitleid schwoll in meiner Brust, doch ich verdrängte den Gedanken daran. Tatsächlich ertappte ich mich bei der Erkenntnis, dass für mich ein Tod durch Bittersüßer Nachtschatten angenehmer wäre, als hier auf diesem Fleck brütenden Sandes endlose Feuertode zu sterben. Ich schüttelte den

Kopf und schauderte innerlich. Leo riss mich aus meinen sonnenlästernden Feuertodszenarien.

»Welcher von denen ist er?«, fragte er. Seine Stimme klang rau, ausgetrocknet, so wie ich mich selbst fühlte.

Ich räusperte mich, bevor ich antwortete.

»Vermutlich der Frischeste von allen.« Suchend überblickte ich die Wüste. Erspähte die zahlreichen armen Seelen und blieb an einem Elfen hängen, dessen Brust sich überdauernd hob und senkte. »Dort!« Ich zeigte auf die in Ketten liegende Gestalt, dessen nachtschwarze Haare ihm triefend ins Gesicht hingen.

Ich kniff die Augen zusammen und wusste von Sekundenlauf zu Sekundenlauf, dass es sich um den Gesuchten handelte. Seine Arme und Beine waren gleichwohl ausgestreckt. Eiserne Ketten waren in den Sand geschlagen worden und hinderten ihn an fluchtähnlichen Bewegungen. Ich wusste nicht, ob ich mich freuen sollte, dass er sich noch in einem lebensähnlichen Zustand befand, oder ob ich mich darüber ärgern sollte. Er war schließlich immer noch der beschissene, schattenfressende Priester.

Ich legte meinen Kopf schief und grinste breit.

»Diesen Körper würde ich überall erkennen.«

Leos Gesicht schnellte zu mir, so schnell konnte ich gar nicht blinzeln. Es war zu süß.

»Eifersüchtig, Wiesenaue?«, fragte ich ihn lasziv und wackelte mit den Augenbrauen, was leichter aussah, als es in Wirklichkeit war, denn meine Haut war so trocken, dass ich befürchtete, sie würde mir bei der kleinsten Bewegung vom Gesicht fallen.

Leo schwieg. Natürlich tat er das.

Ich lachte laut auf und schluckte dabei meinen eigenen Schweiß. Ein Hustenanfall überkam mich und es dauerte ein paar Herzschläge lang, bis ich mich wieder beruhigt hatte. Ich grinste.

»Das war ein Scherz.«

Leo runzelte die Nase.

Es war so unbeschreiblich niedlich.

Wenn mir nicht so unglaublich unwohl in meiner Haut gewesen wäre und ich nicht wie ein toter Wolfsfuchs bei Sonnenaufgang gestunken hätte, dann hätte ich ihn jetzt gern unter mir gespürt und ihm gezeigt, was ich empfand und wie sehr ich es liebte, ihn aus der Fassung zu bringen. Ich würde seine Hüfte anheben und mich mit einem Stoß in ihm versenken, bis er nichts mehr wahrnahm außer meinen harten Stößen und die Liebe meiner Worte, die ich ihm zuflüstern würde, während wir beide die absolute Ektase erlebten. Doch mein Schwanz verkroch sich nur noch weiter in sich zusammen. Ich betete zu allen, die meine Gedanken hörten, die das mitleiderregende Wimmern meines in sich zusammengeschrumpelten Schwanzes vernahmen, dass, wenn wir diese Hölle hinter uns gelassen hatten, wir in die Kühle des Waldes und die nach Gras duftenden Lichtlande zurückgekehrt waren, mein bestes Stück wieder in Flammen aufging und er zeigte, was er eigentlich drauf hatte. Kaum vorzustellen, dass ich Leo nicht mehr beglücken könnte, wenn das ganze Chaos hier vorbei war. Manchmal fragte ich mich, ob es ihm mit seinem Lümmel wohl auch so ging oder ob ich einfach nur übergeil war. Ungezügelt und notgeil.

Ich zuckte die Schultern, mehr zu mir selbst als zu Leo und versuchte, mich wieder auf unsere Aufgabe zu konzentrieren.

»Siehst du das?«, durchbrach Leos kratzige Stimme meine schon wieder abgedrifteten Gedanken.

Ein Wunder, dass wir überhaupt noch lebten. Damit das auch so blieb, versuchte ich mich erneut auf das vor uns liegende zu fokussieren und blickte wieder zu der in Ketten liegenden Gestalt. Aasgeier flogen über sie hinweg, ließen sich nieder und pickten an der verbrannten Haut. Das leise Aufstöhnen, das sich anhörte wie *Verpisst euch, ihr Dreckvögel, noch bin ich nicht tot*, wisperte zu uns hinüber.

Er war es. Er lebte. Er fluchte.

Ich grinste meinen Gefährten an, nahm seine Hand und zog ihn in eine aufrechte Position.

»Dann lass uns mal seinen verbrannten Arsch retten, Liebster.«

KAPITEL 26
Priest

»Verdammt, das soll wohl ein Sche-sch-scherz sein!«, ächzte ich, als ich das hässliche Grinsen vor meinen verkrusteten Augen erblickte. Die einzelnen Wörter, die ich ausspeien konnte, gingen in einem widerlichen Hustenanfall unter. Sie brannten in meiner Kehle und fraßen sich Schritt für Schritt in jeden Winkel Haut und Gedärm, der noch nicht von dieser unerträglichen Hitze zerfleischt worden war. »Wenn das der Tod sein soll, will-will-will ich le-ben und falls ich immer noch am Le-ben bin, verdammt, warum bin ich dann noch nicht tot?«, würgte ich hervor.

»Die Sonne grüßt dich, Bastard.« Grünhain grinste immer breiter und ich hätte am liebsten in dieses perfekte Gesicht geschlagen, wenn ich nicht ein roter Hautknochen mit verbranntem Leib gewesen wäre. »Hast du mich vermisst?«

»Ge-h we-g!«, stotterte ich und wünschte mir doch zugleich, dass er mich nicht hier liegen lassen würde.

Verdammt, ich verachtete mich selbst für meine schwache Gesinnung. Jetzt ließ ich mich auch noch von einem dreckigen Lichtknaben retten. War ich nicht schon tief genug gesunken? Musste es immer und immer wieder eine Steigerung geben?

Das verfluchte Herz in meiner verfickten Brust schlug heftig. Viel zu heftig, als Grünhains Schatten sich über mich legte und die Rettung aus meiner Lage endlich greifbar war, doch war es zu viel. Es schlug zu schnell und mein Schattenkörper, der dreihundert Jahre lang nichts außer lebloser Ruhe in seinem Körper verspürt hatte, drohte zu explodieren.

»Mein Her-her-herz«, krächzte ich, wagte einen weiteren nichts bringenden Versuch, mich aus diesen Ketten zu befreien. Doch sie rührten sich nicht, gaben nicht einen Millimeter nach.

»Ich an deiner Stelle würde mir ernsthafte Sorgen um deinen verfluchten Pimmel machen, anstatt um dein Herz. Hast du dir den mal angesehen? Lebt das Ding noch? Sieht echt tot aus, mein schattiges Elflein. Ich hätte ja Mitleid mit dir, aber eigentlich find ich es ganz amüsant.« Der elende Lichtbastard wagte es, sich über mich zu beugen und stocherte mit seinem Schwert an meinem Schwanz herum.

Ich knurrte und es brannte in meiner Kehle. Die Wut auf diese elende Arschgeige steigerte sich und ich wäre ihm am liebsten an die Gurgel gesprungen. Noch dazu dröhnte mein beschissenes Herz immer lauter in meinen Ohren. Das Blut rauschte durch meinen Körper und brannte sich durch meine Zellen.

»Severin!«, drang eine fordernde Stimme in meine Ohren.

Meine verkrusteten Augenlider bröckelten unter der ungewohnten Aktivität, als ich sah, wie der Lichtwichser sich umdrehte, das Schwert hinter seinem Rücken verbergend.

Ich zischte laut auf.

»Ihr Idioten ... Her-Herz ...« Hörten sie denn nicht, dass dieses verfluchte Herz gleich mit einem lauten Knall explodieren würde?

»Severin. Sein Herz«, sagte die andere Stimme und plötzlich legte sich eine Hand, die sich angenehm kühl auf meinem verbrannten Körper anfühlte, auf meine wild schlagende Mitte.

Mein Herz polterte und schrie voller widernatürlicher Dankbarkeit und erhitzter Gefühle, endlich aus dieser Hölle befreit zu werden. Es war abartig.

»Sein Herz schlägt so schnell, er müsste tot sein. Sein Körper ist so schwach, dass das Herz eigentlich genauso schwach sein sollte. Aber es lebt, es pocht, es schreit uns förmlich an, als ob ...« Der Elf, den ich als den Liebhaber erkannte, stoppte in seinem Wortschwall.

»Als ob was ...?«, fragte Grünhain.

»Als ob es leben will.«

Verdammte, verfickte Scheiße. Als ob es leben wollte? Natürlich wollte ich leben, aber ohne diese Scheiß Pumpe, die mich zu einem Leben in Demütigung verfluchte.

Ich spürte Grünhains Blick auf meinem nackten Körper. Und ich presste ein Knurren aus meiner Kehle, das sich aber eher wie ein Röcheln kurz vor dem Tod anhörte.

»Wir müssen ihn schnellstmöglich in ein Gewässer legen, er muss abkühlen, danach müssen wir seine Haut mit Kräutern versorgen und er braucht Schatten, viel davon. Am besten die absolute Dunkelheit, sonst wird er die Reise nicht überstehen.«

Welche Reise? Verdammt, wovon faselten diese Lichtärsche?

»Ist es nicht vielleicht doch besser, ihn einfach seinem Schicksal zu überlassen?« Grünhains penetrante Stimme dröhnte ekelerregend in meinen Ohren.

»Du kennst unseren Auftrag. Außerdem hat er unser Leben gerettet, wir sind es ihm schuldig.«

Mein Herz schlug erneut aufgebracht, immer weiter und weiter und es war die Hölle. Es tat so weh. Seit die Wichser zu meiner Rettung gekommen waren, wollte ich nur noch tot sein und zugleich nur noch leben, damit ich diesen dreckigen Lichtknaben so richtig eins überziehen konnte.

Mein Herz setzte einen Schlag aus, war für einen Moment ruhig und pochte dann erneut schnell und ungezähmt, dass ich wieder und wieder vor Wut hätte schreien können. Ich würde mich wohl nie daran gewöhnen, dass das verfluchte Ding in meiner Brust ein Eigenleben hatte. Bei der nächsten Gelegenheit würde ich mir das Biest eigenhändig aus der Brust reißen und es diesem grünscheißenden Lichtelfen ins Gesicht knallen.

Durch die ganze Breite ungewohnter Emotionen merkte ich kaum, wie die Wichser mir die eisernen Ketten abnahmen, mich in eine schmerzvolle Position hievten. Durch die ungewohnte Bewegungsbelastung wurde es mir schwarz vor Augen und ich verlor das Bewusstsein. Tauchte ein in eine Traumwelt voller rettender Dunkelheit. Voller Nässe, die meinen Körper kühlte. Voller ekelerregender Kräuter, die sich schmierig und feurig auf meiner Haut einbrannten. Bis Schreie meine Welt aus der Dunkelheit rissen und ich merkte, dass es meine eigenen waren, die den Nachtlauf durchdrangen.

KAPITEL 27
Severin

»Wir müssen seine Haut abkühlen. Die Schädigung ist zu fortgeschritten, als dass die Dunkelheit ihn in einen Zustand der Heilung versetzen kann. Gib mir mehr von dem Gemeinen Beinwell.«

Ohne von dem Bastard, dessen Wunden Leo gerade versorgte, aufzusehen, zerriss er mein Hemd mit seinen Zähnen und den Händen in kleine Stücke. Tauchte sie in eine Pfütze Wasser und bestrich die Stofffetzen anschließend mit der Salbe, die er vorhin angefertigt hatte. Sobald das Stück Stoff den Körper des Schattenelfen berührte, schrie dieser auf. Schrie aus Leib und Seele. Er zuckte und wand sich. Obgleich er nicht bei Bewusstsein war, so wusste ich, dass es unerträglich für ihn sein musste, diese Qualen erleiden zu müssen. Schnell reichte ich Leo ein weiteres Büschel des Gemeinen Beinwell.

»Du musst ihn mit dem Stein zerkleinern. Gib etwas Wasser in die Masse und vermenge es zu einem Brei.« Leos Stimme klang ruhig, trotz der Tatsache, dass wir hier völlig ungeschützt in der Dunkelheit einen mörderischen Schattenelfen versorgten.

Ich raufte mir die Haare und versuchte, einen klaren Kopf zu behalten. Die Dunkelheit drückte mir alle verbliebene Kraft aus dem Körper, obwohl sie auch eine wohlgesonnene Abkühlung von den letzten kräftezehrenden Tagesläufen war.

Als wir Priest von den Feldern befreit hatten, hatten wir Stundenläufe den Weg zurückgefolgt, den wir einst beschritten hatten. Wir waren bis zu den Überresten eines trockenen Landstrichs gekommen, an dem wir das erste bisschen Wasser fanden. Die Luft war zwar kühler, doch immer noch lag diese dichte Luftfeuchtigkeit in der Atmosphäre. Als die Dunkelheit aufzog, sich über uns und den Schattenelfen legte, hatten wir gehofft, dass seine Schreie aufhörten. Hatten gehofft, dass seine blutigen Hautfetzen sich schlossen, doch es tat sich nichts. Man hätte meinen können, der elende Priest wäre tot, wenn nicht dieses Herz immer noch nach *ich will leben* geschrien hätte. Seine Atmung war ein rauchiges Röcheln. Jeder verdammte Schlag seines Herzens dröhnte in der Nacht.

Wir waren hier völlig ungeschützt. Waren ein gefundenes Fressen für die Aasgeier und es hätte mich nicht gewundert, wenn sich jeden Augenblick weitere Gefahren aus den Tiefen der Nacht auf uns gestürzt hätten. Wieder schrie der Bastard. Ich kämpfte mit mir, ihm nicht eine reinzuhauen, damit er endlich sein Maul hielt.

»Wenn er nicht aufhört zu schreien, sind wir hier schneller ein Haufen Moder, als dass ich meinen Arsch in die Sonne halten kann. Ich werd ihn schlagen!«

»Das wirst du nicht tun!« Die autoritäre Stimme meines Liebsten ließ mich zusammenzucken. Dass überhaupt ein Lebewesen dazu fähig war, mir diese Reaktion abzugewinnen, grenzte an ein sonnenfinsternisähnliches Wunder. »Denk nicht mal dran!«, fügte er hinzu.

»Leoooooo. Komm schon. Ein paar Schmerzen mehr, darauf kommt es nun auch nicht mehr an. Er merkt es vielleicht gar nicht«, jammerte ich.

»Severin!«

Ich winkte ab.

»Schon gut. Ich hab nur das ungute Gefühl, dass gleich eine mordsüchtige Bande Schattenelfen auf uns zustürmten und uns umhauen wird. Hörst du das? Sie schleichen sich an uns heran, überwältigen uns und bringen uns um die Ecke.«

Genau in diesem Moment lud die Luft sich auf, als hätte die Welt meinen Worten gelauscht. Die Spannungen in der Atmosphäre waren greifbar. Der Boden vibrierte in einem Ansturm kleinster Wellen. Meine Haut prickelte und die Geräusche verstummten schlagartig, nur noch das leise Röcheln von unserem Verletzten war zu hören. Leo und ich sahen uns an. Auf unseren Körpern hatte sich Gänsehaut gebildet.

»Spürst du das auch?«, flüsterte ich.

Leo nickte, blickte sich nach allen Seiten um.

Ich tastete lautlos nach meinem Schwert, fand den Griff und hob die Klinge in genau dem Moment, als sich ein Sturm aus Schatten um uns erhob. Leo und ich stießen zeitgleich einen Fluch aus, sprangen auf die Beine und wurden im nächsten Moment von der magieüberfluteten Wolke von den Beinen gerissen. Kleine Schnitte, aus denen minimale Rinnsale Blut flossen, zeichneten sich schlagartig auf unseren Körpern ab. Die Kraft dieser Magie war gewaltig, sie zerschnitt die Luft, entlud sich und brachte die Welt zum Beben. Ich hatte niemals so etwas gesehen. Fluchend rappelten Leo und ich uns auf, versuchten, auf die Beine zu kommen. Leo griff nach seinen letzten verbliebenen Pfeilen. Er umhüllte sie mit den goldenen Überresten seiner Magie. Das Schwert in meiner Hand strahlte gleichwohl, jedoch nahm es meine ganz eigene Lichtmagie an.

Ein Geruch, vertraut und doch völlig anders als das, wie ich ihn in Erinnerung hatte, erfüllte die Atmosphäre und ich zitterte vor Unglaube, schmerzhaften Erinnerungen und vielleicht aus Angst. Schützend versuchte ich, wieder auf die Füße zu kommen, und spürte erneut dieses Vertraute. Diese Dunkelheit. Diese Erinnerungen. *Prue.* Doch ich konnte diesen zugleich traumhaften und albtraumhaften Gedanken gar nicht zu Ende denken, da wütete ihre sturmartige Kraft auch schon wieder auf uns nieder. Priest schrie auf. Leo stöhnte, als ihn eine weitere Schattenwolke traf und er auf allen Vieren versuchte, auf die Beine zu kommen. Krampfhaft umklammerte er die Pfeile. Priest wand sich, als die Dunkelheit sich über ihn legte, sich in seine Zellen fraß und sein donnerndes Herz leise vor sich hinschrie. Seine Haut platzte auf, Blut quoll aus den Wunden hervor. Der Sturm toste unerbittlich weiter, zeigte mir durch die Wolke aus totaler Finsternis einen kleinen Blick auf schwarze Augen, die immer wieder feurig aufblitzten. Wie der Sturm, der in ihrem Inneren tobte.

Es war eine absolute Qual für mich. Als ob mir alle Luft aus den Lungen gepresst wurde, mit nur einem einzigen Blick auf sie. Ein andauernder, niemals vergessender Schmerz erfüllte mich. Meine Seele schrie. *Prue!* Ich spürte sie. Spürte ihre Wut, ihren Zorn und ihre todbringenden Emotionen, denen sie ausgeliefert war. Es donnerte. Und die Wolke aus Macht explodierte. Leo wurde durch die verhängnisvolle Magie nach hinten geschleudert und brach bewusstlos zusammen. Blut sickerte aus seiner Nase.

»NEIN!«, schrie ich laut, wurde im gleichen Wimpernschlag ebenfalls wieder von einer Schattenwolke getroffen und über den Erdboden gerissen. Kurzzeitig sah ich Sterne, doch ich stemmte mich mit meinem Schwert auf die Beine, zitterte krampfartig, als die Magie meiner Schwester erneut versuchte, mich zu Fall zu bringen. »HÖR AUF, PRUE!«

Ich hatte Angst vor ihr. Angst vor meiner eigenen Schwester. Angst vor dem, was aus ihr geworden war. Tränen standen mir in den Augen, als ich versuchte, gegen ihren Sturm anzukämpfen. Sie bestand fast nur noch aus Dunkelheit. Ihre Schatten schlugen Wellen. Ihr Sturm tobte erbittert, schlug immer noch um sich, konzentrierte sich aber auf mich, auf meine Stimme, auf meine Gestalt.

»HÖR AUF!«

Ich hob die Hand, die nicht das Schwert umklammerte, und sammelte meine übriggebliebene Magie in der Handfläche. In dieser finsteren Nacht erhellte meine prinzenähnliche Kraft die Gestalt meiner Schwester. Ihre Wolke aus Dunkelheit bäumte sich erneut auf, schlug gegen das grüne Strahlen meines Lichtes. Es zerrte mich fast erneut von den Füßen. Nur mein eiserner Wille hielt mich auf den Beinen. Durch die Anstrengung lief mir Blut aus Nase und Ohren. Die Dunkelheit schlug heftig zu. Ich biss die Zähne zusammen und hielt die Magie aufrecht.

»HÖR AUF!«

Der Druck auf meine Eingeweide ließ einen kurzen Moment nach und ich nutzte diesen Augenblick, um zu atmen.

Sie hielt inne.

»Ich kenne dich.« Meine Schwester ließ sich auf den Boden gleiten. Die Dunkelheit legte sich wie ein Mantel um ihren Körper, schleierhaft, fast durchscheinend und offenbarte ihre Gestalt in Teilen des Bildnisses meiner Erinnerung. In ihren stürmischen Augen spiegelte sich meine Lichtmagie wider. »Ich habe dich in meinem Kopf gesehen.« Sie sprach mit einem gleichgültigen Ton in der

Stimme. Nichts daran erinnerte mich an die emotionsgeladene Glückseligkeit ihrer Liebe empfindenden Seele.

»Du musst aufhören, Prinzessin. Wir sind nicht deine Feinde«, sprach ich klar und deutlich, doch mit der Gefahr im Blick, die vor mir stand.

Ich war ein Krieger und genau jetzt war ich alles, was diesen Krieger ausmachte. Der lüsterne, labernde Severin Grünhain war in diesem Moment nur ein Teil meines Selbst. Ich war ausgebildet worden, Unrecht aufzuhalten und mich den Gefahren, die vor mir lagen, zu stellen.

»Zuerst werde ich dem Schattenelfen das Herz rausreißen, dessen Geruch an euch hängt«, ertönte ihre emotionslose Stimme im dunklen Sturm ihrer Wut.

»Nein!«, spie ich aus. »Du wirst ihn nicht anrühren. Du wirst sein Blut nicht an deinen Händen kleben haben, Prue. Verdammt. Du musst jetzt aufhören!« Ein kleines Flehen schlich sich in meine Wortwahl. Doch wurde es sogleich erschlagen.

»Dann werde ich dich zuerst töten.« Ihr Sturm aus Dunkelheit braute sich erneut auf, formte sich zu einer dichten Gewitterwolke aus verbitterter, wutverzerrter Energie.

»DANN TÖTE MICH!« Ich ließ mein Schwert fallen, zog die Magie des Lichtschildes zurück und breitete die Arme aus. »LOS! TU ES! Zeige der Welt, dass du genau das geworden bist, was sie gefürchtet hat!«, schrie ich. »MACH SCHON, SCHWESTER!«

»Die Welt ist mir egal.« Ihr Gesicht materialisierte sich wieder vor meinen Augen und die Kälte ihrer Worte traf mich mehr als die Stimme, die mir mit dem Tod gedroht hatte.

»Dann geh, sei frei, lebe dein Leben, aber diese Elfen bekommst du nicht.« Ich machte eine ausladende Geste zu Priest und Leo, dessen bewusstlose Atemzüge mich beruhigten. »Du wirst niemanden mehr töten. Du hast genug getötet. Es ist genug!« Ich blickte zurück in ihre Richtung.

Prues Augen wurden schlagartig feuerrot wie ein Vulkanausbruch. Die Erde erzitterte unter meinen Füßen und ich verlor den Halt, strauchelte und fiel auf den Hintern. Sofort rappelte ich mich wieder auf, stellte mich wieder vor das Wesen, das einst meine geliebte Schwester gewesen war. Es war nichts mehr in ihr, das mich die Prue erkennen ließ, die sie einmal gewesen war. Nichts mehr von dem Licht und dem Wesen unserer Mutter. Sie hatte den höchsten Preis bezahlt, als sie Fry gerettet hatte, und doch war ich froh, dass sie es getan hatte. Ich brach fast zusammen, als die Trauer um meine Schwester mich überrannte und sich um mein Herz legte. Sie zog mir die Luft aus den Lungen. Nur der Gedanke, Leo vor ihrer Bösartigkeit zu retten, ließ mich wieder einen Schritt näher an sie herantreten.

»Ich werde dich töten«, wiederholte sie ihre verhängnisvollen Worte, schlug erneut mit ihrer Dunkelheit um sich und traf mich in die Brust.

Die Luft wurde mir aus der Lunge gezogen und für einen kurzen Moment dachte ich, sterben zu müssen. Doch ich gab den Kampf nicht auf. Wollte nicht aufgeben. Stellte mich ihr ein weiteres Mal entgegen. Ich beschwor meine Lichtmagie erneut hervor. Formte in meinen Gedanken ein Bildnis, das Leo und auch den Bastard vor meiner Schwester schützen würde, und schaffte es auf magische Weise, genau das Bildnis meiner Gedanken zu formen. Ich legte dieses Schutzschild über Leo und Priest, dessen Brust sich in schnellen Zügen hob und senkte. Ich hatte bis gerade nicht gewusst, dass ich die Magie des Lichtes in mir zu etwas formen konnte, das nicht da war, und doch war ein Schild entstanden. Und das auch noch in der Dunkelheit. Zu solch einer Macht war ausschließlich der König und seine Königsmagie in ihm in der Lage. Wieso gerade ich jetzt aus dieser Magie schöpfte, war mir echt total egal. Sie rettete den beiden Elfen womöglich das Leben.

»Wenn du jetzt nicht aus dem Weg gehst, werde ich dir weh tun, auch wenn ich einst jemand für dich war. Ihr alle habt die Schreie meiner Qual verdient.«

»DANN TU ES DOCH! TÖTE MICH ENDLICH!«, schrie ich. »Aber sie wirst du nicht bekommen!«

»Ich werde euch vernichten und eure Herzen in meinen Händen zerquetschen!« Sie hob ihre Hände und ballte sie zur Faust. Drückte ein unsichtbares Herz zusammen.

»Es steht dir nicht zu, sie zu töten.«

»Mir steht es am allermeisten zu.«

Ich blähte die Nasenflügel. Spürte die Spannungen zwischen uns in jeder Zelle, versuchte trotz der Gefahr, in der wir schwebten, einen klaren Kopf zu behalten.

»Niemand sollte grundlos töten, das ist nicht richtig, Prinzessin. Du müsstest das doch am besten wissen. Schließlich sind wir vom gleichen Blut. Du hast das Leben einst geliebt, die Grauen deines Vaters verabscheut, doch jetzt bist du genau wie er. Bitte, Prue, zieh weiter. Geh und lebe dein Leben in Freiheit und höre auf, Unschuldige zu ermorden. Das ist nicht richtig. Erinnere dich, wer du bist!«

Sie legte ihren Kopf schief, musterte mich von Kopf bis Fuß.

»Ich kenne dein Gesicht.«

»ICH BIN DEIN BRUDER, VERDAMMT! ERINNERE DICH GEFLÄLLIGST AN MICH!«

Sie trat einen Schritt zurück. Ihr Blick wurde intensiver und hinter den feuerroten Iriden erkannte ich ein kurzes Aufflackern einstigen Goldes. Nur einen Bruchteil einer

Sekunde, dann war der Funke wieder fort. Sie runzelte die Stirn und blickte über meine Schultern.

»Ich werde dich verschonen, doch sie«, sie formte einen Speer aus Schatten in ihrer Handfläche. »werde ich vernichten.«

»Dann müsstest du mich auch töten!« Ich trat auf sie zu, trotzte dem dunklen Sturm aus Schatten, der um sie wütete. Angespannt presste ich die Zähne zusammen und brach mir fast den Kiefer dabei, als ich mich durch den Sturm aus tödlicher Macht kämpfte. »Tue es Prue. Töte mich und verschone sie. Mein Leben ist nichts wert, aber das ihre ...«

»Severin ...«, hörte ich ein vertrautes Flüstern und ich blickte mich zu Leo herum. Er war aus der Bewusstlosigkeit erwacht, rappelte sich auf alle Viere auf und fiel dann doch zurück auf die Knie. »Severin, nein ...«, hauchte er mit schwacher Stimme.

Plötzlich drückten mir die dunklen Schatten meiner Schwester die Luft aus den Lungen und ein Schmerzenslaut kam mir über die Lippen. Prues Dunkelheit krallte sich in mich, fraß sich in meine Zellen und zog mich näher an sich heran. Ich wehrte mich nicht. Ließ mich fallen, dem bevorstehenden Tod entgegenblickend. Doch dann, kurz bevor ich dachte, jetzt würde mich das Lied der Sonne zu sich rufen, geschah nichts. Meine Schwester schrie auf, ließ ihre Kraft auf mich los und schleuderte mich zwei Körperlängen weiter über den Erdboden. Prue hielt sich die Ohren zu, schrie und schüttelte sich. Der Boden erzitterte unter ihrem Gefühlsausbruch.

»Bruder? Du b-bist mein Bruder.« Wieder schüttelte sie den Kopf, kämpfte mit sich selbst gegen einen unsichtbaren Gegner. »Ich b-bin deine Schwe-ster«, stotterte sie, als ob sie meine Worte erst jetzt begriff.

Tränen sammelten sich in meinen Augen, liefen über meine Wange herunter. Ich schloss die Augen und meine nächsten Worte brachen mir das Herz.

»Du hast deinen Weg gewählt. Du bist nicht mehr meine Schwester.«

Prue fing lauter und qualvoller an zu schreien, ließ Schatten über ihren Körper wandern. Sie stand kurz davor, ihre Magie durch mein Herz zu stoßen und obwohl ich wusste, dass kein Bittersüßer Nachtschatten ihre Schattenmagie durchtränkte, war ich mir in diesem Moment sicher, dass meine Wiedergeburt dennoch verloren wäre, wenn mich ihre Dunkelheit traf und ich tot war. Doch sie hielt inne, schrie erneut und öffnete ihre dunklen Schwingen. Dunkelheit umwobene Schwingen. Sie stieg in die Höhe. Hielt sich immer noch die Ohren zu und krampfte unter einer unsichtbaren Last ihren Körper zusammen. Dann war sie verschwunden. Verschluckt von der Welt. Nur noch dieser letzte Schrei ihrer verlorenen Seele lag in der aufgeladenen Atmosphäre. Ein Lied, das niemals vergessen wurde. Gesungen aus Leid, Angst und Hass.

Ich fiel auf die Knie, griff an meine Brust zum Herzen, das so sehr schmerzte. Meine Schultern sackten hinab, ich brachte einen gequälten Atemzug hervor und fing an zu schluchzen. Ehe ich von den Ereignissen und dem Schmerz überrannt wurde und das Bewusstsein verlor, fing mich Leo auf. Er drückte mich an sich. Drängte die Ohnmacht beiseite. Seine warmen Arme gaben mir Halt.

»Ich zerbreche«, schluchzte ich.

»Du wirst nicht zerbrechen.« Er legte seine Hand an meine Wange. »Du wirst nicht zerbrechen«, wiederholte er.

KAPITEL 28

Prue

»Du hast deinen Weg gewählt. Du bist nicht mehr meine Schwester!« In einer Endlosschleife schwirrten diese Worte in meinem Kopf herum und die Stimme des Sturmes tobte. Sie verband sich mit den Gewitterwolken meines Zornes und formte ganz neue Empfindungen und Bilder. Die Melodie einer schreienden Seele. Der Tod. Blut an meinen Händen. Die sich steigernden Schreie, die mich begleiteten, während ich über die weiten Ebenen dieses Landes zog, dessen Boden ich mit Blut getränkt hatte. Mit Asche verbrannter Herzen. Hass auf diese Welt. Das Gesicht des bekannten Elfen, dessen Blut ich teilte. Dessen Leben ich mit nur einem Wimpernschlag auslöschen hätte können. Dessen Stimme sich in das leblose Ding in meiner Brust absetze und mich zögern ließ, als der Schlag des unbekannten Herzens, das ständig in meiner Gegenwart nach Aufmerksamkeit schrie, so laut wie mein eigenes Donnergrollen erklang. Es fuhr mir durch das ganze Wesen. Biss mich, zwickte mich und schmerzte. Die Wut und der Hass, all der ganze Zorn in mir, wurden in diesem Augenblick durch etwas anderes ersetzt. Etwas, dass ich nicht wollte. Etwas, dessen Existenz ich vergessen hatte. Ich wollte, dass es aufhörte. Schrie. Die Wolke aus Empfindungen bauschte sich auf. Stürmte, regnete nieder und verfärbte die Flüssigkeit meiner Augen in schwarze Flüsse. *»Erinnere dich, wer du bist!«*

KAPITEL 29
Severin

Die bläulichen Flammen des Elfenfeuers loderten in der Dunkelheit der nächtlichen Schwärze. Spiegelten sich in unseren Augen und gaben uns ein Gefühl der Normalität, einer gewöhnlichen Nacht. Doch nichts war normal. Nichts war wie früher. Der große Schmerz, der ein Loch in mein Herz brannte, wurde durch die Wärme des Feuers nicht aufgehalten, wurde nicht gemildert und nicht vergessen. Leo saß dicht neben mir, berührte mit seinem Knie mein Bein und gab mir Halt. Halt, den ich brauchte, einsog, wie frische Luft am Morgen. Er war der Einzige, der mich zusammenhielt. Der Einzige, der mich daran hinderte, zusammenzubrechen oder meiner bösartigen Schwester hinterherzujagen, um sie von diesem Hass zu befreien. Es war, als ob ich erneut meine Mutter verloren hätte, erneut meinen Vater und erneut alle Elfen, die mir etwas bedeuteten. Als ob nicht meine Schwester ihr Herz verloren hätte, sondern ich selbst. Es tat so weh.

»Leo, was soll ich nur tun?« Meine Stimme war gebrochen durch die vielen Tränen, die unweigerlich aus mir herausströmten wie ein Wasserfall.

Leo nahm meine Hand, drückte sie, blickte mich mit seinen grünen Augen an und wischte mir die Tränen von den Wangen.

»Du kannst gar nichts tun.«

»Leo, mein Herz bricht.« Theatralisch legte ich meine verkrampfte Hand an mein gebrochenes Herz. Leo fing sie mit seiner auf und rückte näher an mich heran.

»Ich bin da und ich gehe nicht weg.«

»Versprichst du es?«, fragte ich verzweifelt und ich erinnerte mich an den Verlust, den ich empfunden hatte, als er sich aus meinem Leben zurückgezogen hatte. Dieser Verlust war ähnlich, doch fühlte er sich endgültiger an. Unveränderbar. Verlorener. Zerfressener.

Er strich zärtlich eine Haarsträhne aus meinem Gesicht.

»Ich verspreche es.«

Er legte seine Stirn an meine, gab mir Halt an diesem Abgrund meines Lebens. Ich zog die Nase hoch und küsste ihn. Seine Lippen schmeckten salzig, als hätte auch er geweint, als würde er meine Trauer teilen. Vielleicht war das auch so. Wir hatten zwar nie den Seelenbund geschlossen, aber vielleicht waren wir bereits so eng miteinander verschmolzen, dass der Seelenbund nur noch ein sichtbares Zeichen unserer Verbundenheit darstellen würde.

Vorsichtig fuhr ich mit den Fingerspitzen seinen Nacken entlang, berührte die weiche Haut und spürte die Gänsehaut, die sich darauf bildete. Kleine elektrische Wellen wurden geboren, als meine Seele die seine suchte und sich öffnete. Doch es war nicht der richtige Zeitpunkt. In dieser sternenklaren Nacht, von Elfenfeuer beschienen, das unsere schattenhaften Silhouetten auf dem Erdboden spiegelte, zog ich meine Seele zurück. Es war nicht der richtige Zeitpunkt.

Ich seufzte, drückte Leo in einer festen Umarmung an mich und sog seinen Geruch ein. In einem Hauch von Selbstüberschätzung und aufgestauter Seelenliebe platzte es aus mir heraus.

»Wenn wir zurück sind, dann möchte ich den Seelenbund mit dir eingehen.«

Leo spannte sich an. Es war nur ein kleines Zucken seiner Muskelstränge, doch genügte es, um mich zu verunsichern. Ich löste mich von ihm, blickte in seine Augen und suchte nach dem Anzeichen eines Fehlers, den ich mit meinen Worten begangen hatte. Doch fand ich ihn nicht. Leo sagte nichts, blieb stumm wie immer, kaute auf seiner Lippe herum.

»Also wenn du willst. Willst du?«, fragte ich ihn unsicher. Noch immer sprach er nicht, blickte mir aber bis in die Tiefen meiner Seele.

»A-also ...«, stotterte ich, versuchte Worte zu bilden, die diese peinliche Situation überspielten, doch Leo legte plötzlich seine Lippen auf meine, umschloss mein Mundwerk und küsste mich um den Verstand. Wisperte Worte, die mich zum Weinen brachten und gleichzeitig auch das Loch in meinem Herzen mit Glückseligkeit speisten und den Schmerz, den ich durch den endgültigen Verlust meiner Schwester empfand, zeitweilig verdrängten.

»Ist das ein Ja?«, brachte ich hervor, als ich einen Atemzug tat.

Er lächelte, strahlte förmlich und ich hörte sein Herz über das Knistern des Elfenfeuers laut und deutlich. Mein Herz setzte einen Schlag aus, nur um dann noch schneller in dieser Nacht zu schlagen.

»Mein Herz ist erfüllt mit Liebe, Leo Wiesenaue«, sprudelten die Worte aus mir heraus. Dichterisch, lyrisch, als ob alle Welt mir lauschen würde.

Mein Geliebter wollte gerade seine wunderschönen Lippen öffnen, als mir bewusst wurde, dass wir nicht allein waren und wir in einem Anfall von Überraschung und Schreck beide auseinanderfuhren.

»Ich muss gleich kotzen«, dröhnte eine kratzige Stimme zu uns. Durch die emotionsreiche Stimmung hatte ich ganz vergessen, dass wir einen Gast auf unserer Reise hatten.

Leo und ich blickten zu dem Haufen verbrannter Haut abseits des Elfenfeuers, dessen Gestalt durch die Dunkelheit kaum auf dem Erdboden auszumachen war. Priest hatte die verkrusteten Augen leicht geöffnet. Aus schwarzen Käferaugen blickte er uns mörderisch an. Das stetige Heben und Senken seines Brustkorbs war immer noch ein völlig verrückter Anblick und bis gerade das einzige Lebenszeichen seinerseits gewesen.

Ich löste mich von Leo, stand mit ihm auf und wir gingen zu dem Schattenelf, dessen Haut mit einer dicken Schicht Gemeiner Beinwell beschmiert war. Kleine Schattenschwaden tanzten um seinen Körper. Schwach, aber doch ein erstes Anzeichen dafür, dass der alte Sack immer noch voll im Leben stand. Er hatte die verbrannten Lippen fest zusammengepresst und versuchte, sich von seiner liegenden Position aus aufzurichten. Ihm entfuhr ein Schmerzenslaut. Er knurrte und stöhnte. Dann gab er es auf und blieb auf dem erwärmten Erdboden rücklings liegen. Ich dachte schon, er wäre wieder ohnmächtig geworden, doch als ich mich näherte und mich über ihn beugte, hörte ich, wie er mich leise verfluchte.

»Verpiss dich!«

»Priest, du alter Brennofen! Was macht der Schwanz? Immer noch eine verbrannte Schrumpelblase, wie ich sehe.«

»Halts Maul, Grünhain. Wenn ich wieder ...« Priest stöhnte laut auf. Zeitgleich knackte es unheilvoll. Schwere Schritte polterten durch den Wald und es roch nach Asche und Tod. Obwohl ich kurz vor dem Erschöpfungstod stand, kaum Magie mehr in mir hatte, war ich bereit, mich dem nächsten Gegner zu stellen.

KAPITEL 30
Severin

Wir hatten von Anfang an keine Chance. Hatten es gerade so geschafft, Priest im Dickicht vor den gierigen Schattenkriegern zu verbergen, als die herzlose Meute auch schon über uns herfiel. Wir hatten gekämpft, doch waren wir zu müde von den Strapazen dieser Reise und ausgelaugt durch die Kräftezehrung der letzten Stunden. Es war erbärmlich. Sie waren nur zu viert. Vier herzlose Scheißkerle.

Das war das Ende. Ich spürte es. Es lag in der Luft. Sie hatten Leo auf die Knie gezwungen. Ein Messer lag an seiner Kehle. Ein weiteres drohte, sein Herz zu durchstoßen. Bittersüßer Nachtschatten tropfte von der Klinge. Ich zitterte. Mein Magen drehte sich und ich war außer mir. Ich suchte fieberhaft nach einer Fluchtmöglichkeit, doch gab es keine. Hoffnungslos blickte ich zwischen den Schattenelfen hin und her, die sich mit Leo zu ihren Füßen drei Körperlängen vor mir befanden. Noch immer hielt ich mein Schwert in der Hand, drohte den gierigen Scheißkerlen, einen von Leos Pfeilen in meiner anderen Hand. Ich klammerte mich an das letzte Fünkchen Hoffnung. Aber ich musste einsehen, dass es nichts gab, was ich tun konnte, um diesen Kampf zu gewinnen. Ich konnte nur hoffen, dass uns ein Wunder ereilen würde. Irgendein Wunder. Irgendetwas. Ich wünschte mir sogar, dass Prue aus einer Ecke herausspringen und diese Übermacht an Schatten mit einem einzigen Hauch ihres Atems von dieser Welt fegen würde. Wünschte, der Pisser würde aus seiner Brandstarre erwachen und uns mit seiner dunklen Superkraft beistehen. Aber auch das war nur ein verzweifelter Gedanke, um dem Unausweichlichen ins Auge zu blicken. Ich krampfte das Schwert fest in meiner Hand und mein Blick hing panisch an meiner Liebe.

»Severin Grünhain. Lass die Waffe fallen oder dieser Elf stirbt«, knurrte der Schatten mit dem Dolch an Leos Kehle. Ich verfolgte den Blutstropfen mit wütender Entschlossenheit.

»Seit wann gibt es bei euch ein Oder?«, raunzte ich. Ich konnte den Blick nicht von Leo abwenden. Wut überkam mich, als ich einen weiteren Blutstropfen an seinem Hals herunterlaufen sah.

»Wir sollten sie beide töten!«, knurrte einer von ihnen. Er hatte kurzgeschorene Haare und eine fette Narbe am Schädel. Zu gern wäre ich derjenige gewesen, der ihm diese verpasst hätte.

»Nein!«, grunzte der mit der Klinge an Leos Hals. »Der Schattenkönig will Grünhain lebend.«

Ich spitzte die Ohren. Sie wollten mich lebend? Eine Information, mit der ich spielen konnte. *Hervorragend, ihr hohlen Dumpfköpfe.*

»Dann lass uns diesen Elfen hier töten. Er nützt uns doch nichts. Mit Grünhain werden wir auch ohne ihn fertig!«

»Severin Grünhain wird freiwillig mit uns kommen. Ist es nicht so?« Der Elf mit dem Dolch ließ seine Zähne aufblitzen. Vielleicht war er nicht ganz so dumm wie seine Trollspatzen.

»Du filziger Milchling«, ich grinste listig, »aber nur, wenn ihr meinem Gefährten kein Haar krümmt.«

»Severin, nicht!«, würgte Leo hervor und verkrampfte sich sogleich, als sich die Klinge tiefer in sein Fleisch schnitt. Ein heftiger Schlag traf ihn zusätzlich und dann zog der Schatten Leos Kopf mit einem kräftigen Ruck nach oben, offenbarte das ganze Ausmaß dreckiger Schnitte an seiner Kehle.

Ich knurrte, wirbelte mein Schwert herum und wollte sogleich auf die mörderische Bande zustürmen, als Leo erneut vor Schmerz zischte, weil sich die Schärfe der Klinge noch tiefer in sein Fleisch bohrte. Drohend grub ich meine Füße in den Erdboden, blieb stehen, obwohl ich nichts anderes tun wollte, als diesen Pissern eins überzuziehen. Wenn ich noch ein Fünkchen Magie in mir gehabt hätte, mich nicht völlig verausgabt hätte, hätte ich diesen dreckigen Arschgeigen ein Sonnenspiel geboten, das sie niemals vergessen hätten, doch ich war ausgelaugt. Leer und müde.

»Wir werden ihn töten!«, plärrte einer der Schatten. Von seinen Zähnen tropfte ekelerregender Speichel.

Meine Brust hob und senkte sich in einem Rhythmus der Geißelung.

»Ich komme mit euch und ihr lasst ihn gehen.«

Der Schatten mit der Klinge nickte, wurde aber sofort von der wütenden Meute beschimpft.

»Zerschneide ihm endlich die Kehle, Pyrus. Lassen wir ihn vor Grünhains Füßen ausbluten.«

Der Elf namens Pyrus knurrte, peitschte seine Schattenmagie gegen den Scheißelf. Dieser taumelte ein paar Schritte nach hinten und grunzte. Er wirbelte seine Axt herum.

»Besinne dich auf deine Stellung, Garrik!«, sagte Pyrus ganz ruhig.

Garrik spuckte, fletschte die ekeligen Zähne.

Diese Unstimmigkeiten hätte ich mir zunutze machen können, doch thronte immer noch die Dolchspitze gefährlich nahe an der Kehle meines Liebsten.

»Ihr müsst meine Leiche vom Boden aufkratzen, wenn ihr ihn nicht jetzt sofort gehen lasst. Euer König wird bestimmt nicht in Begeisterungsergüsse ausbrechen, wo ihr mich doch lebend in den Foltergraben bringen sollt.« Ich starrte sie wütend an. Voller Zorn und führte den Pfeil in meiner Hand an mein eigenes Herz. Es war ein Reflex. Ich drückte die Spitze in meine nackte Haut.

»Severin,« flüsterte Leo, blickte mich flehentlich an.

Tu es nicht. Ich bin es nicht wert! Ich konnte ihm seine nächsten Worte von den Lippen ablesen und ich schluckte den Kloß herunter. Denn genau das stimmte nicht. Er war es wert, mehr als das.

Ich sah, wie Leo sich unter dem Griff der Schatten wand, schüttelte den Kopf und warnte ihn vor dieser Dummheit. Denn wenn hier einer eine Dummheit tat, dann ja wohl ich. Und ich war bereit, die größte Dummheit aller Zeiten zu begehen.

»Du bluffst, Lichtkrieger. Niemand nimmt sich selbst das Leben für jemand anderen.« Garrik hatte sich wieder zu seinen Kameraden gesellt. Seine Axt hing auf dem Boden. Seine Augen waren zu Schlitzen zusammengezogen.

»Ach ja?«, fragte ich und zog demonstrativ eine Augenbraue nach oben. Damit sie verstanden, wie ernst mir das Ganze war, bohrte ich den Pfeil fester gegen meine Haut. Ein Blutstropfen perlte ab, hinterließ eine Spur aus Rot auf meiner Haut und verschwand in meiner Untergewandung.

Der Schatten spuckte seinen dreckigen Speichel in die Dunkelheit. Er kniff die Augen zusammen. Überlegte wohl in seinem Dreckgehirn.

»Severin Grünhain. Dein Leben gegen das deines Gefährten. Du hast mein Wort.« Sofort nachdem Pyrus diese Worte ausgesprochen hatte, protestierten die anderen drei Schatten lautstark und spien Flüche aus. Doch Pyrus, der wohl der Anführer dieses Quartetts war, brachte sie mit einem einzigen Blick zum Verstummen.

»Lasst ihn los!«, forderte ich, spürte jede noch so kleine Bewegung ihrer Klingen in der Luft.

»Lass erst das Messer fallen und dein Schwert.«

»Das ist kein Messer, du fransiger Wulstling. Das nennt man einen Pfeil. Einen Pfeil, um dir den Arsch auszustopfen, Sabberkopf!«

Pyrus fletschte die Zähne und drückte seine Klinge noch fester an Leos Hals, leckte ihm über die Wange.

»Meine Geduld ist gleich überstrapaziert. Also lege jetzt deine Waffen nieder oder ich werde ihm einen schmerzhaften Tod bescheren, während ich ihn von oben nach unten aufschlitze und mich gütlich an seinem Körper tue. Er ist erstaunlich schön für einen Lichtelfen. Es wird mir eine Freude sein, ihn zu besteigen, während er unter mir ausblutet.« Erneut leckte er Leo über die Wange. »Leg deine Waffen nieder, Grünhain. Ich sage es ein letztes Mal!«

»Du wirst ihn nicht anrühren. Niemand wird das!«, spie ich aus und ließ resigniert, aber voller Wut, den Pfeil und auch das Schwert sinken. Beides warf ich auf den Erdboden. Das Geräusch der Waffen auf dem Untergrund schallte durch die Nacht, wie der Klang einer alten Leier, die ein Lied des Aufgebens spielte.

Mit erhobenen Händen ging ich Schritt für Schritt näher auf diese Bastarde zu. Als ich direkt vor ihnen stand, schubste Pyrus Leo mit einer Wolke aus Schatten von sich, sodass er mehrere Körperlängen davonschlitterte. Zeitgleich ergriffen sie meine Arme und schubsten mich mit der Nase voran in den Dreck. Sie legten mir Ketten aus schwarzem Eisen an. Dann zerrten sie mich auf die Füße und ich sah, wie Leo sich aufrappelte, nach meinem Schwert griff, das viel zu schwer und viel zu lang für ihn war. Ich schüttelte den Kopf. Bohrte meine Augen in die seinen. Und schüttelte wieder den Kopf. Die Schatten zerrten an meinen Ketten, wollten mich mit sich schleifen, doch ich stemmte mich dagegen, wollte den Blickkontakt mit Leo nicht verlieren. Wollte, solange es ging, in diesen Augen versinken.

»Severin ich ...«

Doch ich unterbrach Leo. Wusste, welche Worte er für unseren letzten gemeinsamen Augenblick wählen würde.

»Nicht. Wenn du es jetzt sagst, hört es sich wie ein Abschied für immer an und das ist es nicht.«

Einer der Schattentypen traf mich mit seiner Magie und ich verlor kurz den Stand, wurde aber sofort wieder auf die Beine gezerrt.

»SEVERIN!«, schrie Leo verzweifelt, als die Schattenärsche mich wegzerrten, fort von ihm, fort von einem gemeinsamen Leben.

»Folge uns nicht. Denk an unseren besonderen Freund. Führe aus, was wir begonnen haben. Das ist ein Befehl.« Das letzte Wort sprach ich mit einem Lächeln auf den Lippen aus, obwohl mir überhaupt nicht danach zumute war. Dann zwinkerte ich ihm noch ein letztes Mal zu, bevor seine Gestalt in der sternenklaren Nacht verschwand.

Grob und brutal wurde ich durch die Anderswelt gezerrt. Ich konnte die Trauer in meinem Herzen kaum aushalten. So wusste ich doch, dass ich Leo vermutlich das letzte Mal gesehen hatte. Doch solange ich lebte, würde ich das dreckige, stinkige Drecksloch von Schattenschloss mit meiner Anwesenheit beglücken, bis sie mich freiwillig in die Kloake verbannen würden. Tatsächlich kam mir jetzt erst die Frage in den Sinn, warum ausgerechnet meine Wenigkeit vom Schattenkönig gefordert wurde. Was konnte er von mir wollen?

»Vorsicht«, knurrte ich durch zusammengebissene Zähne, als die Typen mich über den Boden schleiften und mir den Körper aufschürften. Immerhin hatte ich nichts außer einer Untergewandung an, da mein Hemd in Fetzen auf Priests Körper lag. »Denkt dran, ihr wollt mich doch ohne Kratzer zu eurem Dienstherren bringen. Er will sicherlich den ganzen Spaß für sich haben.«

»Du redest zu viel, Grünhain«, sagte Pyrus.

Dann spürte ich einen dumpfen Schlag an meinem Hinterkopf und ehe ich mich der Trauer um den Verlust meiner Freiheit und der Tatsache, dass ich Leo und Fry wohl niemals wiedersehen würde, hingeben konnte, wurde es mir auch schon schwarz vor Augen, als die Bewusstseinstrübung ihre Finger um mich schloss und die Welt in Schwärze versank.

KAPITEL 31

Leo

Atme, Leo. Du musst atmen.

Ich spürte den Impuls, meine Lungen mit Sauerstoff zu füllen. Spürte die erdrückende Schwere, die diesen lebenswichtigen Drang zu einem Impuls des Unmöglichen machte. Starrte, immer noch auf die Stelle, an der sie Severin davon geschleift hatten. Spürte den Schlag, den sie ihm versetzt hatten, als er schon längst außerhalb meiner Sinne war. Spürte die unbarmherzige Trauer und den Griff des Versagens an meinem Herzen, dessen listige Blutstropfen Zeugen meines Misserfolges war. Ich hatte als Beschützer versagt. Als Krieger. Als Gefährte.

Atmen. Du musst atmen.

Ich fiel auf die Knie, Severins Schwert lag in meiner verkrampften Hand und ich war nicht in der Lage, es loszulassen. Dieser Schmerz, dieser besorgniserregende Schmerz zerquetschte mich. Ich wollte schreien, doch konnte ich es nicht. Nur Tränen, Tränen des Versagens. Tränen der schmerzhaften Trauer des Verlustes. Und Panik. Panik, die mich nicht atmen ließ.

Ich liebe dich! Diese Worte wollte ich sagen, diese längst überfälligen Worte wollte ich endlich aussprechen.

»Wenn du es jetzt sagst, hört es sich wie ein Abschied für immer an und das ist es nicht.«

Es war ein Abschied.

Seine Worte fraßen sich in mein Herz und ich wollte diese besitzergreifende, schmerzvolle Hilflosigkeit in die Welt herausschreien.

Atme, Leo. Du musst atmen.

Und ich atmete.

Denn es war nicht meine eigene Gedankenstimme, die mich energisch aufforderte, diesem natürlichen Impuls des Lebens nachzugehen. Es war seine. Severins.

Keuchend schnappte ich nach Luft, befüllte meine Lunge endlich mit rettendem Sauerstoff. Es brannte, schmerzte, als er sich einen Weg durch meine Lungenflügel bahnte. Wieder hob meine Brust sich und ich sog ein weiteres Mal den gierigen Drang des Überlebens ein.

Atmenzug für Atemzug.

Irgendwann ließ ich mich auf den Rücken fallen, das Schwert immer noch umklammert und eine Hand an mein schmerzendes Herz gedrückt, bis die Sonne aufging. Bis die Strahlen meinen Körper in sanftes Gold tauchten.

»Folge uns nicht. Denk an unseren besonderen Freund. Führe aus, was wir begonnen haben. Das ist ein Befehl.«

Ich zog die Nase hoch. Wischte mir die Tränen weg und stand auf. Ich blickte zur Sonne und schwor ihr, den letzten Befehl meines Prinzen auszuführen. Obwohl ich nichts sehnlicher tun wollte, als den Schattenelfen hier zurückzulassen und mich auf die Suche nach Severin zu machen, so wie es die Pflicht eines Kriegers erforderte.

»Ich liebe dich, Severin Grünhain. Hörst du das? ICH LIEBE DICH!«, schrie ich in den Himmel. Kreischte diese lange im Herzen eingeschlossenen Worte dem göttlichen Ball entgegen.

Noch einmal wischte ich mir über die Augen, schleifte Severins schweres Schwert über den Boden. Ging zu der

Stelle, an der wir den Schattenelfen zurückgelassen hatten. Befreite ihn von dem Blätterhaufen, mit dem wir ihn bedeckt hatten. Er war ohne Bewusstsein, atmete aber regelmäßig, als würde er bloß schlafen. Sein Herz schlug ruhig und gleichmäßig. Doch seine Hände waren verkrampft. Das einzige Zeichen dafür, dass er immer noch Schmerzen hatte, dass er immer noch kurz davor war, aus der Welt zu scheiden. Ich versuchte, mir eine Möglichkeit auszudenken, wie ich ihn zu meinem König transportieren konnte, ohne die helfenden Hände meines Gefährten. Ich schloss die Augen, als die Trauer mich erneut übermannen wollte.

»Atme, Leo. Du musst atmen.« Severins Stimme wirbelte in einem grünlichen Zauberbann durch meine Gedanken und ich ballte die Hände erneut zu Fäusten. Den Griff von Severins schwerem Schwert fest umklammert.

Ich atmete.

KAPITEL 32

Prue

Ich lag auf dem Erdboden, von einzelnen Blättern bedeckt, und atmete die erdige Luft ein, die der bevorstehende Morgen mit feuchtem Tau benetzte. Ich war auf diesem Stück Landschaft inmitten des Nirgendwos zusammengebrochen, nachdem ich den ganzen Nachtlauf vor mir selbst geflohen war. Vor den Bildern in meinem Kopf, den Worten, die sich in einer Endlosschleife in meinem Kopf drehten.

»Hör auf!«

»Du bist nicht mehr meine Schwester.«

»Hör auf!«

»Prue, was hast du nur getan?«

»Erinnere dich, wer du bist!«

Ich schrie erneut und der Herzschlag des Unbekannten wurde lauter und lauter. Ich schüttelte mich und erbrach mich in einem Schwall, spuckte und würgte erneut. Mühsam rappelte ich mich auf die Knie, betrachtete meine Hände und sah das getrocknete Blut der vernichteten Seelen, das an ihnen klebte.

Der Himmel färbte sich. Der rötliche Schimmer wuchs und ich stand auf, verfolgte seinen Lauf. Meine Atmung war überhastet und ich schüttelte mich bei dem Geräusch des unbekannt schlagenden Herzens, das in einer Dauerschleife durch meine Ohren donnerte. Es hörte nicht auf. Es schrie und hörte einfach nicht auf. Ich hielt mir die Ohren zu, schüttelte mich und versuchte, die Gänsehaut zu vertreiben, die sich über meinen Körper gelegt hatte. Die Schatten meiner Macht schlugen um sich. Sie wüteten.

Ich stolperte zurück, bis ich in meinem Rücken eine harte Rauheit verspürte. Krallte meine blutigen Hände in die Oberfläche des Baumes und versuchte, mich zu beruhigen und mich wieder auf das Gefühl des Hasses zu konzentrieren. Doch fand ich nichts außer Selbsthass. Das machte mich umso wütender. Ich legte eine Hand an die leblose Brust, hörte den Herzschlag, der nicht meiner war, und spürte ihn nicht. War immer noch eine leblose Hülle.

Meine Nase kräuselte sich und meine Schatten schlugen wild um sich, als sich die vor Kraft sprühenden Sonnenstrahlen langsam näherten. Eine Armlänge entfernt erstrahlte die gewaltige Kraft des Feuerballs und reflexartig wollte ich davor fliehen. Es war der Instinkt in mir, der mich dazu verleitete, kein Gefühl, das ich verspürte. Die Sonne war mein Feind. Sie gehörte mir nicht mehr.

Die Rinde des Baumes bohrte tiefer in mein Fleisch, als ich mich fester dagegen drückte. Ich hätte vor dem Licht der Sonne fliehen können. Hätte meine ganze Gestalt einfach in Schatten hüllen können und dann in einer Wolke aus Unsichtbarkeit davonwehen können. Ich hätte mich dieser Kraft nicht aussetzen müssen und doch bewegten sich meine Fingerspitzen Richtung Feind. Wie ein Reflex, gleichbedeutend mit der Geste der verkrampften Hand an meinem leblosen Herzen.

Meine Schattenmagie schoss um sich. Mit immer mehr Kraft. Sie wollte mich wegzerren von dem sonnigen Schmerz, der mich erwartete. Etwas hielt mich fest. Ob es die nicht verblassten Erlebnisse der Nacht waren, wusste ich nicht. Vielleicht war es auch das Gesicht, das sich in diesem Moment in meinen Geist schob. Blaue Haare, die im Wind wehten, und Augen so tiefblau wie der wolkenlose Mittagshimmel. Ein von der Sonne geküsstes Kind. Ein Krieger mit der Geißelung eines Königs, der er nicht sein wollte. Ich wusste es nicht. Vielleicht war es auch das vertraute Gesicht meines Bruders, dem ich fast das Leben genommen hätte.

Ich legte den Kopf schief und beobachtete den Sonnenlauf, der sich immer schneller in meine Richtung schob. Wie automatisch streckte ich meine Hand weiter nach vorn. Einem Instinkt folgend, den ich nicht steuern konnte. Vergleichbar mit dem Gefühl des Hasses, das mich berauscht hatte. Ich wollte die Kraft des Feindes auf meiner Haut spüren, um überhaupt zu spüren. Um die Erinnerung an dieses Licht wieder in die Gegenwart zu holen. *»Erinnere dich, wer du bist.«* Wieder ein Reflex, den ich nicht steuern konnte. Als ob diese eine unsichtbare Macht, die mich stets und ständig begleitete, meinen Körper dazu verleitete. Als würde diese Macht alle Reflexe steuern, als wäre es mein freier Wille.

Die Versuchung war einfach zu groß. Einst hatte ich das Gefühl der Sonnenstrahlen auf meiner Haut geliebt, hatte mich nach der Wärme, die sich um meine Haut gelegt hatte, verzehrt und war vor Sehnsucht nach dem Licht fast vergangen. Doch alles, was ich jetzt spürte, alles, was die leblose Hülle meines Herzens mir jetzt offenbarte, war Schmerz. Feuriger, bittersüßer Schmerz, der wie Nadelstiche durch meine Haut jagte. Ich zog meine Hand zurück. Hielt sie verkrampft an meine Brust. Ein Schmerz, unerträglich, regte sich in mir und ließ mich ganz dicht an dem Giganten zusammenfahren. Mein Herz, das leblos war, schrie mich an. Schrie mir zu, ich solle weiter den Schritt in das Licht wagen. Es schrie lauter als ich in diesem Moment. Aber es regte sich nicht. Es war leblos und tot, ohne lebensgebenden Schlag. Es schrie weiter und schwieg dann, pochte in meinen Ohren.

Bumm.

Bumm.

Es schwieg, als ich mich ruckartig in die Schatten der Bäume drängte und rannte. Weg von der Sonne, weg von dem Schmerz und weg von dem Gefühl, das ich zurückließ. Weg von dem Herzschlag, den es nie wieder geben würde. Weg von der Erinnerung. Bumm. Schweigen.

Es war ein weiteres Gefühl. Ein erschreckendes, beängstigendes und hassenswertes Gefühl gleichermaßen. Ein Gefühl, das mich mit meiner Flucht vor der Sonne und ihren gierigen Strahlen, ihrem Lächeln und ihrem Pochen verfolgte und sich in meinen Geist absetzte. Wie der Hass von einst.

Es war Trauer. Trauer um etwas, das unwiderruflich verloren war. Trauer, die hassenswert war.

KAPITEL 33

Prue

Seitdem ich dem Bedürfnis nachgegangen war, die Strahlen der Sonne berühren zu wollen, lag eine unverständliche Schwere auf meinem Bewusstsein. Die Sonne lächelte immer noch in meinen Gedanken. Ich wollte das nicht, wollte nicht, dass sie mich mit diesem Lächeln anschaute, als würde sie mehr in mir sehen, als ich war.

Trauer.

Diese Last des Gefühls, wie konnte man diese Last nur aushalten? Wenn zwei Gefühlsregungen mich, die größte Bedrohung der Anderswelt, aus dem Gleichgewicht brachten. Wie überlebte man dann die Last, wenn man alle Gefühle der Anderswelt in sich spüren könnte? Niemand konnte doch das Ausmaß der Gefühlswelt in seinem Körper in diesem Maße überleben, ohne sich zu wünschen, dass dieses Chaos endlich aufhörte. Wie fühlte es sich an, die komplette Bandbreite einer Gefühlswelt in sich selbst zu spüren? Unterschiedliche Gefühle, die unter der Oberfläche lauerten, die nur darauf warteten, auszubrechen, um sich der Welt zu offenbaren. Es war reinste Folter. Diese eine Gefühlsregung war so dominant, beherrschender als das Gefühl des Hasses, welches mich noch vor einigen Stundenläufen dominiert hatte.

Trauer.

Ich schrie meinen Frust in die Welt und es war mir egal, dass ihre Geschöpfe vor mir flohen. Nur allein mein Frust zählte. Ich wollte wieder leblos sein, doch warum fühlte sich dieses Gefühl der Trauer so lebendig an? Automatisch griff ich mir an die Brust, an der einst dieses verfluchte Herz geschlagen hatte und ich fiel auf die Knie, krallte mich mit einer Hand in den Erdboden fest. Das Herz in meiner Brust schwieg. Es war tot und wollte doch leben.

Die vergessene Flüssigkeit benetzte meine Augen und tropfte auf meine im Boden verkrampften Hände und ich fiel in einen Strudel nebelverhangener Gespinste.

»Warum weinst du, Prudence?«

»Mein Herz schmerzt so sehr, obwohl es tot ist.« Die Tränen *liefen mir aus den Augen wie Wasserfälle. Meine Hand ver-krampfte an meiner Brust. Ich fühlte den Schmerz des einstigen Lebens, das nun tot war.*

»Komm her, Liebste«, hauchte die beruhigende, männliche Stimme, deren Wärme ich nicht verdient hatte. Der, dessen Leben ich verraten hatte, obwohl er es gleichermaßen getan hatte.

Seine raue Hand, von den hunderten Kriegen, in denen er gekämpft hatte, gezeichnet, legte sich an meine Wange. Ich zuckte zurück, als ich seinen vertrauten Duft nach Sonnenaufgang in der aufgewärmten Atmosphäre wahrnahm. Erfühlte die Wärme in meinem Nacken, dessen Mal sich als Zeichen dieser Wärme abzeichnete. Spürte auch seinen Körper, als wäre er wirklich da. Als wäre dies nicht ein Traumgespinst.

»Du solltest gehen. Ich werde dir nur auch weh tun. Ich habe Fehler begangen.« Ich wollte von ihm abrücken, doch konnte ich mich nicht rühren. War gefesselt auf dem warmen Erdboden.

»Fehler sind da, um begangen zu werden. Das weiß ich wohl am besten.« Sein warmer Atem streifte mein Gesicht und er legte *seine andere Hand an meine Wange, fing die Träne auf.*

Er ließ sich vor mir nieder und zwang mich, ihn anzusehen, in dem er mein Kinn anhob. Seine Berührung sendete längst vergessene Empfindungen durch meinen leblosen Körper, die mich in diesem Augenblick lebendig machten. Der Blick aus den himmelblauen Augen war unergründlich. Wie ein See, der sich im Sonnenlicht spiegelte. Wie der wolkenlose Mittagshimmel. So rein. Voll von einer Emotionswelt, die ich nicht verstand, da ich nur im Stande war, Hass und Trauer zu empfinden. Und doch wollte ich mehr davon. Mehr von diesem Etwas, das meine Haut wärmte. Obwohl ich nicht verstand, was es war.

»Prue, liebste Prue«, flüsterte er. Legte eine Hand an meinen Rücken, fuhr eine Spur hinauf zu meinem Nacken, an dem das Zeichen seiner Verbindung spürbar war. Als seine rauen Fingerspitzen über das Mal fuhren, blitzte etwas auf. Eine elektrische Spannung baute sich auf und ich hörte wieder dieses weit entfernte Pochen des Herzens, das nicht meins war. Der blauhaarige Krieger zog mich in eine Umarmung und ich spürte seinen wilden Herzschlag gegen meine eigene stumme Brust hämmern.

Bumm. Bumm. Bumm.

Ein steiler Rhythmus eines Gefühls, dessen Namen ich immer noch nicht nennen konnte. Und in diesem kleinen Wimpernschlag eines pochenden Herzens verstand ich, wessen Herz ich immerzu gehört hatte.

Es war das seine.

Sein Herz, das mich daran erinnern wollte, wer ich einst war. Das mir Zeichen sendete. Einen Faden, der mich aus der Dunkelheit führen sollte. Weil es ein Teil von mir war. Weil er ein Teil von mir war. Wir waren eins und doch nichts.

Ich schniefte, versuchte, die Traurigkeit dieses Augenblickes zu vergessen und öffnete mich für dieses Etwas. Langsam hob ich meine Hand, verharrte an seinem Nacken, an dem sich kleine Härchen aus seinem Zopf gelöst hatten und zögerte.

»Du weißt, wie es geht, Liebste. Warum zögerst du?«

»Was, wenn es weh tut?«

»Habe keine Angst. Wenn du es ausgehalten hast, kann ich das auch. Du bist stark, mein Mädchen, so stark.« Seine Lippen berührten meine Stirn und sein Duft war berauschend. Herb, wild, voll dieses unbekannten Etwas.

»Ich bin bei dir, Liebste. Mein Herz wird immer dir gehören.«

»Ich habe Fürchterliches getan, Fürchterliches!«, brachte ich unter einem neuen Tränenschwall hervor, der mich traurig stimmte. Trotzdem fuhr ich mit den Fingerspitzen behutsam über die zarte Stelle in seinem Nacken. Als wäre da ein unsichtbares Band, das mich genau dort hinziehen wollte. Weil es dort etwas gab, dass ich unbedingt haben wollte. Ich konnte mich dem Impuls nicht entziehen.

Als meine Fingerspitzen die Haut berührten, spürte ich auch das elektrische Pulsieren in meinem eigenen Nacken. Spürte meine Seele, die die seine suchte, spürte den Schmerz und auch das unbekannte Gefühl. Es war, als ob ich durch seine Augen sehen könnte, als ob er durch meinen Mund sprach. Sah Bilder in meinem Kopf. Erinnerungen, die nicht meine waren. Sah die Gefühle in seinem Inneren, sah alles, was er mir zu geben bereit war. Spürte seinen Schmerz, seine Zerrissenheit, all seine Emotionen. Spürte den Verfall und auch die Angst des Versagens. Und ich spürte dieses Etwas. Stark und überdeutlich. Ich schloss die Augen, weil es zu viel war. Es war zu viel, doch es war zu spät, um unsere Seelen zu trennen. Sie hatten sich verbunden. Waren eins in einer Welt, die zweigeteilt war. Sein ganzer Körper leuchtete blau, als ob die Sonne gerade erwacht wäre und er ihre Kraft in sich einsog. Doch gab es hier keine Sonne. Kein Licht. Es gab nur uns. Unsere zwei Seelen, die nun vollständig zu einer geworden waren.

Sein Licht übertrug sich auf mich und ich erwartete den Schmerz, doch blieb er aus. Der schützende Mantel seiner Magie legte sich um uns beide, verbarg uns vor der Welt und ihren Gefahren.

»Ich habe Fürchterliches getan«, wiederholte ich meine Worte. Wollte einerseits, dass er die neu geknüpfte Verbindung vor Abscheu trennte, auseinanderriss und gleichzeitig, dass er mich noch näher zog. Sich an mich schmiegte und mir mehr von dieser Emotionswelt offenbarte, die ich vergessen hatte.

»Ich weiß«, hauchte er.

Seine warmen Arme lösten sich von mir und mir wurde sofort kalt. Doch sein Blick, mit dem er mich jetzt ansah, erhitzte meinen Körper sofort. Er fuhr erneut über meine Wange, ließ seinen Zeigefinger über meine Lippen gleiten.

Es gefiel mir, wie er mich ansah. Es gefiel mir, wie sein Finger über meine Lippe strich. Es gefiel mir, wie sein Griff sich um meinen Rücken verstärkte und seine Augen diesen silbernen Glanz bekamen. Ich wollte mehr davon. Mehr von diesen zarten Berührungen, die meine dunkle Seele erwärmten, die meine Dunkelheit erleuchteten und mir den Weg durch das Chaos, das in meinem Kopf tobte, aufzeigten.

Aus einem Instinkt heraus überbrückte ich die Differenz zwischen uns und legte meinen Lippen auf seine. Doch sogleich schreckte ich durch die Heftigkeit des Gefühls zurück. Spürte seine Empfindungen gleichsam wie meine eigenen und konnte wegen dieser Explosion kaum atmen. Vielleicht hatte ich einen Fehler begangen. Vielleicht forderte ich zu viel ein. Doch sogleich sehnte ich mich nach mehr davon.

»Es tut mir leid«, brachte ich schließlich heraus. Das Mal in meinem Nacken sendete Funken. Kribbelte an meinem ganzen Körper.

Er lächelte, legte seine Hand wieder an meinen Nacken. Das Mal brannte, fing Feuer und als er mich dann zu sich zog, seine Lippen mit meinen verschloss, brannte ich innerlich. Ein Gefühl, tausendmal intensiver als der allumfassende, alles zerfressende

Hass der letzten Tage setzte sich ab und hinterließ eine Spur des Feuers in meinem Inneren. Es war intensiv und berauschend wie der Hass und doch anders. So anders, dass ich ganz und gar vor Verlangen verging.

»Ich bin Dein und du bist Mein, Liebste. Lass es uns besiegeln«, raunte er, zog mich auf seinen Schoß und spaltete meine Lippen mit seiner Zunge, umkreiste sie und ich konnte nicht anders, als aufzustöhnen.

Seine Härte an meiner weichsten Stelle war ein Fels in der Brandung. Drückte sich gegen mich, wollte empfangen werden. Er zog mir mein Gewand über den Kopf, küsste die empfindlichen Stellen an meinen Ohren, die ich längst vergessen hatte. Bahnte sich einen Weg zu meinem Hals. Ich drückte mich fester an seinen Körper. Umklammerte ihn mit meinen Beinen. Legte die Hand auf die zarte Haut seines Nackens und flüsterte seinen Namen. Ich spürte die erhitzte Haut an der Stelle zweier vereinter Seelen. Als er sich von seiner Kleidung befreit hatte, zog er mich erneut auf seinen Schoß. Sah mir mit diesen silbrigen Augen bis in meine Seele, als er uns zu einer machte. Seine Männlichkeit bohrte sich tief in mich und ich stöhnte durch den vergessenen Schmerz laut auf, krallte mich in seinen Rücken und biss ihm in die Schulter. Er stöhnte gleichbedeutend auf und küsste mich voll vergessener Begierde. Langsam bewegte ich mich auf ihm, versuchte, ihn ganz aufzunehmen. Die Magie zog über meinen Körper, hüllte mich in einen Mantel aus Schatten. Der dunkle Nebel verflocht sich mit der bläulichen Kraft seiner Magie. Als ob sie ein gleichbedeutendes Bündnis eingingen. Als ob sie den Seelenbund festigten, den wir nun vollständig geschlossen hatten. Das Gefühl beidseitiger Seelen war berauschend. Wie der Hass, wie die Trauer, wie das Etwas, dessen Name mir auf der Zunge lag.

Die Lust steigerte sich, baute sich als Sturm auf und erstickte unsere Schreie bei einem gleichzeitigen Höhepunkt durch die Lippen des anderen.

Durch die Heftigkeit dieses Traumes schreckte ich auf. Ich hockte immer noch verkrampft auf dem Erdboden, die Tränen als Zeugen des trauernden Gefühls auf meinen Händen. Der Erdboden war warm und ich war allein. Doch lag noch immer der Geruch nach Sonnenaufgang in der Luft als Zeuge dessen, dass dies kein Traum war, dass dies die Wirklichkeit eines Traumes war, ohne ein Traum zu sein oder die Wirklichkeit.

Ich hob die Hände an mein Gesicht, spürte noch immer seine Lippen. Spürte die elektrische Aufladung meiner Fingerspitzen, die weiche Haut in seinem Nacken, die ihn in der explodierenden Kraft eines Traumes als den meinen gezeichnet hatten. Es kribbelte immer noch. Mein Nacken sendete mir Nadelstiche, die mir bis ins tote Herz fuhren und der einzelne Schlag eines Herzens donnerte drohend und lebendig in meinen Ohren.

Durch die Intensität dieses einen Schlages wurde ich aus dem Gleichgewicht gerissen, fiel lange und hart, obwohl der Boden nicht weit war. Legte die Hand an meine Brust. Erwartete die leblose Hülle des toten Klumpens, das einst mein Herz war und erschrak.

Bumm.

Es war ein Beben auf dem Erdboden.

Ein Aufatmen der Gegenwart.

Ein einzelner, kräftiger Herzschlag.

KAPITEL 34
Fry

Das gewaltige Beben eines Herzschlages ließ mich von meinem Schreibtisch hochschrecken, auf dem ich eingenickt war. Ich riss die Augen auf und spähte zu dem Himmelszelt über meinem Kopf, dessen nachmittägliche Färbung ein bezauberndes Himmelsspiel offenbarte. Ein feuchter Erguss floss aus meinen Lenden und ich wirbelte von meiner Sitzposition aus nach oben, als ich die Nässe der gestillten Lust spürte, die meine Oberschenkel hinabfloss. War wie paralysiert von der Absurdität dieses Augenblickes, jagte ich doch immer noch dem Gespinst meiner Phantasie hinterher. Starrte ungläubig auf das feuchte Geflecht meiner Lenden.

»Was verdammt ...?«, fluchte ich und erschrak zugleich, als die Bilder des Gespinstes meiner Phantasie zu einem nebelverhangenen Bildnis verschwammen. Ich versuchte, danach zu greifen, versuchte, mich an diesem Faden des Traumes festzuhalten, der mich zu jünglinghaften feuchten Träumen brachte, und schaffte es gerade so, die Erinnerungen daran zurückzuholen. Umschloss sie fest im Herzen. Spürte das sanfte Kribbeln meines Nackens und erschrak zum zweiten Mal. Taumelte. Stieß gleichgewichtslos mit dem Rücken an die warme Holzgesteinswand. Fuhr mir aufgebracht durch das lange Haar. Legte eine zitternde Hand an mein Herz, dessen Schlag sich lebendiger anfühlte als jemals zuvor. Ich schloss die Augen. Atmete die nach-mittägliche Luft ein.

»Prue«, flüsterte ich ihren Namen und der Wind trug mir eine Antwort entgegen. *»Fry!«* Hauchzart, kaum mehr als ein Flüstern und doch so lebendig.

Ich schüttelte den Kopf, glaubte nicht an die Verstrickung dieser neuen schicksalhaften Ereignisse. Einen Atemzug später drückte ich mich von der Wand ab und befreite mich von meiner Untergewandung. Ich ging zu meiner Quelle, um die Unreinheit zu säubern. Wusch mich und benetzte mein Gesicht mit der kühlenden Feuchte. Einen weiteren Minutenlauf später beugte ich mich über die sprudelnde Quelle. Mein Spiegelbild war das gleiche wie immer, doch fühlte ich mich anders. Langsam hob ich meine Hand, fuhr mir durch die Haare und ließ die Hand an meinem Nacken ruhen. Zuckte zurück, als ich das Unmögliche erfühlte. Ver-folgte jede Bewegung in der klaren Oberfläche der Wasser-quelle mit meinen Augen. Plötzlich vermischte sich mein Antlitz mit dem meiner Prinzessin. Als wären sie ein ge-meinsames Bildnis. Untrennbar. Als wären sie eins und doch unmöglich verflochten. Ich spürte die sanfte Weichheit ihrer Weiblichkeit, die sich fest um mich schloss. Als wäre dies kein Traum gewesen. Als wäre es die Wirklichkeit zweier vereinter Seelen, die sich alles gegeben hatten und doch nichts. Die sich verbunden hatten, aus einem Traum-gespinst heraus. Als wären sie schon so lange auf der Suche nacheinander. Getrennt und doch beisammen.

»Das ist unmöglich«, brachte ich heraus. Die leichten Wellen der Quelle verzerrten mein Gesicht, als ich mit der Hand durch die Oberfläche fuhr.

»Unmöglich ist nur das Unmögliche.«

Die Stimme des Orakels kreiste in einem Strudel verwir-render Wortbildungen in meinem Kopf herum. Nah und fern. Ich schüttelte mich. Wollte es aus meinem Kopf verdrängen.

Es klopfte an der Tür und ich zuckte erneut zusammen. Krallte meine Hände in das Steingeflecht der Quelle. Ließ die Gedanken an diesen unmöglichen Zauberbann ruhen. Schüttelte den Kopf. Es war doch nur ein Traum?

»Ein Traum und doch war es keiner.«

»Unmöglich!«, sprach ich laut aus.

Es klopfte erneut.

»Majestät?«

Ich schloss die Augen. Atmete und fuhr dann erneut über das Mal, das sich nun ganz deutlich auf meiner Haut abzeichnete. Ich spürte die sanfte Wärme, roch den Sonnenuntergang und den Nachtschatten meiner Gefährtin, als wäre sie leibhaftig bei mir.

»Majestät. Bitte, es ist dringend.«

»Geht weg«, rief ich aufgebracht und völlig erstaunt über dieses Wunderwerk.

Ich hörte die Tür über den Boden schaben und ich hob den Kopf, bereit, meinen Unmut über den Befehlsmissbrauch kundzutun.

»Ich sagte ...« Mitten im Satz verschluckte ich die Wörter, die mir auf der Zunge lagen, als Shay eintrat.

»Verzeiht. Aber Ihr solltet dringend auf die Heilstation kommen.« Shay musterte mich von oben bis unten.

»Was ist passiert?«, fragte ich ihn und zog mir währenddessen eine Gewandung an.

»Leo Wiesenaue hat einen Schattenelfen in unser Reich gebracht.«

Ich blinzelte.

»Wiederhole das!«, forderte ich ihn auf. Ich musste mich verhört haben.

»Wir haben einen Schattenelfen auf der Heilstation, Majestät«, presste Shay durch seine Lippen. Und jetzt kamen die Worte richtig in meinem überaus verwirrten Kopf an.

Hastig stürmte ich an Shay vorbei und rannte ihn dabei fast um. Doch meine Gedanken kreisten nur um die unglaubliche Freude, die ich empfand, dass Severin und Leo es geschafft hatten.

Sie sind zurück.

Mein Herz sehnte sich innig nach dem verschmitzten Grinsen meines Vetters.

Jetzt würde alles gut werden.

KAPITEL 35
Leo

Atme, Leo. Du musst atmen.

»Du musst dich ausruhen. Du kannst dich kaum auf den Beinen halten.«

Ich schüttelte den Kopf, war kaum fähig dazu. War ein Nervenbündel totaler Erschöpfung. Meine Schwester legte mir eine Hand auf die Schulter, sanft und doch brach ich unter der Last fast zusammen. Wenn ich nicht auf dem Schemel sitzen würde, hätte diese zarte Berührung mich auf den Boden gedrückt. Ich vergrub meinen Kopf auf meinen Beinen. Verdrängte die Tränen, die sich erneut einen Weg in die Freiheit bahnen wollten, als hätten sie nicht schon genug von der Welt gesehen. Als hätten sie nicht schon den ganzen schwierigen Weg hierher die Last meiner Trauer getragen.

Dass ich es überhaupt hierher geschafft hatte, grenzte an ein Wunder. Ich hatte Priest eine Trage gebaut, auf der ich den immer wieder aufschreienden und krampfenden Schattenelfen gebettet hatte. Hatte seine fiebernden Schimpf-tiraden nur als gedämpftes Rauschen in meinen Ohren wahrgenommen. Die Last der Trauer in meinem Herzen und die Last des Schattenelfen auf meinen Schultern war ein reinstes Überlebensspiel. Ich wusste nicht, wie lange ich unterwegs war, hatte jedes Zeitgefühl verloren. Vor den Toren der Lichtlande war alles, was ich noch an Kraft hatte, aufgebraucht gewesen und ich war zusammengebrochen. Konnte gerade noch die Worte bilden, die mir den ganzen Rückweg auf der Zunge lagen, als die Wachen auf uns zuliefen.

»Heilstation, seiner Majestät ... Befehl ... Severin.«

Das Gesicht meiner Schwester war das erste, das ich wieder sah. Sie hatte mir einen feuchten Lappen über die Stirn gelegt und ihre heilende Magie in meinen Körper gelenkt. Sofort danach war ich von der Liege aufgesprungen, auf- und abgelaufen und hatte mich zu allen Seiten umgeschaut, bevor sie mich auf den Schemel gezwungen hatte.

Priest stöhnte und ich hob meinen Kopf zu der Pritsche, auf der er lag. Seine Wunden waren neu verbunden und er stöhnte schmerzvoll im Schlaf. Wenigstens da hatte ich nicht versagt. Der Auftrag seiner Majestät war ausgeführt. Nur zu welchem Preis?

»Leo, was ...?«, fragte meine Schwester und wurde durch das plötzliche Aufreißen der Tür unterbrochen. Die Tür knallte mit einem lauten, schallenden Geräusch gegen die Steinmauer und ein paar Flaschen diverser Heiltränke klirrten unruhig auf ihren Regalen. Eine unbeschreibliche Macht erfüllte schlagartig den Raum und ich schoss hoch. Kniete mich in die Position meiner Stellung als Krieger. Konnte dem König nicht in die Augen sehen.

»Sev, du ...« Doch die Stimme des Königs brach ab, wohlwissend, dass Severin nicht hier war.

Ich spürte seinen fragenden Blick, spürte, wie er den ganzen Raum nach der Antwort auf die Abwesenheit seines Vetters absuchte. Wie er bei dem stöhnenden Schattenelfen hängen blieb und dann erneut mich fixierte, als er begriff, dass Severin dieses Schloss seit unserem Aufbruch nicht mehr betreten hatte.

Atme, Leo. Du musst atmen.

»Verzeiht, Majestät. Ich habe versagt«, brachte ich unter größter Anstrengung hervor.

»Was ... was ist passiert?«, fragte Fry vorsichtig. Ich hörte, wie er tief einatmete. Spürte die Vibration seiner königlichen Macht.

Ich kniete vor ihm und konnte den Blick nicht heben, sonst wäre ich auf der Stelle in Tränen ausgebrochen. Die Hand der Schuld lag auf meinem Körper, drückte mein Herz zusammen und nahm mir wieder mal die Luft zum Atmen. Mein ganzer Körper bebte, als ich hörte, wie mein König näher an mich heran trat, mir die Hand auf die Schulter legte und das Zittern meines Körpers mit ihm verschmolz.

Langsam sammelten sich die Worte, die ich mir den ganzen Weg über zurechtgelegt hatte. Ich konnte sie kaum aussprechen. Und als ich es dann doch tat, war meine Stimme ängstlich und traurig, voller Scheitern.

»Severin Grünhain, Prinz der Lichtlande, wurde gefangen genommen. Wir wurden verfolgt, überrannt und ich habe versagt, Majestät. Sie haben uns umstellt. Es gab keinen Ausweg und jetzt haben sie ihn. Sie ...« Ich brach ab, konnte das Beben meines Körpers nicht mehr unterdrücken. »Sie ... Sie haben ihn einfach mitgenommen«, schluchzte ich die restlichen Wörter heraus.

Die Hand an meiner Schulter krampfte sich etwas zu fest in meine Haut, nur für einen kurzen Augenblick, dann war das Gefühl verschwunden. Der König ging einen Schritt zurück und ich schmeckte die aufgeladene Magie seiner Kraft auf der Zunge, doch ich wagte nicht, den Blick zu heben.

»Es ist nicht deine Schuld«, sagte er angespannt.

Die Worte sollten sich tröstend anfühlen, doch sie taten es nicht. Denn es war meine Schuld.

»DOCH IST ES!«, schrie ich in einem Anflug von überelfischer Wut, hob den Blick und traf mit seinen blauen Augen zusammen. »ES WAR MEINE AUFGABE, IHN ZU BESCHÜTZEN!« Durch die Heftigkeit meiner Worte zuckte ich selbst zusammen. Noch nie hatte ich mit jemandem in diesem Ton gesprochen. Ich war nicht ich selbst. Als ob ein anderer Leo Wiesenaue aus mir sprach.

Meine Brust hob und senkte sich rasch, weil Severins Stimme es mir immer und immer wieder in meinen Gedanken aufsagte. *Atme, Leo. Du musst atmen*. Ich versuchte, mich zu beruhigen und die Gefühle herunterzuschlucken, die mich versuchten zu übermannen. Meine goldene Magie pulsierte um meinen Körper und ich krampfte meine Hände so fest zusammen, dass meine Finger weiß wurden.

»Du hast nicht versagt, Leo«, sprach der König, legte wieder eine Hand auf meine Schulter, sendete mir wärmende Magie, die mich beruhigen sollte.

Ich schüttele den Kopf. Wischte mir die Tränen des Versagens weg.

»Wenn einer versagt hat, dann ich.« Das war das Letzte, das Fry sagte, bevor er aus der Heilstation ging und den Duft von emotionsgeladenem Sonnenaufgang in der Atmosphäre hinterließ.

KAPITEL 36
Fry

Das Gefühlsspiel in meiner Brust brachte mich um. Der seelische Schmerz brannte sich tief in mich wie ein vergifteter Pfeil ein. Die Kontrolle über meinen Körper und die Kontrolle über meine Magie entglitten mir und ich stürmte in einer Wolke aus Sonnenstürmen und brennend heißer Lichtmagie durch die Mauern meines Schlosses. Rempelte ängstliche Elfen um, kümmerte mich nicht um die besorgten Blicke, die mir folgten. Als die Tore der Schlossmauern hinter mir lagen, spannte ich das Flügelwerk auf. Ließ die Magie durch die lichtdurchfluteten Sehnen gleiten. Wollte mich gerade in den Himmel stürzen, als ich das Flügelwerk der Königsbürde wieder zurückzog. Ich krampfte meine Hände an der Mauer fest. Spürte den bittersüßen Schmerz meines gebrochenen Herzens.

»Sev, es fällt mir wirklich schwer, dich darum zu bitten. Du bist mein einziger Freund auf dieser Welt und du bist wie ein Bruder für mich. Glaub mir, wenn ich dir sage, dass ich lieber selbst gehen würde, als dich nach dort draußen zu schicken.«

»Ich weiß und ich komme wieder. Das verspreche ich dir. Mit oder ohne Schattenbastard. Ich werde wiederkommen.«

Der Stein unter meinen Händen bröckelte unter der Kraft. Ich konnte nicht atmen. Ich konnte nichts sehen. Mein Geist durchwanderte die bittere Vergangenheit der Erinnerung an die letzten Augenblicke mit meinem geliebten Freund. Sie löste einen Sturm in mir aus. Es war, als ob ich an diesem sonnigen Tag in Flammen aufging. Als würde ich innerlich verbrennen unter der Macht der heiligen Kraft des Lichtes. Eine Macht wie tausend Sonnen am Himmel strömte durch meine Glieder. Schrie brennend nach Akzeptanz meines blutgeborenen Erbes. Ich fühlte die sonnengeladene Spannung. Sah die lichtreflektierenden Umrisse meines Körpers und spürte die beschwörende Kraft der Königsmagie, wie ich sie noch nie zuvor gespürt hatte. Mein Körper reflektierte das Licht des Tages und ich fühlte mich schwerelos.

Dann rannte ich los, folgte dem Lichtschein der Sonne, der mich verborgen hielt. Hielt erst an, als ich den Garten der Statuen erreicht hatte, wohl wissend, dass ich mich erneut in den Fängen der Schlossmauern befand. Ließ mich vor der Gedenkstätte meiner Tante und meines Onkels nieder. Kniete flehentlich vor ihnen und begrub mein Gesicht in meinen Händen. Schluchzte. Mein Körper flackerte im Licht des wolkenlosen Mittagshimmels.

»Ich habe versagt. Ich habe versagt. Es tut mir so leid. Ich hätte ihn beschützen müssen. Ich hätte mehr tun sollen. Ich ... verdammt ich ... ES TUT MIR SO LEID!«, schrie ich in den Himmel hinaus, zu der Sonne, deren Strahlen diesen unheilvollen Tageslauf beleuchteten. Hoffte, die verlorenen Seelen meiner Verwandten würden mich erhören und mir verzeihen, dass ich ihren einzigen Sohn in den Tod geschickt hatte. Direkt in die Hölle der Dunkelheit, die auch ihr beider Schicksal besiegelt hatte.

Eine einzelne Wolke zog über das blaue Geflecht und öffnete eine kleine Himmelspforte. Ein sonnengewärmter Erguss warmen Regens tröpfelte auf mein Haupt, benetzte meinen schluchzenden Leib. Ich hob den Blick, blickte in die steinernen Augen von Severins Eltern, aus deren Tiefen die

kleinen Perlen Regens tropften. Als würden sie gleichbedeutend weinen über den Verlust ihres Sohnes. Er war
gefangen in einer Welt voller Dunkelheit.

Es tat so weh.

Bumm.

Ich sah auf.

Bumm.

Weinte ein paar letzte Tränen.

Bumm.

Erhob mich von dem durchnässten Boden.

Bumm.

Krampfte die Hände zu Fäusten.

Bumm.

Einen weiteren Herzschlag später hatte ich eine Entscheidung getroffen.

KAPITEL 37
Severin

»Eine wunderschöne, dunkle Gute Morgenstund in die herzlose Runde. Oder sollte ich lieber sagen guten Tageslauf? Oder ist es ein wundervoller Nachtlauf? Ist schwer zu erkennen in diesem Drecksloch. Hallo? Hört mich jemand? Der Prinz der Lichtlande ist erwacht. Mich gelüstet es nach einem frischen Krug Gewürzwein, meine dunklen Freunde. Und wenn ihr schon dabei seid, mich meines Standes gebührend zu bedienen, bringt mir doch noch eine Gewandung. Mich fröstelt ein wenig in diesem mitreißenden Quartier. Hallo? Ich weiß, dass ihr mich hört. Niemand kann meiner schallenden Stimme lange widerstehen. Also hopp, hopp, zeigt euch, ihr dunklen Gesellen.«

Ich rieb mir über die fröstelnden Arme. Seit Stundenläufen war ich nun wach und nervte diese Pisser, die mir ihre Gastfreundlichkeit aufzwangen. Die Schläge, die man mir auf dem Weg ins Schattenreich verpasst hatte, schmerzten noch immer, doch waren sie nichts gegen dieses stinkige, ekelerregende Drecksloch, das mich umgab. Dunkelheit empfing mich, als ich vor Stundenläufen aus der Bewusstlosigkeit erwacht war, und ein unangenehmer Schauer überkam mich in regelmäßigen Abständen, presste mir mit jedem Atemzug die Lichtmagie aus dem Körper. Ich schüttelte mich unter der aufkommenden Übelkeit. Doch ich hatte mir geschworen, wenn ich schon ein Geladener dieser dunklen Gesellschaft war, dann würde ich meinem Namen alle Ehre machen. So leicht würden sie es nicht mit mir haben. Auch wenn ich immer noch nicht verstand, warum ausgerechnet ich diese Gastfreundlichkeit in Anspruch nehmen musste. Was wollte der Schattenkönig von mir? Ausgerechnet von mir? Wenn er dachte, er könnte mich als Druckmittel einsetzen, dann hatte er mich aber meisterhaft unterschätzt. Sicherlich war dies eine Falle, um die ganze Existenz von Lichtelfen in einer Hinterlist auszulöschen. Er unterschätzte meine Wichtigkeit in diesem Krieg. Ich war bloß ein nerviger Prinz.

Ich streckte mich. Meine Augen hatten sich längst an diese Finsternis gewöhnt, auch wenn sich meine Sehkraft nicht voll entfalten konnte, war ich wenigstens nicht blind. Außerdem erhellte in regelmäßigen Abständen eine Flamme diese Festung. Wenigstens legten diese Elfen etwas Wert auf Gemütlichkeit. Wenn man das denn so überhaupt beschreiben konnte. War ja nicht so, als ob ich nicht vor einigen Wochenläufen schon mal diese bezaubernde Umgebung betreten hätte. Leider umgab mich diesmal nicht diese Knochenzelle ekelerregender Verwesung, in der Fry seine Zeitläufe hatte absitzen dürfen. Mich hatte man in ein weniger sichtdurchlässigeres Gemach verfrachtet. Ein halbmondartiges Steingeflecht umgab mich, welches sich nur zu einer Seite mit dem Gitter aus elfischen Knochen zusammensetzte. Ich hatte weder eine Bettstatt noch sonst eine heimelige Einrichtung. Der einzige Geselle, der mein Schicksal teilte, war ein Geripppe, das in der hintersten Ecke der Zelle lag. Sein skelettartiger Körper ruhte in sitzender Position im hinteren Teil der Knochenzelle. Seine Beine waren ausgestreckt und sein Kopf ruhte auf seiner Brust, in der ein dunkles Loch klaffte. Ein Herz, das längst zu Asche geworden war. Eine verlorene Seele. *Wer auch immer du warst, ich werde sicherlich nicht so enden wie du.*

Ich klatschte in die Hände, als wäre es ein Tageslauf wie jeder andere, an dem mir von zu viel Feenwein der Schädel brummte. Nur unter größter Anstrengung konnte ich überhaupt auf den Beinen stehen. Was ich diesen Pissern natürlich nicht zeigen würde. Ich würde sie mit meiner Anwesenheit beglücken, bis sie mich freiwillig wieder aus ihren Höhlen verbannten. Mit meiner Hand hielt ich mich an den knochigen Gitterstäben meiner vermoderten Vorfahren fest, drückte mein Gesicht an das gesplitterte Gebein.

»Der Prinz der Lichtlande ist erwacht. Nur damit ihr das wisst. Wie wäre es mit einem wunderschönen Lied zu dieser Stunde? Meine Singstimme wird euch gefallen. Niemand kann ihr widerstehen. Ich wette, ich kann eure leblosen Klumpen damit erwärmen. Sie vielleicht sogar zum Schlagen bringen. Es wäre so viel leichter, diese Behausung hinter uns zu lassen, wenn ihr einfach mal auf eure Herzen hören würdet. Kommt schon! Es muss doch was geben, das euch Anreiz genug ist? Ich sollte vielleicht wirklich mit einem Sonett beginnen. Tatsache ist, dass schon viele über mich geschrieben wurden. Der grünhaarige, anmutige Prinz zum Beispiel. Oder eins meiner liebsten – der feurige Prinz, mit den Lenden aus ungebrochener Kraft.« Ich räusperte mich. »Vielleicht sollte ich euch eine Passage daraus vortragen. Oder dieses neckische Lied von Leo Wiesenaue – Liebe, Liebe, Liebe – was haltet ihr davon? Ach, ich verstehe. Ihr haltet das für eine außerordentlich gute Idee.« Ich räusperte mich erneut. Verdammt, ich ging mir ja selbst auf die Nerven.

Ich rüttelte an dem Gitter, spürte die Vibration des Gefängnisses unter meiner Haut und entdeckte dann ein Paar dunkle Augen außerhalb der Zellenwand, die sich auf schlürfenden Sohlen an mich heranpirschten. Als wäre das Geschöpf, dem sie gehörten, ein Raubtier und ich seine hungerstillende Beute. Doch als das Raubtier in den Schein der glühenden Flamme tauchte, krampfte ich meine Finger fest in das Gebein meiner Vorfahren. Es war der Elf, der damals auf meiner Schwester gehockt und ihr einen Dolch an die Kehle gehalten hatte. Ihr Blut hatte an seinen Händen geklebt und am liebsten hätte ich diesen ekelerregenden Troll mit meinen verkrampften Händen zu mir gezogen, gegen die Knochengitter gepresst und ihm jede einzelne Gräueltat, die er zweifelsohne begangen hatte, doppelt heimgezahlt. Doch Fry und auch Priest hatten mit ihm gekämpft und beide hatten es nur mit größter Anstrengung überhaupt geschafft, das zu überleben.

Ich zog die Lippen zu einem furchteinflößenden Grinsen, als Doom mit seinem dunklen Haarzopf und dem runenartigen Gekritzel auf der bleichen Haut vor der Knochenzelle stehenblieb. Seine käferartigen Augen durchbohrten mich und seine Gestalt sonderte kleine Schattenschwaden ab. Eine eiserne Kette hing an seinem Gürtel, deren Glieder abgenutzt wirkten, als wären sie ein täglicher Zeitvertreib dieses Schattenelfens. Wie vielen armen Seelen hatte man mit diesem Folterwerkzeug schon Leid zugefügt? Ich hatte Mitleid mit jedem Einzelnen.

Eine Welle der Wut kämpfte sich nach oben, wollte sich auf diese Bestie stürzen und ihm den Kopf abschlagen. Doch ich verlor mich nicht in der Raserei meines Herzens. Auch wenn es mir fast aus der Brust sprang und jeder einzelne meiner Herzschläge wie ein Echo in meiner Zelle widerhallte.

»Ich habe mich schon gefragt, ob ich der Einzige hier in diesem Reich bin. Mal abgesehen von dem knochigen Typen dort in der Ecke, der mir Gesellschaft leistet. Leider hat er kein Interesse daran, mit mir zu sprechen, da er«, ich drehte mich zu meinem Zellengefährten um, legte den Kopf schief und deutete mit einer Handbewegung in seine Richtung, »eindeutig schon seit mehreren Jahresläufen aus dem Leben geschieden ist.« Ich seufzte kurz laut auf, eine schauspielerische Leistung aus den Büchern der Märchen. Dann wandte ich mich wieder zu dem Schattenelfen um, von dessen spitzen Zähnen Geifer tropfte. Ich unterdrückte ein Würgen. Stützte meinen Kopf an den Gebeinen der Zelle ab. »Und diese bezaubernden Geräusche, die hin und wieder dieses Drecksloch erzürnen. Was für ein Fest. Ach, was rede ich denn da. Ist bestimmt ein erholsamer Ort, um hier aufzuwachsen. Wenn man auf Todesqualen, Schmerzen und Gegrunze steht. Badet ihr eigentlich? Oder wälzt ihr euch in euren eigenen Ausscheidungen?«

»Halt endlich das Maul, Lichtelf! Sonst schneide ich dir die Zunge heraus«, dröhnte Dooms grunzende Stimme.

Er zog einen aus dunklem Eisen geschmiedeten Dolch aus seinem Gürtel. Der Feuerschein der Flamme spiegelte sich in der Klinge. Sie war überzogen mit einer dunklen Substanz, die ich als Bittersüßer Nachtschatten erkannte. Er leckte die Klinge ab, als wäre sie ein Festmahl des guten Geschmackes und hielt sie mir im nächsten Augenblick durch die Gitterstäbe an die Kehle. Ich unterdrückte den Impuls zurückzuweichen. Stattdessen grinste ich noch breiter. Ein bitterböses Lächeln.

»Verschlägt es dir die Sprache, Prinzlein?« Doom grinste, zog die Klinge von meiner Kehle und leckte sie erneut ab, steckte sie dann wieder an seinen Gürtel.

»Nicht im Geringsten. Ich überlege gerade nur, wie man mit solch spitzem Beißwerk überhaupt etwas zu sich nehmen kann. Zerfleischst du dich nicht selbst damit? Stehst du auf sowas?«

Auch wenn ich kaum einen Funken Lichtmagie in mir hatte, konnte ich noch immer auf meine körperliche Kraft zurückgreifen, so schwächlich sie auch gerade war. Wenn er nur ein bisschen näherkommen würde, könnte ich versuchen, ihm eins überzuziehen. Natürlich würde das nichts an meiner Situation ändern. Ich wäre trotzdem weiterhin ein Gefangener, doch wenigstens hätte ich etwas Genugtuung verspürt.

»Du wirst dich noch umgucken, Prinzlein. Gefällt dir dein Gemach? Glaub mir, wenn ich dir sage, dass dies ein ganz besonderes Plätzchen ist.« Doom schielte zu etwas in meinem Rücken, dann lachte er laut und es schallte in den Tiefen dieses Höllenschlundes wider.

Er hob seine bleiche Hand. Schatten tanzten auf der Oberfläche. Ich verfolgte das Spiel seiner Machtdemonstration. Dann ließ er sie los. Die nebelartige Welle traf mich. Mein Körper wurde nach hinten geschleudert. Das steinerne Mauerwerk bröckelte, als mein Körper dagegen schlug. Kleine Partikel rieselten herab und verpesteten die schwerfällige Luft. Ich kippte nach vorn und landete auf dem Bauch. Krampfte meine Hände auf dem Boden zusammen, stemmte mich wieder auf die Knie und spuckte einen Schwall Blut heraus.

»Das war wirklich amüsant« Ich lachte bitterböse auf, stemmte mich wieder auf die Füße, als Doom gerade die Knochenzelle öffnete.

Ich verfolgte jede seiner Bewegungen. War er von Dummheit erschlagen? Unterschätzte er mich wirklich so sehr? Glaubte er wirklich, ich würde diese Chance ungenutzt verstreichen lassen?

Er kam langsam auf mich zu. Wickelte gerade die eiserne Kette von seinem Gürtel. Bevor er loslegen konnte, rammte ich ihn mit der vollen Wucht meines Körpers. Leider war ich nicht Brent, der den Schattenelfen mit größter Wahrscheinlichkeit zu Boden gerungen hätte, und obwohl ich groß und nicht gerade untalentiert war, schaffte ich es nicht, ihn zu Fall zu bringen. Jedoch wurde er durch die Überraschung des Angriffes bis zum Knochengitter geschoben. Die klirrende Kette schleifte über den Boden und wirbelte Dreck auf. Sein Körper sonderte Schattenmagie ab, die sich schmerzhaft in mein Fleisch bohrte. Den Schmerz ignorierend, trat ich ihn mit dem Knie in die unterste Region. Ob Schattenelf oder nicht, jedes Lebewesen männlichen Geschlechtes brachte dieser Schmerz in die Abgründe tiefster Tränen. Er zuckte zusammen, kniff die Augen zu und ein jämmerliches Quietschen wie das eines aufgescheuchten Waldschweines, erklang glockengleich aus seinem Maul. Als er die knochigen Gitter herunterrutschte, versetze ich ihm zusätzlich noch einen heftigen Schlag mit meiner Faust in die hässliche Visage. Das Geräusch des gebrochenen Knochens seiner Nase schallte durch die Gemäuer des Schattenreiches. Seine Magie zog sich zurück, als er sich die Eier hielt und die Kettenglieder fallen ließ. Länger hielt ich mich nicht mit ihm auf, wusste ich doch, dass er mir immer noch kräftemäßig überlegen war, und stolperte aus der Knochenzelle.

Im Flammenschein versuchte ich, einen Weg aus dem Drecksloch zu finden. Wütende Schreie dröhnten durch das Steinwerk, als hätte das Gemäuer selbst meine Flucht verkündet. Mein rechtes Bein schmerzte. Ich biss die Zähne zusammen und humpelte weiter. Drückte meine Hand an den schmerzenden Rippenbogen. Spürte jeden Einzelnen meiner Herzschläge.

Im Schein einer einsamen Fackel duckte ich mich in eine Einkerbung, als ich zwei schnell heranstampfende Schatten hörte, deren Schwerter in dem engen Gang gegeneinander klirrten. Die Luft wurde zunehmend kühler und ich sah meinen eigenen Atem. Langsam versuchte ich, mein Herz zu beruhigen. Denn mit diesem schnellen Herzschlag würde es nicht mehr lange dauern und sie würden mich entdecken und zurück zu meinem knochigen Gesellen bringen, dessen Schicksal ich dann wohl teilen würde. So weit durfte es nicht kommen. Ich presste mir eine Hand ans Herz.

Atme, Severin. Du musst atmen.

Und genau das tat ich. Es war, als ob Leos zauberhafte Stimme die beruhigenden Worte direkt zu mir sprach. Als wären wir nicht Reiche voneinander getrennt.

Langsam beruhigte sich mein Puls. Und obwohl es hier kalt war wie in einem Eisbad, lief mir der Schweiß den nackten Rücken herunter.

Das nächste klirrende Geräusch ertönte. Ein Nachzügler schlurfte den endlosen, dunklen Gang entlang. Ein mir bekannter Geruch haftete an ihm. Ehe mein Herzschlag mich verriet, sprang ich aus meinem Versteck. Und ich fand mich im nächsten Moment in den Armen eines verschreckten Schattenmädchens wieder. Ich ließ nicht von ihr ab, obwohl ihre Schattenmagie verteidigend um ihren Körper schlug.

»Hey mein Kind, dir fehlt ein Stück deines Gesichtes.«

Das Schattenmädchen, dessen linkes Auge einfach nicht in ihrem Dreck verschmierten Gesicht vorhanden war und dessen nackte Schulter eine frische, blutige Narbe zierte, bedachte mich mit einem zwiegespaltenen Gesichtsausdruck. Es war Überraschung in ihrem einen Auge und auch Wut. Purer Zorn. Ich zog sie zu mir in die Nische. Drückte ihr meine Hand auf den Mund und flüsterte ihr ins spitze Ohr.

»Ich nehme an, du wirst mir nicht verraten, wo sich der Ausgang aus diesem Schundloch befindet? Hmm?«

Sie schwieg. Wehrte sich nicht mal gegen den festen Griff, als hätte sie längst das Leben aufgegeben. Ihre Brust war stumm, wie ein stummer Schrei, der zweifelsohne ihre Lippen nicht verlassen konnte.

Erst jetzt bemerkte ich ihre zerschlissene Gewandung. Das Kleidchen hing in Fetzen an ihrem Körper und dieser war übersät mit blauen Flecken und rötlichen Striemen aufgeschürfter Haut. In ihrem Haar hing Erde und immer noch haftete an ihr ein vertrauter Geruch, den ich in diesem Moment nicht zuordnen konnte. Unbewusst schnupperte ich an ihrem Haar, um das Gesicht des Vertrauten deuten zu können, doch blieb er mir bisweilen verwehrt.

Eine schwere Kette klirrte. Das schallende Geräusch hinterließ eine bittere Gewissheit auf meiner Zunge. Meine kurzzeitig erlangte Freiheit neigte sich dem Ende. Dann donnerte Dooms schwerfällige Stimme durch die Gänge. Meine Sinne vernahmen weitere scharrende Geräusche einer sich nähernden Meute tollwütiger Schattenelfen. Der Geruch von Nachtschatten hing in der Luft. Der Tod wiederkehrender Seelen.

»Prinzlein. Du kannst dich nicht verstecken. Das Blut rauscht dir in den Ohren und dein jämmerliches Herz schallt durch dieses herzlose Bauwerk.«

Schneller als gedacht hatte Doom sich von seinen schmerzenden Lenden erholt und schlurfte nun über den staubigen Erdboden. Ich wusste, es würde ein erfolgloser Fluchtversuch werden, aber noch hatten sie mich nicht. Ich ließ das schweigsame Mädchen los. Blickte sie mitleidig an.

»Geh, flieh von diesem Ort, der dir so viel Leid zugefügt hat, auch wenn dein Herz stumm ist, hast du ein Recht auf ein eigenes Leben.«

Ich trat aus meinem Versteck heraus, kreiste die Schultern und pustete mir eine Haarsträhne aus dem Gesicht. Tief holte ich Luft, blickte noch einmal zu dem Schattenmädchen. Ihr gruseliges Auge huschte hin und her, als ob sie sich nicht entscheiden könnte, welchen ansehnlichen Teil meines von Dreck und Blut überladenen Körpers sich wohl in ihren Träumen wiederfinden würde. Dann drehte sie sich um und rannte davon, war nur noch eine in Schatten getauchte Silhouette in der Dunkelheit. Ich blickte ihr einen Moment hinterher, roch immer noch den eigenartig vertrauten Geruch, der an ihr haftete.

Dann trat ich aus dem Schatten und blickte den endlosen Gang zurück, aus dem ich geflohen war. Doom stand mit einer Meute hungrig aussehender Schattenkriegern da, deren Rüstungen so schwarz wie Drachenhaut waren. Sie hatten Speere in den Händen. Dunkle Schlingen Magie tanzten um ihre Gestalten. Ihre Augen waren leer. Doom verzog die Lippen, als er mich entdeckte. Seine Augenbrauen zogen sich zusammen. Langsam löste er sich von der Gruppe und schlurfte heran, die Kette über den Boden schleifend und etwas gebeugt durch den stechenden Schmerz seiner verdient schmerzenden Lendenregion.

Unsere Augenpaare fanden sich und ich grinste, zeigte ihm den Mittelfinger und rannte in die entgegengesetzte Richtung davon. Seine Schatten warfen sich auf mich, doch ich war schneller. Gestein bröckelte von den Wänden, an denen seine Magie einschlug. Die wütenden Laute der Schattenarmee dröhnten in meinen empfindlichen Ohren. Eine Wolke aus Magie traf mich an der Schulter und ich schlenkerte zur Seite, schürfte mir die andere Schulterpartie auf, als ich gegen das Mauerwerk taumelte. Ich drückte meine Handfläche an die Wunde und lief weiter. Im nächsten Gang kam ich schlitternd zum Stehen. Vier weitere

Schattenelfen hatten sich positioniert und ihre Schwerter in meine Richtung gestreckt. Einer hatte eine Axt. Es waren dieselben Elfen, die mich und Leo überrascht hatten und mich zu dieser Festivität eingeladen hatten.

»Nicht ihr schon wieder!« Ich seufzte genervt. Ihre Namen hatte ich vergessen. Aber ich hatte noch eine Rechnung mit ihnen offen.

Der Anführer des Quartetts trat vor. Seine schlauen Augen fixierten mich. Er hatte zugestimmt, Leos Leben gegen das meine einzutauschen, doch konnte ich immer noch nicht das Bild aus meinem Kopf bekommen, wie er Leo mit seiner kratzigen Zunge befleckt hatte. Wie er die Klinge an seinen Hals gelegt hatte und ihm diese schmerzhaften Striemen zugefügt hatte.

»Der Schattenkönig wünscht Euch zu sprechen, holder Prinz«, sprach er spöttisch.

»Was, jetzt? Ich bin gerade sehr beschäftigt.« Hinter mir wurden die aggressiven Laute überdeutlich. Ich holte tief Luft. Das stetige tiefe Luftholen brannte in meiner Kehle. Ich musste mir eine oder mehrere schwere Prellungen zugezogen haben. Vielleicht war sogar ein Rippenbogen gebrochen.

»Der Schattenkönig hat befohlen, Euch zu ihm zu bringen.«

»Bla, bla, bla. Der Schattenkönig hier, der Schattenkönig dort. Er kann mich mal. Richte ihm aus, der Prinz der Lichtlande verlässt jetzt dieses Gebäude und er kommt wieder, um es einzureißen.«

Der Schattenelf öffnete den Mund, schloss ihn dann wieder, als er seinen Blick auf etwas in meinem Rücken richtete.

»Pyrus!«, knurrte eine Stimme aus der Dunkelheit.

»Doom!«, knurrte Benannter zurück. Er hob das Kinn an und spuckte auf den Boden. Seine Nasenflügel bebten.

Ich blickte vom einen zum anderen. Die eiskalten Blicke, die die zwei Schattenelfen austauschten, entgingen niemandem. Es war wie Eisregen an einem Sommertag. Fehlte nur noch ein Gewitter. Die Atmosphäre war voller Aggressionen und Zorn. Na super, das letzte, was mir jetzt noch fehlte, war eine Fehde zwischen zwei rivalisierenden Schattenelfen. Ich hatte, wusste die Sonne, ganz gewaltige andere Probleme.

»Der Schattenkönig wünscht Grünhain im Thronsaal zu sehen.«

»Ach, tut er das, ja? Warum sagt er mir das nicht selbst?« Doom trat näher heran. Seine Nase war ein verbogenes Ungetüm. Sein Gesicht war blutverschmiert.

»Vielleicht, weil du zu unwichtig bist, Doom? Schließlich warst du es, der die Prinzessin entkommen lassen hat, nicht wahr?«

Doom fletschte die Zähne und ich hob theatralisch die Hände.

»Trinkt einen Krug Met zusammen, nehmt euch ein Weib und begrabt diese Fehde. Elfische Trollscheiße, was habt ihr nur für Probleme? Da draußen herrscht Krieg.« Ich seufzte laut auf.

Ein Fehler, wie ich feststellen musste, denn die Aufmerksamkeit gebührte sofort wieder mir. Nicht, dass ich was dagegen gehabt hätte, im Mittelpunkt zu stehen, schließlich war ich das Herzstück der Anderswelt, aber vielleicht hätte ich meine große Klappe in dieser Situation etwas zurückschrauben sollen.

Im nächsten Wimpernschlag hörte ich, wie Doom seine magische Folterkette warf. Die schweren Glieder trafen mich, schnitten schmerzhaft in mein Fleisch und ich sackte nach vorn wie ein Sack. Sofort hatte ich einen Fuß im Rücken, der mich auf den Boden drückte und eine Schwertspitze am Hinterkopf. Doom wickelte die Kette um meine am Rücken verschränkten Handgelenke und zerrte mich auf die Füße, schubste mich gegen Pyrus oder wie der Typ hieß.

»Wenn seine Majestät den Elfen jetzt haben will, soll er ihn bekommen, aber keiner außer mir wird ihn zu ihm bringen. Mir gebührt der Ruhm.«

»Ruhm?« Pyrus verzog die Lippen. »Ruhm für was? Dass der Prinz der Lichtlande dir in die Eier getreten hat und du wie ein weinendes Elfenkind zusammengefallen bist?« Er lachte schallend auf und trat dann zur Seite. »Seine Majestät wird das sicherlich erfreuen! Besonders, nachdem ich ihn aufgespürt und gefangen genommen habe.«

Doom antwortete nicht, sondern drückte mich an sich und leckte mir über den Kopf. Ich würgte.

»Er ist meine Beute! Meine ganz allein!«

Die Luft war erfüllt von elektrischen Schwingungen aufgestauter Schattenmagie. Die Härchen an meinem Körper stellten sich auf, als ich die angespannte Magie in der stickigen Luft überdeutlich pulsieren gewahrte. Pyrus und seine drei Gefährten sahen furchterregend aus. Ihre dunkle Präsenz war aggressionsgeladen. Doom fletschte die Zähne. Sein Speichel tropfte auf meinen Haarschopf. Den andauernden Würgereflex ignorierend blickte ich vom einen zum anderen.

»Vielleicht solltet ihr das Lager miteinander teilen. Das wird eure Differenzen sicherlich milde stimmen. Aber bitte erst, wenn ich weg bin, ja? Ich will nicht Zeuge eines animalischen Geschlechtsakts rauchender Schattenmagie werden.«

Doom schlug mir mit der eisenbehangenen Faust ins Gesicht. Kurzzeitig sah ich Sterne. Kleine blitzende Lichter, die mir die Sinne benebelten. Ich wäre wie ein Sack auf den Boden gefallen, wenn mich nicht die Eisenkette daran gehindert hätte. Ich schüttelte schmerzhaft meinen Kopf, versuchte, die Sternenbilder zu vertreiben. Durch die Härte des Schlages bildete sich ein unerwarteter neuer Kraftaufschwung in mir. Ich war so unbeschreiblich angepisst von diesen Scheißern. Im nächsten Augenblick hob ich mein Kinn und donnerte meinen Schädel gegen seine fast verheilte Nase. Er zuckte zusammen, grunzte vor Schmerz und verlor sich in einer Raserei. Er schubste mich auf den Boden. Der Aufschlag wirbelte noch mehr Dreck auf und ich atmete einen Schwall ekelerregende Partikel ein, deren Ursprung ich mit absoluter Sicherheit nicht herausfinden wollte. Dann schlug er mir mit der Faust ins Gesicht. Sofort bildete sich eine Schwellung auf meiner Wange, mein Auge tat es ihr gleich. Ohne einen weiteren Atemzug tätigen zu können, der sich schmerzhaft in meinen Körper brennen konnte, trat Doom mir in den Bauch und der Rippenbogen brach endgültig wie ein Ast entzwei. Das laute Knacken erfüllte diesen Ort. Ich spuckte Blut. Mein Herz raste.

»Das reicht!«, polterte Pyrus rauchige Stimme durch mein gedämpftes Hörorgan. »Der König erwartet Grünhain lebend im Thronsaal. Natürlich wäre es mir eine Freude dabei zu sein, wenn du seiner Majestät erklärst, dass du seinen Gast totgeprügelt hast. Doch zu meinem Missfallen muss ich darauf bestehen, dass du von ihm ablässt.«

Doom stellte als Antwort seinen schweren Fuß auf meine Brust, drückte mich tiefer in den von Blut getränkten Erdboden.

»Pyrus, Pyrus. Lebend? Natürlich. Aber es war nie die Rede davon, ihn unversehrt zu lassen«, grölte Doom lautstark.

Ich war kaum noch bei Sinnen, doch hielt ich mich krampfhaft im Hier und Jetzt. Betete, dass ich nicht das Bewusstsein verlor. Es war schwer, doch ich schaffte es. Meine Fingerspitzen zuckten in den Ketten und ich krampfte sie zusammen. Die Haare hingen mir in blutigen Strähnen ins Gesicht. Dooms Fuß presste mir die Luft aus der Lunge. Doch dann verringerte sich der Druck und ich nutzte diese Gegebenheit. Wirbelte herum. Die eiserne Kette um meine Handgelenke schnitt mir ins Fleisch, der Druck verstärkte sich, als die Glieder sich strafften. Ich hob meine Beine an und versetzte Doom einen gewaltigen Tritt in die Magengegend. Er taumelte einen Schritt zurück. Doch war meine Verteidigung diesmal nicht effektiv. Sofort hatte ich mehrere Speerspitzen und Schwerter im Gesicht hängen. Dooms Schattenmagie peitschte mir entgegen. Hinterließ einen großen Schnitt auf meinem Brustkorb. Ein weiterer Schmerz, den ich versuchte gekonnt zu ignorieren, um mich am Leben zu halten. Jede Bewegung sendete Höllenqualen in meinen Körper und doch zuckte ich die schmerzenden Schultern, als die hungrige Meute Schattenelfen sich über mich beugte. Ihre Visagen voller Abscheu.

»Ein Versuch war es wert.« Ich grinste blutverschmiert. Dann wurde ich grob auf die Füße gezogen. Ich drehte meinen Kopf zu dem mörderischen Quartett. »Ich wäre lieber mit euch gegangen, Jungs. Aber leider muss ich mich jetzt verabschieden. Seine dunkle Eminenz erwartet mich.« Vier tödliche Blicke begegneten mir, als ich mein Kinn leicht in ihre Richtung neigte und eine Verbeugung andeutete.

Dann lachte Pyrus lautstark auf. Ein grauenvolles Lachen.

»Wir begleiten dich natürlich, Grünhain. Denkst du, wir lassen uns das entgehen?« Pyrus schüttelte sich vor Lachen, was ihn mit Abstand noch gruseliger machte. »Ach Prinz-lein, es wird mir eine Freude sein, dir dabei zuzusehen, wie du vor seiner Majestät erzitterst, dich zusammenkrampfst und heulst wie ein kleines Elflein. Dich schreiend windest und nach Mami und Papi rufst.«

Ich rollte die Augen.

»Und ich dachte, wir wären Freunde!«

Die Kette an meinen Händen straffte sich, als Doom mich davonzerrte. Flankiert von der mörderischen Schatten-meute. Ich stemmte mich immer zu mit den Füßen in den Erdboden. Aber ich musste einsehen, dass die Begegnung mit meinem Gastgeber unausweichlich wurde. Starr und unerlässlich zerrte Doom mich weiter in eine Richtung, in der das Grauen meiner Vergangenheit auf mich wartete. In die Richtung eines Wesens, das meine ganze Familie zer-stört hatte.

KAPITEL 38
Severin

Die Ketten schnitten in mein Fleisch und die Luft wurde zunehmend kühler, je weiter wir uns dem Monster näherten, das den Thron aus Knochen bewohnte.

Ein aus schwarzem Eisen gefertigtes Tor wurde aufgestoßen und ich befand mich in einem dunklen Schlund weitläufiger Dunkelheit wider. Ich kniff die Augen zusammen, die Finsternis in diesem Teil des dunklen Schlosses war erdrückend. Als würde sie ihre Fänge nach mir ausstrecken und jedes bisschen Licht in mir mit einem einzigen Atemzug zum Erlöschen bringen. Krampfhaft versuchte ich, an den wenigen Funken Lichtmagie festzuhalten, die mir geblieben waren. Mein Herz sendete stechende Impulse und schlug immer schneller. Durch die dichte Dunkelheit konnte ich kaum etwas sehen, doch bei jedem Schritt, den ich gezwungen war zu gehen, entzündete sich eine feurige Fackel. Unheilbringende Schatten wurden auf den Boden geworfen.

Der ganze Thronsaal war voller Schattenelfen. Hunderte ihrer Art, deren käferartige Augen jeden unserer Schritte verfolgten. Ihre schattenhaften Silhouetten wurden durch die einzelnen Feuerscheine in die Länge gezogen. Schatten hatten von Natur aus keine eigenen Schatten, bestanden sie doch aus ihnen, doch war dieses Trugbild ziemlich imposant und zum Teil auch ziemlich furchterregend. Das, was ich von ihren Fratzen erkennen konnte, war albtraumhaft. Sie fletschten die Zähne, als Doom und seine mörderische Meute mich immer näher zu meinem Verderben eskortierten. Doch ich ließ mich von ihnen nicht einschüchtern. Mit erhobenem Kopf ließ ich mich stolz an ihnen vorbeiführen. Wohl bewusst, dass ich der einzige mit Herzschlag war.

Die neugierigen Käferaugen waren allesamt auf mich gerichtet, als ich mit einem kräftigen Stoß in meinen Rücken auf die Knie gezwungen wurde. Ein Schlag traf mich zusätzlich am Kopf und ich spürte das warme Rinnsal meines eigenen Blutes über mein Gesicht laufen. Stolz hob ich den Blick und schaute geradewegs in die dunklen Höhlen endgültigen Todes. Kurz leuchteten die finsteren Augenhöhlen des Schattenkönigs rot auf. Wie die Feuerschwalle des in der Ferne dröhnenden Vulkans. Wie die Augen meiner Schwester.

Der Schmerz des Verlustes traf mich mit einem Mal und ich sperrte ihre wütende, zornesfunkelnde Erscheinung aus der Vergangenheit wieder zurück in mein Herz. Wollte jetzt nicht an sie denken, obwohl es mir schwerfiel, die Ähnlichkeit mit dem Ungetüm auf dem Thron zu leugnen. Sie hatte mehr mit ihm gemein als mit dem Erbe unserer Mutter. Es schmerzte doppelt in meinem Herzen. Besonders als die bittere Wut zurückkam, die ich für das Wesen vor mir empfand. Ich wand mich in meinen Fesseln, zerrte und stemmte mich gegen sie. Doch gaben sie nicht nach, fraßen sich nur noch fester in mein Fleisch. Selbst den Lichtfunken, den ich in meinem Herzen aufbewahrte, konnte ich nicht befreien. Es war ein einsamer Funke, der mich am Leben und im Bewusstsein hielt, an dem ich festhielt. Dieser Ort war der Abschaum allen Unglücks meines Lebens.

»Severin Grünhain. Ich habe Euch bereits erwartet«, schallte mir die gänsehautbringende Stimme des Schattenkönigs entgegen. Seine dunklen Schlingen wie rauschende Wellen über seinen Körper stürmend. Ein Blinzeln später schien die Dunkelheit ihn verschluckt zu haben und nur die gruseligen roten Augen blieben von seiner Existenz übrig. Dann festigte sich seine Gestalt wieder.

Ein Donnergrollen ertönte in den Tiefen der dunklen Festung und der Vulkan schleuderte einen Schwall heißer Lava in das Gemäuer. Kochender Dampf überflutete den Thronsaal und doch hatte ich Gänsehaut. Erneut zerrte ich an meinen Ketten und Doom trat mir in den Rücken.

»Ich habe ihn hergebracht, dunkler König. Es ist mein Verdienst!«, plärrte mein Folterknecht und zerrte mich wieder in die kniende Position.

Ich spuckte auf den Boden, pustete mir eine Haarsträhne aus dem Gesicht. Die hunderte Schattenelfen, die diesem Gelage angehörten, stampften mit den Füßen, bohrten ihre Schwerter in den Boden und dieser erzitterte durch die Vibration.

Der Schattenkönig hob eine Hand. Die Geräusche verstummten.

»Geh und hol unserem Gast eine Gewandung.«

»Majestät?«, presste Doom über seine Lippen.

»Muss ich mich ernsthaft wiederholen?«, zischte der Schattenkönig und Doom ließ meine Kette mit einem wütenden Zischen fallen.

»Natürlich nicht!«, knurrte er. Aus dem Augenwinkel sah ich, wie er seinen Kopf leicht neigte, sich dann umdrehte und mit wehendem Zopf davonstampfte.

Ich verspürte ein wenig Genugtuung.

Die Kette straffte sich erneut und jetzt hielt sie Pyrus fest im Griff. Sein Mundwinkel war leicht nach oben geschoben.

Als würde sich ein Grinsen nur mit Mühe unterdrücken lassen.

»Severin, Severin. Ihr glaubt gar nicht, wie sehr ich auf diesen Tageslauf gewartet habe, Euch von Angesicht zu Angesicht gegenüberzutreten.«

»Ich bedanke mich für die Gastfreundlichkeit. Die Frage, die sich mir aber allgemein stellt, ist: Wie komme ich zu dieser Ehre? Ich nehme an, es liegt nicht an meinem blendenden Aussehen. Vielleicht eilt mein Ruf mir ja voraus. Vielleicht hattet Ihr ja Sehnsucht nach mir, nachdem ich und meine Gefährten Euch das berüchtigte Schattenkind vor Eurer Nase weggeschnappt haben, das zufällig meine SCHWESTER ist«, presste ich hervor.

Die Miene des Schattenkönigs blieb unergründlich. Das einzige Anzeichen dafür, dass er meinen Worten gelauscht hatte, waren seine langen, spinnenartigen Finger, die auf der Lehne seines Knochenungetüms kratzten. Ein beißendes Geräusch wie Nadelstiche, die über Glas fuhren.

»Ihr seht Eurem Vater außerordentlich ähnlich. Im ersten Moment glaubte ich tatsächlich, Prinz Glen würde vor mir hocken. Ist es nicht faszinierend, wie sich die Vergangenheit wiederholt? Wie sie zur Gegenwart wird?«

»Wisst Ihr, Eure Schrecklichkeit, die Familie Grünhain beglückt sich doch immer, Euch mit ihrem Antlitz zu erfreuen.«

Die Luft blieb mir fast weg und ich krampfte meine Hände zusammen, die immer noch mit der eisernen Kette umschlossen waren. Noch nie hatte ich solch eine Wut verspürt. Der Mörder meines Vaters, der Mörder und Schänder meiner Mutter war greifbar nah und doch konnte ich nichts gegen ihn ausrichten, außer eine große Klappe zu haben.

»Euer Vater kniete einst auch hier vor meinen Füßen. Bis ich ihm das Herz herausriss und er schwächlich zusammenbrach. Herzlos, seelenlos und tot. Wollt ihr sein Schicksal teilen, Prinz?«

Ich spuckte ihm vor die dreckigen Füße und zerrte an meinen Ketten. Jemand hielt mir den Mund zu, damit ich meine wüsten Beschimpfungen nicht herausbrachte, doch biss ich demjenigen in die Finger. Meine Haut glühte. Nicht vom ständigen Flammenmeer, das der Vulkan ausspie, oder den schweren Kettengliedern, die in mein Fleisch schnitten. Nein. Es war die Macht, die sich urplötzlich in mir sammelte, welche die Luft um mich herum in einen Hauch grünlichen Lichts tauchte. Der Duft nach warmem Gras lag in der Atmosphäre und ich schmeckte die Wärme der Sonne auf meiner Zunge. Es war der kleine Lichtfunke Magie in meinem Herzen, der immer mehr anschwoll, bis auch meine Haut von einem grünlichen Magiezauber ummantelt war.

Diese Macht war berauschend, wusste ich doch nicht, woher sie kam. Ich war schließlich nicht der König der Lichtelfen, sondern nur der alberne Prinz. Mir war es aber in diesem Moment egal, woher diese Kraft kam, die meine Ketten lockerte, die mir die Kraft schenkte, mich gegen die schweren Körper zur Wehr zu setzen, die versuchten, mich ruhigzustellen. Ich schlug um mich, als ich eine Hand aus der Handfessel lösen konnte.

Schattenmagie traf mich, zerschnitt mir die Haut. Die Magie des Königs grub ihre Krallen in mein Fleisch. Dunkler Nebel umschlang mich und ließ mich innehalten. Krampfhaft. Sie nahm mir die Luft zum Atmen. Die Luft war ein elektrischer Strom purer Düsternis, als die dunklen Schlingen mich in die Knie zwangen. Nur noch mein Herzschlag donnerte gegen die dunkle Macht, deren Pulsieren mir bis ins Mark drang. Der Funke in mir erlosch, schrumpfte zu einem Fünkchen zusammen und verschanzte sich in meinem wild schlagenden Herzen. Ich wurde auf den Boden gedrückt, die Wange in den dreckigen Stein gepresst. Meine Hände wurden erneut gefesselt. Grob zerrte man mich wieder auf die Knie. Zog an meinen Locken und knurrte mir ins Ohr. Ich versuchte mich erneut zu wehren, doch diesmal blieb die Kraft weg. Fürs Erste war ich geschlagen. Konnte ich doch nichts tun, um meine Situation jetzt noch zu ändern. Doch ich würde weiterkämpfen. Ich würde weiter gegen das Monster kämpfen, das meine Familie entzweigerissen hatte. Würde nicht kampflos aufgeben. *Niemals.* Ich würde meinen Vater, meine Mutter und meine Schwester und alle anderen armen Seelen dieser Welt rächen. Ich spuckte erneut vor die Füße des Schattenkönigs und grinste ihn mit blutüberströmten Zähnen an.

Er gähnte laut und wedelte mit der Hand herum. Sofort kam ein gebeugtes Schattenmädchen angerannt. Ich erkannte sie als die, deren Bekanntschaft ich vor ein paar Minutenläufen auf den Gängen machen durfte. Ihr gesundes Auge war starr auf den Boden gerichtet und sie zitterte. Sie reichte dem Schattenkönig einen schwarzen Krug, den er, ohne das Mädchen eines Blickes zu würdigen, entgegennahm. Er trank einen Schluck. Warf dann den Krug auf den Boden. Er zerschellte in tausend Einzelteile. Das Geräusch ließ das Schattenmädchen zusammenzucken.

Dann veränderte die Atmosphäre sich. Und ein mir bekannter Geruch ließ mich die Nasenflügel blähen. Hinter das zitternde Mädchen, das gerade die Scherben aufsammelte, trat eine mir bekannte Gestalt. Er trug helle weite Gewänder und in seiner Hand hielt er einen Stab weißlichen Lichtes, das einen Hauch Rosa angenommen hatte.

Ich zerrte erneut an den Ketten, als ich den Geruch eindeutig erkannte, der auch an dem Schattenmädchen haftete.

Cailan!

»Das wird ja immer besser!«, knurrte ich. Den Blick auf die verhasste Gestalt meines Vetters gerichtet.

»Severin. Was für eine nette Überraschung. Ich wusste gar nicht, dass du schon eingetroffen bist. Zu schade, dass mich keiner über deinen Aufenthalt informiert hat.« Er schielte mit kalten, zusammengezogenen Augen zu dem Schattenkönig, dessen gleichsam kalte Augen in Flammen aufgingen, als Cailan sich heranschlich.

Ich verfolgte jede seiner Bewegungen. Er hatte sich verändert. Seine Haut war blass, sein Gesicht zierten tiefe Augenringe und doch blitzte da etwas auf, das ihn lebendiger machte. Lebendiger als das helle Sonnenlicht, dessen Antlitz uns jeden Tageslauf verzückte. Etwas, das schon seit so vielen Jahresläufen in ihm wohnte und dessen Existenz wir gekonnt ignoriert hatten, weil er das gleiche Blut trug, weil er ein Mitglied der königlichen Familie war. Weil er zu uns gehörte. Obwohl er es längst nicht mehr tat.

Ich schluckte. Noch niemals hatte er mir Angst gemacht, doch tat er es in diesem Moment mit voller Kraft.

Sein Herz war kaum hörbar, als ob es Schlag für Schlag aus dem Leben schied. Die Lichtquelle in seiner Hand war nur Tarnung. Das war mir vom ersten Moment an bewusst gewesen, als er sein Gesicht in dem Thronsaal gezeigt hatte. Die Augen waren schwarz statt blau, die Dunkelheit hatte ihn fest in ihren Klauen. Ich schluckte erneut und lockerte meine Zunge.

»Trollkönig!«, lachte ich laut auf. Schluckte die Ungläubigkeit der beißenden Gewissheit hinunter. »Ich wusste doch, ich hab da etwas Vertrautes erschnüffelt. Hast du dich zufällig mit dem armen Ding vergnügt und sie mit deiner Anwesenheit gelangweilt?« Ich nickte zu dem Schattenmädchen, dessen Hände von den Tonscherben bereits bluteten.

Cailan schenkte mir ein kaltes Lächeln, griff dem Mädchen ins Haar und zog es zu sich heran. Schnüffelte an ihren Haaren.

»Ein bezauberndes Ding, nicht? Leider sind ihre Körperöffnungen nun nicht mehr interessant für mich.«

Er stieß sie zu Boden. Sie schlitterte ein paar Körperlängen darüber hinweg direkt in die heulende Meute mordlustiger Schattenelfen. Ich zischte durch die Zähne, als die wütenden Schattenelfen das Mädchen nach draußen jagten. Dann hallte die kratzige Stimme des Schattenkönigs durch den Thronsaal.

»Ich hatte Euch keine Einladung ausgesprochen, Lichtbringer. Also geht zurück in Euer Gemach!«

»Natürlich, Eure Majestät.« Cailan neigte kaum merklich den Kopf. »Ich wollte nur meinen geliebten Vetter begrüßen und mich nach seinem Wohl erkundigen. Schließlich ist er Familie.« Er schenkte mir ein Lächeln, das mich frösteln ließ.

»Mich wundert, dass du noch nicht in diesem Höllenschlund eingegangen bist. Wo du doch ein Lichtelf bist. Ich frage mich, wie du es machst. Wie täuschst du sie?« Ich zog eine Augenbraue hoch, was mir schmerzhafte Nadelstiche ins Gehirn sendete.

»Ich weiß nicht, was du meinst. Siehst du denn nicht, wie schwach ich bin? Was für eine Qual es für mich ist, an diesem Ort zu leben, wo ihr mich doch aus meinem eigenen Königreich verbannt habt?« Er hielt sich theatralisch die Brust, stützte sich an seinem Lichtstab ab und hustete.

Wenn ich nicht wüsste, was für ein Meisterwerk der Schauspielkunst er gerade veranstaltete, würde ich jedes Wort glauben.

»Ach wirklich?«, fragte ich ihn provokant. Ein listiges Grinsen umspielte meine Lippen.

»Was soll das?«, donnerte der Schattenkönig und Cailan drehte sich zu ihm um, aber nicht, bevor er mir nicht noch einen hinterhältigen hochgezogenen Mundwinkel präsentierte.

»Eure Majestät«, er verbeugte sich abgestützt an seinem Stab, »ich denke, meinem Vetter bekommt dieser Ort nicht gut. Sein Geist ist von nebligen Visionen Verrücktheit geschlagen. Ihr solltet darüber nachdenken, ihn davon zu erlösen. Ich denke, es wäre ein Aufatmen für alle, wenn er sein Schandmaul für immer schlösse.«

Der Schattenkönig funkelte aus glühenden Kohlen auf Cailan herab. Seine Magie war ein einziger Sturm. Peitschte und wirbelte durch die Luft.

Cailan senkte den Blick.

»Ich verstehe, Eure Majestät. Ich werde mich in meine Gemächer zurückziehen«, säuselte Cailan, drehte sich dann um und schritt an seinen Magiestab gestützt den Mittelgang entlang. Das hellrosa Licht seiner Magiequelle flackerte kaum merklich.

Das Tor fiel krachend ins Schloss. Ich zuckte zusammen. Die Wut über ihn beherrschte mich, doch ich durfte mich nicht von ihr beherrschen lassen. Musste bei klarem Verstand bleiben. Er hatte sich verändert. War zu etwas geworden, das es vorher noch nicht gegeben hatte, und es würde der Tageslauf kommen, ein besserer Zeitpunkt, um Cailan für das zu bestrafen, was er meiner Familie angetan hatte. Ich würde derjenige sein, der ihm die Klinge durchs Herz stoßen würde. Denn es war mein Recht. Meins ganz allein.

Der König gähnte laut und lenkte seine ganze Aufmerksamkeit somit wieder auf sich. Ich drehte meinen Kopf zurück zu ihm, reckte das Kinn stolz in die Höhe. Wie es einst – so hoffte ich – mein Vater getan hatte.

»Euer Vetter ist eine Last, werter Prinz. Eine Klette. Doch leider brauche ich ihn noch.«

Der Schattenkönig erhob sich von seinem Thron. Die Schwingen seiner Magie breiteten sich über seinen Körper aus, flossen über den Boden hinaus und bildeten einen Nebel des Grauens auf dem Erdboden. Wie schwarze Flammen schlängelte sich die Kraft seiner Magie über den Boden. Nahm alles an sich. Kroch zu mir. Lautlos. Ich verfolgte jede seiner Schwaden mit den geschwollenen Augen. Erst als die Macht mich umschloss, mir die Luft aus den Lungen presste, kniff ich die Augen zusammen. Es quälte mich, keinen Schmerzensschrei auszusenden, doch wollte ich ihm diese Genugtuung nicht geben. Als er die Schlingen lockerte, atmete ich schnell ein. Mein Herz schlug in tausendfacher Geschwindigkeit. Meine Seele schrie. Doch meine Lippen blieben stumm.

»Die Vergangenheit muss zur Gegenwart werden, Severin Grünhain. Einst habe ich die dunkle Prophezeiung selbst heraufbeschworen. Die Asche des Herzens Eures Vaters, die durch meine Finger rieselte. Sein Herz, das in meiner Hand seinen letzten erbitterten Schlag in dieser Welt tätigte. Aus Asche und Dunkelheit wird ein Kind geboren. Geboren mit einer Macht, die unbezwingbar scheint, wird es die Anderswelt formen. Das Schattenkind ist verloren. Seine Macht unbrauchbar für meine Zwecke. Meine Tochter ist zu einem Nichts geworden. Einer Hülle Nutzlosigkeit. Längst hege ich einen weitaus größeren Plan. Eine Macht, die unbezwingbar sein wird. Ich bin diese Macht und Ihr, Prinz, werdet nicht als Aschehaufen durch meine Finger rieseln. Ihr werdet mein ewiglich Gefangener sein. Durch Euer Leben werde ich die Armee des Lichtkönigs aufs Schlachtfeld locken und ihrer dann ein für alle Mal erhaben sein. Und Ihr werdet das Licht der Sonne nie wiedersehen. Ihr seid mein Preis. Mein Köder. Der letzte Lichtelf dieser Welt, wenn alle anderen tot sind.«

Mein Herz setzte einen Schlag aus. Seine Worte brannten sich ein, hinterließen einen Schauer des Grauens auf meinem Körper und, trotz dass meine Stimme kaum mehr als ein Flüstern war, erhob ich meinen Kopf und sprach das Gelübde der Krieger des Lichts.

»Wir sind Elfen, Diener des Lichts. Kinder der Sonne. Wir ehren, was wir lieben. Wir kämpfen für die Schwachen, für die Liebenden und für die Generationen, die nach uns kommen. Unsere Seelen werden immer frei sein!«

Das schallende Gelächter des Schattenkönigs dröhnte durch den Thronsaal. Risse entstanden im Erdboden, auf dem ich kauerte, immer noch den Kopf stolz in die Höhe gehoben, als er seine Hand ausstreckte, seine dunkle Magie freisetzte, alle Fackelscheine mit einer Handbewegung löschte und die Macht mich wie eine Kette umschlang. Ich kippte zur Seite, spuckte Blut und krampfte durch den Schmerz, der mir durch die Glieder zischte, zusammen. Tränen des Schmerzes und meiner trauernden, schreienden Seele benetzten meine Augen.

»Genau die Worte, die Eurer Vater einst als seine letzten wählte. Willkommen, Severin Grünhain. Willkommen in der Welt Eurer Zukunft.« Er lachte und ich fiel in ein Loch. Ein Loch der Qualen meiner schreienden Seele. Einer Seele, die nicht nur erneut meinen Vater betrauerte, sondern auch die einzige Familie, die ich noch hatte. Fry.

Der Schattenkönig hatte eine Falle gesponnen, um das Lichtvolk hierher zu locken. Um die Garde der Lichtelfen, das große Heer der Krieger des Lichtes zusammen mit ihrem König mit einem Schlag zu vernichten. Ich krampfte mich in der Dunkelheit zusammen, würgte und spie meinen leeren Mageninhalt hinaus. Fry würde direkt in diese Falle tappen. Denn es war sein Herz, das ihn zu dieser Entscheidung verleiten würde. Sein reines Herz, das reine Herz einer reinen Seele. Er würde nicht zulassen, dass man mich einsperrte. Er würde alles in Bewegung setzen, um mich hier rauszuholen. Um mich zu befreien. Und genau das hatte der Schattenkönig die ganze Zeit beabsichtigt. Wusste er doch von der Schwäche liebender Herzen. Genau das war von Anfang an sein perfider Plan gewesen.

Es war eine Falle. Eine Falle für jemanden, der so sehr liebte, wie Fry es tat. Seine Liebe war so machtvoll, dass er, auch wenn er ganz genau wusste, dass er in eine Falle laufen würde, es dennoch tun würde. Um mich zu retten. Es war die Liebe, die ihn dazu verleitete. Die Liebe zu mir.

Nicht mal ein dummer Spruch kam über meine Lippen. Als hätte man mir einen Fluch des Schweigens auferlegt, wie es all die Jahre bei meiner Schwester der Fall gewesen war. Die Gewissheit, dass Fry bereitwillig in diese Falle tappen würde, ließ mich erzittern. Die bitteren Tränen, die ich vergoss, galten nicht mir und meinem Unglück. Nicht meinen Qualen und Schmerzen, die ich hier erlitten hatte. Nein. Sie galten ganz und gar ihm. Meinem Bruder.

Fry.

KAPITEL 39

Fry

Mehrere Minutenläufe vergingen, in denen ich nichts tat. In denen ich einfach atmete, dem energiegeladenen Herzschlag lauschte, der Entschlossenheit offenbarte. Je länger ich hier stand und den steinernen Gebilden von Severins Eltern entgegenblickte, desto mehr Emotionen schossen mir durch den bebenden Leib. Trauer, Wut, Angst – doch eins festigte sich, war ganz und gar überdauernd. Ein Gefühl, das mächtiger war als alle Gefühle zusammen. Ein Gefühl, das meine Verbundenheit zu Severin beschrieb, wie es nichts auf der Welt beschrieb. Es war Liebe und doch so viel mehr als nur Liebe. Dieses über Jahresläufe hinweg gefestigte Band zu meinem Freund, zu meinem Bruder, brachte die Entschlossenheit mit sich. Und Akzeptanz.

Das Mal in meinem Nacken kribbelte, auch hier war Liebe im Spiel. Auch hier war sie an ein machtvolles Zeichen Vertrautheit und ein machtvolles Band Seelenverwandtschaft gebunden und aus Liebe entstanden. Doch das Band, das mich mit Severin verband, war etwas anderes. Es war mehr als ein Zeichen im Nacken. Es war mehr, als alle Worte der Welt je beschreiben könnten. Es war einfach da. Das Band. Und es gehörte uns für alle Zeit.

Ich fühlte mich schwerelos, losgelöst von der Welt und den widerspenstigen Gefühlen in mir, die mich so lange aus der Welt gerissen hatten. Die Kraft der Könige, die Macht meines Erbes strömte unaufhaltsam und energiegeladen durch mich hindurch. Benetzte jede meiner Zellen mit Sonnenschein und dem kraftvollen Licht des Tages. Die Akzeptanz dieser Kraft war wie ein Aufatmen. Als ob diese Magie die ganze Zeit darauf gewartet hatte, sich voll entfalten zu können. Sie war nun nicht mehr von der Verzweiflung verlangender Entscheidungen geprägt, die sie unterdrückt hatte. Ohne an mir herabzusehen wusste ich, dass mein ganzer Körper die pure Energie des Lichtes widerspiegelte, aus dem sie entsprungen war.

Sie gehörte mir. Dieser Zauber von Magie in der Luft. Der pulsierende Herzschlag in meiner Brust. All das gehörte mir. Sie befreite mich. Befreite mich von den wirren Worten des Orakels, die keiner je richtig verstand. Die Entscheidungen mit sich brachten, die schwer waren, die zerstörerisch waren und die sich nicht richtig anfühlten. All das legte ich ab. In diesem Moment war ich befreit von schicksalsgebundenen Forderungen. Ich war Fry Lichtbringer, Krieger und König der Lichtlande. Es gab nur eine richtige Entscheidung für mich. Nur eine. Und selbst wenn sie falsch war, wenn sie viele Herzen brechen würde. Es war die Richtige. Es gab keine Alternative. Keine Besprechungen, keine Kompromisse. Es gab nur diese eine Wahl für mich.

Mein Leben für das seine.

Wärme durchflutete mich und obwohl der Verlust und die Gewissheit, dass viele Seelen in diesem Krieg ihr endgültiges Ende finden würden, allgegenwärtig waren, fühlte ich mich neugeboren in dieser von Dunkelheit und Licht gleichermaßen gewichtigen Welt.

Ich war traurig, ja. Trauerte über den schmerzhaften Verlust meines Freundes. Fühlte seine Schmerzen und litt seine

»Leo. Ich bitte dich nicht als König darum. Ich bitte dich als Freund. Als Mitglied meiner Familie.«

Es dauerte viele schweigsame Sekundenläufe, bis ein schwaches Nicken seine Zustimmung preisgab.

»Und jetzt komm mit. Es liegt viel Arbeit vor uns.«

»Majes...« Leo stoppte, schloss kurz die Augen, nahm einen tiefen Atemzug. »Fry, ich kann nicht. Ich muss ...« Ich hörte sein Herz laut schlagen, als würde ihm jedes Wort schwerfallen. Als wäre er hin- und hergerissen, den Worten seines Königs zu folgen oder auf sein Herz zu hören.

»Wir werden kämpfen. Werden unseren Bruder, unseren Freund, unsere Liebe nicht dem Schicksal der Dunkelheit überlassen. In zwei Tagesläufen ziehen wir in den Kampf.« Ich zog die Augenbrauen zusammen. Ballte die Hände zu Fäusten. Mein Herz raste und meine Adern pulsierten. Das Licht in mir wärmte mich, gab mir Kraft für die folgenden Worte. »Wir werden direkt in ihre Falle laufen. Wir werden kämpfen, auch wenn viele sterben werden.« Ich gönnte mir einen befreienden Atemzug, wusste, dass mein Körper in diesem Moment wieder mit dem Zauber des Lichtes gekleidet war. »Weil es das Richtige ist. Es ist das einzig Richtige.«

Leos Tränen benetzten seine Wange. Dann wischte er sie mit seiner Hand weg, zog die Nase hoch und nickte.

»Gemeinsam?«, fragte er.

»Gemeinsam!«, antwortete ich.

KAPITEL 40

Leo

Am späten Nachmittagslauf stand ich vor der Heilstation, meinen Bogen immer noch geschultert, das Schwert an meine Hüfte geschnallt. Ich konnte nicht ganz begreifen, was draußen im Garten der Statuen passiert war. Bis zu diesem Augenblick, der sich magisch in mein Gedächtnis gebrannt hatte, war ich der vollen Überzeugung, meinen Eid, den ich auf die Krone geschworen hatte, brechen zu müssen und ohne Erlaubnis meines Königs mit nichts weiter als ein paar Pfeilen, meinem Bogen und Severins Schwert loszuziehen und mich mit sofortiger Wirkung ins Schattenreich zu begeben. Ich würde nicht noch einmal zulassen, dass ich als Krieger, als Beschützer der Krone, versagte. Diesmal würde ich bis in den Tod gehen, um das zu retten, was ich liebte. Aber die Begegnung mit meinem König hatte mich umgestimmt, auch wenn es mir wirklich schwerfiel, Severin auch nur einen Tageslauf länger den Qualen auszusetzen, unter denen er leiden musste. Doch Frys imposante Erscheinung, seine Entschlossenheit, genau das zu tun, wozu ich bereit war, hatte mich umgestimmt. Ich allein konnte nichts ausrichten. Doch wir alle hatten vielleicht eine Chance.

Ich blickte auf die filigran verzierte Holztür, hinter der die einzige Person war, der ich mein Herz ausschütten und all dies erzählen wollte. Ich hörte Jezebel hantieren, hörte ein paar Fläschchen klirren und das Plätschern einer Wasserquelle. Sicherlich versorgte sie immer noch Priests Verletzungen. Ohne zu wissen wofür. Ich wollte ihr all die Antworten geben. Wollte ihr alles erklären, ihr von meiner Reise mit dem Prinzen berichten, von unserem Auftrag. Wollte ihr die Gefahren beschreiben, die wir bestritten hatten. Ihr die nervenaufreibenden Strapazen der Reise schildern. Das Herzklopfen beschreiben, das mich die ganze lange Reise begleitet hatte. Dass ich schlussendlich aufgegeben hatte, etwas zu unterdrücken, das schlicht und einfach nicht unterdrückbar war. Dass Severin und ich zueinandergefunden hatten und wir uns dieser innigen Liebe hingegeben hatten. Wollte Jezebel von der Trauer berichten, die mein Herz immerzu umschloss, seitdem Severin sich für mich geopfert hatte, wohl wissend, dass er an den Ort gebracht würde, der das Schicksal seiner ganzen Familie entschieden hatte. Ich wollte meiner Schwester all diese Dinge sagen. Hob sogar meine Hand, um ganz leise an die Tür zur Heilstation zu klopfen, doch hielt ich mitten in der Bewegung inne. Schloss die Augen.

Dummer, verschlossener Leo Wiesenaue.

Ich war nie ein Elf vieler Worte. War nie redegewandt und konnte nie die Worte unausgesprochener Gefühle bekunden. Obwohl meine Schwester die Einzige war, der ich all dies sagen wollte. Sie war, mit Ausnahme von Severin, die Einzige, deren Trost ich jetzt brauchte. Aber ich konnte einfach nicht die letzten Zentimeter zu ihr überwinden. Schämte mich zu sehr für mein Versagen. Stattdessen ließ ich bekümmert die Schultern hängen. Beim nächsten Atemzug drehte ich mich um, entfernte mich Schritt für Schritt von meiner Schwester, die mich auch ohne, dass ich die vielen Worte, die mir im Kopf herum-schwirrten, aussprach, verstanden hätte.

Als ich um den nächsten Eckenbogen trat, hörte ich hinter mir etwas klirren. Ruckartig drehte ich mich um, blickte in den Gang, aus dem ich gerade gekommen war, und rannte zurück. Nahm den Bogen während des Rennens in die Hand und spannte einen Pfeil auf die Sehne. Das Klirren wurde lauter, je näher ich der Tür kam, hinter der meine Schwester mit dem Schattenelfen war.

Priest war wohl aufgewacht und er schien wütend zu sein.

KAPITEL 41

Priest

Jeder verdammte Atemzug in dieser beschissenen Welt brannte. Jede noch so kleine Bewegung sendete höllische Schmerzen in meinen Leib. Schmerzen, die ich versuchte zu unterdrücken. Die verschleierten, traumhaften Visionen grünlicher Augen, die sich immerzu über mich beugten, mich spitz musterten, während die verschwommenen, warmen Hände mir erneut Schmerzen zufügten, mich erneut aufbäumen ließen, um dann die Kühle sich langsam heilender Wunden zu empfangen, waren das Einzige, was ich bewusst wahrnahm. Die Kontrolle über meinen Körper entglitt mir immerzu. Ich war wehrlos und schwach. Verdammt. Ich war Priest, der verdammte General der Schattenarmee. Schwäche gehörte nicht zu mir. Es war eine einzige Qual, ständig diesen Schmerzen und diesen Krämpfen ausgesetzt zu sein. Noch nie hatte ich mich so verfickt schwach gefühlt. Aber nach und nach veränderte sich etwas in mir. Langsam spürte ich meine Dunkelheit wieder. Spürte die Ansammlung von Schattenmagie, die meinen Körper heilte. Die Dunkelheit rief mich endlich wieder zu sich. Langsam. Aufatmend. Erwachend. Doch heilte sie nicht das Herz, das weiterhin unerbittlich in meinem Körper schlug. Auch wenn ich versuchte, meine dunkle Magie in das einzig Lebendige in meinem Körper zu lenken, um es zu zerstören, um es ruhig zu stellen, war dieses Unterfangen sinnlos.

Es war eine verdammt verfickte Scheiße, in die ich da hineingeraten war. Es machte mich krank, ständig dieses Pochen in meinem Körper zu fühlen, dieses ständige Schlagen von Leben in meinen Ohren dröhnen zu hören. Pausenlos diese lauten Schläge um mich herum. Ob ich nun im Traumgespinst der Schmerzen gefangen oder kurzweilig verschwommen bei Bewusstsein war. Überall diese Schläge. Als ob ich umzingelt wäre von diesen verräterischen Herzen. Und diese Gerüche. Diese abartigen Gerüche, die meinen Geruchsinn benetzten. Es roch nach bitteren Kräutern und dem ekelerregenden Gestank von Sonnenschein. Wärmende Hände auf meinem kühlen Körper. Stiche in meiner Haut und das Plätschern einer Wasserquelle. Ich hätte gewürgt, wenn ich es gekonnt hätte und wenn sich nicht die kleinste Bewegung in mein Fleisch gebohrt hätte.

Immer wieder driftete mein Bewusstsein ab und ich verlor mich wieder in verschwommenen Träumen. Vielleicht war ich schon dem Wahnsinn verfallen. Vielleicht war dies der Tod, der schon vor langer Zeit seine gierigen Krallen nach mir ausgestreckt hatte. Vielleicht war ich wirklich auf den Feldern der Bestrafung gestorben. Doch dann drängten sich die hässlichen Fratzen dieser Wichselfen in mein Gedächtnis. Das dreckige Gesicht von Grünhain. Die Geräusche eines Kampfes und der Geruch von Bittersüßer Nachtschatten und ich wusste mit Sicherheit, dass dies die bittere, verfickte Realität war. Ich, der gefürchtete General Priest, innerhalb der Wände des Feindes. In den lichtdurchfluteten, verfickten Wänden des Lichtschlosses. Sowas konnte ich mir nicht ausdenken. Sowas konnten nicht mal die betäubenden Wirkungen der ekelerregenden Kräuter hervorbringen.

Etwas feuchtes, kühles legte sich auf meine Stirn und ich schlug nach lange ruhender Zeit die Augen auf, griff reflexartig nach der Hand, die einen Stofffetzen hielt. Drückte das sonnengebräunte Handgelenk fest zusammen, dass die Haut drumherum weiß wurde.

»Nimm deine Drecksfinger von mir!«, knurrte ich durch zusammengepresste Lippen. Die wenigen Worte kratzten schmerzhaft in meiner Kehle und ich hustete.

Ich schleuderte die Hand weg und versuchte, mich aufzurichten. Die Schwärze der Bewusstseinsbeneblung legte sich erneut über mich, doch ich vertrieb sie. Kleine Schwaden dunkler Magie schlängelten sich über meine Arme und Beine. Man hatte mir eine Gewandung übergestreift, deren Stoff über die immer noch heilenden Wunden meiner Haut rieb. Ich spürte Verbände an meiner Brust. Meine Haut war gerötet, meine Lippen trocken.

Ich blinzelte, ließ meinen Kopf kreisen. Meine Sicht war immer noch etwas undeutlich, aber meine Augen nicht mehr geschwollen oder von der brennenden Sonne verkrustet. Es herrschte Dunkelheit an diesem Ort. Nicht diese Finsterkeit, diese erleichternde Düsternis dunkler Materie. Es war eher eine künstliche Schwärze zugezogener Vorhänge.

Mein Kopf schmerzte von den ungewohnten Sinneseindrücken. Nur verschwommen nahm ich die Umgebung überhaupt wahr. Ein Gemisch aus Holz und Steinwerk umgab mich. Die Wände voller kleiner Bretter mit schimmernden Flüssigkeiten. Eine Quelle plätscherte. Es roch nach Krankheit und bitteren Kräutern.

»Leg dich wieder hin. Du bist noch zu schwach!«, forderte eine weibliche Stimme.

Ich drehte mich zu der Quelle der Stimme herum und blickte in die zusammengekniffenen grünen Augen einer Lichtelfe. Ich zog die Augen zu Schlitzen zusammen, um ihre Gestalt deutlicher sehen zu können. Ich kannte diese Augen. Diese grünen Augen, die sich mir ins fiebernde Gedächtnis gebrannt hatten, als das Weib mir Schmerzen zufügte.

Mit einem Keuchen erhob ich mich, sprang auf die Füße und schwankte. Die längst vergessenen Bewegungsabläufe ließen mich wanken und ich hielt mich an der Bettstatt fest. Krallte meine Hand in das Laken. Mir drehte sich alles, der Schwindel nahm Besitz von mir. Wollte mich zurückdrängen in eine benebelte Ohnmacht. Doch ich wollte nicht länger an diesem Ort verweilen. Hatte schon viel zu lange ein kränkliches Dasein gefristet.

»Miststück! Was hast du mit mir gemacht?«, presste ich hervor und hielt mir die rechte Hand an meinen dröhnenden Kopf. Zog einen Stofffetzen von meinem Ohr. Getrocknetes Blut haftete daran. Ich schleuderte den Fetzen von mir und knurrte. Ließ die aufkommende Schattenmagie über meinen Körper gleiten. Versuchte Kraft daraus zu ziehen. Meine Hand krallte sich weiterhin schmerzhaft in das weiche Laken.

»Dein Leben gerettet, du Trottel.«

Abwertend blickte ich das Weib an. Fletschte die Zähne. Ihre Züge waren elfengleich, so wie all diese Pisser ihres Volkes. Ihr Gesicht war von einer hässlichen Narbe entstellt, die sich vom Scheitel über eine Gesichtshälfte zog. Genugtuung breitete sich in mir aus. Nur eine mit Nachtschatten getränkte Klinge konnte solche bleibenden Verletzungen bei den Lichtwichsern hervorbringen. Zu schade, dass ich sie nicht geführt hatte, denn dieses Folterweib hatte es eindeutig verdient. Sie verschränkte die Arme vor der Brust. Das feuchte Tuch, welches sie mir vorhin auf die Stirn gelegt hatte, schaute aus ihren Armen hervor. Abschätzig musterte sie mich.

die imposante Gestalt, die an der Wand lehnte. Ich glotzte in die verhassten Augen des verfickten Lichtelfenkönigs, der seinen Blick starr auf mich gerichtet hatte. Mörderisch bleckte ich die Zähne. Wollte ihm an die Gurgel gehen und ihn meine neu gewonnene Kraft spüren lassen.

»Mutig, mich in ein dunkles Gefängnis zu sperren. Oder außerordentlich dumm.« Die Magie um meinen Körper geschlungen ging ich einen Schritt auf ihn zu.

»Du bist nicht eingesperrt, kannst kommen und gehen, wie und wann es dir beliebt.« Der Bastard nickte in Richtung der Tür.

Erst jetzt merkte ich, dass sie leicht offen stand. Sicherlich würden dort ein paar heuchlerische Wachen stehen.

Er bemerkte meinen Blick.

»Sie werden dich nicht aufhalten.«

»Tz, glaubst du, sie hätten wirklich eine Chance gegen mich?«

»Sie sind die Besten.«

Ich verschränkte die Arme vor der Brust.

»Da du Pisser hier lebend vor mir stehst und Grünhain und sein Bogenschütze mich mit ihrer Anwesenheit auf den Feldern der Bestrafung beehrt haben, nehme ich an, ihr konntet die Prinzessin befreien. Ich will sie sehen!«

Mein Herz schlug einen Tick schneller, als ich an Prudence dachte. Es machte mich wahnsinnig. Wann hatte ich angefangen, über das bescheuerte Herz überhaupt nachzudenken? Ob es schnell schlug oder langsam? Verdammt, es hatte überhaupt nicht zu schlagen! Sollte still und lautlos sein. Leblos sein. Wieso machte ich mir darüber Gedanken? Das war schwach.

Der Bastard musterte mich kühl. Sein Herz preschte laut gegen seine Brust. Sein Körper strahlte eine bläuliche Magie aus, die die Härchen auf meiner Haut strapazierte. Es roch nach aufgeladenem Sonnenschein. Bäh. Entsetzlich.

»Wir konnten sie befreien. Doch sie ist nicht hier.« Er blinzelte, seine Augen bekamen einen silbernen Schimmer und er hob die Hand an sein schlagendes Herz.

Ich zog die Augenbrauen zusammen. Sammelte unterdrückte Wut in den Händen. Schattenmagie sammelte sich, bereit, sich gegen den Feind zu schleudern. Wie ich diesen Elfen verabscheute. Ich konnte kaum glauben, dass ich auf seine Hilfe angewiesen gewesen war bei der Befreiung der Prinzessin. Dass dieses verfickte Herz in meiner Brust mich dazu verleitet hatte. Es war schwach. Nein. Ich war schwach.

»Wo ist sie?«, knurrte ich.

»Fort.«

»Du lügst!«

»Tue ich das?«

»Ich werde dir jeden einzelnen Knochen brechen«, zischte ich. Die Schattenmagie sprühte bereits Funken. Vor den Mauern des Gewölbes hörte ich es donnern. »Ich verlange sofort Antworten!«

Er schwieg, musterte mich und den intensiven schwarzen Nebel, der meine Gestalt umgab.

»Unsere Ehrenschuld wurde durch deine Befreiung beglichen. Ich schulde dir nichts. Und doch werde ich dir die Antwort auf deine Frage gewähren. Sie wird dir nicht gefallen.«

»Ehrenschuld? Pah!« Ich spuckte vor seine Füße. »Ich scheiß darauf.«

Er zuckte mit den Schultern. Es dauerte ein paar Wimpernschläge, bis er schließlich sprach.

»Prue hat eine Entscheidung getroffen und musste einen Preis bezahlen, der mein Leben rettete.«

Ich spannte meinen ganzen Körper an und stürmte mit einem dunklen Mantel Schattenmagie davon.

Niemand hielt mich auf.

Nur die abschätzenden Blicke folgten mir.

KAPITEL 42
Priest

Dieses beschissene Schloss war ein einziges Labyrinth sonnengefluteter Wege. Es gab nicht einen verfickten Gang, der nicht in irgendeiner Weise hell erleuchtet wurde. Entweder waren es riesige, offene Löcher in den Wänden, durch die das verdammte Licht hineinströmen konnte oder die verfickten Decken waren offen und die Scheißsonne schien mir auf den Kopf. Der Himmel war frei von Wolkenformationen, frei von jeglicher Unreinheit. Es war so abartig perfekt, dass ich immerzu ein Würgen unterdrücken musste. Und dann noch diese ständigen bläulichen Lichter überall an den Wänden, an denen sich verfickte Glühwürmchen tummelten. Verdammt verfickte Glühwürmchen? War das ihr beschissener Ernst? Was war das nur für ein grässlicher Ort? Sogar hinter den Schlossmauern, in diesem beschissenen Elfendorf, schwirrte ständig irgendwelches Viehzeug herum. Zusätzlich zu dem erbärmlichen Gestank nach Sonnenschein, der alles überlagerte, roch es nach Laub und Wiese und ekligem Blütenwerk.

Diese Gewandung kratzte auf meiner Haut. Ich hatte Hunger, Durst und animalische Gelüste, an die ich gar nicht erst denken wollte. Nur der Gedanke daran versetzte meine Lenden in Höllenqualen. Selbst wenn hier nicht alles voller Lichthuren gewesen wäre, die ich eh nicht freiwillig angefasst hätte, um meine Gelüste zu stillen, wäre ich verdammt noch mal nicht dazu in der Lage gewesen, weil ich nicht mal im Stande war, überhaupt einen hochzubekommen.

Die Wut und der Zorn fraßen mich auf. Die Wahrheit der Worte des Lichtelfenkönigs brannte sich ein, tief in den schwarzen Klumpen Leben. Je näher ich dem rettenden Wald kam, dessen Bäume mir endlich Milderung verschaffen würden, die mich endlich von dieser andauernden Helligkeit befreien konnten, desto schneller schlug mein beschissenes Herz. Was war das für ein beschissener Zauber? Was war nur aus mir geworden? Ich flüchtete. Rannte weg vor diesen immer noch in der Luft summenden Wahrheiten des Lichtbastards, dessen Worte sich in mein Fleisch bohrten und von dem alles überlagerten Gefühl der Eifersucht. Ich war erbärmlich. Abschaum. *Verräter.*

»Ihr Herz hat aufgehört, zu schlagen!« Verfickte Scheiße, das sollte mich doch glücklich machen. Das sollte berauschend in meinen Eingeweiden klingen. Wieso verdammt nochmal, tat es das nicht?

Ich war mir sicher, diese ganze verfickte Scheiße war mein ganz persönlicher Fluch für alle Gräueltaten, die ich begangen hatte und in Zukunft noch begehen würde. Dieser Hass, er fraß mich auf, dabei hatte er mir all die 300 Jahre meines Lebens Freude bereitet. So etwas wie Glück beschert. Dieser beschissene Lichtkönig mit seiner beschissenen Sonnenmagie. Diese Kackbratze. Ich hasste ihn dafür, dass er Prudence diesen Preis bezahlen lassen hatte. Ich hasste beide für diese beschissene Liebesscheiße, die sie teilten. Wusste ich doch, dass sie niemals dasselbe für mich empfinden würde. Obwohl mein beschissenes Herz sich nach diesem Gefühl sehnte. Hasste diesen Bastard dafür, dass er Recht hatte, dass ich nirgendwo hinkonnte. Hasste

Grünhain und seinen Geliebten dafür, dass sie mich von den Feldern gepflückt hatten, um ihre Ehrenschuld zu erfüllen. Ich wollte das alles nicht. Wollte wieder wie immer sein. Priest, der herzlose, grausame General der Schattenarmee. Der einer von wenigen Schattenelfen war, die dazu fähig waren, das Wetter zu manipulieren. Vorausgesetzt, meine volle Kraft würde überhaupt wiederkommen und sich meiner annehmen.

Ich raufte mir die Haare, als mich die Stille schattenspendender Bäume endlich erreichte und ich mich tief durch das Gestrüpp aus Zweigen und Buschwerk kämpfte, dann an einen Baum lehnte. Die Augen fest geschlossen, die kühlende Luft einatmend. Nur hin und wieder schaffte es ein einzelner Lichtstrahl durch das Blätterdach. Ein Vogel kreischte. Mit geschlossenen Augen hob ich meinen Arm, fing das Mistvieh und zerquetschte es mit den Händen. Angewidert schmiss ich das tote Ding auf den Boden, ohne auch nur die Augen aufzumachen. Meine Schatten bahnten sich einen Weg in die Freiheit, legten sich schützend über meinen Körper und ich genoss dieses erhabene Gefühl. Tief sog ich die Luft ein. Versuchte mich zu beruhigen. Verdammt, was tat ich hier überhaupt? Wieso war es überhaupt nötig, sich zu beruhigen? Dieses ganze Gefühlsleben machte mich wahnsinnig. Verdammt. Ich war der verdammte Priest. Ein Schatten wie ich, der all die Jahresläufe von Grausamkeit, Hass und Wahnsinn gelebt hatte, fühlte solche beschissenen Gefühle nicht. Das verdammte Herz, es sendete diese schwachen Momente immerzu. Momente, in denen ich vergaß, wer ich war. Dieses Herz änderte mein Wesen. Mein bösartiges Leben.

Ich wusste nicht, ob es überhaupt dieser Liebesscheiß war, den ich empfand. Ich wusste verdammt noch mal nicht, was dieses Wort überhaupt bedeutete. Ich hätte mich,

als ich noch von diesen grässlichen Schlossmauern umgeben war, einfach aus einer der zahlreichen Fensteröffnungen stürzen sollen. Dann wäre es vorbei gewesen. Doch
diese neue erwachte Stimme in mir wollte leben. Auch wenn
dies bedeutete, fern des Schattenreiches in einem beschissenen Feenwald in den Lichtlanden mein Dasein fristen zu
müssen.

Verräter.

Ein Ast knackte. Ich öffnete die Augen, lauschte. Blähte
die Nasenflügel. Ließ kleine Schatten über meinen Körper
wandern. Vernahm den einzelnen Herzschlag eines anderen. Leicht, unkompliziert. Ich drehte meinen Kopf in die
Richtung. Ein weiterer Ast knackte und dann tauchte ein
brauner Haarschopf aus dem Unterholz auf, in dem sich
Blätter verfangen hatten. Das Gesicht war voll von Dreck
und an der Nase hing Rotz. Es war ein Balg. Weiblich,
soweit ich das beurteilen konnte. Keine Ahnung, in welchem Alter es war. Wen interessierte sowas schon.

»Hab`s!«, plapperte es los und als das Gör mich sah, blieb
es starr stehen. Legte seinen Kopf schief. Sein Herz schlug
schneller.

Ich machte mich auf den panischen Schrei seiner Kehle
gefasst, den jedes Balg ausstieß. Machte mich auf den von
Angst benetzten Tränenerguss bereit, der meine Stille stören
würde. Doch blieb es aus. Weder der panische Schrei
ertönte, noch die schwächlichen geröteten Augen waren zu
sehen. Ich runzelte die Stirn. Einzig sein Herz schlug etwas
schneller. Lichtelfen! Elenden Kreaturen. Selbst ihre Jüngsten waren scheußlich.

»Bist du ein Schattenelf?«, fragte sie mich und ihre quä-
kende Kindsstimme klingelte in meinen Ohren. Sie zog ihre
Rotznase hoch. Ließ die Hand mit dem Büschel Gras nach
unten sinken. *Bist du ein Schattenelf?*, äffte ich ihre Stimme in

meinem Kopf nach. Ihr beschissener Ernst? Was sollte ich sonst sein? Ein Meermann vielleicht? *Scheiß Balg!*

»Und wenn?«, knurrte ich. Ließ das Schattenspiel meiner Magie in meine Hände wandern. Verzog die Lippen zu einem gehässigen Grinsen. Sie würde sich noch wünschen, sie wäre gleich schreiend in den Schoß ihrer Schöpferin geflohen. Mich wunderte, dass nicht noch mehr von den Bälgern hier herumsprangen. Wo eins war, tummelten sich meist mehrere. Sie waren wie Ratten.

»Ich habe teine Angst!«, sagte sie. Hob ihren Kopf und blickte mir direkt in die Augen. Ihre waren so blau, ein starker Kontrast zu ihren braunen Haaren. Widerlich, und diese Drecksnase. Man könnte meinen, sie wäre direkt aus einem Sumpf entsprungen. Nicht mal richtig sprechen konnte das Gör.

Ich stieß mich von dem Baumstumpf ab, ging einige Schritte auf das Lichtbalg zu. Mit jedem Schritt, den ich tat, formten sich mehr Schatten um meinen Körper. Ein berauschendes Gefühl in mir bereite sich aus. Ich wollte diesem verfickten Balg Angst einjagen. Wollte, dass es heulend nach Hause zu seiner Mutter rannte und mein Gesicht in seinen Albträumen erblickte. Die Bälger aus unserem Reich waren genauso lästig. Sie lümmelten im Dreck, stanken und heulten. Sie schlugen sich gegenseitig das Fressen aus der Hand. Doch bezweifelte ich, dass die Brut eines Lichtelfen die blutigen Spielchen spielte, die bei uns Sitte waren.

»Was tust du hier? Abseits deiner Sippschaft zu dieser Tageszeit. Die Dämmerung setzt gleich ein. Dann kommt die Dunkelheit und schnappt dich.«

»Mama sagt immer, ich darf nicht so weit in den Feenwald, aber ich war danz mutig. Schau!« Das Balg hielt mir die Pflanze entgegen, die es in der Hand hielt. Ich unterdrückte ein Niesen. »Mohnblumen.« Es kicherte und offenbarte dabei eine riesige Zahnlücke. Ich verzog die Augenbrauen. »Meine Mama mag die derne!«

»Deine Mama ist verdammt noch mal eine beschissene Mutter, wenn sie dich ganz allein herumlaufen lässt.«

Das Balg kichert. Eine Blase voll Rotz bildete sich an seiner Nase und ich verzog angewidert das Gesicht, als es die Rotzkugel mit seiner Handfläche abwischte.

»Findest du mich etwa lustig, du Nervensäge? Geh lieber schnell nach Hause. Nicht dass dich noch ein sehr wütender Schattenelf auffrisst. Denn das ist es, was wir tun. Wir fressen kleine Plagegeister wie dich. Also verpiss dich. Wenn du Glück hast, komme ich nicht wieder, um dich zum Abendmahl zu verspeisen.«

»Du bist ganz schön blöd!« Sie streckte mir die Zunge raus und machte dabei so ein komisches, Spucke sammelndes Geräusch.

Ich verzog den Mund, wollte etwas erwidern, aber das kleine Nervenbündel verschlug mir wahrhaftig die Sprache, als es an mir vorbeistapfte, die nackten Füßen auf den Erdboden trampelnd. Was war nur mit dieser Welt los? Ich wollte sie gerade mit einem Ball Schattenmagie in die Erde schubsen, als sie sich blitzschnell umdrehte. Kurz huschte ihr Blick zu dem dunklen Nebel in meiner Hand. Sie zog die Nase hoch. Beobachtete das Schattenspiel. Dann riss sie die Augen weit auf. Und sprang auf ihren winzigen Füßen auf und ab.

»Wenn du ein Schattenelf bist, dann tannst du doch den Prinzen freilassen, oder? Alle sind so traurig, weil er nicht zurückdetommen ist. Der Prinz ist doch immer so lustig. Mein Onkel findet das besonders traurig. Kannst du ihn freilassen! Bitte. Bitte.«

»Sag mal, bist du verfickt noch mal einfach wahnsinnig? Oder bist du einfach nur dumm? Du kannst doch nicht in der Dämmerung in den Wald laufen, bescheuerte Blumen pflücken und dann mit einem gefährlichen Elfen sprechen, der dich mit einer einzigen Handbewegung zerreißen könnte. Sag mal, was stimmt nicht mit dir?«, brüllte ich das Balg an. Verdammt, was kümmerte es mich überhaupt? Es zwickte unangenehm in meinem beschissenen Herzen. Verdammt, das durfte doch nicht wahr sein.

»Mama sagt immer, man darf nicht fluchen. Nur Severin darf das. Weil er ein Prinz ist. Bitte, lass ihn frei.« Sie legte eine flehende Miene auf. Widerlich.

»Wieso rede ich überhaupt mit dir. Geh. Bevor ich meinen Drachen rufe und er dich verschlingt.«

Sie machte große Augen. Etwas glitzerte darin. Sie hüpfte auf und ab und die wirren langen Haare wehten dabei hin und her.

»Du hast einen Drachen? Woowwww. Darf ich auf ihm reiten? Bitte, bitte.«

Mir dröhnte der Kopf. Es tat so weh, er platzte fast. Diese Brut war nicht auszuhalten. Sie war sogar nerviger als Grünhain und das sollte was heißen.

Grünhain. Wenn ich dieser nervigen Brut Glauben schenken konnte, war er nicht mit zurückgekommen. Geschah ihm Recht, wenn er in Gefangenschaft geraten war. Was lässt er sein Gesicht auch überall blicken. Ehrenschuld. Pah! Das hatte er nun davon! Ich schloss die Augen, als mein Herz wieder anfing zu zwicken. Was, verdammt, wollte es mir sagen? Konnte es nicht einfach mal nichts tun? Einfach nichts. So wie sonst immer. Das würde mir mein Leben erleichtern. Dann könnte ich diese Kröte mit ihren großen Augen einfach erwürgen, ohne ein Gefühl dabei zu verspüren.

Der Wind drehte und ich spürte die Veränderung in der Luft. Ich blähte die Nasenflügel. Hörte die kaum wahrzunehmenden Geräusche leiser Sohlen. Spürte die herzlose Lautlosigkeit von Vertrautem.

»Versteck dich!«, knurrte ich zu dem Gör.

»Hä? Ich will jetzt nicht vertecken spielen.« Sie verschränkte die Arme vor der Brust.

Ich verdrehte die Augen, mein Körper war in schwarzen Nebel gehüllt. In einer geistigen Umnachtung – warum auch immer – packte ich das Balg am Arm und riss es hinter mich in einen Busch. In dem Moment, als sie begriff, was ich getan hatte, kreischte sie laut auf. Tränen benetzten ihr rotanlaufendes Gesicht und ihre Stimme tat mir in den Ohren weh. Sie versuchte, sich vom Gestrüpp zu befreien, doch als der Grund, warum ich sie ins Gebüsch geschubst hatte, aus den Bäumen trat, verstummte sie. Sie duckte sich hinter mich, als ob von mir weniger Gefahr ausging, als von den drei Schattenkriegern, die mit gezogenen Waffen heraustraten. Ich verschränkte gelangweilt die Arme vor der Brust. Ich kannte ihre Fratzen nicht, doch eilte mein Ruf mir voraus.

Sie blieben stehen, als sie mich sahen. Blickten von mir zu dem hinter mir kauernden Elfenkind.

»Der Verräter General!«, spuckte der Erste aus. »Ich dachte, du schmorst auf den Feldern der Bestrafung? Was tust du hier?« Er leckte sich über die Zähne.

»Mich langweilen«, knurrte ich. Ich wünschte, das Balg würde aufhören, diese rotzenden Geräusche von sich zu geben. Wieso, verdammt noch mal, kümmerte mich das überhaupt?

»Tamsin?«, ertönte plötzlich eine andere Stimme, als ob der Wind sie in unsere Richtung wehte. »Tamsin?« Sie klang panisch. Ein Gefühl der Euphorie durchströmte mich. Die Panik, diese Angst, die in der Luft lag. Ich sog diese Brise ein. Doch die Euphorie verflog sehr schnell.

Ich verdrehte die Augen. Die drei Schattenbastarde blickten zeitgleich nach rechts, als ein Elfenweib heraustrat. Ihre panischen, suchenden Augen waren auf das kauernde Balg in meinem Rücken gerichtet. In ihrem Gesicht glänzte diese hässliche Narbe. Ich zog die Augen zusammen, als ich das Folterweib erkannte. Sie blickte zu mir, ihre Augen kämpferisch zusammengezogen. Dann blickte sie wieder zu dem Balg hinter meinem Rücken und ich verstand. Sie war die beschissene Mutter. In ihrer Hand blitze ein Dolch.

Ich bleckte die Zähne. Verlagerte mein Gewicht. Knackte mit dem Nacken. Warf dem Weib einen vernichteten Blick zu. Schloss für keinen Wimpernschlag die Augen, sammelte konzentrierte, mörderische Schattenmagie in meinen Händen. Ich spürte die Angst, die man durch jede ihrer Poren roch. Fühlte den Schauer, der ihr über den Rücken lief, dann stürmte ich auf sie los. Ihre Klinge blitzte auf, bereit sie mir in den Leib zu stoßen. Unsere Haut berührte sich hauchzart, als ich in der Bewegung stoppte, mich in einer schnellen Drehung umdrehte und die erste Welle Schattenmagie abfing, die die Schattenkrieger auf das Weib geschleudert hatten. Obwohl diese Magie mir vertraut war, ich die gleiche in mir trug, verzog ich schmerzhaft das Gesicht. Was tat ich hier überhaupt? Das fragte sich wohl auch das Weibsbild, als ich mich zu ihr umdrehte, sie mit gebleckten Zähnen angrinste. Mein Herz raste. Ich hielt eine weitere Magiewelle auf, die auf mich einschlug.

»Ihr wollt spielen?«, knurrte ich, spuckte einen Schwall Blut auf den Boden. Hob die Arme. »Dann kommt und spielt!«

Die drei Schattenkrieger hoben ihre Klingen, brüllten und stürmten auf mich los. Endlich konnte ich diese hassenswerte, zornige Energie, diese ganzen widerspenstigen Gefühle in einem Kampf loswerden. Ich stieß einem der drei meine schattenummantelte Hand in die Brust, zog das leblose Herz heraus und schleuderte den Klumpen zu einem der Übrigen. Das Balg schrie. Mein Kopf ging ruckartig in seine Richtung. Es kauerte auf dem Boden und hielt sich die Ohren zu. Ich sah noch wie das Lichtweib, dessen Körper in einem goldenen Glanz schimmerte, versuchte, zu dem Gör zu kommen. Ihre Haare wehten in der aufziehenden Dunkelheit und verströmten einen Duft, der mein Herz erneut aus dem Gleichgewicht brachte. Hart traf mich ein Schlag. Ich taumelte. Dann streifte mich eine Klinge an der Seite. Es tat höllisch weh. *Verdammt.* Ich krallte die Hände zu Fäusten. Presste sie zusammen. Die feinen Narben längst vergangener Kämpfe auf meiner Haut leuchteten fast. Dann sammelte sich meine Magie in den Händen. Ein Aufkommen von Schwindel kam über mich, als die Wunde pochte und brannte. Doch ich vertrieb ihn, unterdrückte den brennenden Schmerz. Zwei dieser elenden Bastarde waren noch übrig. Wir tänzelten umeinander herum. Ein Spiel.

»Bist du jetzt einer von ihnen?«, grunzte der Abschaum vor mir. »Verräter. Schlächter. Schwächling!«, spuckte er heraus.

Ich streckte meinen Arm aus, die Magie verließ meinen Körper, um dem Scheißkerl in die Brust zu fahren. Ich war bei weitem nicht bei bester Gesundheit und meine Kräfte hatten nicht mal ansatzweise die Macht, die ich sonst besaß, dennoch kämpfte ich weiter. Wofür wusste ich nicht mal. Der Abschaum ließ sein Schwert fallen, hielt sich den blutenden Arm. Ich drehte ihnen den Rücken zu, um dann mit Schwung mein Bein zu heben und in einer Drehung auszuholen. Trat dem elenden Abschaum in den Bauch. Fischte währenddessen das Schwert vom Boden. Diese ungewohnt schnellen Bewegungen verlangten mir alles ab. Ich war ein

Schwächling. Noch nie hatte ich so beschissen gekämpft. Meine Haut unter der kratzigen Scheißgewandung spannte. Irgendwas riss auf, als mich eine Faust im Magen traf. Dann spürte ich einen heftigen, stechenden Schmerz an meiner Seite. Eine Klinge hatte mich gestreift, als ich gerade das Schwert durch den Angreifer schnitt. Auch er fiel. Ich stöhnte auf, stolperte, presste die eine Hand an meine Seite. Spürte, wie Blut meine Finger benetzte. Das Schwert in meiner Hand zitterte und mir wurde schwarz vor Augen, doch ich überwand den Schwindel und hieb mit dem Schwert auf den letzten Schattenwichser ein. Dieser sah meinen nächsten Schlag kommen und wich aus. Mein Blick huschte nur eine Millisekunde zu dem Balg, das abartige Heulgeräusche von sich gab, als seine Mutter es in die Arme riss. Der Schattenkrieger sah meinen Blick. Drehte sich um und rannte direkt auf die beiden zu. Doch bevor er seine Klinge überhaupt schwingen konnte, folgte ich ihm humpelnd, hob das Schwert, legte all meine schwächliche Schattenmagie um die Waffe und warf. Das Schwert rauschte im Wind der Luft, wie in Zeitlupe fuhr es durch die Kehle des Bastards. Blut spritze in alle Richtungen. Er war tot. Lag in einer Lache des eigenen Blutes.

Die letzten Minutenläufe waren zu viel. Die Wunde an meinem Bauch schmerzte höllisch und ich fiel auf die Knie, presste die Hand auf das Blut an meinem Bauch.

Das Balg schrie lauter, wischte sich panisch das Blut des Schattenkriegers vom Gesicht. Strampelte in den Armen der Mutter, die es fest umschloss.

»Ist doch nur Blut, Gör«, presste ich hervor. Dann fiel ich kopfüber auf den Boden in eine Lache aus meinem eigenen Blut. Die Fänge des Todes würden mich nun doch holen.

Verfickte Scheiße. Ich, Priest, der beschissene Ex-General der Schattenarmee starb tatsächlich, weil ich zwei beschissene Lichtelfen vor Dämonen, wie ich einer war, beschützt hatte. Wieso schlug mein Herz immer noch? Wieso konnte es nicht endlich vorbei sein? Ich war verdammt noch mal verflucht. Verflucht zu leben.

»Tamsin. Hol Onkel Leo, schnell!« Die Stimme des Folterweibs drang leise in meine Ohren. Wie ein Windhauch. Ihr komischer Geruch stieg mir in die Nase. Sie drehte mich auf den Rücken. Ich war zu schwach, ihre Hände wegzuschlagen.

»Geh weg. Ich will hier sterben. Lass mich!«

»Ich entscheide, ob du stirbst oder nicht. Und du verfluchter Elf wirst jetzt nicht sterben, ist das klar?«

Ich blinzelte, ihre grünen Augen musterten mich versessen. Dann wurde es wieder schwarz. Sie schlug mir ins Gesicht. Ich knurrte. Spürte kleine Schatten, die über meinen Körper wanderten. Und dann spürte ich die Dunkelheit, die aufzog. Ich nahm sie auf. Spürte, wie sie meinen Leib umarmte. Doch es war zu viel. Wieder schlug das Weib mir ins Gesicht, doch diesmal holte mich die Dunkelheit zu sich. Ich spürte die wohltuenden Schlingen, die mein Bewusstsein in Schwärze versetzten.

KAPITEL 43

Severin

»Also, mein holder Knochenhaufen, sag: lieber ein Tümpel voller spitzzahniger Nixen? Oder, und das ist wirklich eine gute Frage, eine Höhle mistschöpfender Trolle?«

Der trockene Fladen in meiner Hand bröselte harte Krumen auf den Boden, als ich ihn auf meinen Gemachgefährten richtete. Ich lehnte an dem Gemäuer meiner arschabfrierenden Zelle. Mein Atem hauchte weiße Nebelwolken in die von einer einzigen kleinen Flamme erleuchteten Unterkunft. Mir war arschkalt, mein Körper zitterte ununterbrochen, trotz der dreckigen Gewandung, mit der man mich großzügigerweise ausgestattet hatte. Nachdem ich aus dem Höllenschlund geschleift worden war, der meine und die Zukunft aller bestimmte. Außerdem waren sie tatsächlich – man glaubte es kaum – so gastfreundlich gewesen, mir einen Krug abgestandenes Wasser und einen harten Klumpen Teig in die Knochenzelle zu werfen.

»Ich für meinen Teil würde beides ablehnen. Zum einen, weil beide Ausscheidungen tagelang an dir haften und du in einer Wolke aus Fliegen durch die Lande ziehen müsstest, sich alle angewidert in deine Richtung drehen und zum anderen, weil ...« Meine Ausführungen wurden unterbrochen, als ein klirrendes Geräusch durch die Gänge schallte. Außerdem nahm ich lautlose Sohlen wahr, die federnd über den Boden glitten. Dazu der richtig geruchsportionierte Gestank der Dunkelheit höchstselbst. Doch es war nicht Doom, mein Folterknecht, oder gar der Schattenkönig, der meine Beherbergung mit seiner Anwesenheit beehrte.

Ich hob meinen Kopf, spuckte einen Krümel harten Brotsteins auf den Boden. In einer weißen, für diesen Ort unpassenden Gewandung, stand Cailan vor mir. Sein weißglänzendes Lächeln blitzte im Feuerschein der Knochenzelle auf, für einen winzigen Augenblick zuckte ich zusammen. War sogar fast völlig fassungslos, als er die Zelle mit einem Schlüssel öffnete und ein schweres, filigran gearbeitetes Elfenschwert hinter seinem Rücken hervorzog. Seine Augen waren tot wie schwarze Obsidiane. Schwarz, wie die kleinen Schatten, die über seine Hände wanderten.

Er hatte es geschafft, mir die Sprache zu verschlagen. Denn dieser Cailan war etwas anderes. Etwas, das mich mit Entsetzen erfüllte. Er hatte sein altes Ich, das noch vor ein paar Stundenläufe im dunklen Thronsaal vor sich hingesäuselt hatte, völlig abgelegt. Hatte es unwiderruflich verloren. Sein Herz schlug, war aber kaum noch ein Echo seines einstigen Lebens.

Wut brannte heiß in mir auf. Er hatte meine Eltern in den Tod geschickt. Sie verraten. Und diese Wut, dieser Zorn, dieser Hass, den ich verspürte, lockerte endlich meine verkrampfte Zunge.

»Cailan! Ich hatte mich schon gefragt, wann du mich erneut mit deiner Anwesenheit beehrst. Ist schon Fütterungszeit?«

Er legte seinen Kopf schief, tippte sich mit einem Finger ans Kinn. Dunkle Schlingen stoben von seinem Körper auf, verwandelten sich und peitschten um ihn herum. Ich verfolgte mit Unglauben diesen Zauber. Wie war es möglich, dass ein Lichtelf die Kräfte der Dunkelheit besaß?

Ich schluckte, blinzelte mehrmals, um wirklich zu verstehen, was ich sah.

Cailan trat einen Schritt auf mich zu. Stemmte das Schwert in den Boden. Hob seine Hand. Die dunklen Schlingen tanzten auf seiner sonnengebräunten Haut. Sein Herz machte einen harten Schlag, nur einen einzigen. Erst Sekundenläufe später folgte ein weiterer, jedoch war dieser viel kraftloser.

Ich stemmte mich auf, verfolgte das Schattenspiel, das über seine Hände tanzte. Er bemerkte meinen Blick, grinste herablassend und siegreich.

»Faszinierend, nicht?«

Ich antwortete nicht.

»Wie diese Magie, so fern meines eigenen Erbes durch meine Adern zieht.«

Ich nahm einen tiefen Atemzug, ging einen Schritt zur Seite, ohne Cailan aus den Augen zu lassen. Ich spürte eine Veränderung in der Luft, eine schicksalsträchtige Schwingung in der atmosphärengeladenen Gegenwart meiner eigenen Zukunft. Stieß mit dem Fuß an die Gebeine des Unbekannten. Bückte mich, ohne meinen Vetter aus den Augen zu lassen. Hob einen schweren Knochen vom Boden auf, der wohl mal der Oberschenkel meines Zellengefährten war und hielt ihn wie ein Schwert vor mich.

Cailans Mundwinkel zuckten. Meine Gedanken spielten verrückt. Der Hass fraß mich auf und ich trat ihm mit dem Gebein in der Hand entgegen. Wollte ihn eigenhändig töten für das, was er unserem Volk, was er Fry und allen anderen Elfen, besonders mir, angetan hatte. Als würde er meine Gedanken lesen, zog er das Schwert aus dem Boden, hielt es in meine Richtung.

»Ich werde dich töten und das weißt du«, knurrte ich.

»Ob du nun ein abgefuckter Schattenlichtbastard bist oder

mein Vetter. Ich werde der sein, der dich von diesem Leben befreit.«

Cailan brach in schallendes Gelächter aus. Die wundersamen Schattengebilde auf seiner Haut peitschten in die Luft. Dann zeigte er mit dem Schwert auf das Gebein in meiner Hand und verstummte. Durchbohrte mich mit den dunklen Käferaugen. Sein Herz machte einen leisen Schlag.

»Mit den Gebeinen deines Vaters? Ich bitte dich«, raunte er kaltherzig.

Erst einige wirre, verflochtene Gedankengänge später begriff ich die Bedeutung seiner Worte. Ich blickte zu dem Knochen in meiner Hand, zu dem Gerippe auf dem Boden, dessen einstiges Leben mit meinem verflochten war.

Sie hatten mich nicht zufällig in diese Zelle gesperrt.

Schlagartig ließ ich den Knochen fallen. Tränen sammelten sich, trübten meine Sicht und ich fiel auf die Knie. Ich vergrub das Gesicht in den Händen und schrie laut auf. Schrie den jahrelang an mir zehrenden Verlust heraus.

»Vater und Sohn sind endlich vereint«, schnurrte Cailan.

Als er mit dem nun in Dunkelheit gehüllten Schwert auf mich zuging, rührte ich mich nicht. Ich fühlte auch nichts, als er mir das Schwert durch die Brust stieß. Ich griff mir an die Stelle, spürte den Schmerz kaum, fühlte die Wärme meines Blutes. Sah Leo und Fry und auch meine Schwester vor meinen Augen, deren Gesichter langsam verschwammen. Sah die weinenden Augen meiner Mutter und die besorgniserregende Miene meines Vaters. Dann gab ich ein Röcheln von mir und ich brach zusammen. Fiel nach vorn in den Dreck, in eine Lache meines eigenen Blutes. Ich spürte nur den unglaublichen Schmerz, den diese Verluste in mir auslösten, den ich jahrelang mit mir herumgetragen hatte. Der immer ein Teil von mir war.

Cailan ließ die Waffe fallen. Sein lautes Lachen drang nur

gedämpft zu mir hindurch, als sein Herz vollständig aufhörte zu schlagen. Als er völlig der Dunkelheit seiner Seele ausgeliefert war.

Meine Fingerspitzen zuckten auf dem mit meinem Blut getränkten Erdboden. Mein Herz tat einen lauten, schmerzenden, sich nach Leben sehnenden Schlag.

Dann wurde alles leichter.

KAPITEL 44

Die tiefe Erschütterung, die die Anderswelt in dem Augenblick, als das Schwert durch die trauernde Brust des Prinzen der Lichtlande brach, war Chaos. Der Herzschlag der Welt, leise und hauchzart. Doch einen Atemzug später wurde es still und etwas Neues wurde geschaffen. Die wehenförmigen Wellen der Eruption ließen die Welt einen Wimpernschlag zum Stillstand kommen, bevor sie sich neu drehte. Atmete. Doch niemand spürte die Veränderung. Niemand sah den Grashalm, der im Wind wehte. Oder das Blatt, das vom Ast eines Baumes zur Erde glitt. Das Sandkorn zu viel auf dem sandigen Strand. Die Sonne weinte. Die Nacht weinte, als spürten sie all die Webfäden der Zukunft, die sich gerade in eine Richtung ausstreckten. Dann lächelten sie und schienen heller und dunkler als jemals zuvor.

In diesem Wimpernschlag einer Explosion, die die Welten für einen kurzen Moment ins Wanken brachte, wurde das Märchen von Schatten und Licht neu geschrieben. Etwas, das Jahrtausende lang in Vergessenheit geraten war, wurde neu geboren. Das Orakel lächelte allwissend, vorhersehend und schicksalhaft, webte den Faden der Zukunft neu.

KAPITEL 45
Prue

Ich trieb schwerelos im Strudel eines Herzschlages. Im Echo von Unmöglichkeit. Im Wandel der Zeit. Atmete Wasser statt Sauerstoff. Kämpfte gegen den Strom unüberwindbarer Kräfte und versagte. Meine Augen brannten und mit jeder panischen Bewegung verschwand die Oberfläche in unerreichbare Nähe. Ich sah den Mond. Ich sah die Sterne, die Sonne, den wolkenlosen Mittagshimmel und die finstere Nacht. Erblickte all das, was man mir geben wollte. Doch war es nicht genug. Der Sog zog mich immer tiefer in die dunklen Augenblicke vergangener Zeit. Mit Händen voller Blut und dem einzelnen Herzschlag des Vergessens. Ich wollte loslassen, mich dem Sog hingeben und davontreiben, doch kämpfte ich weiter. Schob panisch die erdrückenden, besitzergreifenden Taten beiseite und klammerte mich an dem fest, was ich war.

»*Erinnere dich, wer du bist!*«

Ich schloss die Augen.

»*Erinnere dich, wer du bist!*«

Immer wieder wiederholte ich die Worte in einer Endlosschleife sonnengekleideter Wellen.

»*Erinnere dich, wer du bist!*«

Wer war ich?

Wer wollte ich sein?

Wo lag meine Aufgabe in dieser Welt?

Als die Antwort in meinem Kopf Gestalt annahm, öffnete ich die Augen. Der Sog hörte auf. Die kalten Finger ließen mich los und ich kämpfte mich nach oben. Strampelte durch die Kräfte eiskalten Nasses und durchbrach die Oberfläche. Atmete gierig die kühlende Nachtluft ein. Spürte meinen Körper, spürte das tiefe Pulsieren des Lebens in meiner Brust. Ich schwamm, ohne zu schwimmen, zum Ufer meiner neu erwachten Gegenwart. Ließ mich treiben von den Antworten längst gestellter Fragen. Von der Wahrheit verfluchter Lügen. Von Lügen, die längst Wahrheiten waren. Von der Vergangenheit und der Zukunft. Stellte mich meiner Gegenwart.

Ich war Prudence Nachtschatten. Und ich wollte leben.

KAPITEL 46
Prue

In den Augenblicken meines Lebens, die geprägt waren von Furcht, Angst und Hass, fühlte ich mich stets schwach, wertlos, ohne Sinn und Verstand. Blutrünstig, als ich selbst diesen Gefühlen verfallen war. Diese Momente, diese dunklen Augenblicke gehörten zu meinem Leben dazu. Genau wie die warmen Strahlen der Sonne, das helle Licht des Tages. Die Glückseligkeit eines Augenblickes. Die Tränen. Der Wimpernschlag. Die Wahrheit. All das war ich und ich akzeptierte es. Akzeptierte, dass ich mein Leben selbst bestimmte. Dass die Fäden der Zukunft in meinen eigenen Händen lagen. Dass mein Leben zwar von Dunkelheit umgeben war, aber auch von so viel Licht. Auch wenn ich dieses Licht aufgegeben hatte, um Leben zu retten, würde das Licht dennoch immer ein Teil von mir sein. Weil ich ein Teil von ihm war. Genau wie die Dunkelheit selbst ein Teil von mir war. Ich wusste, ich würde niemals mehr in der Sonne liegen können, ihre warmen Strahlen auf der Haut spüren. Niemals mehr ihre Kraft aufnehmen. Weil diese Kraft jemand anderem Leben geschenkt hatte. Ich war nicht traurig darüber. Es war nicht schlimm. Mein schlagendes Herz war der Beweis dafür, dass ich immer noch hier war, dass es immer Hoffnung für die Herzlosen gab.

Ich akzeptierte mein Schicksal.

Ich war ein Wesen zweier Welten.

Die Wahrheit meiner eigenen Gedanken war befreiend und auch angsteinflößend, genau wie das wärmende Kribbeln in meinem Nacken. Eine Verbindung zu einem Leben, das ich selbst gewählt hatte. Sie war spürbar. Begleitend. Wohltuend. Wie die Dunkelheit und wie das Licht. Diese Verbindung war Wahrheit. Ich selbst war die Wahrheit. Auch wenn diese Verbindung nur durch die verdorrenden Wege seelengeleiteter Traumgebilde entstanden war, so spürte ich doch das glitzernde Seelenfragment des Elfen, dem sie von Anfang an gehörte. Ich wusste noch nicht, wie ich dieses Gefühl beschreiben sollte, das ich empfand, wenn ich an ihn dachte. Konnte diese Empfindungen noch nicht benennen. Genauso wie sich das Gefühl nannte, wenn ich an das Lächeln des anderen Elfen dachte, der mich immerzu zum Lächeln brachte. Und dem ich so viel Schmerz bereitet hatte. Ich wusste es nicht. Und es war auch nicht schlimm. Vielleicht war es auch kein Wort, das es beschrieb. Vielleicht konnte man es überhaupt nicht mit Worten ausdrücken, weil es so viel mehr als ein Wort war. Ich wusste es nicht. Aber ich würde es herausfinden. Die Zeit würde kommen, zu der ich mich diesem Gefühl hingeben konnte, das gleichsam wie der einstige Hass von Bedeutung war. Ich war unter der Oberfläche aufgewacht, hatte die Hände nach dem Leben ausgestreckt und es hatte mich empfangen.

Ein Rauschen ging durch den dunklen Wald. Ich spürte den Wind, der leise und kühlend über meine Haut strich, die sanften Härchen, die sich aufrichteten. Die Magie, die mein ganzes Sein umgab.

Selbstbestimmt erhob ich mich und wusste in diesem Wimpernschlag eines Augenblickes ganz genau, wohin ich gehörte.

KAPITEL 47
Prue

Tief verborgen von der Schwärze der Nacht brach ich lautlos durch das Unterholz. Das Bildnis einer Erinnerung formte sich in meinem Kopf, als die dunkle Oberfläche des Sees, dessen gekräuselte Oberfläche mit einem Blütenmeer tausender bunter Fasern, vom Mondschein beschienen wurde. Verschlungene Körper, die sich danach sehnten, endlich eins zu sein. Pure Glückseligkeit und Verrat. Ich sah Wiese und Blumen und Feen. Glitzernde kleine Explosionen in der lauwarmen Nacht. Die Umrisse eines Schlosses glitzerten in der Ferne. Dieser Ort war magisch. Voller Erinnerungen. Mein Herzschlag reagierte.

Laut. Aufgeregt. Warm. Wiedererkennend.

Vorsichtig wagte ich einen Schritt nach vorn. Spürte das weiche Gras unter meinen Füßen. Spürte den lauwarmen, hauchzarten Wind auf meiner Haut. Sog den Duft tausender Blumen ein, die wie eine Decke den Erdboden überzogen. Die kleinen Feen, deren Gestalten in einem Schimmer leuchteten, umkreisten meine verborgene Gestalt, als ob sie genau wüssten, dass ich hier war. Sie spürten mich, hörten meinen Herzschlag. Der Mond lächelte mir zu und ich lächelte zurück. Atmete. Fühlte. Und dann sah ich ihn. Imposant, stark, verletzlich. Blickte in die Tiefe seiner Seele und fühlte alles. Spürte den Schmerz, den Verlust, die Angst.

Der Elf blieb stehen, blickte sich um, legte seine Hand an sein wild schlagendes Herz und dann sah er genau in meine Richtung. Seine Haare wehten im Wind und ich sog den berauschenden Duft von Sonnenaufgang ein. Langsam trat er näher, blieb vor meiner verborgenen Gestalt stehen, lächelte und weinte, als er seine Hand ausstreckte. In dem Moment, als seine warme Haut meine Wange berührte, legte ich den Schleier der Dunkelheit ab und lächelte.

»Prue«, flüsterte er.

»Fry«, hauchte ich.

KAPITEL 48
Fry

Die Wärme ihrer Haut, der Geschmack ihrer Lippen. Der vertraute Geruch nach Sonnenuntergang. Es war wie ein Traum. Wie ein wunderschön verzauberter Traum. Aber es war echt. So echt, dass ich die Tränen nicht aufhalten konnte. Dass ich nicht aufhören konnte, das salzige Gegenstück von ihren Lippen zu schmecken. Das lebendige Geräusch ihres Herzschlages war überwältigend. Ihre Augen wie flüssiges Gold. So wunderschön und vertraut.

Ich hob sie hoch, spürte ihren Klammergriff um meine Hüfte. Die Lippen immer noch miteinander verschlungen. Lichtmagie traf auf Schattenmagie und sie verbanden sich, wurden eins, in einer Welt, die zweigeteilt war. Sie füllte die Risse in meiner Seele, heilte das trauernde Herz. Erwärmte die ruhige Nacht allein damit, dass sie bei mir war.

Das magisch geschlossene Seelenband hatte mich hergeführt in dieser letzten Nacht vor dem Aufbruch. Hatte mich in ihre Arme getrieben. Ich fühlte mich lebendiger als jemals zuvor. Wir brauchten keine Worte. Keinen Atem. Nur den Geschmack und den Geruch des anderen. Ich konnte es immer noch nicht glauben.

Sie war hier. Wahrhaftig und wunderbar. Anders. Verändert. Aber hier. Bei mir.

Den ganzen Nachtlauf lagen wir auf der Wiese und hielten uns im Arm. Wir flüsterten leise und erzählten uns alles. Ein ums andere Mal verloren wir uns in unseren Gefühlen und gaben uns ihnen hin, bis wir schließlich einschliefen und nur noch unsere aneinander geschmiegten Leiber an die Leidenschaft der Nacht erinnerten.

Als der Morgen graute und ich die Augen öffnete, fürchtete ich, mir alles eingebildet zu haben, dass alles nur wieder ein Traumgespinst gewesen wäre. Doch dann erblickte ich sie neben mir. Ihre goldenen Augen schauten mir tief in die Seele. Ich berührte ihre Wange. Sie lächelte und küsste mich.

»Ich muss gehen«, flüsterte sie.

»Bleib«, raunte ich. Streichelte weiterhin ihre Wange, fühlte eine unerwartete Verlustangst. Wollte sie nicht gehen lassen, nicht jetzt. Überhaupt niemals mehr.

Sie blickte zum Himmel. Lächelte, als die ersten Sonnenstrahlen das Land erhellten.

»Ich bin ein Schatten und gehöre nicht ins Licht.«

»Ich kann dich nicht wieder gehen lassen«, sagte ich traurig, aber bestimmt.

In ihren Augen spiegelte sich das Blau meiner eigenen. Sie legte ihre Hand auf meine Brust, direkt auf die Stelle meines Herzens.

»Das musst du auch nicht.«

Ich umfing ihre Hand, führte sie an meine Lippen und hauchte einen Kuss auf die weiche Haut. Sie lächelte, als ihr Herzschlag einen Hüpfer machte. Dann stand sie auf. Der Verlust ihrer Wärme ließ mich frösteln. Sie blickte zum Himmel. Verfolgte dem Sonnenaufgang. Auch ich erhob mich. Trat einen Schritt auf sie zu und beobachtete, wie sie sich zu mir umdrehte. Ich strich ihr eine Haarsträhne aus dem Gesicht.

»Mein Vater muss aufgehalten werden, Fry. Es ist mein Schicksal, diese Welt zu etwas anderem zu machen, als sie ist.« Ihre Augen leuchteten einen Moment rot auf, doch dann verblasste die Flamme wieder. Doch ich spürte immer noch Hass in ihr. »Er hat meinen Bruder.« Ihr Blick wurde traurig und Tränen bildeten sich. Ich fing sie mit der Hand auf.

»Er wird dir verzeihen.«

»Woher willst du das wissen? Ich hätte ihn fast getötet, Fry.« Sie hob ihre Hände, hielt sie vor mein Gesicht. »Mit meinen eigenen Händen. In einem Anflug von Zorn und Hass.«

»Aber du hast es nicht getan.«

Sie senkte den Blick.

»Ich bin nicht mehr die, die ich einmal war.«

»Du bist immer noch Prudence Nachtschatten. Auch wenn du dich verändert hast, bist du immer noch meine Prue. Severin weiß das. Weißt du, er und ich haben etwas gemeinsam.«

»Was?« Sie legte ihren Kopf schief, musterte mich.

»Wir lieben dich.«

Sie zuckte zusammen, taumelt einen Schritt nach hinten. Ihre Schatten schlugen um sich, als sie eine Hand auf ihr Herz legte. Ich fürchtete, etwas gesagt zu haben, das sie wieder von mir forttrieb, doch dem war nicht so. In ihren Augen sah ich keine Abscheu oder Hass. Es war Furcht. Und noch etwas anderes. Etwas, das sie verwundert aufseufzen ließ, als sie ihre Hand an ihr schlagendes Herz führte. Sie schloss die Augen, atmete tief. Ein lauwarmer morgendlicher Wind wehte ihr um die Haare. Kleine Schatten tanzten um ihren Körper.

»Liebe?«

Ich lächelte, ging wieder zu ihr, spürte die Magie ihres Körpers. Meine Lichtmagie legte sich schützend um uns, als ich sie in meine Arme zog. Ich ließ sie mein wild pochendes Herz spüren.

»Ja, Liebste, Liebe«, flüsterte ich.

Kurz darauf war sie fort. Ich hatte sie ungern gehen lassen, klammerte mich an das Bewusstsein, sie immerzu durch unsere Seelenverbindung spüren zu können. Doch hatte ich auch Angst. Angst, sie wieder zu verlieren. Aber ich musste einsehen, dass meine Liebste ihren eigenen Weg ging. Dass sie ihr Leben das erste Mal selbst bestimmen konnte.

Wir würden uns wiedersehen.

Ich stand vor dem Thron aus Esche. Hunderte von Kriegern des Lichts blickten mir mit ernsten Mienen entgegen. Ihre Rüstungen glänzten in der Sonne. Die Luft war erfüllt von dem Pulsieren ihrer sonnengegebenen Magie. Ihre Waffen leuchteten. An diesem wunderschönen Sonnentag würden wir aufbrechen. In ein Land, das uns unsere Kräfte rauben würde. Das von Dunkelheit und Hass beherrscht wurde. Das uns so viel genommen hatte.

Ich hielt das Schwert meines Vaters in die Höhe. Ein Relikt aus längst vergangenen Zeiten. Die Königsmagie in mir hatte es gekleidet, es zu etwas von mir selbst gemacht. Ich blickte in die hunderte Gesichter dieser tapferen Elfen. Sie waren meine Familie, meine Heimat. Mein Zuhause. Und ich würde ihnen die Wahl lassen. Würde sie nicht an ihren Eid gebunden in einen Krieg ziehen lassen, der vielen von uns die Seele rauben würde. Ich dachte an Prue, an ihre freie Entscheidung, selbstbestimmt zu sein. Viel zu lange war die Königsbürde eine Qual für mich gewesen. Sie war es auch heute noch, doch hatte ich meine Wahl getroffen.

Heute würde ich aufbrechen und Severin aus den Fängen des schlimmsten Wesens der Anderswelt befreien. Ich würde mit meinem Schwert und meiner Kraft meinem einzigen Freund beistehen, der all die Jahre treu und furchtlos an meiner Seite gestanden hatte. Der mich gleichsam liebte und der mir Fehler verziehen hatte, die ich mir selbst nicht verzeihen konnte. Einst hatte er das Schattenreich betreten, um mich zu retten. Er hatte sein Leben gefährdet, um mir die Freiheit zu schenken. Heute war der Tag, an dem ich einmal so mutig war wie er. An dem ich, Fry Lichtbringer, meinem Freund, meinem Bruder, meinem anderen Seelengefährten zeigte, was wahre Liebe bedeutete.

Ich sah in die Gesichter der zahlreichen Krieger. Blickte in ihre Seelen. In ihren freien Willen. Leo Wiesenaue war der Einzige, von dem ich mit absoluter Sicherheit wusste, dass er mich begleiten würde. Dass das Band der Liebe bei ihm so stark war, dass er sein Leben für Severin geben würde. Er war mutiger als wir alle zusammen. Ich nickte ihm zu. Seine Augen leuchteten entschlossen an diesem frühen Morgenlauf.

»Ich werde euch von eurem Eid, den ihr auf die Krone geschworen habt, entbinden. Euch nicht zwingen, mich auf dieser Reise zu begleiten. Ihr dürft frei entscheiden.« Eine Bewegung am Rande der Königswiese erregte meine Aufmerksamkeit und ich verstummte einen Augenblick.

Priest lehnte mit verschränkten Armen an einem Baum, verborgen im Schatten. Seine Augen hatte er zusammengezogen. Der Geruch von frischem Blut und heilenden Kräutern haftete an ihm. Ich spürte seinen Zorn. Sah die Erkenntnis in seinen Augen, als er die Nasenflügel blähte und womöglich ihren Geruch an mir wahrnahm. Sein Herz schlug schneller. Er presste sich eine Hand an die Brust. Presste die Lippen zusammen. Dunkle Schwaden wanderten seine Arme herab. Dann drehte er sich um und war im nächsten Augenblick verschwunden.

Ich atmete tief ein. Dann blickte ich wieder zu meinen Kriegern.

»Sie haben unseren Freund, unseren Bruder, unseren Gefährten. Wir werden Severin nicht seinem Schicksal überlassen. Wir werden für seine Freiheit kämpfen und für die Freiheit Tausender, die nach uns kommen. Denn wir sind Elfen, Diener des Lichts. Kinder der Sonne. Wir ehren, was wir lieben. Wir kämpfen für die Schwachen, für die Liebenden und für die Generationen, die nach uns kommen. Unsere Seelen werden immer frei sein. Ihr dürft entscheiden. Ihr allein habt die Wahl, ob ihr euch mir anschließen werdet.«

Meine tapferen Krieger erhoben sich. Schlugen sich auf ihre Brust und wiederholten in einem Singsang elfischer Eleganz, der mir Gänsehaut bescherte, meine Worte. Mein Blick fand den von Leo und ich sah genau das, was ich auch in mir spürte.

Entschlossenheit.

Wir würden Severin rausholen. Auch wenn uns dies unsere Seelen kosten würde.

KAPITEL 49
Priest

Wütend und voller Hass stapfte ich wankend davon. Hielt mir die immer noch schmerzende Seite, die nach dem beschissenen Kampf mit meinesgleichen schmerzhaft pochte. Die Hexe hatte es tatsächlich gewagt, mich zusammenzuflicken. Die Klinge des Schattenbastards hatte mich nur gestreift, und doch war diese Hexe der Meinung gewesen, mich zusammennähen zu müssen – mit einer beschissenen, glänzenden Nadel! Ich spürte immer noch ihre verdammten warmen Folterhände, die mein Fleisch zusammenflickten, als wäre es ihr Recht, meine blasse Haut ohne Konsequenzen betatschen zu können, während das nervige Balg aufgeregt durch diesen Bretterverschlag, den sie Behausung nannten, sprang und in einem Gelalle beschissene Lieder grölte. Es war verdammt noch mal schauderhaft. Am liebsten hätte ich ihnen beiden den Hals umgedreht, doch dieses folternde Herz ließ mich nicht das sein, was ich früher einmal war. Hinderte mich an den einfachsten Dingen, die normal waren.

Sie hätten mich einfach im Wald liegen lassen sollen. Aber natürlich taten sie es nicht. Diese Dreckselfen mit ihrer beschissenen Ehre. Was waren das nur für Weicheier? Ich war verdammt noch mal ihr verfickter Feind. Sie sollten mich hassen, mich verabscheuen und Angst vor mir haben.

Wären sie bei uns blutend und halbtot aufgekreuzt, hätten wir ein berauschendes Fest in ihrem eigenen Blut gefeiert. Uns mit ihrem Lebenssaft eingerieben und uns im Schatten der Dunkelheit, im letzten Atemzug ihres Todes, an ihrer Furcht gelabt.

Verfickte Scheiße.

Was hatte ich mir nur dabei gedacht? Ich hätte das dreckige Balg einfach seinem Schicksal überlassen sollen. Scheiß gefühlsgeficktes Herz! Was war ich nur für ein schwächlicher Bastard geworden?

Sie hatte mich in eine Bettstatt verfrachtet, die vollgesogen mit ihrem beschissenen Duft war. Sie hatte mir sogar das blutgetränkte Gewand vom Körper geschnitten, mir gedroht, mir sogar ins Gesicht geschlagen, damit ich mich nicht erneut in den Fängen des Todes verlor. Was für eine lausige Welt. Als sie mir dann noch ein neues Gewand brachte, das ich mir schnell überzog und das nach Lichtscheiße stank, und sie mir dann noch einen Wasserkrug reichte, war es aus. Ich hatte absolut keine Nerven mehr für diese abgefuckte Scheiße. Ich sprang auf und stürmte raus. Diese Scheißsonne erwachte, tauchte diese ätzende Welt in ekelerregenden Glanz aus Farbtönen, die mir in den Augen brannten. Am liebsten hätte ich meine Wettermagie benutzt, um diesen Morgen mit einer dicken, undurchlässigen Wolkendecke zu verschönern. Doch dazu reichten meine Kräfte bei Weitem noch nicht aus. *Verdammte Scheiße.*

Die Fäuste geballt und die Schatten über meine Haut gleiten lassend zog ich von mir selbst angewidert und überaus zornig davon. Stürmte durch das elende Dorf, in dem sie lebten. Verhedderte mich in gespannte Leinen, an denen Wäsche hing und riss sie herunter. Trampelte darauf herum.

Niemand hielt mich auf. Niemand drohte mir. Verdammt, kaum ein verfickter Krieger war überhaupt hier. Die wenigen Lichtelfen, die mir begegneten, waren alte Weiber, Jünglinge oder noch mehr nervige Bälger. Wo waren die Mannsbilder? Die tapferen Krieger der Lichtlande, von denen immer alle erzählten? Was verdammt war nicht richtig mit ihnen? Hier lief ein gefährlicher Schattenelf frei herum. Klingen und Magie sollten mich umzingeln. Erst recht, nachdem meinesgleichen im Wald aufgetaucht waren. Doch keiner schien das wirklich als wichtig zu erachten. Als Gefahr. Was war nicht in Ordnung mit ihnen? Nur weil mein verräterisches Herz angefangen hatte zu leben, hieß das nicht, dass ich keine Gefahr mehr für sie darstellte. Ich würde diese elenden Wichser nie verstehen. Und wollte es auch nicht versuchen.

Als ich an einem bläulichen Feuer vorbeistürmte, drang ein vertrauter Geruch in meine gereizte Nase. *Sie.* Dieser einnehmende Geruch zersprengte mein Hirn mit Erinnerungen. Mit vergangenen Taten, Gefühlsscheiße und dem beschissenen Drang, derjenigen nah zu sein, die für diesen Abgrund meines Lebens die Schuld trug. Das konnte nur ein Trugbild der stinkenden Heilkräuter der Elfenhexe sein.

Ich ballte die Hände noch fester zusammen und änderte die Richtung. Wie ein Sog stapften meine Füße über den weichen Boden. Erneut fand ich mich im Schloss wieder. Wurde von Lichtpissern angespannt betrachtet und doch nicht aufgehalten. Folgte weiterhin dem Duft. Spürte meinen Zorn so vollkommen, dass ich nicht wusste, ob ich ihr überhaupt gegenübertreten konnte. Dieses Scheiß-Herz schlug immer schneller. Ich presste mir dir Hand auf das verräterische Organ und wünschte mir, ich könnte die Elfe endlich dafür bestrafen, dass sie mich zu diesem Leben verdammt hatte. Doch als ich durch ein reichverziertes Tor ging und mich auf einer weiten, in morgendliches Sonnen-

licht getauchten und mit zahlreichen Bäumen und Stein-
säulen gesäumten Wiese wiederfand, stoppte ich.

Hunderte von schlagenden Herzen, tausende von glänzenden Waffen. Die Bastarde knieten auf dem Boden, den
Blick auf den verdammten Lichtbringer gerichtet, der ein
zweischneidiges, glänzendes Schwert in die Luft reckte. Der
Bastard stand vor dem beschissenen Thron aus Esche und
sah verdammt noch mal königlich perfekt aus.

Die Erinnerung an meinen ersten Besuch auf dieser
Fläche, die sie Königswiese nannten, bahnten sich einen
Weg in meine schmerzenden Schläfen, als er irgendwelche
Worte von sich gab, die kaum zu mir durchdrangen. Ich
presste die Hände auf die pochenden Schläfen. Ver-
schränkte dann die Arme vor der Brust und versuchte, die
Erinnerungen mit dem Schatten meiner Magie zu vertrei-
ben.

Das letzte Mal, als ich hier war, hatte man die Prinzessin
und den beschissenen Prinzen ausgepeitscht, bis ihr Blut
das sonnengetränkte Gras in Rot getaucht hatte. Es kam mir
vor, als wäre es Jahrtausende her, dass ich neben dem dunklen König stand und die Prinzessin nach endlosen Monats-
läufen der wilden Jagd endlich wieder vor meinen Füßen
hatte. In einer kauernden, flehenden und angstausstrah-
lenden Position. Dort gehörte sie hin, all die Jahre lang. Vor
meine Füße, bettelnd, nach Leben trachtend. Darauf wartend, eines Tages von mir bestiegen zu werden. Doch es
bescherte mir keinerlei Befriedung an diesem wolkenverhangenen Tageslauf. Denn schon damals war ich bereits
verflucht gewesen mit diesem beschissenen Herz. Konnte
dieses Winseln nicht ertragen, die Laute, die sie ausspie, als
die Peitsche ihren und Grünhains Körper zerfetzte. Seit dem
Tageslauf, als Prudence entschieden hatte, ihr Leben für das
des Lichtbastards zu opfern, ich nach einer kurzen Bewusst-

losigkeit plötzlich mit diesem verfluchten Herzschlag aufgewacht war, hatte ich mich immerzu mit Nachtmohn zugedröhnt, damit niemand bemerkte, dass dieser Klumpen in meiner Brust bereits gelebt hatte. Es war eine absolute Qual.

Ich blähte die Nasenflügel, sog den Duft der Prinzessin in mich ein. Doch erblickte ich sie nicht. Ich trat in den Schatten eines großen Baumes, blickte auf diese heuchlerische Ehrerbietung ekelerregender Loyalität und Entschlossenheit und spürte den Gefühlsschwall, der sich einen Weg aus mir herausbahnen wollte, als ich auf diese himmelblauen Augen des Königs traf und sicher sein konnte, dass die Prinzessin nicht hier war. Ihr beschissener Duft haftete an ihm, an dem perfekten Antlitz des Königs, wie ein ekelerregender Schleimhaufen. Natürlich hatte sie sich bereitwillig in seine Arme geworfen. Ich roch sie überall an ihm. Mein Herz schlug so heftig, dass ich mich kaum auf den Beinen halten konnte. Ich empfand Hass und Zorn und das stechende Gefühl von Eifersucht auf etwas, das niemals mir gehören würde.

Sollten sich diese beschissenen Wichser doch in den endlosen Tod voller Folter begeben. Sie sollten alle brennen, herzlos und seelenlos. Sie wollten den Scheißprinz befreien? Bitte. Von mir aus. Sollten sie doch ihr so geschätztes Leben für diesen Pisser verschwenden. Es war mir verdammt noch mal egal.

Mit angestauten, wild um sich schlagenden Schatten stampfte ich davon. Verzog mich von diesem beschissenen Ehrenscheiß und der brennenden Schlinge um mein Herz.

Wie ich sie hasste, diese Lichtelfen. Wie ich ihn hasste. Wie ich es hasste, wie ihr Geruch an ihm haftete. Als hätten sie sich die ganze Nacht gegenseitig bestiegen, während ich halbtot von einer Folterhexe mit glänzender Nadel betatscht worden war.

Meine Seite schmerzte, mein verräterisches Herz quälte mich und ich wollte nur noch weg. Weg von allem, das mich in Flammen setzte. Kurz hielt ich mich an einer Säule fest, als die Schatten meiner Macht mich niederdrückten. Ich würgte. Hielt mir mit einer Hand das Herz fest. Dann erbrach ich mich in einem Schwall gallenartiger Substanz. Die Luft blieb mir weg und dieser absolute Hass auf diese Welt zerfraß mich. Nach ein paar tiefen Atemzügen stieß ich mich von der Säule ab und ging weiter. Flüchtete erneut vor mir selbst und diesem elenden Leben, zu dem ich verdammt war.

Meine Füße trugen mich immer weiter und weiter. Durch das Schloss, über das Dorf, wieder direkt vor den Waldrand, an dem die letzte Behausung im Sonnenschein des Waldes ihr Dasein fristete. Vor der hölzernen Tür der Hütte hielt ich inne. Ich ließ meinen Kopf auf das hölzerne Geflecht sinken, die Arme rechts und links abgestützt. Die Schatten sammelten sich in meinen Händen und ich schlug auf die Tür ein. Hämmerte meine Fäuste und meinen Kopf gegen das unnachgiebige Holz. Ich kämpfte mit mir selbst und mit den dominierenden Gefühlen, die ich verachtete.

Plötzlich wurde die Tür aufgezogen und ich fiel durch die plötzliche Nachgiebigkeit des Holzes fast auf die Fresse. Doch statt den Boden zu berühren, landete ich in den Armen der Hexe, die mich mit zornigem Blick musterte. Angewidert befreite ich mich aus ihren Fängen.

»Ich hatte dir doch bereits deutlich zu verstehen gegeben, mich nicht mit deinen Drecksfingern anzufassen, Lichtweib. Was verdammt ist daran nicht zu verstehen?« Ich stieß sie von mir und fühlte mich plötzlich noch schlechter und aufgewühlter als gerade eben noch.

Sie hatte eine Tasche umgeschnallt und einen Dolch an ihrem Gürtel. Als wäre sie gerade im Aufbruch.

»Willst du mich verarschen?«, knurrte sie und stemmte ihre Hände in die Hüften, funkelte mich genauso zornig an wie ich sie. Ihr Körper sonderte kleine goldene Impulse ab. Ihre Atmung ging schneller und ihr drohender Herzschlag brüllte mir entgegen. »Warum bist du so verdammt wütend, Priest?«

Ich bleckte die Zähne, ließ Schatten über meine Arme kreisen.

»Du wagst es, meinen Namen auszusprechen, Hexe?« Ich ging einen Schritt auf sie zu, wollte sie für ihre Dreistigkeit bestrafen, gleichzeitig fühlte sich mein Herz schwerelos an, als ich ihren warmen Duft einatmete und in ihren Augen keinen einzigen Funken von Furcht sah.

»Priest«, zischte sie.

Priest!

Mein Herz schlug so heftig, dass ich mir wieder an die Brust fassen musste, und ich taumelte einen Schritt zurück. Spürte die Kante eines Tisches an meiner Hüfte. Sie schritt auf mich zu. Meine Sinne schwammen im Nebel meines Herzschlages. Es war kaum auszuhalten. Ich krampfte die Hände in die Tischplatte. Versuchte, den Nebel zu vertreiben, als die Kräuterhexe direkt vor mir zum Stehen kam und ich mein eigenes Spiegelbild in ihren Augen erblickte. Mein Körper zitterte.

»Geh weg!«, zischte ich heiser. Wusste nicht, was mit mir los war. Ich fühlte mich kränklich und schwach und benebelt von ihrer furchtlosen Art.

»Du Arsch, was verdammt noch mal ist dein Problem?«, zischte sie. Trat noch einen Schritt näher an mich und ich löste einen Arm von der Tischplatte, streckte ihn nach vorn, um sie daran zu hindern, näher zu kommen.

»Bleib, wo du bist, Lichtweib! Ich habe kein Interesse daran, dir näher als nötig zu kommen.«

»Denkst du ich?« Sie hob eine Augenbraue. In dem Moment hörte ich ein leises Kichern. Das Weib und ich drehten uns zeitgleich um. Das dreckige Balg saß auf einem Fell in der Ecke und hielt sich die Hand vor den Mund.

Ich schüttelte den Kopf, drehte mich wieder zur Lichthexe. Sie tat es mir gleich. Mein Herz zwickte. Ich verzog das Gesicht zu einer Grimasse, spürte, wie mein Puls höherschlug. Ich kniff die Augen zusammen.

»Was ist mit dir? Hast du Schmerzen?«, fragte sie mich. Ich wollte nicht in ihr scheinheiliges Gesicht mit der hässlichen Narbe blicken, also drehte ich meinen Kopf wieder weg.

»Gib mir Nachtmohn. Damit das aufhört. Anders ertrage ich diese Scheiße nicht!« Ich schlug mir auf die Brust, als ob es etwas an dem rasenden Herzschlag ändern würde.

»Hier gibt es keinen Nachtmohn. Und selbst wenn, würde ich dir keinen geben, um dich von dem zu befreien, was dich lebendig macht«, zischte sie. Doch ihre Stimme war lange nicht mehr so zornig wie noch einige Wimpernschläge zuvor.

Ich drehte meinen Kopf wieder in ihre Richtung.

»Das ist alles Prudence` Schuld. So eine verfickte Scheiße. Ich will mein altes Leben zurück! Diese verfickte Liebesscheiße. Was soll das überhaupt? Das macht überhaupt keinen erkennbaren Sinn. Wie haltet ihr das aus?«, blaffte ich sie an.

»Hast du dir mal überlegt, dass es vielleicht nicht dieser Liebesscheiß – wie du ihn nennst – war, dass du dich endlich lebendig fühlst? Dass die Prinzessin gar nicht der Grund dafür war, dass dein Herz angefangen hat zu schlagen? Dass ...«

»Willst du mich verarschen? Was soll sonst der beschissene Grund sein? Wenn nicht dieses beschissene Herzzeug, von dem ihr Lichtelfen so unglaublich besessen seid?«, unterbrach ich sie herrisch. Ich blinzelte, als auch noch die verfickte Sonne durch die Fensteröffnungen hineinströmte und mein Elend ums Tausendfache verstärkte.

Das Folterweib ging einen Schritt zurück, verdeckte den beißenden Lichtschein. Endlich konnte ich einen einigermaßen kräftigen Atemzug nehmen, der mir die Lunge sprengte. Sie legte einen Finger an die Lippe und musterte mich von oben herab. Ihr Blick blieb an meiner Brust hängen, unter der mein Herz lebendiger denn je schlug.

»... dass vielleicht du selbst der Grund dafür warst?«, fuhr sie mit zusammengezogenen Augenbrauen fort, als wäre nichts gewesen. »Vielleicht hat sich deine Seele nach etwas anderem gesehnt als Hass und Zorn und Dunkelheit. Etwas, das sich nicht an Angst labt.«

»Du elendes Weibsbild, wie kannst du es wagen?«, knurrte ich. Dunkle Schwaden wanderten über meinen Körper.

Sie verschränkte unbeeindruckt die Arme vor der Brust, kam erneut einen Schritt näher, blieb vor mir stehen und bohrte ihre Augen in meine. Ich konnte ihrem Blick nicht entfliehen, war wie versteinert in meiner schattenumwobenen Gestalt.

»Ich bin mir sogar ganz sicher. Es war keine Liebe, die du spürtest. Es ist auch jetzt keine Liebe. Auch nicht die selbstlose Tat der Prinzessin, ihr Leben für unseren König zu geben, hat dein Herz zum Schlagen gebracht.« Sie machte eine besorgniserregende Pause. Fixierte mich mit diesem eindringlichen Blick, dann zuckte ihr Mundwinkel. »Du warst es.«

Meine Welt geriet ins Straucheln. Ich krampfte meine Hände fest zusammen, um mir nicht wieder an mein schreiendes Herz zu fassen. Um die Wahrheit in ihren Worten nicht wahrhaft glauben zu müssen. Nein. Diese ganze Scheiße war doch ein verdammtes Zauberwerk.

Ich stieß mich vom Tisch ab, blickte voller Zorn auf die verfluchte Hexe mit ihrem vorlauten Mundwerk. Ich wollte sie dafür bestrafen, mir diese Flausen ins Ohr gesetzt zu haben. Floskeln, die mich mehr aufwühlten, als ich zugeben wollte. Doch kurz bevor ich die völlige Kontrolle über mich selbst verlor, mich der Raserei des Zornes hingeben konnte, spürte ich plötzlich zwei warme Hände an meinem Bein. Ich hielt mitten in der Bewegung inne, blickte auf den wirren Haarschopf hinab. Stocksteif stand ich da. Die Schatten meiner Magie zogen sich zurück.

»Armer, blasser Elf. Du hast ganz viel Aua. Bitte sei nicht mehr so gruselig.« Die Kleine legte ihre Kinderhand auf meinen blassen, von Narbengewebe durchzogenen Arm. Sie pustete ihren Atem auf die Striemen der einstigen Verletzungen.

Ich schluckte, war sprachlos, konnte nicht einen klaren Gedanken fassen und zog vor Schreck meinen Arm von den kleinen Kinderarmen weg. Das Gör blickte hoch, seine Augen trafen meine. Es blinzelte.

Ich spürte eine unbekannte feuchte Spur, die über meine Gesichtshälfte lief, und hob meine Hand, fuhr über die unbekannte Nässe.

»Was zur Hölle ist das?« Ich kniff die Augen zusammen und betrachtete das Tröpfchen auf meiner Fingerkuppe.

»Bist du traurig? Oder glücklich? Manchmal weint meine Mama, wenn sie schläft, und dann ruft sie nach meinem Papa, aber der ist schon lange im Reich der Sonne. Einmal hat mein Onkel geweint, weil der Prinz einen lustigen Witz gemacht hat«, quäkte das Gör.

»Verfluchte Scheiße, was ist das für ein Zauber?«, schrie ich.

»Das ist kein Zauber, das nennt man Gefühle«, sprach die Hexe mit ruhiger Stimme. Dann beugte sie sich zu ihrem Balg und ließ mich mit meinen verwirrten Gedanken allein. »Tamsin, geh und hol deine Tasche. Robin wartet sicherlich schon auf dich.«

»Otay.«

In meinem Kopf spielten die Gedanken verrückt. Mein Herz raste. Mein Körper zitterte. Schmerzte. Ich hörte nur gedämpft, wie die Tür zuschlug. Dann war ich allein mit der Hexe. Ich betrachtete immer noch mit zittrigen Händen den einzelnen Tropfen. Dann ballte ich die Finger zusammen. Meine Schattenmagie wanderte über meine Haut und ich fletschte die Zähne, fixierte das Weib mit einem todbringenden Blick.

»Das ist alles eure beschissene Schuld. Ihr alle. Verfluchte Mistelfen. Ihr mit eurem Gefühlsscheiß. Nimm diesen Bann von mir und ich überlege mir einen weniger schmerzhaften Tod für dich und dein lästiges Gör.«

»Du hast Angst«, hauchte sie in der von Magie aufgeladenen Luft und ich zuckte zusammen. »Angst, dass dir dieses Leben, das wir führen, etwas bedeuten könnte. Du fürchtest dich, Priest. Das ist es, was dich so zornig macht. Das ist es, was dich erzürnt und deinen Hass schürt.«

Mit zwei Schritten war ich bei ihr, stieß sie grob gegen die Wand und presste meinen bebenden Körper an ihren. Meine Magie tanzte, wütete und schrie. Die Hexe wehrte sich nicht. Ich hielt ihre Arme fest über ihrem Körper gefangen, spürte ihr Herz unter meiner bebenden Brust wild schlagen.

»Angst?«, schnurrte ich herablassend. »Nein.« Ich blickte in ihre kurz aufleuchtenden Augen. »Ich bin die Angst!«

Ich nahm eine Hand von ihren Handgelenken, die in der anderen immer noch bleich über ihrem Kopf festgedrückt wurden. Fuhr mit der Hand über ihre hässliche Narbe und grinste bedrohlich. Ich atmete ihren Duft ein, spürte die Veränderung. Dann griff ich grob ihr Kinn, drückte es nach oben. Presste es zusammen. Sie fing an zu zittern und endlich sah ich die Furcht in ihren Augen aufblitzen, an der ich mich labte. Ich senkte meinen Kopf, wollte ihr die Lippen blutig beißen. Mein Schwanz pochte. Dann spürte ich einen herben Schlag in meine Leistengegend. Ich zuckte zusammen, gab ein gurgelndes Geräusch von mir, das wie ein Wimmern klang, und mein Körper sackte zusammen. Ich hielt mir die schmerzenden Eier. Das Weibsbild beugte sich lächelnd zu mir herab, als ich auf den Boden fiel.

»Versuch das wieder und du wirst dir wünschen, dein Schwanz wäre auf den Feldern der Bestrafung abgefault!«

Sie taxierte mich noch einen Sekundenlauf mit einem Blick, der selbst den Tod in die Flucht jagen würde. Schlug ihre Haarpracht über ihre Schultern und stapfte aus der Behausung.

Als die Tür zufiel, zuckte ich zusammen. Ließ mich auf den Rücken gleiten und hielt mir weiterhin die Eier. Ich hatte die Hölle des Schattenreiches überlebt. Das schmerzhafte Grauen der Unterwelt, die Felder der Bestrafung. Hatte überlebt, als mein Herz anfing zu schlagen. Doch war ich mir in diesem beschissenen Augenblick meines Lebens sicher, dass dieses Lichtweib mein Untergang sein würde.

KAPITEL 50
Leo

»Jezebel. Was tust du hier?«, entgeistert blickte ich zu meiner Schwester, die, mit geschulterter Tasche, einem Dolch an ihrem Gürtel und in einen Mantel gehüllt auf mich zukam.

Der Zug der Krieger hatte sich gleich nach der Ansprache des Königs auf den Weg ins Schattenreich gemacht. Mehrere hundert Krieger. Einige auf stolzen Lichtpferden, andere zu Fuß, machten sich auf federnden Sohlen im Sonnenschein glänzender Natur auf einen Weg, dessen Zukunft ungewiss war. Es war klar, dass wir in der Unterzahl waren, dass wir, sobald wir das Schattenreich und die Burgmauern der dunklen Festung erreichten, von der allumfassenden Dunkelheit an unsere Grenzen gebracht werden würden. Sie würde uns aussaugen, bis auf den letzten Lichtstrahl, der uns blieb. Es war ungewiss, ob wir es überhaupt so weit schaffen würden. Ob wir die mörderische Macht, die auf uns wartete, überwältigen konnten, um unseren Prinzen aus ihren Fängen zu befreien. Und doch hatte sich niemand abgewandt. War niemand einen Schritt zurückgegangen. Jeder einzelne Krieger kämpfte für eine Zukunft im Gleichgewicht der Lande.

Wenn Severin jetzt hier wäre, er hätte mit Sicherheit einen dummen Spruch auf der Zunge gehabt.

Doch er war es nicht.

Er war nicht hier.

Ich vermisste ihn so unheimlich und hatte kaum ein Auge zugetan, seit er fort war. Die Angst um ihn war allgegenwärtig.

Ich blieb stehen, packte meine Schwester an den Schultern.

»Du solltest doch im Schloss bleiben.«

Jezebel reckte ihr Kinn in die Höhe. Ein Legasus stolzierte an ihr vorbei.

»Ich bin Heilerin!«, sagte sie bestimmt und setzte sich wieder in Bewegung. Schloss sich den marschierenden Lichtelfen an.

Laut schnaubte ich auf, pustete die warme Atemluft aus meinen Lungen.

Brent klopfte mir im Vorbeigehen auf die Schultern und zwinkerte mir zu.

»Sie war schon immer ein starkes Weibsbild. Starke Fesseln, kraftvoller Körper. Eine Zunge spitz wie ihre Folternadel.« Er lachte laut auf und hielt sich den Bauch. Schwang seine Axt in die Höhe.

Ich atmete noch einmal tief ein, drehte mich um und folgte ihnen. Schnell schloss ich zu Jezebel auf. Schweigend gingen wir nebeneinander her. Gerade als ich den Mund öffnen wollte, streckte meine Schwester ihren Arm zu mir aus.

»Lass es!«, herrschte sie mich an, ohne dass ich ein Wort gesagt hatte, und damit war die Sache auch erledigt, denn ich hatte es schon sehr lange aufgegeben, meiner Schwester etwas auszureden. Ich wusste, sie würde sich nicht davon abbringen lassen.

»Tamsin?«, fragte ich stattdessen.

»Sie ist bei den anderem im Schloss.«

Ich merkte, wie ihr Herz schneller schlug. Also nahm ich ihre Hand und drückte sie leicht. Wollte ihr Trost spenden. Sie war die mutigste Elfe, die ich kannte, doch kostete es sehr viel mehr Mut, die eigene Tochter zurückzulassen, ohne zu wissen, ob es ein Wiedersehen gäbe. Sie drückte meine Hand zurück und dann schwiegen wir.

Der Himmel und die Sonnenstrahlen waren an diesem Tag wunderschön. Sie schenkten uns Kraft für die dunklen Stundenläufe, die noch vor uns lagen. Als die Dämmerung viel zu schnell einsetzte und wir ein Lager aufschlugen, uns an ein bläuliches Elfenfeuer setzten, war es allgemein sehr ruhig. Jeder hing in irgendeiner Form seinen Gedanken nach. Hin und wieder hörte man ein impulsives Lachen. Es wäre sehr angenehm gewesen, wieder mit einem Auftrag durch die Wälder von Elfora zu ziehen, auf eine Reise mit der Königsgarde, wenn nicht die Dramatik des bevorstehenden Kampfes allgegenwärtig gewesen wäre.

Ich saß auf dem Boden, blickte gedankenverloren in den sternklaren Nachthimmel und dachte an Severin.

Ich hatte nie die Chance gehabt, ihm zu sagen, dass ich ihn liebte. Hatte nie die Worte ausgesprochen, die um unsere beiden Gestalten schwebten. Ich schwor mir, wenn ich ihn das nächste Mal sähe, wären diese drei bedeutenden Worte das Erste, das ich zu ihm sagen würde. Ein leises Seufzen schlich sich mir über die Lippen.

Dann ertönte ein lautes Gebrüll am Himmel. Reflexartig sprang ich auf, spannte meinen Bogen und spürte das Vibrieren der Sehne unter meinen Fingerspitzen. Auch die anderen Krieger griffen fast lautlos zu ihren Waffen und zielten auf einen in der Dunkelheit des Himmels versteckten Feind.

Schwere Flügelschläge ließen die klare Nacht vibrieren. Das Auf- und Absenken des starken Flügelwerkes dröhnte unglückverheißend durch die Nacht. Hunderte Herzens sangen ein Lied, als das Wesen am Himmel Form annahm.

»Nicht schießen!«, befahl Fry den Bogenschützen. Doch legten wir die Bögen nicht ab. Die Sehne vibrierte unter meinen Fingern. Angespannt haftete mein Blick auf dem schwerfälligen Wesen am Himmel.

Ein Drache, schwarz wie die Nacht, verdeckte die Sterne. Sein Schatten zeichnete gigantische, ungreifbare Umrisse auf unsere Häupter und die gelben Augen starrten auf uns herab. Fixierten uns. Der Drache ließ ein lautes Kreischen von sich. Speichel tropfte herab. Er öffnete sein spitzzahniges Maul und spie einen Feuerschwall in den Himmel.

»Nicht schießen«, flüsterte Fry ein weiteres Mal. Er hatte sich auf einen Baumstamm gestellt und, genau wie wir, den Blick in den Himmel gerichtet.

Einen Flügelschlag später kreischte der Drache noch ein weiteres Mal und war beim nächsten Flügelschlag über uns hinweggezogen. Verschluckt von der Schwärze der Nacht.

Ich ließ meinen Bogen sinken. Die anderen taten es mir nach. Mein Blick schwenkte zu meinem König. Noch immer blickte er in den Himmel. Seine Haut leuchtete und seine Augen waren silbern wie die Sterne am Himmel. Frys Gestalt schimmerte immer noch in seinem ganz eigenen Licht. Selbst in der Nacht hatte er kaum einen Funken seiner Magie eingebüßt. Er sah nie königlicher aus. Einen Atemzug später sprang Fry lautlos vom Baumstamm herunter. Brent stemmte seinen schweren Körper neben mich. Seine Schulter streifte meine, als er immer noch in den Himmel blickte.

»Wenn ich dieses Vieh nicht schon einmal leibhaftig gesehen hätte, würde ich denken, heute in ein übervolles

Fass mit Met gefallen zu sein. Hätte nicht gedacht, dieses Monster noch einmal zu erblicken.«

Brent hatte natürlich Recht, denn es gab nur einen uns bekannten Drachen. Einen, dessen Feueratem tödlicher war als seine zentimeterlangen, scharfen Krallen. Und genau wie Brent sich an ihn erinnerte, so galt dies auch für Fry und mich. Wir wussten, wem er gehörte und wen er in der Schwärze der Nacht suchte.

Fry schritt lautlos auf uns zu. Ich schulterte den Bogen und legte meine Hand aufs Herz, als mein König vor mir stand.

»Leo, weißt du, ob Priest sich unserer Sache anschließen wird?«

Ich schüttelte den Kopf und blickte zu meiner Schwester, die sich gerade vor dem Feuer zusammenrollte und die Augen schloss. Sie war die Letzte gewesen, die Priest gesehen hatte.

»Ich weiß es nicht. Nach dem Vorfall im Feenwald habe ich ihn nicht noch einmal gesehen.«

Der König nickte.

»Hoffen wir, dass es kein Fehler war, ihn gerettet zu haben.«

Wieder nickte ich. Fry schaute nachdenklich zu meiner Schwester.

»Ich hatte ihr gesagt, sie soll im Schloss bleiben. Natürlich hat sie nicht auf mich gehört. Verzeih mir.«

Ich schüttelte den Kopf.

»Sie ist wie Mutter. Unerschrocken und mutig.«

»Ja, das ist sie. Mo hätte sich auch nicht umstimmen lassen«, sagte Fry grübelnd und fuhr sich durch die Haare.

»Leo. Brent.« Der König fasste uns jeweils an den Schultern, zog uns etwas zu sich heran. »Wenn wir die dunkle Festung erreichen, setzte ich alles auf eure Fähigkeiten,

Severin in den Katakomben zu suchen und ihn da rauszuholen. Wir waren schon einmal dort und vielleicht habt ihr zwei eine Chance, ungesehen in das Gewölbe zu kommen. Wir anderen werden die Schattenkrieger ablenken. Kann ich auf euch zählen?«

Ich biss mir auf die Lippe, legte meine Hand erneut auf mein Herz und nickte. Brent grunzte.

»Dieser stinkigen Monsterbande werden wir schon Herr werden. Wir werden die alte Laberbacke finden!«

KAPITEL 51
Priest

Ich war kurz davor, diese beschissene Hütte in Schutt und Asche zu legen. Hatte bereits den Vorrat an süßlichem Wein und ein Fass Met in meinen Körper geschüttet. Ekelhaftes Gesöff und doch gut genug, um am Abgrund meines verfluchten Lebens die scheußlich verwirrenden Gedanken zu ersäufen. Zum Leid meines beschissenen Lebens. Doch im Nachtlauf des zweiten versoffenen Zeitlaufes, seit die ganze beschissene Elfenschaft sich in meine Heimat aufgemacht hatte, hörte ich den vertrauten Flügelschlag. Spürte den rauschenden Atem vertrauter Langlebigkeit.

Alle Härchen stellten sich mir auf, als ich schwankend aus der Hütte stolperte, in die Himmelsfeste blickte und das einnehmende Gebrüll meines Drachen hörte. Noch bevor er mich sah, rannte ich ihm entgegen. Fiel auf die Schnauze, als ich über einen verfluchten Stein stolperte. Ich rappelte mich auf und pfiff. Der Ton schallte in alle Himmelsrichtungen und das donnernde Gebrüll und der kleine Feuerschwall, den Drenko aus seinem Maul aufsteigen ließ, als er mich erblickte, waren wie düstere Musizierung in meinen Knochen.

Mein Drache gab ein kreischendes Geräusch von sich, ließ sich herabgleiten und landete mit schweren Füßen auf dem Boden der verdammten Lichtlande.

Mein Herz schlug schneller und ich spürte Wärme in mir aufsteigen, als der Drache seinen schuppigen Kopf in meine ausgestreckte Hand gleiten ließ. Ich schloss kurz die Augen, spürte die scharfen Kanten seiner obsidianfarbigen Schuppen. Aus seinen Nüstern drang grauer Rauch. Drenko stupste mich an und ich lehnte meinen Körper an seinen. Atmete den feurigen Duft seiner Haut ein. Er brüllte laut auf, spie einen Feuerschwall in den Nachthimmel und ich spürte so etwas wie Liebreiz in meinem schlagenden Klumpen Herz. Drenko brüllte noch einmal laut auf, leckte mir mit seiner feurigen Zunge über das Gesicht und das erste Mal in meinen über dreihundert Lebensjahren spürte ich richtiges Wohlwollen.

KAPITEL 52
Fry

Das königliche Schwert bohrte sich in den Brustkorb des Schattenkriegers, schnitt durch die Haut und zersplitterte Knochen, als wären sie aus Glas. Ehe er bemerkte, dass sein Leben ausgehaucht war, fiel er zu Boden und die Asche seines Körpers verteilte sich auf dem von Blut getränkten Boden. Ich drehte mich um, sammelte Magie in meiner Handfläche und schleuderte sie gegen einen Schattenkrieger, dem bereits ein Arm fehlte. Das Blut schoss aus der Wunde, doch er preschte wie besessen auf mich ein. Die Lichtmagie traf ihn ebenfalls in der Brust und er fiel zu Boden, wand sich unter aufkommenden Krämpfen und ließ einen letzten Schrei unglücklichen Schmerzes aus seiner Lunge entweichen. Ich blickte mich um, fühlte wie mein Körper noch immer aufleuchtete als eine der wenigen Lichtquellen an diesem düsteren Ort.

Es war eine einzige Massenvernichtung.

Wir hatten einen einzigen Schritt über die Grenze der Schattenlande getan, in deren Mitte die dunkle Festung von Schwärze umhüllt war, und befanden uns im selben Zeitlauf in einem Kampf höchsten Ausmaßes. Die Schattenarmee überwältigte uns mit nur einem dunklen Atemzug. Wir kämpften, schlugen unsere Lichtreserven in den Feind und hofften, wenigstens eine kleine Schneise in ihr überragendes Heer zu schlagen, damit Leo und auch Brent eine Möglichkeit fanden, sich einen Weg durch die feindliche Armee zu bahnen, um in den unterirdischen Gewölben nach Severin zu suchen. Doch bis zu diesem höllischen Zeitlauf war ich mir nicht mal sicher, ob sie überhaupt schon einen Weg gefunden hatten, aus diesem übermächtigen Kampfgelage zu entkommen. Es tat mir in der Seele weh, sie nicht begleiten zu können, doch wurde meine Kraft auf dem Schlachtfeld gebraucht. Ich war der Einzige, dessen Magie überdauerte. Nicht endlos, aber hoffentlich ausreichend, um die Meute in Schach zu halten.

Ich wünschte, wir hätten auf die Unterstützung von Prue zählen können. Ihre Macht hätte uns bei diesem Versuch einiges Blut erspart. Durch die Seelenverbindung musste sie die Umstände, in denen ich mich befand, spüren. Auch wusste ich nicht, was aus Fehran und den anderen unserer neuen Verbündeten geworden war. Doch ich gab den Glauben nicht auf, dass sie uns hier finden und uns beistehen würden. Hoffnung war das Einzige, was uns blieb. Der Glauben daran, dass es eine Zukunft gab. Eine Zukunft für uns alle im Gleichgewicht der Lande.

»Kopf runter!«, brüllte ich zu Jezebel, die sich gerade über einen verletzten Lichtelfen beugte und ihm die Hand auf den Bauch legte.

Sie duckte sich, als ein Dolch haarscharf an ihrem Kopf vorbeizischte. Es blieb keine Zeit für einen einzigen Blick, denn schon hatte sie sich wieder über den Verletzten gebeugt und versuchte zu retten, was zu retten war.

Ich drehte mich um, schwang mein Schwert und stieß gleich den nächsten, von einem mörderischen Rausch besessenen Schattenkrieger nieder. Dann traf mich etwas am Kinn und ich wirbelte herum, spürte, wie die rote Flüssigkeit heruntertropfte. Ein Schatten grinste mich an. Von seinen Zähnen tropfte Blut, als hätte er sich bereits an einem hungrigen Mahl gütlich getan. Ich wirbelte meine leuchtende Klinge herum, zögerte nicht, sie direkt in sein lebloses Herz zu stoßen. Noch bevor er zusammensackte, kam der nächste Gegner angerannt, wirbelte ein Beil in meine Richtung. Ich fing es mit dem Schwert ab. Der Schatten stürzte mit ausgestreckten Armen vor, als wollte er seine Hände um meine Kehle schließen. Ich drehte mich, öffnete meine Flügel und stieß ihn mit dem Flügelwerk um. Er krallte sich im Erdboden fest, wollte sich erneut aufrichten, doch ich gab ihm einen kräftigen Tritt in den Rücken und er sackte mit dem Kopf voran in den schlammigen Erdboden. Er lebte noch. Seine Atmung wirbelte kleine Partikel vom Boden auf.

Mein Blick hob sich in den Himmel und ich atmete die schicksalsbelastete Brise ein, die wie meine zweischneidige Klinge über unser aller Häupter hing. Sie war erfüllt von elektrischen Spannungen pulsierender Magie, volltönenden Kampfgeräuschen, dem Gebrüll der Wolffüchse und dem Schlagen zahlreicher Herzen.

Mein Brustkorb hob und senkte sich in stetigen Atemzügen verpesteter Luft. Doch mir blieb keine Zeit zum Verschnaufen. Ich musste mir einen Überblick über das Chaos machen, deshalb stieß ich mich vom Boden ab und wollte mich in die Lüfte begeben, doch dann wurde ich durch einen stechenden, Fasern zerreißenden Schmerz im Flügel eine ganze Körperlänge nach unten gerissen. Die Gewalt des zugebissenen Kiefers des Wolffuchses riss das filigrane Flügelwerk auf und ich schrie, noch ehe ich auf dem Boden aufschlug.

Noch nie hatte ich solch einen körperlichen Schmerz gespürt. Er war unerträglich.

Mir blieb die Luft weg und Schwärze zog über mein Bewusstsein, als der Wolffuchs meinen zerrissenen Flügel losließ und seine schwere Pfote auf meinen Brustkorb stemmte. Seine dunklen Augen fixierten mich und er brüllte. Geifer tropfte von seinem Maul auf mein schmerzverzogenes Gesicht. Von seiner Gestalt konnte ich nur verschwommene Umrisse erkennen. Die Unerträglichkeit des Schmerzes fraß sich in jede meiner Zellen.

Eine schwere Eisenkette war um seinen Hals befestigt, hatte bereits tiefe Wunden in sein Fleisch geschnitten. Ich griff mit meinen zitternden Händen nach dem Bein, umschlang es und versuchte durch die Hilfe meiner Magie, den schweren Körper von mir runterzustoßen. Sie brannte sich in sein Fleisch. Der Wolffuchs brüllte, verlagerte sein Gewicht und ließ ein Pfeifen aus meiner Kehle entweichen. Das Vieh beugte sich zu mir herunter und fletschte die Zähne. Es roch nach verbranntem Fleisch, Fäulnis und Verfall. Erneut versuchte ich mich aus der Kraft des Wolffuchses zu befreien, bis sich das Vieh plötzlich aufbäumte, sich auf die Hinterbeine stemmte und meinen Leib freigab. Es ertönte ein knackendes Geräusch und eine riesige Axt spaltete den Kopf des Wolfes. Blut spritzte in alle Richtungen. Mit einem letzten Aufjaulen fiel das Getier auf die Seite, begrub einen Schattenelfen, der sich hatte auf mich stürzen wollen, und rollte seine Zunge aus dem Maul.

Ich atmete gierig die dreckige Luft ein, die sich wie ein Pfeifen aus meinen Lungenflügeln wandte, rollte mich schmerzhaft auf die Seite, an der mein Flügel in blassen, kaum mit Licht gefüllten Fetzen herabhing.

Brent sprang von dem erlegten Tier, zog die Axt aus dem Schädel, spuckte einen Schwall Blut heraus und wischte sich den Mund mit der Hand ab.

Ich stemmte mich, mit einer Hand an den schmerzenden Brustkorb gelegt, auf die Füße. Der Flügel hing kraftlos herab und ich sah, dass er all sein Leuchten verloren hatte. Mit einem Aufschrei zog ich das verletzte Flügelwerk zurück in mein Innerstes. Schwankte dabei, die Schmerzen auszublenden, doch Brent stemmte mir seinen Körper entgegen, so dass ich mich an ihn anlehnen konnte.

»Nicht schlapp machen«, sagte er und klopfte mir auf die Schulter. »Diese verdammten Schatten! Diese verdammte Dunkelheit!«, beschwerte er sich lautstark.

Ein Schatten rannte mit einem Messer auf uns zu. Brent hob seine Axt und der Schattenelf lief geradewegs in das scharfe Werkzeug hinein. Sie waren dem Wahnsinn verfallen. Alle. In einer Raserei unverkennbarer Ausmaße, gesteuert von was auch immer.

»Wo ist Leo?«, presste ich aus zusammengebissenen Lippen hervor, weil jedes gesprochene Wort mich ungeheuerliche Kraft kostete.

Brent zuckte die Schultern, rammte seine Faust ins Gesicht eines Schattenkriegers, während ich einen weiteren mit meinem Dolch niederstreckte.

»Wir haben uns aus den Augen verloren«, antwortete er, schwang seine Axt und tötete gleich zwei Schattenkrieger mit einem Schlag. Dann zeigte er plötzlich nach rechts. Ich krallte mich in seiner Schulter fest und folgte seiner Bewegung.

Ich sah, wie sich zwei Pfeile in Sekundenschnelle hintereinander in ein und dasselbe Ziel bohrten. Während der Schattenkrieger zu Boden fiel, stürmte Leo zu ihm hin, zog die Pfeile aus seinem Schädel, um sie erneut auf seinen Bogen zu spannen. Unsere Blicke trafen sich und ich nickte ihm zu, formte mit den Lippen zwei kleine Wörter.

»Geht. Severin!«

Ich drehte mich zu Brent und schubste ihn in Leos Richtung. Während er zu ihm rannte, seinen massiven Körper durch eine Horde Schatten bewegte, drehte ich mich erneut um die eigene Achse. Ich konzentrierte mich unter größter Anstrengung auf die königliche zweischneidige Klinge, formte in meinen Gedanken das Schwert neu und spürte, wie es sich in meiner Hand festigte. Es war schmerzhaft, auch nur einen Atemzug zu tätigen, nachdem der Wolffuchs mir sicher mehrere Rippen gebrochen hatte und meinen Flügel zerstört hatte. Trotzdem leuchtete das Schwert in meiner Hand auf, aber ich spürte die Veränderung in der Klinge. Langsam entwich sie mir. Die Anstrengung war zu groß, um sie halten zu können, nachdem ich einen Teil meiner königlichen Magie durch den Verlust meines Flügels verloren hatte. Nur ein heller Sonnenstrahl aus reinem Licht könnte unsere Kräfte und somit auch die meiner Krieger erneuern und uns eine Chance geben, diesen Ort lebend zu verlassen. Doch an diesem Ort hatte seit Jahrtausenden keine Sonne mehr geschienen. Ich war mir nicht mal sicher, ob sie es jemals durch die immerzu dicke Wolkendecke über unseren Köpfen schaffen würde. Nur ein Wunder konnte uns jetzt noch helfen.

Wir hatten bereits so viele Opfer zu beklagen. Severin war immer noch den Qualen der dunklen Festung ausgesetzt und der Schattenkönig hatte noch nicht mal einen Fuß in das Kampfgeschehen gesetzt. Neben mir fiel ein Lichtelf zu Boden. Bittersüßer Nachtschatten tropfte aus seiner Brust. Ich beugte mich zu ihm, hielt seine Hand und flüsterte Worte des Trostes in der alten elfischen Sprache. Er machte einen letzten röchelnden Atemzug und verstarb ohne Aussicht auf ein Wiedersehen mit der Sonne in meinen Armen.

Ich ballte die Hände zu Fäusten. Hievte mich mit Hilfe meines erzeugten Schwertes auf die Beine, knurrte, als der

Mörder meines Kameraden sich auf mich stürzte, die Hände vom Nachtschattengift lilafarben eingefärbt. Hob die Klinge und rammte sie ihm ins leblose Herz. Er zischte, hielt sich die Brust und lächelte. Dann zerfiel sein Körper zu Asche, verteilte sich im Wind der Schreie unzähliger kämpfender Elfen.

Meine Ohren dröhnten unter der Last der Geräusche und die nächsten Sekundenläufe liefen in einem Strudel unvermeidlicher Ohnmacht vor meinen Augen ab.

Ich sah Shay, der einen Schlag gegen den Kopf abbekam, wie er zu Boden ging, sich die blutende Schläfe hielt, während ein Schatten seine Klinge zog und ihm die Schulter aufschlitzte. Sah Brent, wie ein Wolffuchs mit seiner Pranke nach ihm schlug und seinen Oberkörper aufkratzte. Blut floss aus den Striemen. Leo, zwei Pfeile in der Hand, versuchte immer noch, sich einen Weg durch die Gefahr zu bahnen. Seine Augen waren noch immer voller Entschlossenheit, aber er humpelte. Sein Bein war von einer großen Schnittwunde blutig unterlaufen. Als ich nach rechts blickte, sah ich Jezebel, die von drei Schattenkriegern umzingelt war, sie hatte ein Messer in der Hand und wehrte sich. Doch einer der drei sprang auf sie und begrub sie unter seinem massiven Körper, während sie unerbittlich darum kämpfte, ihn abzuwehren, während die anderen zwei das Ganze mit glasigen Augen betrachteten und ihre Schwerter aneinanderschlugen. All diese Ereignisse liefen zeitgleich im Starrsinn meiner Wahrnehmung ab. Ich konnte mich nicht rühren, war wie gelähmt.

Ein lautes Donnergrollen ertönte am Himmel. Ein Blitz schlug in einen knochigen Baum ein und die undurchdringliche Wolkendecke über unseren Köpfen peitschte ungezähmt über das Ausmaß der Schicksal belasteten Katastrophe, in der wir uns befanden. Ein Sturm braute sich zusammen und ein wasserfallartiger Regenerguss stürzte auf uns herab. Der Boden wurde aufgeweicht, wurde zu einem im Sumpf versinkenden Tümpel.

Ich blickte in den Himmel, spürte das kalte, beißende Nass auf meiner Haut und knurrte. Wünschte, die Sonne würde sich gegen den Fluch wehren, der an diesem Ort auf ihr lag. Doch meine Gebete wurden wieder einmal nicht erhört. Es blieben Gebete, Wünsche und Hoffnungen. Mehr nicht.

Ich ballte die Hände zu Fäusten, hob mein Schwert und versuchte, mir einen Weg zu meinen Gefährten zu bahnen, die allesamt dem Tod ins Auge blickten, doch dann dröhnte ein anderes Geräusch am Himmel. Ein pulsierender Flügelschlag, drohend, peinigend und furchteinflößend grölte er über unsere Köpfe hinweg und selbst einige nicht vom Wahn zerfressende Schattenelfen hielten in ihrer Bewegung inne. Ein gigantischer Feuerschwall erhellte das sturmartige Himmelsgewölbe. Die zwei gigantischen Flügel des Drachen ließen die Erde erzittern, als er in den Sinkflug ging und die zwei Schattenelfen bei Jezebel mit einer Feuerzunge in Sekundenläufen zu Asche verwandelte. Der dritte Schatten, der immer noch auf Jezebel kauerte, blickte nach oben. Sie ließ die Gelegenheit nicht an sich vorbeiziehen, rammte ihr Messer in das Auge des Schattenkriegers. Dieser schrie auf, hielt sich das blutende Auge und sprang von ihr herunter, doch der Drache schnappte mit seinem gigantischen Maul nach ihm, warf ihn in die Luft und fing ihn im Flug mit seinen spitzen Zähnen wieder auf. Er verschlang ihn in einem Stück und das Geräusch zerberstender Knochen brannte sich in meine Ohren.

Der obsidianfarbene Drache landete vor Jezebel und eine in Schatten gehüllte Gestalt sprang herunter.

KAPITEL 53
Priest

»Du musst das Schwert höher halten, Weib!«, knurrte ich die Folterhexe an, die das Schwert des von ihr in die Augen gestochenen Schattenbastards vom Boden aufhob und es mir entgegen streckte, als ich von meinem Drachen sprang.

Ihre Hände waren blutig und an ihrer Lippe war ein tiefer Schnitt, aus dem noch mehr Blut floss.

Trotz, dass die Klinge in ihrer Hand nicht zitterte, sah ich in ihren weit aufgerissenen Augen, dass sie Furcht verspürte. Ihr Herz schlug rasant und ihre Augen huschten hektisch hin und her. Bis sie mich fixierten und ihr Blick sich in Zorn verwandelte. Ich grinste, spürte ein Prickeln auf meiner Haut, als mich dieser Zorn in Hochstimmung versetzte. Denn gerade, als ich noch in der Luft den Wind um meine Ohren spüren konnte, war ich mir sicher, dass dieser gigantische Kampf mir etwas von meinem alten Leben zurückgeben konnte, doch die Wahrheit meiner Gegenwart war ganz anders. Als ich die Folterhexe unter all den kämpfenden Elfen ausgemacht hatte, schlug mein Herz so schnell, dass ich die Zähne zusammenbeißen musste, um nicht völlig den Verstand zu verlieren und in einem Satz vom Rücken meines Drachen zu stürzen.

Ich wusste nicht, ob es wegen Drenko war oder wegen dem, was gerade passiert war, doch es bereitete mir Freude, diesen Zorn und die Furcht in ihren sonst so furchtlosen Augen zu erblicken.

Ich leckte mir über die Lippen. Drenko ließ ein lautes Gebrüll ertönen, hob seinen Kopf und spie einen Feuerschwall in den Himmel und aus seinen Nasenflügeln qualmte es. Der Dampf seiner Nüstern war so heiß, dass die kaltreiche Atmosphäre sich unruhig in einen vulkanartigen Auswurf dunkler Kräfte aufheizte. Die obsidianfarbene Drachenhaut schimmerte in der Luft hängenden Magie der Lichtbastarde. Die Kackbratzen meiner Sippschaft kamen stolpernd zum Stehen. Einige suchten sofort das Weite, als Drenko sein Maul öffnete, seine spitzen Zähne offenbarte und nach ihnen schnappte.

Er war eine immer hungrige Bestie. Genau wie ich.

Der Tod war allgegenwärtig und doch bereitete es mir nicht die ersehnte Genugtuung, die ich sonst immer verspürte. Dennoch war die vertraute, verpestete Luft ein Segen, denn die Dunkelheit war an diesem Zeitlauf noch herrlicher als sonst. Sie war pure Energie. Ihre Kraft wanderte in meine Glieder und die Massivität ihrer dunklen Schwingen erfüllte mich, genau wie die Schreie der zahlreichen Elfen. Doch war es anders. Anders, weil das beschissene Leben mir etwas bedeutete.

Immer noch blickte ich die zornige Elfe grinsend an.

»Ich weiß, wie man kämpft, du Arschloch!«, polterte sie und ich hob eine Augenbraue. Streckte meinen Arm zur Seite und ließ Schatten auf einen mit erhobenen Dolchen anrennenden Bastard los.

»Vielleicht macht es dich ja an, von dreckigen Schattenelfen umzingelt zu werden, die dich besteigen wollen.« Ich strich mit einer Hand über die schneidende Drachenhaut von Drenko.

Ihr Blick huschte zu dem Drachen und ich hörte sie laut schlucken. Wieder grinste ich. Ihre Missstimmung gefiel mir. Es bereitete mir Vergnügen.

»Ich hatte alles unter Kontrolle!«, schnauzte sie mich an und wischte sich über die Lippen. »Was tust du hier, Priest?«, zischte das Lichtweib. Sie duckte sich, um einer Keule auszuweichen.

Ich ließ meine dunkle Magie über meinen Körper wandern, dann sammelte ich sie in den Händen und ließ sie auf den Angreifer los, während Drenko mit seinem Schwanz gleich fünf Idioten wegschleuderte. Auch ein Lichtbastard fiel dem zum Opfer. Dieser funkelte mich an, als er sich holprig wieder auf die Beine stemmte. Mich mit seinem drohenden Blick verwünschte und ich ihn mit einem Fluch ein Leben in ewiger Verdammnis verwünschte.

»Ich labe mich an eurer Furcht!«, drohte ich der Kräuterhexe, als ich ihr wieder meine Aufmerksamkeit widmete. Ich hob meine Arme in die Höhe, machte eine ausladende Geste, kurz bevor ich einem Schattenelfen mit meinen Händen die Kehle zerfetzte.

»Schwachsinn!«, spie das Weib aus.

Als ein weiterer Schatten angerannt kam, hob sie das Schwert. Die Schattenklinge war blut- und nachtschattengetränkt. Es musste ihr Schmerzen verursachen, so wie sie die Lippen zusammenpresste. Dann drehte sie sich um und vollführte einen amüsanten Tanz, bohrte schließlich die Waffe ins Bein eines Schattens. Dieser schrie laut auf und hielt sich die blutende Wade.

»Das nennst du kämpfen? Sein elendes Leben ist nicht ausgehaucht.« Ich zeigte mit meiner Hand auf die sich windende Kreatur am Boden.

»Ich bin Heilerin. Ich töte nur, wenn ich keine Wahl habe.«

Ich zischte, runzelte die Stirn und schüttelte den Kopf.

»Tja, Arschloch. Du weißt sehr wenig über mich«, fügte sie zornig hinzu, ehe sie mich von oben bis unten musterte. Verfickte Scheiße, es gefiel mir.

Ein Lichtelf fiel urplötzlich von der Seite in ihre Arme, hielt sich mit blutigem Gesicht an ihrer Robe fest. Sie ließ ihr Schwert fallen, bettete den Elfen in ihrem Schoß. Sie kramte in einem Beutel, zog ein Fläschchen hervor und tropfte es auf die fleischige Wunde an seinem Bauch. Er zitterte und die Wunde rauchte. Ich unterdrückte ein Würgen.

»Schhh. Gleich hört es auf«, flüsterte die Hexe hauchzart zu dem Elfen, dessen Herz seinen letzten Schlag tat. Mit einem lauten Aufatmen hauchte er sein Leben aus.

Ich verzog das Gesicht, als sie den Bastard sanft in den Armen wiegte. Als sie den vom Leben erlösten Scheißelfen bedachtsam auf den Boden ablegte und sie aufsah, glitzerte es in ihren Augen. Mein Herz sprang und ich verzog angewidert das Gesicht bei dem unangenehmen Zwicken in meiner Brust.

»Was tust du hier?«, fragte sie mich mit kratzender Stimme. Sie zog die Nase hoch und strich sich eine gelöste Haarsträhne hinters Ohr. »Ich dachte, du hättest dich wie ein Feigling zurückgezogen, darauf wartend, dass du von deinem elenden Leben erlöst wirst.« Von ihrer sonst so zornigen Art war nichts mehr zu spüren.

»Ich dachte mir, ihr Lichtpisser solltet nicht die Einzigen sein, die hier Spaß haben.«

Ich grinste sie an, sie schnaufte. Erhob sich vom Boden.

»Das nennst du Spaß?« Sie reckte ihr Kinn zu dem zu ihren Füßen liegenden Lichtbastard.

Ich zuckte mit den Schultern.

Sie verzog ihre Lippen.

»Wenn ich es nicht besser wüsste, würde ich denken, du hast endlich auf dein Herz gehört.«

»Aber zur Hölle, mit dir und deinesgleichen, weißt du es nicht besser!«, raunzte ich sie an. Ich fletschte die Zähne, drehte mich um und schlug einen Angreifer nieder. Dann stürzte ich mich in die hungrige Meute meiner Artgenossen und brach ein Genick nach dem anderen.

Ich hatte noch nie so viel Spaß.

KAPITEL 54

Leo

Es gab kein Durchkommen. Wenn ich mir eine kleine Schneise durchgekämpft hatte, kamen schon die nächsten Krieger, die mit Wahnsinn in den dunklen Augen jeden niedermetzelten, der sich ihnen in den Weg stellte. Es grenzte an ein Wunder, dass ich noch lebte, obwohl die heilige Kraft der Sonne mich schon lange verlassen hatte. Es war reines Glück und der Tatsache geschuldet, dass meine Entschlossenheit, Severin aus ihren Fängen zu befreien, einen übernatürlichen Kreislauf sprudelnden Willens in mir hervorrief. Auch durch das harte Training der letzten Jahresläufe, das sich erbittert bis zu diesem Zeitlauf meines schicksalsbelasteten Lebens zog, stand ich überhaupt noch auf den Beinen. Ich wusste nicht, wo Brent war, hatte ihn schon längst aus den Augen verloren. War über eine zahlreiche Leichenflut seelenloser Lichtelfen gestolpert, deren leblose Augen tiefe Risse in mein vor Furcht schreiendes Herz schlugen. Meine Entschlossenheit und die Tragweite dessen, was vor mir lag, machten mich noch dazu unvorsichtig und ich wurde mehr als einmal von einer Klinge dunkler Magie oder einem heftigen Schlag überwältigt. Eine Schattenklinge mit Bittersüßer Nachtschatten hatte mich schwer am Bein verletzt und die Wunde blutete ununterbrochen. Den Schmerz versuchte ich auszublenden, doch fiel es mir schwer, da der Nachtschatten sich beißend in mein Fleisch brannte und meinen Körper vergiftete. In meiner Verzweiflung konnte ich kaum einen Gedanken mehr fassen. Selbst als für einen Moment die Dunkelheit durch das Gebrüll des Drachen die todbringende Meute innehalten ließ, schaffte ich es nicht durch sie hindurch.

Hinter einem Steinquader ließ ich mich sinken, atmete die verpestete Luft ein, die in meinem Hals brannte. Versuchte für einen Wimpernschlag, neue Kraft zu sammeln, nach der ich an diesem düsteren Ort vergeblich suchte. Ich hielt mir die Hand schmerzhaft an meine Wade und kramte mit der anderen nach meiner Tasche, die nur noch fingerbreit von ihrem Lederriemen gehalten wurde. Ich holte den Wasserbeutel heraus, öffnete ihn und schüttete den Inhalt über die Verletzung. Spülte mein Blut und den giftigen Nachtschatten so gut es ging heraus. Die Wunde zischte und ich kniff die Augen zusammen. Doch ich biss die Zähne zusammen, warf den leeren Wasserschlauch auf den Boden und holte einen Tiegel mit Salbe hervor. Vorsichtig strich ich die Kräutermischung über die Verletzung. Erneut bäumte ich mich vor Schmerz auf. Mit den Zähnen riss ich ein Stück vom Ärmel meines Gewandes ab und band die Wunde vorsichtig ab.

Für einen kurzen Moment ließ ich meinen Kopf gegen den Steinquader sinken, versuchte für einen Atemzug, diesen Ort und dieses ganze Drama auszublenden. Aber die Kampfgeräusche waren unerträglich und ich bekam kaum Luft. Mein Herz schlug viel zu schnell und ich spürte die Panik in meinem ganzen Sein. Ich hielt mir die Ohren zu. Versuchte die Tränen zu unterdrücken, die sich in meine Augen brannten. Immer wieder geisterte Severins Gesicht in meinem Kopf herum. Was er für Qualen erleiden musste, je mehr Zeitläufe ich hier oberirdisch verschenkte. Doch mir fiel keine Möglichkeit ein, zu ihm zu gelangen. Ich wusste nicht weiter. Und diese Erkenntnis schmerzte mehr als die zischenden Wunden überall auf meinem Körper.

In meiner Unfähigkeit und Hilflosigkeit wurde ich erneut unvorsichtig und mich traf, als ich in Gedanken versunken meine Deckung vergaß, ein Pfeil in der Schulter. Das Zischen der Sehne war vertraut, jedoch nicht der Schmerz, als er sich durch mein Fleisch bohrte und hinten wieder heraustrat. Ich schrie, bäumte mich auf. Versuchte die andere Hand zu heben, um ihn herauszuziehen, doch die Zeit hatte ich gar nicht erst. Hatte nicht mal die Chance, die Hand überhaupt zu heben, um mich vor dem nächsten Pfeilregen zu schützen, als ein weiterer haarscharf an meinem Ohr vorbeizischte.

Der Schattenelf trat näher. Spannte einen dritten Pfeil auf seinen Bogen. Durch schmerzverzerrte Augen tastete ich nach meinem Schwert, das ich achtlos neben mich gelegt hatte. Meinen eigenen Bogen hatte ich schon längst in der Schlacht verloren. Meine zittrigen Finger berührten gerade so die Klinge, als der Schatten mir auf die ausgestreckte Hand trat und ich erneut laut aufschrie. Er stieß die Klinge außer Reichweite und beugte sich zu mir runter.

Ich war nicht fähig, mich zu bewegen, als seine käfer-artigen Augen leer auf mich herabblickten. Er streckte seine Hand nach meiner Kehle aus und ich spürte den besitz-ergreifenden Sog des bevorstehenden Todes. Der Pfeil in meiner Schulter sendete brennende Impulse puren Schmer-zes in meinen schwächlichen Körper, als der Schatten seinen Bogen fallenließ und mit seiner in Schatten gehüllten Hand danach griff. Meine Augen tränten und ich wünschte mir, endlich das Bewusstsein zu verlieren, weil ich dies nicht einen weiteren Schmerzimpuls länger aushalten würde.

Als sich Severins Gesicht in meinen Gedanken formte, sein Lächeln mich anstrahlte und ich mich in meinem Traumgebilde seiner liebreizenden, eingebildeten Gestalt verlor, ließ der Schmerz plötzlich nach. Seine bezaubernde Stimme formte die einstigen Worte in einem Wirbel aus Erinnerungen in meine bewusstseinsraubenden letzten Gedanken.

Atme, Leo. Du musst atmen.

Ich hob meinen tränenverschleierten Blick, atmete die beißende Luft ein und sah, wie der Schattenelf über mir sich plötzlich versteifte. Eine bleiche Hand umfasste von hinten seine Kehle. Der Schatten wurde in die Luft gehoben, als würde er nicht mehr wiegen als ein Feenflügel. Ein Ruck ging durch ihn hindurch und einen Wimpernschlag später hing sein Kopf leblos herab. Er fiel vor meine Füße und die in dunklen Schwaden getauchte Gestalt von Priest trat hervor. Er war über und über mit Blut bedeckt. Seine mordverzehrende Miene blickte herablassend auf mich herab. Meine Schwester tauchte genauso blutverschmiert hinter Priests Rücken hervor auf. Sie warf sich mit einem quälenden Jauchzen vor mir auf die Knie. Drückte mit ihren Fingern auf meiner verletzten Schulter herum, in der immer noch der Pfeil steckte. Ich hatte kaum Kraft aufzuschreien, als sie den Pfeil mit einem kräftigen Ruck herauszog. Ich taumelte in einem Strudel der Bewusstlosigkeit, bis sie mir ins Gesicht schlug.

»Leo Wiesenaue, reiß dich gefälligst zusammen!«, schimpfte sie mich aus.

»Schwächling. Hält nicht mal den kleinsten Schmerz aus«, hörte ich die herablassende Stimme von Priest.

Seine Gestalt nahm ich nur verschwommen wahr, denn meine Schwester hantierte immer noch an meiner Schulter herum. Sie öffnete eine Flasche, dessen Inhalt nur noch einzelne Tropfen innehatte, tropfte sie mir auf die Zunge und sie nahmen mir für einen kurzen Moment die andauernden Schmerzen.

Als ich einen tiefen Atemzug tat, wandte sie sich zu dem Schattenelfen um.

»Wenn du meinen Bruder noch einmal einen Schwächling nennst, dann ziehe ich dir jedes einzelne Haar deiner verbrannten Eier ab, ist das klar?«,

Priest verschränkte die Arme, blickte auf uns herab.

»Er hat weniger Biss als du, suhlt er sich doch in seinem eigenen Blut und braucht die hexerischen Hände seiner Schwester, um nicht draufzugehen.«

»Wenn mein Bruder nicht wäre, wärst du immer noch ein dreckiger Haufen verbrannter Scheiße auf einem Feld unendlicher Qualen. Du Arschloch. Mein Bruder hat mehr Mut als jeder andere hier. Er ist tausendmal mehr Leben wert, als dein verschissenes Herz je aushalten würde, du elender Bastard. Geh! Geh und schließe dich deiner höllischen Sippe an, wenn du hier nur rumstehen und uns mit deiner Laune das Leben versauen willst. GEH! Was willst du noch hier? Du sollst dich verpissen, wir brauchen dich nicht.«

»Jezebel«, hauchte ich zu meiner Schwester, packte ihre Hand, als sie dabei war, sich auf Priest zu stürzen.

Sie hielt inne. Ihre zornigen Augen wurden weicher, als sie mich anblickte.

Zeitgleich, in einem aufkommenden Sturm grenzwertiger Ausmaße, donnerte es. Der dröhnende Laut des tosenden, unterirdischen Sturmes ließ den Boden unter unseren Körpern erzittern. Kleine Klüfte eruptionsmäßiger Aufspaltungen zogen Risse über den aufgeweichten Erdboden. Das vibrierende Pulsieren des Grundes verhieß nichts als Unglück.

Priest beugte sich runter, kniff die Augen zusammen und fuhr über den langen Erdspalt vor seinen Füßen. Dann richtete er sich erneut auf, musterte meine Schwester mit finsterem Blick.

»Hebe dir deine spitzen Worte für später auf, Schätzchen. Jetzt wird es erst richtig spaßig!«

Er blickte auf die sich immer weiter ausbreitenden Risse im Boden und dann hob er den Kopf und starrte in den Himmel. Seine Hände hatte er zu Fäusten geballt.

»Was war das?«, fragte meine Schwester den Schatten bissig.

Dieser würdigte Jezebel keinerlei weitere Aufmerksamkeit, nur die wirbelnden Schatten auf seiner Haut waren Zeichen dafür, dass er sie überhaupt gehört hatte.

Ich stemmte mich auf, doch meine Beine versagten und ich sackte zusammen. Jezebel hielt mich fest.

»Priest, verdammt! Was passiert hier?«, knurrte meine Schwester, als sich erneut tiefe Spaltungen über den Erdboden zogen.

Das Tosen des Bodens und die sich jetzt daraus schlingenden schwarzen Nebelgebirge verhießen Leid, Höllenqualen und pure Angst. Ich spürte die Veränderung in der Atmosphäre, spürte das Singen des Todes und der seelenlosen Hoffnungslosigkeit. Jezebel legte ihre Arme um mich und weinte. Ihre heißen Tränen tropften auf meine Wange und ich lehnte meine Stirn an ihre. Erneut erzitterte der Erdboden. Ein Blitz schlug ein und die Schattenelfen jaulten kreischend. Hoben ihre Klingen in den Himmel und stampften auf den Boden.

Priest ließ seinen Blick vom Himmel zu mir und meiner Schwester gleiten. Er runzelte die Stirn, blickte dann nach rechts. Ich folgte seinem Blick und sah, wie er den König anstarrte. Fry hatte den Kopf auf die sich immer mehr ausbreitenden Risse geheftet.

Erneut zersplitterte die Erde. Meine Schwester schrie laut auf und Priests Gestalt wandte sich erneut zu uns. Seine ganze Gestalt war in tödliche Schatten gehüllt. Sein Brustkorb hob und senkte sich und sein Herz schlug so laut, dass ich es selbst in meinem eigenen Schlagen fühlen konnte.

Aus dem Untergrund der Risse zogen sich immer mehr dunkle Schwaden über den Boden und formten in der Mitte der Schattenarmee langsam eine Gestalt. Die Umrisse variierten in dem Strudel der albtraumhaften Macht, die in der Luft hing. Der Schattenkönig formte sich aus den Nebeln der Nacht einen Körper, labte sich an der Furcht unsersgleichen. Noch war er nicht ganz aus den Untiefen des unterirdischen Gewölbes getaucht, doch die Zeitläufe waren gezählt.

Priest wandte seinen Kopf in alle Richtungen, betrachtete mit zornigem Blick die Umgebung. Sein rechtes Auge zuckte. Seine Hände waren noch bleicher als sonst und das Narbengewebe seiner Haut trat durch die Anspannung seiner Arme deutlich hervor.

»Ihr Scheißelfen. Was könnt ihr überhaupt?« Er spuckte Blut aus. Verzog das Gesicht zu einer unergründlichen Maske. Streckte dann die Arme aus, schloss die Augen und holte tief Luft. Ließ sich dann auf die Knie fallen. Hob den Kopf in den Himmel und öffnete die Augen.

Ein Schauer ging durch mich hindurch und auch Jezebel blieb die Luft weg, als sie den am Boden versunkenen Schattenelfen anstarrte. Selbst Fry wandte schlagartig seinen Kopf in unsere Richtung. Ich hatte diesen ungläubigen Blick noch nie an ihm gesehen.

Als Priest die Augen öffnete, waren sie nicht schwarz wie die dunklen, hasserfüllten Höhlen, die er sonst hatte. Nein.

Sie waren weiß und bauten sich stürmisch zu einem Gewitter nebelverhangener Gebirge auf. Der Boden bebte erneut, Geröll schepperte über das sich auftuende Erdreich.

Priest flüsterte ein paar unverständliche Wörter einer alten, fremden Sprache, die in der Luft hängen blieben und die Atmosphäre mit elektrischen Schwingungen erfüllten. Die Schatten an seinem Körper stoben in die Luft, bildeten ein gräuliches Magiefeld am dunklen, lichtundurchdringbaren Himmel. Es war, als ob die Zeit stehenblieb, als ob die Sandkörner der schicksalsbelasteten Zukunft aus ihrem Rhythmus davon rieselten. Ein Donnergrollen ertönte am Himmel und einzelne Risse entstanden an dem mit Dunkelheit geladenen Gewölbe. Priests Hände verkrampften sich, als ein greller Schein reinen Lichtes sich durch die einzelnen Risse einen Weg in die Freiheit bahnte. Die Wolkendecke der Finsternis bröckelte. Es blitzte und die Eruption der Erde unter unseren Füßen wurde lauter. Wie ein Aufschrei der Untat des einstigen Generals der Schattenarme, der es wagte, sich dem Willen der Dunkelheit zu entziehen.

Durch die einzelnen Risse am Himmelsgewölbe stoben immer mehr Lichtstrahlen hervor. Die Sonnenstrahlen des feurigen Balles, der Jahrtausende lang hinter dieser dicken Wand verborgen gewesen war, brachen mit einem Blitzschlag aus ihrer Gefangenschaft nach draußen. Die einzelnen Lichtstrahlen zuckten elektrisierend wie Blitze auf die Erde, tauchten einzelne Abschnitte in helles Licht. Die Schattenelfen kreischten durch die Helligkeit.

Ich atmete laut auf, als die reine Sonnenenergie über meinen Körper strich, spürte die Magie in meinem Inneren, die mir neue Kraft und Heilung schenkte. Mir ein Gefühl der Hoffnung versprach. Mein Körper kribbelte und meine Haut schimmerte in goldenen Tönen reinster Magie. Meine Schwester seufzte, ich fühlte ihren Puls und ihr Herz, das im Einklang mit meinem schlug. Spürte die neue Magie, die auch von ihr ausging.

Von überall ertönten die seufzenden Geräusche unzähliger Lichtelfen hervor, deren Magie strahlendhell in ihren Herzen wuchs. Und der König der Lichtelfen strahlte heller, als jeder Stern am Himmel es gekonnt hätte. Sein helles, reines Licht tauchte diesen Ort in einen neuen Lichtblick. Doch die erbarmungslose Kraft der Finsternis war stark. Versuchte die Risse, aus denen heilige Lichtmagie schien, wieder in ihren Jahrtausende währenden Schlaf zu schicken. Erneut brauten sich dunkle Wolken am Himmelszelt auf. Die kleinen Risse in der Atmosphäre schlossen sich wieder, als der Schattenkönig sich vollständig an der Oberfläche materialisierte und hinter seinem Rücken etwas offenbarte. Ein Elf, dessen kalte Augen in den Himmel gerichtet waren. Sein hoheitsvolles Antlitz war nicht wiederzuerkennen. Seine Haut schimmerte golden und doch wanden sich schwarze, lebendige Schatten um seinen Leib. Sein Herz so still, wie das der leblosen Existenzen der unzähligen Toten.

Mein Blick huschte zu Fry, der sich die Hand ans Herz gelegt hatte. Als ob er es nicht aushielt, was aus seinem Bruder geworden war. Doch lange konnte ich mich nicht an dieser kurzzeitig andauernden Stille laben, denn Priest krampfte plötzlich, zitterte am ganzen Körper, als die Wolkendecke sich mit einem lauten Scheppern wieder schloss und sich die Finsterkeit noch erdrückender und todbringender, in einem Sturm komplexer Gefühlswelten zusammenbraute. Er brach zusammen, fiel mit dem Kopf auf den Boden. Nur noch sein aufgeregtes Herz blieb von diesem einzigartigen Wunderwerk seiner verborgenen Magie zurück, deren Unbekannte uns die Reinheit der sonnengeladenen Magie geschenkt hatte und uns eine

Chance der Hoffnung einer Zukunft gegeben hatte, die, so gering sie auch war, ein Geschenk des Himmels war. Sie verblasste bereits bei jedem stickigen Atemzug in dieser Dunkelheit, wurde zu einem Nichts unvergessener Taten, da die Kraft der Dunkelheit zu übermächtig und übernatürlich war, als dass wir sie lange hätten halten können. Doch war sie neu erwacht, so gering sie auch war.

Zeitgleich mit den stürmischen Herzschlägen hunderter Elfen, hob der Schattenkönig ein in Dunkelheit getauchtes Schwert in die Höhe, von dessen Finsternis einem die Luft geraubt wurde. Als würde der Stein des Grundes Wasser für ihn sein, baute er sich auf, ließ einen lauten, undeutlichen Anfall Grauens über seine Lippen wandern und befehligte die Schattenarmee aus ihrer Starre zu erwachen und sich in den Kampf zu stürzen. In einem grauenhaften, erdbebenartigen Gebrüll stürmten Schattenelfen und Lichtelfen aufeinander, schlugen Magie und Schwerter ineinander und verwandelten diesen Ort in ein Gelage vollendeten Todes, das die Zukunft von Elfora anhaltend verändern würde.

Meine Schwester löste sich von mir, kroch mit neuer Energie geladen auf den am Boden liegenden Schattenelfen zu. Packte ihn an der Schulter und er knurrte zornig. Sein Atem wirbelte kleine Staubkörner auf.

»Du bist ein Wettermagier«, stieß sie hervor.

»Und du bist ... du bist ...«, stotterte er. Ließ sich die wenigen Zentimeter, die er versucht hatte, sich in die Höhe zu stemmen, auf den Boden zurückgleiten.

Meine Schwester krallte ihre Hände erneut fest in seine Schulter. Wieder zuckte der Schattenelf zurück und knurrte unverständliche Worte, dann schlug er Jezebels Hand herunter.

»Arschloch!«, fauchte sie ihn an, als er sich aufrappelte, doch es klang bei Weitem nicht mehr so hasserfüllt wie Sekundenläufe zuvor.

Mehrere Herzschläge später fanden wir uns erneut in einem Kampf, der das Ende der Welt, wie wir sie kannten, grundlegend verändern würde. Und mein Kopf, mein Herz und alle Teile meiner Seele formten die klammernden, stimmarmen Worte, die sich in einem Wirbelsturm unausgesprochener Gedanken in meinem Herzen prägten, als ich mein Schwert vom Boden auflas, es mit beiden Händen festhielt und die Schattenelfen abwehrte, die in ihrem unergründlichen Wahnsinn anstürmten.

Dummer, schwacher, wortloser Leo. Du wirst es niemals zu Severin schaffen.

KAPITEL 55
Severin

Die grellen Strahlen der Sonne wärmten meine Haut auf wundervolle Weise. Die Magie glitzerte um meinen Körper. Einzelne Grashalme krabbelten mich an den Füßen. Ich atmete die warme Mittagsluft ein, blinzelte, als ich die Augen einen Spalt breit öffnete, um mir den wunderschönen wolkenlosen Himmel anzusehen. Ich fühlte mich losgelöst und frei. Frei von Sorgen, Nöten und frei von jeglicher Mattheit. Trieb schwerelos auf dem Wiesengrund, die Arme unter meinem Kopf verschränkt und einen Grashalm im Mund. Die Melodie meiner Seele spielte ein Lied der Leichtigkeit. Mein Fuß wippte zum Takt der bekämpften Schwere.

Ein Schatten verdunkelte meinen Körper, ließ den wolkenlosen Himmel verschwinden und offenbarte mir ein Abbild meines selbst. Als würde ich selbst auf mich herabblicken, ohne es selbst zu sein. Ich lächelte, das Antlitz meines Vaters immer klarer vor meinen Augen. Seine Stimme unverkennbar und doch seit so langer Zeit in Vergessenheit geraten.

»Warum liegst du auf dem Boden, mein Sohn?« Er legte seinen Kopf schief, sodass die heilige Sonne mich wieder blendete. An seinen Mundwinkeln entdeckte ich das geliebte Schmunzeln und noch mehr Wärme breitete sich in mir aus, als die Erinnerung an unsere Verbundenheit mich mit wundervollem Andenken flutete.

»Weil ich tot bin«, antworte ich und grinste ihn an.

Er hob eine Augenbraue und ließ sich dann neben mich ins Gras sinken. Lange Zeit sprach keiner ein Wort. Wir waren nur zwei Elfen, Ebenbilder eines Blutes und doch Vater und Sohn, die nebeneinander auf einer warmen Sommerwiese lagen, und die Melodie der Schwerelosigkeit kosteten.

»Du bist nicht tot, mein Sohn«, durchbrach mein Vater die melodische Stille.

Ich drehte meinen Kopf in seine Richtung, legte die Hand auf meine Brust.

»Mich hat ein Schwert durchbohrt«, korrigierte ich ihn. »Ein verdammtes Schwert. So lang wie der Raffzahn eines Drachen und spitz. Sehr spitz und tödlich.« Ich nickte und wackelte mit den Augenbrauen, um die Dramatik künstlerisch hervorzubringen. »Es war riesig!«

Er drehte nun seinen Kopf in meine Richtung. Die gleichen Augen des anderen spiegelten sich durch glitzernde, regenbogenhafte Zaubermagie in der Oberfläche der Iriden. Mit einem Schnipsen zündete mein Vater sich seine Pfeife an, nahm einen Zug und blies grünlichen Rauch aus seinen Nasenlöchern heraus. Der Duft des Pfeifenkrauts wehte zu mir herüber und mein Mundwinkel zuckte, als er mir diese reichte. Auch ich nahm einen großen Zug, formte kleine Kringel in der Luft, die ins Himmelszelt der Sonne flogen und sich in unzählbare Einzelteile verliefen.

»Tot zu sein und von einem Schwert durchbohrt zu werden sind zwei unterschiedliche Dinge, Severin.«

Ich seufzte, spürte ein Flackern in meinem Herzen, als er meinen Namen aussprach. Ein kleines Krümelchen voll Schwere setzte sich in mir ab und ich atmete tief und schwer ein.

»Wenn ich nicht tot bin, warum bist du dann hier bei mir, an diesem Ort?« Ich reichte meinem Vater die Pfeife zurück.

»Ich bin nur eine Erinnerung. Die Seelen der Verstorbenen leben weiter als Erinnerungsstücke im Herzen jener, die lieben.«

Ein Schmetterling flog auf uns zu, umkreiste mein Gesicht und landete dann auf meiner Nasenspitze. Ich grinste und das wundervolle Geschöpf stob davon.

Mein Vater setzte sich auf, hob den Kopf in den Himmel.

»Es ist Zeit, mein geliebter Sohn.« Er drehte seinen Kopf zu mir und lächelte, dann erhob er sich vollkommen und streckte mir seine Hand entgegen. Ich umfing sie. Spürte seine raue, vom Schwertkampf gezeichnete Haut. Er zog mich auf die Beine.

»Zeit wofür?«, fragte ich ihn verwundert.

»Du hast noch eine Aufgabe zu erfüllen.«

»Welche Aufgabe soll ich schon zu erfüllen haben? Ich bin ein Schwachkopf.«

Mein Vater brach in Lachen aus, fuhr sich durch die Haare, dann schwieg er, betrachtete mich eingehend und legte seine Hand an meine Wange, fing die einzelne Träne auf, die sich aus meinem Augenlid befreit hatte.

»Eine, die schon immer vor dir lag.«

Der Boden bebte. Rinnsale aus gebröckeltem Stein rieselten herab. Verpesteten die Luft. Schreie und bestienartiges Gebrüll drangen in meine Ohren. Das Klirren unzählbarer Klingen schallte durch das Gemäuer. Die Taubheit des Nichthörens, Nichtsehens und Nichtfühlens verblasste im Abgrund verzweifelter Leichte. In kleinen purpurfarbenen Schüben kribbelten meine Fingerspitzen. Ich roch die eisenreichen Teilchen meines eigenen Blutes und fühlte die Nässe der getrockneten Tränen auf meinen Wangen. Gebrochene Staubkörnchen rieselten auf meinen Kopf, hinterließen tausend Nadelstiche auf meinem Körper. Meine Fingerspitzen zuckten. Ich öffnete die betäubten Lider, vernahm den Schmerz tausender erstochener Seelen in meiner schmerzenden Brust. Im Flammenschein der einzigen künstlichen Lichtquelle schimmerte die Klinge, der Fluch, der Abgrund, die mir den einen endlosen Tod bescheren sollte, deren Geißel mich unter den Augen der Gebeine meines Vaters niedergestreckt hatte. Sie blendete mich, brannte sich in mein Herz, dessen Laute schwach und stolpernd in meiner Brust einen Ton des unmittelbaren Todes vollbrachten.

Ohne meinen Körper auch nur einen Zentimeter vom Boden heben zu können, streckte ich nur meine Finger nach der im Flammenschein schimmernden Klinge aus. Der Boden unter meinem Körper erschauderte, sodass die Luft in dem knochigen Gefängnis von einer erdbebengleichen Gesteinsberieselung beschwert wurde. Meine Lungen füllten sich mit dem Schmutz und dem Blut der Toten. Es brannte und kurz bevor meine Fingerspitzen die Klinge berührten, wurde mir erneut schwarz vor Augen. Die Kraft erlosch in einem Atemzug schwindelerregender Belastung.

»Atme, Severin. Du musst atmen!«, drang die Stimme meiner Liebe zu mir, füllte mich mit Wärme, wo nur Kälte und Schmerz waren. Mir lag ein Wort auf den Lippen, das die Gefühle in mir für diesen Elfen ansatzweise beschrieb, doch brachte ich nichts außer einem schwächlichen Stöhnen über die Lippen, als die Tränen des Verlustes und des Schmerzes sich erneut um mich schlingen wollten.

Doch ich atmete, weil er es gesagt hatte.

Ich presste die getrockneten Lippen aufeinander, streckte mit zitternden Muskelsträngen meine Hand erneut nach der Klinge aus, mit der mein verhasster, von Dunkelheit getriebener Vetter mich dem Tod so nahe gebracht hatte. Meine Hand war blutverschmiert und ich krümmte mich zusammen, der erneuten Bewusstlosigkeit meines Seins entgegenschwimmend.

Das verschwommene Bild meines Vaters bildete sich in meinen Gedanken, als wäre es zeitgleich aus meiner Erinnerung der Nahtoderfahrung entsprungen. Seine grünen

Locken, sein Lächeln, das so warm war wie die Schwere meiner Herzschläge, wechselte zu dem von Leo, dessen Mundwinkel zuckten, dessen Gedanken sangen, ohne dass ein einziges Wort seine Lippen verließ. Wurde zu dem von Fry, dessen Güte, dessen Liebe und dessen Mut überdauern würde, lange nachdem wir diese Welt verlassen hatten. Wurde zu Brent und all meinen Freundschaften, deren Lachen und Frohmut kalte Wintertage in sonnige verwandelten. Bildete im Traum meines sterbenden Seins das wundervolle Antlitz meiner Mutter, die mich anlächelte, ihre sonnengebräunten Arme um mich schlang und mich über die Wiese zog zu den Klängen einer Melodie. Deren goldene Augen wie die Sonne strahlten, aus der sie einst geboren wurde. Ihre sonnengelben Haare wurden zu braunen, sie wechselte zur zierlichen Gestalt meiner Schwester, die lächelte, deren Herz schlug, als hätte es nie etwas anderes getan. Deren Wahrheit in ihrer ganzen Seele nach Freiheit schrie. Dann verschwamm sie, bildete ein Knochengebilde eines Gefängnisses, dessen Gebeine sich zu einer Gestalt formten. Erneut blickte mein Vater auf mich herab, nickte mit einem Lächeln im Gesicht, als ich meine zittrigen Finger um das Schwert meines Verderbens schloss.

»Jetzt steh auf, mein Sohn, und beende das, was schon immer dein Schicksal war!«

KAPITEL 56
Fry

Den kurzen Schock über Priests geheime Gabe, dem schnell-
lebigen Aufkommen heilender Magie, die in kleinen
Sonnenexplosionen zeitweilig das Leben zahlreicher Lichtelfen – mich eingeschlossen – erhellte, war in der Gegenwärtigkeit des Augenblickes schlagartig vergessen, als ich
mich dem stellen musste, vor dem ich mich die ganze Zeit
über gefürchtet hatte.

Cailan.

Ich hatte gehofft, dieser Moment würde noch in weiter
Ferne schweben, womöglich niemals eintreten. Doch mein
Bruder stand vor mir. Es war mein verräterisches Herz, das
nur einen Wimpernschlag eines Augenblickes das Wort
Bruder in meinem Kopf geformt hatte, doch schon bei dem
Versuch daran, fühlte es sich absolut unaufrichtig und
falsch an. Von dem einstigen Blau seiner Augen war nichts
mehr übrig als schockierende Schwärze. Die pure Dunkelheit floss aus ihm heraus. Ich spürte sie in der aufgeladenen
Atmosphäre. Sie kroch in meinen Geruchssinn bei jedem
Atemzug, den ich tat. Als wäre er ein anderes Wesen aus
einer anderen Welt. Doch nicht sein drakonischer Anblick
war das, was mich am meisten in Schock versetzte. Nein.
Das Schlimmste war das leblose Herz in seiner Brust. Das
lautlos, ohne Leben und ohne Seele, eine leere Hülle bildete,

die die Dunkelheit um es herum geformt hatte. Ich wollte schreien, ihn schütteln, ihn an mich drücken, um wahrlich glauben zu können, dass meinem Fleisch und Blut wahrhaftig und tatsächlich das Schicksal einer verlorenen Seele zuteilgeworden war. Dass er unzweifelhaft der Dunkelheit angehörte.

Ich konnte es nicht glauben.

Ich wollte es nicht glauben.

Doch nichts als die Wahrheit wurde mir preisgegeben. Eine Wahrheit, die keiner Lüge Schuld ertrug.

»Cailan, was ist nur aus dir geworden?«, sprach ich mit zittriger Stimme. Flüsterte die Worte eher zu mir selbst als zu dem kalten Körper, der sich nicht von der Stelle rührte und mich mit abschätzendem, gefühlsarmen Blick musterte.

Eiskalte Gänsehaut breitete sich auf meinem ganzen Körper aus, als er seine Lippen zu einem Grinsen verzog. Einem Grinsen, das ich all die Jahresläufe unseres Lebens verabscheut hatte. Es war, als ob eine dunkle Kralle nach meinem Herzen griff und es ohne Gewalt schaffte, es zu Asche zerfallen zu lassen.

Cailan schnipste mit den Fingern und eine schwarze Macht formte sich in seiner Hand. Es war entsetzlich und grauenvoll. Ich spürte den Schmerz in mir aufsteigen, ihn als etwas zu sehen, das hätte verhindert werden können, wenn ich nur Geduld und mehr Liebe in eine Beziehung zu ihm gesteckt hätte. In der Vergangenheit verschenkter Zeit, die ich hätte nutzen sollen.

Die Welt verschwand im Chaos und Cailan und ich standen an der Schwelle zum Abgrund. Als ob die Zeit still stünde, standen wir uns gegenüber, einstige Brüder, die sich schon vor sehr langer Zeit entfremdet hatten. Unser Vater würde sich für uns schämen, für das, was aus uns geworden war. Zwei Brüder entzweit und über denen der

Zukunftsnebel des Todes hing. Einer, der sterben würde, und einer, der die Klinge führte. Wir waren beide nicht besser als der Schattenkönig mit seiner Gier nach Macht, wir waren meiner Meinung nach sogar schlimmer als das. Einst waren wir Familie, waren Brüder. Was waren wir jetzt?

Ich atmete die verpestete Luft tausender zu Staub zerfallener Elfen ein, schloss für einen Moment die Augen, um mich für das, was vor mir lag, zu sammeln. Gönnte mir einen Augenblick der inneren Abgeschiedenheit, bevor ich die Klinge führen musste, die sich im königlichen Schimmer der neu erwachten Macht in meiner Hand formte.

»Cailan«, flüsterte ich. Wohlwissend, dass er mich trotz des Kampfes deutlich verstehen konnte.

Ich öffnete die Augen, spürte die magieüberladene Königsklinge in meiner Hand. Es machte mir keine Freude, sie zu führen. Obwohl sie machtvoll und voller Magie war und alles verkörperte, was ich nun einmal war. Ein König.

Cailan blickte auf die Klinge in meiner Hand, deren Kraft all seinen vergangenen Wünschen entsprach. Gier blitze auf, als ich meine Flügel heraufbeschwor. Es brannte in meiner Schulter, als sich der zerrissene Flügel aus meinem Fleisch quälte. Sein Gegenstück allerdings war lichtvoller denn je. Die einsame Spannbreite erhellte den Abgrund, auf dem ich mich befand. Die Gier und der Neid auf die königliche Macht in meinen Adern standen Cailan ins Gesicht geschrieben. Er leckte sich über die Lippen und trat einen Schritt vor.

»Zu schade, dass du keinen Erben hast, Fry. Deine Macht wird auf mich übergehen, wenn ich dich niedergestreckt habe. Endlich werde ich der rechtmäßige König sein, der ich schon immer war.«

»So funktioniert das nicht und das weißt du.«

»Wir werden sehen«, sprach er kaltherzig, sammelte Magie in seiner Hand und ließ sie in einem Sturm überraschender Kraft auf mich los.

Ich hob gerade rechtzeitig noch die Königsklinge empor, so dass die dunkle Macht der Dunkelheit auf die Macht des Lichtes traf. Mein Herz schlug schneller denn je, denn ich spürte die enorme Kraft, die in dieser Dunkelheit lauerte. Spürte die Vibrationen zweier Mächte.

»Wir müssen nicht kämpfen, Cailan.«

Ich wusste nicht, woher diese Worte plötzlich kamen, hatte ich mir doch immer und immer wieder geschworen, dass ein Kampf mit ihm unausweichlich und notwendig war. Doch spürte ich die Wahrheit meiner Worte im Gesagten. Noch dazu wusste ich, dass er nie ein guter Kämpfer war. Er hatte es abgelehnt, jemals die richtige Handhabung des Schwertkampfes zu erlernen, und doch spürte ich die Bedrohung, die von ihm ausging. Er war schon immer manipulierend, spitzzüngig. Dies war seine wahre Macht. Doch dieser neue Zauber, diese Magie, die durch seine verlorene Seele rauschte, war gefährlicher denn je und ich wäre ein Armleuchter, sie zu unterschätzen.

»Müssen nicht kämpfen?«, äffte er mich nach. »Ich will kämpfen! Endlich habe ich die Macht, deinem Leben ein für alle Mal ein Ende zu bereiten. Ich werde nicht mehr im Schatten des großen Kriegers Fry stehen. Nein. Ich bin dein Schatten.« Er hob seine Arme in die Höhe, ließ kleine Schatten über seinen Körper wandern. »Siehst du, wie die Dunkelheit sich meinem Willen beugt? Wenn erstmal dein Licht erloschen ist, kann mich niemand mehr aufhalten.« Er lachte. »Ich werde König sein!«

»Du warst König, doch du hast dieses Erbe beschmutzt. Du hättest das alles haben können. Doch dein Neid hat dich zerfressen. Glaubst du, ich habe mir ausgesucht, dieses

Leben zu führen?«, schrie ich ihm entgegen, wich einer neuen dunklen Magiewolke seinerseits aus. Dann machte ich eine ausladende Geste und zeigte auf meinen schimmernden, magieüberladenen Körper mit dem lichtdurchfluteten Flügel. Die Klinge in meiner Hand wog schwer. »Ich wollte das nie. Das alles nicht«, hauchte ich und nahm einen tiefen Atemzug. »Du hattest die Chance, es besser zu machen, du warst eine Zukunft für Elfora und die ganzen Lichtlande, doch du hast den falschen Weg gewählt, Cailan. Du hast dich für die Dunkelheit entschieden und das kann ich nicht ungesühnt lassen.«

Die Klinge in meiner Hand schimmerte heller denn je. Ich spürte die pure Macht in meiner Hand. Sie zitterte unter dem Gewicht der Bürde, die unausweichlich vor mir lag. Doch kurz bevor ich das Chaos beschwor, um seine Taten zu vergelten, zögerte ich. Ich ließ die Klinge sinken.

Ich konnte es nicht tun. Obwohl es meine Pflicht als König der Lichtlande gewesen wäre.

Stattdessen warf ich das Königsschwert auf den Boden, wo es in tausend kleine Lichtfunken zersprang. In einem Schauer aus Lichtreflexionen stob die Macht ins Himmelsgewölbe und erlosch.

»Ergib dich und du wirst in Abgeschiedenheit leben können. Verbannt, aber am Leben.«

Ein weiteres Mal lag die Last einer Entscheidung auf meinen Schultern. Eine Bürde.

»Du bist schwach!«, spie Cailan mir entgegen. Sein eines Auge zuckte und der Wahnsinn wandelte um seine in Schatten gehüllte Gestalt.

»Schwäche ist keine Geißel, der man sich entziehen müsste, Cailan. Schwäche zeugt von Stärke. Auch wenn ich nicht weiß, was du gegenwärtig bist. Ob du der Dunkelheit völlig ausgeliefert bist oder ob noch ein Funken Licht in dir steckt. Du warst einst mein Bruder. Ich werde nicht gegen dich kämpfen!«

»Ein schwacher König bist du. Schwach und ängstlich. Des Erbes unseres Vaters nicht würdig.« Er trat auf mich zu. Formte aus seiner dunklen, dem Schattenkönig zum Verwechseln ähnlichen Magie eine Klinge aus Schatten. »Feigling«, spie er mir entgegen. Er hob das Schwert in die Höhe. Ich spürte die Vibration der Klinge und die Macht, die in der Düsterheit erwachte.

»Ich werde nicht gegen dich kämpfen!«, wiederholte ich meine Worte und hob beschwichtigend die Arme.

Cailan spuckte auf die Erde, hob die Klinge in die Höhe, zeigte mir sein hinterhältiges, eiskaltes Lachen.

»Jämmerlicher König!«, brüllte er und rannte auf mich zu, die Klinge auf mich gerichtet.

Ich wich aus, drehte mich um die eigene Achse und musste erneut der gefährlichen Schneide ausweichen, als Cailan wie ein Berserker angriff. Er war schnell, viel schneller und geschickter, als ich je von ihm erwartet hätte. Vielleicht hatte er heimlich die Kampfkunst gelernt, wollte, dass man ihn all die Jahre unterschätzte, oder aber er war so sehr von der Dunkelheit besessen, dass sie ihn lenkte, dass sie ihn befehligte. Ich wusste es nicht und es war auch nicht wichtig, denn Cailan tänzelte um mich herum, streifte mich mit seiner Waffe und traf mich gleichzeitig mit dieser neuen Magie.

Dies war nicht mein Bruder.

Dieses Wesen war etwas anderes und doch weigerte ich mich, die Schwerter mit ihm zu kreuzen.

»Kämpfe!«, schrie er mir entgegen, als ich erneut auswich und fast über einen erschlagenen Elfen gestolpert wäre. »Kämpfe, wie der Krieger, der du bist. Kämpfe, du Feigling.«

Immer wieder wich ich aus. Immer wieder griff er erneut an. Ich tat nichts, um mich zu verteidigen, war zerrissen zwischen den Welten. Ich hob die Arme, spürte die Lichtmagie, die befreit werden wollte, formte ein Schild aus ihr, um die nächste Wolke aus Schatten abzuwehren, die er mir entgegenschleuderte. Das Schild bebte in meinen Händen.

»Feigling. Weichling!«, schrie er. Zwang mich mit meinem Schild auf die Knie und hob immer wieder seine Klinge dagegen. Ich brauchte meine ganze Muskelkraft dafür, das Lichtschild in Balance zu halten. »ICH HASSE DICH!«, brüllte er und mein Schild löste sich in diesem Augenblick auf. Das Licht stäubte in tausend leuchtenden Staubkörnern in die Luft. Cailan hielt in der nächsten Bewegung inne. Verzog die Lippen. »ICH HASSE DICH!«, wiederholte er.

Ich hasse dich.

Mein Herz setzte bei diesen belangvollen Worten einen Schlag aus. Schmerz durchflutete mich und ich ließ meine Flügel zurück in meinen Körper gleiten, spürte die Macht, die mich verließ. Seine Worte brachen mich. *Hass.* Ich spürte Tränen der Trauer in meinen Augen hochsteigen. Sie sehnten sich nach Freiheit. Es brannte und ich ließ die Hände auf den blutgetränkten Boden gleiten. Etwas zerbrach in mir.

Ich hasse dich.

Ich war nicht fähig, mich zu bewegen. War betäubt von der Bedeutung seiner Worte. Sie zerrissen mich, taten weh und ich spürte die enorme Schuld.

Ich hasse dich.

Der Moment, in dem ich realisierte, was diese Worte bedeuteten, dass ich diese Worte wahrhaftig verdient hatte, weil ich als sein Bruder versagt hatte, war der Augenblick, in dem er seine Faust erhob und mir ins Gesicht schlug. Das

Blut, das aus meiner Nase herausfloss, konnte den Schmerz in meinem Herzen nicht betäuben.

Ich hasse dich.

Machtvolle Worte. Kraftvoller als jede Klinge.

Ein Horn ertönte in der Ferne und ließ mich über die Verletzlichkeit dieser Worte für einen Moment hinwegblicken. Ich warf einen Blick zur Seite, vergaß die Gefahr direkt vor mir. Doch auch Cailan drehte seinen Kopf in die Richtung, aus der nun ein zweiter Hornruf ertönte. Die Klinge in seiner Hand flackerte rauchig auf, verpuffte und wurde zu einem Wirbel aus Nichts, als hätte die dunkle Magie sich für einen Augenblick zurückgezogen.

Mein Nacken fing in einem Gefühlssturm tausender Explosionen an zu kribbeln. Das Seelenband erzitterte, sendete mir kleine Bildfetzen kaum vergangener Erinnerungen innerhalb eines Augenaufschlages. Es war wie ein Traumgespinst, welches sich zeitweilig in mein Bewusstsein drängte und den Kampf, die Gefahr und den Tod um mich herum in einer Blase aus Erinnerungsfetzen ertränkte. Prue, wie sie im Wald suchend einer Spur folgte. Wie sie einer Fährte folgte, die sie in eine Richtung lenkte, dem Ursprung des Unbekannten folgend. Wie die Spur ihr Ziel fand und sie vor einer Meute bewaffneter, äußerst furchteinflößender Schattenelfen stand. Bereit sie zu vernichten, sollten sie sich ihr in den Weg stellen. Ich spürte die Verwunderung darüber, mehr als ihr eigenes Herz in der Dunkelheit des Waldes nahe der Schattenlande ertönen zu hören. Sah das bekannte Gesicht von Fehran, Trojan, Ghoul und Hunderten andere Schattenelfen, deren Herzen lebendig waren. Hörte, Gesprächsfetzen einzelner Worte, die gesprochen worden waren. »*Folgt uns in den Kampf. Folgt uns für einen Frieden im Gleichgewicht. Ihr seid unsere Königin. Ihr seid Prudence Nachtschatten, Königin der Schatten.*« Mein Herz schlug heftiger, als ich in meinem Kopf das Bild grinsender Angesichter erblickte, als hätte ich sie selbst vor Augen gehabt. Als wäre ich wahrhaftig dort gewesen. Dann ertönte ein drittes Mal das Horn und die Bilder in meinem Kopf verschwanden und offenbarten mir ein Bild der Gegenwärtigkeit.

Meine Liebste – wunderschön, mit wehenden Haaren und einem in Schatten getauchtem Antlitz – trat auf das Schlachtfeld, blickte mit schwarzen Augen auf die Gestalt ihres Vaters, der in einer Wolke aus Schatten ein paar Körperlängen vor ihr auftauchte, das Herz eines Lichtelfens in der Hand, das zu Asche zerfiel und sich in die Winde der Stille, die sich über den Kampf gelegt hatte, verstreute.

Ich fasste mir an die Brust, spürte kurzzeitig aufkommende Bedrückung in meinem Herzen, als ich Prues bedrohliche Augen sah. Die feurige Flamme darin erwachte zum Leben, als der Schattenkönig sie mit ähnlich tödlichem Blick taxierte. Für mehrere Wimpernschläge glaubte ich, der Abgrund, auf dem ich immer noch kniete, würde mich unweigerlich in den Schlund der Hölle ziehen. In das Chaos zersplitternden Gleichgewichtes. In eine Welt voller unüberwindbarer Dunkelheit. Denn Prues Herz war still, so still wie die einstige Lautlosigkeit unserer verlorenen Zeit. Als ob die neu erwachten Gefühle nur eine Traumgestalt gewesen wären und all die Toten auf ihrem Weg des Hasses, des Verrates und der Verachtung nicht nur in der Vergangenheit ihrer Taten existierten, sondern immer noch allgegenwärtig wären. Vielleicht hatte ich mir so sehr erhofft, dass meine Liebste ihr Herz und ihre Liebe wiedergefunden hatte, dass ich die Zeichen des Verrates und der Lüge nicht durchschaut hatte, als sie in meinen Armen auf dem Hügel der Feen lag. Doch die Wahrheit konnte keine Lüge sein. Auch wenn sie trickreich war, so wusste ich, dass die Wahrheit immer noch ihr Fluch war.

Mein Herz schrie und mein Nacken prickelte immer mehr und mehr. Folterte mich mit Dingen des Widerspruches und sendete mir schließlich weitere Bilder aus ihren Augen. Eine einzelne rote Blüte Nachtmohn lag in ihrer Hand, ein winziger Hinweis darauf, dass das, was ich mit den Augen der Gegenwart vor mir sah, nur ein Trugbild darstellte. Ein Trugbild, um zu täuschen, um den dunklen König hinters Licht zu führen, der die Gefahr, die direkt vor ihm stand, durch seine Gier nach ihrer Macht nicht bemerkte. Hoffnung tat sich in mir auf. Hoffnung auf ein endgültiges Ende dieses Chaos`.

Prue sah tödlicher aus denn je. Tödlicher als ihr hasszerfressener Vater, der sie mit einem Lächeln bedachte, als würde er sich freuen, seine verloren gedachte Tochter in die Arme schließen zu können, damit sie diese Welt endlich aus dem Gleichgewicht riss und uns dabei allesamt mit ins Verderben stürzte.

Sie war das Schattenkind.

Sie hatte eine Bestimmung zu erfüllen.

Es war, als ob erneut die Zeit stehenblieb, als sie einen Schritt auf ihn zuging, jeder in seiner Bewegung innehielt, als die Prinzessin der Schatten sich ihrem Schicksal stellte.

Sie hob die Arme und ich erwartete die dunkle Magie, die uns alle zerstören könnte. Doch dann flüsterte ihre Stimme durch die Seelenverbindung zu mir.

»Sieh genau hin!«

Ich sah hin.

Mein Mundwinkel zuckte, als das kraftvolle, nie lebendiger klingende Schlagen ihres Herzens in der Dunkelheit der Schlacht ertönte. Als wäre es ein Echo all des Blutvergießens und all der überdauernden Zeitläufe, die man an sinnlose Kriege verschwendet hatte.

Prue formte eine allmächtige Waffe aus ihren eigenen Schatten und zeitgleich mit der Geburt der zweischneidigen Klinge schlugen hunderte über hunderte weiterer kraftvoller Herzen im Einklang. Herzen, die sich in der gegenwärtigen Ablenkung des Augenblickes herangeschlichen und sich unter die Schattenkrieger gemischt hatten. Prue richtete ihre Waffe auf ihren Vater, sprach kein Wort und doch wusste jeder, was in den Köpfen aller Elfen gesprochen wurde.

Es donnerte und blitzte, die Erde bebte erneut, tat sich auf zu einer gewaltiger Kräftemessung voller Wahrheit.

Prue schwang ihr Schwert, preschte in einem Sturm tiefster Finsternis ihrem Vater entgegen, der sie mit der gleichen tödlichen Kraft überfiel. Ich sah Fehran und die anderen Schattenelfen unseres Bündnisses die Waffen heben und sich mit in die Schlacht werfen. Sie schlossen sich den Lichtelfen im Kampf gegen die Übermacht der feindlichen Armee an, während Prue und der dunkle König in gewitterähnlichen Wolken gegeneinander kämpften. Ich wandte meinen Kopf in die andere Richtung, sah Brent, dessen Oberkörper von tiefen Furchen gezeichnet war, der seine Axt schwang und kämpfte, als würde es kein Morgen geben. Blickte zu Leo, der mit Priest Seite an Seite Widerstand leistete und den feindlichen Schattenkriegern, die ihres Königs verfallenen Wahnsinn teilten, Rücken an Rücken kämpfen, während Jezebel auf dem Drachen saß und ihn über die Schattenarmee lenkte.

Dann sah ich im Augenwinkel eine Gestalt. Zierlich und nebelverhangen und doch deutlich spürbar. Die hellen, langen Haare wehten im Wind der Schlacht und ihre alles sehenden Augen verweilten auf dem wirbelnden Sturm von Vater und Tochter. Dann spürte ich ihren Blick auf mir und ich erkannte mit all meinen Herzschlägen zum ersten Mal die Bedeutung des mysteriösen Orakels, das all ihre Weissagungen auf diesen kristallischen Punkt der Gegenwärtigkeit gelenkt hatte. Die Kraft der Bedeutung ließ mich tief ein- und ausatmen und mit einem Mal spürte ich den Willen des Lebens in der Luft. Spürte das ganze Land Elfora. Spürte die Wahrheit hinter der Fassade des bleichen, langhaarigen Mädchens, das in meiner Vorstellung immerzu dieses Antlitz trug.

Vom absolut epischen Anblick meiner Liebsten und der Erkenntnis, was das Orakel für mich all die Zeit bedeutet hatte, vergaß ich völlig, dass die Gefahr immer noch direkt vor mir lauerte und ich wurde mir dessen erst bewusst, als mich die gewaltige Macht, die Cailan gegen mich wendete, in die Brust traf.

Mit einem Schrei auf den Lippen kippte ich zur Seite. Versuchte, den Druck in meinen Lungen durch einen tiefen Atemzug zu verringern, doch blieb mir die Luft erneut weg, als Cailan mich in die Seite trat. Die enorme Kraft, die er dabei aufbrachte, war nicht elfischer Natur, fast dämonisch. Ich war mir nicht bewusst, dass er überhaupt zu solch einer Stärke in der Lage war, bis er erneut auf mich eintrat. Ich verzog das Gesicht zu einer schmerzvollen Fratze, drehte mich gerade noch rechtzeitig auf die Seite um der eisernen Klinge, die Cailan plötzlich in der Hand hielt, auszuweichen. Schwankend kam ich auf die Beine, ballte meine Hände zu Fäusten, als er erneut auf mich einschlagen wollte. Ich wich aus, formte die Königsklinge in meiner Hand, deren Licht sich in Cailans von Wahnsinn getriebenen Augen spiegelte. Sein eisernes, mit Schatten umhülltes Schwert klirrte gegen die Königsklinge, als ich sie das erste Mal gegen ihn erhob. Die Erschütterung drang mir durch Mark und Bein.

»Hör auf!«, schrie ich ihn an, als er erneut die Klinge gegen mich erhob und ich das Königsschwert als Schild nutzte. Kleine Lichtpartikel splitterten von meiner Waffe und verstreuten sich in den dunklen Sturm des Himmelsgewölbes.

Cailan drückte sein Schwert fester gegen das meine. Ich schlitterte durch seinen Kraftaufwand über den aufgeweichten Boden nach hinten.

»Cailan! Hör auf!«, schrie ich erneut, als ich weitere Zentimeter nach hinten schlitterte, meinem eigenen Abgrund entgegen, dabei über einen leblosen Körper stolperte und auf die Knie fiel, die Königsklinge immer noch in zwei Händen, wie ein Schild vor mir erhoben, während Cailan seine eiserne Klinge dagegen presste.

Ich ließ ihn nicht aus den Augen, folgte jeder seiner Bewegungen und doch sah ich zu spät, wie er aus seinem Gewand einen Dolch herauszog. Bittersüßer Nachtschatten glitzerte in der Lichtreflexion meiner eignen erhobenen Klinge und offenbarte mir das lilafarbene Grauen, welches Cailan mir beim nächsten Atemzug in die Seite rammte. Ich schrie auf, als die Klinge mein Fleisch durchbohrte und der Nachtschatten sich durch meinen Leib fraß. Die Königsklinge verpuffte, wurde zu einem Sonnensturm in der Dunkelheit und verschwand mit den Schreien der Fallenden. Ich hielt mir die Seite, spürte das warme Blut durch meine Finger sickern.

Als Cailan sich über mich beugte, blickte ich in die verlorenen Augen eines Elfen, den ich mein Leben lang gekannt hatte. Der dasselbe Blut in seinen Adern hatte. Der dasselbe Zuhause bewohnte, aus demselben Geschlecht der königlichen Blutlinie entstammte. Und trotz dass ich mich hätte wehren, dass ich mich hätte verteidigen können, tat ich nichts, um ihn zu hindern. Vielleicht war es die Schuld, die ich fühlte. Die Schuld, als sein Bruder versagt zu haben. Ich wusste es nicht. Ich war nicht fähig, ihm noch mehr zu nehmen. Er hatte alles verloren, sich in der Dunkelheit einen Freund gesucht, der ihn verschlungen hatte. Ich hätte ihn davor bewahren müssen. Hätte ihn vor diesem Schicksal beschützen müssen.

Ich spürte die Fänge des Todes in der Luft, spürte den Verlust meiner Seele, als Cailan den Dolch erhob. Atmete noch einmal die Luft ein, erinnerte mich an das Leben, das ich geführt hatte, und an das, was ich hätte besser machen können.

»Der tolle, allzeit bewunderte Fry Lichtbringer kniet endlich in der Position, in die er immer schon gehörte. Sieh mich an, du elender Feigling. Sieh dem Tod ins Auge und sei dir bewusst, dass es allein deine Schuld ist.«

Ich hob den Kopf, blickte in seine Augen und hoffte, etwas von dem einstigen Blau darin zu finden. Doch fand ich nichts als Dunkelheit.

Als der vergiftete Dolch auf mich niederstieß, senkte ich meine Lider und wollte den seelenlosen Tod empfangen, der mir bevorstand. Doch kurz bevor die Klinge mein Herz berührte, fiel sie auf dem Boden. Ich hob meine Lider, sah in zeitlupenähnlichem Zustand, wie eine filigran gearbeitete Schwertspitze sich von hinten durch das Herz meines Gegenübers bohrte. Es wurde aus seiner Brust gestoßen und in dem Moment, als der schwarze, leblose Klumpen die Luft berührte, zerfiel es Stück für Stück zu Asche. Cailan stürzte, zerfiel mit einem stummen Schrei zu einem Nichts aus seelenlosen Staubkörnern und offenbarte mir den grünen Haarschopf meines wahrhaftigen Bruders, der hinter der Asche von Cailan auf die Knie fiel, das Schwert immer noch mit seinen Händen umklammernd.

Cailan war tot.

Doch bevor ich mir dieser Tragweite wirklich bewusst wurde, fiel Severin im gleichen Herzschlag nach hinten, der Aufschlag ertönte in meinen Ohren wie ein Schrei meiner Seele.

Sofort war ich bei ihm. Tränen brannten in meinen Augen, als ich meine zittrigen Hände auf seine blutgetränkte Brust stemmte, um die strömende Blutung zu stoppen. Seine Atmung ging stoßweise, zaghaft und schwach. Er legte seine bleiche Hand auf meine und röchelte. Blut spritze aus seinem Mund, als er meinen Namen kaum hörbar flüsterte.

»Fry.«

Ich fing an zu schluchzen. Meine Tränen tropften auf sein bleiches Gesicht und vermischten sich mit seinen eigenen.

Nichts war wichtig in diesem Moment.

Nicht Prue, die sich immer noch einen Kampf mit ihrem Erzeuger lieferte, nicht die Schreie der anderen. Nichts. Nur Severin war wichtig. Severin, der dem Tod so nah war, als würde er bereits nach seiner Seele greifen, als würde die Sonne gleichzeitig versuchen, ihn zu sich zu holen. Er hatte Gänsehaut und zitterte.

Severin hob seine blutige Hand. Ich erschauderte, als er sie schwach auf meine Wange legte und mich mit seinen verschleierten, den Tod sehnenden grünen Augen anblickte. Er hustete.

»Sie haben mich in eine Zelle gesteckt, mit den Überresten meines Vaters. Fry. Sie haben mich ...« Er brach ab, schüttelte sich unter den Tränenschwall, der aus seinen Augen brach. »Ich habe deinen Bruder getötet«, brachte er mit schwacher Stimme heraus. Weinte genauso hemmungslos, wie ich es tat. »Verzeih mir«, flüsterte er, fing wieder an zu husten und erbrach sich. »Verzeih mir, Fry.«

Ich schüttelte den Kopf, umfing seine zitternde Hand.

»Nein. Sev. Nein. Du bist und bleibst immer mein Bruder, Sev. Niemand könnte das Band, das uns verbindet, ersetzen.«

Ich beugte mich zu ihm herunter, legte meine Lippen auf seine Stirn. Mein Herz brach entzwei, als er einen röchelnden Atemzug tat und ich mich in der seelischen, nicht heilbaren Trauer verlor, die dieser Moment in mir auslöste.

KAPITEL 57

Leo

Severin.

Ein harter Schlag traf mich am Ohr und ich stürzte. Schlitterte über das Gefilde des geschundenen Bodens. Mein Ohr fiepte, sendete beißende Schwere und ich spürte die heiße Spur meines Blutes heruntertriefen. Ich versuchte, auf die Beine zu kommen, um dem vertrauten grünen Haarschopf entgegenzurennen, der sich in mein Sichtfeld geschoben hatte. Zuerst dachte ich, es sei ein Trugbild meiner schreienden Seele, mein Herzenswunsch, der mich am Leben hielt in diesem Kampf. Doch die Wahrheit sah ganz anders aus. Er war es wirklich.

Severin.

Mein Severin.

Mein Prinz.

Er hinkte Schritt für Schritt über das Schlachtfeld, als würde nichts ihn aufhalten können. Als habe er ein einziges Ziel vor Augen, eine Aufgabe, der er gerecht werden wollte. Er humpelte, stemmte sich auf ein eisernes Schwert und nutzte es als Stütze für den schwerfüßigen Gang durch die Meute lichtfressender Schattenelfen.

Ich wollte mich aufrappeln und zu ihm eilen. Ihn endlich in meine Arme schließen und auf der Stelle von diesem schlimmen Ort fortbringen. Wollte ihm endlich die Worte sagen, die schon viel zu lang unausgesprochen zwischen uns hingen, doch der gegnerische Schattenelf, der mir diesen fürchterlich, schmerzvollen Schlag verpasst hatte, trat mir in den Rücken, sodass ich erneut der Länge nach im Dreck landete. Ich wandte den Blick von Severin ab, drehte mich auf den Rücken und trat den Schattenelfen von mir herunter. Setzte alle Kraft ein, die ich aufbringen konnte, um ihn abzuwehren, und schaffte es schließlich, ihn zu Fall zu bringen. Ich verschwendete keine Zeit damit, ob er wieder aufstand und dort weitermachte, wo er begonnen hatte. Schon stemmte ich mich auf alle Viere und rappelte mich auf, im gleichen Augenblick, als Severin sein Schwert in Cailans Rücken rammte und ihm das Herz aus der Brust stach. Im Zeitlauf eines Wimpernschlages verlor Severin das Gleichgewicht und brach zusammen, während das Band, das mich zu ihm zog, als wäre ich selbst ein Verfallener des Wahnsinns, mir Kraft schenkte, um mir einen Weg zu ihm zu kämpfen. Fry presste seine Hände auf eine blutdurchtränkte Stelle an Severins Brust und ich rannte, rannte als würde nur das in diesem Augenblick meines Lebens zählen. Die letzte Körperlänge schlitterte ich über den Boden und kam genau an Severins zitterndem Körper zum Stehen. Beugte mich zu ihm und legte meine aufgeplatzten Lippen auf seine, während ich Fry half, die Wunde an seiner Brust mit den Händen abzudrücken.

Mir war egal, dass ich den König von ihm wegschob, mir war egal, dass die Schlacht um uns tobte und mich einzelne Ausläufer von Schattenmagie streiften. Nichts zählte. Nur dieser Augenblick. Nur Severin. Mein Severin.

Er lebte, auch wenn es nicht so aussah, als würde er es noch lange tun. Doch ich schwor mir, bei meiner Seele: Er würde heute nicht sterben. Nein. Das würde ich nicht zulassen. Ich war so entschlossen, ihn zu heilen, dass ich vergaß, dass wir uns immer noch in einer Schlacht befanden.

»Leo?«, hustete Severin und öffnete ein Augenlid. Der Glanz in seinen Augen war wunderschön und furchteinflößend zu gleich.

»Leo«, hauchte der König, berührte mich mit seiner blutigen Hand an der Schulter. »Sev... er ...«, stotterte er, doch mein Blick blieb bei Severin hängen.

Vorsichtig strich ich ihm eine Locke aus dem Gesicht, nicht fähig, nur ein einziges Wort herauszubringen.

Trotz dass er dreckig war, blutüberströmt und ausgemergelt, war er immer noch wunderschön. Ich spürte die Wärme, die mir in die Glieder fuhr. Spürte all meine Liebe für diesen Elfen. Dann drückte ich meine Hand etwas fester auf seine Verletzung und sendete die letzten Sonnenstrahlen meines Körpers in seinen. Versuchte ihm Linderung und Heilung zu verschaffen. Meine Tränen tropften auf seine Stirn.

»Ich sterbe, Leo. Bin vielleicht schon tot«, hauchte er und sein Körper erzitterte.

Ich schüttelte den Kopf, wischte mir mit dem Handrücken die Tränen vom Gesicht.

»Du stirbst nicht«, brachte ich erschöpft hervor. »Ich liebe dich, hörst du? Ich liebe dich, verdammt noch mal.«

»So viele sch-schöne Worte aus deinem M-mund. Das kann nur das En-ende sein« stotterte er und verzog seine Lippen zu einem blutverschmierten Grinsen – was so typisch für ihn war. In der größten Schlacht, im Trubel unzähligen Leids grinste er.

Diese tiefe Wärme und Verbundenheit, die meine Liebe für ihn in diesem Moment spiegelten, waren unbeschreiblich. Er würde heute nicht sterben. Dafür würde ich sorgen.

»Nein. Es ist ein Anfang«, versprach ich ihm und beugte mich zu ihm herunter, legte meine Lippen auf seine. »Ich liebe dich so sehr, Severin Grünhain. Idiotischer Prinz der Lichtlande! So sehr, du verdammter Idiot!« Die Worte sprudelten nur so aus mir heraus. Hatten seit Jahresläufen darauf gewartet, über meine Lippen zu kommen und von der Welt gehört zu werden. Dies war der Moment. Auch wenn er weitaus unpassend dafür war.

Severin seufzte, fing gleich mit dem nächsten Atemzug an zu husten und verzog das Gesicht zu einer schmerzvollen Grimasse, als ich in meiner Hosentasche nach der Paste mit der Kräutermischung suchte. Als ich sie fand und aufgeschraubt hatte, drückte ich noch einmal kräftig auf Severins Wunde, spürte, wie meine Magie in ihn eintauchte und versuchte die mickrigen Heilkräfte, die ich geerbt hatte, hervorzurufen. Doch leider war ich nicht so begabt, was die Heilung mit Magie betraf wie meine Schwester, die gerade irgendwo auf dem Drachen eines Schattenelfens ritt, außer Reichweite für alle.

Die Wunde zischte und Severin krampfte für einen Augenblick.

»Sev ...«, hauchte der König, breitete die Flügel aus und nutzte sie als Schild gegen die feindliche Magie.

»I-ich habe meine Auf-aufgabe erfüllt, ganz sicher wird die S-sonne mich jetzt zu sich holen. Sie ruft schon meinen N-namen. Hört ihr die Glocken nicht klingen? Sie kommt mich hol-holen«, kratzte er und flatterte melodramatisch mit den Augenlidern.

»Niemand wird dich holen kommen. Deine Zeit ist noch nicht abgelaufen. Du wirst die Sonne noch weitere Jahresläufe auf deinem Körper spüren, mein Bruder«, sprach der König und hielt Severins Hand fest in seiner.

Unsere Augen trafen sich und ich wusste, was der König mich stumm fragen wollte. Ich nickte. Severin war schwer verletzt, seine Verletzung tief und er hatte viel Blut verloren, doch würde er überleben. Das flüsterte mir meine Magie zu und ich legte mein Vertrauen in sie.

Ich spürte förmlich die kurze Anspannung des Zeitlaufes, den ich brauchte, um den Kopf zu bewegen, und die Anspannung wich aus Frys königlicher Gestalt.

»Ich bin einfach zu schön, um zu st-st-sterben«, wisperte Severin und Fry und ich blickten zeitgleich zu ihm herunter.

Ich legte meine Hand an seine Wange und er schmiegte sein Gesicht hinein.

»Haben wir wenigstens gewonnen?«, fragte er, versuchte, sich aufzustemmen, doch ich drückte ihn wieder nach unten, riss ein weiteres Stück meines Obergewandes mit den Zähnen ab. Dann fädelte ich die Schnürung meines Hemdes heraus, legte das zerrissene Stück Stoff auf die Wunde und band das Ganze mit der Kordel ab. Sofort tränkte sein Blut das Stück Stoff. Er brauchte die heilende Kraft der Sonne, damit sich die Verletzung schließlich schließen konnte. Doch die war nicht in Aussicht. Es musste fürs Erste so gehen.

»Es ist noch nicht entschieden. Doch zuerst werden wir dich von hier fortschaffen. Diese Schlacht ist nicht mehr deine«, sagte Fry, blickte zu der tobenden Wolke aus Schatten, deren Herz kraftvoller denn je in der Dunkelheit ertönte.

In seinen Augen sah ich die gleiche Angst, die ich bei Severin verspürt hatte. Die Prinzessin der Schattenlande war stark, doch der Schattenkönig hatte jahrelang Zeit gehabt, die Macht der Dunkelheit zu verkörpern. Er würde nicht aufgeben, bis seine Gier nach mehr gestillt war. Auch wenn er dafür seine eigene Tochter dem Chaos opferte. Als die Prinzessin der Schatten über den Boden schlitterte, den Körper blutig von den Angriffen, zuckte Fry zusammen, stand auf und ballte die Hände zu Fäusten. Blickte abwechselnd zu ihr und zu Severin, den ich in eine sitzende Position hievte.

»Geh. Wir können nichts ausrichten, doch du kannst.« Ich half Severin auf die Beine. Er klammerte sich mit beiden Armen an mir fest und sackte kurz zusammen, bis ich ihn erneut mit festem Griff hochstemmte und festhielt, während wir einem Pfeil mit Nachtschatten auswichen. Ich nickte in Prues Richtung. »Ihr könnt es beenden. Zusammen.«

»Ist sie auf unserer Seite?«, kratze Severin und folgte unserem Blick auf die sich aufrappelnde Gestalt von Prue. Fry drehte sich zu uns. In seiner Hand flackerte eine zweischneidige, lichtdurchflutete Klinge.

»Leo. Du musst ihn von hier fortschaffen.« Seine Augen leuchteten silbern wie die Sterne in den Lichtlanden.

»Moment mal. Ich ... Ich kämpfe mit dir!«, protestierte Severin mit schwacher Stimme, krallte seine Hände an meinem Körper fest.

Fry schüttelte den Kopf.

»Du hast genug gekämpft, Bruder.«

»Aber ...«, fing er an und brach ab, als er in Frys entschlossene Miene blickte. Sein Flügel war zerrissen, hing leuchtend herunter, während der andere immer noch strahlte wie die Sonne. Im nächsten Augenblick zog er sie zurück. »Fry ...«, hauchte Severin, streckte seine Hand nach ihm aus, als der König das leuchtende Schwert hob und sich einen Weg zu seiner Liebe freikämpfte. »Fry ...«, flüsterte Severin und seine Stimme brach. Er sackte zusammen. Ich umklammerte ihn fest, damit er nicht auf dem Boden aufschlug. Ein Schmerzenslaut kam über seine Lippen.

»Ich muss zu ihm, Leo.«

Ich schüttelte den Kopf.

»Nein.«

Ein Brüllen ertönte über unseren Köpfen und wie automatisch zuckte ich für einen Moment zusammen, den Blick auf das Ungetüm am Himmel gerichtet, dessen Feueratem die Verwüstung des Todes erhellte.

Severin folgte meinem Blick, krallte sich mit den Händen erneut in mein Fleisch.

»Ist das Jezebel?«, fragte Severin.

»Ja«, antwortete ich.

»Und der Bastard?«

Ich kniff die Augen zusammen, erkannte in der Ferne auch die Gestalt des Schattenelfen auf dem Drachen. Jezebel hielt sich an ihm fest, während er den Drachen lenkte.

»Was habe ich noch alles verpasst, mein Hübscher?«

Ich blickte ihn an, verzog den Mund und brachte kein Wort heraus, als ein lauter Schrei die eiskalte Hölle zum Erschaudern brachte. Es war Prue, die vom Himmel fiel. Fry stieß sich vom Boden ab, entfaltete seine Flügel, deren Schläge schwerfällig und träge durch die Luft glitten. Er fing die Prinzessin auf und landete unsanft auf der Erde, rollte sich mit ihr ab und beugte sich über sie, als ein Schauer Gesteinsbrocken, heraufbeschworen vom Schattenkönig, auf sie niederrauschte.

Severin zitterte, krampfte zusammen und ich fühlte seinen Herzschmerz, als wäre es meiner. Auch ohne die seelische Verbindung des Bundes war sie greifbar für mich.

»Du musst mich zu ihm bringen. Ich habe mit Sicherheit schon sehr früh viel zu viel Pfeifenkraut geraucht, doch bin ich mir absolut sicher, dem Gefühl nachgehen zu müssen.«

»Nein.« Ich schüttelte den Kopf. »Deine Verletz...«, wollte ich protestieren, doch Severins flehende Stimme ließ mich erschaudern und die Worte nicht über meine Lippen bringen.

»Leo.«

Wieder schüttelte ich den Kopf, presste ihn an mich und legte meine Stirn an seine. Sog seinen typischen Geruch ein. Nicht bereit, ihn gehen zu lassen. Nicht schon wieder.

»Sag es noch einmal. Sag mir diese besonderen Worte. Bitte«, flehte er und ich schüttelte immer noch den Kopf. Erinnerte mich an seine Worte. »*Wenn du es jetzt sagst, klingt es wie ein Abschied.*«

»Bitte«, flehte er und ich gab nach. Fühlte den Schmerz in mir und das Glück, diese Worte wahrhaftig fühlen zu können.

»Ich liebe dich«, schluchzte ich.

Ein liebevolles Lächeln erhellte sein Gesicht, als er seine Lider senkte und seine Lippen auf die meinen legte, während die Hölle um uns herum kein Ende fand. Doch es war, als wären Severin und ich in einer Blase gefangen, an der alles vorüberzog. Als gäbe es nur ihn und mich. Zwei Elfen, zwei Herzen.

»Und ich liebe dich«, hauchte er, stieß mich im nächsten Wimpernschlag fort und die Blase platzte.

Tränen bildeten sich in meinen Augen, benetzten meine Haut und brannten sich ein, als Severin, humpelnd und mit einer Hand auf die Wunde gepresst, versuchte, sich einen Weg zu Fry und Prue durchzukämpfen.

Doch so sehr ich ihn auch liebte, so sehr ich meine Pflicht als Krieger der Krone auch ernst nahm: Ich konnte Severin nicht einfach so gehen lassen.

Während ich ihm hinterherlief, ertönten die Geräusche der Schlacht wieder lauter in meinen Ohren.

Ich holte Severin rasch ein, stellte mich vor ihn. Blickte ihm in die aufgerissenen Augen.

»Leo, was?«, fragte er verwundert und ich wischte mir die Tränen weg.

»Es tut mir leid. Doch ich kann das nicht zulassen!«

»Leo?« Er sah mich mit diesem flehentlichen Blick an, krampfte und sackte zusammen, hielt sich die Hand auf seine Wunde, die blutdurchtränkt war. Ich half ihm auf, spürte seine kalte Haut. »Du lässt mich nicht kämpfen? Obwohl es meine Pflicht ist?«

»Es tut mir leid«, kratzte ich.

Severin hustete, spuckte Blut und krallte sich an meinem Körper fest. Er blickte zu der Wolke aus Sturm und Tod, die mit kleinen Lichtexplosionen die Erde erzittern ließ und die Atmosphäre elektrisch auflud und dann wieder zu mir.

»Du bist rebellisch, mein Hübscher.« Er verzog das Gesicht, als würde ihm jedes kleine Wort Schmerzen verursachen. »Leo...«, versuchte er zu protestieren, sich aus meinen Armen zu befreien, obwohl er kaum die Kraft dazu aufbringen konnte. Doch ich hielt ihn fest und die Worte sprudelten nur so aus mir heraus.

»Ich weiß, dass du das Gefühl hast, es allein mit der Welt aufnehmen zu müssen. Dass es deine Pflicht als Prinz der Lichtlande ist, die Gefahr zu bekämpfen. Doch auch ich habe meine Pflicht zu erfüllen.«

»Leo, das ist nicht der richtige Zeitpunkt, um ...« Doch ich legte meinen Finger auf seine Lippen und schüttelte den Kopf.

»Ich werde dich bei deiner Pflichterfüllung nicht aufhalten, doch werde ich auch meine erfüllen. Wir tun es zusammen.«

Er seufzte. Fing an zu husten und wischte sich, während ein Lächeln sein Gesicht erhellte, das Blut von den Lippen, das dabei herauskam.

»Lass uns das Gleichgewicht bringen und nicht dabei draufgehen.«

Er hob seine Hand in den Himmel und ich stützte ihn, als wir uns gemeinsam in Richtung des Endes begaben, zusammen, mit dem einzigartigen Gefühl, die gegenseitige Liebe zu spüren, deren Kraft unsere Herzen im Einklang schlagen ließ.

KAPITEL 58
Prue

Es war eine schicksalsträchtige Wahrheit, die mich zu diesem Punkt meines Lebens geführt hatte, die Flügel flatternd ohne Halt dem Himmel entgegengestreckt und mit den Schrei der Angst auf den Lippen. Eine Wahrheit, die mich all die Jahre begleitet, deren Schlag ich immerzu in jedem meiner Herzschläge gespürt hatte. Auch wenn ich mein Licht, das Erbe meiner Mutter, an den Elfen, der mein Herz stahl, bereitwillig verschenkt hatte, so war dieser Funken Licht, der Herzschlag, dennoch ein Teil von mir. Auch als ich mich selbst zeitweise in der Dunkelheit des Augenblickes verloren hatte, so war er doch stets bei mir. Dieser Funken Licht, der zu mir gehörte, der mich geleitet und mir zugeflüstert hatte. Und der in diesem Moment hell erleuchtete, unsichtbar für alle, nur spürbar in mir selbst.

Die eiskalten Klauen der zerstörerischen Kraft meines Vaters peitschten mir entgegen, als würde sein ganzer hasszerfressener und machtgieriger Kampf mit einem Mal aus ihm herausbrechen. Ich fiel, fiel vom Himmel, dem Ende entgegen, das die Zukunft der ganzen Anderswelt neu schreiben würde. Ich stürzte den vielen leblosen Elfen entgegen, deren Blut die Erde in Rot getränkt hatte, deren leblose Augen in den wolkenverhangenen Himmel blickten, nicht wissend, was danach geschehen würde. Während die geballten Schatten meines Vaters weiter auf mich einschlugen, schloss ich die Augen, spürte den Schmerz, spürte die Angst und die Gefahr, spürte die Veränderung der Zukunft und erinnerte mich an meine Reise zu diesem Punkt meines Lebens, der durch das schicksalhafte, traumatische Wiedersehen mit meinem Bruder, der fast durch meine eigenen Hände getötet worden wäre, geprägt war. Dessen Begegnung den ersten schlagartigen Veränderungswunsch hervorbrachte, der meinen Hass milderte. Schuld und das Betrübnis waren seither meine Begleiter. Der Verlust, den diese Gefühle in mir auslösten, die ein Loch in mein beschädigtes Herz gebrannt hatten, war immerzu Teil meiner Schuldgefühle. Doch mein Vater hatte kein Erbarmen mit den Gefühlswelten einer kindlichen Elfe, die seiner nicht würdig war. Er scherte sich nicht darum, ob seine Tochter den Sturz überlebte. Oder dass er mir unendliche Schmerzen bereitete, während er seine Macht auf mich niederfallen ließ. Ihn gierte es nur nach mehr davon. Er brauchte keine Worte, denn auch ohne Worte sah ich die Wahrheit in seinen Augen. Ich wollte ihn dafür hassen, dass er mich um die Möglichkeit brachte, meinen Bruder um Verzeihung zu bitten, bevor ich aus diesem Leben schied. Doch selbst das besitzergreifende Gefühl des Hasses war seiner nicht würdig. Er hatte es nach all den Jahresläufen und all den unschuldigen, verlorenen Seelen nicht verdient, ihm irgendein Gefühl zu offenbaren oder es ihm gar zu schenken.

Je näher ich den Klauen des blutgetränkten Erdbodens entgegen fiel, desto mehr Bilder tauchten in meinem Kopf auf, desto mehr Gefühlswelten offenbarten sich mir.

Severin, mein geliebter Bruder. Nur ein kurzer Blick auf ihn war mir vergönnt. Ein Blick, der Fürchterliches in mir auslöste. Sein Blut durchtränkte in diesem Moment den Erdboden, zu dem ich meinem Ende entgegenflog. Während Fry, mein geliebter Fry, ihn in den Armen hielt. Dessen Mut und Entschlossenheit die Wahrheit in meinem Herzen offenbarten und dass Liebe keinerlei Lüge hervorbrachte.

Durch eine schicksalhafte Fügung, dem Sog der nebelverhangenen Zukunft, traf ich auf meiner Reise zu diesem Himmelsfall auch weitere Wunderwerke des Lebens. Schattenelfen mit Herzen. Mit Herzen, die lebendig schlugen und die den Fluch meiner Einzigartigkeit in dem Augenblick auslöschten, als ich das lebensverändernde Schlagen hörte.

Ich hatte immer gedacht, wenn man stürbe, dann fürchtete man sich nicht mehr, dann sei alle Furcht vom Wind davon geweht worden. Doch das stimmte nicht.

Ich hatte Angst, aber nicht um mich. Ich hatte Angst um all die Elfen und Lebewesen dieser Welt. Angst um die ganze Anderswelt, die ich so sehr liebte und die mein eigener Vater im Wahnsinn absoluter Macht im Begriff war auszulöschen.

All das geschah in einem Wimpernschlag eines einzigen Augenblicks und als mein Vater den blutgetränkten Untergrund mit seiner Macht zerstückelte, in die Lüfte erhob und die Oberfläche, die Knochen und all die Dinge, die ich nicht benennen konnte, in einem Anfall des Wahnsinns auf mich niederregnen ließ, zupfte ich ein letztes Mal an der Verbindung zu meinem Gefährten und sendete ihm letzte Worte der Wahrheit, die ich nicht mehr über meine Lippen bringen würde.

Die schweren und zersplitternden Einschläge auf meiner Haut verletzten mich tief und doch spürte ich sie kaum. Ich hörte nur Herzschläge in dieser Dunkelheit. Herzschläge, die mir zumindest einen Teil von Hoffnung schenkten. Auch wenn das Schattenkind diese Welt als Staubkorn verlassen würde, so waren da immer noch Herzschläge, die weiterkämpften. Die nicht aufhörten, für das einzustehen, das sie um jeden Preis beschützen wollten.

Ich presste die Augen zusammen, hielt die Arme schützend über mein Gesicht, versuchte nicht mal mehr, ein letztes Mal meine eigene Magie aus den Tiefen meines Erbes heraufzubeschwören, um mich vor dem zu bewahren, was vor mir lag. Machte mich bereit für den tödlichen Aufprall, doch dazu kam es nicht. Denn ein schwerer Körper fing mich kurz vor dem Aufprall auf, drückte mich an sich und begrub mich unter sich, als wir zwar hart, aber nicht tödlich, auf dem Boden aufschlugen. Ich hatte keine Gelegenheit, einen brennenden Atemzug zu tätigen, denn trotz dass ich abgefangen wurde, presste es mir die Luft aus der Lunge. Die Luft brannte, sendete tausend Nadelstiche in meinen Körper und ich hustete.

Es tat so weh.

Furcht überkam mich. Gewaltige, zerfressende Angst, vom einen Unglück ins nächste gestürzt zu sein. In eine Gegenwart ohne Zukunft. Also strampelte ich, wehrte mich gegen den nächsten Angriff auf mein Leben, obwohl mir jeder Knochen schmerzte. Ich wollte mich aus diesen Armen befreien, die mich festhielten, unfähig die Augen zu öffnen.

»Prue. Ich bin es!«, drangen die Worte zu mir durch.

Mein Nacken prickelte und tief in meinem Herzen, am Anfang meiner verfluchten Seele, spürte ich etwas Vertrautes, und endlich öffnete ich die Augen, blickte in die nun silbernen Iriden, die mir alles bedeuteten.

Er verstärkte den Druck an meinem Körper. Hielt mich fest, während die dunkle Wolke aus Schatten sich über unseren Köpfen erneut zusammenbraute.

»Fry«, schluchzte ich, nicht fähig eine Träne zu vergießen.

Nur für einen weiteren brennenden Atemzug gönnte ich mir, ihn zu betrachten. Seine Flügel leuchteten, trotz dass der eine zerrissen war. Immer noch war er wunderschön. Ich wollte meine Hand heben, sie durch das verletzte Flügelwerk gleiten lassen, doch ich hielt inne, als mich ein tiefer Schauer überkam und ich unter seinem Körper erzitterte.

»Ich bin jetzt bei dir, Liebste. Ich bin bei dir«, raunte er.

Ich wollte auflachen, wollte mit ihm Hand in Hand von diesem fürchterlichen Ort fliehen, in ein Leben ohne Krieg, ohne Schmerzen, ohne Tod. Nur Freiheit.

Freiheit.

Ein Wort und doch so viel mehr.

Aber dieses leichte Ende, diese Freiheit war uns nicht vergönnt. Der Sturm über unseren Köpfen braute sich zusammen. Immer wieder rieselten kleine Gesteinsbrocken auf uns nieder. Fry hievte seinen Körper von mir herunter, half mir auf die Beine und drückte mich schließlich erneut an seine Brust, die Flügel schützend um uns geschlungen, als der Schattenkönig sein schattenumwobenes Gesicht offenbarte. Er stieg aus seiner Wolke aus Dunkelheit hervor und glitt vom Himmel herab. Um uns tobte noch immer der Kampf. Elfen starben. Schreie ertönten. Zu meinem Erstaunen zeigten sich auf dem Körper meines Vaters auch Wunden. Auch er war nicht unverwundbar und diese Tatsache schenkte mir eine Winzigkeit Hoffnung.

Fry hielt mich fest. Ich spürte seinen Herzschlag. Fühlte all seine Bürden. Meine eigene Schattenmagie verließ meinen Körper, ließ meinen an Frys Brust gepressten Körper verdunkeln, während Fry in Licht erstrahlte.

In meinen Gedanken bildeten sich Wortfetzen. Einst gesprochen. Niemals vergessen. Woher sie kamen, wusste ich nicht, doch es war, als blickte ich auf eine Vergangenheit, deren Zukunft heute geschrieben wurde.

Schattenkind. Aus Schatten und Dunkelheit wird ein Kind geboren. Belegt mit einer Macht, die unbezwingbar scheint, wird es die Anderswelt formen. Schattenkind. Verflucht. Verflucht mit der Wahrheit. Ob Schatten oder Licht, niemand kann sich seinem Fluch widersetzen. Nicht einmal es selbst. Aus Asche und Dunkelheit wird das Schattenkind alle mit seiner Macht verzaubern und im großen Krieg eine Seite wählen. Geboren zum Blutmond. Geboren in Dunkelheit. Geboren mit Licht. Geboren, die Welt zu verändern. Schattenkind.

All die Jahresläufe, all der Schrecken, all dieser Kampf um Gleichgewicht und Macht hatten zu dieser Wegzweigung geführt. Ja, ich war das Schattenkind. Ja, ich war verflucht und ja, ich hatte meine Seite gewählt. Die Seite der Freiheit. Die Prophezeiung hatte sich erfüllt. Es war nicht wichtig in welcher Hinsicht.

»Ihr elenden Kreaturen, schwach, nutzlos und machtlos«, kratzte die verhasste Stimme meines Vaters über uns hinweg. Er ließ mächtige Schatten über seinen Körper wandern. In seinen Augen sah ich nichts als Wahnsinn.

Meine eigene Magie reagierte, peitschte in einem letzten Kraftaufwand um mich herum, hüllte auch Fry, dessen Licht immer noch strahlte, ein. Doch zerstörten sie nicht. Verzehrten das Gegenstück nicht mit ihren düsteren Klauen. Sie existierten beide. Obwohl es kaum möglich erschien. Sie bildeten eine Einheit. Ein Gleichgewicht. Jedes nicht fähig, ohne das andere zu existieren.

»Wir hätten Großes erreichen können, Tochter. Großes, doch du bist schwach. Dieser Macht nicht würdig.«

»Sie wird Großes erreichen, du Grützkopf!«

Plötzlich stand mein Bruder vor uns, gestützt von dem jungen Bogenschützen. Sein Gewand war blutdurchtränkt.

Er blickte mich nicht an, sondern fixierte meinen Vater. Ich wollte zu ihm, doch Fry hielt mich, stützte sich zeitgleich an mir ab, als mein Bruder uns einen kurzen Blick über die Schulter zuwarf. Er hielt sich die Brust, röchelte bei jedem Atemzug und doch war er hier.

Der Schattenkönig verzog den Mund zu einer Fratze des Grauens. Ich kannte dieses Angesicht allzu gut und es bedeutete nichts als Verachtung und endlose Qualen.

»Sev, was?«, fragte Fry, umfasste seine Schulter. »Ich hatte doch gesagt, ihr solltet gehen. Ich hatte ...« Er seufzte.

Severin winkte ab, doch ich sah den Schmerz in seinen Augen.

»Er hat mich in eine verdammte Zelle gesperrt, mit den Überresten meines Vaters, Fry. Verstehst du? Er hat mich verdammt noch mal da eingesperrt!« Er schüttelte den Kopf, als bekäme er so das Bild aus seinem Kopf. »Wenn wir schon sterben, dann gemeinsam als Familie.«

Dann sah er mich an. Sein Blick wurde weicher. Und ich dachte gar nicht darüber nach, sondern lehnte mich an ihn, atmete seinen Duft ein und krallte mich in sein Gewand. Alles war in diesem Moment unwichtig.

»Es tut mir leid. Ich ... es tut mir leid«, schluchzte ich.

Severin legte seine Hand an meinen Kopf.

»Ich verzeihe dir.«

Und es war die Wahrheit, denn nichts als die Wahrheit konnte er sagen.

Mein Herzschlag explodierte. Die ungebändigte Kraft strömte durch mich hindurch. Jedes kleine Stück gebrochenen Herzens, das einst in mir verloren war, war in dieser Versöhnung schlagartig zurückgekehrt.

Das grauenvolle Erzittern der Erde brachte uns schlagartig in die Realität zurück.

»Wie rührend und dumm von euch, in mein Reich einzudringen. So dumm. Lernt nie aus eurer verschwenderischen Gefühlsduselei. Die Zukunft des Reiches gebührt ausschließlich dem Mächtigsten unter uns.«

Der Schattenkönig breitete seine Arme aus, demonstrierte seine Macht. Seine roten Augen funkelten. Die Elfen der Dunkelheit stimmten ein grauenvolles Lied an, als er seine schwarze Magie freiließ. Er lachte laut auf, selbst als seine Schattenschwaden seine eigenen Untertanen trafen und sie zusammenbrachen. Manche noch mit dem Schrei des Entsetzens auf den Lippen. Es störte ihn nicht. Er lachte, war dem Wahnsinn verfallen.

Es machte mich wütend und ich verspürte sogar einen Anflug von Mitleid für die Schattenarmee, deren Herrscher ihr Lebenssaft gleichgültig war. Meine Macht baute sich auf. Ich spürte die Magie prickeln. Spürte die Fäden der Schatten in mir, die mir Kraft schenkten und die mich stärkten für den letzten Kampf, der vor mir lag. Für einen Kampf, um die Wahrheit von der Lüge zu befreien. Fry hielt währenddessen immer noch meine Hand, ließ sie nicht los. Ich blickte zu meinem Bruder, der sich auf seinen Gefährten stützte, als ich meine feurigen Augen in seinen hell erstrahlen ließ, und lächelte ihn an. Dann schloss ich die Lider. Konzentrierte mich, fühlte mich, als würde ich in Flammen aufgehen. Doch es war nicht unangenehm.

Aus den Schreien der Kämpfenden formte ich eine Waffe. Eine Klinge, spitz wie die Zähne eines Raubtieres. Spitz wie die Zunge meines Bruders. Kraftvoll wie der Herzschlag meiner Liebe und verflucht wie die Wahrheit, die mich ausmachte.

Ich hob das Schwert, das durch die einst verabscheute Kraft der Dunkelheit aus meinen eigenen Gefühlen geschmiedet worden war. Die Schatten rauschten, peitschten um die Klinge, als wären sie nur dazu da, von mir geführt zu werden. Sie beugten sich meinem Willen, widerstandslos. Die jahrelange Angst, der Hass und auch die Liebe, die ich mir so sehr von meinem Vater gewünscht hatte, sammelten sich einzig um diese Klinge, als wäre sie eine Verlängerung meines Armes und meiner unzähligen Gefühle, die mir das Geschenk meines Herzens ermöglichte. Sah, wie sich in Frys Hand eine gleichvolle magiegeladene Waffe formte, unterschiedlich in ihrem Element und doch gleich. Während die seine hell erleuchtet war, verkörperte meine die Dunkelheit. Wusste, dass mein Bruder durch seine besinnungslose Treue Eintracht schenkte, die uns in diesem letzten Kampf zusammenhielt. Drei Mächte vereint, um die Anderswelt zu befreien.

Das prickelnde Gefühl der kleinen Explosionen von Licht, Schatten und Einheit spendeten Trost, Hoffnung und eine Zukunft, die noch im Nebel der Taten lag, die einst das Orakel vor so langer Zeit in die Welt entsandt hatte. Fry und ich hoben gleichzeitig die Schwerter, während mein Bruder, immer noch gestützt von seinem Gefährten, zur Seite trat.

»Ich liebe euch! Und jetzt tretet ihm in den Arsch, befreit uns von der hässlichen Visage. Auf dass wir in Zukunft ohne Angst im Gras liegen, Pfeife rauchen und Sex haben können.« Severin hob die Mundwinkel, krampfte seine Hände in Leos Körper. »Für Elfora, unser geliebtes Land!«, schrie er und ich lächelte, spürte das Gleichgewicht dreier Mächte.

Fry stimmte in Severins Kampfschrei mit ein. Genau wie zahlreiche andere Elfen des Lichts, Elfen der Schatten, deren Herzschläge überdauern würden. Sie schworen Treue für ihren König, für das Land, das wir liebten.

Die Erde donnerte, brannte unter der Erschütterung, als die dunkle Gestalt meines Vaters sich zeitgleich mit unseren federnden Füßen erhob. Seine Gewänder bildeten ein Bildnis, des Höllenschlunds von Dunkelheit und Finsterkeit. Er verwandelte sich in einen Wirbelsturm des Wahnsinns.

Ich wusste aus kürzlicher, schuldbelasteter Erfahrung, dass Hass eine enorme Kraft besaß, dass dieses Gefühl berauschend und tödlich war. Leidvoll. Doch wie viel dieses Gefühls konnte in einer Seele wohnen, dass man zu etwas wurde, das weder elfisch noch sonst irgendwie lebendig war? Wie viel Macht konnte man besitzen wollen, dass man selbst Unschuldigen keinerlei Erbarmen zeigte? Der Schattenkönig war des Wahnsinns und zeigte diesen Wahnsinn jedem Lebewesen in Elfora in diesem Augenblick. Selbst die herzlosen Schattenelfen ließen die Waffen fallen, schrien lauthals, liefen um ihr Leben. Es war, als würden sie aus einem Jahrtausend währendem Rausch erwachen, der ihnen all diese Jahresläufe weisgemacht wurde, als der Schattenkönig einem nach dem anderem von ihnen das verfluchte Leben stahl, sie als Schutzschilde vor seinen Körper durch die verlängerten Arme aus Schatten zog, um der geteilten Macht aus Licht und Schatten zu entkommen.

Fry und ich rannten dem Sturm aus Schatten entgegen, bereit, den Wahnsinn der dunklen Macht zu beenden und das Gleichgewicht herzustellen, das unser größter Herzenswunsch war. Ich stemmte meine Füße in den Boden, sprang in die Lüfte und zerrte Fry, dessen verletzter Flügel ihn nicht richtig trug, mit mir, als ich meine eigenen aufspannte. Frys Augen strahlten silbern wie die verborgenen Sterne über der Wolkendecke. Seine leuchtende Schwertspitze berührte die meine und dann passierte etwas Außergewöhnliches. Licht und Schattenmagie verbanden sich, ähnlich dem Wunderwerk, wenn Fry und ich uns berührten, und die Wahrheit dessen wurde sichtbar. Unsere Schwerter wurden zu einem. Eine machtvolle Klinge explodierender Kräfte. Als wäre es schon immer so gewesen und doch von der Welt, in der wir lebten, in Vergessenheit geraten. Mit festem Griff umfassten wir beide das Wunderwerk des Gleichgewichts. Dem Schattenkönig erstarb das Lachen auf dem bleichen Gesicht, als sich das Schwert beider Mächte in seine Richtung begab. In seinen feurigen Augen glitzerte die Macht in unseren Händen auf. Ein letztes Mal versuchte er die Schatten zu befehligen, sich ihre Kraft zu eigen zu machen. Die Schattenschwaden stoben nach oben auf, bildeten ein Geflecht aus Furcht, doch das magievolle Zauberwerk in Frys und meiner Hand, das ihm näher und näher kam, ließ ihn gierig und machtbesessen innehalten. Fry und ich führten die Klinge gegen seine Brust, doch sie berührte ihn nicht. Das erlösende Geräusch des Endes seiner Existenz blieb aus, denn ein junges Elfenmädchen mit weißen bodenlangen Haaren, Alabasterhaut und einem Lächeln auf den Lippen, hatte sich im entscheidenden Moment in unser Schwert geworfen, das durch sie durchglitt wie durch einen Blätterhaufen.

Ein entsetzlicher Laut durchdrang den sich auflösenden Sturm. Ein Laut so verheerend wie kein zweiter. Bis mir bewusst wurde, dass es der Schattenkönig selbst war, der den erschreckenden Klagelaut in die Welt entlassen hatte, waren mehrere Wimpernschläge vergangen. Der Schattenkönig fiel vom Himmel, prallte, die Arme um das sterbende Mädchen geschlungen, auf dem Boden auf.

Stille.

Regungslosigkeit auf beiden Seiten. Als wäre der Kampf in Starre versetzt, ließen alle ihre Waffen fallen.

Dann ein Schlag.

Ein Donnern.

Ein Zeichen.

Eine Zukunft im Nebel der Taten.

»NEIN!«, schrie der Schattenkönig, wiegte das Mädchen in seinen Armen, das seine Hand nach seinem Gesicht ausgestreckt hatte.

Ich war wie gefangen, war erstarrt in dieser plötzlichen Ruhe. Merkte kaum, wie ich mit Fry auf den Boden glitt, wie mein Bruder und sein Gefährte zu uns humpelten.

Bumm.

Der Schlag dröhnte durch die Lande. Ließ Erde und Himmel die Luft anhalten, als würden das Donnern der Erde und die Erschütterung des schlagenden Herzens durch die ganzen Lande ertönt.

Bumm.

Langsam schimmerte das fremde Elfenmädchen, erstrahlte in sonnengeladenem weißen Nebel und löste sich nach und nach in genau diese Nebelschwaden auf, immer noch ein Lächeln im Gesicht, das langsam mit dem Nebel seines Körpers verschmolz, während der Schattenkönig, dessen Herz, Jahrtausende lang leblos gewesen war, schwerfällig ertönte.

Es war wie eine unbekannte Prophezeiung. Ein machtvoller Fluch. Ein Traum. Das Bildnis des Mädchens verschwand vollständig in eine Zukunft, die unbestimmt war.

Der Schattenkönig griff sich an die Brust. Seine Schatten verschwanden vollständig, lösten sich auf und flohen in den Himmel, wurden verschluckt von der sternenklaren Nacht, die ihre Pforte für den Schein des Mondes geöffnet hatte. Zurück blieb ein Junge mit braunen Haaren, leuchtend braunen Augen, dessen erwachter Herzschlag immer schwächer wurde, leiser und befreiter, als wäre auch ihm die Last genommen worden. Er ließ sich auf den Rücken gleiten, blickte in den Himmel, die Hand auf dem schwächer werdenden Herzen. Bis ein tiefer Atemzug sein Schicksal endgültig besiegelte und die Erde ihn zu sich holte, als Sterblichen, dessen Ende gekommen war.

Mit diesem letzten Schlag des Lebens hallten Tausende weitere, einst stummer Herzen durch die Anderswelt, als wäre ein Fluch gebrochen worden, der Jahrtausende lang gewütet hatte. Ein Schattenelf nach dem anderen fasste sich an die Brust, als ihnen Leben geschenkt wurde. Einige schrien panisch, andere versuchten sich das Herz lebendig aus der Brust zu reißen, andere flohen, hielten sich die Ohren zu, um dem Leben, das ihnen geschenkt wurde, zu entkommen.

Der Fluch der Herzen ist gebrochen.

Ich wusste nicht, woher diese Worte kamen, die sich in meinem Kopf festsetzten. Vielleicht waren es Worte einer anderen Zeit, vielleicht Worte einer anderen Welt. Es war nicht wichtig, nur eins: Sie waren die Wahrheit.

Ich spürte weiche Hände in meinen. Blickte zu Fry, der die eine, und zu Severin, der die andere Hand fest umschlossen hielt, während sein Gefährte ihn stützte.

So standen wir einige Zeit, während die Welt sich veränderte. Gönnten uns ein paar Augenblicke mit unseren eigenen verworrenen Gedanken, um das zu verstehen, was gerade passiert war. Bis mein Bruder die Stille durchbrach.

»Wer war sie?«, fragte er, ohne den Blick von der Stelle zu rühren, an dem die Zukunft diese Wendung genommen hatte.

»Sie ist das Licht. Sie ist die Dunkelheit. Sie ist die Anderswelt. Sie ist Elfora, unser geliebtes Land. Sie ist das Gleichgewicht«, antwortete Fry und allesamt lächelten wir.

EPILOG

Die Elfen standen der Sonne zugewandt auf ihrem heiligsten Ort. Der Hügel der Seelen war von einem regenbogenartigen Schimmern umhüllt, getaucht in Licht und Schatten, umgeben von Wärme, Geborgenheit und vor allem Liebe. Die heilige Esche, deren helle Triebe im warmen Luftzug des magischen Wunders ihre Blätter der Sonne entgegenstreckte, wiegte im Wind der Jahreszeiten. Vögel zwitscherten, Feen kreisten. Schattenelfen und Lichtelfen waren zusammengekommen, als der Prinz der Lichtlande und sein treuer Gefährte den Bund der Seelen eingingen. Sie standen sich gegenüber, umgeben von zweierlei Welten, und hielten sich an den Händen. Ihre Körper strahlten in unterschiedlichen Tönen reinster Magie.

Der Prinz lächelte verschmitzt, sein Herz schlug laut und aufgeregt. Sein Körper glänzte in grünlichem Schimmer, während der seines Gefährten golden erstrahlte. Auf ihren Wangen zeichnete sich eine leichte Röte ab.

Als die Sonne am Mittelpunkt des Himmelszeltes erstrahlte, legten sie ihre Hände an den Nacken des anderen. Man spürte die Magie, die in der Luft lag, die kleine Schmetterlinge zum Leben erweckte und Herzen schneller schlagen ließ. Sie sprachen Worte in der alten Sprache der Elfen, besiegelten ihre verbundenen Seelen mit einem Kuss der Liebe und der Einheit.

Nach all den Jahren des ungesagten Gefühls, nach all den Kämpfen und den jahrelang währenden Krieg, hatten sie endlich zusammengefunden und waren von nun an eins. Verbunden miteinander für die Ewigkeit. Zwei Seelen waren zu einer geworden.

Die Zeugen dieser Bundzeremonie lächelten. Hielten sich die Hände und sangen ein Lied in der alten Sprache. Der König legte einen Arm um seine Königin, deren Körper im Schatten der Bäume eins wurden. Sein Licht strahlte heller als die Sonne über den Köpfen der Elfen. Seine Königin weinte vor Glückseligkeit über das Seelenheil ihres Bruders, der in diesem Moment an der Gewandung seines Seelenbundpartners zupfte. Ein Raunen ging durch die Menge.

Nur einer wohnte dieser Zeremonie mit griesgrämigem Gesichtsausdruck bei. Ein Schattenelf. Einst ein Verräter seines Landes. Jetzt einer von vielen.

Er verzog die Lippen zu einer Grimasse des Ekels. Doch als die Heilerin der Lichtelfen ihn mit der Schulter anstieß, lächelte er für einen Augenblick. Es war kaum zu sehen, doch sein Mundwinkel zuckte, als er in die grünen Augen blickte. Sein Herz schlug schneller, je länger er diese Augen betrachtete.

»Reiß dich zusammen!«, knurrte sie ihn an.

Er mochte diese Wortgefechte, die sie sich jeden Tageslauf aufs Neue lieferten. Er konnte sich einen Tageslauf oder den geliebten Nachtlauf nicht mehr ohne die wüsten Beschimpfungen vorstellen, die ihn lebendig hielten.

»Was tun sie jetzt?«, fragte er die Heilerin und nickte zum Prinzen und seinem Seelengefährten, die sich die Kleider vom Leib rissen, ohne auf die noch anwesenden Elfen zu achten, die sich langsam zurückzogen.

»Sie besiegeln den Bund«, antwortete die Heilerin, blickte lächelnd auf das frisch gebundene Paar.

»Ekelhaft!«, knurrte der Schattenelf. Darauf kassierte er einen weiteren Schlag und einen Tritt auf seine Fußspitzen.

Er lachte. Ein Laut, den er lange schon vergessen hatte, und sein Herz setzte einen Schlag aus, als er ihren Blick auffing.

»Du bist ein widerspenstiges Weib!«, knurrte er.

»Und du ein ungehobelter Idiot!«, konterte sie.

Dann legte sich eine kleine Hand in seine. Er blickte hinab.

»Können wir mit dem Drachen spielen? Ich habe Robin gesagt, ich darf«, quengelte das Elfenkind aufgeregt.

»Geh voran, Nervensäge«, sagte der Schattenelf, verdrehte innerlich die Augen und blickte noch einmal zu der Elfe neben sich.

Sein Herz klopfte.

Er würde es niemals zugeben, doch er genoss dieses Gefühl. Er ließ sich auf etwas ein, das weit größer war, als er verstand. Was auch immer dies bedeuten mochte.

NACHWORT

Es mag der Zeitlauf kommen, bei dem dieses Ende womöglich zu einem Anfang gehören könnte. Der Anfang einer Geschichte über einen Schattenelfen, der zum ersten Mal die wahre Bedeutung eines Herzens erfährt. Obwohl er – wie er selbst immer wieder behauptet – jegliche Arten von Schmerzen und Höllenqualen erlebt, jegliches Gefühl des Traumas seines erwachten Herzens erlitten hat, wird er merken, dass zu einem wahrhaftig schlagenden Herzen weit mehr gehört, als ihm bewusst war. Er wird auf eine Reise gehen, die mehr Gefühlswelten in ihm offenbaren wird, als er selbst überhaupt verstehen wird.

Doch das ist eine andere Geschichte. Eine, die noch nicht erzählt wurde. Eine, die wie das Orakel einst sagte: »Im Nebel der Zukunft liegt.«

Die Gegenwart wird uns vielleicht zu diesem Punkt tragen, doch genau wissen werden wir es nicht. Es liegt wohl eher an der Schöpferin dieser Geschichte. Vielleicht wird sie diese Reise beschreiten. Vielleicht schwirrt ihr Kopf voller Ideen. Vielleicht. Doch wie gesagt: Diese Geschichte ist noch nicht geschrieben. Sie liegt noch verborgen in einem Herzen, das diese ganze Welt, das ganze Märchen von Schatten und Licht, noch nicht wirklich loslassen kann.

DANKSAGUNG

Erneut sitze ich hier und kann es kaum fassen, dass auch dieses Buch nun zu Ende ist. Es ist so ein berauschendes, aber auch ängstliches Gefühl, diese Geschichte jetzt loszulassen, wo sie mich doch all die Jahre begleitet hat. Auch diesmal beende ich sie mit einem lachenden und einem weinenden Auge und kann trotzdem sagen, dass ich in erster Linie mir selbst danke. Für meine Stärke, meine Entschlossenheit und meinen Stolz, diese Geschichte so weit gebracht zu haben, dass ich ein ENDE unter das letzte Kapitel setzen konnte. Ich kann nur allen Schreiberlingen da draußen sagen, macht weiter. Egal, wie sehr eure Geschichte euch emotional an eure Grenzen bringt. Egal, wie viele Tränen, wie viel Schweiß und wie viele schlaflose Nächte ihr euch um die Ohren schlagen müsst, macht weiter. Gebt nicht auf. Denn es lohnt sich. Es lohnt sich immer, weiterzumachen.

Ich danke dir **Carl**, für deine Kraft, diese Geschichte mit ihren Höhen und Tiefen zu etwas Lebendigem gemacht zu haben. Für die Sprachnachrichten und die Tränen, die Gänsehaut und die berauschenden Gefühle, die du mir geschenkt hast. Ich danke dir für deine unglaubliche Wortkraft, dein Geschick, genau die richtigen Stellen hervorzuheben, und für das wundervolle, bezaubernde Gedicht, das nun ebenfalls in die Welt entlassen werden darf. Bitte höre nie auf, auf dein Herz zu hören. Höre nie auf, der zu sein, der du wahrhaftig bist.

Liebe **Jenny**. Wir teilen uns nicht nur unseren Namen, sondern auch die Liebe zu Geschichten, zu besonderen Außenseitern und das spezielle Kribbeln beim Lesen eines bestimmten grünhaarigen Elfens. Das Schicksal (Carl) hat uns zueinander gebracht und ich möchte es niemals mehr missen, dich kennengelernt zu haben. Du und auch Carl seid für mich die Testleser, die sich jeder Autor nur wünschen kann.

Sarah Skitschak, was würde ich nur ohne dich machen? Du bist der kreativste Mensch, den ich kenne. Dein Talent, genau das zu schaffen, was einem vorschwebt und es noch besser zu machen, ist atemberaubend. Du kannst nicht nur fantastische Cover und Charakterkarten gestalten, sondern bist auch noch eine grandiose Autorin. Vielen Dank, dass du mich auf diesem Weg begleitet hast und mir immer mit Rat zur Seite standest.

Sarah Kastens, was hätte ich nur ohne deine Zeit, die du an meinem Manuskript verbracht hast, gemacht? Du bist eine tolle Lektorin, die sich in meine Geschichte, meine Protagonisten und in die ganze Welt von Elfora verliebt hat. Deine harte Arbeit hat sich gelohnt, denn diese Geschichte ist jetzt genau so, wie sie sein soll. Noch dazu bist du eine wundervoll talentierte Autorin, deren Werke wahrhaftig über Wolken schweben.

Liebe **Susi**, du warst zwar niemals meine Deutschlehrerin, aber ich wünschte, du wärst es gewesen. Durch dich habe ich so viel gelernt, konnte Band 1, der von Fehlerchen überschwemmt war, noch einmal retten und somit Band 2 in einem für mich perfekten Zustand abschließen. Vielen Dank für deine Hilfe. Ich bin dir unendlich dankbar.

Maria! Unsere Liebe zu Büchern hat uns einst zueinander gebracht, doch ist es weit mehr als das. Ich danke dir für einfach alles, was du tust. Du hast nicht nur meine

Geschichte zusätzlich nach Fehlerchen durchforstet, sondern mir auch weit mehr als das gegeben. Vielen Dank, dass ich Teil von etwas weit Größerem sein darf. Übrigens ist Priest nur für dich noch am leben! ;)

Tausend Küsse gehen an meine wundervollen Kollegen **Thomas**, **Karin** und wieder **Maria**, die mich unterstützt haben, mir beim Verkauf meiner Bücher tatkräftig unter die Arme greifen, mit mir lachen und mir immer ein gutes Gefühl geben, dass das, was ich mache, genau so richtig ist, wie es ist. Ich bin froh, ein Teil von unserem kleinen Bücherschloss zu sein, und möchte diese Zeit niemals mehr missen.

Liebe **Cindy**, du bist und bleibst meine einzig wahre Herzensdame. Seit mehr als 25 Jahren ist unsere Freundschaft nun beständig und unser Silberhochzeitsjubiläum sollten wir bei Gelegenheit mal richtig feiern. Du bist die beste Freundin, die sich ein Mensch wünschen kann. Und obwohl wir über 400 Kilometer voneinander getrennt sind, ist es für mich immer wie ein nach Hause kommen, wenn ich dich sehe.

Zu guter Letzt eine Liebesbekundung an meinen **Martin**, der meine Tränen trocknet, wenn mich meine Geschichte zu sehr aus der Bahn wirft. Wenn ich denke, zu zerbrechen, weil der Druck zu viel wird. Der meine Zusammenbrüche heilt, wenn ich glaube, niemals mehr ein Wort schreiben zu können. Der mit mir lacht, der mich auffängt, der sich all meine Sorgen und Ängste anhört, ohne zu urteilen. Danke, dass es dich gibt. Love You unbeschreiblich viel.

ÜBER DIE AUTORIN

Jenny Gross wurde 1986 in Tönisvorst geboren, lebte aber dann bis zu ihrer Volljährigkeit im schönen Westerwald, bevor sie die große, weite Welt sehen wollte und nach Gera in Thüringen gezogen ist. Dort lebt sie mit ihrem Mann, 1000 Büchern und unzähligen angefangenen Manuskripten. Die Geschichten erscheinen ihr immer im Traum. Einzelne Szenen, die in ihrem Kopf für noch mehr Chaos sorgen, als eh schon darin los ist. Die Phantasie ist ihr größtes Gut und ihre einzig wahre Stressbewältigung in einer Welt, in der so viele Dinge geschehen, die sie selbst nicht immer versteht.

Liebe Welt da draußen, ihr könnt mir gerne mit eurer Meinung, euren Gedanken und sonst was auf die Nerven gehen. Ich freue mich über jedes Feedback.

E-Mail: jenny.gross@hotmail.com

Instagram: Nifflerrine

TRIGGERWARNUNG

Dieses Buch enthält potenziell triggernde Inhalte:

Gewalt (körperliche, psychische, sexuelle)
Sexueller Missbrauch
Toxische Beziehung
Körperflüssigkeiten (Blut, Sperma)
Suchtmittel
Trauma
Ängste
Anfeindungen gegenüber Sexualität, Herkunft, Ansichten.

Milton Keynes UK
Ingram Content Group UK Ltd.
UKHW040734030823
426269UK00004B/231

9 783757 800260